Heibonsha Library

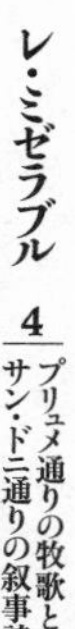

レ・ミゼラブル

4

プリュメ通りの牧歌とサン・ドニ通りの叙事詩

Les Misérables

Quatrième partie : L'idylle rue Plumet et L'épopée rue Saint-Denis

平凡社ライブラリー

Heibonsha Library

レ・ミゼラブル

4

プリュメ通りの牧歌と
サン・ドニ通りの叙事詩

Les Misérables
Quatrième partie : L'idylle rue Plumet
et L'épopée rue Saint-Denis

ヴィクトール・ユゴー著
西永良成訳

平凡社

本著作は平凡社ライブラリー・オリジナル版です。

目次

第四部　プリュメ通りの牧歌とサン・ドニ通りの叙事詩

（　）の割註は原註、〔　〕の割註は訳註を示す。

第四部　プリュメ通りの牧歌とサン・ドニ通りの叙事詩

第一篇　歴史の数頁

第一章　見事な裁断

一八三一年と一八三二年。一八三〇年の「七月革命」と直接結びついているこの二年は、歴史のなかでももっとも特異で驚くべき時期である。この二年はこれに先立つ年月とこれにつづく年月とにはさまれて、ちょうどふたつの山のようにそびえ、革命的な偉大さをそなえてはいるが、さまざまな絶壁も見られる。社会の全容、文明の基盤そのもの、重なりあい密着する強固な利益集団、古来形成されてきた世紀ごとの輪郭などが、制度や情念や理論の乱雲をとおして、刻一刻とあらわれては消えてゆく。それらの出現や消滅は、抵抗や運動と呼ばれてきた。そこにはときどき真理が、あの人間の魂が輝くのが見られる。

この注目すべき時代はいまではかなり明確に境界が定められ、わたしたちから遠ざかりはじめてきたので、その主要な輪郭をとらえることができる。

それをこれから試みることにしよう。

王政復古期[1]は定義するのがむずかしい過渡的な時期だった。そこには疲れ、ざわめき、つぶやき、眠気、騒々しさなどがあったが、結局のところ、偉大な国民がひとつの休息地に辿りついたという以外のものではなかった。この時代は特別な時代であり、これを悪用しようとする政治家たちを欺いた。国民はさしあたって、ただ休息しか求めていなかったのである。平和という、たったひとつの渇きしかなく、小国になるという、たったひとつの野心しかなかった。これはこのままずっと平穏でいたいという願望の表れにほかならない。ありがたいことに、国民は偉大な出来事、偉大な偶然、偉大な冒険、偉大な人物などをさんざん見せつけられ、うんざりしていた。できればカエサルをプルシアス王[2]に、ナポレオンを「あれはなんと善良で可愛い王さまだったことか！」と言えるような、イヴトーの王さま[3]に取りかえたいくらいの気持ちだった。彼らは夜明けから歩きつづけ、ようやく長く苦しかった一日もおわる晩を迎えた。第一の走行はミラボーといっしょに、第二の走行はロベスピエールといっしょに、第三の走行はボナパルトといっしょにおこなった。みんながくたくたになり、めいめいが寝床を求めていた。

献身に精根尽きはて、ヒロイズムが古び、野心がみたされ、財産が築かれると、人びとは物色し、要求し、懇願し、嘆願する。なにを？　ねぐらである。それが得られた。いまや彼らは平和、平穏、余暇をもてるようになった。それだけで満足だった。しかしながら、それとともに、いくつかの新しい事実も姿をあらわし、おのれを認めさせようと、またしても戸を叩いてくる。これらの事実は革命や戦争から生じて存在し、存続し、社会のなかに地位をもつ権利をもち、そしてじっさいに地位をもっている。といっても、たいていの場合、伍長や補給係士官程度の地位であり、さまざまな主義・主張のための住まいを用意する地位にすぎないが。

そこで、つぎのようなことが、政治哲学者の目にはっきりと見えてきた。疲れた人間が休息を求めるのと同時に、既成の事実が保証を求めるということだ。事実にとっての保証とは、人間にとっての休息と同じようなものである。

これこそイギリスが護民官[4]のあとステュアート王家に求めたものであり、フランスがナポレオン帝国のあとブルボン王家に求めたものにほかならない。

これらの保証は時代の要請だから、どうしてもあたえねばならない。君主が「授与」するわけだが、じっさいは事の成行きからやむをえずそうするのである。これは知っておくべき深く有益な真理なのだが、一六六〇年のステュアート王家はそんなことを思いだにせず、一八一四年のブルボン王家は一顧だにしなかった。

ナポレオンが没落したとき、まるで予定されていたかのようにフランスに帰国した王家は、取返しのつかない愚かしさを見せてこう信じた。あたえるのはじぶんであり、じぶんがあたえたものは取りもどすことができる。ブルボン家は神権を有し、フランスはなにも有していない。ルイ十八世が「憲章」で認めた政治的権利は神権の一部にすぎず、ブルボン家から切り離されて、無償で人民にあたえられたが、それは国王の思し召しでふたたび手中におさめる日までのことだ、と。けれどもそのように贈与を苦々しく思ったとき、王家はその「贈与」をみずからの意志でおこなったものでないと感じるべきだった。

ブルボン家は十九世紀にたいして不興をあらわにした。国民が晴れやかになるたびに渋い顔をした。ここで陳腐な、すなわち通俗的だが真実味のある言葉をつかえば、ふくれっ面をした。人民にはそれが見えた。

ブルボン家は、帝国が芝居小屋の大道具のように目のまえで運び去られたからには、じぶんに力があるのだと信じ、みずからも同じような形で運んでこられたことにすこしも気づいていなかった。じぶんもまたナポレオンを取り除いたのと同じ掌中にあることが分からなかった。

ブルボン家はみずからが過去であるがゆえに国中に根を張っているのだと信じた。誤りである。ブルボン家は過去の一部にすぎず、過去の全体とはフランスにほかならない。フランス社会の根はいささかもブルボン家にはなく、国民のうちにあったのだ。この目に見えぬしぶとい根はけっして一家の権利をなすものではなく、人民の歴史をなすものだった。そしてその根は、いたるところに伸びていたが、王座のしたにだけは生えていなかった。

フランスにとってブルボン家は、歴史の名高く血なまぐさい結節点だったとしても、もはや運命の主要な要素でも、政治に必要な基盤でもなくなっていた。ブルボン家はなくてもすませられたし、じっさい二十二年間なくてもすんでいたのである。とっくに断絶があったのに、ブルボン家はそんなことには気づきもしなかった。ルイ十七世が熱月九日[5]に君臨し、ルイ十八世がマレンゴ会戦[6]の日に君臨していたなどと思いこんでいた彼らが、いったいどうしてそんなことに気づきえただろうか？ 有史以来、およそ君主にして、事実をまえに、事実がはらみ、押しすすめるしかるべき神的権威をまえにして、これほど盲目であった者たちはいない。王の権利と呼ばれる下界のこんな自惚れが、これほどまでに天上の権利を否定したこともまた前代未聞である。

こうした重大な過ちに導かれて、この王家は一八一四年に「授与」した保証、彼らに言わせれば譲歩にふたたび手をつけた。悲しむべきことだ！　彼らが譲歩と名づけたものは国民の獲得物であり、彼らが停滞と呼んでいたものは国民の権利だったのである。

復古王政は好機がきたと見るや、みずからがボナパルトに勝利し、国中に根を張っていると思いこみ、すなわちみずからが強く盤石だと過信して、突如旗幟を鮮明にする暴挙に出た。ある朝、フランスの正面に立ちはだかり、声を張りあげて、集団的権利と個人的権利、つまり国民の主権と市民の自由に異議を唱えたのである。言いかえれば、国民を国民たらしめているもの、市民を市民たらしめているものを否定したのだった。

これがすなわち、「七月王令」と呼ばれるあの有名な勅令の本質である。[7]

王政復古政府は崩壊した。

王政復古政府は正当にも崩壊した。ただ、これは言っておかねばならないが、王政復古政府はかならずしもあらゆる形態の進歩に反対だったわけではない。王政復古政府が脇に控えていたおかげで、いくつかの大事が成しとげられたのである。

王政復古政府のもとで、国民は平穏に議論することに慣れたが、これは共和制の時代にはなかったことである。平和の偉大さに慣れ親しんだが、これは帝政の時代にはなかったことである。自由で強大なフランスは、ヨーロッパの他の人民たちにとって勇気をあたえられる光景だった。ロベスピエールのもとでは、〈革命〉が発言権をもっていた。ボナパルトのもとでは、大砲が発言権をもっていた。知性が発言権をもつ順番になったのは、ルイ十八世とシャルル十世のもとであった。風はやみ、ふたたび松明に火が灯された。晴朗な頂で精神の純粋な光が震えているのが見られた。素晴らしく、有益で、魅力的な光景だった。十五年のあいだ、平和のただなかで、広場の真ん中で、思想家にはいかにも古いが政治家にはまったく新しい、あの偉大な諸原則が影響を及ぼすのが見られた。すなわち、法のまえでの平等、良心の自由、言論の自由、出版の自由、それぞれの能力に応じてすべての職能につける可能性といった原則である。そうした事態は一八三〇年までつづいた。ブルボン家は文明の道具であったが、神の手で握りつぶされてしまった。

ブルボン家の滅亡には偉大さがみちていたが、この偉大さは王家ではなく、国民のほうにあった。彼らは重々しく王座を去ったが、そこには威厳が見られなかった。闇夜に消え去っていったが、歴史に暗い感動を残す荘厳な末期ではなかった。カール大帝の幽霊じみた静寂も、ナポレオンの鷲の雄叫びもなかった。彼らは立ち去った、ただそれだけのことだった。ブルボン家は王冠を下に置いたが、後光をたもつことはなかった。品位はあっても、威厳がなかった。彼らの不幸にはいくらか荘重さが欠けていた。シャルル十世はシェルブール[8]への旅中、円テーブルを四角のテーブルに切らせるなど、すたれつつある礼儀作法を気にしても、瓦解しつつあった君主制のことはさして頭にないようだった。王のこのような退廃ぶりに、王家の人びとを愛する献身的な人間たちや、王家の血筋を尊ぶ人間たちは心を痛めた。逆に人民のほうはあっぱれだった。ある朝、王家の蜂起ともいうべき武装攻撃をうけた国民は、みずからの力を自覚しても、ことさらに怒りを覚えはしなかった。国民が自衛し、自制し、事態を復旧させ、ふたたび政府を法律の枠内に、ブルボン家を(遺憾ながら!)国外の亡命地に落ち着かせてから、ようやく事態が一段落した。

国民はかつてルイ十四世がはいっていた天蓋のしたから、老いたる国王シャルル十世を引きだし、そっと地面に置いた。王族に手をふれたにしても、それは悲しみと配慮をこめてのことだった。バリケードの日のあとギヨーム・デュ・ヴェール[9]が述べたあの荘重な言葉を思いだし、それを全世界の目に実行してみせたのは、ひとりの人間でも、数人の人間でもなく、フランス、フランス全体、勝利し、みずからの勝利に酔ったフランスだったのである。それはこういう言葉である。「権勢者の愛顧にあずかり、枝から枝に移る小鳥さながら、悲運から幸運に飛びうつることに慣れた者たちには、逆境にある君主にたいして、大胆に刃向かうのは容易いことである。しかしわたしにとっては、国王の運命、とくに悲運に見舞われた国王は尊敬すべきものであることに変わりはない」[10]

ブルボン家の人びとは敬われながら去っていったが、惜しまれはしなかった。先述したところであるが、彼らの不幸が彼ら自身よりも大きかったのである。王家は地平のかなたに姿を消した。

七月革命はたちまち全世界に味方と敵をつくった。味方は熱狂と歓喜をもって駆けつけ、敵は背を向けた。各人それぞれの性質にしたがったのだ。ヨーロッパの君主たちは当初、夜明けを目にした梟のように、不快になり愕然として目を閉じた。それからふたたび目を見開いたときには脅迫した。理解できる恐怖であり、無理もない憤慨ではある。この奇妙な革命はほとんど衝突でさえなく、敗北した王家には革命を敵として扱い、流血を引きおこす名誉さえもあたえなかった。専制的な政府はいつでも、自由がみずから身をおとしめることを願っているものだが、そんな彼らから見て七月革命が迷惑千万なのは、恐ろしくはあったが、穏やかなものにとどまったということだった。そのうえ、この革命に敵対する試みはひとつもなく、反対する策謀もひとつもなかった。どんなに不満な者たちも、どんなに怒っている者たちも、どんなに恐れおののいた者たちも、この革命に敬意を表した。人間のエゴイズムや怨恨がどのようなものであれ、人間を超えるだれかが手を貸し、働いたと感じられる出来事には、なにかしら不思議な尊敬が寄せられるものなのである。

七月革命は事実を打ちのめす権利の勝利である。壮麗きわまりない出来事である。事実を打ちのめす権利。一八三〇年の革命の光輝はそこに由来し、その寛大さもまたそこに由来する。権利が勝利すれば、暴力はいささかも必要でないのである。

権利とは正義であり、真理である。

権利の本質とは、永久に美しく純粋であるということだ。一見していくら必要なものであり、いくら同時代人に認められているものであっても、事実がただ事実としてしか存在せず、あまりにもわずかの権利しか、あるいはまったく権利をふくんでいないなら、時間とともに間違いなく歪み、汚れ、さらにはおぞましいものにさえなることは避けがたい。数世紀の間隔をおいてながめてみて、事実がどれほどの醜悪さに達しうるものか、ひと目で確かめてみたいと思うなら、マキャヴェッリを見るがいい。マキャヴェッリはいささかも悪霊でも、悪魔でもなく、卑劣で唾棄すべき著作家でもない。ただ事実を書いたにすぎない。しかもそれはたんにイタリアの事実であるだけでなく、ヨーロッパの事実であり、十六世紀の事実なのだ。十九世紀の道徳的観念と照らしあわせると、それはひどく醜く見えるし、またじっさい、ひどく醜かったのである。

権利と事実の闘いは社会の始まりからつづいている。この対決を決着させ、純粋な観念と人間の現実とを融合させて、権利を事実のなかに、事実を権利のなかに平和裡に浸透させる、これこそが賢者の仕事である。

第二章　下手な縫い合せ

ところで、賢者の仕事と策士の仕事は別々のものである。

一八三〇年の革命はたちまち頓挫した。

ある革命が挫折するや、策士は座礁したものの解体に取りかかる。

今世紀の策士たちは、みずからに政治家という呼称をたてまつった。その結果、この政治家という言葉はついに、いささか隠語めいた言葉になってしまった。じっさい、このことを忘れないようにしよう。策略しかないところには、かならず卑小さがある。策士と言えば、結局凡人と言うにひとしいことになるのだ。

同じく、政治家と言えば、時に裏切者と言うにひとしい。

ところで、策士たちの言を信ずるなら、七月革命のような革命は切断された動脈も同然であって、迅速に縫合してやらねばならない。あまりにも大々的に布告された権利は国を揺るがす。したがって、いったん権利が肯定されると、今度は国家を再強化しなければならない。自由が保証されると、権力のことを考えねばならないのだと。

ここまでなら、賢者はまだ策士と訣別しないが、警戒しはじめる。権力、そうかもしれない。だが、第一に権力とはなにか？　第二にその権力はどこからくるのか？

策士たちにはそのように囁かれる異論が聞こえないらしく、かまわずじぶんたちの策動をつづけた。

じぶんに都合のいい虚構を必然的なものに見せかけることに巧みなこれらの政治家によれば、革命後の人民がまず必要とするのは、その人民が君主制の大陸の一部をなしている場合には、ひとつの王朝を迎えることだ。そうすれば、この人民は革命後の平和、すなわち傷口に包帯をし、家を修繕する時間が得られるだろう、と彼らは言う。王朝は足場を隠しもち、救急車を包み隠しているのだと。

ところが、ひとつの王朝を迎えるのはかならずしも容易なことではない。

やむをえなければ、天才児あるいは風雲児を国王にすることもできよう。前者の例がボナパルトであり、後者の例がイトゥルビデ[1]である。

しかし、王朝になるにはどんな家柄でもよいというわけではない。それには、ある程度古くから一民族のなかで存続してきた家柄でなくてはならないが、何世紀にもわたる年輪はおいそれと手にできるものではない。

もちろん、あらゆる留保をつけての話だが、「政治家」の観点に身を置いてみる場合、革命後に出てくる王の資格とはどのようなものだろうか？　もしその人物が革命派であり、つまりみずからその革命に加わり、手を貸して、身を危うくするか勇名をはせるか、斧にふれるか剣を振るうかしていれば、有益でありうるし、またじっさいに有益である。

王朝の資格とはどういうものだろうか？　王朝は国民的でなければならない。つまり、おこなった行為ではなく、受け入れた思想によって、間接的に革命的でなければならない。王朝は過去によってつくられ、歴史的なものでなければならず、また未来によってつくられ、好感をもたれるものでなければならない。

以上のことは、最初の革命[2]がクロムウェルもしくはナポレオンといった、ひとりの人間を見つけるだけで満足し、第二の革命[3]がどうして、ブランシュヴィック家[4]もしくはオルレアン家といったひとつの家柄を見つけねばならなかったのかを説明してくれる。

王室はインドのいちじくの木に似ている。枝の一本一本が地面に垂れさがり、そこに根を生やして、やがて一本のいちじくの木になる。枝もひとつの王朝になりうるのだ。ただし、人民にまで垂れさがって枝であることを唯一の条件として。

以上が策士たちの理論である。

そこでこんな大変な技巧が必要になる。成功にちょっぴり破局の音色を返してやり、その成功の恩恵に浴した者たちを震えあがらせてやること、一歩前進するたびに恐怖の味つけをしてやること、過渡期の曲線を進歩の鈍化にまで推し進めてやること、あの曙光〔七月革命〕を精彩のないものにしてやること、熱狂の苛酷さを暴いて取り除くこと、角や爪を切りとってやること、勝利をあやふやにしてやること、権利を包み隠してやること、巨大な人民をフラノの寝間着でくるみ、さっさと寝かしつけてやること、過剰な健康に食餌療法を処方してやること、ヘラクレスを休養施設に押しこめること、出来事をその場しのぎの仕事に溶かしこんでやること、理想に渇く人心に煎じ薬で薄めた甘露をすすめてやること、あまり成功しないように注意すること、革命に笠をつけてやること。

一八三〇年は、すでに一六八八年にイギリスに適用されたこの理論を実行にうつした。

一八三〇年は道なかばでとまった革命だった。半分の進歩、およその権利。ところが、論理というものは、ちょうど太陽がろうそくを知らないように、おおよそということを知らない。

だれが革命を道なかばでとめたのか？　ブルジョワジーである。

なぜか？

ブルジョワジーとは満足に達した利益のことだからである。昨日は空腹であったブルジョワジーは、今日は満腹になっていて、明日は飽食になるかもしれない。

ナポレオン以後の一八一四年の現象が、シャルル十世以後の一八三〇年に反復されたのである。

ブルジョワジーをひとつの階級とすることを望んだ者[5]がいるが、それは間違いである。ブルジョワジーとはたんに一部の満足した人民にすぎない。ブルジョワとはようやく腰かける余裕をもった人間のことである。椅子は階級ではない。

しかし、あまりにも早く腰かけたがると、人類の歩みそのものをとめてしまうことがある。それがしばしば、ブルジョワジーのおかした誤りだった。

なにかの誤りをおかしたからといって、階級になるわけではない。エゴイズムは社会秩序の一区分にはならないのだ。

もっとも、エゴイズムにたいしても、ひとは公平でなくてはならない。一八三〇年の騒乱のあと、ブルジョワジーと名づけられるこの国民の一部が熱望したのは、無関心と怠惰とをともない、少々の恥辱をふくむ無気力状態ではなかった。夢想に近づく一時的な忘却を予期させる眠りではなかった。それは休止だった。

休止という言葉は、進軍すなわち運動、駐屯すなわち休息という、奇妙でほとんど矛盾する二重の意味からなりたっている。

休止とは力の回復である。武装し、覚醒した休息である。歩哨を立て、警戒をゆるめない既成事実である。休止は昨日の闘いと翌日の闘いを前提とするものなのだ。

それが一八三〇年と一八四八年のあいだの状態であった。

ここで闘いと呼ぶものはまた、進歩とも呼びえよう。

したがって、ブルジョワジーにも、政治家たちにも、その言葉「休止」と言えるようなひとりの人間が必要だった。「〔ブルボン家〕だけれども、〔ブルボン家〕だから」と言いうる人間、革命を意味しながらも安定を意味する、言いかえれば、明らかに過去と未来が両立できることによって現在を強固にする混成的な個人が。

そのような人間が「お誂え向きに」にいた。その名前をルイ・フィリップ・ドルレアン[6]といった。

二百二十一人[7]の面々がルイ・フィリップを王にした。聖別式はラファイエット[8]の責任でおこなわれた。彼は国王のことを「最良の共和国」と名づけた。市庁舎がランスの大聖堂に取って代わった。

この半王位を完全な王位に代えることが「一八三〇年の事業」だった。

策士たちの役割がおわると、彼らの解決策のはかり知れない欠陥が明るみに出てきた。なにもかもが絶対的権利〔王国〕の外部でなされた。絶対的権利は「われ抗議す！」と叫んだが、やがて、恐るべきことに、この絶対的権利は闇にもどってしまったのだった。

第三章　ルイ・フィリップ

革命というものは恐ろしい腕と巧みな手をもっている。革命はしたたかにひとを打ちのめし、巧妙に事を選ぶ。革命には、たとえ一八三〇年の革命のように不完全で、退廃し、雑種で、末っ子の革命といった状態におとしめられた革命にさえも、たいてい神の摂理の明察が残っていて、悪い結末になることはない。翳りはあっても、けっして自己放棄することはないのである。だが、大言壮語するのもほどほどにしておこう。革命も間違うことがあるし、かつては重大な見当違いも見られたものだった。

一八三〇年にもどろう。一八三〇年は脇道に逸れたが、それでも運がよかった。中途半端におわった革命後の秩序と呼ばれるものの確立にあたって、国王が王位よりも偉大であったことだ。ルイ・フィリップは類稀な人物だったのである。

歴史がおそらく情状酌量の余地を認めるにしても、とにかく非難に値した父親[1]とは反対に、息子は尊敬に値する人物だった。私的なあらゆる美徳と公的ないくつもの美徳をそなえ、みずからの健康、財産、人格、仕事に配慮を怠らなかった。寸時の価値を知り、いつもとは限らなかったが、一年の価値を知っていた。質素で、平静で、穏和で、忍耐強かった。好人物の善王だった。王妃と寝所を共にし、宮殿には夫婦の寝床を市民に見物させる役目の従僕を置いていた。操正しい寝室をこのように見せびらかしたのは、本家の王族が代々これみよがしに乱脈な男女関係を見せびらかしてきただけに、なおさら有益なことであった。ヨーロッパのあらゆる言葉に通じ、これはもっとまれなことだが、利害に関わるあらゆる言葉にも通じていて、その言葉を話した。「中産階級」の立派な代表者だったが、この階級をしのぎ、あらゆる点でこの階級よりも偉大だった。優れた精神の持ち主であり、出自の血統を重んじながらも、もっぱらみずからに内在する価値によってじぶんを評価した。きわめて特殊なその家柄について、みずからはオルレアン家を名乗り、ブルボン家とは言わなかった。殿下でしかなかったときからすでに第一級の王族だったが、陛下となったその日から、折紙つきの市民になった。表向きには能弁だが、内輪では言葉少なだった。名うての吝嗇家だったが、その証拠はひとつもなかった。じっさいは気紛れや義務のために、すぐに気前がよくなる倹約家のひとりだった。教養があったが、文学にたいする感性はあまりなかった。紳士だったが、騎士ではなかった。さっぱりとし、物静かで、力強かった。家族や一族に熱愛されていた。雄弁で、幻想をもたない政治家であり、内心は冷たく、目先の利害に左右されるが、いつもできるだけ厳格に統治した。怨恨や感謝の気持ちとは無縁で、凡庸な者には容赦なく高飛車に出たし、王政下でひそひそ文句を言っている謎めいた全員一致の声を、議会の多数派をつかって封じこめる巧妙さをもっていた。ざっくばらんで、そのあまり時に不用意になることもあったが、不用意のなかにも驚くべき機略があった。意のままに手練手管を駆使し、場に応じて表情を変えたり、さまざまに仮面をつかったりもした。フランスにはヨーロッパを恐れさせ、ヨーロッパにはフランスを恐れさせた。文句なしにフランスを愛していたが、じぶんの一家のほうを好んでいた。権威よりも統治を重んじ、威厳よりも権威を重んじたが、このような気質はすべてを成功の手段とし、狡知を認め、卑劣な振舞いもいとわないという難点を免れないが、しかしまた、政治を激突から、国家を分裂から、社会を破局から守るという利点もあった。細心で、欠陥がなく、警戒怠りなく、注意深く、慧眼で、疲れを知らない人物だった。時には矛盾したことを言ったり、前言をひるがえしたりした。アンコーナ[2]ではオーストリアに大胆に刃向かい、スペインではイギリス軍に頑強に抵抗し、アントワープを砲撃し、プリッチャード事件は賠償金を払って始末した。彼は信念をもって「マルセイエーズ」を歌った。落胆、倦怠、美や理想への愛着、大胆な雅量、ユートピア、空想、激怒、虚栄、危惧などとは無縁だった。ヴァルミーでは将軍で、ジェマップでは兵士だった。八回もあやうく暗殺されそうになったが、いつもにこにこしていた。擲弾兵みたいに勇敢で、思想家のような勇気があった。ただ、ヨーロッパが動揺する事態を目にすると不安になり、政治的大冒険には向いていなかった。つねにみずからの生命を危険にさらす覚悟でいたが、じぶんの事業を危険にさらすつもりはさらさらなかった。国王としてよりも知識人として服従させるために、みずからの意志を感化力に見せかけた。観察力に恵まれていたが、先見の明はなかった。人びとの精神にはさして注意を払わなかったが、人を見る目があった。つまり、見たあとでなければ判断しなかった。明敏で透徹した良識、実際的な知恵、さわやかな弁舌、驚くべき記憶力があった。この記憶からたえずなにかを汲みだしていたが、これはカエサル、アレクサンドロス、そしてナポレオンらとの唯一の類似点だった。いろいろな事実、事実の細部、年代、固有名などを知っていたが、群衆のさまざまな動向、情念、特質や内面の熱望、魂の秘かで漠とした高まり、つまりひと言でいえば、目には見えない人びとの意識の流れと呼んでいいものには無知だった。表面的には国王として受け入れられていたが、下層のフランスとはしっくりしないところがあり、それを絶妙に切りぬけていた。あまりにも統治しすぎて、充分には君臨していなかった。みずからをじぶんの首相にしていた。卑小な現実を持ちだし、広大な思想の普及を妨げていた。文明、秩序、組織を生みだす真の能力に、なにやら三百代言みたいな精神を混ぜあわせていた。ひとつの王朝の創始者にして代理者であり、シャルルマーニュのようなところと代訴人のようなところとを兼ねそなえていた。とどのつまり、高邁で独創的な人物、フランスの心配をよそに権力を、ヨーロッパの猜疑をものともせずに支配力を確立できた君主。それゆえにルイ・フィリップは、今世紀の卓越した人物にくわえられるだろうし、もし彼がすこしは名誉に執着し、有益なものへの感性と同程度に偉大なものへの感性をもっていたなら、史上もっとも名高い統治者のひとりに数えられたかもしれない。

ルイ・フィリップは美男子だったし、年老いてもなお優雅だった。国民からはかならずしも受け入れられなかったが、大衆の受けはいつもよく、好かれた。彼には魅力という天賦の才があった。王であるにもかかわらず王冠をいただかず、老人であるにもかかわらず白髪をいただいていなかった。物腰は旧体制のものであったが、習慣は新体制のものであり、貴族と一八三〇年にふさわしい市民とを混ぜあわせていた。ルイ・フィリップは当時の風潮であった過渡的存在だった。古い発音と古い綴字を手放すことなく、それをつかって現代的な意見を述べていた。彼はポーランドとハンガリーを愛していたが、ポーランド人のことを polonois と書いたり、ハンガリー人のことを hongrais と発音したりした。[3] 彼はシャルル十世と同じように国民軍の服を着て、ナポレオンのようにレジオン・ドヌールの綬章を帯びていた。

礼拝堂にはあまり足を向けず、ほとんど狩りにも出かけず、けっしてオペラ座には行かなかった。聖具室係にも、猟犬係にも、踊子にも無関心だった。そのことが市民階級における人気のもとにもなった。取巻きがいなかった。小脇に雨傘をかかえて外出し、この雨傘が長いあいだ彼の威光の一部になった。石工、園丁、医者などの心得がすこしあった。落馬した御者の瀉血をしてやったこともある。ルイ・フィリップは、アンリ三世が短刀なしには外出しなかったように、ランセット〔出血用の小針〕なしには外出しなかった。王党派の連中は、治癒のために血を流したこの最初の国王をさんざんひやかしていた。

歴史上ルイ・フィリップにたいしていだかれる不満の種のうちには、差し引くべきところがある。王権の過失、王政の過失、国王の過失の三点があるが、これはそれぞれ異なった合計になる三つの項である。民主的な権利を取りあげたこと、進歩を二の次にしたこと、街頭の抗議を暴力によって押さえこんだこと、蜂起にたいして軍事力を行使したこと、暴動に鉄火を浴びせたこと、トランスノナン事件、[4] 軍法会議、参政権のある国民だけを国民とみなしたこと、政府が三十万の特権ブルジョワ階級と利益を山分けしたことなどは王権の仕業である。ベルギーの王位を譲ったこと、イギリスがインドにたいしておこなったように、文明よりも野蛮をもってアルジェリアを苛酷に征服したこと、アブドゥル・カデールへの背信行為、ドゥーツ買収とブライの牢獄、さらにプリッチャードへの賠償などは王政の仕業である。国民よりも一家のために政治をおこなったことは王自身の仕業である。

こうして差し引いてみると、国王の責任は明らかにちいさくなる。

では、過失はどこにあったのか？

これからそれを言おう。

ルイ・フィリップはあまりにも父親でありすぎる国王だった。王朝を孵化させることが望まれる卵のような一家をかかえこみ、なんにでもびくびくし、現状を乱されることを欲しなかった。市民の伝統として七月十四日をもち、軍事の伝統としてアウステルリッツをもつ人民にはじれったくなるほど過度な臆病さも、そこに由来する。

もっとも、第一に果たすべき公の義務とは別に、ルイ・フィリップは一家に深い情愛を寄せていたが、この家族はそれに値した。一族は素晴らしかった。そこでは美徳が才能と肩を並べていた。ルイ・フィリップの娘のひとり、マリー・ドルレアンは、ちょうどシャルル・ドルレアン[5]が詩人のあいだに家名を残したのと同じく、芸術家たちのあいだに家名を残した。彼女は入魂の大理石像を制作し、それにジャンヌ・ダルクという名前をあたえた。また、ルイ・フィリップの息子のふたりは、メッテルニヒをして、このような刺激的な賛辞を吐かしめた。「ふたりはめったたに見られない青年であり、類稀な王子である」

以上が、なにも隠さず、またなにも誇張しない、ルイ・フィリップについての真実である。平等を重んずる君主であること、みずからのうちに〈王政復古〉と〈革命〉との矛盾をかかえていること、革命的な不安を掻き立てる側面をもっていても、いざ統治するとなると安心感をあたえること、これが一八三〇年のルイ・フィリップがもっていた幸運の要素だった。人間が出来事にこれほどぴたりと適合したことはかつてなかった。人間が出来事にはいりこみ、出来事の化身になった。ルイ・フィリップとは人間にされた一八三〇年のことだった。これにくわえて、彼には亡命という、王座につくにはもってこいの資格があった。かつて彼は追放され、流浪し、貧窮に苦しんだ。みずから働いて生活した。フランス王侯きっての豊かな領地の所有者でありながら、スイスでは老いた馬を売って糊口をしのいでいた。ライヘナウでは、みずから数学の教師をする一方で、妹のアデライードは刺繍や縫物をした。国王にまつわるそうした思い出はブルジョワジーを熱狂させた。かつてルイ十一世によって建てられ、ルイ十五世がつかったモン・サン・ミシェルの最後の鉄牢をみずからの手で破壊したこともあった。革命のころはデュムーリエの同志であり、ラファイエットの友人であった。ジャコバン・クラブの会員であり、ミラボーが肩をぽんと叩いたり、ダントンが「若者よ！」などと言ったりしていた。九三年の恐怖政治時代には二十四歳のシャルトル公であったが、国民公会の暗い小部屋の奥から、いみじくも「あのあわれな暴君」と呼ばれたルイ十六世の裁判を見守っていた。国王のなかにある王権を国王とともに打ちくだき、古い思想を容赦なく押しつぶして、人間のことなど目にもはいらなかった〈大革命〉

のまったく曇った目、革命裁判の暴風、尋問する民衆の怒り、どう答えていいか分からないカペー[7]、暗澹とした息吹をうけて怯え、茫然としてゆらゆらしている国王の頭、断罪するほうもされるほうもふくめ、この破局のなかで全員にそれなりに認められる潔白。彼はそうしたものをながめ、そうした目眩にも似た事態をじっと見据えていた。国民公会の法廷に過去の数世紀が出頭し、ルイ十六世という、ただひとり責任者とされた不運な通りがかりの人間の背後、その背後の暗闇に君主制という、もっとも恐るべき被告の姿が立つのを見た。そして彼の魂には、神の正義とほとんど同じくらいに個人を超える、畏怖すべき人民のはかり知れない正義が刻みこまれた。

〈大革命〉が彼のうちに残した痕跡は並たいていのものではなかった。その思い出はあの偉大な日々の、分ごとの生きた刻印のようなものであった。疑いようのないある証人[8]によれば、ある日彼は、憲法制定議会員のAの部にある人名の誤りをみずからの記憶によって訂正したという。

ルイ・フィリップは真昼の国王だった。彼が君臨しているあいだは、出版は自由であり、議会の演壇は自由であり、信仰と言論は自由だった。「九月の諸法[9]」にさえもまだまだ充分に光が射していた。彼は光が特権を蝕むことを重々知りながらも、公然と王座を光にさらしていた。いずれ歴史はこのような誠実さを考慮することになるだろう。

ルイ・フィリップはこんにち、過去のあらゆる歴史的人物と同様、人間の良心の審判に付されている。彼の裁判はまだ一審が開かれたにすぎない。

彼にたいして、歴史が尊ぶべき自由な語調で話す時期はまだ到来していない。この国王について最終的な審判をくだす時はまだ訪れていない。最近、厳格で名高い歴史家ルイ・ブラン[10]でさえ当初くだした判決を緩和した。ルイ・フィリップは二百二十一人会と一八三〇年と呼ばれるふたつの生半可なもの、すなわち半議会と半革命によって選ばれた。そしていずれにしろ、哲学が身を置くべき上位の観点からは、さきにすこし述べたように、いくつかの留保をつけなければ、絶対的な民主主義の原則からして今ここで彼を裁くことはできないだろう。絶対の観点からは、まずは人間の権利、つぎは人民の権利というふたつの権利を別にすれば、すべては簒奪にほかならないからである。しかし、右の留保をつけたうえで今からでも言えるのは、結局のところ、どういう見方をしても、彼自身および彼の人間的な善意を考慮し、旧い歴史の古い言葉をつかうなら、ルイ・フィリップはかつて王座についた君主のうちで最良のひとりだったと言いうるだろう。

彼の難点はなんだろうか？　あの王位である。ルイ・フィリップから王座を差し引けば、人間が残る。そしてこの人間は善良である。時には、見上げるばかりにと言いたくなるほど、善良である。しばしば、いくつもの深刻な憂慮のただなかで、大陸の全外交団を相手にした闘いの一日のあと、夕方になってじぶんの住居にもどり、くたくたに疲れ、眠気にさいなまれながら、彼はそこでなにをしていたか？　書類を取りだし、一件の刑事訴訟を見直して夜を過ごしたのだ。ヨーロッパに刃向かうことも大切だが、ひとりの人間を死刑執行人の手から奪いとってやることも、それにおとらず大事だとみなしていたからである。彼は国事尚書に頑固に反対し、彼の言い方では「口うるさい法律家ども」である検事長たち相手に、ギロチンに関わる事案について徹底的に議論して、自説をまげなかった。時には、彼のテーブルのうえに訴訟資料がいっぱい積まれ、おいつくされることもあった。彼はそれらをみなじぶんでしらべた。みじめな死刑囚を見捨てるのは、胸の痛むことだったのだ。筆者がさきに引いた証人にたいして、彼はある日、「今夜、わたしは七人救ったよ」と言っていた。彼の治世の初期には、死刑は廃止されたも同然であり、断頭台を立て直すのは国王にたいする脅迫に近かった。グレーヴ広場の刑場は王の本家とともに姿を消していたが、今度はサン・ジャック市門の刑場というブルジョワジーのグレーヴ広場が設置された。「現実政治家」たちがほぼ合法的なギロチンの必要を感じてのことだった。これはブルジョワジーの偏狭な側面を代表するカジミール・ペリエの〔11〕、ブルジョワジーの自由主義的な側面を代表しているルイ・フィリップにたいする勝利のひとつだった。ルイ・フィリップはベッカリーア〔12〕の書物にみずから注釈をつけていた。フィエスキの爆弾事件〔13〕のあと、彼はこう叫んだ。「わたしが負傷しなかったのはなんと残念なことか！　負傷さえしていれば、特赦してやれたのに」別の折、わたしたちの時代のもっとも高潔な人物のひとりである政治犯〔14〕について、大臣たちの抵抗をほのめかしながら、こう書いている。「彼の特赦はすでに認められている。あとはわたしがそれを手に入れるだけだ」ルイ・フィリップはルイ九世のように穏和で、アンリ四世のように善良だった。

　ところで筆者は、善意が真珠のように珍しい歴史において、善良であった者は偉大であった者よりむしろまさっていると考える。

　ルイ・フィリップはある者たちから厳しく、別の者たちからは冷たく評価されているが、この国王を知り、みずからもいまや亡霊のようになっている人間〔15〕が、歴史のまえに彼を擁護する証言をおこなうのはいたって当然である。内容はともかく、この証言はもちろん、公平無私を旨としている。ひとりの死者によって書かれた墓碑銘は正直なものである。亡霊が亡霊を慰めることがあるかもしれない。同じ暗闇を分かちもっているからこそ、堂々と称賛もできるのだ。亡命地にあるふたつの墓について、よもや人に「この男はあの男に媚びた」などと言われる気遣いは無用であろう。

第四章　土台にできた亀裂

筆者が物語っているこの劇がいよいよ、ルイ・フィリップ治世の初期をおおっている悲劇の暗雲深くにはいりこもうとするにあたり、曖昧なところがあってはならず、それゆえこの国王について本書の立場を説明しておく必要があった。

ルイ・フィリップは暴力をもちいず、みずからの直接的な行動ではなく、革命の転換という事実によって王座についた。もちろん、この転換は革命の真の目的とははっきりと違うものだったが、オルレアン公爵だった彼は、これにはなんら個人的な働きかけをしていなかった。彼は生まれながらにして王侯であり、みずからは国王として選ばれたのだと信じていた。王権の委任をみずからおこなったのではいささかもない。王権を奪取したのではさらさらない。王権の申し出があったから、それを受けとったまでのことだ。王権を受諾したのは権利によってであり、義務によってだと確信していた。間違っていたかもしれないが、とにかく彼はそう確信していた。だから善意による王権取得だったと言える。ところで、筆者は良心に恥じることなく言うのだが、ルイ・フィリップは善意によって王権を取得したのであり、民主主義の攻撃も善意によるものなのだから、さまざまな社会闘争から生みだされる多くの残虐行為の責任は、国王に負わせるべきものでも、民主主義に負わせるべきものでもない。諸原則の衝突は諸元素の衝突に似ている。大洋は水をまもり、暴風は空気をまもる。国王は王権をまもり、民主主義は人民をまもる。君主制という相対は、共和制という絶対に抵抗する。この抗争から社会の流血が生ずるが、今日社会の苦しみであるものは、明日には社会の救いになるかもしれない。いずれにしろ、ここでは闘っている者たちをいちがいに非難するにあたらない。もちろん、両者のうちの一方が間違っている。権利というものはロードス島の巨像とは違って、片足を共和制に、片足を王政にといったふうに、両足で両岸をまたいでいるものではないからだ。それは分割できないものであり、一方にすべてがある。だが、間違っている者たちのほうも誠実に間違っているのだ。ヴァンデ党員[1]が強盗ではないように、盲人が罪人であるわけはない。だから、その恐るべき衝突の責任は事態の必然にしか帰しえない。それらの争乱がどのようなものであれ、そこには人間を超えるものの責任が混じっているからである。

これまでの説明をここで仕上げておこう。

一八三〇年の政府はただちに苦境に立たされた。昨日誕生したばかりだというのに、今日にもすぐ戦わねばならなかった。

成立したかと思う間もなく、できたてで、まだ固まっていない七月の統治機構の足を、なにかにつけて引っぱろうとする動きがいたるところに感じられたのである。

抵抗は翌日に生まれた。ことによると、前日にもう生まれていたのかもしれない。

月を追うごとに、敵意がいや増し、ひそんでいたものが紛れのないものになった。

前述のとおり、〈七月革命〉はフランス国外の王たちには歓迎されなかったが、フランスではさまざまに解釈された。

神はその目に見えない意思を諸々の出来事のなかで人間たちに明かすが、これは不可思議な言語で書かれた難解な原文（テクスト）である。人間たちはただちにそれを翻訳する。拙速で、不正確で、誤訳、欠落、誤解にみちた翻訳の数々。神の言語を解する者はじつに数少ない。もっとも慧眼で、平静で、深遠な者たちがゆっくりと解読するのだが、彼らが原文を持ってやってくるときには、仕事はとっくの昔になされている。公共の広場にはすでに二十もの翻訳があるのだ。それぞれの翻訳からひとつの党派が生まれ、それぞれの誤解からひとつの分派が生まれる。どの党派も唯一おのれのみが原文を持っていると信じ、どの分派もじぶんこそが光を持っていると信じている。

しばしば、権力それ自体がひとつの分派であることもある。

革命のなかには、流れに逆らって泳ぐ者たちがいる。これは古い党派である。

神の恩寵による世襲権にこだわる古い党派に言わせると、革命は反抗の権利から生じたものだから、ひとは革命自身にたいしても反抗する権利を有するのだという。間違いである。なぜなら、革命において反抗しているのは、人民ではなくて国王だからである。革命とはまさに反抗の正反対のものなのだ。どんな革命も正常な成行きで遂行されるものであるからには、みずからのうちに正当性を有している。この正当性は、時に贋の革命家たちによって汚されることもあるが、たとえ汚されても存続し、たとえ血まみれになっても生き残る。革命は偶然ではなく、必然から生ずる。革命とはまがい物が現実に回帰することである。革命はあるべきだからこそ存在するのだ。

それでも古い正統王朝派は、間違った理屈から生まれるありとあらゆる暴力をもって一八三〇年の革命を攻撃した。間違いはすぐれた飛道具である。それは革命の脆いところ、甲冑の隙間、論理の欠点を巧妙につき、王権に囲われた革命を攻撃した。彼らは叫んだ、「革命よ、なぜこんな国王なのか?」この諸分派は的を外さない盲人たちだった。

これと同じ叫びを、共和主義者たちもまたあげた。しかし、同じ叫びでも、共和主義者のものなら筋が通っている。正統王朝主義者にあって盲目だったものが、民主主義者においては炯眼になったのである。一八三〇年は民衆を破産させた。憤慨した民主主義者はそのことで革命を責めていた。

過去の攻撃と未来の攻撃にはさまれ、七月体制は悪戦苦闘した。それは一方では数世紀にわたる君主制と戦い、他方では永遠の権利と戦う一時期を体現していた。

くわえて国外では、一八三〇年はもはや革命ではなく君主制になったのだから、ヨーロッパと歩調を合わせねばならなかった。平和をまもることで、事態はいっそう複雑になった。誤解にもとづく協調はしばしば戦争より出費がかさむ。いつも口輪をはめられているが、いつも不平たらたらなこの陰にこもった闘争から、武装した平和というそれ自体いかがわしく、文明の破綻を招く弥縫策が生まれた。七月王政はヨーロッパの諸内閣の馬車につながれた馬になったが、それでも後脚で立って反抗した。メッテルニヒはいそいそとこの暴れ馬に平綱をつけた。フランスで進歩によって押しすすめられた七月王政は、ヨーロッパではあの足ののろい動物にも似た君主制を押しすすめた。ひっぱられたものが、逆にひっぱることになったのだ。

そのあいだにも、国内では貧困、プロレタリア、賃金、教育、刑罰、売春、女性の地位、富、悲惨、生産、消費、分配、交易、貨幣、信用、資本権、労働権などといった、ありとあらゆる問題が社会のうえに山積し、恐ろしい断崖をなしていた。

いわゆる政党とは別に、新たな運動が姿をあらわしてきた。民主主義の発酵に哲学の発酵が応えたのである。エリートも大衆と同様に不安を感じはじめていた。別な形ではあっても、同じように感じてきたのである。

思想家たちが瞑想する一方で、地上、すなわち民衆のほうは、革命の奔流を経験し、どこか癲癇の痙攣めいたものを覚えながら彼らの眼下で震えていた。これらの夢想家たちは、ある者は孤立し、ある者は一族をなし、さらにほとんどは共同体となって、平穏だが、とことん社会の諸問題を揺りうごかした。彼らは平然とじぶんたちの坑道を火山の底にまで押しひらき、にぶい震動にも、ほの見える溶岩の火にも、けっして心を乱されることのない非情な抗夫たちだった。

この静けさはあの動揺の時代にあって、すこぶる美しい光景であった。

これらの人間たちは権利の問題を諸政党にまかせ、みずからは幸福の問題に没頭していた。人間の幸福感、これこそ彼らが社会から引きだしたいと願っていたものだった。

彼らは物質的な問題、すなわち農業、工業、商業などの問題をほとんど宗教の威信にまで高めていた。すこしは神によって、多くは人間によってつくられる現今の文明にあっては、政治の地質学者ともいうべき経済学者たちが根気強く研究した力学的な法則にしたがって、さまざまな利害が絡みあい、結集し、凝固して、本当の固い岩に近いものを形成するまでになる。いろいろ異なった呼称のもとに結集しているが、いずれも社会主義者という総称によって呼ぶことができるこれらの人間たちは、その岩に孔を開け、そこから人間の至福という清水を湧きださせようと努めていた。

死刑台の問題から戦争の問題まで、彼らの仕事はすべてを見わたしている。彼らは〈大革命〉によって布告された人権に、女性の権利と子供の権利を付けくわえた。

さまざまな理由から、筆者はここで、社会主義によって提起された諸問題を理論的観点から根本的に扱わないとしても、読者はべつに驚かれることはあるまい。

宇宙生成論、夢想、それに神秘主義をのぞけば、社会主義者たちが抱懐した諸問題は、つぎのふたつの主要問題に帰しうる。

第一の問題は、

富を生産することである。

第二の問題は、

富を分配することである。

第一の問題は労働という問題をふくんでいる。

第二の問題は賃金という問題をふくんでいる。

第一の問題は、労働力の使用に関わる。

第二の問題は、収益の分配に関わる。

労働力の適切な使用から公共の力が生ずる。

収益の適切な使用から個人の幸福が生ずる。

適切な分配とは、平等な分配ではなく、公正な分配を意味する。第一の平等とは公正のことである。


外部の公共の力、内部の個人の幸福というふたつのものが結びつくと、社会的繁栄が生ずる。

社会的繁栄とは、幸福な人間、自由な市民、偉大な国民を意味する。


イギリスはこのふたつのうち第一の問題を解決している。イギリスは見事に富を創出しているが、分配はうまくいっていない。一方しか完全でないこの解決は、つぎの両極端を招くことを避けられない。途方もない富裕と途方もない貧困である。一部の者にはあらゆる収益があたえられ、ほかの者たち、つまり民衆はありとあらゆるものに欠乏している。労働そのものから、特権、例外、独占、身分制などが生まれるのだ。間違った危険な状況である。私的な貧困のうえに公共の力が腰をすえ、個人の苦しみのなかに国家の偉大さが根をおろすということなのだから。これは出来損ないの偉大さであり、ここには物質的な要素はすべて結合しているが、精神的な要素がひとつとしてはいりこまない。

共産主義と農地法とは第二の問題を解決できるものと信じているが、間違っている。彼らの言う分配は生産を押しつぶす。平等に分配すると、競争がなくなってしまう。またその結果として、労働をなくしてしまう。これは分けあうものを殺してしまう屠畜業者のような分配の仕方である。

したがって、さきのふたつの解決にとどまることはできない。富を殺すことは、富を分配することにはならないのだ。

ふたつの問題が上手に解決されるためには、いっしょに解決されることが望ましい。ふたつの解決が組みあわされ、一体になることが望ましいのだ。

ふたつの問題の第一のものだけを解決すると、ヴェネチア、イギリスになる。ヴェネチアのように人為的な力をもち、イギリスのように物質的な力をもつようになる。質の悪い金持ちになる。そうなれば、ヴェネチアが滅びたように暴力によって、やがてイギリスが倒れるように破産によって消え去るだろう。そして世界は、そんな国々を滅び、倒れるにまかせておくだろう。なぜなら世界は、エゴイズムでしかないものいっさい、人類にとって美徳もしくは理念を体現しないものいっさいが倒れ、滅びるにまかせておくからだ。

ここでヴェネチア、イギリスといった言葉で、筆者はもちろん、人民のことではなく、社会構造のことを言っている。国民のうえに置かれている寡頭政治のことを言っているのであって、国民そのもののことを言っているのではない。筆者は諸国民にはつねに敬意と共感をいだく者である。人民としてのヴェネチアはいずれ再生するだろう。貴族制としてのイギリスはいずれ倒れるだろうが、国民としてのイギリスは不滅である。こう断ったうえで、先をつづけよう。

ふたつの問題を解決せよ。金持ちをはげまし、貧乏人をまもれ。貧困をなくせ。強者による弱者の不当な搾取に終止符を打て。立身した者にたいする立身途中の者の不公平な嫉みにブレーキをかけよ。労働に合わせ、数学的かつ友愛的に賃金を調整せよ。子供の発育と無償の義務教育とを一体となし、科学を成人の基礎とせよ。腕を鍛えるとともに知性を伸ばせ。力強い人民であると同時に幸福な人間たちの家族であれ。所有権を民主化せよ。ただし、所有権を廃止するのではなく、どの市民も例外なく所有者になれるように、所有権を一般化することによって。これはひとが思っているよりずっと易しいことなのだ。要するに、富を生産し、富を分配するすべを心得よ。そうすれば、みんなが一体となって、物質的な偉大さと精神的な偉大さとをもてることになるだろう。そして、みんながフランスと呼ばれるに値することになるだろう。

以上が、逸脱したいくつかの分派とは別に、またそれを越えて、社会主義が言っていたことだった。以上が、社会主義が事実のうちにさがし求めていたものであり、人びとの精神のうちに描こうとしていたものだった。

感嘆すべき努力、神聖な試み！

これらの教義、これらの理論、これらの抵抗、哲学者たちのことを考慮するという政治家にとって予想外の必要、漠然とながら予測される明らかな諸事実、旧世界と調和しつつも革命の理想とあまりかけ離れない政治、ポリニャック[2]をおさえるのにラファイエット[3]をつかわなくてはならなかった情勢、暴動のしたに透けて見える進歩の直観、議会と街頭の情勢、じぶんで釣合を取らねばならない周囲の勢力争い、革命への信念、最高の決定権を曖昧な形で受諾したことから生まれたのかもしれないある種の諦観、みずからの血統を維持しようとする意志、家族的な精神、民衆にたいする誠実な敬意、じぶん自身の清廉などが、痛ましいまでにルイ・フィリップの心を占め、たとえ彼がどんなに強く勇気があっても、国王であることの困難さのしたで、時には打ちのめされることもあった。

彼は恐るべき解体を足下に感じていたが、たから、フランスはかつてなく本来のフランスになっていたが、から、粉砕されることはなかった。

闇が重なって地平をおおっていた。ある奇怪な影がだんだん近づいてきて、人間のうえに、事物のうえに、思想のうえに徐々に広がっていった。それは怒りや思い込みから生じる影だった。そそくさと封じこめられたいっさいのものが、うごめき、発酵していた。ときどきこの誠実な男の良心がふっと息をついていた。それほどまでに、詭弁が真実と混じりあっている周囲の空気に息が詰まりそうになったのだ。人心は社会不安のなかで、嵐のまえの木の葉のように震えていた。電圧が高まるあまり、だれとは言わず、見知らぬ者が各瞬間に電光を放っていた。やがて、黄昏の暗がりが落ちてきた。ときおり、ずどんとにぶい轟音がして、雲のなかに鬱積した雷の量が知れた。

〈七月革命〉からまだ二十か月もたたないうちに、一八三二年は切迫して険悪な雰囲気のなかではじまった。民衆の悲嘆、パンのない労働者たち、闇に消えてしまった最後のコンデ公、パリがブルボン家を追放したようにナッサウ家を追いはらったブリュッセル、フランスの一王族に身を差しだしたのに、イギリスの王族のものになったベルギー、ロシアのニコライ一世の憎悪、フランスの背後にいるスペインのフェルディナンドとポルトガルのミゲルという南方の真昼の悪魔、イタリアの騒動、ボローニャに手を伸ばすメッテルニヒ、アンコーナのオーストリア軍を急襲するフランス。北方では、ポーランドを入れた棺にふたたび釘を打っているなんとも忌まわしい大槌の音、全ヨーロッパでフランスの動向をうかがう苛立った眼差し、傾きかけるものを押したおし、倒れようとしているものにおそいかかろうと虎視眈々とねらっている、胡散くさい同盟国イギリス。ベッカリーアを盾に四人の首を法律に引きわたすのを拒む貴族院議会、国王の馬車の塗りつぶされた百合、引きはがされたノートル・ダム寺院の十字架、弱体化したラファイエット、破産したラフィット、貧窮のうちに死んだバンジャマン・コンスタン、権力を使い果たして死んだカジミール・ペリエ。一方は思想の都、他方は労働の町であるふたつの大都市で同時に発生した政治の病と社会の病、つまりパリの内乱とリヨンの暴動。このふたつの都市を焦がした同じ猛火の光、民衆の額にうつる噴火口の真っ赤な色、狂乱した南部、混乱した西部、ヴァンデに隠れたベリー公爵夫人、さまざまな陰謀、謀反、蜂起、コレラ。そういったものが、思想の暗いざわめきに事変のどよめきをくわえていた。

第五章　歴史から派生し、歴史の知らない場所

四月の終わりごろになると、すべてが深刻になっていた。発酵していたものが沸騰しつつあった。一八三〇年以来、あちこちでちいさな局地的暴動があり、これらはたちまち鎮圧されても、ふたたび頭をもたげていた。これは陰にこもった動乱の兆しだった。なにか恐ろしいものがくすぶっていた。あるかもしれない革命の、まだ判然とせずほの暗い輪郭がちらちら見えていた。フランスはパリをながめ、パリはフォブール・サン・タントワーヌをながめていた。

ひそかに熱せられていたフォブール・サン・タントワーヌは、いまにも煮えたぎろうとしていた。

シャロンヌ通りの居酒屋は、居酒屋にこんな形容詞をふたつ並べてつかうことに奇異の感があるかもしれないが、物々しく嵐をはらんでいた。

居酒屋では、単刀直入に政府のことが問題にされていた。「一戦を交じえるか、それとも静観を決めこむべきか」といったことが堂々と議論されていた。居酒屋の裏手奥の一室では、「最初の警報が発せられたら街頭に出て、敵の数をものともせずに戦う」ことを労働者たちに誓わせていた。いったん誓約がなされると、居酒屋の片隅にすわっている男が「声をとどろかせ」て、「分かったな！　おまえは誓ったのだぞ！」と言っていた。時には、二階の密室に上がっていくこともあったが、そこではほとんどフリーメーソンめいた光景が展開され、新加入者に「わたしは家父長に仕えるように組織に仕えます」と誓わせていた。これが決まり文句だった。

一階の広間では、「国家転覆的」な小冊子が読まれていた。当時の秘密報告には「彼らは政府を酷評しております」とある。

そこではこんな言葉が聞かれた。――「おれは指導者の名前は知らねえ。おれたちにゃ、二時間まえにならねえと、その日のことが分かりゃしねえ」――ひとりの労働者が言っていた。「おれたちゃ三百人だ。ひとり十スーずつ出しゃあ、百五十フランになる。弾丸や火薬だってつくれるってもんだ」――別の労働者が言っていた。「おらっちは半年も要らねえ。二か月も要らねえよ。二週間もしねえうちに、さしで政府とわたりあってやろうじゃねえの。二万五千もいりゃ、真っ向勝負ができるぜ」――また別の者が言っていた。「おれは夜に弾薬筒をつくってるからよ、眠っちゃいねえんだ」――ときどき、「ブルジョワ風の立派な服装」の男たちが、「勿体ぶり」、「指揮をする」面持ちでやってきて、「主だった連中」に握手すると帰っていった。彼らが十分以上とどまることはけっしてなかった。ひそひそ声でこんな意味深長な言葉が交わされていた。「機は熟した、万事ぬかりはねえ」――この席に立ち会ったある人の表現を借りれば、「その場にいた者たちは全員、わいわい騒いでいました」昂揚のあまり、ある日、居酒屋の満座のなかで、ひとりの労働者が声をあげた。「おれたちにゃ、武器がねえぞ！」――すると仲間のひとりが応じた。「なあに、兵隊どもが持ってるさ！」――これは期せずして、ボナパルトがイタリア遠征軍にたいしておこなった布告[1]をもじったものになっている。ある報告はこう付けくわえている。「なにかもっと内密のことがあるときには、あの輩はその場では伝達しません」これほどのことを言ったあとで、まだなにか隠さねばならないことがあるとは、とうてい理解できない。

時に、ある集会が定期的に開かれた。一部の集会は、出席者は八人か十人で、いつも同じ顔ぶれだった。別の集会にはだれでもはいることができ、会場ははちきれそうなほど満員になり、立っていなければならなかった。熱狂と情熱に駆られた者たちもいれば、「仕事に出かける途中に」顔を出す者たちもいた。革命の真っ最中と同じく、これらの居酒屋には愛国的な女たちがいて、新来者にキスをしていた。

ほかにもいろいろ意味深い事実が明るみに出た。

ひとりの男が居酒屋にはいってきて一杯やり、店を出るときにこう言った。「亭主、借りた代金は革命が払ってくれるぜ」

シャロンヌ通りの向かいにある居酒屋で、革命委員が選ばれた。投票用紙は鳥打帽に集められた。

労働者たちはコット通りで稽古をつけているフェンシングの指南のところに集まっていた。そこには木刀や杖や棒や本物の剣などのある武具飾りが置いてあった。ある日、だれかが本物の剣の先についている覆を外した。ある労働者が言った。「おれたちは二十五人だ。けどよ、だれもおれのことを当てにしてくれちゃいねえ。みんなおれのことを木偶の坊だと思ってやがるんだ」この「木偶の坊」はのちのケニセ[2]だった。

伏せられた何事かが徐々に、じわじわと奇妙な評判になっていった。戸口を掃除していたある女が別の女にこう言っていた。「連中はずっとまえからせっせと弾薬筒をつくってたんだってさ」――各県の国民軍に向けられた声明書が公然と町の真ん中に掲げてあった。そうした声明書のひとつには、「酒屋ビュルトー」と署名がしてあった。

ある日のこと、ルノワール市場のリキュール屋の店先で、顎ひげをつけたイタリア訛りの男が車除け石のうえに乗って、どこかの秘密組織から出たらしい奇怪な文書を読みあげていた。男のまわりに人だかりができ、拍手喝采していた。いちばん群衆を感動させた文句が収集され、こう記録されている。――「……われわれの主張は妨害される。声明文は引き裂かれる。ビラ張り係は見張られ、投獄されている……」――「最近起こった綿花の暴落のために、いくつもの穏健派がわれわれの味方になった」――「人民の未来はわれわれの名もない陣営で練りあげられている」――「いま問題なのは、行動か反動か、革命か反革命か、ということだ。なぜなら、この時代、無為や不動など考えられないからだ。人民の味方になるか敵になるか、それが問題なのだ。それ以外にない」――「……いつか、われわれがあんたらのじゃまになるなら、われわれを打ちのめすがいい。だがそれまでは、われわれが前進するのを助けてもらいたい」こういうことが真っ昼間に口にされていたのである。

さらに大胆きわまりない事実もあったが、まさにその大胆さそのものによって、民衆はかえって疑わしく感じた。一八三二年四月四日、ある通行人がサント・マグリット通りの角の車除け石[3]のうえに乗り、こう叫んだ。「おれはバブーフ派だ！」だが、民衆はバブーフの陰にジスケの影を嗅ぎつけていた。

同じ通行人はこんなことまで言っていた。

「所有権を打倒せよ！　左翼野党は卑劣で裏切者だ。もっともらしい顔をしたいときには、革命を唱える。やっつけられたくないためには民主主義者になるが、戦わないためには王党派になるのだ。共和派は羽のある獣だ。労働者諸君、共和派を警戒するのだ」

「黙れ、密偵(いぬ)め！」とある労働者が叫んだ。

この叫び声で演説がやんだ。

謎めいた出来事もいろいろ起こった。

日暮に、ひとりの労働者が運河のそばで「きちんとした身なりの男」に会うと、男は言った。「同志、どこに行くんだ？」――「だんな」と労働者は答えた。「あっしはだんなを存じあげませんが」――「こっちのほうはきみをよく知っている」そして男はこう付けくわえた。「なにも怖がることはない。わたしは革命委員だ。みんなはきみの挙動がおかしいと疑っているぞ。なにか洩らすんじゃないかと目をつけているのだ」――それから労働者と握手をすると、こう言って立ち去った。「いずれまた会おう」

警察は居酒屋だけでなく街頭でも、こんな奇妙な会話が交わされているのを聞きこみ、書きとめていた。――「おまえも、早く入れてもらえよ」と織物工が指物職人に言った。

「なんで?」

「じきに一発ぶっ放すことになるからさ」

ぼろ着をきたふたりの通行人が明らかに農民一揆(ジャックリ)の気配をはらんだ、こんな注目すべきやりとりをしていた。

「だれがおれらを治めているんだ?」

「フィリップさまだ」

「いや、ブルジョワジーだよ」

もし筆者が農民一揆(ジャックリ)という言葉を悪い意味につかっていると思う読者がいたら、それは間違いである。ジャックというのは貧農のことだからだ。ところが、飢えている者たちには権利があるのだ。

別の折には、ふたりの男がこう言い交わしているのが聞かれた。「おれたちにゃ、すげえ攻撃計画があるからな」

トローヌ市門のロータリーの溝にうずくまった男が四人で内緒話をしていたが、これだけが聞きとれた。

「あいつにのんびりパリを散歩させてやらないために、できるだけのことをやってやろうぜ」

「あいつ」とはだれのことか？　剣呑な謎だった。

その界隈で「首謀者」と呼ばれている者たちは陰に隠れていた。彼らは近くのサン・チュスタージュ教会の辻そばの居酒屋に集まるものと見られていた。オーグ……とかいう、モンデトゥール通りの仕立屋共済会の会長をやっている男が、首謀者たちとフォブール・サン・タントワーヌ地区との主な連絡役を務めていると思われていた。それでも、首謀者たちはいつも厚い闇につつまれていて、のちに貴族院の法廷である被告が傲然とおこなった奇妙な供述をくつがえす、確かな事実はひとつも出なかった。

「被告の指揮者は何者か？」

「名前も知りませんし、顔も見たことがありません」

それは意味こそ明らかだが、まだ曖昧さが残る言葉にすぎなかった。時には風説や噂話や又聞きだけのこともあった。別の兆候もあった。

ある大工が、ルイイ通りで建築中の家が建つ空地のまわりを囲む板にせっせと釘を打っていたとき、そこで引きちぎられた手紙の断片を見つけたが、それにはつぎのような数行が読みとれた。

「……委員会は各班の者が種々の団体に引き抜かれぬよう措置を講ずるべきである……」

そして追記にはこうあった。

「われわれが知ったところでは、フォブール・ポワソニエール五番地（乙）の武具屋の中庭に小銃が五千ないし六千丁あるらしい。当班には武器はまったくない」

大工は興奮し、そのためにこんな代物まで近所の者たちに見せた。例の空地から数歩先で拾った、やはり引きちぎられた紙片だが、こちらのほうはさらに意味深長だった。筆者がここにそれを書き写すのは、この奇怪な資料への歴史的な関心からである。

> Q　C　D　E
>
> この表を暗記のうえ、破棄せよ。加入者たちに命令を伝えるときにも、同じようにせよ。
>
> 敬礼と友愛　　L
>
> u og a^1 fe

この拾い物を内密に見せられた者たちがこの大文字四つの言外の意味を知ったのは、ずっとあとになってからにすぎない。それぞれ五百人隊長（quinturions）、百人隊長（centrions）、十人隊長（décurions）、偵察員（éclaireurs）ということであり、また u og a^1 fe は日付で「一八三二年四月十五日」という意味だった。それぞれの大文字のしたには名前が記され、そのあとにきわめて特徴的な指示がそえてあった。たとえば、Q「バンヌレル」、小銃八、弾薬筒八十三。確かな男。――C「ブビエール」、ピストル一、弾薬筒四十。――D「ロレ」、試合刀一、火薬一ポンド。——E「テシエ」、サーベル一、弾薬入れ、几帳面。——「テルール」、小銃八、勇敢、等々。
そしてこの大工は、やはり同じ囲い地で三番目の紙片を見つけたが、そこには鉛筆でとても読みやすく、こんな謎めいた表が書かれていた。

部隊。ブランシャール。アルブル・セック。六。
バラ。ソワーズ。サル・オ・コント。
コシュスコ。肉屋オードリー。

J・J・R
カイウス・グラックス。
再審権。デュフォン。フール。
ジロンド党の没落。
ワシントン。パンソン。ピストル一。弾薬筒八十六。
マルセイエーズ。
人民主権。ミシェル。カンカンポワ。サーベル。
オッシュ。
マルソー。プラトン。アルブル・セック。
ワルシャワ。ティリー。『ポピュレール』紙の売子。

この表を手に入れた正直な町人はその意味を解くことができた。どうやらこの表は「人権協会」のパリ第四区各班の完全な名簿で、各班長の名前と住所が書きそえられているもののようだった。こんにちでは闇に隠れていたこれらの事実はすべて歴史の一部になっているので、これを公表しておいてもいいだろう。なお、付けくわえておくべきは、「人権協会」の創立は、この紙片が見つかった日付のあとのことだったらしい。おそらくこれは草案にすぎなかったのだろう。

そのうちに、さまざまな話や言葉、書かれた証拠のあとに、物的な事実があらわれはじめた。ポパンクール通りのある古着屋の引出しから、どれも同じく縦に四折にされた七枚の灰色の紙が押収された。その紙のなかには、同じ灰色の紙で折られた二十六個の箱と、つぎのように読みとれるカードが一枚あった。

硝石……………………二百六十七グラム
硫黄……………………六十一グラム
木炭……………………七十七グラム
水………………………六十一グラム

押収物調書によれば、この引出しから強い火薬の臭いが発していたという。

ある石工が一日の仕事をおえて帰宅中、オーステルリッツ橋そばのベンチに小包を忘れていった。その小包は衛兵詰所に届けられた。開いてみると、「ラオチエール」と署名された対話を印刷した冊子ふたつ、「労働者よ、団結せよ」と題された歌、それから弾薬筒をつめたブリキ缶が見つかった。

ある労働者が仲間といっしょに酒を飲みながら、相手に体をさわらせてこんなに熱いぞと言った。仲間は彼の上着のしたにピストルがあるのを感じた。

ペール・ラシェーズ墓地とトローヌ市門のあいだ、つまり大通りのもっともひと気のない場所の溝で遊んでいた子供たちが、鉋屑やゴミの山のしたにひとつの袋を見つけた。そのなかには弾丸の鋳型、弾薬筒をつくる木製の心棒、狩猟用の火薬粒のはいった木鉢、内側に鉛を溶かした跡がはっきり見られるちいさな鍋などがはいっていた。

パルドンという男の家に警官がいきなり踏みこんだ。この男はのちにバリカード・メリー支部の自治区民になり一八三四年の四月蜂起〔「人権協会」など共和派の決起〕で殺されたのだが、そのときはベッドのそばに立ったまま、つくりかけの弾薬筒を手に持っていたという。

朝の五時、労働者たちが休むころに、ピクピュス市門とシャラントン市門のあいだ、表にシャム遊び[4]の台が置いてある居酒屋そばの、壁にはさまれた狭い巡視路で、ふたりの男が出会うのが見られた。ひとりの男が仕事着のしたからピストルを一丁出して相手にわたした。わたすとき、男はじぶんの胸の汗で火薬がいくらか湿っていることに気づいた。そこで、ピストルに装塡して、火皿に火薬を足した。それから、ふたりは別れた。

のちに四月事件の折、ボブール通りで殺されたガレーという男は、家に七百の弾薬筒と二十八の火打石があると自慢していた。

政府はある日、最近この界隈に武器と二十万発の弾薬筒が配られたという情報を得た。その翌週には三十万の弾薬筒が配られた。注目すべきは、警察がそれをひとつも押収できなかったことだ。没収された手紙にはこうあった。「四時間あれば八万の愛国者が武装できる日も遠くない」

こうした不満の高まりは公然と、いや悠然としたものだったと言えるだろう。差し迫った蜂起が政府の監視下で静かに嵐をはらんでいた。まだ地下にもぐっていたのにはっきり感じとれることの危機は、なにもかもが異様だった。準備されていることについて、町人たちは労働者に穏やかに話しかけていた。まるで「おかみさんはどんな具合かね?」とでも言うように、「暴動はどんな具合かね?」などと言っていた。モロー通りのある家具屋がこう尋ねた。

「ところで、攻撃はいつになるんだ?」

別の店主が言った。

「じきにだ。おれにゃ分かってる。ひと月まえは手勢一万五千だったが、いまじゃ二万五千人になってるんだぜ」——それからじぶんの小銃を提供すると、相手はお返しに、七フランで売るつもりだった小型ピストルを提供した。

革命熱はさらに勢いを増していった。パリの、いやフランスのどの地点も例外ではなかった。動脈はいたるところで脈打っていた。ある種の炎症から生じ、人体に形成されるあの膜のように、種々の秘密結社が全国に広がっていった。公然の秘密のようであった「人民の友協会」から、「人権協会」が誕生したのだが、この協会は議事日程に「共和国暦四十年雨月」といった日付を入れ、重罪裁判所の宣告で解散を命じられたあとも存続して、各班に以下のような意味深長な名前をつけるのもためらわなかった。

「デ・ピック」（槍）
「トクサン」（警鐘）
「カノン・ダラルム」（警砲）
「ボネ・フリジャン」（フリジア帽〔大革命時代の自由の表象〕）
「ヴァンテ・アン・ジャンヴィエ」（一月二十一日〔ルイ十六世処刑の日〕）
「デ・グー」（宿なし）
「デ・トリュアン」（やくざ）
「マルシュ・アン・ナヴァン」（前進）
「ロベスピエール」
「ニヴォー」（水準）
「サ・イラ」（革命歌）

「人権協会」から「行動協会」が生まれた。これは性急な分派の跳ねっ返り分子たちだった。ほかにもいくつもの結社が、母体の大きな協会から仲間を集めようとしていた。会員たちはあちこちから引っぱり凧になって閉口していた。たとえば、「ゴール協会」や「地方自治体組織委員会」。また、「出版の自由」のための、「個人の自由」のための、「人民教育」のための、「間接税反対」のための結社など。さらに、「平等主義労働者協会」があったが、これは平等主義者、共産主義者、改革主義者の三派に分かれていた。それから、「バスチーユ軍」というのもあって、これは軍隊式に組織された一種の部隊であり、伍長が四人、軍曹が十人、少尉が二十人、中尉が四十人を指揮していたが、五人以上は互いに顔見知りでないように組織されていた。慎重さと大胆さが組みあわされ、まるでヴェネチア人の才覚が感じられるような作り方だった。首脳部である中央委員会には、「行動協会」と「バスチーユ軍」という両腕があった。正統王党派の結社である「忠誠騎士団」がそれらの共和派の系列団体のなかに紛れこんでうごめいていたが、これは正体を暴かれ排除された。

パリの諸協会は主要な地方都市にも枝分かれしていた。リヨン、ナント、リール、マルセイユなどにはそれぞれの「人権協会」や炭焼き党(カリボナリ)や自由人協会ができていた。エクスにはかぼちゃ党(クーグルド)と呼ばれる革命結社があったが、この言葉は以前につかったことがある[5]。

パリでは、フォブール・サン・マルソー地区がフォブール・サン・タントワーヌ地区におとらずざわついていたし、学校も市外区と同じく動揺していた。サン・ティアサント通りの一軒のカフェとマチュラン・サン・ジャック通りの安料理屋セット・ビヤールが学生たちのたまり場になっていた。〈ABCの友の会〉はアンジェの共済組合やエクスのかぼちゃ党と同盟していたが、まえにも述べたように、カフェ・ミュザンに集まっていた。この青年たちは、やはりまえに述べたように、モンデトゥール通りのコラントという名のレストラン兼酒場に集合することもあった。これらの集会は秘密だった。だが、このうえなく大っぴらに開かれる集会もあった。その大胆さたるや、のちの裁判での尋問の一部からも察しがつく。――「その集会はどこで開かれたのか?」

——「ラ・ペ通りです」——「だれの家か?」——「街頭です」——「どれだけの班がいたのか?」——「ひとつです」——「何班か?」——「マニュエル班です」——「班長はだれか?」——「わたしです」——「政府を攻撃するという大それた決意をたったひとりでするにしては、きみは若すぎる。指令はどこからきたのか?」——「中央委員会からです」

軍隊もまた、住民と同時に内部から侵食されていた。これはその後、フランス東部のベルフォール、リュネヴィル、エピナールなどの町の動きが示したとおりである。民衆は第五十二、第五、第八、第三十七連隊や、第二十軽騎兵連隊に期待をかけていた。ブルゴーニュ地方や南部の諸都市では「自由の木」、つまり革命の赤い帽子をのせた旗竿が立てられていた。

状況はそのようなものだった。

冒頭でも述べたように、ほかのどこの住民集団よりもフォブール・サン・タントワーヌ地区には、そうした状況が感じられ目立っていた。そこにこそパリという町の心痛の種があったのだ。

蟻塚のように人がうようよし、蜜蜂のようによく働き、勇敢で、怒りっぽいこの界隈は、動乱を待ち望んで武者震いしていた。そこではすべてが動揺していたが、だからといって仕事が中断されることはなかった。活気があって暗いその表情は、どんな言葉によっても言いつくせないだろう。この地区では屋根裏部屋の屋根のしたに隠された悲痛な貧苦があり、また熱烈で類稀な知性もあった。両極端が相接するのが危険だとしたら、それはとりわけ貧苦と知性が結びつくときにほかならない。

フォブール・サン・タントワーヌにはほかにもひとを身震いさせる要因があった。というのも、ここは政治の大変動にともなう商業上の危機、破産、ストライキ、失業の余波をまともにくらうところだったからだ。革命の時期には、貧困は原因ともなれば結果にもなる。貧困があたえる打撃は貧困に返ってくるのである。誇り高く勇気にみち、最高度の熱を胸にひそめることができ、いつなんどきでも武器を取る覚悟をし、すぐに癇癪を起こして苛立ちやすく、はかり知れず、内部に地雷をかかえているこの住民たちは、ただひたすら火の粉が落ちてくるのを待っているようだった。いくつかの花火が事変の風に吹かれて地平に漂うたびに、みんなはフォブール・サン・タントワーヌのことを、そして苦悩と思想のあの火薬庫をパリの入口に置いた恐るべき偶然のことを考えざるをえないのである。

筆者が一度ならず粗描し、読者が読まれたフォブール・アントワーヌの居酒屋は、歴史的にも有名だった。動乱の時代には、人びとはそこで葡萄酒よりも言葉に酔った。予言の精霊と未来の息吹があたりをめぐり、人びとの心をふくらませ、魂を大きくする。フォブール・アントワーヌの居酒屋はローマのアヴェンティヌスの丘にある酒場に似ている。この酒場は巫女の洞窟のうえに建ち、聖なる深い息吹とつながっている。テーブルが巫女の三脚床几みたいで、エンニウスが〔6〕「巫女の酒」と呼んだものが飲みほされる酒場である。

フォブール・サン・タントワーヌは人民の貯水池である。革命の震動によって割れ目ができると、そこから人民主権が流れでる。この主権は悪をなすこともある。ほかのだれとも同じように、間違いをおかす。〔7〕しかし、たとえ道を間違えても、やはり偉大である。これについては、盲目の一眼巨人インゲンスと同じだと言える。

一七九三年の恐怖政治の時代には、吹いている思想が良い風か悪い風か、その日が狂信の日か昂揚の日かによって、フォブール・サン・タントワーヌから野蛮な部隊が出たり、勇壮な軍団が出たりした。

野蛮人。この言葉について説明しておこう。あの髪を逆立て、革命の混沌の創世記的な日々に、ぼろを着てわめき散らし、狂暴になって棍棒を振りあげ、鶴嘴を高くかかげて、あわてふためく古いパリにおそいかかった男たちは、いったいなにを望んでいたのか？ 抑圧の終わりを、専制の終わりを、剣の時代の終わりを、男には仕事を、子供には教育を、女には社会のいたわりを、自由、平等、友愛を、万人にパンと思想を、世界の楽園化を、つまり〈進歩〉を望んでいたのだ。そしてとことん窮地に追いつめられてわれを忘れた彼らが、進歩という神聖で優しく甘美なものを、形相も恐ろしく、裸も同然な姿で、棍棒を握りしめ、うなり声を発しながら要求したのだった。なるほど、野蛮人にはちがいない。だが、野蛮人といっても、これは文明の野蛮人だったのである。

彼らはいきりたって権利を宣言した。たとえ戦慄と恐怖に訴えてでも、人類を楽園のほうに向かわせることを願った。彼らは蛮族に見えても、じつは救い主だった。闇の仮面をかぶって光を求めていたのである。

たしかに残忍だったにはちがいないが、善のために残忍で恐ろしかったこのような人びととは対照的に、にこやかで、刺繡や黄金やリボンで身を飾り、宝石をちりばめ、絹の靴下をはき、白い羽根をつけ、黄色い手袋をし、エナメルの靴をはき、大理石の暖炉そばのビロード張りのテーブルに肘をついて、過去、中世、神権、狂信、無知、奴隷制、死刑、戦争などの維持と保存を穏やかに主張し、小声で慇懃にサーベル、火刑台、断頭台を称える別の人びとがいる。

しかし、ありがたいことに、別の選択もありうる。前進するにしろ、後退するにしろ、真っ逆さまに転落する必要はどこにもない。専制主義もテロリズムも必要でない。傾斜のなだらかな進歩こそが望ましいのだ。

神がそれを引きうけてくれる。傾斜を緩やかにすること、それこそ神の政治のすべてである。

第六章　アンジョルラスとその補佐役たち

ちょうどそのころ、アンジョルラスは異変があるかもしれないことを見越して、一種謎めいた調査をおこなった。

全員がカフェ・ミュザンの秘密集会に参加していた。

アンジョルラスはなかば判じ物だが、意味深長な比喩を言葉に交えながらこう言った。

「今われわれがどういう状況にあり、だれを当てにできるか知っておくことが望ましい。闘士が要るというなら、闘士をつくらなくてはならない。攻撃の手段をもつことだ。これは害にはならない。通行人はいつだって、道に牛がいないときより、いるときのほうが角で突かれる機会が多いものだ。だから、ちょっと牛の数をかぞえてみようじゃないか。われわれは何人いるか？この仕事を先送りにすることは論外だ。革命家はつねに急がなくてはならない。進歩にはぐずぐずしている暇などない。想定外のことに気をつけよう。不意を打たれないようにしよう。目下の問題は、われわれが仕立てた縫目を全部しらべあげ、しっかりしているかどうか確かめることだ。この仕事は今日のうちに虱潰しにやっておかねばならない。クールフェラック、理工科学校の学生の様子を見てきてくれ。今日は彼らの外出日だ。水曜だからな。フイイ、きみはグラシエールの連中の模様を見てきてくれるな？　コンブフェールにはピクピュスに行ってもらう約束だ。あそこには、大々的な動員が期待できる。バオレルはエストラパードを見まわってくれ。プルヴェール、石工たちが日和っている。おまえはグルネル・サン・トノレ通りの秘密基地の情報を届けてくれ。ジョリーにはデュピュイトランの病院に行って、医学生たちの脈を探ってもらおう。ボシュエはちょっと裁判所をひと回りして、見習弁護士たちとダべってきてくれ。おれのほうはかぼちゃ党とのことを引きうける」

「これで万事オーケーだな」とクールフェラックが言った。

「いや」

「まだなにかあるのか？」

「ひとつきわめて大事なことがある」

「なんだ？」とコンブフェールが尋ねた。

「メーヌ市門だ」

アンジョルラスはしばらく考えこんでいたが、やがて言葉をついだ。

「メーヌ市門には大理石細工師、画家、彫刻場の下彫工などがいる。あの連中は熱しやすいが、冷めやすい。しばらくまえから、連中がどうなっているのか、まるっきり分からない。連中は別のことを考えている。火が消えかかっている。ドミノ遊びなどをやって暇つぶしをしている。大至急あそこに行って、彼らとちょっとばかり、だがきっぱりと話をつけねばならない。連中が集まるのはリシュフーの店だ。正午と一時のあいだなら、つかまえられる。この件について、おれはかねがねあのぼんやりしたマリユスを当てにしていた。なんだかんだと言っても、あれは役に立つ男だからな。しかし、彼はとんとやってこない。メーヌ市門にはだれかが必要なんだが、いまのところだれもいない」

「なに、おれが」とグランテールが言った。「おれがいるじゃないか」

「おまえが？」

「おれだよ」

「おまえが共和主義者たちに指図するだって！　おまえが主義、主張を持ちだして、冷めた心を暖めるだって？」

「なにが悪い？」

「いったい、おまえがなにかの役に立つのか？」

「そう言うけどよ、おれだって気持ちがむずむずしているんだ」とグランテールが言った。

「おまえはなにも信じちゃいないんだろ」

「あんたを信じているよ」

「グランテール、おまえはおれの役に立ちたいというのか？」

「なんでもかまわない。靴を磨いたっていいよ」

「それなら、おれたちの仕事に口を出さないでくれ。アプサントの酔いでも醒ましていろ」

「あんたは血も涙もない男だよ、アンジョルラス」

「おまえはメーヌ市門なんかに行ける男か！　そんなことができるやつか！」

「できるとも。グレ通りをくだって、サン・ミシェル広場を横切り、ムッシュー・ル・プランス通りを斜めに行って、ヴォジラール通りに道をとる。カルム修道院を通りこして、アサス通りを曲がったら、シェルシュ・ミディ通りに着く。軍法会議所をあとにして、ヴィエイユ・チュイルリー通りを歩いて、モンパルナス大通りをまたぐ。それからメーヌ車道を辿り、市門を抜けて、リシュフーの店にはいるんだろ。それくらい、おれにだってできるさ。おれの靴にもできるさ」

「おまえはリシュフーにいる仲間をちょっとは知っているのか？」

「よくは知らない。おれ、おまえと呼びあっていることぐらいかな」

「彼らになにを言うつもりなんだ？」

「もちろん、ロベスピエールの話をしてやるつもりだよ。それに、ダントンのこととか。原理、原則のこととか」

「おまえが！」

「おれがだよ。それにしても、だれもおれの真価を認めてくれないんだな。いざとなりゃ、おれだって。おれはプリュドム[1]を読んだし、『社会契約論』も知っている。共和国第二年の憲法[2]だってそらで覚えている。「市民の自由は他の市民の自由が始まるところで終わる」ってやつだろ。

あんたはおれのことを頓馬だとでも思っているのかい？　あっしの引出しにゃあ、アッシニア〔革命時代の紙幣〕が一枚はいっているんでえ。人権、人民主権、ちくしょうめ！　はばかりながら、おれはエベール派[3]でさえあるんだぜ。懐中時計を片手に、滔々と六時間も立派な話ができるんだ」

「真面目になれ」とアンジョルラスが言った。

「おれは頑固な男なんだ」とグランテールは応じた。

アンジョルラスはしばらく考えていたが、意を決したというような仕草をした。

「グランテール」と彼は重々しく言った。「じゃあ、おまえを試してみよう。メーヌ市門に行け」

グランテールはカフェ・ミュザンのすぐそばの家具付き貸部屋に住んでいた。彼は外に出たと思ったら、その五分後にはもうもどってきた。家に行ってロベスピエール風のチョッキを着てきたのだった。

「赤いやつだ」とはいるなり言って、アンジョルラスをじっと見つめた。それから手の平で、チョッキの真っ赤な両襟の先をさっと押さえてみせた。

そしてアンジョルラスに近づいて、耳元に囁いた。

「まあ、大船に乗った気でいてくれ」

彼は帽子をぐいと深くかぶって出ていった。

ものの十五分もたつと、カフェ・ミュザンの奥まった広間にはひと気がなくなった。〈ＡＢＣの友の会〉の全員はそれぞれ、じぶんの仕事に出かけた。かぼちゃ党の担当だったアンジョルラスが最後に表に出た。

当時、パリにいたかぼちゃ党の者たちはイシーの野原、パリのそのあたりに集中していた石切場跡で集まりを開いていた。

その待合せ場所に向かいながら、アンジョルラスは心のなかで現状を再検討していた。事態が深刻になってきたのは明らかだった。潜伏した社会の病の前駆症状ともいうべき、諸事実の動きが停滞しているときには、ちょっとした合併症でもその動きをとめ、混乱を引きおこす。この現象から崩壊と再生が生じてくる。アンジョルラスには、未来の暗い裾のしたに輝かしい蜂起がかいま見えた。——いや、どっこい、その瞬間が近づいているのだ。人民がみずからの権利を取りもどす、それはなんという美しい光景か！　ふたたび革命が堂々とフランスを所有し、世界に向けて、「続きは明日だ！」と叫ぶのだ！　アンジョルラスは嬉しかった。釜は熱くなっている。今この瞬間、パリじゅうに仲間たちが散って、導火線を握っている。コンブフェールの透徹した哲学的雄弁、フイイの世界主義的な熱気、バオレルの笑い、ジャン・プルヴェールの憂愁、ジョリーの科学、ボシュエの嘲笑などを頭のなかで組みあわせて、いたるところで同時に火を吹く電気花火のようなものを思いうかべた。全員が仕事に取りかかっている。努力に結果がついてくるのは間違いない。これでいいのだ。そう思っていると、ふとグランテールのことが気になってきた。「待てよ」と彼は思った。「メーヌ市門に行っても大した回り道にはならない。いっそのこと、リシュフーの店まで足を延ばしてみたらどうだろうか？　グランテールのやつがなにをやっているのか、事態はどうなっているのか、どれひとつ見てやろう」

ヴォジラールの鐘楼が一時を打ったとき、アンジョルラスは煙草の臭いが立ちこめるリシュフーの店に着いた。ドアを押して、なかにはいり、腕を組んで、閉まるドアが肩にぶちあたるのをものともせず、テーブルや男たちや煙でいっぱいのホールをながめまわした。

その靄のなかにだれかの声がとどろくと、もうひとつの声がそれをぴしゃりとさえぎっていた。グランテールが敵手とやりとりしているのだった。

グランテールがひとりの男と向かいあって、糠をばらまき、ドミノの札を広げたサン・タンヌ大理石のテーブルのまえに腰かけ、その大理石を拳で叩いていた。そしてアンジョルラスにはこんな声が聞こえた。

「ダブル六」

「四」

「ちぇっ！　もうねえや」

「あんたお陀仏だね。二」

「六」

「三」

「一」

「こっちが先手だ」

「四点」

「まいったな」

「そっちの番だぜ」

「ひでえポカやったな」

「なに、尻上がりによくなるさ」

「十五」

「もう一丁、七」

「これで二十二になるな。（黙考して）二十二だ！」

「そっちはダブル六を予想してなかったろう。こっちが最初にやってたら、逆転してたところだぜ」

「もう一丁、二」

「一」

「一だって！　そんならこっちは五といくぜ」

「こっちにゃねえ」

「たしか、先手はそっちだったよな？」

「そうだよ」

「ゼロ」

「この兄さん、ついてやがる！　おい！　そっちはついているな！（長考して）二だ」

「一」

「五も一もねえよな。そっちもお困りですね」

「ドミノ」

「この野郎！」

第二篇　エポニーヌ

第一章　ひばりヶ原

マリユスは、ジャヴェールが張りこんでいたあの待伏の場が、思いもかけない結末を迎えるのに立ち会った。ジャヴェールが囚人たちを三台の辻馬車に乗せてあばら部屋を引きあげるとすぐ、彼もそっと家の外に出た。まだ晩の九時をまわったばかりだった。マリユスはクールフェラックのところに行った。クールフェラックはもはやラテン区にのうのうと暮らしてはいられなくなり、「政治的な理由」でヴェルリー通りに引っ越していた。当時この界隈はよく暴動の根城にされる場所だったのだ。マリユスはクールフェラックに、「泊まりにきたよ」と言った。クールフェラックは二枚あるベッドのマットレスのうち一枚を引っ張りだし、それを床に敷くと「さあ」と言った。

翌日マリユスは、朝七時には早くもぼろ屋にもどり、家賃とブーゴンばあさんに借りていた金を返し、本、ベッド、テーブル、整理簞笥、それに二脚の椅子などを腕にかかえて大八車に積みこむと、住所も残さずにさっさと立ち去った。そんなわけで、午前中ジャヴェールが前夜の事件のことでマリユスに尋問しようとやってきたとき、ひとり残ったブーゴンばあさんが、こう答えただけだった。「引っ越しましたよ！」

ブーゴンばあさんはマリユスも昨夜捕まった泥棒の一味だと思いこんでいた。「分からないもんだね」と、彼女は界隈の門番女のところをまわっては声をあげていた。「あの兄さん、まるで小娘みたいだったのにさ！」

そんなふうにマリユスがそそくさと引っ越したのにはふたつの理由があった。まず、いまとなってはその家が怖くなったからだ。彼はそこで、言ってみればたちの悪い金持ちよりもおぞましい社会の汚辱、つまりたちの悪い貧乏人がじつに胸くそ悪く、なんとも残忍になるのを、つい目と鼻の先でさんざん見せつけられたのだ。つぎに、おそらくのちに起こされるかもしれない裁判に出廷し、テナルディエにとって不利な供述をせざるをえなくなるのは、ご免こうむりたいと思ったからだった。

ジャヴェールは、名前を控えておかなかったあの青年が、怖くなって逃げだしたか、待伏の時間に帰宅さえしていなかったのだと思った。それでも、なんとか身柄を確保しようといろいろ手を尽くしてみたが、見つからなかった。

一か月が過ぎ、また一か月が過ぎた。マリユスはずっとクールフェラックのところにいた。裁判所の控室にいつも出入りしている見習弁護士から、テナルディエが独房に入れられていると聞いた。毎月曜日、マリユスはフォルス監獄の書記課にテナルディエ宛の五フランを届けた。

マリユスはもう金がなかったので、その五フランをいつもクールフェラックに借りていた。彼が他人から借金をするのは、生まれて初めてのことだった。この定期的な五フランの出入りは二重に謎だった。貸すほうのクールフェラックにも、受けとるほうのテナルディエにも。「いったい、あの金はだれの手にわたるんだろう？」とクールフェラックは考え、「いったい、この金はどこからくるのか？」とテナルディエは思っていた。

それにマリユスは悲しみに暮れていた。すべてがふたたび穴のなかに落ちこんでしまった。彼の前途にはなにも見えなかった。生活はまたもやあの謎のなかに沈みこみ、その謎のなかを彼は手探りでさまよっていた。あの暗がりのなかで一瞬、愛する娘と娘の父親らしい老人に再会した。あの素性の知れないふたりは、この世で彼の唯一の関心であり、唯一の希望だった。ところが、ふたりを捕えたかと思う間もなく、一陣の風がその面影をさらっていった。あれほど恐ろしかった衝突からさえも、確信と真実の閃きひとつも浮かびあがってこなかった。知っているとばかり思っていた名前さえも分からなくなった。たしかに、あの人はユルシュルではなかった。そして「ひばり」というのは渾名にすぎなかった。また、あの老人のことをどう考えたらいいのだろう？はたして彼は警察から身を隠しているのだろうか？廃兵院（アンヴァリッド）のあたりで出くわした白髪の労働者のことが心に浮かんできた。いま思いかえしてみると、どうやらあの労働者とルブラン氏が同一人物だったようだ。それなら、彼は変装していたのか？あの男には勇壮な面と怪しげな面とがあった。彼はなぜ助けを呼ばなかったのか？なぜ逃げたのか？あれは若い娘の父親なのか、そうでないのか？そして彼は、じっさいにテナルディエには見覚えのある男だったのか？もしかすると、テナルディエのほうが人違いしていたかもしれないではないか？　どれもこれも解決のつかない問題ばかりだった。そうはいっても、リュクサンブール公園にいた少女の、天使のような魅惑がすこしも薄れていなかったのは事実だった。胸をさすような悲嘆。マリユスの心には情熱があふれていたが、目には夜が広がっていた。押しかえされたり、引き寄せられたりして、身動きできなかった。愛のほか、すべてが消え去った。その愛についてさえ、彼は直観力や突然の閃きをなくしてしまった。ふつうなら、身を焦がす愛の炎がいくらかなりとも心を照らしてくれるだろうし、外にたいしてもほのかな光を投げかけてくれるものだ。情熱のそんなひそかな忠告さえ、マリユスの耳には聞こえなくなっていた。「あそこに出かけてみたら？」とか、「こうやったらどうか？」などとは一度も思わなかった。もうユルシュルとは呼べなくなった女性は、もちろんどこかにいることはたしかなのだが、ではどこにさがしにいくべきかと教えてくれるものは、なにひとつなかった。彼の生活はいまや、こう言ってしまっていいようなものになった。見通しのきかない霧のなかにある絶対的な疑念。彼は彼女との再会を熱望していたが、もはや期待していなかった。

おまけに、ふたたび貧乏暮らしがはじまった。すぐそこからやってくるその冷たい息吹を背中に感じた。あれこれ悩み苦しんでいるうちに、ずいぶんまえから、じぶんの仕事をしなくなっていた。その習慣がどこかにいってしまったのだ。習慣というものは捨てるのは楽だが、とりもどすのは難しい。

ある量の夢想は適度な麻酔薬と同じく有効である。それは活動している知性の苦しい熱を時には鎮め、精神のなかにほんわりとした、さわやかな香りを生みだす。この香りが純粋な思考の厳格すぎる輪郭を和らげ、あちこちの欠陥や間隙を埋め、全体を結びあわせ、思想の角をぼかしてくれる。だが、夢想も度を越すと、精神を沈め、溺れさせる。思考からどっぷり夢想に落ちこんでしまう精神労働者は不幸である！　いずれは楽々と浮かびあがれると信じ、とどのつまり思考も夢想も同じことではないかと思うのは、とんでもない間違いなのだ！

思考は精神の労苦であり、夢想は精神の快感である。思考を夢想に代えることは、毒薬を食べ物と取り違えるようなものなのだ。

思いだす読者もおられようが、マリユスはまさにその地点から出発したのだった。そのうち情熱がわき起こり、彼を対象も奥底もない空想のなかに突き落としてしまった。こうなると、せっかくの外出も、ただ夢想しにいくだけのものになる。なにかを生みだす力が萎え、やけに騒がしく淀んだ深淵がひらいてくる。そして、労働が減るにつれ、欲求が増えてくる。これが法則というものだ。夢想状態の人間は、しぜんに締まりがなくなり、だらしなくなる。弛緩した精神は、緊張した生活に耐えられなくなる。このような生き方のなかにも、悪いことに混じって好ましいところがある。というのも、たとえ軟弱になることが害であっても、寛容になるのは健全で好ましいことだからだ。だが、寛大で高潔だが、貧乏な人間が働かないとなると、それでおしまいになる。いくら資力が尽きようと、必要なものがいろいろと出てくるのだ。

これは避けようもない坂道であり、どんな誠実で毅然とした男でも、このうえなく弱く不品行な男でも引きこまれ、自殺か犯罪かという、ふたつの穴のどちらかに辿りつく。夢想するために外出しているうちに、いつの日か、入水するために外出することになる。過剰な夢想はエスクースやルブラ[1]のような人間をつくりだすのである。

マリユスはすでに見えなくなった女性の姿を目で追いながら、ゆっくりした足取りでその坂道をくだっていった。筆者がいま述べたことは、奇異に思われるかもしれないが真実である。いない人の思い出が心の闇を明るく照らし、じっさいの姿が見えなければ見えないほど、いっそう輝きを増す。絶望し、暗く沈んだ魂には、さながら内面の夜の星のように、地平にその光が見える。彼女こそはマリユスの思いのすべてだった。ほかのことはなにも考えていなかった。彼はうすうすではあったが、じぶんの服がとんでもない代物になり、新しい服が古くなり、ワイシャツがすり切れ、帽子がすり切れ、靴がすり切れ、つまりはじぶんの人生がすり切れていくのだと感じていた。そうしてこう思った。死ぬまえにもう一度だけ彼女に会うことができたら！

ひとつだけ彼の心がほのぼのとする思いが残っていたが、それはこういうことだった。——あの彼女がぼくを愛してくれた。あの眼差しはそう告げていた。彼女はぼくの名前を知らないのに、心を知っていた。そして今いるところで、それがどんな謎の場所であれ、ずっとぼくを愛してくれている。ぼくが彼女のことを考えているように、彼女がぼくのことを考えていないなどと、いったいだれに分かる？——恋する心にかならず訪れる不可思議な時間には、ひたすら苦しみの種しかないはずなのに、ときおりなんとも言い知れない喜びに身が打ちふるえるのを感じながら、彼は考えた。「これはぼくのところにやってくる彼女の思いなのだ！」——そして、こう付けくわえた。「ぼくの思いだって、きっと彼女のところに届くはずだ」

そんな幻想を、彼はすぐさま頭を振って追いはらいはしたものの、それでもまだ、希望にも似た光線を心に投げかけてくるのだった。たまに、とりわけ夢想家を悲しませる夕刻になると、彼は一冊の手帳に思いつくことを走り書きした。そこには愛によって頭にみたされた夢想のうちでも、もっとも純粋で、ありきたりで、理想的なことしかなかった。彼はそれを「彼女に手紙を書く」と称していた。

だからといって、彼の理性が乱れたなどと思ったりしてはならない。逆である。彼は働き、特定の目標に向かってしっかりと進む能力こそなくしていたが、以前にも増して明敏な眼力と公正な良識をもっていた。たとえどんなにつまらない事柄や人物でも、眼下に起きることを、独特ではあるが冷静で現実的な光に照らして見ていた。万事について、正直な落胆ぶりと率直な公正さを見せながら、正しい言葉を口にした。ほとんど希望と無縁になったその判断力は高邁で、下界を見下ろす感があった。

このような精神状態では、何事も彼の目を逃れられず、何事も彼をだませず、彼は刻一刻と人生、人類、運命などの奥底を見きわめていった。苦悩のさなかにあってなお、愛と不幸にふさわしい魂を神から授かった者は幸いである！　愛と不幸というこの二重の光のもとに、この世のことや人間の心を見なかった者はなんの真実も見ず、なにも知らないにひとしいのだ。

愛し苦しむ魂は至高の状態にある。

それでも、日々は過ぎていったが、新しいことはなにも起こらなかった。彼にはただ、これから辿っていかねばならない暗い空間がどんどん狭まっていくように思えるだけだった。もうすでに、底なしの断崖の縁がはっきりかいま見えるような気がした。

「なんということだ！」と、彼は心のなかでくりかえした。「そのまえに、もう一度だけ彼女に会うことはできないものか！」

サン・ジャック通りをのぼり、市門の脇を通り、左手の城内旧大通りを越すと、サンテ通りに、ついでグラシエール通りに出る。ゴブランの小川のすこし手前で、野原のようなところに出る。そこはパリ環状道路の長く単調な帯のなかで、ロイスダール[2]が腰をおろす気になりそうな唯一の場所だった。

どこからくるのか、そこには雅趣がある。綱が張りわたされ、それにかけられたぼろが風にかわいている草原、ルイ十三世時代に建てられ、変な具合に窓がついた大きな屋根のある古い野菜農場の建物、うらぶれた垣根、ポプラの木のあいだを流れる小川、女たち、笑い声、話し声。地平線にはパンテオン、聾唖院の木立、黒くどっしりし、風変わりで面白く、素晴らしいヴァル・ド・グラース病院。その奥にはノートル・ダム寺院の塔の厳めしい四角い頂がのぞいている。

この場所はわざわざ行ってみるだけのことがあるのに、だれひとりやってこない[3]。十五分ごとに、かろうじて一台の荷馬車か、ひとりの車引きが通るだけだ。

一度マリユスはひとりで散歩をしているうちに、この小川のそばまでやってきた。その日、この大通りには珍しく、ひとりの通行人がいた。マリユスはこの場所の野性に近い魅力になんとなく心惹かれて、その通行人に尋ねた。「この辺は、なんというところですか？」

通行人が答えた。「ひばりヶ原です」

それからこう言いそえた。「ユルバックがイヴリーの羊飼い娘を殺したのはここですよ」[4]

しかし、その「ひばり」という言葉のあと、マリユスはもうなにも聞いていなかった。夢想状態にあるときには、たったのひと言で、このように突然身が凍りついてしまうことがある。彼の考えはすっかりひとつの思いのまわりに凝縮してしまい、ほかのことはなにひとつ感じられなくなっていた。マリユスの深い憂愁のなかでは、いつの間にか「ひばり」がユルシュルに取って代わっていたのである。「なんだそうか！」と、わけの分からない独白に特有の、分別をなくした茫然自失の状態で彼は言った。「ここが彼女の野原なんだ。ここに来れば、いつか彼女がどこに住んでいるのか分かるかもしれないぞ」

馬鹿げた考えだが、抵抗できなかった。

そして彼は毎日、この「ひばりヶ原」にやってきた。

第二章　犯罪の種は獄中で芽生える

ゴルボー屋敷でのジャヴェールの勝利は完璧だと思われたが、じつはそうでなかった。

まず、そしてこれこそが主な憂いだったのだが、ジャヴェールは例の捕虜を捕縛しそこねた。殺されるほうが逃げるのだから、殺すほうよりもずっと怪しい。それに、悪党どもにとってあれほど大切だったあの人物は、司直にとっても悪党に優るとも劣らない獲物だったはずだ。それから、モンパルナスはジャヴェールの手を逃れていた。

あの「おめかし野郎」を捕まえるには、別の機会を待たねばならなかった。じっさい、モンパルナスは大通りの木立の陰で見張りをしていたエポニーヌに出会うと、娘の父親といっしょにシンデルハネス[1]になるよりも、娘といっしょにネモランになるほうがよっぽどましだと思って、連れていった。それが彼には幸いした。彼は捕まらなかった。エポニーヌのほうは、ジャヴェールの手で「しょっぴかれ」たが、そんなことはジャヴェールにとって愚にもつかない慰めにすぎなかった。エポニーヌはマドロネット監獄でアゼルマといっしょになった。

そして最後に、ゴルボー屋敷からフォルス監獄までの護送中、主要な逮捕者のひとり、クラクスーが消えてしまった。どうやってそんなことができたのか、巡査も警官も「とんと見当がつかなかった」。煙と消えたのか、手錠のあいだにもぐりこんだのか、馬車の隙間に紛れたのか、馬車に割れ目があってそこに滑りこんだのか。とにかく監獄に着いてみたら、クラクスーがいなくなっていたと報告する以外に、護送班にはどうしようもなかった。まるで妖精か警察の仕業としか思えなかった。クラクスーは雪片が水に溶けるように、闇のなかに溶けてしまったのか？　巡査たちとこっそり示しあわせていたのか？　あの男は無秩序と秩序のあいだに二股かけた謎のなかに住んでいたのか？　犯罪と犯罪の取締りの二役を演じていたのか？　あのスフィンクスは前脚を犯罪に、後脚を司直に置いていたのか？　ジャヴェールはこの種の結びつきをけっして認めなかったので、もしそんな馴れ合いがあったとしたら、さぞかしかっとなったことだろう。ところが、彼の隊には彼以外に別の警部もいるわけで、たとえ部下でも、その警部たちのほうが彼自身よりも警視庁の内部事情に通じているかもしれなかった。しかもクラクスーは、優秀な巡査にも充分なりうる悪漢だった。世間の目を欺いて闇世界とひじょうに親密な関係をもっていることは、盗人渡世にとって願ってもないことであり、警察にとってもありがたいことだったのだ。そういう二刀流の無頼漢もたしかにいるのである。いずれにしろ、行方不明になったクラクスーは見つからなかった。ジャヴェールはそのことに驚くというより、むしろ苛立っている様子だった。マリユスとかいう、「おそらく怖気をふるったあの間抜けた弁護士」については、ジャヴェールは名前も忘れ、さしてこだわっていなかった。もっとも、弁護士であれば、いつでも見つけられる。だが、そもそもあれはただの弁護士だったのか？

予審が開始された。予審判事はパトロン・ミネット一味のひとりを独房入りさせないほうが得策だと考えた。勝手にしゃべらせておけば、うっかりなにかの手がかりをもらすかもしれないと期待したのである。その男はブリュジョン、あのプチ・バンキエ通りの長髪のごろつきだった。彼はシャルルマーニュの中庭に放たれ、いつも監視人の目が張りついていた。

ブリュジョンというのは、フォルス監獄で語り草になっている名前のひとつである。当局がサン・ベルナールの中庭と呼び、盗賊どもが「ライオンの穴」と呼んでいる、いわゆる「新館」のぞっとするような中庭の左側には、屋根の高さにまで達する垢と染みにおおわれた塀がある。この塀には古くて錆びた鉄門があり、――いまでは囚人たちの寝室になっているが――昔はラ・フォルス公爵邸の礼拝堂に通じていた。鉄門の近くに、いまから十二年まえにはまだ、石に釘でぞんざいに刻まれた牢獄図のようなものが見られた。そのしたのほうに、こんな署名があった。

ブリュジョン　一八一一年

一八一一年のブリュジョンは一八三二年のブリュジョンの父親であった。

息子のほうはゴルボー屋敷の待伏でちらりと顔を見せただけだったが、じつに狡猾巧妙でしっかりとした若者のわりに、見た目はぽかんとして哀れっぽい顔をしていた。予審判事はそのぽかんとした顔に目をつけ、独房に入れるよりも、シャルルマーニュの中庭に放りだしておくほうが得策と考えたのである。

泥棒どもは、司直の手に落ちたからといって、仕事をやめるわけではない。ひとつの犯罪をおかして入獄していても、別の犯罪をはじめる妨げにはならないのだ。展覧会に絵画を一枚出品しながら、アトリエで新たな作品を制作する画家みたいな連中なのである。

ブリュジョンは投獄されて、呆気にとられたようだった。ときどき何時間もずっと、シャルルマーニュの中庭にある、売店の小窓のそばに立ちつくしている姿が見られた。彼はまるで阿呆のように、「にんにく六十二サンチーム」にはじまり、「葉巻五サンチーム」でおわっている売店のみすぼらしい値段表をじっとながめているのだった。そうかと思うと、歯をガチガチ鳴らしながら震え、熱があると称して、二十八台ある熱病患者用のベッドのひとつが空いていないかと尋ねたりして時間をつぶしていた。

ところが突然、一八三二年の二月の後半になって、こんなことが判明した。この寝ぼけたようなブリュジョンが監獄の使い走りの者たちに頼んで、じぶんのではなく、仲間三人の名前で、三つの別々の用をさせていたのである。しかもこれがしめて五十スーという法外な費用だったので、監獄の巡査部長の注意を惹いた。

証拠調べがなされた。拘留者面会室に張りだされた用達料金表と照らしあわせてみると、五十スーは以下の明細になることが分かった。三つの用のうちのひとつはパンテオン、十スー、ひとつはヴァル・ド・グラース、十五スー、そしてもうひとつはグルネル市門、二十五スーであり、この最後のものは料金表のなかでも最高額であった。ところが、パンテオン、ヴァル・ド・グラース、グルネル市門はまさしく、ひどく恐れられていた三人の市外の夜盗、クリュイドニエ別名ビザロ、放免徒刑囚グロリユ、バールカロスが住んでいるところだった。このようにひょんなことから、警察の目はこの三人に向けられることになり、彼らがふたりの頭目、バベとグールメールが投獄されているパトロン・ミネットの一味にちがいないことが発覚した。ブリュジョンの手紙はそれぞれの家を宛先にするのではなく、路上に待ちうけていた者たちに手渡されたので、なにかしら悪事をたくらむ指示があったものと推定された。さらに別の証拠も出てきた。そこで三人の夜盗が逮捕され、わけの分からないブリュジョンの陰謀もついに見破られたかに思われた。

そうした措置が取られてほぼ一週間たったある夜、見回りの看守が「新館」の階下の寝室をしらべ、巡回票を巡回箱に入れようとしていたところ――これは看守たちがきちんとじぶんの役目を果たしているかどうか確かめる方法で、一時間ごとに巡回票を一枚ずつ、寝室の戸口に打ちつけてあるそれぞれの箱に入れるのが義務であった――、その看守が寝室の覗き穴から、ブリュジョンがベッドにすわり、壁灯の明かりのもとでなにか書いているのを目撃した。看守はなかにはいり、ブリュジョンを一か月懲罰房送りにしたが、書いていたものを押収することはできなかった。警察にもそれ以上知ることはできなかったのだ。

たしかなのは、その翌日、シャルルマーニュの中庭から「ライオンの穴」へと、ふたつの建物を隔てる六階建ての建物を越えて、ひとつの「御者」が投げこまれたということである。

留置人らは巧妙にこねたパンの玉を「御者」と呼び、それをアイルランドに送る、つまり監獄の屋根越しに、中庭から中庭に送るのである。語源は、イギリス越しに、ある土地から別の土地に、つまりアイルランドへ、ということである。この玉が中庭に落ちてきたとする。拾った者が開けると、そこに中庭の囚人のだれかに宛てた手紙が見つかる。見つけ物をしたのが留置人なら、手紙は宛先にわたされる。看守か、あるいは監獄では羊と、徒刑場では狐と呼ばれている、秘かに買収された囚人のひとりなら、手紙は書記課に届けられ、警察の手にわたることになる。

今度の場合、名宛人がちょうど「別荘」にいたのに、「御者」は無事宛先に届いた。その名宛人こそ、パトロン・ミネットの四巨頭のひとり、バベにほかならなかった。

「御者」には丸められた手紙がはいっていて、そこにはたったの二行、こう書かれていた。

「バベ。プリュメ通りにひと仕事ある。庭に鉄柵」

ブリュジョンが夜のうちに書いたのがこれであった。

バベはその手紙を、所持品検査係の男たちのいるフォルス監獄から、やはり所持品検査係の女たちがいるサルペトリエール施療院へと、二度の検査をまんまとすりぬけ、そこに収容されている「愛人」の手にわたすことができた。するとその女が知合いの別の女、警察から厳しく目をつけられていたが、まだ逮捕されていなかったマニョンという女に手紙を届けた。すでに読者が名前を見たことのあるこのマニョンは、テナルディエ一家とも浅からぬ因縁があったのだが、そのことはのちに述べる。ともかく、このマニョンがエポニーヌに会いにいけば、サルペトリエールとマドロネット[2]の橋渡しができる手はずになっていたのである。

ちょうどそのころ、テナルディエの予審中、証拠不充分のためにその娘たち、エポニーヌとアゼルマが釈放されるということがあった。

エポニーヌが出獄したとき、マドネットの門で見張っていたマニョンは、バベ宛のブリュジョンの手紙をわたし、仕事の「下見」をしておくように頼んだ。

エポニーヌはプリュメ通りに行き、鉄格子と庭を見つけ、家の様子をしらべ、探り、うかがったが、その数日後、クロッシュペルス通りに住んでいたマニョンに一枚のビスケットを届けた。監獄の闇の暗号では、ビスケットは「どうにもならない」という意味であった。

するとマニョンは、そのビスケットをサルペトリエールにいるバベの情婦に手渡した。監獄の闇の暗号では、ビスケットは「どうにもならない」という意味であった。

そこで、それから一週間もしないうちに、「予審」に行く途中のバベとそこから帰るブリュジョンがすれ違いざま、

「どうだ、P通りは?」とブリュジョンが尋ねると、

「ビスケット」とバベは答えた。

こうして、フォルス監獄でブリュジョンがこしらえた胎児は流産してしまった。だが、この流産には、ブリュジョンの計画とはまったく無関係の続きがあった。やがてそれが分かるだろう。

ある糸を縛っているつもりでも、別の糸を結ぶことがあるものなのだ。

第三章　マブーフ老人にあらわれた幽霊

マリユスはもうだれも訪ねなくなっていたが、それでも、ときたまマブーフ老人に出会うことがあった。

マリユスがゆっくりと、頭上に幸福な人びとの行進の足音が聞こえる光のない場所、いわば穴倉に通じる不吉な階段を降りているあいだ、マブーフ老人もまた同じ階段を降りていた。

『コートレー付近の植物誌』はまったく売れなくなった。オーステルリッツの日当たりの悪いちいさな庭では、藍栽培の実験もはかばかしく進まなかった。マブーフ氏がその庭で栽培できたのは、湿気と日陰を好むいくつかの珍しい植物だけだった。それでも彼は、すこしもへこたれなかった。「自腹で」藍栽培の実験をするために、植物園の日当たりのいい一隅を借りうけた。そのために、『植物誌』の銅版を質に入れた。朝食は卵ふたつに切りつめたうえ、そのひとつを、もう十五か月まえから報酬を支払っていない手伝いの老女にあたえていた。そしてこの朝食が、一日一度きりの食事になることもよくあった。彼はもう子供のような笑い方でわらうこともなくなり、ひどく気難しくなって、客に会おうとしなくなった。マリユスがわざわざ訪ねようとする気を起こさなくなったのは、むしろ好都合だった。ときたま、マブーフ氏が植物園に出かけるとき、老人と青年はロピタル大通りですれ違うことがあった。ふたりはこれといった言葉を交わすわけでもなく、ただ浮かぬ顔で会釈しあうだけだった。貧乏のせいで時に心の結びつきまでほどけてしまうというのは、なんとつらく痛ましいことだろう！　以前は友人同士だったのに、いまでは通行人同士になったのだ。

本屋のロワヨルは死んでしまった。マブーフ氏の知合いといえば、じぶんの本と庭と藍だけになった。この三つのものがそれぞれ、彼にとっての幸福、快楽、希望をあらわす三つの形になった。生きていくにはそれだけで充分だった。彼はこう思っていた。——あの藍玉がつくれたら、わたしは金持ちになるだろう。その時がきたら、質屋から銅版を受けだそう。ほらを吹き、鳴り物入りの宣伝を新聞広告に出し、『植物誌』の評判をもう一回高めてやろう。それからペドロ・デ・メディナの[1]『航海術』の木版入りの一五五九年仏訳版のありかは分かっているから、それも買ってやろう。——だが、さしあたっては終日、藍畑で働き、晩になると帰宅して、じぶんの庭に水をやり、本を読んだ。そのころマブーフ氏はそろそろ八十歳になろうとしていた。

ある晩、彼は奇妙な幽霊に出会った。

彼はその日、まだ明るいうちに帰宅していた。からだが弱っていたプリュタルクばあさんは病気で寝こんでいた。彼はわずかに肉が残っている骨と、たまたま台所のテーブルのうえで見つけたひと切れのパンで夕食をすまし、ベンチ代わりに庭に転がしてある車除けの石に腰をおろした。

そのベンチのそばには、昔の果樹園風に、梁と板でできた長持といった感じの、うらぶれた小屋があって、一階は兎小屋、二階は果物貯蔵所になっていた。小屋に兎はいなかったが、果物貯蔵所にはリンゴがいくつか転がっていた。冬の蓄えの残りだった。

マブーフ氏は眼鏡をかけて、二冊の本をめくって読みはじめた。読書に熱中し、この歳にしてはさらに由々しいことに、没頭さえしている始末だった。彼は生まれつき臆病だったせいで、迷信をしんじやすい性質だった。二冊のうち最初のはド・ランクル高等法院長の[2]『悪魔の気紛れについて』であり、もう一冊はミュトール・ド・ラ・リュボディエールの四折版『ヴォヴェールの悪魔とビエーヴルの小妖精について[3]』というものであった。とくに後者は、彼の庭がその昔、小妖精が出没する場所のひとつだったと書いているので、よけいに興味深かった。黄昏どきになって、高いところにあるものは白み、低いところのものが黒ずんできていた。マブーフ老人は手にした本を読みながらも、上目づかいに彼の植物、とりわけ彼の慰みのひとつであった石楠花を見つめていた。もう四日も一滴の雨も降らない日照りの日がつづいていた。風や太陽にさらされて茎がたわみ、蕾がうなだれ、葉が落ちている。どの植物にも水をかけてやらねばならない。マブーフ老人は植物にも魂があると考える人間のひとりだった。石楠花がひとしお哀れだった。老人は日中ずっと藍の畑で働き、へとへとに疲れていたのに、なんとか立ちあがって、本をベンチに置き、腰をかがめたまま、よろよろと井戸まで近づいた。しかし、井戸の鎖を握ってはみたものの、それをひっぱって鉤から外すことさえできなかった。そこで振りむいて、ひどく心配そうに一面の星空を見あげた。

その晩は、どこか薄暗い永遠の喜びのもとで人間の悩みを打ちひしぐ、あの晴朗な空気を漂わせていた。今夜も日中と同じく、お湿りは期待できそうになかった。

「満天の星だ！」と老人は思った。「これっぽっちの雲もない！　涙ほどの雨もない！」

そして、一瞬持ちあげられていた彼の頭が、また胸に垂れた。

彼はなおも頭をあげ、ふたたび空をながめながら、こう呟いた。

「ほんの涙ばかりの露を！　ほんのわずかのお情けを！」

彼はもう一度、なんとか井戸の鎖を鉤から外そうとしてみたができなかった。

そのとき、こう言う声が聞こえた。

「マブーフのおじいさん、庭に水をまいてほしいの？」

その声とともに、野獣が生垣を駆けぬけるような物音がしたかと思うと、痩せて背の高いひとりの娘が、藪から姿をあらわすのが見えた。娘は目のまえにすっくと立ち、物怖じせずにじっと彼を見つめていた。それは人間というより、黄昏に咲いた花影のようだった。

すべてにびくつき、また前述のように、なんにでも怖気づくマブーフ老人がなにひとつ答えられずにいると、その者は暗がりのなかを、どことなくぶっきらぼうな身のこなしで、さっさと鎖を鉤から外し、つるべを井戸に沈めて引きあげ、じょうろをみたした。そして老人には、裸足でぼろぼろのスカートをはいたその幽霊が、花壇に走っていき、まわりに命の水を振りまいているのが見えた。じょうろの水が植物にかけられる音に、マブーフ老人の魂は隅々までうっとりとし、いまは石楠花もどんなにか幸せだろうという気がした。

最初のつるべが空になると、娘は二番目、そして三番目のつるべを引きあげた。彼女は庭じゅうに水をまいてしまった。

娘がそんなふうに、骨ばった腕でぎざぎざの肩掛けをひらひらさせながら、人影が真っ黒に見える小径を歩いている様は、まるでコウモリが飛んでいるみたいだった。

娘がひと仕事をおえると、マブーフ老人は目にいっぱい涙を浮かべて近寄り、その額に手を置いて、

「あなたに神様のお恵みがあるでしょう」と言った。「花の世話をしてくださるのですから、あなたは天使です」

「いいえ」と娘は応じた。「あたしは悪魔よ。でも、どっちだっていい」

老人は娘の返事を待たず、返事を聞きもせずに声をあげた。

「わたしがこんな情けない身の上で、こんなにも貧しくて、あなたになにもしてあげられないのはなんとも残念です！」

「なんかできることはあるでしょう」と娘は言った。

「なにをです？」

「マリユスさんがどこに住んでいるのか教えてくれること」

老人はさっぱり分からなかった。

「どこのマリユスさんですかな？」

老人はどんよりした目をあげ、消えうせた何者かをさがしているようだった。

「昔、ここによく来ていた若い人だけど」

そのあいだ、老人は記憶をたぐっていた。

「ああ、そうか！」と彼は声をあげた。「おっしゃりたいことがようやく分かりました。ちょっ

と待ってくださいよ！　マリユスさん……もちろん、マリユス・ポンメルシー男爵のことだ！　彼が住んでいるのは……いや、もうあそこには住んでいないか……やはり、分かりませんな」

彼は話しながら、石楠花の枝を一本整えるために身をかがめたが、それでも言葉をついだ。

「そうか。いま、思いだした。彼はよく大通りをとおって、グラシエールのほうに行きますよ。クルールバルブ通り。ひばりヶ原です。あそこにいらっしゃい。きっと会えるでしょう」

マブーフ氏が身を起こしたときには、もうだれもいなかった。娘は消えてしまっていた。

さすがの彼も、今度ばかりはすこし怖くなった。

「まったくだ」と彼は考えた。「もし庭に水がまかれていなかったら、あれはてっきり精霊だと思うところだった」

その一時間後、床に横たわったとき、あのことがまたもや心に浮かんできた。思考が、海をわたるために魚に変身するという伝説の鳥にも似て、すこしずつ夢想の形をとって眠りにはいっていく、あの朦朧とした時間帯に、彼はぼんやりとこう思った。

「なるほど、あれはラ・リュボディエールが小妖精について語っている話とそっくりだな。ひょっとして、あれは小妖精だったのか？」

第四章　マリユスにあらわれた幽霊

マブーフ老人のもとに「精霊」が訪れてから数日後のある朝――それは月曜日で、マリユスがテナルディエのためにクールフェラックから五フラン借りる日だった——、マリユスはその五フラン貨幣をポケットに入れ、監獄の書記課に届けるまえに、「ちょっとばかり散歩しに」出かけた。そうすれば、もどってから仕事がはかどるだろうと期待したのだ。もっとも、いつもそんなふうだった。起きるとすぐ、すわって本と原稿用紙に向かい、なにかしらの翻訳を片づけていた。その日の仕事はドイツ人同士の有名な論戦、ガンスとサヴィニー〔1〕の論争を訳すことだった。彼はガンスを取りあげてみたり、サヴィニーを取りあげてみたりして、何行か読んで一行でも訳そうとするのだが、原稿用紙とじぶんのあいだに星のようなものが見えてきて、できなくなった。すると彼は、椅子から立ちあがってこう言った。「外に行ってみるか。そうすれば調子が出るだろう」

そしてひばりヶ原に行った。そこに行くと、なおいっそう星が見えてきて、サヴィニーとガンスはさらに遠のいていった。

彼は家にもどって、またつらい仕事にとりかかろうとするが、うまくいかない。頭のなかで切れ切れになった糸の一本さえも、つなぎ合わせる手立てがないのだ。そこでこう言った。「明日は出かけないぞ。あれは仕事のじゃまになる」——ところが、毎日出かけてしまうのである。

彼の住まいはクールフェラックの下宿というより、むしろひばりヶ原だった。じっさいの住所は「サンテ大通り、クルールバルブ通りから七番目の木」だと言ってよかった。

その朝、彼はその七番目の木を離れて、ゴブランの小川の手すりに腰かけていた。うららかな陽光が新しく萌えでて、つややかな若葉のあいだに射しこんでいた。

彼は〈彼女〉のことをぼんやり思っていた。するとその夢想が叱責となって、彼の身にふりかかってきた。だんだんひどくなる怠け癖という魂の病のこととか、眼前の夜がみるみる暗さを増して、ついには太陽さえも見えなくなったことなどを考えて心を痛めた。

そんなもやもやしたつらい考えが明確になってきても、それが独白にさえならないほど頭の働きが鈍くなり、じぶんの身の上を嘆きたいという気力さえなくなって、物悲しい思いに沈んでいるというのに、外界の感覚は伝わってきた。足元を流れる小川の両岸で、ゴブラン織物工房の洗濯女たちが布を叩いている音がうしろから聞こえ、頭上には楡の林でさえずり、歌っている鳥の声が聞こえてくる。ここには自由と無頓着な幸福、のどかな翼の音があり、あそこには労働の音がある。彼を深い夢想にさそったのは、そのふたつの活気ある音だった。

彼が滅入りながらも、うっとりとしていたとき、突然こう言う声が聞こえた。

「あら！　あそこにいるわ、あの人！」

目をあげるとそこに、ある朝彼のところにやってきたあの不幸な子、テナルディエの姉娘のエポニーヌの姿があった。彼はいまや彼女の名前を知っていた。奇妙なことに、彼女はまえよりも貧しげなのに、なぜかまえよりも美しくなっていた。思いがけず、光と貧しさに向かって二重の進歩をとげていたのだった。彼女は裸足で彼の部屋にずかずかとはいってきたあの日と同じように、ぼろをまとっていて、そのぼろはふた月まえよりさらにひどいものになっていた。穴がいっそう大きくなり、ぼろ着がいっそうみすぼらしくなっている。同じしゃがれ声、日焼けして艶がなく、皺がよった同じ額、ふてぶてしく、きょときょとし、落着きのない同じ眼差し。しかもその顔つきは以前にくらべて、どこか怯えたように、痛ましくなっていた。貧困のうえに獄中生活がのしかかったせいだった。

髪の毛に藁や乾草の切端がついていたが、それはハムレットの狂気がうつって気がふれたオフィーリアのようにとはいかず、たんにどこかの馬小屋で寝たせいだった。

だが、そんな身なりをしていても、彼女は美しかった。おお青春よ、おまえはなんという星なのか！

そうこうするうちに、彼女は蒼白い顔にすこし喜びの色と、微笑のようなものをかすかに浮かべて、マリユスのまえにきて立ちどまっていた。

しばらくは口がきけないようだった。

「とうとう会えた！」と、彼女はようやく言った。「やっぱりマブーフのおじいさんが言ったとおりだ。この大通りにいたんだね！　さんざんさがしたわ！　ほんとに！　ねえ、あんた知ってる？　あたしムショにいたんだよ。二週間もさ！　そいでやっと、シャバに出してもらったんだ！　あたしにはなんの証拠もなかったし、それにまだ分別がつく歳じゃない、二か月だけ歳が足らないからだって。ああ！　ずいぶんさがしたわ。六週間も。じゃあ、あんた、もうあそこには住んでいないってわけか？」

「そう」とマリユスが言った。

「ああ！　分かった。あれのせいか。やだよね、あんなこけおどし。だから引っ越したんだ。あら、いったいなんだってそんな古い帽子なんかかぶってんのさ？　あんたみたいな若い男は、こぎれいな服装をしなきゃだめじゃないのさ。マリユスさん知ってる？ マブーフのおじいさんがね、あんたのことを男爵マリユスなんとかさんと呼んでんのを？ うそだよね、あんたが男爵だなんて？ 男爵っていうのは、おじいちゃんに決まってるじゃない。リュクサンブール公園の城のまえあたりに行ったりしてさ。あそこがいちばん日当たりがいいからね。一スー払って『コティディエンヌ』紙なんか読んだりしている連中だよ。あたし一度、ある男爵に手紙を届けにいったけど、やっぱりそんな人だったよ。百歳を越える人だったもん。ところで、あんた、いま、どこに住んでんのさ？」

マリユスは答えなかった。

「あらやだ！」と彼女はつづけた。「ワイシャツに穴が開いてるじゃないか。あたしがつくろってあげるって」

彼女は言葉をついだが、その顔はだんだん曇ってきた。

「あんた、あたしに会っても、ぜんぜんうれしくないみたいだね？」

マリユスは黙っていた。彼女自身もしばらく沈黙をたもっていたが、やがて声をあげて、

「でもさ、あたしがその気にさえなれば、うれしそうな顔にしてあげられるんだってば、ぜったいに！」

「なんだって？」とマリユスが尋ねた。「あなたはなにを言いたいのですか？」

「ちょっと！ このまえは、きみって言ってくれたじゃないのさ！」と彼女がつづけた。

「じゃあ、きみはなにを言いたいんだ？」

彼女は唇を噛んで、なにか内面の葛藤と闘っているみたいに、ためらっているようだった。ようやく決心したらしい。

「しょうがないか、どっちみち同じことだもんね。あんた悲しそうな顔をしてるよね。あたし、あんたには嬉しそうな顔をしていてもらいたいからさ。ひとつだけ約束して、きっと笑うって。あたし、あんたが笑って、「そうか、それはよかった」って言う顔が見てみたいんだ。かわいそうなマリユスさん！　ねえ、あんた、覚えてるよね！　あたしになんでも好きなもんくれるって約束したこと……」

「もちろんだ！　だから、言ってくれ！」

彼女はまじまじとマリユスを見つめながら言った。

「住所が分かったよ」

マリユスは蒼ざめた。からだじゅうの血が心臓に逆流した。

「だれの住所だい？」

「あんたに頼まれた住所！」

彼女は仕方なく話すといった口ぶりで付けくわえた。

「住所よ……なにさ、分かってるくせに？」

「う、うん」とマリユスは口ごもった。

「あのお嬢さんの！」

この言葉を発すると、彼女は深々と溜息をついた。

マリユスは腰かけていた手すりから飛びおり、狂ったように彼女の手を取った。

「そうか！　それじゃ、連れていってくれ！　言ってくれ！　なんでも好きなものをぼくにねだってくれ！　どこなんだ？」

「いっしょに来て」と彼女は答えた。「あたし、通りも番地もよく知らないんだけど、ちょうどここの向かい側よ。でも、家はよく分かってる。これから連れてってあげる」

彼女は手を引っこめてから、もしそばで見ている人がいたら、きっと胸を締めつけられたにちがいない口調で言葉をついだのだが、そんなことは、うっとりとしてわれを忘れているマリユスの心をかすめもしなかった。

「あら！　あんた、ずいぶんと嬉しそうじゃない！」

マリユスの額がふと曇った。彼はエポニーヌの腕をつかんだ。

「ひとつ誓ってくれ！」

「誓う？」と彼女が言った。「それどういう意味？　おどろいた！　あたしに誓ってほしいっていうのがさ？」

そして彼女は笑った。

「きみのお父さんだ！　約束してくれ、エポニーヌ！　その住所をお父さんに言わないって誓ってくれ！」

彼女はぽかんとした顔を彼のほうに向けた。

「エポニーヌ！　あんた、どうしてあたしの名前がエポニーヌだって知ってんのさ？」

「ぼくが言うことを約束してくれ！」

しかし、彼女には聞こえないようだった。

「すっごく嬉しい！　あんたがあたしのことをエポニーヌって呼んでくれるなんて！」

マリユスは彼女の両腕を取って、

「とにかく、答えてくれ、後生だから！　ぼくの言うことをよく聞いてくれ！　きみが知っている住所をお父さんには言わないと誓ってくれ！」

「あたしのお父さん？　ああ、そっか、うちの父ちゃんね！　そんなら、安心していいよ。独房にいるんだから。それにあたし、父ちゃんのことなんて、どうだっていいもん！」

「でも、きみは約束してくれないじゃないか！」と、マリユスが声をあげた。

「とにかく、手を放してよ！」と彼女はわっと笑いこけながら言った。「どれだけ人を揺すぶったら気がすむのさ！　するよ！　するってば！　それをあんたに約束するよ！　あんたに誓うよ！　そんなこと、なんでもないよ！　父ちゃんにはその住所を言わない。さあ！　これでいいんでしょう？　これでいいんだよね？」

「だれにも言っちゃならないよ！」とマリユスが言った。

「だれにも言わない」

「じゃあ」とマリユスは言葉をついだ。「連れていってくれ」

「いますぐに？」

「いますぐにだ」

「きて」――「ああ、この人ったら、なんてうれしそうなんだろう！」と彼女は言った。

数歩あるくと、彼女は立ちどまった。

「あんまりくっつかないで、マリユスさん。あたしを先に行かせて。そう、そんなふうにさりげなくついてきて。あんたのように立派な若い男が、あたしみたいな女といっしょにいるとこなんか、ひとに見られちゃいけないのさ」

いかなる表現をもってしても、その娘の口から出た、この「女」という言葉にふくまれる意味を言いつくせないだろう。

彼女は十歩ほどあるくと、また立ちどまった。マリユスは彼女に追いついた。彼女は彼のほうを向かずに、脇から言葉をかけた。

「ところで、あんた、あたしに約束したこと覚えてるよね？」

マリユスはポケットを探った。彼には父親のテナルディエのための五フランがあるだけだった。彼はそれを取りだし、エポニーヌの手に握らせた。

彼女はぱっと指を開いて、その金貨を地面に落とし、暗い表情で彼を見つめて、

「あたし、あんたのお金なんかが欲しいんじゃないよ」と言った。

第三篇　プリュメ通りの家

第一章　秘密の家

前世紀の中ごろ、パリの高等法院上席評定官だったさる御仁が愛人をもち、それを隠すために――というのも、当時、貴族たちのあいだでは愛人たちを堂々と見せびらかしていたのに、ブルジョワ連中はこっそり隠していたからなのだが――フォブール・サン・ジェルマン地区に「妾宅」を建てさせた。そこはいまではプリュメ通りと呼ばれている、ひと気のないブロメ通りにあり、その時代には「コンバ・デ・ザニモ〔闘獣場〕」と呼ばれていた場所からさほど遠くないところだった。

この家は二階建てのあずま屋造りで、一階に広間がふたつ、二階に寝室がふたつ、下に調理場、上に閨房、屋根裏に物置、通りに面したところは長い鉄柵、家のまえには庭があった。この庭は十九アールほどもある広さだった。通行人にうかがい知ることができるのはそこまでだった。が、母屋のうしろに狭い中庭があり、中庭の奥にはふたつの部屋と地下室のついた低い建物の離れがあって、そこはいざというとき、子供と乳母を隠すためのものだったらしい。その離れの裏手に出て、からくり扉をくぐると、屋根のない高い塀に囲まれた、狭くて細長い、曲がりくねった石畳の路地に辿りつくようになっていた。この路地は驚くほど巧妙に隠され、庭や畑の囲いのあたりで消えてしまうかに見せながら、じつは角ごとに曲がり、くねくね行くと、またもやからくり扉に突きあたる。しかもこの扉口は、家から五百メートルも離れ、ほとんど別の界隈とも言える、バビロン通りのひと気のない端に通じていた。

　高等法院上席評定官殿はその扉口からはいりこんでいたから、たとえ彼を見張り、あとをつけ、連日お忍びでどこかへお出かけになるのをうかがっていた者があったとしても、彼のバビロン通り詣がよもやブロメ通りがよいだとは、思いもしなかったことだろう。土地を上手に買ったおかげで、この巧妙な司法官殿はみずからの地所で、したがって、だれの監視もうけることなく、自宅専用のそのような道路工事ができたのだった。のちに、この路地沿いの地所は庭や畑として細かく区分けして売られたのだが、区分された土地の所有者たちは、両側のどちらから見ても、目のまえにあるのは境界壁だと思いこみ、じぶんたちの花壇や果樹園に紛れて二重の塀があり、そのあいだに、この長いリボンのような石畳の道がくねっていることには気づかなかった。ただ小鳥たちには、この奇妙な道はとうにお見通しだった。おそらく前世紀の鶯や四十雀のあいだでは、この高等法院上席評定官殿の噂話で持ちきりだったにちがいない。

　屋敷はマンサール風[1]の石造り、鏡板や家具の装飾はヴァトー風、屋内はロカイユ様式[2]だったから、どこか控え目で、おしゃれで、もったいぶったところがあり、屋外は三重の花に垣根をめぐらす、古典的なかずら式だったので、これぞ愛と司法官殿の気紛れにお似合いというものだった。この家と通路はすでになくなっているが、十五年ほどまえにはまだ存在していた。一七九三年に、ある鋳物屋がぶっこわすつもりでこの家を買ったが、代金が払えなかったために、国から破産宣告をうけた。つまり、家のほうが鋳物屋をぶっこわしてしまったのだ。それ以来、家は無人になり、人の気配が絶えたどんな住処とも同じように、ゆっくりと廃屋になっていった。家には古い家具が備えつけられたままで、いつ売っても貸してもいいようになっていた。一八一〇年から庭の鉄格子にかけっぱなしの黄ばんで読めなくなった掲示札が、プリュメ通りをとおりかかる、年にせいぜい十人か十二人かの通行人たちに、その家の存在をかろうじて知らせていた。

王政復古期の終わりごろ、この同じ通行人たちが例の掲示札が消えているばかりか、二階の鎧戸が開け放たれているのに気がついた。窓に「可愛らしいカーテン」が掛かっているのは、女性がいるしるしだった。

一八二九年十月、ひとりの年配の男がやってきて、その家をそっくりそのまま、もちろん裏手の離れとバビロン通りに達する路地も引っくるめて借りうけることになった。彼はその通路の両端のからくり扉を修繕させた。さきほど述べたばかりだが、その家には高等法院上席評定官殿が使い古した家具がほとんどそろっていたが、新しい借家人はところどころ修理させ、あちこち足りないものを付けたし、中庭の敷石、庭道の煉瓦、階段、床の羽目板、窓のガラスなどを新しくした。そして、ひとりの少女と年配の手伝いを連れて、まるでじぶんの家ではなく他人の家にでも忍びこむように、ひっそりと引っ越してきた。このことは近所の人びとのあいだでさえ噂にもならなかった。そもそも、近所の人びとなどいなかったからである。

　このあまり目立たない借家人はジャン・ヴァルジャンであり、若い娘はコゼットだった。召使いはトゥーサンという名の未婚女性であった。ジャン・ヴァルジャンが施療院と貧困から救ってやった年寄りで、田舎出身の、どもり癖のある女だった。この三つの美徳があったからこそ、ジャン・ヴァルジャンが雇うことに決めたのだった。彼はその家を年金生活者フォーシュルヴァンという名義で借りた。これまで物語ってきたところで、読者はおそらく、テナルディエに遅れることなく、この男がジャン・ヴァルジャンだと気づかれていたことだろう。

　なぜジャン・ヴァルジャンがプチ・ピクピュスの修道院を出ることになったのか？　なにがあったのか？　なにもありはしなかった。

　読者も思いだされるように、ジャン・ヴァルジャンは修道院では幸せだった。幸せすぎて、やがて良心に呵責を覚えるほどだった。彼は毎日コゼットに会い、心中に父性愛が芽生え、その女の子がどんどん大きくなっていくのを感じ、魂で抱きしめてやりながら、こう思っていた。――この子はおれのものだ。おれからこの子を奪っていくものなど、なにもありはしない。いつまでもこのままでいられるはずだ。この女の子はいずれ修道女になるだろう。ここで日々、そうなるために優しくしつけられているのだから。となれば、修道院がおれにとってそうであるように、この子にとっても唯一無二の全世界になるだろう。ここでおれは老いていき、あの子は成長していくだろう。ここであの子は老いていき、おれは死んでいくだろう。そして、これは心が浮きたつようなおれの願いだが、ふたりが離ればなれになることはけっしてないだろう。――そう考えているうちに、彼はふと困ったことに気づいた。自問しながらこう思ったのだ。――このような幸せは、はたしておれのものだろうか？　この幸せは他人の幸せ、つまりこの子の幸せのことを考えに入れていないものではないだろうか？　老人のおれがこの子の幸せを奪い取り、こっそり隠しているのではないだろうか？　これは盗みだと言えないだろうか？　いや、この子にも、人生をあきらめるまえに、人生を知る権利があるはずだ。どんな苦労もさせないという口実のもとに、あらかじめ相談もなしに、勝手にありとあらゆる喜びを取りあげてしまい、世間知らずで、天涯孤独なのをいいことに、人為によって使命感を植えつけるのは、人間の本性をねじ曲げ、神を欺くことではないのか？　また、いつの日か、事がすっかり知れて、いやいや修道女になったコゼットが、もしかすると、このおれを憎むようになるかもしれないではないか？――彼はこの最後の、ほとんど自分勝手で、男らしくない考えにいたたまれなくなり、修道院を出ようと決意した。

彼はそう決意した。悲しみに暮れながらも、そうしなければならないことを認めた。さしさわりは、とくになかった。五年間も四方を壁に囲まれ、人目から身を隠していたのだから、どう考えても、気がかりの種はすっかり絶えたか、消えたかしたはずだ。心穏やかに世間にもどれるはずだった。年もとったし、すべてが変わってしまった。いまでは、だれも彼だとは気づくまい。それに、最悪の場合でも、危険は彼に及ぶだけなのだ。じぶんが懲役刑に処されているからといって、コゼットを修道院に閉じこめていいわけがない。さらに、義務をまえにして、危険などなにほどのものだろうか？　また、彼がいくら慎重になり、用心に用心を重ねようと、それを妨げるものなどなにもないのだ。コゼットの教育のほうはおわり、ほぼ仕上がっている。
いったん決心を固めると、彼は好機をうかがった。その好機はたちまちのうちに訪れた。フォーシュルヴァン老人が死んだのである。

ジャン・ヴァルジャンは修道院長さまにお目通りを願い出て、兄が死んで、すこしばかり遺産を残してくれたおかげで、もう働かなくてもなんとか暮らしていけそうなので、修道院の仕事をやめ、娘を連れて出ていきたいと告げた。しかしそれでは、誓願を立てていないコゼットをこれまで無償で育ててもらったことにたいする申し訳が立たないので、コゼットがここで過ごした五年間の費用の埋合せとして、修道会に五千フラン奉献したい、ついてはこの点をどうか修道院長さまにご了解いただきたいと、へりくだって申しでた。

こうしてジャン・ヴァルジャンは「常時聖体礼拝」の修道院から出ることになった。

修道院を出るとき、彼は鍵を肌身離さず持っている、あのちいさなスーツケースをみずから腕にかかえ、運送人にはわたさなかった。そのスーツケースのなかから、芳しい香りが漂ってくるので、コゼットは気になってしかたがなかった。

ここでただちに言っておくが、彼は以後もこの鞄からけっして離れることはなかった。その鞄をじぶんの寝室に置いて、引越のときには真っ先に、時にはそれだけを運んだ。コゼットはこのことをからかって、そのスーツケースを「お守り」と呼び、「うらやましいわ」と言っていた。

ただジャン・ヴァルジャンは、自由の空気を吸ってはみても、やはり深い不安から逃れられなかった。

彼はプリュメ通りに家を見つけ、そこに身をひそめていた。それ以後、ユルチーム・フォーシュルヴァンと名乗ることにした。

それと同時に、彼はパリにもうふたつのアパルトマンを借りた。それはひと所にいるより人目につかないし、なにかすこしでも不安を感じたら、必要に応じて家を留守にすることもできるし、あれほど奇跡的にジャヴェールの手を逃れた夜のように、もう二度と不意を突かれないようにするためだった。そのふたつのアパルトマンはひどく粗末で見栄えのしないものだったが、ひとつはウエスト通り、もうひとつはロム・アルメ通りと、互いに遠く離れた地区にあった。

彼は時に応じて、ロム・アルメ通りに行ったり、ウエスト通りに行ったりして、コゼットとともにひと月か、六週間ほど過ごした。そのあいだはトゥーサンを家に残していった。ふたつのアパルトマンでは門番の世話になり、じぶんは郊外に住む年金生活者で、街に仮住まいしているのだということにしていた。警察の目を逃れるために、この徳の高い人物は、パリに三つの住処を持っていたのである。

第二章　国民兵ジャン・ヴァルジャン

もっとも、厳密にいえば、彼が住んでいたのはプリュメ通りであり、そこでの生活はつぎのように整えられていた。

コゼットは召使いといっしょに母屋に住んでいた。彼女には色模様の窓間壁のある広い寝室、金箔がほどこされた丸刳形の居間、綴織りの壁掛けと大きな肘掛け椅子のある高等法院上席評定官殿の客間があたえられ、庭も彼女のものだった。ジャン・ヴァルジャンはコゼットの寝室に三色の古代緞子の天蓋がついたベッドを置かせ、フィギエ・サン・ポール通りにあるゴーシェのかみさんの店で買ったペルシャ絨毯を敷かせた。さらに、こうした見事な年代物の骨董品の厳めしさを和らげるために、飾り棚、本棚と金縁の本、文具箱、吸取り紙帳、真珠母をちりばめた裁縫台、緋色の裁縫箱、日本の陶器の化粧箱など、若い娘にふさわしい明るくおしゃれな小道具をあれこれくわえて並べさせた。ベッドと同じ三色の赤地緞子の長いカーテンが二階の窓に掛かり、一階の窓には綴織りのカーテンが掛かっていた。冬のあいだずっと、コゼットのちいさな家は上から下まで暖房がきいていた。彼のほうは裏の中庭にある門番小屋のような離れに住んでいた。そこには折畳み式のベッドに一枚のマットレス、白木のテーブル、二脚の藁椅子、陶器の水差し、棚に本が五、六冊あるだけで、片隅に例のスーツケースを置き、暖房はなかった。彼はコゼットと夕食を共にしたが、彼のために供されるものといえば、黒パン一個だけだった。トゥーサンを連れてきたとき、彼は「ここの主人はお嬢さまだ」と言った。トゥーサンが呆れて、「そ、そんなら、だ、だんさんは?」と尋ねると、「わたしは主人よりずっと上だ。父親だよ」と答えた。

コゼットは修道院で家事を仕込まれていたので、ひじょうにつましい家計を上手にきりもりしていた。彼は毎日、コゼットの腕を取って散歩に出かけ、リュクサンブール公園のもっとも人通りのない小径に連れていった。毎日曜日ミサに参列したが、いつもサン・ジャック・デュ・オ・パ教会に行くのは、その教会がかなり遠いところにあったからだった。そこはとくに貧しい界隈だったので、多くの施し物をした。不幸な者たちが教会で彼を取りまいた。テナルディエが「サン・ジャック・デュ・オ・パ教会の慈善家殿」に宛てた手紙を書いたのも、そんなことがあったからだった。好んで貧しい人びとや病人たちを見舞った。他人はだれひとりプリュメ通りの家に入れなかった。食料品はトゥーサンが買ってきたし、水はジャン・ヴァルジャンみずからすぐ近くの大通りにある水汲み場にくみにいった。薪と葡萄酒は半地下の、小石や貝殻で飾った洞穴みたいなところに置いていた。この洞穴はバビロン通りの扉口のすぐそばにあって、その昔、高等法院上席評定官殿の洞窟としてつかわれていた。というのも、「愛の館」や「妾宅」などの時代には、洞窟のない色事は考えられなかったからである。

バビロン通りの中型の門には、手紙や新聞を受けとるための貯金箱状の箱があった。ただ、プリュメ通りの三人の住人は手紙も新聞も受けとることがなかったので、かつては色事の太鼓持ち役であり、好き者の法服貴族の腹心みたいだったその箱も、いまでは徴税通知書や国民兵召集令状を受けとるくらいしか出番がなくなった。というのも、年金生活者フォーシュルヴァン氏は国民兵の一員だったからである。彼は一八三一年の国民兵服役義務者調査の厳しい網の目を逃れられなかったのだ。この時期、市当局がおこなった調査の手は、プチ・ピクピュス修道院までのびたので、俗人のはいりこめない神聖な雲のようなところから出てきたジャン・ヴァルジャンは、当局にとって尊敬すべき、したがって国民兵にふさわしい人物のように見えたのだった。

年に三度か、四度、彼は軍服を着て歩哨に立った。しかも、嬉々として。彼にとってそれは規則にかなった変装であり、おかげで世間と交わっても孤独をたもつことができた。ジャン・ヴァルジャンはそのころ、ようやく六十に届いたばかりだったが、これは法律上兵役免除の年齢だった。だが、彼はとても五十過ぎには見えなかったし、伍長の目を逃れようとか、ロボー伯爵[1]に難癖をつけようなどという気はさらさらなかった。彼には市民としての戸籍がなかった。彼は名前を隠し、素性を隠し、年齢を隠し、なにもかも隠した。さきに述べたように、彼は志願して国民兵になったのである。税金を払う一般人と同じようになる、それこそが彼の悲願だった。この男の理想は、心は天使、姿は市民だったのだ。

ただ、ここで細かいことをひとつ記しておこう。ジャン・ヴァルジャンはコゼットと連れ立って外出するときは、いま述べたような服装をしていたため、退役士官のように見えた。ひとりで出かけるとき、それはおおむね晩方になってからだったのだが、きまって労働者風の上着とズボンを身につけ、顔を隠してくれるように鳥打帽をかぶっていた。これは用心のためだったのだろうか、それともへりくだるためだったのだろうか？　じつは、その双方のためであった。コゼットはじぶんの謎めいた運命に慣れていたので、父親の風変わりな点にはすこしも気づかなかった。トゥーサンはといえば、ジャン・ヴァルジャンを尊敬しきっていて、彼のすることならなんでもいいことだと考えていた。ある日、ジャン・ヴァルジャンをちらりと見かけた、行きつけの肉屋に、「あれは変なやつだな」と言われた彼女は、「あ、あ、あれは聖人さまだちゃ」と答えた。

ジャン・ヴァルジャンも、コゼットも、トゥーサンも家の出入りには、バビロン通りの扉口しかつかわなかった。庭の鉄柵をとおしてでなければ、彼らがプリュメ通りに住んでいると見抜くのは困難だった。その鉄柵はいつも閉じたままだった。ジャン・ヴァルジャンは人目を惹かないように、わざと庭を荒れ放題にしておいた。

この点について、彼はおそらく間違っていたのかもしれない。

第三章　葉ト枝ト[1]

半世紀以上ものあいだ放置されていたその庭は珍しく、魅力あふれるものになった。四十年まえには、通りがかりの人びとがふと足をとめてこの庭に見とれていたものだが、まさかこの清々しい緑の茂みの奥に、人知れず秘め事が隠されているなどとは思ってもみなかった。当時、何人もの夢想家が無遠慮にも、古風な鉄格子の柵越しに、いく度となく庭をのぞきこんでは、さまざまに想像をたくましくしていたが、その鉄格子には南京錠がかけられ、ねじくれ、ぐらつき、緑青と苔のついた二本の柱に埋めこまれて、先端には奇妙なぐあいになんとも解しがたいアラベスク模様のある三角形の物体がついていた。

庭の片隅にベンチがひとつ、苔むした彫像がひとつ、ふたつあり、年月を経て釘の抜けた格子垣が、壁のうえで腐りかけていた。そのうえ、小径も芝生もすでになくなり、いたるところハマ麦だらけだった。造園術はどこかに消え去り、自然がもどってきたのだ。雑草がはびこり、それが貧しい片隅の土地に得も言われぬ風情をあたえていた。ここのにおいあらせいとうの饗宴はただただ見事と言うほかなかった。この庭では、生命に向かおうとする事物の、侵すべからざる努力を制するものはなにひとつない。称えるべき生長がそこをわが家としている。木々は茨のほうにかがみ、茨は木々に向かって伸びあがり、蔓草は這いあがり、枝はたわみ、地を這うものは空中に花咲くものに会いにゆき、風にそよぐものは苔のなかでぐずぐずしているものに身をかしげていた。幹、枝、葉、繊維、房、巻ひげ、蔓、棘などがもつれ、入りくみ、結びあい、交わりあっていた。植物という植物がひしと深く抱きあい、創造主の満足げな眼差しのもとに、この百平方メートルばかりの囲い地のなかで、人間の友愛を象徴する植物の友愛ともいうべき聖なる神秘を称え、神の意思にしたがっていた。この庭はもはや庭ではなくて巨大な藪、すなわち森のようにうかがい知れず、都会のように混みあい、鳥の巣のように震えおののき、大聖堂のようにほの暗く、花束のように香しく、墓のように物寂しく、群衆のように生き生きしていた。

花月〔共和国暦第八月、現行暦の四、五月〕ともなると、鉄格子のかなたの、四方を壁に囲まれた巨大な茂みは、だれはばかることもなく、あらゆるものが芽生える秘かな働きの盛りにはいり、まるで宇宙から愛の息吹を吸いこみ、四月の精気が血管に湧きあがって泡立つ野獣さながら、昇る太陽を浴びて打ちふるえ、緑色の驚異の髪を風になびかせながら、湿った土地、すり減った彫像、母屋の崩れかけた石段、ひと気のない通りの敷石のうえにまで、星のような花、真珠のような露、豊穣、美、生命、歓喜、香気をまき散らした。真昼になると、無数の白い蝶々がそこに逃げこみ、このいわば生きた夏の雪が日陰をふわふわと渦巻く様は、神々しいような光景だった。ここの陽気な緑の暗闇では、無邪気な声の輪がそっと魂に語りかけ、鳥のさえずり声が言い忘れていたことを虫の羽音がおぎなっていた。夕べになると、庭から夢想の霞が立ちのぼって庭をつつみ、経帷子のような霧が天上の静かな悲しみのように、庭をおおいつくした。忍冬（すいかずら）や昼顔などの陶然たる香りが心地よく繊細な毒のように、あたり一面に立ちこめた。枝のしたでまどろむ木ばしりやセキレイの一日の終わりの呼び声が聞こえてきた。鳥と木の聖なる睦まじさが感じられた。昼には翼が葉を喜ばせ、夜には葉が翼をまもっていた。

冬になると、この藪は黒ずみ、湿って、枝を逆立て、ぶるぶる震えながら、ほんのすこし家の姿をのぞかせた。小枝に花がなくなり、花に露がなくなって、黄ばんだ落葉の冷たく厚い絨毯のうえに、銀色のリボンみたいな長いなめくじの行列が見られた。しかし、いずれにせよ、春夏秋冬のいずれの季節にも、この狭い囲い地には、どの角度からながめても、哀愁、瞑想、孤独、自由、人間の不在、神の存在がありありと見られ、錆びついた鉄格子は「この庭はわたしのものだ」と言っているようだった。

パリの敷石の道がまわりを取りまき、ヴァレンヌ通りの古風な豪邸がすぐそばに建ちならび、廃兵院の丸天井が近くに見え、下院議会もさほど遠くないというのに、ブルゴーニュ通りやサン・ドミニック通りの豪華な四輪馬車が派手に近所を走り、黄色、褐色、白、赤などの乗合馬車が近くの交差路ですれ違っているというのに、プリュメ通りだけは閑散としていた。昔の持ち主たちが死に、革命が通りすぎ、古くからの財産が崩れさり、住む人もなく、忘れさられ、四十年ものあいだ打ち捨てられ、ほうっておかれると、このような特別に恵まれた場所にも、羊歯、にわたばこ、毒人参、のこぎり草、ジキタリス、伸び放題の雑草、薄緑色のラシャみたいに広い葉模様のついた背の高い植物、蜥蜴、黄金虫、せわしなく敏捷な昆虫などが舞いもどってきた。なにかしら野性の、荒々しく偉大なものが、大地の奥深くから抜けだし、この四方の壁のあいだに甦ってきた。人間のこせこせした手入れなど歯牙にもかけず、蟻のなかにも鷲のなかにも、ありとあらゆるところにつねに行きわたる自然が、新世界の処女林に見られるのと同じくらい猛々しく荘重に、パリの取るに足らないちいさな庭までやってきて、威力を見せつけるのだった。

じっさい、取るに足らないちいさいものなど、なにひとつない。深く自然に浸透された経験のある者ならだれでも、そのことを知っている。原因をはっきりさせるにせよ、結果を見きわめるにせよ、哲学にはどんな絶対的な満足ももたらさないけれども、瞑想家はあらゆる力が分解され、結局すべてが統一されてしまうのを見て、底知れぬ忘我の境地に陥る。あらゆるものが、あらゆるものに働きかけているのだ。

代数学は雲にもあてはまる。星の光はバラの花の役に立っている。どんな思想家も、さんざしの香りが空にある星座の役に立っていないとは言いきれないだろう。いったいだれに、ひとつの分子の行程を計算できようか？　いろんな世界の創造が砂粒の落下によって決せられないかどうか、どうして分かろう？　無限に大きなものと無限に小さなものとの相互の往還運動を、存在の深淵にひそむさまざまな原因の反響を、なだれのような創造を、いったいだれが知ろう？　一匹のダニも大切である。小さなものが大きいのであり、大きいものが小さいのだ。必然にあっては、すべてが釣りあっている。これは精神にとって恐るべき光景である。人間と事物とのあいだには驚異ともいえる関係がある。太陽から油虫までの、この無尽蔵な全体にあっては、互いに蔑むものはなにひとつなく、すべてが相手を必要とする。光はみずからがなにをするか知らずに、地上の香りを蒼天に運ぶわけではない。夜は眠りこんでいる花々に星の精髄を分配する。飛翔するあらゆる鳥は無限の糸を脚につけている。発芽は流星の出現や卵の殻を破る燕の嘴のひと突きに絡んでいるし、みみずの誕生もソクラテスの到来も導く。望遠鏡のおわるところで、顕微鏡がはじまる。このふたつのどちらが、より広い視野をもっているか？　どうか、選んでいただきたい。ひとつの黴は無数の綺羅星であり、ひとつの星雲は星の蟻塚である。同じように、いや、さらに信じられないことには、知性に関わる事柄と物質に関わる事実とが隣接しあっているのだ。諸々の要素や原則が混じりあい、組みあい、結びつき、互いに数を増やしあって、ついには物質界と精神界とを同じ光のもとに行きつかせるのだ。この現象は永遠に回帰する。遠大な宇宙の交換にあっては、普遍的な生命がはかり知れない量で行き来して、万物を目に見えない神秘の息吹によって運び、あらゆるものを活用し、どんな夢ひとつ、どんな眠りひとつも無駄にせず、こちらでは微小動物をまき散らし、あちらでは天体を打ち砕く。揺れ、うねりながら、光を力に、思考を要素に変え、拡散しても分割できない形で、自我という幾何学的な一点をのぞいて、すべてを溶かしてしまう。すべてを魂という原子に引きもどし、すべてを神のなかで花開かせる。最高のものから最低のものまで、ひとつの目くるめくようなメカニズムの闇のなかで、あらゆる活動を入りくませ、昆虫の飛翔を地球の運行に結びつけ、おそらくは法則が同じものだという事実だけによってでも、天空の彗星の進化を一滴の水のなかにいる滴虫の旋回にしたがわせる。これは精神からつくられた機械であり、最初のエンジンが羽虫で、最後の車輪が黄道帯であるような、巨大な歯車仕掛けなのである。

第四章　鉄柵の変化

昔、淫らな秘密を隠すために造られたこの庭もすっかり変わって、清らかな神秘をかくまうのにふさわしいものになった。いまは、アーケードも芝生も緑のトンネルも洞窟もなくなり、いたるところにヴェールをかけたように、壮麗な影がもつれあっているだけだった。パポス〔ヴィーナス誕生の地〕の都がエデンの園に造り変えられたのだ。どこか罪を悔いているような風情があり、それがこの隠れ家を浄めていた。花売娘のようだったこの庭は、いまでは魂に花を差しだしている。かつてはひどく面目を汚されたこのおしゃれな庭も、いまでは純潔と恥じらいを取りもどしている。ある高等法院上席評定官が庭師の助けを借り、つまりラモワニョン[1]の後継者気取りの男とル・ノートルの跡継ぎを自任する別の男が、庭をねじ曲げ、刈りこみ、もみくちゃにし、飾り立て、色事向きに仕立てたのだが、この庭を自然が取りかえし、木陰でみたし、愛にふさわしい姿にしつらえたのだ。

この静寂な場所には、すっかり心の準備が整った娘がひとりいた。あとは愛が姿をあらわすのを待つばかりだった。そこには木々の緑、草、苔、小鳥の溜息、柔らかな暗がり、揺れる小枝からなる殿堂、優しさ、信仰、純真さ、希望、憧れ、空想からなる魂があった。

修道院を出たばかりのコゼットはまだ子供のようだった。ようやく十四歳を過ぎたところで、いわゆる「思春期」のさなかにあった。すでに述べたことだが、目を別にすれば、見目麗しいというよりもむしろ不器量だった。だが、目鼻立ちはどことい って文句のつけようはなかった。しかし彼女は、ぎごちなく、痩せて、内気なくせにやることが大胆、つまりは体だけ大きな少女だった。

彼女の教育はおわっていた。宗教、とりわけ信仰心をみっちり教えこまれた。それから「歴史」というか、ともかく修道院でそう呼ばれているもの、地理、文法、分詞法、フランス国王歴代史、音楽をすこし、絵の初歩などをひと通り学んだが、その他のことはなにも知らなかった。これは魅力になるが危険にもなる。若い娘の魂を暗いままにしておいてはならないのだ。暗室のなかに置かれていたように、のちのちそこから急激すぎ、強烈すぎる幻想が生まれてくるからである。どぎつい直射光ではなく、現実の反映によって、柔らかく控え目に照らしてやらねばならない。じっさいに役に立つ厳しい優しさという薄明かり、これが子供っぽい恐れを払いのけ、堕落を防いでくれるのだ。この薄明かりをどのように、またなにからつくらねばならないかを知るのはただ母性本能のみ、処女の記憶に人妻の経験が裏打ちされているあの素晴らしい直観しかない。この本能に取って代わりうるものはなにもない。ひとりの娘の魂を形づくるには、世のすべての修道女をもってしてもひとりの母親にかなわないのである。

コゼットには母親(メール)がなかった。たくさんの上級修道女(メール)たちがいただけだった。ジャン・ヴァルジャンは、たしかにあらゆる優しさと思いやりを兼ねそなえていたが、いかんせん年寄りだったので、なにひとつ分からなかった。ところが、この教育という仕事、ひとりの女性に人生に立ち向かう準備をさせるというこの大事業にあたり、無垢と呼ばれるあの大きな無知と闘うために、どれほどの知識が必要なことか！

修道院ほど、若い娘を情念に駆り立てる支度をさせるところはまたとない。修道院は考えを未知のほうへと向けさせる。うちにこもった心は、思いの丈を吐露することができないために内部を穿ち、発散することができないためにますます深く閉じこもってしまう。ここから、さまざまな幻影、推定、憶測、推測、小説の粗筋めいたもの、憧れの冒険、空想の産物、そっくり心の暗がりに築かれた建物、つまり柵を越えてはいることが許されると、たちまち情念が住みついてしまう暗く、秘かな住処が生まれてくるのだ。修道院制度とはひとつの抑圧であり、人間らしい恋愛感情に打ち克とうとすれば、この抑圧は生涯つづくことになる。

修道院を去ったとき、コゼットはプリュメ通りの家ほど心地よく、また危険なところはないと思った。あいかわらず孤独はつづいていたが、自由がはじまっていた。庭は閉ざされていたものの、刺激にみち、豊かで、快感をそそり、香り高かった。夢見ることは修道院にいたときと同じだったが、若い男の姿がちらちら見えた。鉄柵はあったが、通りに面していた。

だが、くりかえし言うが、この家に来たとき、コゼットはまだほんの子供にすぎなかった。ジャン・ヴァルジャンはこの荒れ果てた庭を彼女の好きなようにさせて、「ここでは、なんでもやりたいことをしていいんだよ」と言った。コゼットは喜んだ。茂みを残らず掻き分け、石をことごとく動かし、「動物」をさがした。彼女は庭で遊んでいたが、やがてここで夢見ることになるだろう。足元の草のなかに昆虫が見つかるというだけでこの庭を好きになったが、いつか頭上の枝越しに星が見えるのが嬉しくて好きになるだろう。

　それから彼女は父親、つまりジャン・ヴァルジャンを、親にたいする子としての率直な情愛で心から愛していたので、このおじさんは好ましく感じのよい友達になった。マドレーヌが大変な読書家だったことが思いだされるが、ジャン・ヴァルジャンもその点では変わりなかった。おかげで彼は話し上手になった。彼には、おのずと培われた謙虚で本物の知性によく見られる雄弁さと、秘められた豊かさとがあった。善良さにちょっとばかり胡椒をきかせるくらいの適度な厳しさも残っていた。精神は荒削りだが、心は優しかった。リュクサンブール公園で差し向かいになると、いままで読んできたことや、苦しみから身につけたことなどに着想を得て、なんについても長々と説明してくれた。その声に耳を傾けながら、コゼットはあてどなく目をさ迷わせていた。

　コゼットにとって、遊び場はあの荒れ果てた庭だけで充分だったように、物を考えるにはこの素朴な男だけで充分だった。彼女がさんざん蝶々を追いかけまわし、息せき切ってそばにきて、「ああ！　ずいぶん走ったわ！」と言うと、彼は額に接吻してやるのだった。

　コゼットはこのおじさんが大好きで、四六時中あとを追いかけていた。ジャン・ヴァルジャンがいるところならどこでも安らぎがあった。ジャン・ヴァルジャンが母屋に住まず、庭にも足を向けなかったので、彼女は花でいっぱいの前庭よりも石畳の裏庭のほうが、綴織りの壁掛けがあり、そのまえにふかふかの肘掛け椅子が並んでいる大きな広間よりも、藁椅子のあるちいさな離れにいるほうが楽しかった。ときどきジャン・ヴァルジャンは、つきまとわれるのが嬉しくて、にこにこしながら、「さあ、じぶんの家に帰りなさい。たまにはわたしを独りにしてくれないか！」と言っていた。

彼女は父親が娘に言われるとなんとも心がくすぐられるような、優しく可愛いらしいお小言を口にした。

「お父さま、ここはとっても寒いわ。どうして絨毯や暖炉を入れないの？」

「ねえ、コゼット、世の中にはわたしなどよりずっと立派な人間だというのに、住む家さえない人びとがたくさんいるのだよ」

「じゃあ、どうしてあたしのところには火や必要なものが全部そろっているの？」

「それはおまえが女で子供だからだ」

「そうなの！　じゃあ、男のひとってみんな寒い思いをして、不自由な暮らしをしなければならないの？」

「まあ、人によるがね」

「いいわ。それならあたし、しょっちゅうここにきて、お父さまがどうしても火をたかなくちゃならないようにしてあげるから」

また彼女はこうも言った。

「お父さま、どうしてそんなひどいパンを食べるの？」

「どうしてって、おまえ」

「ではこうしましょう、お父さまが食べるんなら、あたしも食べるわ」

そこでジャン・ヴァルジャンは、コゼットに黒パンを食べさせないために、じぶんも白いパンを食べることにした。

コゼットはじぶんの幼年時代のことをおぼろげに覚えているだけだった。彼女は毎朝、毎晩、会ったことのない母親のために祈っていた。テナルディエ夫婦のことは夢に出てくる怖い人影として残っていた。彼女は「ある日、夜に」森のなかまで水を汲みにいったことを覚えていて、あれはパリからずいぶん遠いところだと思いこんでいた。奈落の底で生きはじめていた境遇から、ジャン・ヴァルジャンによって救いだされたような気がしていた。子供のころは、まわりにムカデや蜘蛛や蛇しかいなかった気がした。晩、眠るまえにあれこれ考えているうち、じぶんがジャン・ヴァルジャンの娘なのに、彼が父だということがどうしても腑に落ちないので、母の魂があのおじさんに乗りうつり、じぶんのそばに来て見守っていてくれるのだと考えることにした。

彼がすわっているとき、彼女は頰を彼の白髪に押しつけて、黙ったまま涙をこぼし、こう思うのだった。「きっとあたしのお母さまなんだわ、この人は!」

コゼットは――これは言うのもおかしな話だが――修道院育ちでまるで物事を知らず、そのうえ母性などというものは処女の彼女にはまったく理解できなかったから、ついにじぶんには母がほんのすこししかいなかったのだと思うようになった。その母についても、彼女は名前さえ知らなかった。ジャン・ヴァルジャンに尋ねてみることもあったが、ジャン・ヴァルジャンはいつも黙って答えなかった。くりかえし同じ質問をすると、彼は微笑を返した。一度しつこくせがむと、微笑は涙になった。

ジャン・ヴァルジャンはこの沈黙によってファンチーヌを闇にかくまっていた。用心していたのか? 畏敬からなのか? その名前をじぶん以外の気ままな記憶にゆだねることを恐れていたのか？

コゼットがまだ幼かったころは、ジャン・ヴァルジャンも好んで彼女の母親のことを話題にした。彼女が年頃の娘になると、それはできなくなった。コゼットのせいだろうか？　ファンチーヌのせいだろうか？　彼はその人影がコゼットの考えのなかに侵入し、死んだ女がじぶんたちふたりの運命に第三者として加わってくることに、どこか宗教的な畏怖のようなものを感じた。その人影が神聖なものであればあるほど、恐ろしさが増すように思われた。ファンチーヌのことを考えると、沈黙に押しつぶされるような気がした。暗闇のなかにぼんやりと、口にあてた一本の指を思わせるものが見えてきた。かつてファンチーヌのなかに存在し、彼女が生きているあいだ暴力によって追放されたあの恥じらいが、死後に彼女のもとに立ちもどって乗りうつり、憤然としてこの死者の平安を見守り、頑固に死者を墓のなかにとどめていたのだろうか？　ジャン・ヴァルジャンは、はからずもその圧力をうけていたのだろうか？　筆者は死後というものを信じているから、そのような神秘的な説明をあながち退けるものではない。それだからこそ彼は、コゼットにたいしてでさえ、ファンチーヌという名前を口にできなかったのである。

ある日、コゼットが彼にこう言った。

「お父さま、あたし昨夜、お母さまの夢を見ました。大きなふたつの翼をつけておられました。あたしのお母さまは生きておられるあいだに、聖女におなりになったにちがいありません」

「殉教によってね」と、ジャン・ヴァルジャンは応じた。

このことを別にすれば、ジャン・ヴァルジャンは幸福だった。

連れ立って外出するとき、コゼットは誇らしく、満ち足り、溌剌とした気分で彼の腕にもたれかかっていた。これほどまでじぶんひとりに満足してくれる情愛の証に、ジャン・ヴァルジャンは心もとろけ、なにもが無上の喜びに変わるのを感じるのだった。この哀れな男は、天使のような歓喜に浸って身を震わせていた。彼はうっとりしながら、これが一生つづくのだ、とじぶんに言い聞かせていた。こんなにもまぶしい幸福に値するほど充分には、じぶんが本当に苦しんでこなかったと思い、じぶんのような惨めな人間が、このように無垢な存在にこれほどまで愛されるのをお許しくださった神に、心の底から感謝していた。

第五章　バラはじぶんが武器であることに気づく

ある日のこと、コゼットは鏡に映ったじぶんの顔がちらっと見え、「あら！」と思った。じぶんがほんのちょっぴりきれいなような気がしたのである。そう思ったら変に胸がざわついてきた。そのときまで、彼女はじぶんの顔のことなど考えたこともなかった。鏡に映るじぶんの顔が見えたことはあっても、わざわざ鏡に顔を映して見たことはなかった。それに日頃から、ひとから不器量だと言われていた。ジャン・ヴァルジャンだけが「そんなことはない！　そんなことはないよ！」と優しく言ってくれていた。いずれにしろ、コゼットはいつもじぶんが不器量だと思ってきたし、子供らしい諦めのよさでそう思いながら大きくなった。ところがたったいま、鏡がジャン・ヴァルジャンと同じように、「そんなことはないよ！」といきなり言ったのである。彼女はひと晩じゅう眠れなかった。「もしかしてあたしがきれいだったら？」と考えた。「あたしがきれいだったら、ずいぶんおかしなことになるわ！」それから、修道院で目立って美しかった友達の顔を次々に思いうかべながら、「まさか、あたしがあの方々みたいだなんて！」と思った。

翌日、彼女はたまたまではなく、みずからすすんで鏡に顔を映してみて目を疑い、「あたしったら、どうかしていたのかしら？　あたしはやっぱり、不器量じゃないの」と言った。じつは彼女はよく眠れず、目に隈ができ、顔色が悪いだけだったのだが。きのう、じぶんが美しいと思ったときにはさほど嬉しくなかったくせに、そうは思えなくなったことが悲しかった。そこでもう二度と鏡を見なくなり、二週間以上も、鏡に背を向けて髪を結うようにした。

晩、夕食のあと、彼女はたいてい広間で綴織りを織るか、修道院で習ったなにかしらの手芸をし、ジャン・ヴァルジャンはそばで本を読んでいた。一度、手芸の手を休めて目をあげると、父親が心配そうにじぶんをじっと見つめていたので、すっかり驚いたことがあった。

別の折、通りを歩いていると、姿の見えないだれかが、「美しい娘さんだな！　ただ、服装がよくないね」と言う声がうしろで聞こえたような気がした。「まさか！」と彼女は考えた。「あたしのことじゃないわ。あたしは服装がいいけど、不器量なんだもの」そのとき彼女は、バイル織物の帽子をかぶり、メリノのドレスを着ていた。

また別の日、彼女が庭にいると、ばあやのトゥーサンが「だんさん、お嬢さまがえろう別嬪さんになられたのに気づかれなんだか？」と言うのが聞こえた。コゼットには父親がどう答えたのか聞こえなかったが、トゥーサンの言葉にある種の衝撃をうけた。彼女は庭を抜けだし、じぶんの部屋に上がって鏡に、三か月のあいだ見たこともなかった鏡のまえに駆けつけ、あっと叫び声をあげた。じぶんの顔に目もくらむ思いがしたのである。

彼女は美しく、愛らしかった。トゥーサンと鏡の意見に賛成しないわけにはいかなかった。背丈はすらりとし、肌は白く、髪はつややかになり、青い瞳にはこれまでになかったような燦然とした輝きが見られるようになっていた。じぶんが美しいという確信が、昇る太陽さながら、またたく間に心に広がった。──だって、ほかの人たちもこの美しさに気づいているんだもの。トゥーサンがそう言っていたし、通りがかりの人が話していたのも、もちろんこのあたしのことにちがいない。もう疑わなくてもいいんだわ。──彼女はふたたび庭に降りていった、じぶんを女王さまのように感じ、鳥たちの歌声を聞きながら。冬だというのに、金色に輝く空や、木立のあいまに見える太陽や、茂みに咲く花々が見えて、われを忘れ、気もそぞろに、得も言われぬ恍惚感に浸った。

だが、ジャン・ヴァルジャンはなんともはっきりしない、深い不安に胸を締めつけられていた。じっさい彼は、しばらくまえから、コゼットの穏やかな顔が日ごとに美しくなってゆくのを、愕然としながらながめていた。ほかの人にとって晴れやかな曙も、彼には不吉なものに思われたのだ。

コゼットはじぶんでそうと気づくずっとまえから美しくなっていた。しかし、ゆっくりと立ちのぼり、若い娘の全身を徐々につつみこんでゆくこの予想外な光に、最初の日から、ジャン・ヴァルジャンの暗い瞳は傷つけられていた。彼はこの幸せな生活、幸せすぎてなにかを乱すことを恐れて身動きひとつできなかった生活に、そのことがなんらかの変化をもたらすように感じた。ありとあらゆる苦難を経験し、いまだにみずからの宿命の打傷に血を流しているこの男、昔は悪人も同然だったのがいまや聖人と言えるほどになり、かつて徒刑場の鎖を引きずっていたあと、いまもなお果てしない汚辱の、目には見えないが、ずしりと重たい鎖を引きずっているこの男、法律によって自由の身になれないまま、いつまた逮捕され、日陰で人知れず善行をつんでいた身の上から、おのれの恥辱が公然と白日のもとにさらされる身の上にならないとも限らないこの男、すべてを受け入れ、すべてを大目に見、すべてを許し、すべてを祝福し、あらゆる善を願いながら、この男は神にも、人間にも、法律にも、社会にも、自然にも、世界にもなにも求めず、なんとかコゼットだけには愛してもらいたいという、たったひとつのことしか望んでいなかったのだった!

コゼットがじぶんを愛しつづけてくれますように! あの子の心がここにやってきて、ここにとどまるのを、どうか神がお許しくださいますように! コゼットが愛してくれるだけで、彼はじぶんが癒され、安らぎ、和らぎ、満ちたり、報われ、天下を取ったような気になった。コゼットが愛してくれさえすれば、それだけで至福だったのだ! それ以上のことはなにも求めなかった。だれかに「おまえはもうすこしましなものが欲しいのではないか?」と言われても、「いや」と答えたことだろう。神に「おまえは天国に行きたくないのか?」と問われても、「行けばわたしが損をします」と答えたことだろう。

彼はほんの上っ面だけでも、この状態を危うくしかねないものすべてに、なにか予期せぬことがはじまりそうな気配を感じて、ぞっとした。彼は一度たりとも、女性の美しさとはどんなものか理解したためしがなかった。しかし、それが恐ろしいものだということだけは、本能的に察知していた。

じぶんのそば、すぐ目のまえで、この子供の無邪気で空恐ろしい額のうえに、ますます誇らしげに、尊大に花開いていく美しさ。彼はその美しさを、おのれの醜さ、老い、悲惨、劫罰、落胆の底からながめながら、うろたえていた。

彼はこう心に思うのだった。「この子はなんと美しいんだ！　これから先、このわたしはどうなるのだろうか？」

ちなみに、こんなところが彼の愛情と母親の愛情との違いだった。彼が苦しみとともに見ていることを、母親なら喜びをもって見守るにちがいない。

早くも最初の兆しがあらわれてきた。「たしかに、あたしは美しい」と思った日の翌日から、コゼットは身なりに注意を払うようになった。彼女は「美しい娘さんだな！　ただ、服装がよくないね」という通りがかりの人の言葉を思いだした。その言葉が神託の息吹のように彼女のかたわらを通りすぎ、のちのち女の一生をみたすことになるふたつの芽のひとつ、つまりおしゃれの芽を彼女の心に残して消えた。もうひとつの芽は恋である。

じぶんの美しさに自信をもったとたん、彼女の胸に女らしい心根がぱっと花開いた。彼女はいまや、メリノやバイル織物などを目にしただけでぞっとした。父親は娘に言われることならなんでも聞いてやっていた。彼女はたちまちのうちに、帽子やドレスやケープや半長靴や袖口の飾り、似合う生地や引き立つ色などの知識を身につけてしまった。これこそ、パリの女にあれほどの魅力と深みをあたえる一方で、危うくもする知識なのである。「悩殺する女」という言葉は、パリジェンヌのためにつくられたものなのだ。

ひと月もしないうちに、小娘のコゼットは隠遁の地みたいなこのバビロン通りでもっとも美しい女性のひとりになった――これだけでも一大事だが――ばかりでなく、――さらに大変なことに――パリでもっとも「いい物を着ている」女性のひとりとなった。彼女はできることならいつかの「通りがかりの人」に出会って、なんと言うのか聞いてみて、「見返して」やりたかった。じっさい、彼女はどこから見てもうっとりするほどの姿形になり、ジェラールの帽子とエルボーの帽子を見事に見分けられるようになっていた[1]。

ジャン・ヴァルジャンはそのようなはなはだしい変わりようを不安な気持ちで見つめていた。じぶんなどは地を這いずるか、せいぜい歩くことくらいしかできないと思っていた彼は、まるでコゼットに翼が生えるのを見る思いがした。

これが女性であれば、コゼットの身繕いをざっと点検しただけで、彼女には母親がいないことをあっさり見破ったことだろう。コゼットは、ある種の細やかな嗜みや特別の作法などにはまるで無頓着だったのだ。たとえば母親なら、若い娘はダマスクなど身につけないものだと教えてやれたことだろう。

コゼットが黒いダマスクのドレスとケープ、白いクレープの帽子という出立で初めて外出した日、輝くばかりに明るく、誇らしげで、バラ色に華やいだ顔でやってきてジャン・ヴァルジャンの腕を取った。

「お父さま、この格好、いかが？」

ジャン・ヴァルジャンはどこか妬ましげで刺々しいような口調で答えた。

「おや、素敵じゃないか！」

彼は散歩のあいだは、ふだんと変わりなかったが、帰宅するとコゼットに尋ねた。

「おまえは、いつものドレスや帽子をもう身につけないのかい、ほらあの？」

それはコゼットの部屋でのことだった。コゼットは修道院時代の珍妙な衣服がかけてある、衣裳簞笥のハンガーのほうに向かった。

「こんなにおかしな服ですよ！」と彼女は言った。「お父さま、こんなものをどうしろとおっしゃるの！　ああ、いやだ、冗談じゃない！　こんなひどいもの、あたし、もう二度と着ませんからね。こんな帽子を頭にのっけたら、まるで狂犬みたいな女に見られるわ」

ジャン・ヴァルジャンは深々と溜息をついた。

このときから彼は、以前にはコゼットがあんなにも家にいるのが好きで、「お父さま、あたし、お父さまとここにいるほうが、ずっと楽しいわ」と言っていたのが、いまやしょっちゅう外出したがることに気がついた。じっさい、だれかに見せるのでないとしたら、きれいな顔をして、立派なおしゃれをしてみたところで、いったいなんの役に立つというのか？

彼はまた、コゼットが近ごろ裏庭を好まなくなったことにも気がついた。いまでは前庭に出るのを喜び、むしろ嬉しそうに鉄柵のまえを散歩している。ジャン・ヴァルジャンは頑なに前庭には足を踏み入れなかった。彼はまるで犬のようにずっと裏庭にいた。

じぶんが美しいことを知ってしまったコゼットは、そのことに気づくまえの魅力をなくした。あの、なんとも愛らしい魅力を。というのも、純真さに引き立てられた美しさはおよそ筆舌に尽くしがたいものであり、じぶんでそうとは気づかぬまま天国への鍵を手にして歩いている、まぶしいばかりに無邪気な娘ほど愛すべきものはほかにないからである。しかし彼女は、邪気のない魅力という部分でうしなったものを、物思わしげで思慮深い魅力によって取りかえしていた。彼女は全身、青春と無垢と美の喜びにひたり、光り輝く憂いに息づいていた。

マリユスが、六か月ぶりに、リュクサンブール公園で彼女に再会したのは、ちょうどそのころだった。

第六章　闘いがはじまる

コゼットは暗闇のなかにいたが、やはり暗闇のなかにいたマリユス同様、一気に燃えあがる心の準備がすっかり整っていた。運命はいつもの神秘的な忍耐力で、情熱の嵐を誘いこむ電気をたっぷりと帯び、悩ましげなふたりの人間、雷をもたらすふたつの雲のように恋をはらんだふたつの心をゆっくりと近づけていった。このふたつの心はやがて、閃く稲妻が雲をおおいつつむように、互いの眼差しによって近づき、交じりあうにちがいない。

いわゆるひと目惚れというものは、恋愛小説にやたらに登場するため、すっかり評判を落としてしまった。いまどき、ふたりは視線を交わしただけで愛しあうようになった、と口にする者などめったにいない。しかし、ひとが愛しあうようになるのはそのような形、もっぱらそのような形によってなのである。その他のことは、ただその他というにすぎず、あとになってからやってくるのだ。目と目が一瞬のきらめきを交わすだけで、互いの心が相手にゆだねられる、あの大きな震撼ほどの真実はひとつもないのである。

コゼットが眼差しを投げかけ、そうとは知らずにマリュスの心を掻き乱したあのとき、彼はじぶんもまた眼差しを投げかけ、コゼットの心を掻き乱していたとは思ってもみなかった。彼女にじぶんがうけたのと同じ悩みと同じ喜びをあたえていたのに。

ずっとまえから、彼女には彼の姿が見えていて、娘たちがあらぬ方に目をやりながら観察したり、ながめたりするのと同じように、彼を観察していたのだった。マリュスがまだコゼットは不器量だと思っていたころ、コゼットのほうではすでに彼のことを美しいと思っていた。しかし、相手がすこしも気をつけて見てくれないものだから、彼女にとってもその青年のことは、結局どうでもよいものになっていった。

とはいえ彼女は、こう思わざるをえなかった。――あの人って美しい髪、美しい目、美しい歯をしているわ。お仲間の方々とおしゃべりしているときに聞こえてくる声も魅力的だし、歩き方がどこか不格好だけど、そのせいで、かえって間の抜けた感じがしないんだわ。全身が堂々として、穏やかで、こざっぱりして、晴々しているもの。貧しそうなのに、やっぱり上品に見えるわ。

いきなりふたりの目がぶつかり、眼差しだけでは伝えられない曖昧な思いが初めて通いあった日、コゼットにはとっさにはなにも理解できなかった。思案に暮れて、いつもの慣わしでジャン・ヴァルジャンが六週間過ごしていたウエスト通りの家にもどった。あくる日、目を覚ますと、あの見知らぬ青年のことがふと頭に浮かんだ。ずいぶん長いことあんなにも無関心でよそよそしかったあの青年が、いまはじぶんに関心を寄せているような気がした。しかしその関心が、すこしも嬉しく感じられなかった。むしろ、ひとを見下すようなあの美青年にちょっぴり腹が立ったくらいだった。心中にむらむらと負けん気が起こってきた。彼女はまだ子供っぽい喜びを覚え、やっと仕返しをしてやれるような気持ちになった。

すでにじぶんが美しいことを知った彼女は、使い方こそ分かっていないものの、じぶんにはれっきとした武器があると感じていた。女性というものはナイフを弄ぶ子供と同じで、みずからの美しさを弄ぶ。それでわれとわが身を傷つけることになる。

ここでマリユスのためらい、胸のときめき、怖気のことが思いだされる。彼はずっとベンチに腰かけたきりで、なかなか近づこうとはしなかった。そのことがコゼットを口惜しがらせた。ある日、彼女はジャン・ヴァルジャンに言った。「お父さま、すこしあちらのほうを散歩しましょうよ」マリユスがやってくる気がまるでないと見て、じぶんのほうから行ってやったのだ。こうした場合、あらゆる女性はマホメットに似てくる。[1] なんとも奇妙なことだが、恋の芽生えの真の兆候は、若い男の場合は臆病さであり、若い女の場合は大胆さである。これにはびっくりするが、これくらい単純な話はない。両性が互いに近づこうとするとき、相互の性質が入れ替わるのである。

あの日、コゼットの眼差しはマリユスの気を狂おしくさせたが、マリユスの眼差しはコゼットのからだを震わせた。マリユスは安心しきって帰宅したが、コゼットのほうは気をもみながら家にもどった。その日以来、ふたりは互いに恋い焦がれるようになった。

コゼットがまず感じたのは、わけの分からない深い悲しみだった。たちまち、心が真っ黒になったような気がした。じぶんがじぶんだとは思えなくなった。若い娘たちの純白な心は、冷たさと明るさからできているから雪に似ていて、その雪は愛という太陽にあたれば溶けてしまうのである。

恋とはどんなものか、コゼットは知らなかった。彼女は世俗的な意味合いで愛という言葉が発せられるのを一度も聞いたことがなかった。修道院にはいってくる世俗音楽の本では、「愛（恋）（アムール）」は「太鼓（タンブール）」とか「ハンガリー民兵（パンドゥール）」などに置き替えられていた。それが謎になり、「上級生」たちの想像力をたくましくさせていた。「ああ！　太鼓はなんと心地よきものよ！」とか、「憐れみはハンガリー民兵ならず！」など。しかしコゼットは、それほどまで「太鼓」が気になるには幼すぎる年で修道院を出ていた。だから彼女は、いま覚えている気持ちをなんと呼んでいいのか分からなかった。だが、病気の名前を知らないからといって、はたして病気は軽くなるものだろうか？

彼女は知らないまま恋をしていたぶん、よけいに激しく恋をしていた。それが良いことなのか悪いことなのか、有益なのか危険なのか、必要なことなのか命を落とすことなのか、永遠のものなのか一時のものなのか、許されていることなのか禁じられていることなのか、まったく分からなかった。分からなかったからこそ、恋をしていた。もしだれかがこう言ったとしたら、彼女はきっと驚いたことだろう。「あなたは眠れないんですって？　いけませんよ、それは禁じられています！　物が喉を通らないんですって？　だめです、それはじつにまずい！　息が詰まって胸がどきどきするんですって？　とんでもない、ふつうじゃないですよ！　ある黒い服を着た人が緑の並木道の端にあらわれると、顔が赤くなったり蒼くなったりするんですって？　ひどい、ぞっとしますね！」彼女はさっぱり腑に落ちず、こう答えたことだろう。「じぶんではどうにもならず、なにも知らないから、どこか間違っているなんて言われても、あたしはいったいどうすればいいの？」

たまたま生まれたその恋はまさしく、彼女の心の状態にもっともかなったものだった。それは隔たりをはさんだある種の憧憬、沈黙の観想、未知の人物の神格化だった。青春のまえに出現した青春、小説の形を取りながらも夢にとどまっている夜ごとの夢、ようやく実現し肉づけがなされたのに、まだ名前も、過ちも、汚れも、欲求も、欠点もない、願ってもない幻想、ひと言でいえば、はるか遠くにある理想としてとどまっている恋人、姿形をそなえている空想だった。この初期のころ、もしもっと明白で近しい出会いであったなら、それがどんなものであれ、コゼットはさらに怯えたことだろう。なにしろ彼女は、物の姿を誇大に見せる修道院の靄になかばつつまれていたのだから。彼女は子供の恐怖心と修道女の恐怖心をふたつながらにもち、その両方が混じりあっていた。五年のあいだに彼女の身に染みついた修道院気質がゆっくり全身から蒸発し、まわりのすべてを震わせているところだったのだ。このような状態にある彼女に必要なのは、ひとりの恋人ではなく、恋する男でさえもなく、まさしくひとつの幻影なのだった。彼女はなんとなく心惹かれ、輝かしく、ありえないものとして、マリユスに憧れをいだきはじめていたのである。

極度の純情さは極度の愛嬌と紙一重だから、彼女はごく率直に、彼に微笑みかけた。

彼女はくる日もくる日も、じりじりしながら散歩の時間を待っていた。散歩の途中でマリユスを見かけると、言うに言われぬ嬉しさを覚えた。だから彼女は、じぶんの考えていることをそっくり言いあらわすつもりで、ジャン・ヴァルジャンにこう言ったのだった。「ここリュクサンブールって、なんて気持ちのいい公園なんでしょう！」

マリユスとコゼットはそれぞれの闇のなかにいた。ふたりは言葉を交わすことも、挨拶しあうことも、知合いになることもなく、互いに相手を見ているだけだった。何千万キロも隔てられた空の星のように、相手を見つめあって生きていた。

このようにしてコゼットはすこしずつ女らしくなり、じぶんの美しさを意識してはいても、じぶんの恋のことは知らないまま恋をし、美しく成長していった。おまけに、無邪気なだけになおさら艶めかしく。

第七章　悲しみに、それ以上の悲しみ

あらゆる状況に応じた、それなりの本能というものがある。老いた永遠の母である自然にそっ

と耳打ちされて、ジャン・ヴァルジャンはマリユスの存在に勘づいた。ジャン・ヴァルジャンは暗い心の奥底でおののいた。なにも見えず、なにも分からなくなったが、それでも執念深く注意を払い、まわりの闇に目をこらした。まるで一方でなにかが築かれ、もう一方でなにかが崩れるのを感じるとでもいうように。マリユスもまた、――これは神のはかり知れない法則だが――、同じ母なる自然に教えられ、できるだけあの「父親」の目につかないようにしていた。それでも時に、ジャン・ヴァルジャンが彼に気づくことがあった。マリユスの挙動はあまりにも不自然なものになっていたのだ。胡散くさい慎重さを見せたかと思うと、いきなりぎごちない大胆さを発揮したりもする。以前のようにそばに近づいてこなくなり、遠くのほうに陣取って、ただうっとりとわれを忘れている。本を一冊持ち、読むふりをしている。だれのためにそんなふりをしているのか？　以前の彼は着古した服をまとっていたのに、いまでは毎日、新しい服を着てくる。どうやら髪もカールさせているようだ。目つきは怪しげだし、手袋まではめている。要するにジャン・ヴァルジャンは、その青年を心の底から憎んでいた。

　コゼットはまったく隙を見せなかった。じぶんの胸のうちにあるものがなんなのか正確には分からなかったけれども、これはなにがなんでも隠しておかねばならないことだと感じていた。

　コゼットがおしゃれに目覚めたことと、あの見ず知らずの青年が新しい服を着るようになった習慣とがどこか相通じているところがありそうで、ジャン・ヴァルジャンの気に障った。――これは偶然の一致なのかもしれない。おそらくそうだろう、間違いなくそうなのだろう。だが、この偶然の一致こそが気にかかるのだ。彼はその見ず知らずの青年について、コゼットにはひと言ももらさなかった。だが、ある日とうとう我慢できなくなり、思わずじぶんの不幸に測量器を投げこんでみたくなる、あの漠とした絶望に駆られてこう言った。

「なあ、あの青年はなんと気障なんだろうね！」

無関心な少女だった前年のコゼットなら、「そんなことないわ。素敵な人じゃないの」と答えたことだろう。十年後の彼女なら、マリユスへの恋心を胸に秘めたまま、「気障で見るのもいやだわ！　お父さまのおっしゃるとおりですよ！」と答えることだろう。このときの彼女は、その年齢と感情にふさわしく、なんとも落着きはらって、こう答えるだけにした。

「あの若い人のことね！」

まるで、生まれて初めてその人を見たという素振りだった。

「馬鹿なことをしてしまった！」とジャン・ヴァルジャンは思った。「この子はまだ気づいていなかったのに、わざわざこっちのほうから教えてやるとは！」

ああ、老人の単純素朴さ！　子供の思慮深さ！

これもまた、苦しみ悩むうぶな年頃の法則、つまり初恋が最初の障害と激しく闘うときの法則だが、若い女はどんな罠にもかからないが、若い男はどんな罠にも引っかかってしまう。ジャン・ヴァルジャンはマリユスにたいして秘かな戦争を仕掛けたのだが、マリユスのほうはその情熱と年齢のせいで、このうえなく愚かしくも、まったく気づいていなかった。ジャン・ヴァルジャンは落し穴をあれこれ仕組んだ。散歩の時刻を変えたり、ベンチを変えたり、ハンカチを忘れてみたり、ひとりでリュクサンブール公園にやってきたりした。マリユスはすべての罠にまんまとはまってくれた。行く先々にジャン・ヴァルジャンが置いた疑問にたいして、いちいち馬鹿正直に「そうです」と答えていたのだった。コゼットのほうは反対に、ずっと無関心を装い、平然と落着きはらっていた。そこでジャン・ヴァルジャンはこんな結論に達した。――あの間抜け野郎はコゼットにぞっこんのようだが、コゼットはあいつのことを歯牙にもかけていないのだ。

しかし、それでも彼の心は痛みに震えていた。すぐにもコゼットが恋をする時がくるかもしれない。何事も無関心からはじまるものではないか？

コゼットはたった一回だけヘマをしでかして、ぎくりとした。ジャン・ヴァルジャンが三時間ものあいだ腰かけていたベンチから、そろそろ帰ろうと立ちあがったとき、こう言ったのだった。

「え、もう！」

ジャン・ヴァルジャンはそれでもリュクサンブール公園への散歩をとりやめなかった。変わったことはいっさいしたくなかったし、なによりコゼットが警戒心を起こすことを恐れていたのだ。恋人たちにとってこのうえなく甘美な時間――コゼットが微笑みを送ると、マリユスが陶然となり、そのことにだけに気をとられ、憧れのまぶしい顔のほかに、この世でなにひとつ見えなくなってしまう時間――に、ジャン・ヴァルジャンはマリユスにらんらんとした恐ろしい目をじっと向けていた。じぶんにはもはや敵意のこもった感情をもてないと思いこんでいた彼ではあったが、その場にマリユスがいるとなると、野蛮な人間、残忍な人間にもどりそうな気がしたり、かつてあれほどの憤怒をたたえていた魂の古い深淵がふたたび口を開け、青年に刃向かおうとするのを感じたりするときがあった。心のなかに、いままで知らなかった噴火口ができたように思えた。

なんだ！　いるじゃないか、あの野郎！　いったい、なにしにきやがったんだ？　どうせ、そこそ歩きまわって、なにかを嗅ぎつけ、しらべ、試すつもりできたんだろう。「へえ？　なにが悪いんですか？」とでも言いたげじゃないか。このジャン・ヴァルジャンの生活のまわりをうろちょろしにきやがったのだ！　おれの幸せのまわりをうろつき、この幸せをまんまと失敬して、持って帰ろうという寸法だろう！

ジャン・ヴァルジャンはさらにこう考えた。「そうだ、そうにちがいない！　あいつはなにをあさりにきたんだ？　行きずりの恋か！　なにが欲しいんだ？　火遊びか！　火遊びだと！　なら、このおれはどうなる？　なんということだ！　おれはそもそも、あらゆる人間のなかでもっとも惨めな人間だった。これから先、もっとも不幸な人間になれというのか。おれは六十年もの歳月を生きてきて、もうくたくただ。苦しみという苦しみをなめつくしてきた。若いときもなしに年をとり、家族もなし、親親戚もなし、友達もなし、妻もなし、子供もなしに暮らしてきた。ひとに石という石、茨という茨、標識という標識に、壁という壁に沿って血の跡を残してきた。ひとにつらく当たられても穏やかに、意地悪くされても親切にしてきた。なにはともあれ、おれはふたたび真人間になった。じぶんがおかした悪事を悔い、ひとからうける悪事を許してきた。そしていまやっと、おれは報われ、すべてがご破算になって人生の目的に達し、欲しいものを手にしている。そうだとも、これでいいじゃないか。おれはその代償を払ってきたんだし、これはみずから勝ち得たものだ。だというのに、いまになってすべてがどこかに吹き飛んで、消え去り、コゼットまでもうしない、この暮らしも、喜びも、魂さえもうしなってしまうのか。それもひとりの痴者がリュクサンブール公園をうろついてみたいなどというむら気を起こしたばっかりに！」

このとき彼の瞳には、無気味で異様な光がみなぎっていた。それはもはや、ひとりの人間を見ている人間の目ではなかった。ひとりの敵を見ている敵の目ではなかった。ひとりの泥棒を見ている番犬の目だった。

このあとのことは読者も知っておられよう。マリユスはあいかわらず無分別に振る舞った。ある日、ウエスト通りまでコゼットのあとをつけた。別の日には、門番に話しかけた。門番のほうも話を聞き、あとでジャン・ヴァルジャンに告げた。

「だんなさん、変な若造がだんなさんに会いたいと言ってきましたが、あれはいったい、何者なんでしょうかね？」

翌日、ジャン・ヴァルジャンがマリユスにあの一瞥をくれたところで、マリユスもようやく気づいた。一週間後、ジャン・ヴァルジャンは引っ越した。もう二度とリュクサンブール公園にも、ウエスト通りにも足を踏み入れまいと心に誓った。彼はプリュメ通りにもどった。

コゼットは不平を言わなかった。なにも言わず、なにもきかず、わけを知ろうともしなかった。彼女は胸のうちを見透かされたり、うっかり本心をもらすのを恐れる年齢になっていたのだ。ジャン・ヴァルジャンにはこの種の悩みの経験がまるでなかった。これればかりは嬉しい悩みだが、彼の知らない悩みだった。そんなわけで、コゼットの沈黙の深刻な意味をすこしも理解できなかった。彼はただ彼女が物悲しげなのに気づき、暗澹たる気持ちになっただけだった。これは未経験な者同士の闘いだった。

一度、彼は試しにコゼットに尋ねてみた。

「リュクサンブール公園に行きたいかい？」

コゼットの蒼白い顔に一条の光が射した。

「ええ」と、彼女は言った。

ふたりは出かけた。三か月が過ぎていた。マリユスはそこにはもう足を向けなくなっていたので、いなかった。翌日、ジャン・ヴァルジャンはもう一度尋ねてみた。

「リュクサンブール公園に行きたいかい？」

彼女は悲しそうに、穏やかに答えた。

「いいえ」

ジャン・ヴァルジャンはその悲しみに胸を痛め、その穏やかさにすまない気がした。

こんなに若いというのに、こんなにもはかり知れなくなった娘の心のうちに、なにが起きているのだろうか？　いったい、なにができあがろうとしているのか？　コゼットの魂のなかで、なにが生じようとしているのか？　ときどきジャン・ヴァルジャンは、床につかずに粗末なベッドのそばにすわったきり、両手で頭をかかえ、幾晩も「コゼットはなにを考えているのか？」と思案し、コゼットが考えているかもしれないことをあれこれ想像しながら過ごした。

ああ！　そんなとき、彼はどれほど痛ましい眼差しを修道院のほうに、あの純潔の頂のほう、あの天使のいる場所のほう、あの近づきがたい美徳の氷河のほうに向けたことだろう！　世間から隠れた花々、閉じこめられた処女たちにみちあふれ、あらゆる香り、あらゆる魂が天に向かって真っ直ぐに立ちのぼっていく、あの修道院の庭のことを思いうかべ、なんと絶望的な放心に陥ったことだろう！　みずからの意志で出てしまい、無分別にもそこから下界に降りてきてしまった、あの永遠に閉ざされたエデンの園に、どれほど憧れたことだろう！　じぶんを捨て、愚かにもコゼットを世間に連れもどしたあげくに、今みずからの献身そのものに搦めとられ、打ちのめされる自己犠牲の哀れな英雄になったわが身を、どれほど後悔していたことだろう！「おれはなんということをしたのか？」と、どれだけ思ったことだろう！

もっとも彼は、コゼットにはけっしてそんな素振りを見せなかった。むっつりすることも、すげなくすることもなかった。いつもと変わらぬ穏やかで善良そうな顔をしていた。ジャン・ヴァルジャンの物腰は、かつてなく優しく、父親らしくなっていた。もしなにか以前にくらべて喜びが少なくなったことを示す変化があったとすれば、それは彼がことさらに寛大になったということだった。

一方コゼットも思い悩んでいた。かつてマリユスがいてくれるのが嬉しかったのと同じくらいに、いないことが苦しかったが、奇妙なことに、それがなぜなのか正確には分からなかったのである。ジャン・ヴァルジャンがいつものリュクサンブール公園への散歩に連れだしてくれなくなったとき、ある種の女の本能みたいなものが、リュクサンブール公園にこだわっている様子を見せてはならない、むしろどこ吹く風というような顔をしていたら、いずれ父親がまた連れていってくれるだろうと、心の奥底でかすかに囁いていた。しかし幾日かが過ぎ、幾週かが過ぎ、幾月かが何事もなく過ぎていった。ジャン・ヴァルジャンは暗黙のうちに、コゼットの暗黙の同意を受け入れていたのだった。彼女は後悔したが、もう手遅れだった。彼女がふたたびリュクサンブール公園にもどった日、マリユスはそこにはもういなかった。──じゃあ、あの人は姿を消してしまったのね。もう、おしまいだわ。あたし、どうすればいいのかしら？ そう考えると、彼女は胸がぎゅっと締めつけられるのを感じ、そのいたたまれない思いは和らぐどころか、日増しにつのっていった。彼女はもう、いまが冬なのか夏なのか、今日は晴れているのか雨が降っているのか、小鳥たちがさえずっているのかいないのか、ダリヤの季節なのか雛菊の季節なのか、リュクサンブール公園がチュイルリー公園よりも気持ちがいいのかどうか、洗濯屋が届けてくる下着類の糊がききすぎているのか足りないのか、トゥーサンの「買物」が上手なのか下手なのか分からなくなった。ただ打ちひしがれ、物思いに沈み、ひとつのことばかりを考え、まるで夜の暗闇のなかに幽霊の消えていった黒く深い場所を見つめているように、目はぼんやりとして動かなった。

もっとも彼女もまた、顔色がさえないことを別にすれば、そんなことはなにひとつジャン・ヴァルジャンに気取られないまま、あいかわらず穏やかな顔をしていた。だが、顔色がさえないということひとつをとっても、ジャン・ヴァルジャンは気が気でなかった。ときどき彼はこう尋ねた。

「どうしたんだい？」

彼女はこう答えた。

「べつにどうもしないわ」

それから、しばし沈黙して、父親のほうも寂しそうなのを察して、こうつづけた。

「お父さまこそ、どうかされました？」

「わたしか、いや、どうもしないよ」と彼は言った。

あれほど他をかえりみず、あれほど感動をさそう愛し方で愛しあい、あれほど相手のためを思って暮らしてきたふたりは、いまや身近にいても、相手のせいで苦しみながら、その苦しみを口には出さず、恨むこともなく、ただ微笑んでいるばかりだった。

第八章　鎖につながれた徒刑囚

ふたりのうち、より不幸なのはジャン・ヴァルジャンのほうだった。悲しみに沈んでいるときでさえも、若さというものには、つねに固有の光がある。

時としてジャン・ヴァルジャンは、苦しみのあまり子供じみてくることがあった。苦痛の特性として、大人が子供のような一面を見せることがある。彼はコゼットが逃げていくような気がしてならなかった。できれば闘い、引きとめ、なにか華やかで見栄えのするもので喜ばせてやりたくなった。いま述べたばかりだが、そんな子供じみた考えは——それはとりもなおさず老人らしい考えだったのだが——、子供じみているからこそかえって、金モールがどんなに若い娘の想像力を掻き立てるものか、かなり正確に知るようになった。彼は一度、正装して馬にまたがった将軍、パリ司令官クタール伯爵[1]が街路を通りかかるのを見たことがあった。その金ぴかの男が羨ましくなってこう思った。――あんな寸分の隙もない服を身につけられたら、どんなにか幸せだろう。もしコゼットがあんな出立をしたおれの姿を見たら、きっと目を丸くするだろう。おれがコゼットに腕を貸してチュイルリー公園のまえを通れば、衛兵たちが捧げ銃をするだろう。コゼットはそれだけで満足し、若い男なんぞに見向きもしなくなるだろう。

そんな侘びしい物思いにふけっているうちに、いきなり予想外の激震がおそってきた。

プリュメ通りに住むようになり、世間から孤立して暮らすうちに、ふたりはある習慣を身につけていた。ときどき、日の出を見るために遠出をしていたのである。これは世に出ようとする者、世を去ろうとする者、どちらにもふさわしい穏やかな楽しみだった。

孤独を好む者にとって、早朝の散歩は夜の散歩に匹敵するばかりか、そこに自然のもたらしてくれる喜びが加わってくる。通りには人影がなく、小鳥たちは歌っている。じぶんもまた小鳥みたいだったコゼットは、朝早く嬉々として目を覚ました。朝の遠足の準備は前日になされた。彼が切りだせば、コゼットは一も二もなく賛成するのだった。まるで陰謀のように手筈を整え、夜が明けるまえに出かけるのだが、そのたびに、この遠出はコゼットにとってささやかな楽しみになった。こうした他愛もない奇抜なことが、若い者には好まれるのである。

読者も知ってのとおり、ジャン・ヴァルジャンは人通りが少なく、さびれた片隅、見捨てられたような場所に足を向けがちであった。当時、パリ市門外の周辺には、ほとんど市外と区別がつかない貧しい野原があり、そこは夏にやせ細った麦が生え、秋の収穫がおわっても、刈りとられたというより、皮をはがれた跡のような状態になっていた。ジャン・ヴァルジャンはそういったところをこよなく愛し、足繁く通っていた。そんなところでも、コゼットはすこしも退屈しなかった。そこは彼にとっては孤独になれる場所であり、彼女にとっては自由になれる場所だった。彼女はふたたび少女のころにもどって、駆けまわり、遊ぶことができた。帽子を脱いで、それをジャン・ヴァルジャンの膝のうえにのせると、花々を摘んだ。花のうえを舞う蝶々をながめていたが、捕まえようとはしなかった。寛大で優しい気持ちは恋とともに生まれるのが常なので、はかなく揺れている理想を胸に秘めたこの若い娘は、蝶々の羽にまで憐れみをもよおすのだった。彼女がひなげしを輪に編んで、それを頭にのせると、朝日が射しこんで満ちあふれ、燃え立つように赤く染まって、バラ色の清々しい顔のうえに燠火の冠をいただいているように見えた。

ふたりの生活に悲しい影が落ちるようになっても、彼らは朝の散歩の習慣をなくさなかった。そんなわけで、一八三一年の十月のある朝、秋の澄みきった陽気にさそわれるまま、ふたりは外に出かけ、夜明けにはメーヌ市門近くまで来ていた。曙光はまだ見えず、空が白みはじめるころで、野性味があって、わくわくする刻限だった。深い蒼穹のあちこちの星座、黒々とした地上、真っ白な空、草の茎のそよぎ、あたり一面に感じられる黎明の神秘的なおののき。星と見紛うばかりのひばりが一羽、驚くほどの高みで歌っている。このちいさなものが無限に捧げる賛歌は、広大無辺の空間をなごませているようだった。東方にはヴァル・ド・グラース陸軍病院が青みがかった光で、明るい地平にぼんやりした全容を浮かびあがらせている。その丸天井の背後からきらきらと金星がのぼり、まるで陰鬱な建物から逃げだしてきた魂みたいだった。

すべては平穏と静寂。路上に人影がなく、ときおり両側の低地に、仕事に出かける労働者の姿をちらほら見かけるだけだった。

ジャン・ヴァルジャンは、道路脇の材木置場の入口に積んである木材のうえにすわっていた。顔を道路に向け、背に朝日をうけて、立ち昇ってくる太陽すら眼中にない。精神が一点に集中し、眼差しさえも内に封じこめて、四方が壁でふさがれたようになる、あの深い物思いにふけっていた。垂直な、と言ってもよい瞑想がある。いったんその底に沈みこむと、地上までもどるのにかなり時間がかかる瞑想だ。ジャン・ヴァルジャンはそんな夢想のなかに落ちこんでいた。彼はコゼットのこと、彼女とじぶんとのあいだになにも割りこんできさえしなければ、この幸せな生活が永遠につづけられること、彼女が生活をみたしてくれる光、彼の魂にとって呼吸にもひとしいその光のことを考えていた。このような夢想をしていると、まずまず幸福だった。コゼットは彼のすぐそばに立って、バラ色に染まっていく雲をながめていた。

突然、コゼットが声をあげて言った。「お父さま、向こうからだれかくるみたいよ」ジャン・ヴァルジャンは目をあげた。

コゼットの言うとおりだった。

周知のように、旧メーヌ市門に通じている車道はセーヴル通りにつづき、市内のモンパルナス大通りと直角に交わっている。その車道と大通りの角で道が分かれるあたりから、この時刻のものとしてはとうてい説明しがたい物音が聞こえ、雑然と動いているものが姿をあらわした。姿かたちも定かでないものが、大通りから車道にはいってきた。

それがだんだん大きくなり、一見したところ整然と動いているけれども、どこか荒々しく揺らめいているようにも見える。どうやら馬車らしいのだが、積んでいるものがはっきりしない。馬が見え、車輪の音がし、人の叫び声が聞こえ、鞭が鳴る。闇につつまれているが、しだいに輪郭がくっきりしてくる。じっさい、それは一台の馬車で、大通りを曲がって車道に差しかかり、ジャン・ヴァルジャンのいる市門近くに向かってきた。同じような外観の二台目の馬車があとにつづき、やがて三台目、四台目の馬車が見えてくる。結局、全部で七台の荷馬車が続々と飛びだしてきて、馬の頭がまえの馬車の後部にふれそうになっている。荷馬車のうえには人影がうごめき、抜身のサーベルをかざすような煌めきが見え、がちゃがちゃと鎖を動かすような音が聞こえてくる。それらが進んできて、人声もいちだんと大きくなってくる。まるで夢の洞窟から這いでてきたような、見るも恐ろしい物影だった。

それは近づくにつれ、はっきりとした形を取り、幽霊のように蒼白い姿を木立の陰にあらわしはじめた。あたり一面が白くなった。朝日がすこしずつ昇り、死の影を漂わせながらもなお生きているこの集団に、薄青い光を投げかける。と、人影の頭が死人の顔に変じた。それがなんであったかは、つぎのとおりである。

七台の馬車が縦に連なって車道を進んでくる。前の六台は異様な構造だった。樽屋の運搬用二輪車にも似て、長い梯子をふたつの車輪にのせ、その前端が梶棒になっているといった体（てい）のものだった。どの二輪車にも、というよりどの梯子にも、縦に並んだ四頭の馬がつながれ、奇怪な人間の束が積みこまれていた。日の光がまだ弱いので、その人間たちはよく見えず、どうやら人間だと分かる程度だった。それぞれの馬車に二十四人、両側に十二人ずつ、背中合せで、通行人に顔を向け、足を宙ぶらりんにした男たちが運ばれている。背後でなにか鳴っているのは鎖の音、首になにか光っているのは首枷だ。首枷はめいめいの首にかけられているが、鎖は全員数珠つなぎだった。それはこの二十四人の男たちが二輪馬車から降りて、歩かねばならなくなったとき、有無を言わせず統一行動をとらせ、鎖を脊椎にしたムカデのように、地を這わせるためだ。各馬車の前後には、銃を持った男がひとりずつ立ち、それぞれ鎖の端を踏みつけている。首枷は四角形だった。七台目の馬車は、荷枠こそあるものの幌のない大きな四輪の運搬車で、六頭の馬に引かれている。運んでいるのは鉄の大釜、鋳物の鍋、コンロ、鎖など音を出すものの山で、そこにどうやら病人らしく、鎖をつけられ、長々と横たわっている数人の男が混じっている。この運搬車はなかが透けて見え、かつて死刑につかわれたものらしい傷んだ簀子[2]が張ってあった。

それらの馬車は車道の中央を進んできた。両側をむさ苦しい格好の衛兵が二列になって歩いている。総裁政府時代の兵士みたいな三角帽をかぶり、身なりはひどく汚れ、服には穴が開き、みすぼらしく、廃兵の軍服や葬儀人のズボンでも身につけたみたいに、灰色と青が半々で、ほとんどぼろぼろだった。それでも赤い肩章、黄色い肩紐をつけ、短剣、小銃、棍棒を持っている。言ってみれば兵士の愚連隊だった。このポリ公どもは物乞いの卑屈さと死刑執行人の横柄さでできあがっているようだった。彼らの隊長らしい男は、御者用の鞭を手にしている。初めのうちは薄明かりでぼやけていたこうした細部も、日射しが明るくなるにつれ、はっきりと浮きだしてきた。この護送隊の先頭としんがりに、数名の騎馬憲兵がサーベルを握りしめ、しかつめらしい顔をして進んでいた。

この行列は、先頭の馬車が市門に達したときになってやっと、最後の馬車が大通りに差しかかるかどうかというほど長いものだった。

パリではよくあることだが、どこからともなく野次馬が湧きでてきて、またたく間に群をなし、車道の両側にひしめきあって、一行をながめていた。近くの路地から呼びあう人びとの叫び声、見物に駆けつける野菜作りの者たちの木靴の音が聞こえてくる。

二輪馬車に積みこまれた男たちはずっと押し黙り、揺すられるままになっていた。思わず身震いする朝の寒さに、彼らの顔面は蒼白になっている。いずれも木綿のズボンをはき、木靴に足をつっこんでいる。服装はそれ以外のものも、いちいち違った惨めさを見せていた。身なりがひどくちぐはぐだったが、ぼろをまとった道化ほど陰惨なものはない。穴の開いたフェルト帽、タールがこびりついた鳥打帽、毛織りの汚らしい縁なし帽、それにどうやら作業服らしい肘の破れた上着。女用の帽子をかぶっている者も数人いれば、籠をかぶった者も何人かいた。毛むくじゃらの胸がはだけ、服装の破れ目から、愛の殿堂やら、燃えあがった心臓やら、キューピッドやらの入墨がのぞいている。また発疹や病的な赤斑も見られた。二、三の者は馬車の横木に綱を結んで、鐙のように下に垂らし、そこに足をのせていた。なかのひとりは、黒い石のようなものを持ち、それを口に運んではかじっている様子だったが、食べているのはパンだった。そこには乾いてどんよりした目か、凶悪な光に輝く目しかなかった。護送隊の者たちは悪態をつき、鎖につながれた者たちはひと言も口をきかなかった。ときどき、肩や頭に振りおろされる棍棒の音が聞こえ、なかにはあくびをする者もいた。この連中のぼろ着は見るもおぞましかった。足がぶらぶらし、肩がゆらゆらしている。頭はぶつかりあい、鉄の鎖はがちゃがちゃ鳴り、残忍な瞳はギラギラと燃え、拳は引きつっているか、死人の手のようにだらりと開いたままだ。行列のうしろでは、子供たちの一群がわっと笑いこけていた。

車列は、とにかく陰惨そのものだった。おそらく明日になれば、いや、一時間後には、にわか雨が降ってくるだろう。そのにわか雨のあとに別のにわか雨、そこにさらなるにわか雨が追い討ちをかけてくるかもしれない。彼らの破れた服がずぶ濡れになり、いったん濡れたら最後、この男たちのからだは乾かず、冷えてしまえば二度と暖まらないだろう。雨のせいで、彼らの木綿のズボンが骨に張りつき、木靴が雨水でいっぱいになるだろう。鞭で打たれても、顎ががくがくするのがやまないだろう。鎖は首をつなぎとめたまま、足はぶらりと垂れさがったままだろう。こんなふうにつなぎあわされ、秋の冷たい雲のしたでなすすべもなく、雨や北風にも、あらゆる悪天候にも、木や石のようにさらされるこのような人間を見ていると、身震いせずにはいられない。

七台目の馬車のうえに縄でしばられたまま横たわって、身動きひとつできず、貧困がめいっぱい詰まったずた袋のように投げだされた病人たちも、容赦なく棍棒で打たれていた。

突如、太陽があらわれた。東の空から広大な光が湧きあがり、この野獣めいた男たち全員の頭が、まるで火をつけられたようになった。舌がほぐれて、嘲笑や悪態や歌声が燃えあがるように弾けた。水平に射す幅広の光が隊列を二分し、足や車輪を影に残したまま、頭と胴をあぶりだした。考えていることがそれぞれの顔にあらわれた。ぞっとするような瞬間だった。悪魔が仮面を剝いで素顔を見せ、狂暴な魂がそっくりむき出しになったようだった。照らされてもなお、この騒々しい人の群は真っ暗だ。元気な者どもの何人かが、鵞ペンの軸を口にくわえ、野次馬、とくに女たちを選んで悪態をついた。痛ましいその連中の横顔が、朝日のつくる黒い影にくっきり際だって見える。度重なる悲惨な生活のせいで、歪んでいない顔はひとつとしてない。まったくぞっとするような光景で、そのために太陽の光も一瞬の閃光に変わってしまうかと思われた。行列の先頭にいた者たちが凄まじく陽気な声で音頭をとりながら、そのころ有名だったデゾージエの「ウェスタの巫女」のメドレー曲をがなりたてるように歌っていた。木々は不気味に震え、側道の町人たちが呆けた間抜け面で、化け物どもが歌う淫らな歌に耳を傾けていた。

この行列のなかには、ありとあらゆる悲嘆が入り乱れて混沌としていた。あらゆる獣の顔面角が見られた。老人、少年、禿頭、ごま塩のひげ、皮肉をたたえた奇形顔、気難しげな諦め顔、残忍な作り笑い、気が狂ったような挙動、鳥打帽をかぶった豚面、こめかみに巻毛を垂らした小娘みたいな顔、子供っぽいだけにかえって恐ろしい顔、骸骨みたいなのにまだ死んではいない顔など。一台目の馬車にひとりの黒人がいたが、おそらくかつては奴隷だったのだろうから、昔の鎖と今の鎖をくらべていたのかもしれない。恥辱というどん底のぞっとするような水位が、彼らの額のうえに押しよせていた。これほどまでに身を落とした者はひとり残らず、最後の奥底で最後の変貌をこうむらざるをえない。愚鈍に変じた無知は、絶望に変じた知性と同じものだ。人目には泥沼の選りすぐりと見えるこの男たちは、いかなる区別もできない。明らかに、どこかでこの胸くそ悪い行列を組織した者が、彼らの仕分けをしなかったのだ。これらの人間たちはおそらく、アルファベット順さえも考えずに、ごちゃ混ぜにつながれ、それぞれの組に編成されて、でたらめに馬車に積みこまれたのだろう。とはいえ、おぞましい者たちが群にされると、ついにはひとつの合力が生まれ、不幸な人間たちが積みかさねられると、ひとつの合計が生じるものだ。同じ鎖でつながれた連中ごとに、それぞれに共通するひとつの魂が生じてきて、馬車ごとにそれなりの特徴が見られるようになる。囚人たちが歌っている馬車があるかと思えば、男たちがわめいている馬車もある。三台目の男たちは物乞いをしている。全員が歯ぎしりしている馬車も見えるし、別の馬車では通行人を脅し、また別の馬車では神を罵っている。最後の馬車は墓のように静まりかえっている。ダンテなら、地獄の七界が行進しているのを見る思いがしたことだろう。

刑場へと向かう地獄堕ちの者たちの行進。だが、これは「黙示録」にあるような閃光を放つ途方もない車ではなく、もっと陰惨なことに、嘆きの階段にさらされる屍体を運ぶ荷馬車に乗せられ、不気味に進んでいるのである。

衛兵のひとりが先に鉤をつけた棒を持って、ときどきこの人間の屑の山を掻き回す仕草をしている。人群のなかにいたひとりの老女が、五歳くらいの男の子にその山を指さしながら言っていた。「ほら、やんちゃ坊主、おまえもいつかあんなふうになるんだよ！」

歌声と罵り声が大きくなったところで、護送隊長らしい男が鞭をパチンと鳴らした。これを合図に、棍棒のめった打ちが、やみくもに七台の馬車の者たちに雨あられとふり注いだ。多くの者がうなり声をあげ、泡を吹いた。このことが、傷口にたかる蠅の大群さながら、駆けつけてきた悪童たちのやんやの喝采に輪をかけた。

ジャン・ヴァルジャンの目つきは凄みを帯びてきた。もはや瞳と呼べるものではなく、よく不運な人びとの目に取って代わることがある、あの深々としたガラス窓——もはや現実を反映せず、恐怖と破局の照り返しだけが燃えあがるガラス窓みたいになった。彼はその光景が目にはいらず、幻覚におそわれていた。立ちあがり、背を向け、逃げだしたかったが、一歩たりとも動くことができなかった。ひとは時として、目にしているものに捕えられ、金縛りになってしまうことがある。彼はその場に釘づけになり、石のようになって、放心したまま、なんとも言えない混乱した不安のなかで、この縁起でもない迫害はなにを意味しているのか、じぶんを追いかけてくるこの悪魔の巣窟はどこから飛びだしてきたのか、とひとり煩悶していた。彼ははたと額に手を置いたが、これは記憶が不意によみがえってきた者がよくやる動作である。じっさい、彼は思いだしたのだ。ここはたしかにあの道筋にあたっている。こんなふうに回り道をするのは、フォンテーヌブローへの途上ではいつ国王と出くわすか分からないので、それを避ける慣わしになっているからだ。そして、三十五年まえに、じぶんもまた、この市門を通ったということをも。

コゼットも、彼とは違った意味で、しかし同じくらい激しい恐怖を覚えていた。なんのことか分からなかった。息が途切れ、目にしているものがとてもこの世のこととは思えず、とうとう声をあげた。

「お父さま、あの馬車にいるのは、いったいなんですか?」

「徒刑囚だよ」

「いったい、どこに行くんですか?」

「徒刑場さ」

そのとき、殴打の刑にさらに大勢の手が加わって度を越した激昂になり、そこにサーベルの平打ちまで混じって、さながら暴風雨のように棒と鞭がふり注がれた。徒刑囚たちは身をかがめ、この体罰からおぞましい服従がもたらされて、全員が鎖につながれた狼みたいな目つきで黙りこんでしまった。コゼットは全身わなわなと震えていた。それでも、なんとか言葉を取りもどして、

「お父さま、あれでも人間なんですか？」

「時によってはね」と哀れな男が言った。

じっさい、これは徒刑場送りの囚人の列で、夜明けまえに出発し、国王が滞在していたフォンテーヌブローを回避するために、ル・マン街道に道をとっていたのである。こんな回り道をすることで、この恐ろしい旅は三、四日長引くことになるのだが、刑罰の真相が国王のお目にとまらないようにするためには、責苦が少々長引くくらいはなんでもなかったのである。

ジャン・ヴァルジャンは打ちひしがれて帰宅の途についた。あのようなものに出くわすことはかなりの衝撃で、震撼にも似た後味の悪い思い出を残すのである。

しかしジャン・ヴァルジャンは、コゼットを連れてバビロン通りにもどる途中、今し方ふたりが見たばかりのことについて、彼女がさらに次々と質問してきたことにさえまるで気づかなかった。おそらく、身も心も打ちひしがれるあまり、言葉も耳にはいらず、答えることもできなかったのだろう。ただその晩、コゼットが彼のそばを離れて寝所に行くとき、まるで独言のように、小声でこんなことを言うのが聞こえた。「もし通りであんな人たちのひとりに出くわしたら、ああ、いやだ、ぜったいに！　あたし、そばで見ただけで死んでしまうわ、きっと！」

さいわいなことに、この悲劇的な日の翌日、どういう公式の行事であったか忘れたが、たまたまパリで祝祭があって、シャン・ド・マルスでは閲兵式、セーヌ河では水上槍競技、シャン・ゼリゼでは演劇、エトワール広場では花火があり、どこもかしこもイルミネーションで飾られていた。ジャン・ヴァルジャンはいつもの習慣を破って、コゼットをこうした祝賀行事に連れだして、前日の思い出から気を逸らし、パリじゅうの陽気な騒ぎによって、前日彼女のまえを通りすぎたあの忌まわしい光景を拭いさってやろうとした。祝祭に興趣をそえる閲兵式があるため、軍服で歩きまわるのはごく自然なことだったから、ジャン・ヴァルジャンは逃げ隠れしている男の心境をひそかに味わいながら、国民兵の服装をした。さいわい、この散歩の目的はどうやら果たされたようだった。コゼットはいつも父親の気に入るようにすることをみずからに課していたし、なによりも見るもの聞くものすべてが物珍しかったから、若い娘らしい気安さと気軽さで、嬉々としてこの娯楽を受け入れ、公共の祭典というお仕着せの喜びを馬鹿にするようなしかめ面はしなかった。だからジャン・ヴァルジャンは、すべてうまくいった、これであのひどい光景は跡形なく消えたと、胸をなでおろすことができたのだった。

それから数日後のある朝、太陽がうららかだったので、ふたりは庭の石段のうえにいた。これもまた、ジャン・ヴァルジャンがじぶんに課したと思われる規則にそむき、悲しみに暮れたコゼットが部屋に閉じこもるようになった習慣にもそむくことだった。コゼットは化粧着のまま、つまり若い娘を可愛らしくつつみ、星にかかる雲のような風情のある、あの起きぬけのネグリジェ姿で立っていた。頭を光のなかに遊ばせ、よく眠ったあとのバラ色の顔をして、穏やかな老人に優しく見守られながら、雛菊の花びらをむしっていた。コゼットは、「あなたが好き、ちょっと好き、とっても好き」と言いつつ花びらをむしる、あの古来の麗しい慣わしを知っていたのではない。いったい、だれがそんなことを教えられただろう？　彼女はその花を心の赴くまま、無邪気に、雛菊の花びらをむしることが恋の占いをすることだとは、つゆ知らずに弄んでいただけだった。もし「美の三女神」のほかに四番目の「憂愁の女神」がいて、その女神が微笑んでいるとすれば、彼女はまさにその女神のようだった。ジャン・ヴァルジャンは、花をいじっているちいさな指に見とれて恍惚となり、その娘が放つ明るい光のなかですべてを忘れていた。かたわらの茂みでは、一羽の駒鳥がさえずっていた。白い雲がいくつも、まるでたったいま自由になったとでもいうように、嬉しそうに空を横切っていた。コゼットは花びらをむしるのに夢中になっている。なにか考えているように見えたが、きっと楽しいことにちがいない。突然、彼女は白鳥のようなしなやかさで、ゆっくりと頭を肩のうえでまわしたかと思うと、ジャン・ヴァルジャンに言った。「お父さま、いったいどんなところなんですか、徒刑場というのは？」

第四篇　下からの救いは上からの救いになりうる

第一章　外部に傷、内部に回復

ふたりの暮らしはこうして、だんだん暗くなっていった。

気晴らしはといえば、ひもじい思いをしている人びとにパンを、寒がっている人びとに衣類を持っていってやることくらいしかなかったが、それさえ以前のような喜びではなくなっていた。貧しい人たちを訪れるとき、コゼットもよくジャン・ヴァルジャンのお供をし、そんななかでふたりは、かつての打ち解けた気持ちの名残をいくらか取りもどしていた。たまに、一日が気持ちよく過ぎたとき、たくさんの悲嘆に暮れた人びとを助け、たくさんのちいさな子供たちを元気づけ、奮い立たせてやれたときなどには、コゼットも晩はすこしだけ明るい気持ちになった。ふたりがジョンドレットのあばら部屋を訪れたのは、ちょうどそのころのことである。

あの訪問の翌日、ジャン・ヴァルジャンは母屋に姿をあらわした。いつもどおり平静に見えたけれども、左腕に火傷のようなひどく焼けただれた、毒々しい傷を負い、それをなんとか言いつくろっていた。この傷がもとで熱を出し、一か月以上も外出できなかった。彼はどんな医者にも診てもらいたがらなかった。コゼットがしつこくすすめると、「犬の医者でも呼んでくれ」と言った。

コゼットが朝に晩に、父親の役に立てることに天使のような喜びを見せ、なんとも甲斐甲斐しく手当してくれたおかげで、ジャン・ヴァルジャンは昔の幸せをそっくり取りもどし、これまでの危惧だの不安だのが一気に吹き飛ぶ気がした。彼はコゼットをじっとながめながら、「ああ！ありがたい傷だ！　ああ！　ありがたい痛みだ！」と言うのであった。

コゼットは父親が病気だというので、母屋を離れ、以前のように裏手の小屋や裏庭で過ごすことが多くなった。日中はほとんど毎日、ジャン・ヴァルジャンのかたわらで、彼が望む本を読んでやっていた。だいたいが旅行記だった。ジャン・ヴァルジャンは生きかえるような気がした。彼の幸福が、言葉では言いつくせない光を浴びて甦ってきた。リュクサンブール公園だの、うろつきまわる見ず知らずの青年だの、コゼットが冷淡になったことだの、とにかく彼の心をおおっていた雲は、またたく間に一掃されてしまった。ついにはこう思うほどだった。「あんなことはぜんぶ、気のせいだったんだな。おれもとんだ老いぼれになったもんだ」

彼の幸福はそれほどまで大きなものだったので、ジョンドレットのあばら部屋で奇しくもテナルディエ夫婦と出くわした、あの忌まわしい思い出さえも、いわば彼の上っ面を滑っていっただけであった。おれはまんまと逃げおおせ、じぶんの足跡もくらましたのだから、あとはもうどうでもよいではないか！　あのときのことをぼんやり考えることがあっても、それはただあの惨めな者たちを気の毒に思うためだけだった。「やつらはいま監獄にいる。これから他人に害を及ぼすこともあるまい。それにしても、なんと痛ましく貧しい一家なんだ！」と考えるだけであった。また、メーヌ市門のおぞましい光景について、コゼットはもう二度と口にしなくなっていた。コゼットは修道院で、サント・メクチルド修道女から音楽を習っていた。彼女はまるで魂をやどした鶯のような声をしていて、ときどき晩になると、怪我をした父の侘び住まいで、悲しい歌をうたってはジャン・ヴァルジャンを喜ばせてくれた。

「近ごろ、庭にはとんとご無沙汰だね。庭を散歩してもらいたいものだな」と、ジャン・ヴァルジャンは言った。

「お父さまがそうおっしゃるなら」とコゼットが答えた。

そして彼女は、父の言いつけにしたがい、ふたたび庭の散歩をするようになったけれども、たいていひとりきりだった。というのも、さきにも述べたように、ジャン・ヴァルジャンはおそらく柵越しにじぶんの姿が見られるのを恐れて、めったに庭に出ないようにしていたからだ。ジャン・ヴァルジャンが怪我をしたことは、ひとつの気分転換になった。

父の苦しみが和らぎ、快方に向かって、幸せそうにしているのを見て、コゼットも満足していたのだが、彼女自身はそのことに気づいていなかった。それほどまでに、満足感がやんわりと自然にやってきたのだった。おまけに季節は三月、日は長くなり、冬は過ぎ去っていた。冬というのはいつでも去り際に、人間の悲しみをいくぶんか運んでいってくれるものである。やがて四月がやってきた。夏の夜明けと言うべきこの月は、あらゆる曙のようにさわやかで、あらゆる幼年期のように陽気である。時には赤子のようにちょっぴり泣き虫だが、この月の自然には、空や、雲や、木々や、草原や、花々から人間の心に届く快い微光がある。

コゼットはまだあまりにも若かったので、じぶんに似たこの四月の喜びをしみじみ感じることはなかったが、いつとはなしに、心のなかの暗いものが消えていた。春には悲しい魂も明るくなる、正午には穴倉も明るくなるのと同じように。コゼットでさえもさほど悲しみを感じなくなった。もっとも彼女自身は——これはままあることだが——、気持ちが明るくなってきたことに気づいていなかった。朝の十時ごろ、朝食をおえたあと、父親をなんとか十五分ほど庭に連れだし、怪我をした腕をいたわりながら、日当たりのいい階段を散歩させるひととき、彼女はじぶんがたえずにこやかに笑い、幸せなことをすこしも感じていなかった。

ジャン・ヴァルジャンは陶然となりながら、彼女の顔色に血の気がかよって、みずみずしくなるのを見ていた。

「ああ！　なんてありがたい傷なんだ！」と、彼は小声でまた言った。

そしてひとたび怪我が治ってしまうと、彼はテナルディエにむしろ感謝していた。

いったん傷が治るや、彼は以前のように、夜、ひとりで散歩するようになった。

そんなふうに、たったひとりでパリのひと気のない地区を散歩して、なんの変事にも出会わないと思ったとしたら、それはおそらく間違いというものだろう。

第二章　プリュタルクばあさんは不思議な現象の説明に困らない

ある晩、プチ・ガヴローシュはなにも食べていなかった。考えてみれば、まえの日も夕食をとっていない。そのせいで疲れがどっと出てきた。なんとか夕食にありつこうと決心した。彼はサルペトリエールの先の、ひと気のないあたりをうろついてみた。そういうところにはめっけ物がある。だれもいないところでは、なにかが見つかるものなのだ。ある村落までやってきたが、どうやらそこはオーステルリッツ村らしかった。

以前、このあたりをうろうろしたとき、そこに老人と老女が出入りする古い庭があって、その庭にまあまあいけるリンゴの木があることに目をつけていた。リンゴの木のそばに、戸締りの悪い果物貯蔵所のようなものがあり、そこなら、リンゴのひとつくらいは失敬できそうだった。一個のリンゴが一回の夕食であり、一個のリンゴが命綱なのだ。アダムを破滅させたものが、ガヴローシュを救ってくれるかもしれないのである。庭は寂しい路地に沿っていたが、その路地には、やがて家並ができるのを待って、さしあたっては敷石がなく、茂みに縁取られていた。庭と路地は生垣ひとつで隔てられている。

ガヴローシュは庭のほうに向かった。路地を見つけ、リンゴの木を認め、果物貯蔵所を確かめ、生垣をしらべた。生垣など、ほんのひと跨ぎで越えられる。日が傾きはじめ、路地には猫の子一匹いない。ちょうどいい頃合だった。ガヴローシュは生垣を乗りこえようとしたところで、ぴたりと足をとめた。庭でだれかが話しているのだった。ガヴローシュは柵越しに覗いてみた。彼のすぐ近く、柵の向こう側の、ちょうど生垣を掻き分けて抜け穴にしようと思っていたあたりに、ベンチ代わりの石があって、庭に出た老人が腰をおろし、老女がそのまえに立って、ぶつぶつ文句を言っていた。ガヴローシュは無遠慮に聞き耳を立てた。

「マブーフさま！」と老女が言った。

「マブーフだって！」とガヴローシュは思った。「こりゃまたふざけた名前だぜ」

呼びかけられた老人は身動きひとつしなかった。老女はまた言った。

「マブーフさま！」

老人は地面から目を離さずに、ようやく返事した。

「なんだね、プリュタルクさん？」

「プリュタルクだって！」とガヴローシュは思った。「こいつもまた、すっとんきょうな名前だぜ」

プリュタルクばあさんは話をつづけたが、今度ばかりは老人も耳を貸さないわけにはいかなかった。

「家主が怒ってますよ」

「どうして？」

「家賃が三期分たまってるんです」

「三か月後には、四期分になるな」

「家主は、追いだしてやるから、野宿でもなんでもしろって言ってますよ」

「じゃあ、そうしよう」

「青物屋のおかみさんもツケを払ってくれって言ってます。もう薪の束をよこしてくれませんよ。この冬の暖房をどうするんですか？」

「お日さまがあるさ」

「肉屋も掛売はダメだと言ってます。もう肉はくれません」

「そいつは好都合。わたしは肉の消化に難儀する。胃にもたれるのでな」

「でしたら、夕食にはなにを召しあがるんですか？」

「パンさ」

「パン屋は前払金にしてくれって言ってます。金がないなら、パンもなし、ですって」

「いいだろう」

「なにを召しあがるんですか？」

「庭にリンゴの木がある」

「でもね、だんなさま、いくらなんでも、こうまで一文無しでは生きていけやしませんよ」

「金はないな」

老女は立ち去り、老人がひとり取りのこされた。老人は思案をはじめた。ガヴローシュのほうでも思案をはじめた。日はとっぷりと暮れようとしていた。

ガヴローシュは思案の末、ひとまず生垣は乗りこえず、そのしたにうずくまることにした。茂みの低いところは、木の枝がすこし疎らになっている。

「へえー!」とガヴローシュは、心中で声をあげた。「はめこみベッド(アルコーヴ)じゃねえか!」彼はそこにちぢこまった。そこはマブーフ老人のベンチとほとんど背中合せだったので、八十歳の老人が呼吸する音が聞こえてきた。

そこでガヴローシュは、夕食代わりにひと眠りしようとした。

猫の眠り、片目の眠り。うとうとしながらも、ガヴローシュはあたりの様子をうかがっていた。

黄昏どきの空の白さが、大地を白くおおい、路地の薄暗い茂みのあいだには、一本の鈍色の線が描かれていた。

その白っぽい帯に、突然ふたつの人影があらわれた。ひとりはまえを歩き、もうひとりはやや距離をおいて、うしろを歩いている。

「ふたり来るぞ」とガヴローシュはつぶやいた。

先に立った人影はどうやら年とった町人らしく、身なりはごく質素で、背中を曲げて考えこむようにしながら、歳のせいかゆっくりとした足取りで、星降る宵のそぞろ歩きをしている模様だった。

あとからくる人影はしゃんとして、ほっそりと引きしまっていた。先を行く人影に歩調を合わせているが、そのわざとゆるめた足取りには、しなやかさとすばしこさが感じられた。その人影には、なんとも言えず残忍で、見る者を不安にさせるところがあったが、風采はそのころ伊達者と呼ばれていたたぐいのそれだった。帽子は形がよく、フロックコートは仕立てがよく、おそらく上等のラシャの黒で、からだにぴったり合っていた。一種逞しい優美さで頭をぐいと起こして、帽子のしたには黄昏の薄明かりに映える、いかにも青年らしい蒼白い横顔がほの見えた。その横顔は口に一輪のバラをくわえている。ガヴローシュはこの二番目の人影をよく知っていた。モンパルナスだった。

もうひとりのほうは、ただのじいさんというほかに、言いようがなかった。

ガヴローシュはただちに観察にはいった。

このふたりのうち一方は、明らかにもう一方にたいしてなにかをたくらんでいた。ガヴローシュは事の成行きを見守るには絶好の場所にいた。まことに具合がいいことに、天然のアルコーヴが隠れ蓑になってくれたのである。

こんな時刻、こんな場所で、モンパルナスが獲物を追っている、これはただごとではなかった。ガヴローシュは浮浪児ながら、この老人が哀れでならず、腸(はらわた)がちぎれる思いがした。

どうしようか？　なかに割ってはいるか？　弱い者が弱い者に加勢してもな！　モンパルナスにはとんだお笑い種だろう。ガヴローシュは、弱冠十九歳の恐るべきあの悪党なら、まず老人を、つぎは子供を片づけるくらい朝飯前だろうと認めざるをえなかった。

ガヴローシュが思案していると、いきなり、まがまがしい襲撃がはじまった。虎のロバへの襲撃、蜘蛛の蠅への襲撃。モンパルナスは、口にくわえたバラをぽいと捨てると、老人に躍りかかり、襟をつかんで、胸元を締めあげ、しがみついた。ガヴローシュはやっとの思いで叫び声を押しころした。たちまち、ふたりの男の一方が相手の下敷きになり、大理石のような膝で胸を押さえられたまま、打ちのめされ、あえぎ、じたばたしていた。ただ、事態はガヴローシュの予想とはまるで違っていた。地面に倒されているのがモンパルナスのほうで、上になっているのはじいさんだったのだ。

こうしたことが、ガヴローシュから五、六歩のところで起こった。

老人は攻撃されるや反撃し、その反撃があまりにも凄まじかったものだったから、瞬時に攻守所を変えてしまったのである。

「とんでもねえ老いぼれもいたもんだ！」とガヴローシュは考えた。

そこで思わず手を叩いてしまった。だが、その拍手も無駄だった。

はあはあ荒い息を吐きながら、無我夢中で必死に取っ組みあっていたふたりには、拍手が耳にはいるどころの騒ぎではなかったのである。

しばしの静寂があった。モンパルナスがじたばたするのをやめた。ガヴローシュは独りごちた。

「あいつ、死んじまったのか？」

じいさんはひと言も発せず、叫び声ひとつ出さなかった。じいさんが身を起こし、モンパルナスにこう言っているのがガヴローシュに聞こえた。

「立つんだ」

モンパルナスは起きあがったが、ずっとじいさんに捕まえられたままだった。彼はまるで羊に捕らえられた狼みたいに、恥じ入って怒ったような顔をしていた。

ガヴローシュは目をこらし、耳をそばだてて、ながめ、聞こうとした。愉快で愉快でしかたなかった。

真面目になって気をもんでいた傍観者の労が報われた。彼は暗がりのせいでどこか悲愴感の漂う会話を、素早く聞き取ることができた。

「おまえは何歳だ?」

「十九歳」

「おまえは強くて元気だ。どうして働かないのだ?」

「かったるいもんで」

「職業はなんだ?」

「のらくら者」

「真面目に話せ。おまえになにかしてやれることはないか? おまえはなんになりたいのか?」

「泥棒」

一瞬、沈黙が流れた。老人はなにか深々と考えこんでいるようで、じっと動かないままだったが、モンパルナスを放すことはなかった。

ときどき、この頑健で敏捷な若い悪党は、罠にはまった動物のようにぴょんぴょん跳びはねた。からだを揺すったり、足をからめたり、必死に手足をねじったりして逃げようとした。老人はそんなことにはまるで頓着せず、相手の両腕を片手一本でがっしりつかんだまま、じぶんの絶対優勢な力を確信して泰然としていた。

老人はしばらく考えこんでいたが、やがてゆっくりと声を高め、ふたりがいる暗がりのなかで、一種おごそかな説教を垂れた。ガヴローシュはひと言も聞きもらさなかった。

「いいか、おまえは怠けているから、いちばん骨の折れる生活に落ちこむのだ。ああ！　おまえはじぶんからのらくら者だと名乗っている！　働く覚悟をすることだ。おまえはあの恐ろしい機械を見たことがあるか？　圧延機というやつだ。せいぜい用心するんだ、なにしろそいつは陰険で残忍な代物だからな。服の裾でもはさまれたら、からだごと巻きこまれてしまう。その機械というのは、すなわち怠惰のことだ。まだ間に合ううちに、踏みとどまって、逃げだすんだ！　さもないと、おしまいだぞ。歯車に巻きこまれてしまうぞ。いったん巻きこまれたが最後、助かる見込みはない。くたくたにへばってしまうんだぞ、この怠け者！　休むこともできなくなる。おまえは労役という容赦のない鉄の手に捕まってしまう。まともに生活費を稼ぎ、職場を持ち、義務を果たす、おまえはそれがいやだという！　他人と同じようにするのが、かったるいだと！　そうか、じゃあ別の生き方をしてみるんだな。労働は掟だ。その労働をかったるいなどと言って退けるやつは、いまに刑罰として労働をする羽目になる。労働者がいやだとぬかせば、奴隷になってしまうんだぞ。労働は一方で見逃してくれても、もう一方でかならず人間を捕らえる。労働の友になるのがいやだと言っていると、いまに黒人奴隷みたいになってしまうんだぞ。おい！　まともな人間の疲労がいやだと言っていたら、いずれ罪人の汗をかくことになるんだぞ。他人が歌っているところで、おまえは喘いでいることになる。遠くから、下のほうから、他の人びとが働いているのを見上げることになる。おまえにはその人びとが休んでいるように見えることだろう。耕作をしている人、収穫をしている人、水夫、鍛冶屋などが、まるで天国の至福をさずかった者たちのように、光につつまれて見えることだろう。鍛冶屋の鉄床がなんと輝いていることか！　鋤を引き、麦の束を結わえる、それが喜びなのだ。風をうけ、自由に航行する小舟、それがなんと楽しそうに見えることか！　だが、おまえ、怠け者のおまえのほうは、鶴嘴を振るい、重たい物を引きずり、車を押し、並んで歩かされるのだぞ。じぶんの首を絞め、地獄の車につながれた家畜も同然になるんだぞ。いいか！　なにもしない、それがおまえの目的だった。それがどうだ！　一週間たりとも、一日たりとも、一時間たりとも、くたくたにならないときはない。なにを持ちあげても、死ぬほどつらいのだぞ。過ぎていく一瞬一瞬が、おまえの筋肉をメリメリ言わせるだろう。ほかの者たちには羽のように軽いものでも、おまえには岩のように重く感じられるだろう。ごく簡単なことも、おまえには険しく切り立って見えることだろう。おまえが置かれる環境では、生きていることがおぞましくなるだろう。行ったり来たりすること、呼吸することが、いちいち恐ろしい苦労になるだろう。おまえの肺が五十キロの重さにも感じられるだろう。こっちを歩いたらいいのか、あっちを歩いたらいいのか、そんなことまでが厄介な難問になるだろう。この世の中では、だれだって外に出たければドアを押す。それだけでもう外に出られる。ところが、おまえが外に出たいと思っても、壁に穴を開けなくてはなるまい。表に出るために、世間の人びとはどうするね？　階段を降りるだけだ。ところがおまえのほうは、ベッドのシーツを引き裂き、一片一片つないで縄をない、それから窓を乗りこえて、深淵のうえに垂れたその縄一本にぶらさがるのだ。それも夜、嵐か、雨か、暴風のときだ。そのうえ、もし縄が短すぎたりでもしたら、降りる手立てはただひとつ、落ちることだ。とんでもなく高いところから、やみくもに奈落の底に落ちるのだ。なんの上にか？　下方にある、なんだか分からないものの上にだ。さもなければ、おまえは火傷する危険を承知で、暖炉の煙突をよじ登る。あるいは、溺れるのを覚悟して、便所の排水管を這っていく。言うまでもなく、穴は隠さねばならないし、石は日に二十回もどけたり、元にもどしたりしなければならず、漆喰のかけらを藁布団のなかに隠さねばならない。錠前があるとする。ふつうの市民なら錠前屋に作ってもらった鍵をポケットに持っている。ところが、おまえは錠前がないのも同然にしたいとすれば、どうしても恐ろしく手の込んだものを作らねばならない。まず一枚の二スー銅貨を手に入れて、それを薄く二枚にはぐ。どんな道具をつかって？　それはおまえが工夫する。おまえの腕の見せどころだ。それから、外側を損ねないようによくよく注意して、二枚の薄片の内側をくりぬき、縁にぐるりとねじのピッチを刻んで、両方が箱の中身と蓋みたいにぴったり重なるようにする。そうやって上と下をねじで締めれば、だれにも見破れない。看守たちから見れば――というのも、おまえは見張られているからだ――そいつはただの二スー銅貨だが、おまえには箱になる。その箱になにを入れる？　鋼の小片だ。時計のゼンマイに歯をつけて、鋸にしたものだよ。銅貨に隠したピンほどの長さのその鋸をつかって、錠前の舌やら、閂の軸やら、南京錠の柄やら、窓にはまっている格子やら、脚につけられた鉄の輪やらを切らねばならない。そういう手の込んだ道具を仕上げ、そういう驚くべきことを成しとげ、そういう技倆と手練と熟達と忍耐の奇跡を実現したとしても、それをつくったのがおまえだと知れたら、どんな報いがあるか？　地下牢だ。それがおまえの未来なのだ。怠惰、快楽、それはなんと危険な絶壁だろう！　なにもしない、それは空恐ろしい料簡だぞ、よく分かっているのか？　社会の甘い汁を吸ってのらくら暮らす！　無益な人間になるということは、とりもなおさず有害な人間になるということだ！　それこそ真っ逆さまに貧困のどん底に落ちることとなんだぞ！　寄生虫になりたがるやつに災いあれ！　そいつはいずれ害虫になりさがる。おい！　おまえは働く気がないというのか！　おい！　おまえはしこたま飲み、たらふく食い、たっぷり眠ることしか考えていないのか。そんな心がけでは、いずれちょっとだけ水を飲み、黒パンを食い、板のうえで寝る身の上になるのが関の山だ。しかも手足を鎖で縛りつけられ、夜じゅう肉に食いこむ鎖の冷たさを感じながらだ！　おまえはその鉄の鎖を断ちきり、脱走するかもしれない。それもよかろう。だがな、そうなると、茨のなかを腹這いで進み、森の動物みたいに草を食うことになるのだぞ。そのあげくに、また捕まってしまう。今度は地下牢に入れられ、壁にくくりつけられ、水を飲むにも水差しを手探りでさがし、犬も食わない黒パンをかじり、さきに虫に食われた空豆を食いながら、何年も過ごすことになるのだぞ。おまえは地下倉のわらじ虫になってしまうだろうさ。おい！　ちっとはじぶんを憐れんでやれ。若い身空で、なんという惨めなやつなんだ。乳母の乳を飲んでいたころから、まだ二十年とたってはいまい。それに、母親だってまだ生きているだろう！　頼むから、わたしの言うことを聞くんだ。おまえは黒の上等なラシャを欲しがり、髪をカールさせ、巻毛に香りのよい油をつけ、女に好かれ、色男になりたがっている。ところがいずれ、坊主頭にされ、赤い帽子をかぶらされ、木靴をはかされる羽目になるのだぞ。指輪を欲しがっているおまえは、やがて首枷をはめられることになるのだぞ。女に目をくれでもしたら、棍棒でがんと殴られることになるのだぞ。あそこに二十歳ではいったら、出るときには五十歳にもなっているだろうよ！　はいるときには若く、バラ色の頰をし、潑剌として、目が輝き、白い歯が全部そろい、若者らしい美しい髪をしていても、出るときには腰が曲がり、猫背になり、皺が寄り、歯抜けになり、汚らわしく、白髪になっているのだぞ！　ああ！　哀れなやつだ。おまえは道を間違えている。のらくら暮らしが、おまえにろくでもないことを教えるのだ。労働のなかでいちばんつらいのは、なんといっても盗みなんだぞ。わたしの言うことを信じるんだ。怠け者になるなどという苦しい仕事をくわだてるのはやめにしろ。ヤクザになるなど、容易なことではないのだぞ。それより堅気になるほうが、よっぽど易しいんだ。さあ、行け。あとで、わたしが言ったことをとくと考えてみるんだ。そうそう、なにか欲しかったんだったな？　財布なら、ほら、ここにある」

そして老人はモンパルナスを放してやり、じぶんの財布をその手に握らせた。モンパルナスはしばらくその重さを量ってみた。そのあと彼は、まるで盗んだときと同じような無意識の用心深さで、財布をそっとフロックコートのうしろポケットにしのびこませた。

これだけのことを言いおわり、しおえると、老人はくるりと背を向け、落着きはらって散歩をつづけた。

「アホめ！」とモンパルナスがつぶやいた。

この老人はだれだったのか？　読者はもちろん察しておられることだろう。

モンパルナスは呆気にとられながら、黄昏に消えていく老人の姿を見送っていた。そんなふうに見つめていたのが運の尽きだった。

老人が遠ざかっていくあいだに、ガヴローシュのほうはそろりそろりと近づこうとしていた。

ガヴローシュはちらっと脇を見やって、おそらく眠っているにちがいないマブーフ老人が、あいかわらずベンチのうえにいるのを確かめた。それから、この浮浪児は茂みを抜けでて、夜陰に紛れて這いだし、じっとしているモンパルナスの背後にまわりこもうとした。そんなふうにモンパルナスのいるところまで達すると、だれにも姿を見られず、音を聞かれもせずに、黒の上等なラシャ製のフロックコートのうしろポケットにこっそり手を差しこみ、財布をつかんでその手を抜き、ふたたび這いつくばって、蛇のように暗闇に逃げこんだ。モンパルナスは用心をするいかなる理由もなかったし、生まれて初めて物思いにふけっていたせいで、なにも気づかなかった。ガヴローシュはマブーフ老人のいる地点にもどると、生垣越しに財布を投げ、一目散に逃げ去った。

財布はマブーフ老人の足元に落ちた。その物音に老人は目を覚まし、からだをかがめて、財布を拾いあげた。さっぱりわけが分からなかったが、ともかく開けてみた。それはふたつに仕切られた財布で、ひとつの仕切には小銭が、もうひとつの仕切にはナポレオン金貨が六枚はいっていた。

マブーフ老人はひどくうろたえ、その物を家政婦に見せにいった。

「天から降ってきたんですよ」と、プリュタルクばあさんが言った。

第五篇　終わりは始まりとは大違い

第一章　孤独と兵舎の組合せ

つい四、五か月まえまでは、胸を刺すように激しかったコゼットの心の痛みも、いつの間にか回復期にはいっていた。自然、春、若さ、父への愛、小鳥たちや花々の陽気さなどに助けられて、この汚れを知らず、若々しい魂にもなにかしら忘却に似たものが、日を追うごとにすこしずつ、一滴また一滴と染みこんでいったのだった。彼女のなかで燃えていた火がすっかり消えてしまったのだろうか、それともただ層をなした灰のしたに隠れてしまっただけなのだろうか？　じっさい彼女は、ひりひりと焼けつくような痛みをほとんど感じなくなっていた。

ある日、彼女はふとマリユスのことを考えた。「あら！」と彼女は言った。「あたし、あの人のことをもうなんとも思っていないわ」

その同じ週、きわめて美男の騎兵将校が庭の格子のまえを通りかかるところを見かけた。細くくびれた腰、惚れぼれするような軍服、少女のような頰、小脇にかかえたサーベル、チックでかためた口ひげ、エナメルの軍帽。それにブロンドの髪、大きく張った青い目、自惚れが強く、高慢そうだが、丸く美しい顔。なにもかもがマリユスとは正反対だった。口には葉巻をくわえている。——あれはきっと、バビロン通りに兵舎がある連隊の将校さんだわ、とコゼットは考えた。

翌日、彼女はふたたび彼が通りかかるのを目にした。彼女はその時刻に着目した。その日からというもの、はたして偶然なのだろうか、ほとんど毎日のように彼が通るのを見かけるようになった。

将校の仲間たちは、「手入れの悪い」その庭の、ロココ様式の粗末な鉄格子のうしろに、なかなか可愛い娘がひとりいて、美男の中尉が通る時間になると決まって姿を見せることに気がついた。この中尉を読者も知っておられるはずで、名をテオデュール・ジルノルマンといった。

「おい!」と彼らは言った。「おまえに色目をつかっている可愛い子ちゃんがいるぞ。ちょっとは見てやれよ」

「このおれに?」と槍騎兵は応じた。「おれを見ている娘をいちいちかまっている暇なんかあるものか?」

これはまさしく、マリユスが死の苦しみに向かって重い足取りで降りていきながら、「死ぬまえにもう一度だけ彼女に会うことができたら!」と言っていたころだった。もし彼の望みがかなえられ、いまこの瞬間に槍騎兵をながめているコゼットを見たなら、きっとひと言も発することなく、苦しみのあまり息絶えたことだろう。

だれが悪いのか? だれも悪くはない。

マリユスは悲しみに沈みこむと、そこで立ちすくんでしまう気質だったが、コゼットのほうは悲しみに沈んでも、そこから抜けだすことができる性質だった。

それにコゼットは、あの危険な時期にさしかかっていた。それは女性がひとりでほうっておかれたとき、その夢想がかならず行きつく段階であり、この段階にある孤独な若い娘の心は、葡萄の蔓にも似て、行きあたりばったりに大理石の柱頭にからむかと思えば、居酒屋の標柱にもからんでしまう。

急におそってきて運命を決めてしまうこの時期は、貧乏だろうが裕福だろうが、ともかく両親のいないどんな孤児にとっても危険をはらんでいる。というのも、いくら裕福でも、相手の選択を誤ることがあるからだ。きわめて身分の高い娘が身分の低い男と結婚することがある。本当に不釣合な結婚とは、不釣合な魂が結びつくことである。名もなく、家柄もなく、財産もなく、人に知られていない青年のなかにも、崇高な感情と偉大な思想の神殿を支える大理石の柱頭のような人物はひとりならずいる。これと同じように、なに不自由なく豊かに暮らす社交界の男が、どんなに靴を光らせ、言葉を飾り立ててみたところで、その外面ではなく内面を、つまり女性のためにとっておくべき部分をよくよく覗いてみれば、じつはひそかに激しい情欲の虜になり、卑劣で、酒乱の愚かな能なしにすぎないことがある。この場合、娘は居酒屋の標柱にからみつくわけである。

コゼットの魂のなかには、いったいなにがあったのだろうか？　鎮められた、いや、眠りこんだ情熱、ふわふわと漂っている愛情、透明で輝いているようだが、ある深みでは濁り、もっとしたにはなにやら暗いものが潜んでいた。底のほうには——ずっと底のほうには——思い出が残っていたのだろうか？　たぶんそうだったのだろうが、コゼットにはなにも分からなかった。

突然、奇妙な事件が起こった。

第二章　コゼットの恐怖

四月の前半、ジャン・ヴァルジャンは旅をした。

そんなことは、ご存じのとおり、ひじょうに長い間隔を置いて、これまでもときどきあった。彼は一日か二日、長くて三日ほど家を留守にした。どこに行っていたのか？　だれも、コゼットさえも知らなかった。一度だけ、出発の折に、彼女は辻馬車に乗って、ちいさな袋小路の角までついて行ったことがあった。その角には、「プランシェット袋小路」と書かれていた。彼はそこで降り、コゼットは辻馬車でバビロン通りに帰された。ジャン・ヴァルジャンがこのような小旅行をするのは、だいたい家に金がなくなったときだった。

というわけで、ジャン・ヴァルジャンは留守だった。「三日もすれば帰ってくる」と言い残していった。

その晩、コゼットはひとりで広間にいた。退屈しのぎに、ピアノ・オルガンを開けて、じぶんで伴奏しながら、歌曲「オイリュアンテ」[1]の合唱曲「森をさまよう狩人たち！」を歌いだした。これはおそらく、音楽のなかでももっとも美しいものだろう。歌いおえると、彼女はじっと物思いに沈んだ。

ふと、庭を歩く足音が聞こえたような気がした。父であるはずはなかった。父は留守だった。トゥーサンであるはずもなかった。トゥーサンは寝てしまっていた。夜の十時だった。コゼットは閉まっている広間の鎧戸のそばまで行き、耳を押しあてた。どうやら男の足音らしく、とてもゆっくり歩いているようだった。

彼女は急いで二階のじぶんの部屋に上がり、鎧戸についた小窓を開けて、庭を見おろしてみた。ちょうど満月で、昼間のようによく見える。だれもいなかった。

彼女は窓を開けた。庭はしんと静まりかえり、通りを見わたしても、いつもと変わらず人影はなかった。

コゼットは空耳かと思った。たしかに音が聞こえたような気もしたが、それはあのウェーバーの憂いにみちた不思議な合唱曲が生みだす幻覚だったのかもしれない。この曲は、精神のまえには愕然とするような深淵をのぞかせ、目のまえには気が遠くなるほど深い森が震え、黄昏の光にかすかに浮かぶ狩人たちの不安げな足元で、枯枝が折れる音が聞こえてくる気にさせる音楽だった。

彼女はそれっきり足音のことは考えないことにした。

それにコゼットはもともと物を怖がるたちではなかった。彼女の血管のなかには、裸足で歩く流浪の冒険家のような血が流れていた。ここで、彼女がどちらかといえば、鳩よりもむしろひばりだったことが思いだされる。彼女には野性的で、勇敢な気性がそなわっていたのである。

翌日、夜まだそれほど遅くない時間に、彼女は庭を散歩していた。とりとめのない考えに気をとらわれていると、すぐそこの木々のしたをだれかが歩いているような、前夜と同じ物音がときどき聞こえてきた。それでも彼女は、木の枝が揺れてふれあう音ほど、歩いている人間の足音に似たものはないのだからと、べつだん意に介さなかった。だいいち、なにも見えなかった。

彼女は「茂み」から出た。そこから家の石段にもどるには、ちいさな緑の芝生を横切らねばならなかった。折しも月が背面に昇って、コゼットが植え込みから出てきたとき、彼女の影をまえの芝生に投げかけた。

彼女はぎょっとして立ちどまった。

じぶんの影の近くに、月の光が妙に薄気味悪く恐ろしいもうひとつの影、丸い帽子をかぶった影を芝生のうえにくっきりと映しだしている。それはコゼットのうしろ五、六歩のところ、植え込みのきわに立っている人間の影のようだった。

彼女は一瞬、話すことも、叫ぶことも、人を呼ぶことも、動くことも、振りむくこともできなかった。やっと、ありったけの勇気をふりしぼって、思いきって振りかえった。だれもいなかった。地面を見た。影は消えていた。

彼女は植え込みにもどり、大胆にも隅々までさがし、格子のところまで行ってみたが、なにも見つからなかった。

彼女は本当に全身が凍りつくのを感じた。——これも幻覚かしら？　なんなの！　二日もつづけて？　幻覚が一度なら、まだいいわ。だけど、二度も幻覚？　それにしても気になるのは、あの影はぜったいに幽霊じゃなかったってことだわ。幽霊が丸い帽子をかぶっているはずはないもの。

翌日ジャン・ヴァルジャンが帰ってきた。コゼットはじぶんが見たり聞いたりしたことを彼に話した。彼女はてっきり父がじぶんをなだめ、肩をすくめて、「おまえもどうかしているね」と言ってくれるものとばかり期待していた。ところが、ジャン・ヴァルジャンは不安そうな顔つきになって、

「たぶん、心配ないだろう」と言った。

彼は、なにか口実を見つけて、彼女から離れ、庭に行った。やがて彼女は、父がたいそう念入りに柵格子をしらべているのに気がついた。

夜中に、彼女は目を覚ました。今度こそ間違いない。窓のしたの石段のすぐ近くをだれかが歩いている音が、はっきりと聞きとれた。彼女は鎧戸の小窓に走っていき、それを開いた。じっさい、庭には太い棒を持った男の姿があった。彼女が叫び声をあげようとしたとき、月の光が男の横顔を照らした。父親だった。彼女はふたたび横になって、こう思った。「お父さまもずいぶん心配なさっているんだわ」

ジャン・ヴァルジャンはその夜も、つぎのふた晩も庭で過ごした。コゼットは鎧戸の穴からその姿を見た。

三日目の夜、月は欠け、昇るのが遅くなっていた。夜中の一時ごろだったろうか、彼女は大きなけたたましい笑い声とともに、じぶんを呼ぶ父の声を聞いた。

「コゼット！」

彼女はとっさにベッドのしたに飛びおり、部屋着を引っかけて、窓を開いた。

父が芝生のうえにいた。

「おまえを安心させようと思って、起こしたんだよ」と彼は言った。「見てごらん。ほら、これが例の帽子をかぶった影だよ」

そして彼は、芝生のうえに月が描く射影を指さした。見ると、その影は丸い帽子をかぶった男の亡霊にそっくりだった。それは隣の屋根のうえに立っている、庇がついたブリキの煙突の影だった。

コゼットも笑いだした。薄気味悪い邪推はすっかり消えてしまった。翌日、父親と朝食をとりながら、煙突の影につきまとわれる不吉な庭のことを陽気に笑いとばした。

ジャン・ヴァルジャンはふたたび平静さを取りもどした。コゼットのほうは、煙突はたしかに彼女が見た、あるいは見たと思った方角にあったのかどうか、月は空の同じ地点にあったのかどうか、といったことはさして気にしなかった。煙突が現行犯で捕らえられるのを恐れて、だれかに影を見られたとたんに引っこんでしまうという、あの奇怪な点についても、まったく考えてみなかった。というのも、振りかえったとき、あの影がたしかに姿を隠したことについて彼女は確信していたからだ。コゼットはすっかり晴れやかな気持ちになった。父の証明は完全なものに思われ、夕暮もしくは夜に庭を歩く者がいるなどといったことは頭から消えてしまった。

ところが、その数日後、また新しい事件が起こった。

第三章　トゥーサンの感想が恐怖をつのらせる

庭の、通りに面した鉄柵のそばに、石のベンチがあったが、クマシデの生垣で隠され、外から覗き見できないようになっていた。それでも、通行人がその気になれば、鉄柵とクマシデの生垣のあいだから、なんとか腕を伸ばすことができた。

同じく四月のある夕べ、ジャン・ヴァルジャンが外に出かけたあと、コゼットは日が落ちるころにそのベンチにすわっていた。強い風が木立のあいだを吹きぬけていた。コゼットは物思いに沈んでいた。すこしずつ、わけの分からない悲しみが押しよせてきた。それは夕暮に感じるどうしようもない悲しみ、もしかしたら、この時刻、半開きになった墓の奥底からくる神秘的な悲しみだったのかもしれない。

おそらくファンチーヌがその暗がりにいたのだろう。

コゼットは立ちあがって、ゆっくりと庭をひとめぐりし、夜露に濡れた草むらのなかを歩きながら、憂い顔の夢遊病者みたいな気分に落ちこみ、こう思っていた。「こんな時刻に庭を歩くには、それこそ木靴が要るわね。これでは、風邪を引いてしまいそう」

彼女はベンチにもどった。腰をおろそうとすると、たったいま離れたばかりの場所に、かなり大きな石がひとつ置いてあるのに気がついた。もちろん、さっきはなかったものだ。

コゼットはその石をじっと見つめながら、これはいったいどういうことかしら、と思った。この石がひとりで歩いてきたわけはない、だれかがここに置いていったのだ、あの格子の隙間から何者かの腕が伸びてきたのだと気がつき、そう考えただけでぞっとした。今度こそ本物の恐怖だった。もう疑いの余地はない。石はたしかにそこにあるのだ。彼女はその石にさわってみようともせず、うしろを振りかえる勇気もないまま逃げだした。家に駆けこむやいなや、石段のところのフランス窓の鎧戸を閉め、横木を差しこんで閂を掛けた。彼女はトゥーサンに尋ねた。

「お父さまはもうお帰りになった?」

「まだですちゃ、お嬢さま」

(筆者は一箇所だけ、トゥーサンの吃音のことをはっきり知らせておいた。この点について強調することは、以後しないことをお許しいただきたい。障害者の発音をそのとおりに書くことに嫌悪感を覚えるのである。)

ジャン・ヴァルジャンは考え事をしながら夜間に歩きまわる癖があったので、深夜に帰宅することがよくあった。

「トゥーサン」とコゼットはつづけた。「あなたよくよく気をつけているわよね、夕方になったら、せめて庭に面した鎧戸はちゃんと閉めて、横木をわたし、合せ目のちいさな金具に、しっかりとちいさな金具をはめるようにしてね」

「はいはい! 承知していますちゃ、お嬢さま」

トゥーサンに手抜かりはなかった。コゼットもそのことはよく分かっていたのだが、それでもこう付けくわえずにはいられなかった。

「なにしろ、このあたりはとっても寂しいから！」

「そんことなら」とトゥーサンが言った。「そりゃたしかだちゃ。あっと言う間に殺されることもあるもんだちゃ。おまけに、だんさんは母屋ではお休みにならないもんで。そんだけど、怖がらないでもいいだちゃ、お嬢さま。おらが城砦みたいに窓を閉めてるもんで。とにかく、ここは女子ばっかでしょうが、そりゃ、おっそろしくなるのも無理はないだちゃ！　な、考えてもみなはれ！　夜、男どもがどかどか部屋にはいりこんで、お嬢さまに「静かにしろ」としゃべる。それから、お嬢さまの首を斬りにかかる。なに、死ぬくらい大したことはないだちゃ。人間、だれしも死ぬもんだちゃ。どうしようもないこっちゃ。だれにもいつかはお迎えがくるもんだちゃ。そんだけど、その男どもが、ここのお嬢さまに手をかけると思うただけで、おらはぞっとしますちゃ。おまけに、連中の短刀はよく切れんもんでの。ああーあ！　やれやれ！」

「もういいから。やめて」とコゼットは言った。「ぜんぶ、きちんと戸締りをしておいて」

コゼットは、トゥーサンの話す即席の残酷劇にくわえ、おそらく先週あらわれた幽霊の思い出がよみがえってきて怖くなり、「だれかがベンチに置いていった石を見にいってきて！」と言うことさえできなかった。また庭の戸口を開けたら、「男ども」がどやどやはいってきはしないかと心配だった。彼女はトゥーサンに、いたるところの戸や窓を入念に閉めさせ、地下室から屋根裏部屋まで家じゅうを見まわらせた。じぶんの部屋に閉じこもり、閂を掛け、ベッドのしたを覗きこみ、横になったが寝つけなかった。ひと晩じゅう、山のように大きくて、穴倉がいっぱいある石の夢を見ていた。

日の出になって――日の出の特質とは、前夜夢に見た恐怖がことごとくおかしく思えることで、このときの笑いはつねに夜にいだいた恐ろしさに比例するのである――それはさておき、日の出になり、目覚めると、コゼットはじぶんの怯えが悪夢のように思えてきて、こう独りごちた。

「あたし、なにを考えていたのかしら？　先週の夜、庭で聞いた気がした足音と同じことだわ！　煙突の影と同じだわ！　あたしはいま、意気地なしになりかけているのかしら？」彼女は鎧戸の隙間をきらきら輝かせ、ダマスク織りのカーテンを真っ赤に染める太陽にすっかり気を取りもどし、頭のなかからすべてが、石のことさえも消え去ってすっきりしてきた。

「庭に帽子をかぶった男がいなかったように、ベンチのうえの石なんてなかったんだわ。ほかのことと同じように、石のことも夢だったんだわ」

彼女は着替えをすませて、庭に降りていき、ベンチに駆け寄った。そのとき冷汗が流れるのを感じた。石がそこにあったのだ。しかし、それは一瞬のことにすぎなかった。夜の恐怖心も、日中は好奇心に変わる。

「いいわ！」と彼女は言った。「ちょっと見てみよう」

彼女はかなり大きなその石を持ちあげた。そのしたには手紙のようなものがあった。白い紙の封筒だった。コゼットはそれを手でつかんだ。表には宛名がなく、裏には封印がされていなかった。封筒は開封されたままだったが、空っぽではなかった。なかに紙がはいっているのがちらりと見えた。

コゼットはなかをのぞいた。もはや恐怖心からでも、好奇心からでもなかった。不安になってきたのである。

コゼットは封筒から中身を引きだした。それはちいさな紙の手帳で、それぞれの頁に番号が付けられ、なにかが数行ほど書いてあった。とても美しい字だけど、ひどく細かい筆跡だわ、とコゼットは思った。

コゼットは名前をさがした。名前はなかった。署名をさがした。署名もなかった。——これはいったい、だれに宛てたものなのかしら？　きっとあたしだわ。だって、だれかの手があたしのベンチに置いていったんだもの。だれからきたものかしら？　——なにか抗しがたい魅惑にとらえられた彼女は、じぶんの手のなかで震えている手帳から目をそらそうとして、空や、通りや、光をいっぱいに浴びたアカシアや、隣の屋根のうえを飛んでいる鳩などをながめた。やがて突然、眼差しを素早く手稿のうえに落とすと、なかになにが書いてあるのか知っておく必要があると思った。

彼女が読んだ文面は、以下のとおりである。

第四章　石のしたにあった心

宇宙をただひとりの人に縮小し、ただひとりの人を神にまで拡大すること、それが愛というものだ。

愛、それは天使たちの星への挨拶だ。

魂が愛のために悲しむとき、その悲しみはなんと大きいものか！

たったひとりで世界をそっくりみたしてくれる人の不在とは、なんという空虚だろう！　ああ！　愛される人が神になるというのは、なんという真実だろうか。万物の〈父〉が紛れもなく魂のために森羅万象を創造し、愛のために魂を創ったのでないとすれば、神が愛される人を妬むことになっても無理はないと思われる。

魂が夢の殿堂にはいるには、リラの花色の飾りリボンがついた白いクレープの帽子のしたに微笑がひとつ、向こうにかいま見えるだけで充分だ。

神は万物の陰にあり、万物は神を隠す。事物は暗黒であり、被造物は不透明だ。ある人を愛すること、それはその人を透明にすることだ。

ある種の考えは祈りだ。からだの姿勢がどのようなものであれ、魂が跪いているときがある。

離ればなれに愛しあうふたりは、あまたの空想でお互いの不在を紛らすが、その空想こそが現実なのだ。ふたりは会うことを妨げられ、手紙を出すことができなくても、気持ちを伝えあう不思議な手立てを無数にもっている。小鳥の歌、花々の香り、子供たちの笑い声、太陽の光、風の溜息、星々の輝きなど、あらゆる被造物を送りあう。神の偉業はすべて、愛に役立つためにある。愛の力をもってすれば、全自然にことづけを託すこともできるのだ。

おお、春よ！　おまえはぼくがあの人に書く手紙だ。

未来はいまだ、才気よりもはるかに心情に属する。愛すること、それこそ永遠を占め、みたすことができる唯一のものだ。無限には、無尽蔵なものが必要なのだ。

愛は魂そのものから生ずる。愛は魂と同じ性質のものだ。愛は魂と同じく神聖な閃きであり、魂と同じく不朽、不可分、不滅なのだ。愛はぼくらのうちにある一点の火であり、不死にして無限のものだ。なにをもってしても、これをさえぎり、消すことはできない。その火が骨の髄のなかでも燃えるのが感じられ、空の果てまでも照らしているのを見ることができる。

おお、愛よ！　崇拝よ！　理解しあうふたつの精神の、交じりあうふたつの心の、見つめあうふたつの眼差しの喜びよ！　幸福よ！　おまえたちはぼくのところにやってくるのだろうね？　ふたりで寂しい場所をあるく散歩！　祝福され光り輝く日々！　ぼくは時に夢見た、時間がときどき天使たちの生活から離れ、下界に降りてきて、人間たちの運命を通りぬけるのを。

神は愛しあう者たちの幸福に、無限の持続をあたえる以外に、なにも付けくわえることができない。愛の一生のあとの愛の永遠。なるほどこれはひとつの追加ではある。しかし、愛がすでにこの世で魂にあたえている、言語を絶する至福の強度を増大させることは、神にさえもできない。神は天の充実であり、愛は人間の充実なのだ。

人間が星をながめるのには、ふたつの理由がある。星が光り輝くからであり、またはかり知れないものだからだ。人間は間近に、星よりもさらに優しい光輪、さらに偉大な神秘をもっている。それは女性だ。

だれであれ、ぼくらひとりひとりにはそれぞれ、ほっと息をつける人がいる。この人がいなくなれば、空気が欠乏し、ぼくらは窒息する。そして、死んでしまうことになる。愛の欠乏で死ぬのはおぞましい。魂の窒息だ！

愛がふたりの人間を溶けあわせ、混ぜあわせて、天使のように神聖な一体となしたとき、ふたりにとっての人生の秘密が見いだされる。ふたりはもはや同じ運命の両端にすぎなくなる。同じ精神の両翼にすぎなくなる。愛せよ、飛翔せよ！

ある日、おまえのまえを通りすぎたひとりの女性が、歩きながら光を放っていたなら、おまえはもう万事休す。おまえは愛しているのだ。おまえにはもはや、ただひとつしかやることがなくなる。ひたすら彼女のことを考え、彼女がおまえのことを考えざるをえなくさせることだ。

愛がはじめることは、ただ神によってしか仕上げられない。

真の愛は、なくした手袋、あるいは見つかったハンカチのために、悲嘆に暮れたり有頂天になったりするが、その献身と希望のためには永遠を必要とする。真の愛は、同時に無限大と無限小からなっているのだ。

もしおまえが石なら、磁石に=情愛深く（エマン）なれ。植物なら、おじぎ草=感じやすい人（サンシティヴ）になれ。人間なら、愛=恋する人（アムール）になれ。
愛は何事にも満足しない。幸福なら、楽園を求める。楽園にいれば、天国を望む。
おお、愛しあっているおまえたち！　それらすべては愛のなかにあるのだ。それを愛のなかに見いだすようにせよ。愛には天国と同じほどの静観があり、天国以上の快楽がある。
「あの人はまだリュクサンブール公園に来ますか？」「いいえ」「あの人がミサをききにくるの

は、この教会ですね？」「もういらっしゃいません」「あの人はずっとあの家にお住まいですか？」「引っ越されました」「どこへ越されたのですか？」「それはおっしゃいませんでした」

じぶんの魂の居所が分からないのは、なんと憂鬱なことだろう！

愛には子供じみたところがある。その他の情熱には卑小さがある。人間を卑小にする情熱は恥を知れ！　人間を子供にする情熱を誉め讃えよ！

不思議なことだが、ご存じだろうか？　ぼくは夜のなかにいる。ある人が立ち去るときに、天国を持っていってしまったのだ。

おお！　ぼくらはふたりして、墓のなかで隣りあい、手に手を取りあって、ときどき暗闇のなかでそっと指を愛撫しあう。それだけで、ぼくの永遠には充分なのだ。

愛するがゆえに苦しんでいるおまえ、もっと愛せ。愛のために死ぬことは、愛のために生きることなのだ。

愛せ。愛の苦しみには星のきらめく暗い変容が混ざっている。愛の苦悶のなかには忘我の悦びがあるのだ。

おお、小鳥たちの喜びよ！　小鳥たちに歌があるのは、巣があるからだ。

愛とは天上で楽園の空気を吸うことだ。

深い心よ、賢い精神よ、神がつくったままに人生を受け入れよ。人生とは長い試練、未知の運命への不可解な準備のことだ。この運命こそ真の運命であり、人間にとってそれは、墓の内部への第一歩を踏みだすときにはじまる。そのとき人間になにかがあらわれ、人間は決定的なものを見分けはじめる。決定的なもの、この言葉をじっくり考えよ。生者には無限が見えるが、決定的なものは死者にしか見えないのだ。さしあたっては、愛し、苦しめ。期待し、観想せよ。悲しいかな！　もっぱら身体、形体、外見しか愛さなかった者に災いあれ！　死はその者からすべてを奪ってしまうだろう。魂を愛することに努めよ。魂ならば、おまえは死後にもそれを見いだせるだろう。

ぼくは通りでひとりのとても貧しい青年に出会った。その青年はある人を愛していた。彼の帽子は古ぼけ、服はすり切れ、肘のところに穴が開いていた。靴には水が染みこんでいたが、魂を透かして星々が輝いていた。

愛されるとは、なんと偉大なことだろう！　だがそれにも増して、愛するとはなんと偉大なことだろう！　情熱のおかげで、心は雄々しくなる。心は高貴で偉大なものだけを拠り所にし、ただ純粋なものだけからできているようになる。氷河に刺草が生えないように、その心に下劣な考えが芽生えることなどありえない。高邁で静謐な魂は、下等な情念や感情が届かないところにあって、この世の雲や影を、つまり狂気、虚偽、憎悪、虚栄、悲惨などを見下ろして蒼穹に住まい、ちょうど山の頂上が地震を感じるときのように、もはや運命の奥深く隠れた動揺しか感じなくなる。

ひとを愛する人間がいなくなったら、太陽は消えうせてしまうだろう。

第五章　手紙を読んだあとのコゼット

読んでいるうちに、コゼットはしだいに夢見心地になっていった。手帳の最後の行から目をあげたのが、ちょうど例の時刻だったので、美男の将校が勝ち誇ったように鉄柵のまえを通っていった。コゼットはその将校を忌まわしいと思った。

彼女はふたたび手帳を見つめはじめた。うっとりするような筆跡だと思った。同一人物の筆跡だが、インクがまちまちだった。ある時にはとても濃く、ある時にはまるでインク壺に水を入れたみたいに薄い色をしていた。ということは、それぞれ違った日に書かれたということになる。

だから、溜息をつきながら、不規則に、順序もなく、取捨選択もせず、目的もなく、折々の思いの丈を吐露したものだった。コゼットは一度もこのようなものを読んだことがなかった。暗がりよりもずっと多く明るさが見られるこの手稿に、彼女はまさに開かれようとしている神殿のような印象をうけた。これらの謎めいた文章の一行一行が彼女の目に輝いて見え、心が不思議な光でみたされた。彼女がうけた教育では、燠について話しても炎については話さないのと同じように、いつも魂のことは語られても、愛のことが語られることはついぞなかった。この十五頁ほどの手稿は、突然、優しく彼女に愛や、苦しみや、運命や、人生や、永遠や、始まりや、終わりなど、すべてのことを明らかにしてくれた。まるでひとつの手が開いて、そっと一握りの光を投げかけてくれたようだった。彼女はこの数行のなかに、情熱にあふれ、燃えるような、寛大で誠実な人柄を、崇高な意志を、はかり知れない苦しみと希望を、締めつけられた心を、そして晴れやかな恍惚感を読みとった。この手稿はいったいなんだろうか？　一通の手紙だ。宛先も宛名も日付も署名もなく、切実で無私の手紙、真実からできている謎、天使によってもたらされ、処女によって読まれるために綴られた愛のメッセージ、地上の外で約束された逢引、幻が影に宛てた恋文だった。物静かで打ちひしがれた不在の男が、どうやら死のなかに逃げこむ覚悟で、不在の女に運命の秘密や人生の鍵や愛を伝えている。それらすべてを墓に片足を突っこみ、指を天にかけながら書いている。紙のうえに一行、一行したたり落ちたこの文章は、魂の滴と呼ぶべきものだった。

では、この数頁はだれからきたものなのか？　だれが書いたものなのか？　コゼットには一瞬のためらいもなかった。たったひとりのあの人。

〈彼〉だ！

彼女の心にまた光が射してきた。すべてがもどってきた。彼女はかつて感じたことのなかったほどの喜びと不安を覚えた。――あの人だわ！　あの人があたしに書いてきたんだわ！　あの人がここにいるんだわ！　あの鉄柵越しに腕を伸ばしたのはあの人なんだわ！　あたしがあの人のことを忘れているあいだに、あの人はあたしを見つけだしたんだわ！　でも、このあたしのほうは、あの人のことを忘れていたのかしら？　いいえ！　けっして！　しばらくのあいだ、そんなふうに思いこんでいたあたしは、どうかしていたんだわ。あたしはずっとあの人が好きだったんだし、愛しているんだわ。――愛の火はしばらくおおわれ、くすぶっていたものの、じつは彼女にはよく見えていた。その火が、もっと奥深いところに向かって突き進んでいただけのことだったのだ。それが今ふたたび爆発し、彼女の全身を燃えあがらせた。その手帳は、もうひとつの魂から彼女の魂のなかに降ってきた火の粉のようなものであり、彼女は火がふたたび燃えだすのを感じた。手稿の一語一語が胸にしみ、「ああ、このとおりだわ」と言った。「これはすべて、あたしには分かっていたことだわ。あたしがずっとまえから、あの人の目のなかに読みとっていたことなんだもの」

彼女が三度目にその手帳を読みおえたとき、テオデュール中尉がまたぞろ鉄柵のまえにもどってきて、鋪道のうえで拍車を鳴らした。コゼットは仕方なしに目をあげた。彼女は彼のことを面白みのない、間の抜けた、愚かで、取柄のない、うぬぼれて、不愉快な、不作法な、ひどく醜い男だと思った。将校は彼女に微笑んでやらねばならないと思いこんだ。彼女は恥ずかしさと腹立たしさで顔をそむけた。できれば、顔になにかをぶつけてやりたいほどだった。

彼女は逃げだし、家にもどって、じぶんの部屋に閉じこもり、また手稿を読み、そらで覚え、物思いにふけった。思うぞんぶん読んでしまうと、それに口づけし、コルセットのなかに入れた。そのあと、コゼットはもう一度清純な愛のなかに深く沈みこんだ。エデンの深淵がふたたび扉を開いたのだった。

その日は一日じゅう、コゼットは上の空だった。ほとんど物を考えることができず、考えていることが頭のなかでこんがらかって、なにひとつまとまらず、震えながらただ期待しているだけだった。なにを？　なにか漠然としたものを。彼女はなにかを当てにすることも、なにかを拒むこともできなかった。顔から血の気が引き、からだが震えた。ときどき、空想の世界に迷いこんだような気がして、「これは現実なのかしら？」と思った。そこでドレスのしたに隠した大切な紙を手で探り、胸に押しつけ、紙の角が肌にふれるのを感じた。もしこのとき、ジャン・ヴァルジャンがそんな光景を見たとしたら、彼女の瞳からあふれでる、いままでに見られなかった輝かしい喜びを目の当たりにして、戦慄したにちがいない。「ああ、そうだわ！」と彼女は思った。「たしかにあの人だわ！　これはあの人からあたしに届いたものなんだわ！」

それから彼女は、天使が仲立ちした天の配剤によって、あの人を返してもらったのだと思った。おお！　愛の変容よ！　おお！　夢よ！　その天の配剤、天使の仲立ち、それはフォルス監獄の屋根越しに、ひとりの泥棒が別の泥棒に、シャルルマーニュの中庭からライオンの穴へ投げてやる、あのパンの玉のようなものだったのだ。

第六章　老人はいい頃合に出かけてくれる

夕方になると、ジャン・ヴァルジャンが外出した。コゼットは着替えをした。いちばん似合う髪型に結い、ドレスを着た。そのドレスはほんのすこし余分に鋏を入れた広い襟ぐりになっていて、胸元をあらわにしていた。若い娘たちから言わせると「ちょっと品がない」ドレスだった。ところがコゼットにかかると、品がないどころか、ほかのどんなものを着るよりずっとおしゃれに見えた。どうしてそんな身繕いをしたのか、彼女にも分からなかった。

出かけたかったのだろうか？　ちがう。だれかが訪ねてくるのを待っていたのだろうか？　そうではない。黄昏どきになると、彼女は庭に降りた。トゥーサンは裏庭に面した台所で立ち働いていた。

彼女は木の枝のしたを歩きだし、うるさいほど低く垂れさがっている枝があると、ときどき手でそれを払いのけた。

そんなふうにしてベンチのところまで辿りついた。例の石はあいかわらずそこにあった。彼女は腰をおろし、まるで愛おしみ、お礼を言いたいとでもいうように、白くすべらかな手を石のうえに置いた。

突然、振りかえって見るまでもなく、だれかがうしろに立っているのが感じられる、あのなんとも言えない気配がした。彼女は振りむき、立ちあがった。

彼だった。

彼は無帽だった。蒼白く痩せて見える。黒の服を着ていることだけがなんとか見分けられた。黄昏の光に彼の美しい額が蒼白く映え、暗がりが彼の目をおおい隠していた。黄昏特有の優しいヴェールにつつまれたその姿には、どこか死と夜を思わせるものがあった。その顔は、消えてゆく日の光と去ってゆく魂の思いで輝いていた。まだ亡霊になっていないだけで、もはや人間ではないように見えた。

彼の帽子は数歩先の、藪のなかに投げだされていた。

コゼットは危うく気を失いそうになったが、声は立てなかった。彼女はゆっくりとあとずさりした。そうでもしないと、引きこまれてしまいそうな気がしたのだ。彼のほうはじっと動かなかった。彼をつつんでいる、そこはかとない悲しみに、目には見えないが、彼の眼差しを感じた。

コゼットはあとずさりしながら一本の木にぶつかり、そこに背をもたせかけた。その木がなかったら、きっと倒れてしまったことだろう。

そのとき彼女には、彼の声、彼女が一度も耳にしたことのない声が聞こえた。木の葉のざわめきを通してかすかに聞こえてくるその声は、こう囁いていた。

「お許しください。ぼくです。胸がいっぱいになって、いままでのように生きていけなくなったので、とうとう来てしまいました。ぼくがこのベンチのうえに置いていったものを、読んでくださいましたか？　すこしはぼくのことを覚えていてくださったのでしょうか？　ぼくのことを怖がらないでください。もうずいぶんまえのことですが、あなたがぼくを見てくださった日のことを覚えておいでですか？　あれはリュクサンブール公園の剣闘士像のすぐ近くでした。それからて、あなたがぼくのまえを通りすぎて行かれた日のことを？　あれは六月十六日と七月二日でした。もうそろそろ一年になりますね。ずっとまえから、お目にかかることがかないませんでした。貸椅子屋の女に尋ねると、このごろあなたのお姿を見かけなくなったということでした。あなたはウエスト通りの、新しい建物の正面にある四階にお住まいでした。よく知っているでしょう？　あなたのあとをつけたのですよ、このぼくは。ほかにどうすればよかったでしょうか？　やがて、あなたは姿を消されました。ぼくは一度、オデオン座のアーケードのしたで新聞を読んでいたとき、あなたが通られたように感じました。追いかけていきましたが、人違いでした。あなたと同じような帽子をかぶっている別の女の人でした。毎夜、ぼくはここに来ています。でも心配しないでください。だれにも見られていません。ここに来るのは、間近にあなたのお部屋の窓を見るだけのためです。ぼくはあなたに聞こえないように、そっと足音をしのばせて歩きます。あなたをびっくりさせてはいけませんからね。いつかの晩、ぼくはあなたのすぐうしろにいました。あなたが振りむかれたので、ぼくは逃げました。一度、あなたが歌っておられるのを聴いたことがあります。ぼくは幸せでした。あなたが歌われるのを鎧戸越しに聴いたからといって、とくにどうということもないでしょう？　べつに構わないですよね？　そうなんです！　いいですか、あなたはぼくの天使なんです。ここに来ることを、どうか大目に見てください。ぼくはいまにも死にそうな気がしています。分かっていただけたら！　ぼくは心からあなたを愛しているのです！　許してください。ぼくはあなたに話しかけているのに、じぶんでもなにを言っているのか分からないのです。お気にさわったかもしれません。お気にさわったでしょうね？」

「ああ、お母さま！」と彼女は言った。

そして彼女はいまにも死にたえそうになり、からだの力が抜けてしまった。

彼は彼女をとらえた。彼女が倒れそうになったので、両手でそのからだを受けとめ、じぶんがなにをしているのか分からないまま、ひしと抱きしめた。彼はよろめきながらも彼女を支えていた。頭に煙が立ちこめるように感じた。稲妻がいく筋も睫毛のあいだをかすめ、なにも考えられなくなった。敬虔な行いをしているようでもあり、神聖なものを冒瀆しているようでもあった。そのうえ、わが胸に目もくらまんばかりに美しい女性の肉体を感じながら、まったく欲望を覚えていなかった。彼は愛のためにわれを忘れていたのだ。

彼女は彼の手を取って、じぶんの胸に押しあてた。彼はそこに紙があるのを感じとり、つぶやくように言った。

「では、ぼくを愛してくださるんですね？」

彼女はほとんど聞こえないくらい、吐息よりももっとちいさな声で答えた。

「黙って！　分かっているくせに！」

そして赤い顔を有頂天になっている、素敵な青年の胸にうずめた。

彼はベンチのうえに倒れこんだ。彼女もその横に倒れこんだ。ふたりからもう言葉は消えた。

星々が輝きだした。どのようにしてふたりの唇が合わさったのか？　どのようにして小鳥が歌い、雪が溶け、バラが花開き、五月が喜びにみち、曙が黒い木々の背後におののく丘の頂に白んでいくのか?

ひとつの口づけ、それだけだった。

ふたりはからだを震わせ、闇のなかで輝く目と目を重ねあわせた。夜の寒さも、石の冷たさも、土の湿気も、濡れた草も気にせず、互いに見つめあっていたが、心のうちにさまざまな思いがあふれてきた。知らず知らずのうちに手を取りあっていた。

彼女は、彼がどこから敷地にはいり、どのように庭へ忍びこんできたのか尋ねなかった。そんなことは考えもしなかった。彼がここにいるのが、ごく自然なことのように思えたのだった!

ときどきマリユスの膝がコゼットの膝にふれたが、そのたびに、ふたりは身を震わせた。間をあけながら、コゼットはなにかをつぶやいた。彼女の魂は一輪の花にやどった夜露のように唇のうえで震えていた。

すこしずつ、ふたりは話をするようになった。みちたりた沈黙のあとに、思いの丈の吐露がつづいた。ふたりの頭上に広がる夜空は、静かに晴れわたっていた。精霊のように汚れのないこのふたりは、すべてを、ふたりの夢想を、陶酔を、恍惚を、空想を、過失を語りあった。遠く離れていながらどのように熱愛しあったか、どれほど求めあったか、お互いの姿を見失ったときに、どんなに絶望したかを。これ以上は望みえないほど完璧に睦みあい、いちばん奥に秘められていたことも、限りなく神秘に近いことまでも打ち明けあった。じぶんたちの幻想を無邪気に信じて、愛や青春、いまでもなおひそんでいる子供時代の名残から思いつく、ありとあらゆることを語りあった。ふたりの心は互いに相手の心に溶けこんで、一時間もすると、青年は若い娘の魂をもち、若い娘は青年の魂をもつようになった。ふたりは互いに相手の奥深くにはいりこみ、相手に魅了され、相手の姿に目もくらむ思いだった。

話が尽き、互いになにもかも言ってしまうと、彼女は頭を彼の肩にもたせかけて尋ねた。

「お名前は？」

「マリユスです」と彼は言った。「で、あなたは？」

「コゼットと申します」

第六篇　プチ・ガヴローシュ

第一章　風の意地悪ないたずら

一八二三年から、モンフェルメイユの安料理屋は左前になり、破産寸前とはいかないまでも、ちいさな借金が溜まりに溜まる泥沼に、ずるずるとはまりこんでいった。その間、テナルディエ夫婦はさらにふたりの子供をもうけていた。ふたりとも男の子だった。しめて五人、つまり女の子二人と男の子三人の子持ちになった。子沢山と言えるだろう。

テナルディエのかみさんは奇妙な運に恵まれ、末のふたりをまだ年端もゆかぬうちに厄介払いできた。

厄介払い、というのはまことにぴったりの言葉である。この女は片寄った性格だった。もっとも、こんな現象はいくらでも例がある。ラ・モット・ウダンクール元帥夫人[1]と同じように、テナルディエのかみさんは娘たちだけの母親だった。彼女の母性はそこでおしまいになった。人類にたいする憎しみは男の子の誕生からはじまった。息子たちにたいする意地の悪さときたら、まったく極端なもので、彼らにとって母親の心はさながら不気味な断崖のように映った。これまでに見てきたように、彼女は長男を憎み、あとのふたりを忌み嫌っていた。なぜなのか？　それにはもっとも恐ろしい動機と有無を言わさぬ断固とした答えがあった。「あたしはギャアギャアわめきちらすガキなんぞ要らないからね」というわけだった。

テナルディエ夫婦がどのようにして、末のふたりの子を始末したうえ、利益まで得ていたのか、これから説明することにしよう。

しばらくまえに問題になったあのマニョンという女は、じぶんが生んだふたりの子供をだしに、ジルノルマン老人からまんまと年金をせしめた女と同一人物だった。この女はセレスタン河岸の例の古いプチ・ミュスク通りに住んでいた。これは名前を変えて、なんとかいかがわしい評判の臭いを消した通りである。[2]覚えている読者もおられようが、三十五年まえ、クレープ性喉頭炎が大流行し、パリのセーヌ河沿いの地区で猛威をふるったことがある。これを機に医学がミョウバン吸入法の効果を大規模に実験したのだが、これはいまではきわめて有効なヨードチンキの外用法に取って代わられている。この疫病流行のとき、マニョンは朝にひとり、夕方にひとりと、同じ日のうちに生まれて間もない男の子をふたりともなくしてしまった。大変な打撃だった。この子供たちは母親にとってかけがえのない存在だった。なにしろ毎月八十フランの収入源だったのだから。この八十フランというのは、ロワ・ド・シシル通りに住む退職執行吏で、ジルノルマン氏の年金受取人バルジュ氏が、じつに几帳面に支払ってくれていたものだった。子供たちが死ぬと、年金も闇に消えてしまう。マニョンはなんとか方策がないものかと思案した。彼女が属していた社会の悪の秘密結社では、お互い万事承知のうえで秘密をまもり、助けあっている。マニョンには子供がふたり必要だった。テナルディエのかみさんには子供がふたりいた。こちらも男の子で、しかも同じ年頃だった。一方の女には旨みのある取引であり、もう一方の女には渡りに舟の投資だった。テナルディエのふたりの男の子はマニョンの子になった。マニョンはセレスタン河岸を引き払い、クロッシュペルス通りに移り住んだ。パリでは別の通りに引っ越せば、素性が分からなくなる。

戸籍に載っていなかったから、とくに問題もなく、この取替えはいとも簡単におこなわれた。ただテナルディエは、子供を貸すにあたって月に十フラン要求した。マニョンはすべて受けあい、借賃をきちんと払ってもいた。もちろん、ジルノルマン氏が約束を果たしつづけていたことは言うまでもない。彼は六か月ごとに子供たちに会いにきたが、その変化にはまったく気づかなかった。「だんなさま」とマニョンは彼に言った。「ふたりとも、だんなさまにそっくりでございますよ」

姿を変えるくらいはお手のものだったテナルディエは、この機をのがさず、さっそくジョンドレットになりすました。ふたりの娘とガヴローシュは、じぶんたちに弟がふたりいたことに気づく暇さえないほどだった。貧乏もある程度まで落ちると、一種幽霊じみた無関心に取りつかれ、他人が亡霊のように見えてくる。いちばん身近な者たちまでが、ともすると影のように形がぼやけ、人生の奥深い暗闇でなんとか見分けがつくくらいだが、それでさえたちまちのうちに消え、見えなくなってしまうのである。

テナルディエのかみさんは、ふたりの子をすっぱりあきらめようと腹をくってマニョンに引きわたした日、なんだか疚しい気がした、というか、そんな気がするふりをした。かみさんは亭主に言った。

「でもさ、これじゃ、まるで捨子だね!」

テナルディエはなんら臆する様子もなく、こう平然と言い放って、疚しい気持ちを打ち消した。

「ジャン・ジャック・ルソーはもっとうまくやりやがったんだぜ[3]」

母親のほうは気が咎めなくなると、今度は不安になってきた。

「けどさ、警察にいちゃもんつけられたら、どうするんだよ? え、テナルディエのだんな、あたしらのやったことは、そもそも許されていることなんですかね?」

「なんだって許されてるさ。どっから見たって怪しいと思うやつなんかいやしねえ。だいたいがだ、一文無しのガキに目をつける物好きなんぞいねえってことよ」

マニョンは犯罪に咲く徒花と言ってもよかった。化粧もした。気取った安物の家具を置いた家に、フランスに帰化した物知りのイギリス女の泥棒といっしょに住んでいた。すっかりパリ風になじんだこのイギリス女は、顔が広いことにかけては天下一品で、図書館の古銭や女優のマルス嬢のダイヤモンドとも内々のつながりをもち、のちに裁判記録のうえでも有名になった。みんなから「ミス嬢」と呼ばれていた。

マニョンの手に落ちたふたりの子供は、不平を言う筋合はなかった。例の八十フランのおかげで、搾取されるどんな者とも同じように、大事にされていたからだ。服装もまずまずなら、食い物もそう悪くはなく、ほとんど「若さま」扱いされていた。実の母親より贋の母親といっしょのほうが居心地がよかったのだ。マニョンは貴婦人を気取って、ふたりの子供のまえでは隠語を話さなかった。

このようにして数年がたった。テナルディエはこれからもうまくゆくと見込んでいた。ある日、マニョンが十フランを届けにいくと、彼はこう予言した。「いずれ〈おやじ〉にあいつらをしこんでもらわなくちゃな」

この哀れなふたりの子供は、たとえ不遇だったにせよ、それまではとにかく保護されてきたのだったが、突然人生の荒波のなかに投げだされ、じぶんたちで生きていかねばならなかった。ジョンドレットのあばら部屋で起きたような悪党どもの一斉検挙は、のちのちどうしても捜査や投獄がからんでくるので、公の社会の地下に潜って生きているおぞましい秘密の反社会にとっても、じつに厄介なことになった。この種の出来事は、闇世界にありとあらゆる崩壊をもたらし、テナルディエ一家の破局がマニョンの破局を招いたのである。

ある日のこと、マニョンがプリュメ通りにかんする手紙をエポニーヌにわたしたすぐあと、クロッシュペルス通りに不意の手入れがあった。「ミス嬢」もマニョンも逮捕され、嫌疑をかけられた一族郎党が一網打尽にされた。その間ふたりの幼い子供は裏庭で遊んでいたので、警察の手入れのことにはまったく気づかなかった。ふたりが帰ったとき、戸は閉まり、家のなかは空っぽだった。向かいの屋台で靴直しをしている職人がふたりを呼んで、「彼らの母親」が残していった紙切れをわたした。そこには宛名が書いてあった。ロワ・ド・シシル通り八番地、年金受取人バルジュ様。屋台職人はふたりに言った。「おまえたちはもうここにはいられまい。この場所に行ってみな。すぐそばだ。最初の道を左に曲がったところだ。この紙を持っていって道をきくんだぞ」

ふたりの子供は出かけた。兄は弟の手を引き、もう片方の手にふたりの道案内をしてくれるはずの紙切れを持っていた。クロッシュペルス通りの曲がり角で、突如吹いてきた一陣の風に、紙切れが吹き飛ばされた。夜になってきたので、ふたりはその紙切れを見つけることができなかった。

彼らはあてどなく街路をさ迷いはじめた。

第二章　プチ（小）・ガヴローシュが大ナポレオンを利用する

パリの春はしばしば肌を刺すような厳しい北風に見舞われ、本格的に凍てつくほどではないものの、ひどく冷えこむ。この北風はとびっきり麗しい日々をも陰鬱にし、窓や建付けの悪い戸の隙間から、冷たい空気が暖かい室内にはいりこんでくるのと同じような効果をもたらす。まるで細めに開いた冬の暗い扉から、風が吹きこんでくるような心地がするのだ。一八三二年の春は、ヨーロッパで今世紀最初の疫病が発生した時期だが、その北風ときたら、かつてないほど肌を刺す熾烈なものだった。半開きの冬の扉などとはくらべようもないくらいにひとを凍てつかせる扉、まるで墓場の扉のようであった。その年の北風からはコレラの息づかいが感じられた。

気象学的観点からすると、この寒風には高電圧と両立するという特徴があった。このころ、稲妻と雷鳴をともなった驟雨がしばしば降った。

ある晩、そんな北風が、まるで一月が舞いもどってきたように激しく吹きすさんで、町人たちはしまいこんだ外套をあわてて引っぱりだして、着こむほどだった。プチ・ガヴローシュは、あいかわらずぼろ着をまとってぶるぶる震えながらも、どこかうっとりした楽しげな顔つきで、オルム・サン・ジェルヴェー付近の理髪店の店先に立っていた。どこから拾ってきたものか、女物のショールを引っかけて襟巻代わりにしている。プチ・ガヴローシュは、ろう細工の花嫁人形が襟ぐりを大きく開けた服を着、髪にオレンジの花を飾って、ガラス戸の向こうでまわりながら、ふたつのケンケ灯のあいだから、通行人に笑顔を振りまいている姿にすっかり感心したふりをしていた。だが、彼がじっさいに観察していたのは店のほうで、なんとかショーウィンドーの石けんをひと塊「くすねる」ことができないものか探っていたのである。うまくゆけば、それを郊外の「理髪師」に一スーで売りつける算段だった。石けんの塊ひとつで朝飯にありつけることがたびたびあったのだ。彼はこのたぐいの仕事にかけては才能があり、そのことを「床屋のひげを剃る」と称していた。

彼は花嫁人形に魅了されたり、石けんの塊を横目で見たりしながら、口のなかでこうつぶやいていた。

「火曜だ。――火曜じゃねえ。――火曜だったかな?――たぶん、火曜だ。――そう、火曜だ」

この独言がなんのことをいったものか、まるで分からなかった。もしこの独言が最後にありついた夕食のことだとすれば、三日まえになる。というのも、この日は金曜だったから。

床屋は燃えさかるストーブで暖められた店内でお客のひげを剃っていたが、ときどき横目で敵、すなわちぶるぶる震えていても、油断も隙もならない浮浪児を見ていた。浮浪児は両手をポケットに突っこんではいるが、心は明らかに鞘をはらってやる気満々だった。

ガヴローシュが花嫁人形や、窓ガラスや、ウィンザー石けんをじろじろながめているあいだに、こざっぱりとした身なりの、背丈の違う、ひとりは七歳、もうひとりは五歳くらいの、彼よりずっと年下に見える男の子がふたり、おずおずとドアの取手をまわし、店のなかにはいっていった。なにかを頼んでいる様子だったが、たぶん施し物でもしてくれと言っているのだろう。訴えるようになにかをつぶやいている。頼んでいるというより、うめいていると言ったほうがよい。ふたりはいちどきにしゃべるのだが、年下の子の声はすすり泣きで途切れ、年上の子のほうは寒さのため歯をカチカチ鳴らしていたものだから、話はよく聞きとれなかった。床屋は怒った顔で振りかえり、カミソリを持ったまま、左手で上の子を、膝で下の子を押しもどし、ふたりを街路に追いはらい、ドアを閉めてからこう言った。

「つまらんことで、人を寒がらせやがって!」

ふたりの子供は泣きながら、ふたたび歩きだした。そのうちに雲が出てきて、雨が降りはじめた。プチ・ガヴローシュはふたりを追いかけていって、声をかけた。

「チビども、どうした?」

「どこで寝たらいいのか分からないんです」と年上の子が答えた。

「そんなことか？」とガヴローシュは言った。「なあんだ。そんなことぐれえで泣くのか？　どうしようもねえやつらだな！」

それから、ちょっとばかし小馬鹿にするような優越感をちらつかせ、威厳のある優しく、温厚な保護者風の口調で、

「ガキども、まあ、おいらについてきな」

「はい、お兄さん」と年上のほうが言った。

そしてふたりの子は、まるで大司教につきしたがうみたいに、彼のあとについていった。彼らは泣きやんでいた。ガヴローシュはサン・タントワーヌ通りをのぼって、バスチーユのほうに連れていった。

ガヴローシュは歩きながら、いま思いだしても腹が立ってくる床屋の店に一瞥をくれて、

「あいつにゃ情けってものがねえんだ、あの床屋（メルラン）め！」とぶつぶつ言った。「イギリス野郎みてえなやつだ」

ひとりの娼婦が、ガヴローシュを先頭にぞろぞろ歩いている三人を見て、けたたましく笑いこけた。そんな笑い方をするのは、この一行にたいして失礼千万なことだった。

「やあ、こんにちは、乗合馬車姐さん」[1]と、ガヴローシュは言いかえした。

しばらくすると、またぞろあの理髪師のことが頭に浮かんできて、彼はこう付けくわえた。

「おいらは間違ってた、動物の名を。あいつは鱈（メルラン）じゃねえ。蛇（セルパン）だぜ。あのかつら師め、金具屋を呼んできて、てめえの尻尾に鈴（ソネット）をつけてやっからな」[2]

彼はあの床屋のことで、やたらに喧嘩っ早くなっていた。どぶを跨ぐとき、ひとりの門番女をからかった。この門番女は、ブロッケン山でファウストが出会ってもいいくらいの、ひげを生やした女で[3]、手には箒を持っていた。

「おかみさん、馬に乗ってお出かけですか？」と彼は言った。

そう言ったかと思う間もなく、ある通行人のぴかぴかの靴にうっかり泥を引っかけてしまった。

「この野郎！」と、その通行人はかんかんに怒って言った。

ガヴローシュはショールから鼻先を出して、

「だんな、なにかご不満でも？」

「きさまにだ！」と通行人。

「役所は終了しました」とガヴローシュは涼しい顔で言った。「苦情の受付はもういたしません」

そんなふうにして通りをのぼっていくうち、とある家の正門のしたですっかり凍えている十三か、十四歳くらいの乞食娘がいるのに気がついた。服が短すぎて、膝がのぞいている。少女はそんな服を着るには大きすぎる娘になっていたのだ。成長はよくこんな悪戯をする。裸体が淫らになる年頃にスカートは短くなるのである。

「気の毒な娘だな！」とガヴローシュは言った。「半ズボンもねえのか。じゃあ、これでも取っときな」

そう言って彼は、首に巻いていた上等のウールのショールを取って、娘の痩せこけて、紫色になった肩のうえに投げかけてやった。これで襟巻がショールにもどったわけだ。少女はびっくりした表情で彼を見つめ、黙ってショールを受けとった。貧窮がある程度までいくと、人間は茫然自失し、不幸を嘆いたり、善行に礼を言ったりもしなくなるのである。

そのあと、「ぶるっとくるな！」と、ガヴローシュは少なくとも外套の半分はじぶんで着ていた聖マルタン[4]よりもさらに身震いしながら言った。

この「ぶるっとくるな！」という声を聞きつけ、いよいよ不機嫌になったらしく、驟雨が激しくなった。このように意地悪な天気は善行を罰することもあるのだ。

「やれやれ」と、ガヴローシュは声をあげた。「なんてこったい？　また雨か！　神様よ、こんなことがつづくんなら、おいらはあんたとは縁切りだぜ」

それから彼はふたたび歩きだし、

「まあ、どっちでもいいや」と、ショールのしたでからだを丸めている乞食娘をちらりと見やって、言葉をつづけた。「あっちにも、ひでえ身なりの娘がひとりいるんだからよ」

それから、雲をながめて叫んだ。

「やりやがったな！」

ふたりの男の子は彼のあとについて歩いてきた。

厚い鉄格子のまえを通りかかった。パン屋の店のしるしだ。というのも、パンは黄金と同じように、鉄格子のうしろに置かれるものだから。ガヴローシュは振りかえって、

「あ、それはそうと、坊っちゃんたちよ、おめえらメシ食ったか？」

けた。

「お兄さん」と上の子が答えた。「ぼくらは朝からなんにも食べていません」

「じゃあ、おやじも、おふくろもいねえってことか」と、ガヴローシュは重々しい口調でつづけた。

「お言葉ですが、お兄さん。ぼくらにはパパもママもいます。でも、どこにいるか分からないんです」

「ときにゃよ、分かってるよりましってこともあらあな」と、いっぱしの思想家のガヴローシュは言った。

「もうこれで」と上の子がつづけた。「二時間も歩いているんです。車除けの石の隅もさがしたのに、なにも見つからなかったんです」

「あたりきよ」とガヴローシュ。「犬どもがなんでも食っちまうのさ」

しばらく間を置いて、彼は言葉をついだ。

「ああ！　おいらたちは、てめえを生みつけた張本人をなくしちまった。いまじゃ親がどうなっちまったのか分かりゃしねえ。こんなこと、あっちゃならねえこったぜ、浮浪児諸君。こんなふうに大人を見失うなんて馬鹿げた話よ。やれやれ！　だが、ともかくなんか食わなきゃなんねえな」

だが彼は、ふたりに根掘り葉掘りきいたりはしなかった。住むところがない？　そんなもん、ごく当たり前のことじゃねえか。

ふたりのうち年嵩のほうが、子供らしくすぐにけろりとしてこう叫んだ。

「それにしても変だな。ママは枝の主日〔復活祭直前の日曜日〕に祝別の柘植の枝をもらいに連れていくって約束していたのに」

「ヌール〔隠語で「そうかい」の意〕」とガヴローシュは答えた。

「ママはね」と兄がつづけた。「奥さんで、ミス嬢といっしょに暮らしているんだ」

「タンフリュート〔隠語で「へーえ」の意〕」とガヴローシュは応じた。

その間に彼は立ちどまって、数分まえから身につけているぼろ着の隅という隅をさわり、探っていた。とうとう満足そうに顔をあげたが、じつのところ、大得意だったのだ。

「まあ、安心しな、チビ助どもよ。三人の晩飯代があったぜ」

そしてポケットのひとつから一スー貨幣を取りだした。彼は子供にびっくりする暇もあたえず、ふたりをまえに押しだしてパン屋のなかにはいらせ、カウンターに一スー置きながら叫んだ。

「小僧！　パンを五サンチーム」

そこにいたパン屋は、じつは主人だったのだが、パンとナイフを取りだした。

「小僧！　三つに切り分けてくれ」とガヴローシュは言葉をついだ。そして、威張ったように付けくわえた。

「おいらたちゃ三人だからよ」

そしてパン屋がじろりと客の品定めをしてから、黒パンを手にするのを目にすると、彼は鼻の穴に指を深く突っこみ、さながらプロシアのフリードリヒ大王が親指の先で嗅ぎ煙草をつまんだみたいに尊大に息を吸いこんでから、パン屋に面と向かってこう叱りとばした。

「ケクセクサ？」

読者のなかには、ガヴローシュがパン屋に問いかけたその言葉をロシア語かポーランド語、はたまた荒野で大河の向こう岸とこちら岸とで呼びかわされるアイオワ族かボトクロス族[5]の野蛮な叫び声かと思われたひともおられよう。だが、あらかじめ断っておけば、これは彼ら（読者）が日常つかっている、「これはなんだ？（ケスク・ク・セ・サ）」という文句の代わりなのである。パン屋には完全にその意味が分かってこう答えた。

「いやなに！　こいつは二級品の上等でさ」

「つまり荒くれパン（黒パンのこと）てことか」とガヴローシュは落ち着いた、見下すような冷淡さで応じた。「小僧、白いパンだ！　石けんで洗ったような真っ白なやつだ。なにしろ、おれさまのおごりなんだからよ」

パン屋は微笑を禁じえず、白パンを切りながら、どこか憐れむように三人を見つめた。これがガヴローシュの癇にさわり、

「おい、なんだ、丁稚！」と言った。「いったいなんだって、ひとのことをそうじろじろ見やがる（トワゼ）んでえ？」

ところが、三人合わせても、彼らはせいぜい一トワーズ〔長さの旧単位。約二メートル〕あるかどうかといったところだったろう。

パン屋はパンを切ってしまうと、一スーを銭函に入れた。ガヴローシュのほうはふたりの子供に言った。

「ぱくっといけ」

少年たちはぽかんとして彼を見ているだけだった。ガヴローシュは笑いだして、

「ああ、そうか！　こいつらにはまだ分かんねえのか。チビだからな」

そこで彼はこうくりかえした。

「食べんだよ」

と言って、ふたりにパンをひと切れずつ差しだした。

それから、年上の子のほうが話し相手には都合がいいので、食欲を妨げる遠慮を取り除き、元気づけてやろうと考えて、いちばん大きいのをくれてやりながらこう付けくわえた。

「こいつを腹に詰めこんでやりな」

ほかのふたつよりちいさなパン切れがあったので、彼はそれをじぶんの分にした。

哀れな子供たちは、ガヴローシュと同じように腹ぺこだった。三人はがつがつ食べながら、パン屋の店先をふさいでいた。だが、このパン屋は、彼らがちゃんと金を払ったので、ただ不機嫌そうな顔で見ているだけだった。

「そろそろ、表に出ようぜ」とガヴローシュが言った。

彼らはまたバスチーユ方面に向かった。

明かりのついた店のショーウィンドーのまえを通りかかると、ちいさいほうがときどき、紐で首にぶら下げた鉛の時計で時刻を見ていた。

「こいつめ、まったくのおチビさんだぜ」とガヴローシュは言った。

それからふと考えこんで、口のなかでつぶやいた。

「まあ、どっちだっていいさ。もしおいらにガキがいりゃ、もっとしっかり手塩にかけてやるんだがよ」

彼らがパンを食べおえて、奥にフォルス監獄の低くて憎たらしい小門が見えてくる、陰気なバレー通りの角に差しかかったとき、

「あれ、おめえ、ガヴローシュじゃねえか？」という声がした。

「なんだ、あんた、モンパルナスか？」とガヴローシュは言った。

今し方ひとりの男がこの浮浪児に近づいてきたのだったが、その男こそ変装したモンパルナスにほかならなかった。大きな青眼鏡をかけていても、ガヴローシュにはすぐ分かった。

「ありゃりゃ！」とガヴローシュはつづけた。「亜麻の実の軟膏みてえな外套に青眼鏡かよ。まるで医者みてえだぜ。ええ格好しやがって、まったく！」

「しっ」とモンパルナスが言った。「声がでかいぞ！」

そしてガヴローシュを店の明かりが届かないところにさっさと連れていった。

ふたりの男の子も、釣られるように、手をつないであとにしたがった。

彼らが人目も雨も避けられる正門の暗い飾り迫淵までくると、

「知ってるか、おれがどこに行くのか？」とモンパルナスが尋ねた。

「どうせモン・タ・ルグレ大修道院（断頭台の意）あたりだろう」とガヴローシュは応じた。

「馬鹿言うな！」

そう言ってモンパルナスはつづけた。

「おれはババに会いにいくのさ」

「ひゅーう！」とガヴローシュ。「今度の女はバベって名前か」

モンパルナスは声を落として、

「女じゃねえ、男だよ」

「ああ、バベか！」

「そう、バベさ」

「あいつはてっきり、お縄になったと思ってたぜ」

「そのお縄をぶっちぎったんだよ」

それから彼は、事の次第を浮浪児に手早く話してやった。なんでも、その日の朝、バベは高等法院付属監獄に移送されたが、「予審の廊下」で右に回るところを左に回ってまんまと逃げたのだという。

ガヴローシュはその鮮やかな手際に感心して、

「えれえ凄腕じゃねえか！」と言った。

モンパルナスはバベの逃走のことで、ほかに二、三細かいことを付けくわえてから、こう話を締めくくった。

「おい！　それだけじゃねえんだよ」

ガヴローシュは耳を傾けているうちに、モンパルナスが手に持っていた杖をつかんで、なにげなくその頭のほうを引っぱると、短刀の刃が出てきた。

「あっ！」と言いながら、彼はその刃をまた押しこんだ。「あんた、町人に化けた憲兵を連れてきたってわけか」

モンパルナスはそっと目配せした。

「やれやれ！」とガヴローシュは言葉をついだ。「じゃあ、あんた、サツとチャンバラをやらかすつもりだな？」

「分からねえ」とモンパルナスは気のない様子で答えた。「ま、いつだって先の尖ったものを身につけとくのは、悪いことじゃねえからな」

ガヴローシュは食いさがった。

「今夜は、いってえなにをやらかそうてんだ？」

モンパルナスはふたたび真面目な口調になって、言葉尻を濁しながら言った。

「まあ、いろいろさ」

と、突然、話題を変えて、

「あ、それはそうと！」

「なんでえ？」

「こないだほんとにあった話なんだがね。おれがある町人に出会ったと思ってくれ。やっこさん、おれに説教ひとつと財布を恵んでくれた。おれはその財布をポケットに入れた。しばらくして、ポケットのなかをさがした。すると、もうなにもなくなってた」

「説教だけ残ったってわけだ」とガヴローシュ。

「ところで、おめえこそ」とモンパルナスがつづけた。「いまからどこに行くんだ？」

ガヴローシュはふたりの子分を指して言った。

「これから、このチビどもを寝かせにいくとこさ」

「寝かせるって、どこに？」

「おいらんちだよ」

「じゃあ、おめえ、ねぐらがあるのか？」

「そうよ、あるともさ」

「どこだ？」

「象の腹さ」とガヴローシュが言った。

モンパルナスは簡単に驚くようなたちの男ではなかったが、それでも叫び声をあげるのを抑えきれなかった。

「象の腹だと！」

「そうとも、象の腹さ！」とガヴローシュは応じた。「ケクサア？」

これもまただれも書かないが、だれでも話している言葉である。ケクサアとは、それがどうした（ケス・ク・スラ・ア）？という意味である。

浮浪児から納得のいく説明をされて、モンパルナスは安堵し、平常心を取りもどした。ガヴローシュのねぐらに、改めて好感をいだいたようだった。

「なるほどなあ」と彼は言った。「そうか、象か……。で、住み心地はいいのか？」

「最高だぜ」とガヴローシュ。「あそこは、まったく超一流よ。橋のしたみてえに隙間風も吹いてこねえしな」

「どうやってはいるんだ？」

「ともかく、へえるのさ」

「じゃあ、穴でもあるのか？」と、モンパルナスが尋ねた。

「あたりきよ。だが、だれにも言うなよ。前脚のあいだにあるんだ。コクール（密偵、警官）には見つかってねえ」

「で、よじ登るわけだな。やっと分かった」

「いい手があってよ、ちょっとガチャガチャやりりゃ、一丁上がりってもんだ。だれもこねえってわけよ」

しばらく間を置いて、ガヴローシュは付けくわえた。

「このチビどもには、梯子がいるだろうけどな」

モンパルナスは笑いだした。

「おめえ、このガキどもをどこで拾ってきたんだ？」

ガヴローシュはあっさり答えた。

「なに、理髪師が恵んでくれたのさ」

いっぽう、モンパルナスは考えこんでしまい、「おめえにゃ、おれの正体をえらくあっさり見破られたよな」とつぶやいた。

彼はポケットからちいさな物を取りだした。それは綿でくるんだ二本の羽根軸にすぎなかったが、両方の鼻の穴に突っこんでやると、すっかり鼻の形が変わってしまった。

「それやると別人になるな」とガヴローシュは言った。「ちっとは見られる面になるじゃねえか。いつもそうやってりゃいいのによ」

モンパルナスは美男子だったが、ガヴローシュがからかったのだった。

「掛値なしに」とモンパルナスはきいた。「これでどう見えるね？」

声も別人のようになった。モンパルナスは瞬時にまったく見分けがつかなくなっていた。

「いいね！　ひとつ道化芝居でもやってみせろよ！」とガヴローシュが声をあげた。

それまではなにも聞かず、じぶんたちの鼻の穴に指を突っこむのに夢中だったふたりの子供たちは、「道化芝居」という言葉を耳にすると近寄ってきて、モンパルナスをじろじろ見ながら、喜んだり感心したりしはじめた。

だが、あいにくモンパルナスは気もそぞろだった。

彼はガヴローシュの肩に手を置いて、一語一語に力をこめて言った。

「おい、おれの言うことを聞くんだ。もしおれが広場にいて、おれのドーグとダーグとディーグがいっしょなら、またおまえたちが気前（プロディーグ）よく、二スー銅貨（ディ・グロ・スー）十枚ばかしくれるっていうんなら、おれだって山を張る（ディ・グピネ）（仕事をするの意）のを断りはしないが、なにしろ今日は、マルディ・グラ〔カーニヴァルのお祭の日〕じゃねえからな」

この異様な文句が浮浪児に不思議な効果をあたえた。彼がさっと振りかえり、注意深く、らんらんと輝くちいさな目で周囲を見まわすと、五、六歩先に、彼らに背を向けて立っている巡査がいるのに気がついた。ガヴローシュは危うく「あっ、そういうことかい！」と口を滑らせたが、すぐにつぎの言葉を抑えこみ、モンパルナスと握手して、

「じゃ、あばよ」と言った。「おいらはこれからチビどもといっしょに象のところに行くからよ。ひょっとして夜に用事ができたら、あそこに会いにきてくれ。おいらは中二階にいる。門番はいねえ。ガヴローシュさんに会いにきたと言ってくれ」

「よし」とモンパルナスが言った。

そしてふたりは別々に、モンパルナスはグレーヴ広場のほうに、ガヴローシュはバスチーユのほうに歩いていった。五歳の子は、ガヴローシュについていく兄の手に引かれながら、何度もうしろを振りかえって、「道化」が立ち去っていくのを見ていた。

モンパルナスがガヴローシュに巡査がいることを知らせるのにつかった支離滅裂な文句は、さまざまに形を変えて五、六度くりかえされた「ディーグ」という半諧音のおまじないめいたものにすぎない。この音節は単独に発音されたわけではなく、ひとつの文の単語に巧妙に混ぜあわされたもので、「気をつけろ。ここでは自由に口をきけないぞ」という意味だった。さらに、モンパルナスの文句には文学的な美しささえもあったのだが、ガヴローシュにはそこまで分からなかった。「おれのドーグとダーグとディーグ」はタンプル地区の隠語の成句で、「おれの番犬と短剣と別嬪」を意味する。これはモリエールが書き、カロ[6]が描いた大世紀では、道化師や大道芸人た

ちのあいだでよくつかわれていたものだった。

いまから二十年まえにはまだ、バスチーユ広場の南東にあたる角、つまり旧牢獄の砦の古い堀にあった運河の船着場近くに、奇妙な記念物が見られたものだった。パリの人びとの記憶からはすでに消え去っているが、なにかしらの痕跡を残しておくくらいの価値はある。というのも、この記念物は「学士会員、エジプト遠征軍総司令官」ナポレオンの考えだした建造物だからである。

いま記念物と言ったが、じつのところは建造物の模型でしかない。しかし、模型そのものがナポレオンの着想の驚くべき粗描、壮大な残骸であり、二度、三度あいついで起きた事変の風によって、その都度わたしたちから遠くに運ばれていき、打ち捨てられたとはいえ、歴史的なものとなり、かりそめの外観とは裏腹に、なにか決定的な趣をおびるまでになっていた。それは高さ十三メートルの象で、木組と石でできていた。背中には家に似た塔が立ち、昔はペンキ屋によって緑色に塗られていたのが、いまでは風雨や歳月のために黒ずんできている。広場のうら寂しい吹きさらしの角で、巨象の広い額、鼻、牙、背中の塔、巨大な尻、円柱みたいな四本の脚などが、夜の星空のもとで、不意に恐ろしい影絵を浮かびあがらせる。それがなにを意味するのか分からなかったが、なんとなく民衆の力の象徴のようだった。陰気で、謎めいていて、広大だった。バスチーユ監獄の目に見えない幽霊と並んで立つ、目に見える手強い亡霊のように見えた。

この建造物を訪れる外国人もそうはいないし、通行人は見向きもしなかった。それは崩れかかり、季節を問わず漆喰が脇腹からはげ落ち、見苦しい傷をつくっていた。上品な俗語でいう「お偉方」連中からも、一八一四年以降すっかり忘れられてしまった。象は元々あった一角に、陰気くさく、病みおとろえ、いまにも崩れそうで、酔っぱらった御者たちにたえず汚される、腐りかけの柵に囲まれていた。腹には割れ目ができ、尾から板がはみだし、両脚のあいだには丈の高い草が生えていた。そして、どの大都会でもひとが気づかないうちに地盤を高くする、あの緩慢だが不断の変動のために、その広場の地面もここ三十年来、全体に高くなっていた。そのため、この象は窪みのなかにはまってしまい、まるで地面がその重みによって沈んだように見えた。その姿は汚らしく、蔑まれ、不愉快で、鼻持ちならないほど尊大で、市民から見れば醜悪で、思想家から見れば沈鬱だった。いずれ一掃される廃棄物であり、やがて斬首される国王陛下のような雰囲気を漂わせていた。

前述のように、夜ともなるとその様相は一変した。夜はありとあらゆる影の存在を生き生きさせる世界である。夕闇がせまると、年老いた象は変貌した。暗闇の怖いほどの静寂のなかで、どっしりとした凄まじい姿に変わる。それは過去のものだったから、夜の世界にもどるのだ。そして、このような暗がりこそ、その偉大さに似つかわしいのである。

この記念物は、ごつごつし、ずんぐりし、どっしりし、ささくれだち、いかめしく、ほとんど醜悪だったが、たしかに荘厳で、野性の素晴らしい重厚さをそなえていた。しかし、それが姿を消したあと〔一八四六年に取り壊された〕、煙突のついた巨大な炉のようなものが、九つの塔をもつあの陰気な監獄の砦に取って代わり、のんびりとそそり立っている。これは、ブルジョワ階級が封建制度に取って代わって支配しているのとほぼ同じことだ。動力がボイラーのなかにあるような時代には、炉が時代の象徴になるのはいたって自然な話である。だが、いずれこの時代も過ぎ去っていくだろう。いや、すでに過ぎ去りつつある。動力はボイラーのなかにありえても、威力は頭脳のなかにしかないことを、人びとはやっと理解しはじめているのだ。言いかえれば、世界を導き、運ぶのは機関車ではなく、思想であることを。機関車を思想に連結するのも結構だろう。だが、馬を騎手と取り違えてはならないのだ。

それはさておき、話をバスチーユ広場にもどせば、漆喰でこの象をつくった建築家は、偉大なものをつくるにいたった。だが、青銅で炉の煙突をつくった建築家はちゃちなものをつくったにすぎない。

この炉の煙突には大それた命名がなされ、「七月の円柱」などと呼ばれていたが、挫折した革命〔一八三〇年の七月革命〕の出来損ないの記念物であり、一八三二年にはまだ、筆者としては残念至極だが、一面に木組のばかでかいジャケットでおおわれ、あまつさえ象を隔離するために板囲いされていた。

例の浮浪児がふたりの「チビ助」を連れていったのは、遠くの街灯にかろうじて照らされた、その広場の一角だった。

話の途中ではあるが、ここで注意していただきたいのは、筆者が事実をあるがままに語っているということである。二十年まえ、ひとりの子供がバスチーユ広場の象のなかで寝ていたところを不意打ちされ、放浪罪と公共記念物破壊罪のために、じっさいに軽罪裁判所で裁かれたことがあった。この事実を確認したうえで、先をつづけよう。

巨象の近くに来たところで、ガヴローシュはとてつもなく大きい物が、ひじょうにちいさい者にどんな影響をあたえるものか察してこう言った。

「チビども、怖がるんじゃねえぞ」

それから彼は、柵の隙間から象の囲いのなかにはいり、チビ助たちが隙間を通りぬけるのを手伝ってやった。ふたりの子供は、やや怯えていたが、ひと言もいわずにガヴローシュのあとにしたがい、パンをくれて、寝床を用意してくれる、ぼろ着をまとったちいさな救い主に全幅の信頼をおいていた。

そこには、昼間に隣の仕事場の職人たちがつかっていた梯子がひとつ、柵に沿って寝かしてあった。ガヴローシュは不思議な力を発揮して、それを持ちあげ、象の前脚の片方に立てかけた。梯子の先が届くあたりに、巨象の腹に開いた黒い穴のようなものが見える。ガヴローシュは梯子と穴を客に示して言った。

「登ってって、なかにへえんな」

ふたりの男の子は怯えながら顔を見合わせた。

「チビ助ども、行かねえのか！」とガヴローシュは声をあげた。

そして付けくわえた。

「こうやるんでえ」

彼は象のごつごつした脚に抱きつき、梯子をつかおうともせず、あっと言う間に、割れ目まで登っていった。そして、石の裂け目にするする滑りこむ蛇みたいに、なかにはいって姿を消した。しばらくすると、彼の蒼白い顔が真っ暗な穴の縁に、ほの白くぼんやりした影のように、ふたりの子供の目に映った。

「そら」と彼は叫んだ。「チビさんたちよ、さっさと登るんだ！　いまに分かるぜ、どれっくれえいい気分か！」それから兄のほうに言った。「おめえから登ってみろ！　おいらが手を差しだしてやるからよ」

子供たちは互いに肩を突きあって先を譲った。浮浪児はふたりを怖がらせていたが、安心もさせていた。それに、雨が強く降っていた。年上のほうがなんとかふんぎりをつけた。兄が登っていくのを見ながら、弟はたったひとりで、とてつもなく大きな動物の両脚のあいだに取りのこされ、泣くにも泣けなかった。

年上の子はよろよろしながら、梯子段をよじ登っていた。その間、ガヴローシュは弟子に気合を入れる剣術の指南役か、ラバをせかせるラバ引きみたいな叫び声を発して、その子を励ました。

「怖がんな！」

「いいぞ、そうだ！」

「その調子だ！」

「そこに足をかけろ！」

「手をこっちに出せ！」

「がんばれ！」

そして、その子が手の届くところまでくると、いきなり腕をぐいとつかんで引きよせて、「よし、つかまえたぜ」と言った。

チビ助は割れ目を越えていた。

「さて、今度は」とガヴローシュが言った。「ちょいと待ってくれ、お客さん。どうか、おすわりください」

そして彼は、はいってきたときと同じように穴から出て、絹猿のような身軽さで象の脚を滑りおり、草のなかにひょいと飛びおりると、五歳の子供の胴を抱きかかえ、梯子の中段にのせた。じぶんはその子のうしろから梯子を登っていって、兄のほうに向かって叫んだ。

「おいらが押すから、おめえはひっぱれ」

その子はわけが分からないまま、たちまちのうちに持ちあげられ、押しあげられ、引きずられ、引っぱられ、穴のなかに突っこまれ、押しこまれた。あとではいってきたガヴローシュが踵で梯子を蹴っ飛ばすと、梯子は芝生のうえに落ちた。彼は手を叩いて叫んだ。

「さあ、着いたぞ！　ラファイエット将軍ばんざい！」

この歓喜がおさまると、こう付けくわえた。

「チビども、ここがおいらんちだ」

じっさい、そこがガヴローシュの家だった。

ああ！　思いもよらない廃物利用よ！　偉大なものの恵みよ！　偉人の好意よ！　皇帝ナポレオンの思想を宿しているこの桁外れの記念物は、ひとりの浮浪児のねぐらになっていたのだった。バスチーユの象のまえを通りかかる晴着姿の町人たちは目をむき、見下すようにじろじろながめまわしながら、よくこう言っていた。「あんなもの、なんの役に立つんだね？」だがこれは、父母もなく、パンも着る物も宿もない子供を、寒さや霜や霰や雨から救い、冬の風からまもり、発熱を引きおこす泥のなかでの睡眠や、死にいたる雪のなかでの睡眠からまもってやるのに役立ったのだ。社会に拒まれた無邪気な者を引きとってやるのに役立ったのだ。公の罪を軽くするのに役立ったのだ。それは、ありとあらゆる門戸が閉ざされた者にたいして開かれた隠れ屋だった。老いて惨めなこの巨象は、虫に食われ、世間から忘れられ、疣や黴や腫瘍におおわれ、よろめき、蝕まれ、見捨てられ、死を言いわたされ、四つ辻の真ん中で、いくばくかの好意ある眼差しに出会いたいと願ってもかなわぬ、巨大な物乞いのようだった。しかしこの物乞いは、もうひとりの物乞い、足に靴もはかず、頭上に屋根もなく、凍えた指に息を吹きかけ、ぼろをまとい、ひとが投げ捨てた物を食べながらさ迷っている、哀れな小人を憐れんでいるかのようだった。こういうことに、バスチーユの象は役立っていたのである。人間たちによって軽んじられたナポレオンの着想は、神によって取りあげられた。ただ名高いというだけでおわるはずだったものが、気高いものになったのだ。「皇帝」がもくろんでいたものが実現されるには斑岩、青銅、鉄、金、大理石などが必要だったろう。だが神には、板と梁と漆喰の古い骨組だけで充分だったのだ。「皇帝」には天才的な夢があった。この巨大な象が武装し、奇跡をなそうと、鼻を持ちあげ、塔を背負い、あたり一面を活気づけ、元気をあたえる水をまき散らすこと、彼はそれをもって民衆の化身としたかった。神はそれをもっと偉大なものにされた。そこにひとりの子供を泊められたのである。

ガヴローシュがもぐりこんだ穴は、外からはほとんど見えない破れ目であり、先述のとおり、象の腹のしたに隠れて、猫か子供でもないかぎり通れないほど狭かった。

「まずはだ」とガヴローシュは言った。「おいらたちが留守だと門番に言っておこう」

そして、勝手知ったわが家にいるみたいに、自信たっぷりに暗がりに飛びこんで、板を一枚持ちかえり、それで穴をふさいだ。

ガヴローシュはまたもや暗がりのなかにもぐりこんでいった。子供たちの耳に、燐の瓶につっこんだ棒がパチパチ燃える音が聞こえてきた。化学的な燐マッチはまだ存在せず、フュマード点火器[7]がこの当時の進歩を代表していたのである。

急に明るくなったので、子供たちは目をパチクリさせた。彼は細ろうそくと呼ばれている、樹脂にひたした紐の切端に火をつけたところだった。その細ろうそくは光よりも煙のほうをよけいに出したが、それでも象の内部がぼんやり見えるようになった。

ガヴローシュのふたりの客はあたりをながめまわし、ハイデルベルクの大樽のなかに閉じこめられたら感じるかもしれない、いや、もっと正確に言えば、鯨の腹にはいった聖書のヨナが感じたにちがいないような気持ちだった。巨大な骨組の全容が出現し、ふたりをつつんだ。上のほうには、一本の長い褐色の梁がわたり、そのところどころから弓形のがっしりした肋材が出張り、さながら肋骨のついた背骨のような形になっていた。そこに漆喰の鍾乳石が内臓のように垂れさがり、端から端にかかった大きな蜘蛛の巣が、埃をかぶった横隔膜のようになっていた。あちこちの隅に黒ずんだ大きな染みがあったが、それらは生きていて、急にあわてだし、ちょろちょろと動きまわっているようにも見えた。

象の背中から腹のなかに落ちてきた破片が窪みのところを埋めていたので、床のうえと同じように楽に歩くことができた。

年下の子が兄にぴたりと身をよせて、小声で言った。

「暗いよ」

この言葉を聞いて、ガヴローシュは怒鳴りだした。ふたりのチビどもの怯え様に、一発はっぱをかけてやる必要を感じたのである。

「てめえら、なにやってんだ？　冗談じゃねえ！　ごたくを並べてる場合か？　チュイルリー宮殿でなきゃ、やだってのか？　てめえらアホか？　言ってみろ。断っとくが、こちとらを、うすらとんかちと一緒にすんなっての。ああ、そうかい。てめえら、教皇さまのお小姓みてえに気取ろうって寸法か？」

ちょっとばかし手荒く扱ってやるのも、相手が怖がっているときには効果がある。それで相手が安心するのだ。ふたりの子供はガヴローシュに近寄ってきた。

ガヴローシュはそんな信頼ぶりを見て、父親みたいにほろりとし、「豪から柔に」転じて[8]、年下の子に声をかけ、

「お馬鹿さんだなあ」と、悪態にも猫なで声を混じえて言った。「暗えのは外のほうなんだぜ。外は雨が降ってるが、ここにゃ降っちゃいねえだろ。外は寒いが、ここにゃまったく風がこねえだろ。外はおおぜい人がいるが、ここにゃひとりもいねえだろ。外には月もねえが、ここにゃろうそくがあるだろ。分かったか。こんちくしょう！」

ふたりの子供は怖さも薄らぎ、部屋をながめはじめた。だがガヴローシュは、それ以上じっく

りながめさせてはおかなかった。

彼はふたりを急き立て、——まことに幸いなことに——なんとか部屋の奥と言えそうなところに案内した。そこには彼のベッドがあった。ガヴローシュのベッドは申し分なかった。マットレスと、掛布団とカーテンのついたはめこみベッド(アルコーヴ)があった。マットレスは藁の筵だったが、掛布団は灰色の荒い毛布のかなり大きな腰布で、じつに暖かそうなうえに新品同様だった。

彼の「アルコーヴ」がいかなるものであったかは、以下のとおりである。

かなり長い三本の支柱が床、つまり象の腹の漆喰に差しこまれて固定され、まえに二本、うしろに一本立っている。これらの支柱は先のほうが縄で結びあわされ、ピラミッド型の叉銃のようになっている。この叉銃を支えとした一枚の真鍮の金網がただ支柱にのっているだけなのだが、これが巧みにかぶせられ、針金でとめてあったので、三本の柱がすっぽりつつまれるようになっている。大きな石を一列に並べ、床に垂れた金網のまわりを押さえて固定してあるので、なかには何者もはいれないようになっている。この金網は動物園で大鳥籠などにかぶせる銅の金網の一片にほかならなかった。金網のしたにあるガヴローシュのベッドは、まるで鳥籠のようだった。全体はエスキモーのテントに似ていて、金網がカーテンの代わりをしていた。

ガヴローシュが金網のまえのほうを押さえていた石をすこしだけどけると、重なっていた網の裾が開いた。

「ガキども、四つん這いになるんだ！」とガヴローシュは言った。

彼は用心しながら客たちを鳥籠のなかに入れてやり、それからふたりにつづいて、じぶんも這ってなかにはいって、ふたたび石を近づけ、入口をぴったりふさいだ。

三人とも筵のうえに横たわった。こんなアルコーヴのなかでは、彼らがいくらちいさいといっても、だれひとり立っていることはできない。ガヴローシュはあいかわらず細ろうそくを手にして、

「さあ」と言った。「寝ろ！　ろうそくを消すぞ」

「兄さん」と、金網を指さしながら、年上の子が尋ねた。「これはなんですか？」

「これか」とガヴローシュは真面目くさって言った。「こいつは鼠除けよ。いいから寝ろ！」

だが彼は、二、三言いいそえて、年端もいかないこの連中に教えておかねばならないと思いつき、こうつづけた。

「こいつはな、植物園にあったもんよ。猛獣用のやつだ。倉庫にゃいっぱいあんだ（あるんだ）。塀を乗りこえ、窓をよじ登って、戸のしたをちょいとくぐってやりゃいんだ（いいんだ）。なんだって、好きなだけ手にへえるぜ」

彼が話しながら、掛布団の端でちいさいほうの子供をくるんでやると、その子はつぶやいた。

「わあ！　気持ちいい！　あったかい！」

ガヴローシュは満足そうに掛布団を見つめて、

「こいつもやっぱり植物園のもんさ」と言った。「猿からくすねてきたんだ」

それから、敷布団にしている筵、すごく厚くて見事に細工してある筵を示して、こう付けくわえた。

「こいつはなあ、キリンから失敬してきたもんさ」

それから、しばらく間を置いてつづけた。

「ここのもんはな、みんな動物たちのもんだった。おれがいただいちまったってわけだが、やつらは怒りゃしなかったぜ。象にやるもんだって、おいらがいちいち断っておいたからよ」

彼はまたしばらく黙ってから、言葉をついだ。

「塀なんざ乗りこえる。お上なんか屁のカッパよ。ま、そんなとこよ」

ふたりの子供は、恐れと驚きの入り混じった尊敬の眼差しで、この大胆不敵で才覚豊かな少年を見つめていた。じぶんたちと同じように宿なしで、ひとりぼっちで、みすぼらしいのに、悲惨なところと有能なところを兼ねそなえているものだから、なんとなく超自然的に見えるのだった。くわえて、その顔つきは年老いた軽業師のありとあらゆるしかめ面と、このうえもなく無邪気で魅力のある微笑からできていた。

「兄さん」と年上の子がおずおずと尋ねた。「それではお巡りさんが怖くないのですか？」

ガヴローシュはこう答えるだけにとどめた。

「チビ！　お巡りさんなんて言うんじゃねえ、サツって言え」

年下の子は目を丸くしたが、なにも言わなかった。上の子が真ん中にいて、下の子が筵の端っこにいたので、ガヴローシュは母親がやるみたいに、掛布団を整えてやり、頭のしたに古いぼろ切れを入れて筵を高くして、枕代わりにしてやった。それから上の子のほうを向いて、

「え、どうだ！　しゃれてるだろ、ここは！」

「はい！」と、年上の子は救われた天使のような表情で、ガヴローシュを見ながら返事した。びしょ濡れだったふたりの哀れな子供たちは、しだいに暖まってきた。

「おお、そうだ」と、ガヴローシュは言葉をついだ。「ところで、おめえら、なんだって泣いたりしてたんだ？」

それから弟を指さしながら兄に向かって、

「あっちのチビ公にゃ、おいらはなんにも言わねえ。だがよ、おめえみてえにデケえガキが泣くなんざ、とんだお笑い種よ。子牛じゃあるめえしよ」

「だって」とその子が言った。「ぼくらには、泊まるお家がなくなったんだもの」

「小僧！　泊まるお家なんて言うんじゃねえ、ねぐらって言え」

「それに、夜、あんなふうにふたりだけでいるのが、怖かったんだもの」

「夜なんていうんじゃねえ、よわって言え」

「ありがとう、兄さん」と子供が言った。

「いいか」とガヴローシュはつづけた。「これからはもう、なにがあっても、泣き言なんかいうんじゃねえぞ。おいらがおめえらの面倒を見てやるからな。どれくれえ楽しいか、いまに分かるぜ。夏にダチのナヴェといっしょにグラシエールにくり出すとするか。船着場で泳いだり、オーステルリッツ橋のまえにある筏のうえを真っ裸で走りまわるんだぜ。洗濯女どもがかんかんになって怒る怒る。わめいたり、じだんだ踏んだり、おかしいのなんのって！　骸骨男も見にいくぞ。あの野郎、生きてんだぜ。シャン・ゼリゼでな。それから、芝居にも連れていってやるか。フレデリック・ルメートルを見せてやる。おいらは切符を持ってるし、俳優たちも知ってんだぜ。おいらはな、一回芝居に出たこともあんのよ。おいらはこれっくれえのチビだったから、布のしたをのたうちまわって海の役をやったもんさ。おいらの顔なじみの芝居小屋でおめえらを雇ってもらおう。野蛮人どもも見にいこうぜ。ありゃな、本物じゃねえ、あの野蛮人どもは。襞のあるピンクのタイツをはいて、肘のとこなんか白い糸でつくろったのが見えんのよ。そのあと、オペラ座に乗りこもうぜ。おいらたちはさくらといっしょにへえる。オペラ座のさくらはめっぽういい案配になってんのよ。おいらはな、大通りにゃ、さくらどもとはいっしょに出ねえことにしてる。おい、思ってもみな、オペラ座に二十スーも払っていくやつらがいるんだぜ。馬鹿な野郎どもがよ。そういうのをへっぴり虫ってえんだ。——あとは、そうだ、首斬りも見とかねえと。なんなら首斬り人に会わせてやってもいいぜ。マレー通りに住んでんだ。サンソンさんていってな。戸口に郵便箱がある。あーあ！　ぞくぞくしてくるぜ！」

ちょうどそのとき、一滴のろうがガヴローシュの指に落ちて、彼は現実に引きもどされた。

「ちえっ！」と、彼は言った。「芯がへってきやがった。気をつけろ。おいらは月に一スー以上はろうそく代にかけられねえんだ。横になったら、寝なきゃならん。おいらたちにゃポール・ド・コック先生[9]の小説なんざ読んでいる暇はねえってことよ。そんなことしてた日にゃ、明かりが隙間から漏れて、いやでもサツに見つかっちまうぜ」

「それに」と兄がおずおずと言った。この子だけは、ガヴローシュに口がきけて、言いかえすこともできるのだった。「火の粉が藁に落ちかかるかもしれません。家が焼けないよう気をつけなきゃね」

「家が焼けるなんて言うんじゃねえ、たまり場がぼやを出すって言え」

嵐がいちだんと激しくなった。雷がゴロゴロいう合間に、篠突く雨が巨象の背中を打ちつける音が聞こえた。

「雨よ、じゃんじゃん降りやがれ！」と、ガヴローシュは言った。「象の脚に水差しの水をぶっかける音をきくのも悪かねえや。冬ってやつは腰抜けだぜ。せっかくの売物を無駄にして、まったくの骨折り損ってもんよ。おいらたちを濡らすことさえできねえくせしやがって、ぶつぶつ言ってんじゃねえ、この老いぼれ水売人めが！」

ガヴローシュが十九世紀の哲学者として、なんでもござれといったふうに、雷に当てつけを言ったためか、その直後に広大な稲妻がピカリときた。目もくらむほどで、なにかが象の腹の破れ目をぬってはいってきた。ほぼ同時に、雷鳴がとどろいた。怒り狂ったような音だった。ふたりの子供は叫び声をあげて、ぱっと起きあがったので、金網が開きそうになった。それでもガヴローシュは不敵な面構えでふたりを見据え、雷鳴が鳴ったとたん、アハハッとけたたましく大笑いした。

「まあ、落ち着け、坊やども。建物をひっくり返すんじゃねえ。こいつは見上げた稲妻だぜ、ちょうどいいときによ！　ちゃちな稲妻たあわけがちがう。上出来だ！　いいぞ！　まるでアンビギュ座[10]にいるみてえな気分だぜ」

そう言うと、金網をきちんと整え、ふたりの子供の頭をそっと枕にのせ、膝を押さえて、からだを真っ直ぐ伸ばしてやってから、こう声をあげた。

「せっかく神様がろうそくをめぐんでくれたんだから、おいらのは消してもいいってわけだ。坊やども、寝なきゃなんねえぞ、いいな。寝ねえのは、よくねえこった。廊下が臭くなる。上流社会の言い方をすりゃ、お口が臭うことになる。よく皮にくるまれよ！　消すぞ。いいな？」

「はい」と年上の子が言った。「いい気持ちです。頭のしたに羽があるみたいです」

「頭なんて言うんじゃねえ」とガヴローシュが叫んだ。「首っ玉って言え」

ふたりの子供はからだをぴたりと寄せあった。ガヴローシュは筵のうえでふたりの位置を直させ、掛布団の毛布を耳のところまでかけてやってから、彼なりに格式張った言葉で三度目の命令をくだした。

「寝ろ！」

それから彼は、薄明かりを消した。

明かりが消えて間もなく、奇怪な震動が三人の子供がしたで寝ている金網を揺らしはじめた。なにかがかすかに触れあっているような金属的な音が、無数に湧きあがってくる。まるで爪や歯が銅線を引っ搔いているような音だ。それと同時に、種々雑多な鋭くちいさな叫び声がした。

五歳の子供は頭上のこの騒ぎを聞くと、ぞっとしてちぢみあがり、肘で兄を突いたが、兄はガヴローシュの言いつけどおり「寝て」いた。そこで、ちいさな子は怖さのあまりどうしようもなく、息をころしながら小声で、思いきってガヴローシュに問いかけた。

「兄さん？」

「なんでえ?」と、瞼を閉じたばかりのガヴローシュが答えた。

「あれはいったいなんですか?」

「鼠だ」とガヴローシュは答えた。

こう言って、また筵に頭をおろした。

じっさい、鼠は象の骨組のなかで無数に繁殖していたのだった。前述の生きている黒ずんだ染みというのは、鼠だったのだ。ろうそくの炎が輝いていたあいだは威圧されていた鼠どもも、じぶんたちの都だったこの穴倉がふたたび暗闇にもどるや、おとぎ話の名手ペローの言う「新鮮な肉」[11]を嗅ぎつけ、ガヴローシュのテントに群をなして殺到し、てっぺんまでよじ登り、この新型の蚊帳に穴を開けようとして、金網の目をかじっていたのである。

だが、子供のほうは寝つけなかった。

「兄さん!」と、また言った。

「なんでえ?」とガヴローシュ。

「鼠って、なんですか?」

「二十日鼠のことだ」

この説明にその子はすこし安心した。これまでに白い二十日鼠を見たことがあったが、べつに怖くはなかったからだ。それでも声を高くして、

「兄さん?」

「なんでえ?」とガヴローシュがくりかえした。

「どうして猫を飼わないのですか？」

「猫を飼ったこともあったさ」とガヴローシュは答えた。「一匹拾ってきたんだが、やつらに食われちまったんだ」

この二度目の説明が最初の説明を台なしにしてしまい、その子はふたたび震えだした。ふたりのあいだに四度目の対話がはじまった。

「兄さん！」

「なんでえ？」

「どっちが食べられたんですか？」

「猫のほうだ」

「だれが猫を食べたんですか？」

「鼠だ」

「二十日鼠が？」

「そう、鼠だ」

猫を食べる二十日鼠と聞いて、その子はがっくり打ちひしがれて、つづけた。

「兄さん、ぼくらを食べることもあるんですか、この二十日鼠たちは？」

「あたりきよ！」

子供の恐怖は極に達した。しかし、ガヴローシュはこう付けくわえた。

「怖がるんじゃねえ！　こいつらはなかにゃへえれねえ。それに、おれがついているじゃねえか。おい、おいらの手を握ってろ。黙って、寝ろ！」と言って、ガヴローシュは兄のからだごしに弟の手を取ってやった。子供はその手をぎゅっと胸に抱きしめ、安心感を覚えた。勇気と力はこんなふうに、不思議と伝わるものなのだ。彼らのまわりは、ふたたび静かになった。人の声が鼠を怯えさせ、遠ざけたのだった。数分すると、またぞろもどってきて、騒ぎ立てたが、深い眠りに沈んでいた子供たちには、なにも耳にはいらなかった。

夜の時間が流れていった。闇が広大なバスチーユ広場をつつみ、雨に混じった寒風がときどき吹きすさんだ。パトロールの警官たちが戸口や、路地や、囲い地や、暗い片隅をさがしまわり、夜の浮浪者を見つけだそうとしていたが、象のまえは黙って見過ごした。この怪物は暗闇のなかでかっと目を見開き、身じろぎひとつせずに立って、みずからの善行に満足したように夢想しながら、ぐっすり眠りこんでいる哀れな三人の子供たちを空からも人間たちからもまもっていた。

これから起こることを理解するためには、当時、バスチーユの警備隊の建物が広場の反対側のはずれにあって、象のそばでなにが起こっても、見張りには見えも聞こえもしなかったことを思いだす必要がある。

そろそろ夜も明けようというころ、ひとりの男が駆け足でサン・タントワーヌ通りから飛びでてきて広場を横切り、「七月の円柱」の広い囲いをまわり、柵のあいだからもぐり込んで、象の腹のしたまでやってきた。もしなにかの光がこの男を照らしたなら、ずぶ濡れのその様子から、男がひと晩じゅう雨に打たれていたことが知れただろう。象のしたまでくると、男は奇怪な叫び声をあげたのだが、それはいかなる人間の言葉でもなく、オウムだけがかろうじて真似られそうな声だった。男は叫び声を二度発したが、こうでも書けば、およその見当がつくだろう。

「キリキリウ！」

二度目の叫び声に、明るく陽気で若々しい声が象の腹から応えた。

「あいよ」

と、間もなく、穴をふさいでいた板がはずされ、そこからひとりの少年が出てきて、象の脚を伝い、男のそばまですっと降りてきた。ガヴローシュだった。男はモンパルナスだった。

「キリキリウ！」という叫び声はおそらく、夕べこの少年が「ガヴローシュさんに会いにきたと言ってくれ」と言い残したのとほぼ同じ意味だったのだろう。

その叫び声を聞いて、彼はすぐさま目を覚まし、金網をすこしだけ開け、「アルコーヴ」の外に這いだし、金網を元どおりきちんと閉めなおすと、揚板を開けて降りてきたのだった。

男と少年は暗闇で無言のうちに相手を認めあった。モンパルナスは、ただこう言っただけだった。

「おめえの力が必要だ。ちょいと来て手を貸してくれ」

少年はそれ以上わけもきかず、

「がってんだ」と言った。

そしてふたりは、モンパルナスが出てきたサン・タントワーヌ通りに向かい、この時刻に市場に出かけていく野菜売りたちの長い行列をぬうようにして、先を急いだ。

野菜売りたちは、馬車のなかでサラダ菜だのその他の野菜のあいだにうずくまって、うとうとし、どしゃぶりの雨のために目のあたりまで上着を引きかぶっていたので、ふたりの奇妙な通行人には目もくれなかった。

第三章　脱走の顚末

その同じ晩、フォルス監獄ではつぎのようなことが起こっていた。テナルディエは独房に入れられていたが、バベ、ブリュジョン、グールメールとテナルディエのあいだでは、前々から脱走の打合せがなされていた。バベは、モンパルナスがガヴローシュに話したことでも分かるとおり、一足先にひとりでその目的を果たしていた。

モンパルナスは外から彼らを助けることになっていた。ブリュジョンは一か月のあいだ懲罰監房で過ごしたので、第一に縄をない、第二に脱獄計画を練る時間があった。監獄の規律によって既決囚がひとりきりにされるこうした厳重な場所は、四方にめぐらされた壁、石の天井、敷石の床、折畳み式ベッド、鉄格子のついた天窓、鉄張りの扉などからなり、「土牢」と呼ばれていた。ところが、土牢ではあまりにも酷すぎるというので、こんにちでは鉄の扉、鉄格子のついた天窓、敷石の床、折畳み式ベッド、石の天井、四方にめぐらした壁からなり、まあ、要するにどことって変わってはいないのだが、名称だけが変わり、「懲罰監房」と呼ばれている。昼ごろになると、かすかに光が射す。これは容易に分かることだが、土牢とは呼ばれなくなったこのような監房の不都合な点は、働かせなくてはならない者たちに、あれこれ悪だくみをめぐらす暇をあたえることである。

さて、ブリュジョンは一計を案じた。彼は一本の縄を持って懲罰監房から出た。シャルルマーニュの中庭では、凶悪犯だともっぱらの評判だったので、「新館」に入れられた。彼が「新館」で最初に見つけたのはグールメール、つまり犯罪であり、つぎに見つけたのは一本の釘、つまり自由だった。

ちょうどいい機会なので、ブリュジョンがおおよそどんな男だったのか、ここで述べておこう。彼は一見したところ虚弱な感じで、腹に一物あって無気力そうな顔こそしているものの、そのじつ慇懃で、狡猾で、猛々しい盗人で、目つきこそ優しいが、微笑には凄みがあった。目つきは意志によるものだったが、微笑は持ち前の本性をあらわしていた。彼がこの道で最初の修練を積んだのは屋根にかんすることであり、とくに鉛を抜く技倆、いわゆる「脂身の二枚抜き（グラ・ドゥーブル）」というやり方で屋根をはがし、雨樋をはずす技倆に長足の進歩をとげていた。

脱走の試みに好機をあたえたのは、ちょうどそのとき、屋根葺職人たちが監獄のスレートの一部を補修し、継目の目塗りをしなおしていたことだった。そのため、サン・ベルナールの中庭はシャルルマーニュの中庭とサン・ルイの中庭から完全には切り離されていなかった。屋根のうえに足場や梯子があったのだ。すなわち、脱出をくわだてる囚人にとっては掛橋や階段があったということである。

これ以上ないと思われるほど、ひびだらけで、漆喰がはげ落ちた「新館」は、この監獄の弱点だった。壁は硝石のせいで無残にもぼろぼろになり、寝室の円天井などは木で上張りしなければならないほどだった。壁がはがれて、ベッドで寝ている囚人たちのうえに石が落ちてくるのだった。ここまで老朽化していたのに、当局はこの「新館」にもっとも危なっかしい被告人を閉じこめる、つまり監獄の用語で言えば、「重罪犯」を入れるという間違いをおかしたのである。

「新館」には上下四階にわたって寝室があり、そのうえに「吹きさらし」と呼ばれる屋根裏部屋があった。おそらく元々はラ・フォルス公爵家の調理場の煙突だったのだろうが、一本の太い暖炉の煙突が一階からのびて、四つの階を突きぬけ、平たい柱のような形でそれぞれの寝室をふたつに区切り、屋根を貫いていた。

グールメールとブリュジョンは同室だった。ふたりは警戒されていて、いちばん下の階に入れられていたのだが、たまたま、ふたりのベッドの頭のほうが暖炉の煙突にくっついていた。テナルディエはまさに、ふたりのちょうど真上にあたる「吹きさらし」と呼ばれる屋根裏に入れられていたのである。

通行人が消防署の建物を通りすぎ、キュルチュール・サント・カトリーヌ通りにある、「浴場」の表門まえで立ちどまると、花々や箱植えの灌木でいっぱいの中庭が見える。その奥には円天井のある白くちいさな建物が両翼を伸ばし、緑の鎧戸も明るく、さながらジャン・ジャック・ルソーの牧歌的な夢が実現したような風情があった。だが、つい十年ばかりまえには、円天井のある白くちいさなこの建物の上方には黒く、ばかでかく、おぞましい、むき出しの壁が見え、建物はその壁と背中合せになっていた。これがフォルス監獄の巡回路の外壁だった。

建物の後方にあるこの壁は、まるでベルカン[1]の背後にかいま見えるミルトンのようだった。

この壁がいくら高いといっても、その向こうにのぞまれる、いちだんと黒い屋根はそれよりずっと高かった。それが「新館」の壁だった。その屋根には鉄格子のはまった屋根裏部屋の四つの天窓があって人目を惹いた。これが「吹きさらし」の窓だった。煙突が一本、その屋根から突きでていたが、これが四人の寝室を貫いている煙突だった。

「吹きさらし」、つまり「新館」の屋根裏部屋は、屋根裏の大市場みたいな様相を呈していて、三重の鉄格子と、途方もなく大きな釘を打ちつけた鉄の二重扉によって閉ざされていた。北側の端からはいっていくと、四つの天窓を左手にすることになり、右手には天窓に面して、かなり広めの四角い檻が間隔を置いて、狭い廊下に隔てられる形で並んでいた。檻は胸の高さまでは石造り、あとは屋根のところまで鉄格子になっていた。

テナルディエは二月三日の晩から、その檻のひとつに監禁されていた。どうやって、まただれとの共謀によるものか、ついに明らかにならなかったが、彼はデリュー〔2〕が考えだしたとされる葡萄酒ひと瓶をまんまと手に入れ、隠し持っていた。この葡萄酒には麻酔薬が混ぜてあって、「アンドルムール〔3〕」の一味によって有名になったものである。

多くの監獄には裏切者の役人がいるもので、看守と泥棒の両面をそなえているこの連中が、脱獄を助けて警察には不実な奉公を売りつけ、囚人の金をちょろまかすのである。

さて、プチ・ガヴローシュがふたりの迷子を引きとったのと同じ夜、その日の朝バベが脱獄し、モンパルナスとともに通りで待っていることを知って、ブリュジョンとグールメールはそっと起きだし、ブリュジョンが見つけておいた釘で、ベッドにくっついている暖炉の煙突に穴を開けはじめた。破片はブリュジョンのうえに落ちるので、だれにも音は聞こえなかった。雷鳴混じりのにわか雨が、扉の蝶番をがたつかせ、脱走にはもってこいの凄まじい騒音を監獄じゅうに鳴り響かせていた。囚人たちのなかには目を覚ました者もいたが、眠ったふりをして、ブリュジョンとグールメールの好きにさせておいた。ブリュジョンは器用で、グールメールは逞しかった。寝室が覗ける鉄格子つきの個室に寝ていた看守がなんの物音も聞かないうちに、ふたりの恐るべき悪党は煙突の壁に穴を開け、煙突をよじ登り、煙突の吹出し口をふさいでいる鉄格子をこじあけ、屋根のうえに出ていた。風雨がいちだんと激しくなり、屋根はつるつるして滑りやすかった。

「ズラかるにゃ、おあつらえむきの夜だぜ！」[4]と、ブリュジョンが言った。

幅約二メートル、深さ二十六メートルの深淵がふたりと巡回路の壁を隔てていた。その深淵の暗がりのなかに、番兵の銃がキラリと光るのが見えた。ふたりはたった今こじ開けた煙突の格子の一角に、ブリュジョンが土牢でなった縄の端を結びつけ、もう一方の端を巡回路の壁越しに投げて、ひらりと深淵を飛びこえた。彼らは壁の垂木にしがみついて、その壁をひと跨ぎし、ひとりずつ縄を伝って滑りおり、「浴場」のちいさな屋根のうえに降り立った。それから、縄を引きよせ、「浴場」の中庭に飛びおりると、そこを横切り、門番の小窓を押しあけ、小窓にぶらさがっていた戸引紐をひっぱって表門を開き、表通りに出た。

ふたりが手に釘を持ち、胸中に脱獄計画をひめて、暗闇のベッドに起きあがってから、ものの四十五分もたっていなかった。

ほどなく、ふたりはあたりをぶらついていたバベとモンパルナスと落ちあった。

縄をじぶんたちのほうにたぐり寄せたとき、ふたりはそれを切ってしまい、残っているのは屋根の煙突に結んだ切端だけだった。また、手の皮がほとんど擦りむけてしまったことのほかに、彼らはいかなる損傷もうけていなかった。

この夜、はたしてそれがどのような方法だったのか解明できなかったが、テナルディエはあらかじめ知らせをうけ、眠らないでいた。午前一時ごろ、ふたつの人影が漆黒の闇のなか、雨と突風をついて屋根のうえを通りすぎるのが、彼の檻の真向かいにある天窓から見えた。ひとつの人影が、ほんのわずかのあいだ、天窓のところで立ちどまった。それはブリュジョンだった。テナルディエは彼だと分かり、事情を呑みこんだ。それだけで充分だった。

テナルディエは強盗殺人犯として告発され、凶器を所持して夜間待伏をしたという廉で拘留され、厳重に監視されていた。二時間ごとに交替する番兵が銃に弾をこめて、彼の檻のまえを歩きまわっていた。「吹きさらし」は壁灯によって照らされていた。この囚人は両足ともにそれぞれ、重さ二十五キロもあろうかという足枷をはめられていた。毎日、午後四時には二匹の番犬に護られた看守——この当時はまだこんなことがおこなわれていたのだ——が、彼の檻のなかにはいり、ベッドのそばに黒パン一キロ、水差し、豆が二、三粒浮いている脂っ気のないスープの椀を置き、足枷をしらべ、格子を叩いてみてから出ていった。番犬を連れたこの男は、夜間に二回もはいってきた。

テナルディエは鉄の釘みたいなものを手元においておく許可を得ていた。これをつかってじぶんのパンを壁に突き刺しておくのだが、「鼠どもからパンをまもる」ためだとうそぶいていた。

なにしろテナルディエは厳重に監視される身だから、たかが釘一本持っていたところで、大した不都合もないだろうと見られたのだった。ところが、のちのち、ある看守が「あいつには木の釘しか持たせないほうがいい」と言っていたのを人びとは思いだした。

午前二時に番兵の交替があり、それまでの老兵が新兵に替わった。しばらくすると、番犬を連れた男が見回りにきたが、その「兵隊」がやたらに若く、「田舎風」だということ以外、なにも気づかないまま去っていった。二時間後の午前四時、新兵と交替する男がやってきて、新兵がテナルディエの檻のそばに台石のように転がり、ぐっすり眠りこんでいるのを見つけた。テナルディエのほうは、すでに檻にいなかった。砕かれた足枷が敷石のうえに残されていた。檻の天井には穴がひとつ穿たれ、その上方の屋根にはもうひとつ穴が開いていた。ベッドの板が一枚はがされていたが、これはついに見つからなかったところをみると、おそらく持ち去られたのだろう。この独房では半分空になった瓶も押収されたが、なかには兵士を眠らせた麻酔薬入りの葡萄酒の一部が残っていた。兵士の銃剣はなくなっていた。

これらのことが発覚したときには、すでにテナルディエは手の届かぬところに行ってしまったものと思われた。ところがそうではなく、彼は「新館」にこそいなかったものの、依然としてひどく危険な場所にいたのだった。脱獄は上首尾とはいかなかったのである。

「新館」の屋根まで来たテナルディエは、ブリュジョンの縄の切端が煙突の揚蓋の格子にぶらさがっているのを見つけた。しかし、切端はあまりにも短く、ブリュジョンやグールメールがやったように、巡回路を越えて脱走することなど、とうていできない相談だった。

バレー通りを折れてロワ・ド・シシリー通りにはいると、その取付きの右手にある、みすぼらしい窪みに出くわす。前世紀、そこには一軒の家が建っていたのだが、いまでは奥の壁を残すばかりだ。まったくのあばら屋の壁で、両隣の建物のあいだに、四階の高さまでそびえている。これが廃屋であることは、いまも残るふたつの大きな四角い窓によって知れる。右手の切妻に近いほうの、中央の窓は虫に食われた梁材を山形に組んでふさいである。かつてはこの窓越しに、不気味な高い壁がのぞまれたものだが、それがフォルス監獄における巡回路の外壁の一部だった。

取壊しになった家が通りに面して残した空地は、五つの車除けの据石に支えられた腐った板囲いで半分ほどふさがれていた。この囲いのなかには、ちいさなバラックが隠され、まだそのままになっている廃屋にもたせかけられていた。数年まえには、その囲いに門があって、たったひとつの掛金で閉まっているだけだった。

テナルディエが朝の三時をすこし過ぎたころに辿りついたのは、この廃屋のてっぺんであった。

彼はどのようにしてそこまで行きついたのか？　ついにだれにも説明することも理解することもできなかった。稲妻が彼の妨げになったのだろうが、助けにもなったにちがいない。もしかすると、屋根葺職人たちの梯子や足場を利用して、屋根から屋根へ、囲いから囲いへ、仕切から仕切へと伝って、シャルルマーニュの中庭の建物に辿りつき、サン・ルイの中庭、巡回路の壁へとわたり、そこからロワ・ド・シシリー通りのぼろ屋までやってきたのだろうか？　だが、その道筋にはいくつもの断絶があるので、このやり方ではいかにも無理がある。あるいは、ベッドの板を橋のように「吹きさらし」の屋根から巡回路の壁にわたし、巡回路の外壁の垂木伝いに腹這いのまま進み、監獄を一周してあばら屋まで到達したのだろうか？　だが、フォルス監獄の巡回路の外壁はぎざぎざの不規則な線を描き、上がったり下がったりしていて、消防署あたりでは低くなり、「浴場」の家のところでは高くなっている。また、いくつかの建物があるために道筋は途切れるうえ、ラモワニョン邸[5]とパヴェー通りでは高さに違いがあり、いたるところに傾斜だの直角だのがあった。それにこの脱走者の暗い人影は、見張り番から見えるはずだった。このように、テナルディエの辿った道筋はほとんど説明できない。したがって、いずれのやり方でも、逃亡は不可能なはずだった。テナルディエは断崖を溝に、鉄格子を柳の枝でできた簀子に、両脚のつかえない身障者を運動選手に、愚鈍を本能に、本能を知性に、知性を天才に変えてしまう、あの自由への恐るべき渇望の光をうけて、第三のやり方を考えつき、難なく実行したのだろうか？　それはついに分からずじまいだった。

脱走のさまざまな神業は、かならずしも理解できるとは限らない。くどいようだが、逃走する人間は神がかりなのである。脱走の不思議な微光には、星も稲妻も混じっている。しゃにむに解放へと向かう努力は、なにがなんでも崇高なものに向かって飛躍しようとする羽ばたきにおとらず、まったくもって驚異というほかはない。脱獄した盗賊について、「どうやってあの屋根をよじ登ったのだろう？」と言われるのは、コルネイユについて、「どうやって「死ねばいいんじゃ」という台詞[6]を見つけたのだろう？」と言われるのと同じことなのである。

いずれにしろ、汗をたらたら流し、篠突く雨に濡れ、服はぼろぼろになり、手の皮は擦りむけ、肘は血だらけになり、膝を引っ掻いたテナルディエは、子供たちの比喩を借りれば、廃屋の壁の

「刃」のところまで辿りつくなり、そのままばったり倒れ、すっかり力が脱けてしまった。四階まで届く高く切り立った壁が、通りの敷石と彼とを隔てていた。

持っていた縄は短すぎた。

彼はそこで待っていた。顔面蒼白になり、精根尽き果て、一縷の希望さえ絶たれて、あいかわらず夜陰につつまれていた。だが、やがて夜が明け、隣のサン・ポール教会の鐘が四時を打つのが聞こえてくると思うと、生きた心地もしなかった。四時は交替の見張りがやってきて、穴の開いた屋根のしたで眠りこけている衛兵を見つける時刻なのだ。彼は街灯の光に照らされて、ぞっとするほど深いところにある、濡れた黒い敷石をただ茫然とながめていた。飛びおりたくもあり、逃げだしたくもある、死でもあり自由でもあるその敷石を。

三人の脱獄仲間たちはうまくやったのだろうか、連中は待っていてくれるのだろうか、はたして助けにきてくれるのだろうか、と彼は自問していた。彼は耳を澄ました。パトロール隊をのぞけば、彼がそこに来てから、だれひとり街路を通る者はいなかった。モントルイユ、シャロンヌ、ヴァンセンヌ、ベルシーなどの野菜売りたちは、ほとんどみなサン・タントワーヌから市場にくだっていくのである。

四時になった。テナルディエはぎくりとした。間もなく、脱獄が発覚したあとの狼狽と混乱の騒ぎが、監獄じゅうに巻き起こった。ドアをバタバタ開けたり閉めたりする音、格子戸が蝶番できしる音、衛兵隊のざわめき、看守たちのしゃがれた呼び声、銃尾が中庭の敷石にあたる音などが、彼の耳にまで届いてきた。いくつもの明かりが寝室の格子窓を上下し、松明が「新館」の屋根裏部屋のうえを走り、隣の消防署から消防夫が応援に駆けつけてきた。雨のなかで松明に照らされた彼らのヘルメットが壁沿いに往来していた。それと同時にテナルディエには、バスチーユの方角で、空のしたがほんのりと不気味な色合に白んでくるのが見えた。

彼は幅約三十センチほどの壁のてっぺんで、どしゃぶりの雨に打たれながら横たわっていた。左右に深淵がひかえ、身動きもならず、落ちるかもしれないと思うと目もくらみ、かならず捕まると思うと血も凍った。彼の心は鐘の舌のように、ひとつの考えからもうひとつの考えへと、行ったり来たりしていた。「落ちれば死ぬ。ここにいれば捕まる」

こんな不安のただなかで、ふと見ると、通りはまだ真っ暗だが、ひとりの男が壁に沿ってすっと忍びより、パヴェー通り方面からやってきて、テナルディエが宙吊りのような形になっているすぐしたの窪んだ場所で立ちどまった。すると、第二の男が同じように用心深く歩いてきて落ちあい、それから第三の男、第四の男が合流した。四人が集まると、ひとりが板囲いの門の掛金をはずし、四人うちそろってバラックのある囲い地のなかにはいった。彼らはテナルディエの真下にやってきた。もちろん、この男たちは通行人にも、そこから数歩しか離れていないフォルス監獄の小門を護っている歩哨にも見られずに相談できるように、その窪んだ場所を選んでいたのだ。そのうえ、雨のせいで、歩哨がじぶんの詰所で足止めをくっていたとも言っておかねばならない。テナルディエは男たちの顔を見分けられないぶん、もはや身の破滅だと感じている惨めな男の絶望的な注意力を集中して、彼らの言葉に耳を澄ました。

テナルディエは、なにか希望のようなものが眼前をよぎるのが見える気がした。その男たちが隠語を話していたからだ。最初の男が小声だが、はっきりと言った。

「ずらかろうぜ。ここいら（イスィゴ）で、なにをしようってんだ？」

第二の男が答えた。

「やけに降りやがる。おまけに、サツの奴らもきやがるぜ。あっちにゃ、見張りの兵隊もいる。ここじゃ（イスィカイユ）、こっちもぱくられちまう」

「イスィゴ」と「イスィカイユ」というふたつの言葉はいずれも「ここ（イスィ）」を意味し、前者は市門あたりの隠語で、後者はタンプル地区の隠語だったから、テナルディエにとっては光明ともいえる言い回しだった。彼は「イスィゴ」で市門付近を徘徊するブリュジョンだと分かり、「イスィカイユ」で手当たりしだいどんな仕事もやってのけ、タンプル地区で仲買人をしたこともあるバベだと分かった。

あの大時代の古めかしい隠語は、タンプル地区でもとっくにつかわれていないが、バベは純正なその隠語を話せるたったひとりの男だった。「イスィカイユ」という言葉が聞こえなかったら、テナルディエにもそれがバベだとは分からなかったことだろう。というのも、彼はすっかり声を変えていたから。

そうするうちに、第三の男が口をはさんだ。

「なにも急ぐこたあねえさ。しばらく待ってやろうぜ。あいつがおれたちに用がないと決まったわけじゃねえんだから」

フランス語らしいところもあるこの言葉で、テナルディエはそれがモンパルナスだと分かった。

この男はあらゆる隠語を解するが、どの隠語も話さないことを粋と心得ていたからである。

第四の男のほうは、ひたすら黙りこくっていたが、肩幅が広いことで正体が知れた。テナルディエは迷わなかった。グールメールだった。

ブリュジョンはあいかわらず小声ではあったが、ほとんど有無をいわせぬ口調で応酬した。

「なにをほざいてやんでえ？ 宿屋の亭主ふぜいにゃ、ずらかろうにもずらかれなかったってことよ。なんせ、こつを知らねえからな！ シャツを裂きシーツを破って縄をこしらえ、扉に穴をあけ、偽証明書をつくり、合鍵をつくり、鉄鎖を切り、縄を外にたらし、隠れ、変装する。よっぽど抜目のねえやつじゃなきゃできねえ芸当よ！ どのみちあのじじいにゃ無理だったろうよ。なんせ、やり方を知らねえからよ」

バベはなおも言いそえた。彼の言葉はあいかわらずプーライエやカルトゥーシュなどが話していた古典的な穏当な隠語であり、ブリュジョンがつかう突飛で、珍奇で、精彩に富み、大胆きわまりない隠語とくらべると、ラシーヌの言語とアンドレ・シェニエの言語[7]ほどの違いがあった。

「宿屋の亭主は現行犯で捕まったのよ。こういうことってのはな、よっぽど抜目ねえやつじゃなきゃできねえってことよ。やっこさんは新米だ。グルになったやつが、犬か回しもんで、まんまとしてやられたのよ。おい、モンパルナス。ムショのあの騒ぎが聞こえねえか？ あのろうそくの火が、いやってえほど目にへえったろ。あいつ、またとっつかまったにちげえねえ！ なあに、二十年もおつとめすりゃすむ話よ。おれはこわかねえ、腰抜けじゃねえからな。知れたことよ。だが、もうどうしようもねえ。まごまごしてると、こっちまでこっぴでえ目にあっちまう。

まあ、そうむくれてねえで、いっしょにきな。みんなで上等の古酒でもぐいといこうじゃねえか」

「そう言うがな、困っている仲間を見捨てるわけにゃいかねえぜ」と、モンパルナスはつぶやいた。

「やつはまたとっつかまったって言ってんだろが」と、ブリュジョンは言葉をついだ。「こうなりゃ、宿屋の亭主なんざ一文の値打ちもねえや。おれたちにゃ、どうにもならねえ。さっさとずらかろうぜ。おれにゃすぐにもサツにふんづかまえられそうな気がしてならねえんだ」

モンパルナスはそれ以上強くは反対しなかった。じつはこの四人の男たちは、お互いに相手をけっして見捨てないというあのヤクザ者の仁義にしたがって、危険をかえりみず、どこかの壁のうえからテナルディエが顔を出すかもしれないと期待しながら、ひと晩じゅうフォルス監獄のまわりをうろついていたのだった。だが、夜は好都合すぎて困るほど暗くなり、篠突く雨のために通りという通りから人影が消え、寒さも身にこたえてきた。服はずぶ濡れになり、靴に穴が開き、今し方監獄でただ事ではすまない騒ぎがもちあがった。何時間も過ぎ、何度もパトロール隊に出くわして、望みは消え、怖さがもどってきた。そういう事情で、彼らは退却せざるをえなかったのである。いくらかテナルディエの婿みたいな立場だったモンパルナスといえども、折れようとしていた。彼らはいまにも、立ち去ろうとしていた。テナルディエは、せっかく姿を見せた船がまた水平線上に消えていくのを筏のうえで見ている「メデューズ」号の遭難者みたいに、壁のうえで喘いでいた。

彼には仲間たちに声をかける勇気はなかった。叫び声ひとつでも聞かれようものなら万事休すだ。と、ある考え、最後の思いつき、かすかな光が心に浮かんだ。彼は「新館」の煙突からはずしてきた縄の切端をポケットから取りだし、ぽいと板囲いのなかに投げた。

縄は彼らの足元に落ちた。

「お、後家（タンプル地区の隠語で「縄」の意）だ」とババベが言った。

「おれの捻じりん棒（市門付近の隠語で「縄」の意）じゃねえか」とブリュジョンが言った。

「宿屋の亭主がうえにいるんだ」とモンパルナスが言った。

彼らは目をあげた。テナルディエは顔をちょっとだけまえに出した。

「早くしろ！」とモンパルナスが言った。「ブリュジョン、おまえ、縄のもう片方を持ってるか？」

「おお」

「両端をいっしょにつないでくれ。縄を投げてやりゃ、あいつが壁に結びつける。充分降りてこられるぜ」

テナルディエは思いきって声を高くした。

「おれは凍えてる」

「あっためてやるさ」

「もう動けねえ」

「滑り降りりゃいいんだ。受けとめてやる」

「手がかじかんでる」

「縄を壁に結びつけるだけじゃねえか」

「おれにゃできねえ」

「こっちからひとり登っていくしかねえな」とモンパルナスが言った。

「四階だぜ！」とブリュジョン。

昔バラックのなかでストーブにつかっていた古い漆喰の管が一本、壁を這い、テナルディエの姿が見えるあたりまで伸びていた。その管は当時ひびだらけ、割れ目だらけで、のちに崩れ落ちてしまったが、その跡は今でも見られる。ひどく細い管だった。

「あそこから登れるかもしれねえな」とモンパルナス。

「あの管からだと！」とバベが声をあげた。「でえの大人（「男」の意）がか！　駄目だ！　小せがれ（タンプル地区の隠語で「子供」の意）がいてくれりゃあな」

「小わっぱ（市門付近の隠語で「子供」の意）が要るな」とブリュジョンが応じた。

「小僧っ子なんぞどこで見つかる？」

「待て」とモンパルナスが言った。「おれにまかせろ」

彼は板囲いの門を細めにそっと開け、だれも通りにいないのを確かめると、用心深く外に出て、うしろ手で門を閉め、走ってバスチーユ方面に向かった。
七、八分ほどたったが、これがテナルディエには途方もない長さに感じられた。バベ、ブリュジョン、グールメールは黙りこくっていた。ようやく門がふたたび開いて、息を切らしたモンパルナスがガヴローシュを連れてあらわれた。降りつづく雨のせいで、通りにはまったく人影がなかった。

プチ・ガヴローシュは囲いのなかにはいり、平然と悪党の面々の顔を見た。彼の髪の毛から雨水がしたたっている。グールメールが彼に声をかけた。

「若造、てめえは一人めえか?」

ガヴローシュは肩をすくめて答えた。

「おいらみてえなガキは一人めえだが、てめえらみてえなおとなはガキだぜ」

「へらず口をたたきやがるガキだぜ!」とバベが声をあげた。

「パリのガキはしけった藁人形じゃねえってことよ」とブリュジョンが言いそえた。

「なんか用かい?」とガヴローシュが言った。

モンパルナスが答えた。

「あの管をよじ登るんだ」

「この後家を持ってな」とバベ。

「そしてその捻じりん棒をしばりつけるんだ」とブリュジョンがつづけた。

「壁のてっぺんに、な」とバベが言いついだ。

「窓の横木に、だ」とブリュジョンが付けくわえた。

「で、それから?」とガヴローシュが言った。

「それだけだ!」とグールメールが言った。

この浮浪児は縄と管と壁と窓をざっと目測して、唇で、なんとも言えない、ひとを小馬鹿にしたような音を立てたが、それはこういう意味だった。

「たったそれだけかい！」

「うえに男がいるから、おまえが助けてやるんだ」とモンパルナスがつづけた。

「やってくれるか？」とブリュジョンが尋ねた。

「お安いご用だ」と、まるで生まれて初めてそんな質問をされたとでもいうような口調で答えて、少年は靴をぬいだ。

グールメールがガヴローシュの片腕をつかんで、バラックの屋根にのせてやると、虫の食った板が少年の重みでしなった。それからモンパルナスがいないあいだに結んでおいた縄をわたした。浮浪児は管のほうに進んでいったが、屋根とすれすれのところに広い割れ目があったおかげで、楽々となかにはいれた。彼が登ろうとしていたとき、テナルディエはこれでようやくじぶんが救われ、命拾いできると思って、壁の縁から身を乗りだした。夜明けの微光がその汗みずくの額、蒼白い頬骨、細く残忍そうな鼻、すっかり逆立った白髪混じりの顎ひげをほの白く照らした。ガヴローシュにはそれがだれだか分かった。

「ありゃりゃ！」と彼は言った。「おいらのおやじじゃねえか！……ま、いっか！　かまやしねえ」

そして彼は口に縄をくわえ、えいっとばかり登りだした。

あばら屋のてっぺんに達すると、その古い壁に馬乗りになり、縄を窓のいちばん上の横木にしっかり結びつけた。

間もなく、テナルディエは通りのうえに降りてきた。

いったん敷石にふれ、危険を脱したと思ったとたんに、彼はたちまち疲れも、凍えも、震えも忘れてしまっていた。切りぬけてきたありとあらゆる恐ろしいことも煙のように消えてしまい、あの異様で残忍な知能がよみがえってきた。そして晴れて自由な身にもどるやすっくと立ち、いまにも前進しようとしていた。この男が口にした最初の言葉とはこういうものだった。

「さてと、これからどいつを食いにいくんでえ?」

説明するまでもなく、恐ろしく明け透けなこの言葉は殺し、屠り、はぎ取る、を同時に意味していた。「食べる」の本当の意味は「貪る」なのである。

「引っこもうぜ」とブリュジョンが言った。「手早く話を切りあげ、すぐ別れようじゃねえか。プリュメ通りによさそうな山があったんだ。うら寂しい道に、ぽつんと一軒家。庭にゃ、腐った古い柵ひとつ。おまけに女所帯ときた」

「なら! なんでやらねえんだ?」と、テナルディエが尋ねた。

「おめえんとこの妖精(娘の意)、つまりエポニーヌが物件を見にいったんだが」とバベが答えた。

「あの娘(こ)がマニョンにビスケットを一枚わたしたってわけさ」と、グールメールが言いそえた。

「どうにもならねえってよ」

「うちの娘はドジ(「馬鹿」の意)じゃねえ」と、テナルディエは言った。「ま、それでも、見るだけ見とかねえとな」

「そうよ、そうよ」とブリュジョンが応じた。「見るだけ見とかねえと」

そのあいだ、どの男もガヴローシュには気がつかないようだった。こんな相談がなされているとき、彼は板囲いの車除けの石のうえにずっと腰かけていた。もしかすると父親がこっちを振りむいてくれるかもしれないと思って、しばらく待っていたのだが、やがて靴をはきなおしてこう言った。

「これですんだのかい？　もうおいらにゃ用はねえってことか、おとなのみなさん？　うまく切りぬけたってわけですかい。こっちはずらかるぜ。チビどもも起こしてやんなきゃなんねえからよ」

そして彼は去っていった。五人の男はひとりずつ板囲いの外に出た。

ガヴローシュがバレー通りの曲がり角に消えると、バベがテナルディエを脇に呼んで、

「あの小僧っ子を見たか？」と尋ねた。

「どの小僧っ子だ？」

「壁をよじ登って、あんたに縄を持っていった小僧っ子だよ」

「よく見なかったがな」

「いやな、おれにゃはっきりと分かんねえが、どうもあんたの倅のような気がしてなんねえんだが」

「ふーん！」とテナルディエは言った。「おめえ、そう思うのかい？」

そして彼は立ち去った。

第七篇　隠語

第一章　起源

Pigritia〔ラテン語で怠惰の意〕とは恐るべき言葉である。この言葉からpègre〔隠語で盗賊団の意〕、すなわち「盗み」という世界と、pégrenne〔隠語、「空腹」の意〕、すなわち「飢え」という地獄が生まれる。

このように怠惰は母なのである。この母には盗みという息子と、飢えという娘がいる。筆者はなんの話をしているのか？　隠語のことである。

隠語とはなにか？　それは種族であると同時に特有語でもあり、民衆と言語という二種類のものの陰でなされる盗みのことである。

いまから三十四年まえ、この深刻な暗い物語の作者が、本書と同じ目的で書かれた作品のなかに隠語を話す盗賊を登場させたところ、喧々囂々たる非難を浴びた。「いやはや！　なんということだ！　隠語だと！　隠語とはひどすぎる！　あんなものは徒刑囚、徒刑場、監獄など、要するに社会のもっとも忌まわしい奴らの言葉ではないか！　等々。」

筆者としてはこの種の反対がまったく理解できなかった。

それ以後、ふたりの有力な小説家、ひとりは人間心理の深い観察者であり、もうひとりは断固とした民衆の友、すなわちバルザックとウジェーヌ・シューが、一八二八年の『死刑囚最後の日』の著者と同じように、悪党たちに彼らが当たり前につかっている言葉を話させたところ、やはり同じような反対の声があがった。口々にこう言われたのだった。「わざわざこんな胸くそ悪い卑語を持ちだすとは、いったいこの作家はどういう料簡なのだ？　隠語には虫酸が走る！　隠語にはぞっとさせられる！」

だれがそれを否定できよう？　じっさい、そうなのかもしれない。なんらかの傷口、深淵、社会などを探ろうとするにあたって、いったいいつから、深入りしすぎて、奥底まで行ってしまうのが間違いだということになったのだろうか？　筆者としては、これまでずっとこう考えてきた。それは時には勇敢な行為、少なくとも率直で有益な行為、引きうけた義務の遂行と同じように、共感の眼差しが注がれてしかるべき行為なのだと。すべてを探求してはならない、すべてを研究してはならない、途中で立ちどまらねばならないとは、いったいどんな理由があってのことなのか？　途中で立ちどまるかどうかは探索者ではなく、探測機の問題なのである。

たしかに社会秩序のどん底、すなわち土が尽きて、ぬかるみになるところまで探りにゆき、底なしの泥沼を引っ掻きまわして、あの下劣な卑語を追いもとめ、捕まえ、まだぴくぴく動いているところを往来に投げだしてみせることは、心惹かれる仕事でも、生易しい仕事でもない。そんなふうに明るみに引っぱり出される、汚濁にまみれた下劣な卑語は、その一語一語が泥と闇の怪物の汚らわしい体節を思わせる、膿だらけの語彙なのだ。むき出しのまま、思考の光に照らして、隠語の、ぞっとするような群をながめるほど薄気味悪い仕事はない。じっさい、それは汚水溜からたったいま引きずりだされたばかりの、おぞましい夜の動物のように思われる。棘を逆立てて生きている醜悪な藪が、身を震わせ、うごめき、のたうちまわり、ふたたび影を求め、脅迫し、睨みつけてくるのを見る思いがする。ある言葉は猛獣の爪みたいだし、またある言葉はどんより と血走った目のようだ。ある文句は、まるで蟹の鋏が動いているようだ。それらすべては、解体中に形成されるものに特有の、おぞましい生命力で生きているのである。

では、いったい、いつから嫌悪感をあたえるものを研究しないことになったのか？　いつから病気が医者を追いはらうようになったのか？　蝮、蝙蝠、蠍、百足、毒蜘蛛などを研究することを拒み、「ああ！　なんと醜いやつらだ！」と言って、それらを闇に葬ってしまう博物学者を想像できるだろうか？　隠語から目をそむける思想家は、潰瘍や疣から目をそむける外科医に似ているかもしれない。もしそうであるなら、言語についてのある事実を検討することをためらう言語学者、人間性のある事実を吟味することをためらう哲学者と同じになってしまうだろう。というのも、――これは知らない者にはよく言っておかねばならないことだが――、隠語はまるごとひとつの文学的な現象であり、ひとつの社会的な結果だからである。いわゆる隠語とはなんだろうか？　隠語とは貧困の言語のことだ。

ここで筆者の話をさえぎって、事実を一般化する読者がいるかもしれない――もっとも、これは時に事実を弱める結果になりかねないのだが。いずれにしろ、あらゆる仕事、あらゆる職業、――さらにはこう付けくわえてもいいが――変遷するあらゆる社会階層の指導者とあらゆる形態の知性には、それぞれの隠語があると言う者がいるかもしれない。なるほど商人は「モンペリエ在庫品、上物のマルセイユ製品」と、公認仲買人は「繰延、プレミアム、今月末」と、賭博者は「三分の一とオール、スペードの取り戻し」などと言う。英仏海峡にある諸島の執達吏は「不動産受領者は当該地所に関する限り、その放棄者が定めた不動産相続差押中に、当該地所の収益を要求できない」と言う。軽喜劇作者は「熊がはやし立てられた」〔「芝居が口笛を吹いてやじられた」の意〕と、俳優は「おれは受けなかった」などと言う。哲学者は「現象の三元性」と、猟師は「さあ、行った、ほら、逃げたぞ」と、骨相学者は「多淫相、闘争相、隠蔽相」などと言う。歩兵は「おれのクラリネット〔卑語で銃のこと〕」と、騎兵は「おれの七面鳥雛〔卑語で馬のこと〕」などと言う。剣術指南は「三の構え、四の構え、引け」と、印刷屋は「内輪話[1]」などと言う。

このようにだれもが、印刷屋も、剣術指南も、騎兵も、歩兵も、骨相学者も、猟師も、哲学者も、俳優も、軽喜劇作者も、執達吏も、賭博者も、公認仲買人も、商人も隠語を話すのだ。弟子のことを「わがはいの兎」と言う画家、見習書生のことを「わたしの使い走り」と言う公証人、店員のことを「うちの丁稚」と言う理髪師、奉公人のことを「てまえどものヘボ職人」などと言う靴直し屋などは、みな隠語を話しているのだ。厳密にいえば、どうしてもそうしなければならない場合、たんに左右のことを述べるにも千差万別であって、船乗りたちの「左舷、右舷」、芝居小屋の道具方の「上手、下手」、教会の案内係の「使徒書側、福音書側」などは隠語だろう。

昔プレシューズ〔2〕の隠語があったのと同じく、今でも猫かぶりの女たちの隠語がある。この点では、ランブイエ館〔3〕もクール・デ・ミラークルもほとんど変わりない。公爵夫人たちの隠語もあり、その証拠に王政復古期のきわめて身分が高く、すこぶる美しいある女性が書いた恋文にこんな文句がある。「あなたさまはそうしたかずかずの噂話のなかに、わたくしが身勝手な振舞いをする、あまたの理由を見いだされることでしょう」

　外交上の暗号もいくぶんかは隠語である。ローマ教皇庁の尚書院は「ローマ」のことを数字の「26」、「派遣」のことを「grkztntgzyal」、「モデナ公爵」のことを「abfxustgrnogrkzu tu XI」などと言っているので、隠語を話していることになる。中世の医者たちは人参、大根、蕪のことを「opoponach, perfroschinum, reptitalmus, dracatholicum angelorum, postmegorum」などと言っていたのだから、やはり隠語を話していたことになる。砂糖製造業者は「vergeoise, tête, claircé, tape, lumps, mélis, bâtarde, commun, brûlé, plaque〔いずれも砂糖の種類〕」などと言うのだから、この実直な工場主もまた隠語をつかっているのだ。二十年まえの批評家の一派は「シェイクスピアの半分は語呂合せと地口だ」と言っていたことからすれば、彼らも隠語をしゃべっていたことになる。詩人や芸術家は、名門貴族のモンモランシー氏が詩にも彫刻にも通じていないというので、含蓄のある言葉で「ブルジョワ〔軽蔑して、「俗物」の意〕」と呼ぶかもしれないが、そうなると彼らも隠語を用いることになる。古典派のアカデミー会員は、花のことを「フロール〔ローマ神話で花の女神〕」、果物のことを「ポモーヌ〔同神話で果樹の女神〕」、海のことを「ネプチューヌ〔同神話で海の神〕」、愛のことを「ほむら」、美のことを「色香」、馬のことを「駿馬」、白もしくは三色の花形帽章のことを「ベローヌ〔同神話で戦争の女神〕」のバラ」、三角帽子を「マルス〔同神話で戦争の神〕の三角」などと呼ぶが、あろうことかアカデミー会員[4]までが、隠語を濫発しているわけである。代数学、医学、植物学にも、やはり隠語がある。船でつかわれる言葉、ジャン・バール、デュケーヌ、シュフラン、デュペレ[5]らが話した言葉は、まったくもって完璧で雅趣に富むもので、船具の擦れあう音、通話管の響き、繋船具のぶつかる音、横揺れ、風、旋風、大砲などに入り混じって、そっくりそのまま勇壮で華々しい隠語となる。この隠語を盗賊団の隠語とくらべれば、ライオンと山犬ほどの違いがある。

なるほど、言われてみればそうかもしれない。しかし、いくらなんでも、隠語という言葉をそのように解するのは拡大解釈であり、世間も認めないだろう。筆者としては、この言葉に昔ながらの正確な、狭い、限られた意味を残し、隠語と言うときには、単純にいわゆる隠語だけを指すことにする。正真正銘の隠語、——もしこんなふたつの言葉を結びつけることが許されるなら——典型的な隠語は、ひとつの王国をなしていた大昔からの隠語であり、くりかえし言うなら、貧困の醜悪で、不穏で、陰険で、油断がならず、毒があり、残酷で、いかがわしく、下卑て、底知れず、不運な言語にほかならない。あらゆる屈従とあらゆる悲運のどん詰まりに最後の貧困があり、これが幸福な事実と支配的な権利の全体に刃向かい、闘いを決意する。これは恐ろしい闘いであり、貧困の極みは、ある時は狡猾、ある時は激烈、同時に異常にも残忍にもなって、悪徳の針で突き刺したり、犯罪の棍棒で殴ったりして、社会秩序を攻撃する。この闘いの必要上、貧困から隠語という戦闘の言語が生じたのである。

かつて人間が話し、いつの間にか消えていったある言語のささやかな断片にすぎないとしても、すなわち良きにつけ悪しきにつけ、文明をつくりあげ、彩っていた諸要素のひとつにすぎないとしても、隠語を忘却のかなたに、深淵の縁の先に浮かびあがらせ、つなぎとめることは、社会観察の材料を広げることであり、文明そのものに奉仕することでもある。意図したか否かはともかく、プラウトゥス[6]はふたりのカルタゴ兵にフェニキア語を話させることで、そのような奉仕をした。モリエールもまた、中近東の言葉やあらゆる方言を数多くの人物にしゃべらせることで、同じような奉仕をした。こんなことを言うと、また異論が出るだろう。――フェニキア語とはお見事！　中近東の言葉、それもいい！　方言でも、まあ、構わないだろう。これらはあちこちの国や地方のものだったのだから。だが、隠語だと？　隠語なんぞを保存して、いったいなんの役に立つのか？　隠語なんぞを「浮かびあがらせた」ところで、なんの役に立つというのか？

これにたいして、筆者としてはひと言だけ答えておこう。なるほど、ある国やある地方で話された言語が関心に値するのはたしかだが、それ以上に注目と研究に値するものがあり、それは人間の貧困が語らせた言語にほかならないのだと。

それは、たとえばフランスでは、四世紀以上もまえから、たんにあるひとつの貧困ではなく、貧困そのもの、ありうるかぎりの人間の貧困によって話されてきた言語なのだ。

また、ここは特に力説しておくが、社会の歪みや弱さを研究し、これを指摘し治癒させようとすることは、するかしないかの選択の余地のある仕事などではない。風俗や思想を研究する歴史家は、事件を研究する歴史家に優るとも劣らない厳しい使命をもっているのだ。後者は文明の表面を、つまり王権の争奪、王侯貴族の誕生、国王の結婚、戦闘、議会、偉大な公人たち、白日のもとでなされる革命など、要はいつでも外面を研究している。これにたいして、前者のほうの歴史家の研究対象は内面と根底、つまり働き、苦しみ、なにかを待望する民衆、打ちひしがれる女性、瀕死の子供、人間対人間の暗闘、世に知られない残虐行為、さまざまな偏見、黙認される不公平、法律の隠れた余波、人心の秘かな変遷、群衆のかすかな戦慄、食うや食わずの貧民、物乞いをする者たち、着の身着のままの者たち、身体障害者たち、孤児たち、不遇な者たち、破廉恥な者たちなど、要するに闇をさ迷う怨霊なのである。だから、この歴史家は兄弟であるとともに裁判官でもあるべきで、思いやりと厳しさを心に兼ねそなえて底知れぬ地下牢——血を流す者と人を殴る者、泣く者と呪詛する者、食べられない者と貪り食らう者、悪を耐えしのぶ者と悪をなす者などが入り乱れて這いずりまわる地下牢——にまで降りていかねばならない。人間の心と魂を研究するこれらの歴史家の義務は、事実を研究する歴史家の義務よりも軽いというのだろうか？　アリギエーリ〔ダンテ〕はマキャヴェッリよりも言うべきことが少ないというのだろうか？　文明の下層は、いちだん深く暗いからといって、上層よりも重要ではないのだろうか？　洞穴を知らずに、山岳をよく知ることができるのだろうか？

ついでに言っておけば、筆者がこれまで述べたいくばくかの言葉から、読者はふたつのタイプの歴史家のあいだに、筆者の念頭にはない截然とした区分をもうけることができるだろうか？　なんぴとたりとも、ある程度まで人民の深く隠された生活の歴史家になることなしに、人民の明らかで、目に見える、輝かしい、表向きの生活のよき歴史家になることはできない。なんぴとたりとも、必要に応じて随時外面の歴史家になることなしに、内面のよき歴史家になることはできない。風俗と思想の歴史は事件の歴史のなかに浸透しているのであり、この逆もまた然りである。異なったふたつの次元の事実が互いに呼応しあい、つねに絡みあい、しばしば相手を生みだす。神意によってある一国の表面に描かれる輪郭はことごとく、その深部に暗くはあるが明瞭な対照物をもっているのだし、深部のあらゆる痙攣は表面の隆起を引きおこすのである。真の歴史はすべてのことに混ざっているのだから、およそ真正な歴史家たる者はすべてのことに関わるのだ。

人間はたったひとつの中心しかもたない円ではない。ふたつの中心点をもつ楕円である。事実がひとつの中心点になり、思想がもうひとつの中心点になるのである。

隠語とは、なにかしらの悪事をはたらこうとするとき、言語が変装するための衣裳室にほかならない。そこで、言語は言葉という仮面と隠喩というぼろ着を身にまとうのだ。

そのため、言語が醜悪になるのである。

それが言語だと知るには、大変な苦労が要る。これがはたしてフランス語、人類のもっとも偉大なあの言語だろうか? ちょっと覗いてみれば、そいつが舞台に登場し、いますぐにも犯罪の相方をつとめる気でいるのだし、悪事の上演目録のありとあらゆる役柄にぴったりくるではないか。そいつはふつうには歩かず、すこしばかり足を引きずっている。クール・デ・ミラークルの松葉杖、すなわち棍棒に早変わりするあの松葉杖をついて、片足で歩いている。渡世人でござんす、と仁義をきれば、化け物という化け物がこぞってそいつの衣裳方になって、顔を隈取ってくれる。そいつは這ったり、立ったりするが、まるで爬虫類の二様の足取りだ。こうなればどんな役柄もござれで、偽金造りによって斜視にされ、毒盛りによって緑青を吹かされ、放火魔の煤によって黒斑をつけられ、人殺しによって紅を差される。

実直な人びとの側に立って社会の戸口で耳を澄ますと、思わず外にいる連中のやりとりを聞きつけることがある。問答がはっきり分かる。意味こそ分からないものの、身の毛もよだつ囁き声が感じとれる。人間の音声らしい響きもあるが、猛獣の吠え声のほうによほど近い。これが隠語である。言葉は歪み、なにやら途方もない獣性が刻まれている。ヒドラがしゃべっているのを聴く思いがする。

それは闇の世界にひそむ不可解なものだ。歯ぎしりしたり、ひそひそ話をしたりして、謎によって夕闇を真っ黒にする。不幸のなかの暗さが、犯罪のなかでさらに暗くなる。このふたつのどす黒いものが合成されて、隠語ができあがる。大気も闇、行為も闇、声も闇。ひどく醜悪なこの言語は、雨、夜、飢え、悪徳、嘘、不正、裸、窒息、冬などからつくりだされる、あの広大な灰色の霞のなかで、不気味に行ったり来たりし、跳びはね、這いつくばり、よだれを垂らし、動きまわっているのだが、これが惨めな者たち（レ・ミゼラブル）にとっての真昼なのだ。

罰をうけた者たちに惻隠の情をもとうではないか。ああ！　わたしたち自身はいったい何者なのか？　あなたがたに話している、このわたしはいったい何者なのか？　わたしの話に耳を傾けているあなたがたは、いったい何者なのか？　わたしたちはどこから来たのか？　そして、わたしたちが生まれてくるまえに、なにも悪いことをしなかったというのは、本当にたしかなことなのだろうか？　この世が牢獄に似ていないなどということは、断じてない。神の目には人間が前科者でないと、いったいだれが知ろう？

人生を間近に見ていただきたい。人生はいたるところで罰が感じられるようにできているではないか。

あなたがたは、ひとに幸福だと言われている人間だろうか？　それどころか、日々悲しんでいるではないか。毎日、だれにでもそれぞれ、大きな悲しみもあれば、小さな心配事もある。昨日は、大切な人の健康を案じて震えていたのに、今日はじぶんの健康を気遣っている。明日になれば、金銭の心配が出てくるだろう。明後日にはだれかに中傷され、罵られるかもしれない。そのつぎの日には、友人の不幸があるかもしれない。そのうち天気のことが気になり、そのあとには、なにかが壊れるかなくなるかもしれない。そのまたあとには、せっかく味わった快楽に良心の呵責を覚え、背筋が寒くなるかもしれない。また別の折には、世の中の情勢が気がかりになる。それに言うまでもなく、心の悩みというものがある。来る日も来る日も、えんえんとこんなふうにつづいていく。ひとつの雲が晴れると、別の雲が出てくる。身も心も楽しい、晴々とした日和の日は、百日に一回あるかどうかだろう。にもかかわらず、あなたがたは幸福を手にしている数少ない人びとのひとりなのだ！　他の人たちのうえには、どんよりとした夜が広がっているのだから。

思慮深い人間は、幸福な人や不幸な人といった言葉をあまりつかわない。もちろん、もうひとつの世の玄関にすぎないこの世には、幸福な人などいないのだ。

人間の真の区別は、光の住人と闇の住人という区別である。

闇の住人の数を減らし、光の住人の数を増やすこと、それが目的である。だからこそ、筆者は

「教育を！　学問を！」と叫ぶのだ。読むことを学ぶのは火を灯すことであり、呟かれる音節の一つひとつが光を放つのである。

なお、光はかならずしも喜びを意味しない。光のなかにあっても、苦しむ者もいる。度を越せば、火傷もする。炎は翼の敵である。飛ぶことをやめずに燃えること、これこそが天才の奇跡と言うべきである。

あなたがたがものを知り、ひとを愛したとしても、なおかつ苦しむことだろう。日の光は涙のなかで生まれる。光の住人は、闇の住人にたいしても涙を流すのである。

第二章　語根

隠語は闇の住人の言語である。

烙印を押されながらもなお反抗するこの謎めいた俗語をまえにすると、人間の思考はそのもっとも暗い深みにおいて動揺し、社会哲学は悲痛このうえない瞑想へとさそわれる。ここにこそ、はっきりと目に見える懲罰がある。それぞれの音節が、烙印を押されたように感じられる。この俗語の言葉が一つひとつ、死刑執行人の真っ赤な焼鏝を当てられて皺がより、干からびたような姿をあらわす。いくつかの言葉などは、まだ焼鏝の煙が立ちのぼっているようだ。ある文句は、いきなり裸にされ、百合の花の烙印を押された泥棒の右肩のような印象をあたえる。思想は、ともすればそのような前科者の名詞によって表現されるのを拒もうとする。隠喩は鉄面皮すぎて、鉄首枷をはめられた罪人のように感じられる時がある。

だが、それにもかかわらず、またそれだからこそ、この奇怪な方言は、文学と呼ばれるあの公正な大整理棚——そこでは錆びた一リアール銅貨にも黄金のメダルにも同等の場所があたえられる——に、しかるべき場所を占めている。ひとが同意するか否かは別として、隠語にはそれなりの語法と詩情がある。隠語はれっきとしたひとつの言語なのである。ある種の語彙の醜さに接すると、これは十八世紀の名高い盗賊マンドランがぶつぶつ言っていたものだと察せられるが、ある種の換喩の華麗さに接すると、ヴィヨンがこの言語を話していたことが感じられる。

あのじつに絶妙で名高い詩句、

さわれこその雪いまいずこ? Mais où sont les neiges d'antan?

は隠語の詩句である「こぞ antan」—— ante annum〔前ノ年〕——はチューヌ団の隠語で、「去年」を意味し、転じて「むかし」を意味するようになった。[1] いまから三十五年まえ、一八二七年に徒刑囚の大集団が出発したころには、ビセートル監獄の独房のひとつに、徒刑場行きを言いわたされたチューヌ団の「王」のひとりが壁に針で彫りつけた、つぎのような箴言があった。[2]「Les dabs d'*antan* trimaient siempre pour la pierre du coësre」その意味は「むかしの王たちはかならず聖別式に行ったものだ」というものである。くだんの「王」の考えでは、「聖別式」とは「徒刑場」のことであった。

「デカラード decarade〔疾駆、出発の意〕」という言葉は重い馬車が大速歩で出発する様を言ったもので、ヴィヨンがつくった言葉だとされているが、いかにもそれらしい[3]。蹄鉄で火花を散らすように血気盛んなこの言葉は、ラ・フォンテーヌの感嘆すべきつぎの詩句全体を名人芸的なひとつの擬音語に要約している。

　六頭の逞ましい馬が馬車を引いていた（シ・シュヴォ・ティレ・アン・コーシュ）。

　純粋に文学的な観点からすれば、隠語の研究ほど興味深く、稔り豊かなものはそうそうないだろう。隠語は言語のなかの一言語、一種の病的な突起物、異常発育をもたらした不健全な接木、古いガリア語の幹に根をおろし、言語のある一面に不気味な枝葉を這わせる宿木である。これが隠語の最初の、通俗的側面と言えるものだ。しかし、言語を言語としてまともに、すなわち地質学者が地質を研究するのと同じように研究する者にとっては、隠語は紛れもない沖積層としてあらわれる。多少なりとも掘りさげていくと、隠語のなかには古フランスの民衆言葉のしたにある、以下のような諸言語の一部が見えてくる。プロヴァンス語、スペイン語、イタリア語、オリエント、つまりあの地中海沿岸諸港の諸語、英語、ドイツ語、ロマンス語の三変種、すなわちフランスのロマンス語とイタリアのロマンス語とローマのロマンス語、ラテン語、そしてケルト語とバスク語である。これは底知れない奇妙な成り立ちであり、あらゆる悲惨な人びと（レ・ミゼラブル）が共同で地下にたてた建造物である。呪われた民族がそれぞれの土台を築き、一つひとつの苦難がそれぞれの岩を倒し、一人ひとりの心がそれぞれの小石を敷いたのだ。下劣な、あるいは怒り狂った無数の邪悪な魂が、人生を横切って永遠のなかに姿を消していったが、その者たちがほとんどそっくり、いわば目に見える形で、いまも化け物じみた言葉のしたに残っているのである。

スペイン語を見てみよう。スペイン語はゴート族の古い隠語のなかにひしめいている。「殴打 boffette」は「bofetón〔びしゃりと打つこと〕」から、「窓 vantane（のちの vanterne）」は「ventana〔窓〕」から、「猫 gat」は「gato〔猫〕」から、「油 acite」は「aceyte〔オリーブ油〕」からきている。イタリア語はどうか？「剣 spade」は「spada〔剣〕」から、「船 carvel」は「caravella〔帆船〕」からきている。英語をご所望か？ それなら「司教 bichot」は「bishop〔主教〕」から、「密偵 raille」は「rascal〔ごろつき〕」、「rascalion〔げす〕」から、「容器 pilche」は「pilcher〔鞘〕」からきている。ドイツ語をご所望か？ それなら「ぐうたら息子 caleur」は「kellner〔少年〕」から、「親方 hers」は「herzog〔公爵〕」からきている。ラテン語をご所望か？ それなら「壊す frangir」は「frangere〔砕く〕」から、「盗む affurer」は「fur〔盗人〕」から、「鎖 cadène」は「catena〔鎖〕」からきている。ヨーロッパ大陸のすべての言語には、一種の力と不思議な威光をもってくりかえしあらわれる一語があって、それは magnus〔ラテン語、「大きい」の意〕という言葉である。スコットランドはここから mac という言葉をつくりだし、「大ファーレン Mac-Farlane」、「大カラモア Mac-Callummore」などと言って、部族の首長を指す言葉にしている（とはいえ、ケルト語の mac は息子という意味だと指摘しておかねばならない）。隠語はこれを meck、のちには meg、つまり神にしている。バスク語をご所望か？「悪魔 gahisto」は「gaïztoa〔悪い〕」から、「おやすみ sorgabon」は「gabon〔こんばんは〕」からきている。ケルト語をご所望か？「ハンカチ blavin」は「blavet〔湧き水〕」から、「(悪い意味での女) スケ ménesse」は「meinec〔石だらけ〕」から、「小川 barant」は「baranton〔泉〕」から、「錠前屋 goffeur」は「goff〔鍛冶屋〕」から、「死guédouze」は「guenn-du〔白黒〕」からきている。最後に歴史に由来するものなら、隠語では「エキュ貨」のことを maltaises と言うが、これはマルタ島 Malte の徒刑場で通用していた貨幣の名残である。

以上に指摘した言語学的起源のほかにも、隠語にはもっと自然で、いわば人間精神そのものから発生した他の語根がある。

第一に、直接的な造語があって、そこに諸言語の不思議がある。どのように、なぜなのかは分からないが、ともかくさまざまな姿形を言葉によって描くこと、これは人間のどの言語においても原初的な基盤であり、花崗岩層とも名づけられよう。隠語にはこのたぐいの言葉、どこで、だれによってなのかは分からないが、語源もなく、類推も、派生語もなく、なにからなにまで創造された、直接的な言葉がひしめいている。これらは孤独で、野蛮で、時に醜悪な言葉だが、妙な表現力があり、生き生きとしている。[4]「死刑執行人 taule」、「森 sabri」、「恐れ、逃走 taf」、「従僕 larbin」、「将軍、知事、大臣 pharos」、「悪魔 rabouin」などがそうである。実体を隠しながら示すこのような言葉ほど奇妙なものはない。たとえば、そのうちのひとつ rabouin などは、グロテスクでもあり恐ろしくもある、まるで一眼の巨人（キュクロプス）の渋面を見る思いをさせる。

第二に、隠喩がある。すべてを言いながらすべてを隠したがるこの言語の特質は、言葉の綾に富んでいることである。隠喩とは、ひと山あてようとする泥棒、脱獄をたくらむ囚人が逃げこむ謎のことである。いかなる特有語も隠語ほどに隠喩に富んでいない。たとえば、「絞め殺す dévisser le coco〔ココヤシの身をもぐ〕」、「食べる tortiller〔ねじる〕」、「裁かれる être gerbé〔束ねられる〕」、「パン泥棒 rat〔ねずみ〕」、「雨が降る il lansquine」など。とくにこの最後の言い回しは、古く驚くべき言葉の綾であり、長い斜めの雨脚を密集したドイツ兵 lansquenet[5] の傾いだ剣にたとえて、いわばそれができた年代まで示し、しかも「どしゃ降りだ il pleut des hallebardes」[6] という人口に膾炙した換喩をたったの一語 lansquine で言いあらわすものである。隠語が初期段階から第二段階になるにつれ、時に言葉が野蛮な原始状態から隠喩的な意味に移っていくことがある。悪魔が rabouin でなくなり、「パン屋 boulanger」に、つまりなにかを窯のなかに入れる者になるのだ。このほうが気が利いているとはいえ、そのぶん規模がちいさくなる。ちょうどコルネイユのあとにラシーヌが、アイスキュロスのあとにエウリピデスがくるようなものだ。隠語の成句のなかには、ふたつの時代をまたぎ、野蛮な性格と隠喩的な性格とを併せもち、どこか幻想めいてくるものがある。たとえば、「浮浪者どもが夜、馬を盗みにいく Les sorgueurs vont sollicer des gails à la lune」。このような言い回しになると、まるで心のまえを幽霊の群がよぎっていくようだ。目には見えても、その正体が分からないのである。

第三には、便法がある。隠語は普通の言語のうえで生きている。隠語は普通の言語を勝手気ままに利用し、いい加減に材料を取りだし、必要とあれば、それを単純で粗野な言葉に歪めるだけにとどめることもある。ときどき、そのように歪められた常用語と純粋な隠語が絡みあって、精彩を放つ言い回しが生まれる。そこには、さきに述べた直接的な造語と隠喩という、ふたつの要素が混じっているのが感じとれる。たとえば、「ワン公が吠えているぜ、パリ行きの駅馬車が森を通ってるんじゃねえか Le cab jaspine, je marronne que la roulotte de Pantin trime dans le sabri」、あるいは「あそこんちのだんなは頓馬、かみさんは女狐、ねえちゃんは別嬪だぜ Le dab est sinve, la dabuge est merloussière, la fée est bative」。隠語はたいてい、聞き手を煙に巻くために、-aille, -orgue, -iergue, -uche などといった下品な尻尾みたいなもの、語尾を、見境なくありとあらゆる普通の言葉にくっつける。たとえば、「あんた、あの羊の股肉をうめえと思ったかね？ Vous*iergue* trouv*aille* bon*orgue* ce gigotm*uche*?」。これはあの大盗賊カルトゥーシュが、脱獄のためにつかませた袖の下が看守のお気に召したかどうかと問いかけた文句である。また、-mar という語尾は、最近になってくわえられたものである。

隠語は退廃の特有語だから、すぐに廃れる。おまけに、隠語はつねに身を隠そうとしているから、世間に察知されたと思ったとたん、さっさと変身する。あらゆる植物とは正反対で、ほんのすこしの日光にふれただけでも、たちまちのうちに枯れてしまうのである。だから、隠語はたえず朽ち、たえず甦ることになる。これはけっして歩みをとめず、迅速かつ人知れぬ作業だ。隠語は普通の言語が十世紀以上もかける道のりを十年で進む。たとえば、「パン larton」が lartif に、「馬 gail」が gaye に、「藁 fertanche」が fertille に、「momignard〔ちび っ子〕」が momacque に、「衣類 siques」が frusques に、「教会 chique」が égrugeoir に、「首 colabre」が colas になるといったぐあいである。悪魔はまず gahisto であったが、やがて rabouin に、そして boulanger になる。司祭は ratichon から sanglier になる。短刀は vingt-deux から surin になり、そして lingre になる。警官は railles であったのが、roussins、rousses、marchands de lacets、coqueurs と移り、そして cognes に変わっていく。死刑執行人は taule、Charlot、atigeur と、さらには becquillard となっていく。十七世紀には、「殴りあう」は「パカスカやりあう se donner du tabac」と言っていたのが、十九世紀には「パカパカ面を叩きあう se chiquer la gueule」となった。この両者のあいだには、幾とおりにも異なった言い回しがあったのである。十九世紀の大悪党ラスネールには、十八世紀の盗賊の大親分カルトゥーシュが言っていることを聞いても、まるでヘブライ語かなんかに〔ちんぷんかんぷんに〕思えたことだろう。隠語の言葉はみな、それを発する人間たちと同様、たえず逃げ去っていくのである。

だが、ときたま、この変化のためにかえって、古い隠語が再登場し、生まれ変わることもある。隠語にはそれが維持される中心地がいくつかある。タンプル地区は十七世紀の隠語を保持していた。ビセートルが監獄だったころには、チューヌ団の隠語を保持していた。そこでは昔のチューヌ団員たちの -anche という語尾が聞かれたものだった。たとえば「飲むかい？ Boy*anches*-tu?」や、「彼は信じている Il croy*anche*」などである。しかし、無窮の変化が隠語の法則であることに変わりはない。

もし哲学者がたとえ片時でもいい、たえず消えうせていくこの言語を凝視し、観察するにいたるなら、苦しいとはいえ有益な瞑想にふけることになるだろう。これ以上に有効で、教えにみちた研究はまたとない。なにかしらの教訓をふくまない隠語の隠喩や語源はひとつとしてないのだ。たとえば、隠語をつかうこれらの人間たちにとって、「打つ battre」は「見せかける feindre」を意味する。病気を「打つ」とは病気と「見せかける」ことなのである。つまり、悪巧みこそが彼らの力になるのだ。

彼らにとっては、人間という観念は暗闇という観念と切り離せない。夜は sorgue と言われ、人間は orgue と言われる。つまり人間は、夜の派生語だということになる。

彼らには社会をじぶんたちを殺す大気、致命的な力とみなす習慣があるので、ひとがじぶんの健康のことを話すように、みずからの自由のことを話す。逮捕された人間は「病人」であり、死刑判決をうけた人間は「死人」となる。

四方を石の壁で埋められている彼らにとってもっとも恐ろしいのは、身も凍るような一種の純潔である。彼らは独房のことを castus〔ラテン語で「品行方正な、敬虔な」の意〕と呼んでいる。——これほどまでに陰惨な場所からは、外の生活はもっとも陽気なところだけが目に映るのが常である。囚人は足に鉄鎖をつけられている。そこであなたがたは、彼らが夢見ているのは足で歩くことだと思われるかもしれない。ところが、そうではないのだ。囚人は足で踊ることを夢見ているのである。だから、鋸で鉄鎖を首尾よく切りはずすことができるとまず考えるのは、さあ、これで踊れるぞ、ということなのだ。それゆえに、鋸のことを「bastringue〔場末の舞踏会〕」と呼ぶのである。——「名前」のことを「中心」と言う。意味深い同一視である。悪党にはふたつの頭があり、そのひとつはやることに筋道を立て、一生涯じぶんを導いてくれる頭であり、もうひとつは処刑の日に肩に乗っかっている頭である。彼らは罪をすすめる頭のことを「ソルボンヌ sorbonne」と呼び、罪をあがなう頭のことを「大薪 tronche」と呼ぶ。[7] ——人間がぼろしか身にまとわず、心に悪徳しかもたなくなる、つまり「乞食、ならず者 gueux」という二重の意味をもつ言葉によって特徴づけられる物質的・精神的な堕落にいたると、ちょうど犯罪の機が熟して、まるで研ぎすまされた短刀のようになる。窮乏と悪意という両刃をもつことになるのだ。だから隠語では gueux と言わず、「不慣な奴 réguisé」と言うのである。徒刑場とはなにか？ 劫罰の猛火、地獄である。そこで徒刑囚は「柴の束 fagot」と呼ばれる。最後に、犯罪人は監獄にどんな名前をつけているのか？ 「学院 collège」である。ひとつの刑務所体制がそっくりこの言葉から引きだせる。

泥棒にもまた餌食、標的がいる。通りかかるあなたがた、わたし、だれしもがそれである。これを「かも pantre」と言う（pan は、みんなという意味）。

だいたいの徒刑場の歌、つまり「リルロンファ」という特別の言い方で呼ばれるあのリフレインが、どこで生まれたか知りたいと所望されるか？ そんな向きには、つぎの話を聞いていただきたい。

パリのシャトレー監獄に、長くて大きな穴倉があった。この穴倉はセーヌ河の水面から二メートル六十センチほど下にあった。窓はおろか風窓さえなく、ただ一か所開けることができるのは入口だけだった。人間たちがはいれたとしても、空気ははいれなかった。この穴倉の天井は石の丸天井で、床は深さ三十センチほどの泥だった。石が敷いてあったのだが、水が染みこんで、敷石は朽ちてひび割れていた。床から一メートル六十センチほどの位置に、地下室の端から端まで長く太い大梁が組まれていた。この梁から、間隔を空けて、長さ一メートルほどの鎖が垂れさがり、その鎖の先には鉄の首枷がついていた。徒刑場送りを言いわたされた男たちが、トゥーロンに出発する日までそんな穴倉に入れられていた。この大梁のしたに押しこまれる彼らを、めいめいの鉄具が暗闇のなかで揺れながら、待ちかまえていた。腕のように垂れさがっている鎖と、手のように開いている首枷とが、この惨めな者たちの首をつかんだ。彼らはそのように縛りつけられたまま、放っておかれた。鎖が短すぎて、横になることもできなかった。この穴倉、この闇のなか、この大梁のしたで、ほとんど首を吊られた状態みたいだった彼らは、身動きもままならず、パンや水差しを手にするにも、信じられないほどの苦労を強いられた。頭上には丸天井、膝までつかる泥、膝のうしろを伝う排泄物。彼らは疲労にさいなまれながら、腰と膝を曲げ、手で鎖にしがみついて休み、立ったまま眠るしかなく、首枷に首を締めつけられ、たえず目が覚めた。なかには、そのまま永遠に目が覚めなかった者もいた。泥のなかに投げられたパンを食べるには、踵をつかい、脛に沿って手の届くところまで引きあげるしかなかった。どれだけの時間、彼らはそんなふうに過ごしていたのだろうか？　一か月、二か月、時には半年である。一年ものあいだ、そんな状態だった者もひとりいる。そこは徒刑場の控室であった。国王の野兎を一羽盗んだというだけで、入れられていた者もいた。この地獄のような墓穴のなかで、彼らはなにをしていたのか？　墓のなかでできるのは死の苦しみを味わうことであり、地獄のなかでできるのは歌をうたうことである。というのも、希望が果てたところでも歌は残るからである。マルタ島の海では、ガレー船が近づくと、櫂の音よりも先に歌声が聞こえたという。シャトレー監獄の地下牢暮らしをしたことがある哀れな密猟者シュルヴァンサンは、「おれの心の支えになってくれたのは詩だった」と言ったものだった。詩など無用だ。詩句などなんの役に立つのか、とひとは言う。だが、隠語の歌のほとんどは、この穴倉のなかで生まれたのだ。「チマルミゼーヌ、チムラミゾン」というモンゴメリーのガレー船の物悲しいリフレインが生まれたのは、パリは大シャトレー城のこの独房のなかだったのである。これらの歌の大半は陰気なものだが、いくつか陽気なものもあり、なかにひとつ優しいのがある。

ここは舞台さ
可愛い射手の（射手とはキューピッドのこと）

だれがどうしようとも、人間の心に永遠に残るもの、つまり愛を消すことはできないだろう。陰惨な行為がなされるこの世界では、みんなが互いに秘密をまもる。秘密は万人のものである。これらの悲惨な者たちにとって、秘密こそが団結の基礎となる一体性なのである。秘密をもらすことは、この粗野な共同体の一人ひとりからなにかを引っこぬくことである。意気のいい隠語では、内通をすることを「ひと切れ食らう manger le morceau」と言う。内通者は全員の養分の一部を奪い、各人の肉のひと切れでわが身を養うかのように言われるのだ。

平手打ちをくらう、とはどういうことか？ 月並な隠喩なら「三十六本のろうそくを見る（目から火が出る）C'est voir trente-six chandelles」と答えるだろう。ここで隠語が口をはさみ、「ろうそくは chandelle（シャンデル） じゃねえ、camoufle（カムーフル） てえんだ」と言いなおす。するとすかさず、常用語が「平手打ち、侮辱 soufflet（スーフレ）」の同義語として「侮辱 camouflet（カムーフレ）」をつかいだすのである。このように隠語は、下から上への浸透によって、隠喩という予測できない軌道の助けも借りて、洞穴からアカデミーへと昇っていく。たとえば、盗賊のプーライエが「おれはろうそく(カムーフル)を灯した」と言ったことから、ヴォルテールをして「ラングルヴィエル・ラ・ボーメルは百の侮辱(カムーフレ)に値する」と書かせることになったのである。

隠語を掘りさげていくと、一歩進むごとに発見がある。この奇怪な特有語の研究を深めると、合法的な社会と呪われた社会の不思議な交差点に辿りつく。

隠語とは、徒刑囚になった言葉のことである。

人間の思考の原動力がこれほどまで下に追いやられ、運命の理不尽な暴虐によって引きずられ、締めつけられ、かくのごとき深淵で人知れず綱に縛られていようとは、なんとも愕然とすべきことではないか。

ああ、悲惨な人間たち(レ・ミゼラブル)の哀れな思考よ！

ああ、だれひとりとして、このような暗がりのなかにある人間の魂を助けようとする者はいないのか？　人間の魂はそこで精霊を、解放者を、ペガソス[8]やヒッポグリフにまたがる巨大な騎手を、蒼穹から翼を広げて舞い降りてくる曙色の戦士を、未来という輝かしい騎士を永遠に待つ運命にあるのだろうか？　いつまでも空しく理想という光の槍に救いを求めることになるのだろうか？　〈悪〉が奈落の底に忍びよる恐ろしい足音が聞こえ、おぞましい水面下に冷酷な頭、泡をかむ口、爪や浮腫や体節の蛇行がだんだん近づいてくるのを、かいま見なくてはならないのだろうか？　人間の魂とは、微光もなく、希望もなく、〈悪〉という恐ろしいものが接近してきてもなんらなす術もなく、そのうちになんとなくその怪物に嗅ぎつけられ、震えおののき、髪を掻き乱し、腕をよじり、永遠に夜の岩につながれたままの、暗闇に白い裸の沈痛なアンドロメダ[9]だというのか！

第三章　泣く隠語と笑う隠語

見られるとおり、四百年まえの隠語も現在の隠語も、隠語はすべて、どんな言葉にも、ある時は悲しげな調子を、ある時は威嚇するような様相をあたえる、暗い象徴的な精神につらぬかれている。そこにはクール・デ・ミラークルのごろつきどもが昔いだいていた荒々しい悲哀が感じられる。彼らは独特のトランプをつかって賭をしていたが、そのカードの何枚かはいまでも残っている。たとえば、クラブの8には、ばかに大きなクローバーの葉を八枚つけた大木が描かれているが、これは森を幻想的に表現したもののようだ。この大木の根方には燃えさかる火が見えるが、そこでは三匹の野兎が猟師を串刺しにして焼いている。その後方に見えるもうひとつの火のうえで湯気を立てている釜から、犬の頭が飛び出している。密輸入者を火あぶりにする火刑台や偽金造りを釜ゆでにする大鍋にたいして、トランプ・カードにこんな図を描いて復讐するのだ。これほど陰惨なことはまたとない。隠語の王国において思想がまとうさまざまな形態は、歌も、嘲りも、脅しも、すべてがあの無力で、打ちひしがれた性質をおびている。すべての歌は——そのいくつかのメロディーはいまも残っているが——卑屈で、涙が出るほど哀れっぽい。盗賊たちは仲間うちで「気の毒な泥棒」と呼びあっている。彼らは四六時中隠れる野兎、逃げだす二十日鼠、消え去る鳥みたいなものだ。めったに文句を言わず、ひたすら嘆くだけである。そんな喘き声のひとつが今日まで伝わっている。「なんで人間の親爺のはずの神がよ、てめえのガキやら孫っこやらを苦しめといて、そいつらの泣きわめく声が聞こえてるってえのに、てめえは苦しまねえのか、てんで分かりゃしねえや」悲惨な人びと（レ・ミゼラブル）は、考える暇があるたびに、法律のまえでちぢこまり、社会のまえでみすぼらしくなる。這いつくばり、憐れみを乞い、情けをかけてもらおうとする。じぶんが悪いのは百も承知のようだ。

前世紀の中頃、ひとつの変化が生じた。監獄の歌や盗賊たちの決まり文句（リトルネッロ）が、いわば不遜で快活な身ぶりを示すようになったのだ。「マリュレ」という嘆きの歌が「ラリフラ」というものに取って代わられたのである。十八世紀になると、ガレー船、徒刑場、徒刑囚のほとんどすべての歌に、謎めいた悪魔的な陽気さが見られるようになる。そこでは、まるで燐光に照らされ、鬼火がファイフを吹きながら森のなかに放つ、甲高く飛び跳ねるようなリフレインが聞こえてくる。

ミルラバビ、シュルラバボ、
ミルリトン　リボン　リベット、
シュルラバビ、ミルラバボ
ミルリトン、リボン、リボ。

これは穴倉や森の片隅で、人の喉をかき切りながら歌われたものだった。
深刻な兆候である。十八世紀には、この物寂しい階級に付きものだった昔ながらの憂愁が消え去り、笑いはじめる。この階級は偉大な「神 meg」や偉大な「王 dab」をからかうのである。ルイ十五世が即位すると、「パンタン侯爵殿」[1]などと呼ぶ。いまや彼らはほとんど陽気と言ってもいいほどで、まるで良心が重みというものをもたなくなったように、悲惨な者たちが発する軽やかな光さえ感じられる。暗闇に住むこの哀れな種族はもはや、一か八かの行動を大胆不敵にやってのけるだけでなく、精神まで能天気で図々しくなってきたのだ。これは悪事をはたらいたくせに罪悪感がなくなった証拠であり、これといった根拠はないが、思想家や夢想家たちからも支持を得ているらしいと感じはじめた証拠である。窃盗や掠奪が教義や詭弁のなかにまで浸透し、おのれの醜さの大部分を教義や詭弁にあたえて、みずからの醜さの一部をなくしたという証拠である。そして、なんの転換も起こらなければ、近くなんらかの驚くべき事態が発生するという兆候である。

しばらく話を中断しよう。ここで筆者はだれを非難しているのか？　十八世紀か？　十八世紀の哲学か？　いや、もちろんそうではない。十八世紀がやりとげたことは健全で、立派なことである。ディドロを先頭とする百科全書派。チュルゴーを先頭とする重農主義者たち。ヴォルテールを先頭とする哲学者たち。ルソーを先頭とする夢想家たち。これらは四つの聖なる軍団であり、人間性が光に向かって著しく前進をしたのは、彼らのおかげである。彼らは進歩の四つの基点に向かう人類の前衛だった。ディドロは美しいものに、チュルゴーは有益なものに、ヴォルテールは真なるものに、ルソーは正しいものに向かった。だが、これらの哲学者たちのかたわらに、そしてそのしたに詭弁家たち、すなわち健全な成長に混じりこむ有毒植物、処女林のなかにひそむ毒人参のごとき連中がいた。死刑執行人が裁判所の大階段のうえでこの世紀が生んだ解放者たちの偉大な書物を焼きはらっているあいだにも、こんにちでは忘れられている作家たちが、国王の特許を得て、変に秩序を乱しかねない得体の知れぬ書き物を出版し、これが悲惨な者たち（レ・ミゼラブル）に貪り読まれていたのだった。いささか奇妙な話だが、これらの出版物の一部は、ある王族に後援にされて、いまでも「秘密叢書」のなかに見つかる。いたく影響をもたらしたのにあまり知られていないこれらの事実は、表向きなものにはならなかった。時には、ある事実が世に知られないからこそ、かえって危険を招くこともあるのだ。これらの作家たちのうち、当時の大衆のなかにもっとも不健全な坑道を穿ったのは、おそらくレチフ・ド・ラ・ブルトンヌ〔2〕であろう。

このような影響は、ヨーロッパ全土に見られたものだったが、ほかのどこよりも、とりわけドイツを荒廃させた。シラーの名高い劇作『群盗』にまとめられた一時期のドイツにおいて、窃盗と掠奪は所有権と労働にたいする抗議を自任した。まことしやかだが偽りの、見かけこそ正しいがそのじつ理不尽な考えを身につけてしまい、そうした考えにつつまれ、いわばそこに身を消して、ひとつの抽象名詞となり、ひとつの学説の地位にまでのしあがった。その結果、この混合物を調合した不用意な化学者たち、それを服用する大衆でさえも気づかないままに、窃盗と掠奪は勤勉で、苦しんでいる実直な群衆のうちにまで広まっていった。この種の事実が発生するたびに、事態は深刻になる。苦しみは怒りを生みだす。そこで、裕福な階級が盲目になるか眠るか、いずれにせよ、目をつむっているときに、不幸な階級の憎悪が、片隅で夢見ている気難しいか、あるいはたちの悪い人間のために松明の火を灯してやり、社会を吟味しはじめる。憎悪による吟味とは、なんと恐ろしい代物だろう！

そこにこそ、時代の不幸がそう望む場合に、その昔「ジャックリー〔十四世紀北仏で起こった農民一揆〕」と名づけられたような、あの凄まじい大動乱が由来するのだ。これにくらべたら、純粋に政治的な動揺など児戯にひとしかろう。ジャックリーはもはや、圧制者にたいする被圧制者の闘いではなく、安寧にたいする不満の反乱となる。そのときにはすべてが崩壊する。

ジャックリーは民衆の激震と言うべきものである。

フランス大革命、あの絶大な誠意の行為が、おそらく十八世紀末のヨーロッパに差し迫っていたその危険の芽を摘みとった。

剣を帯びた理想にほかならないフランス大革命は、すっくと身を起こし、電光石火の早業で、悪の扉を閉ざすと同時に、善の扉を開いたのだった。

フランス大革命は問題を除去し、真理を公布し、瘴気を一掃し、世紀を健全にし、人民を戴冠させた。

フランス大革命は、人間に権利という第二の魂をあたえることによって、いわば人間を二度創造した。

十九世紀はその偉業を受け継ぎ、活かしたので、こんにちでは前述したような社会的破局は端的に不可能である。破局をふれまわるなど無分別だ！　破局を恐れるなど愚昧だ！　革命はジャックリーのワクチンなのだ。

フランス大革命のおかげで、社会状況は一変した。わたしたちの血液にはもはや、封建制および君主制の病源はない。わたしたちの体質にはもはや、中世はない。内部でうごめく恐ろしいものの群が一挙になだれこみ、暗闇のなかで走りまわる隠者たちの怪しい物音が足下に聞こえ、もぐらの通路みたいな隆起が文明の表面に姿を見せ、地面がひび割れ、洞穴の天井が口を開き、突如、怪物の頭みたいなものが地中からあらわれでる時代、わたしたちはもはや、そんな時代にはいないのだ。

革命の価値は道徳の価値である。発達した権利の感情は、義務の感情を発達させる。万人の掟とは自由ということだが、ロベスピエールの見事な定義にしたがえば、自由は他者の自由がはじまるところでおわるのである。一七八九年以来、人民全体は昇華された個人という形に拡張している。おのれの権利をもっているのだから、光をもたない貧者はいない。食うや食わずの貧しい人間でも、心中にフランスの公平さを感じている。市民の威厳は心の鎧兜になる。自由な人間は良心的である。投票する者が統治する。そこから清廉さが、不健全な怨望の頓挫が生まれる。たとえ目のまえに誘惑があったとしても、毅然として目を伏せることができるようになる。革命による浄化のほどは、七月十四日、[3]八月十日など、解放の日に暴徒がいなくなったことでも分かる。目を輝かせ、偉大になっていった群衆の最初の叫び声は、「泥棒に死を！」であった。進歩は正直な人間と同義語であり、理想と絶対は他人の物を盗んだりはしない。一八四八年、[4]チュイルリー宮殿の財宝を積んだ荷馬車が、だれによって護送されたか？　フォブール・サン・タントワーヌの屑屋たちである。ぼろ着が宝石の番をしたのだ。美徳がぼろをまとった者たちを輝かしくしたのである。その荷馬車のなかには、きちんと閉まっていない箱、さらには半分開いたままの箱があった。なかには煌めく数々の宝石類に混じって、王位のしるしのガーネットと摂政ダイヤモンド[5]を戴いた、あの古いフランスの王冠があった。この三千万フランもする王冠を、彼らは裸足で護ったのである。

そんなわけで、ジャックリーはもう起こらない。策士たちにはまことにお気の毒と言うほかはない。それは最後の働きをおえた古い恐怖であり、政治の場においてつかわれることはもう二度とないだろう。赤の幽霊の大きなバネは壊れてしまった。こんにちでは、みんながそれを知っている。案山子はなにも怖がらせなくなった。鳥たちはそんな木偶の坊に慣れてしまい、糞虫がそのうえにのっかり、ブルジョワたちがそれを見て嘲笑っている。

第四章　ふたつの義務——警戒と希望

それでは、どんな社会的危険も消え去ったのだろうか？　もちろん、そうではない。ジャックリーは起こらない。社会はこの点では安心してもいい。もう二度とそのような血が頭にのぼることはないだろう。だが、社会は息のつき方に気を配らねばならない。脳卒中はもはや恐れるに足りないが、肺結核が控えている。社会的な肺結核は貧困と呼ばれる。

ひとは雷に打たれたようにあっと言う間に死ぬこともあれば、内部からじわじわ衰弱して死んでいくこともある。

倦むことなく、くりかえし言おう。なによりもまず、苦しんでいる恵まれない民衆に思いをいたすこと、彼らを楽にしてやること、彼らに外気をあて、照らしてやること、彼らを愛してやること、惜しみなく素晴らしい将来をくり広げてやること、あらゆる形で教育をほどこしてやること、勤勉の範を示しても、けっして怠惰の範を示してはならないこと、普遍的な目的という概念を増大させながら個人的な重荷を軽減してやること、富を制限することなしに貧を制限すること、公衆や民衆のための広大な活動の場を創出してやること、ブリアレオス[1]のように百本の手を持ち、それらの手を四方八方から窮民や弱者に差しのべてやること、あらゆる腕に工場を、あらゆる才能に学校を、あらゆる知性に実験室を開放するという偉大な義務を果たすのに集団の力を用いること、賃金を増やし、苦労を減らすこと、貸借の均衡をとること、つまり享楽と努力、充足と必要の釣合をはかること、ひと言でいうなら、苦しんでいる者たちや無知な者たちのために、より多くの光と安らぎを社会組織に引きださせること、これこそが他者に同情できる魂の持ち主が忘れてはならない、友愛の第一の義務であり、利己的な心の人びとが知るべき、政治の第一の急務なのである。

さらに言えば、これまで述べたすべてのことはほんの端緒にすぎない。真の問題はこうである。つまり、労働はひとつの権利にならないかぎり、法たりえないということである。

これ以上言うのはやめておこう。ここはその場ではないからである。

もし自然が摂理と呼ばれるものならば、社会は予測と呼ばれるべきである。

知性と精神の成長は、物質的改善におとらず不可欠なものである。知識は必需品であり、思考は第一の必要事であり、真理は小麦と同じ食糧である。学問と知恵を吸収しなければ、理性は痩せ細る。なにも食べない胃袋と同様、なにも吸収しない精神は哀れむべきである。パンがないために死にかけている肉体よりもさらに痛ましいものがあるとすれば、それは知識の光に飢えて死ぬ魂である。

およそ進歩というものはかならず解決をめざす。いつの日か、ひとは啞然とすることだろう。人類が向上するにつれ、どん底の階層もごく自然に窮乏地帯から抜けだしてくるだろう。貧困の消滅は、ただ生活水準を高めることだけで達成されるだろう。

このように祝福された解決を疑うとすれば、それは間違いというものだろう。

過去はたしかに現在もなお、大変に強い。過去は息を吹きかえす。屍体が若返るのだ。これには驚かされる。過去は歩いて、いまにもここにやってきそうだ。過去が勝者のように見える。死者が征服者になるのだ。過去は迷信という大群を引きつれ、専制という剣を持ち、無知という旗を掲げてやってくる。かなりまえから、十もの戦闘に勝ってきた。過去は前進し、脅迫し、嘲笑しながら、わたしたちの戸口にまでやってきている。だが、わたしたちは絶望してはならない。ハンニバルが宿営する野原など売りはらってしまえばいいのだ。

信ずるものがあるわたしたちが、なにを恐れることがあろうか?

河が逆流することがないのと同じく、思想が逆流することはない。

だが、未来を望まない者たちには、そのことをよくよく考えてもらいたい。進歩に否(ノン)と言うとき、彼らは未来を断罪するのではなく、じぶん自身を断罪しているのだ。暗い病気をじぶんにうつし、過去に感染しているのである。「明日」を拒む方法はただひとつしかなく、それはみずから死ぬことだ。

ところで、どんな死も訪れないこと、肉体の死はできるだけ遅く、霊魂の死は永久に来ないこと、それこそがわたしたちが望むことである。

そうだ、いずれ謎は種を明かし、スフィンクスは語りはじめ、問題は解決されるだろう。そうだ、十八世紀によって輪郭をあたえられた「民衆」像は、十九世紀によって完成されるだろう。それを疑うなど、なんという痴者だろうか！　未来の開花、近づいてくる万人の幸福は、神によって定められた避けがたい現象なのである。

無限大の圧力が人間の所業を規制し、ある一定の時間がたつと、それらをことごとくあるべき状態、すなわち均衡、公正な状態に導く。天と地によって合成される力が人類から生まれ、人類を支配している。この力がさまざまな奇跡をなす。この力にかかれば、不思議な結末も奇想天外な大波瀾もなんら難しいことではない。この力は人間に由来する学問と、人間以外のものに由来する出来事に助けられて、俗人にはありえないと思える問題の立て方の矛盾にも、ほとんどたじろぐことはない。この力はいくつかの考えを結びつけてひとつの解決をもたらすことにも、いくつかの事実を結びつけてひとつの教えを導くことにも、同じように巧みである。だから、進歩というこの神秘的な力にすべてを期待することができる。進歩は、いつの日か、東洋と西洋を墓の奥で対面させ、大ピラミッドのなかでイスラムの指導者とボナパルトに対話させるかもしれない。

さしあたっては、精神の壮大な前進には停止も、逡巡も、休息もない。社会哲学は本質的には平和の学問である。社会哲学は諸々の敵対関係の研究によってさまざまな怒りを解消することを目的としているし、またそのような結果をもたらさねばならない。社会哲学は観察し、吟味し、分析する。それから再構成する。還元法によって、あらゆるものから憎しみを除去する。

ある社会が人間たちのうえに荒れ狂う風の煽りをくらって没することが一度ならず見られた。歴史は諸民族や諸帝国の遭難にみちみちている。ある日、あの未知のもの、大嵐が通過して、習俗も、法律も、宗教も、一切合切さらっていく。インドやカルデア[2]やペルシャやアッシリアやエジプトなどの文明が、一つひとつ消えていった。なぜか？　わたしたちは知らない。なにがこれらの災厄の原因だったのか？　わたしたちには分からない。これらの社会が救われることもありえたのだろうか？　そこにはなにかしらの間違いがあったのだろうか？　これらの社会はなにか致命的な悪徳にしがみついていたために、破滅を招いたのだろうか？　国家や民族のこうした恐ろしい死のなかに、どれだけの自殺がふくまれていたのだろうか？　いずれも答えのない問いである。断罪されたそれらの文明は、闇におおわれている。それらが呑みこまれたからには、浸水があったのだろう。それ以上のことはなにも言えない。だから、わたしたちはただただ驚愕しながら、過去と呼ばれる海の底、世紀と呼ばれる途方もない波の向こうに、バビロン、ニネヴェ[3]、タルソス、テーバイ、ローマといった巨船が、暗闇の穴という穴から吹きつけてくる恐ろしい息吹をうけて沈没するのをながめているしかない。しかし、あちらには暗闇があるが、こちらには光明がある。わたしたちは古代諸文明の病のことは知らないが、じぶんたちの文明の障害についいては知っている。わたしたちはこの文明のいたるところに光を当てる権利をもっている。その美しさに見とれ、その醜さを暴きだす。この文明に不具合があれば、そこを測深する。そして、いったん苦悩が確認されれば、その原因を究明することによって、治療法が発見されるだろう。二十世紀にもわたる営為であるわたしたちの文明は、怪物であり奇跡でもある。これは救われる値打ちがあるし、またじっさいに救われるだろう。これを救済するだけでも、すでに大きな成果である。ましてこれに光を当てるとなれば、なおさら大事業になる。現代の社会哲学の仕事のすべては、この目的に収斂する。こんにちの思想家には、文明を聴診するという偉大な義務があるのだ。

くりかえし言うが、このような聴診はひとを勇気づける。そして筆者は、この勇気づけるという点を強調して、痛ましい劇の厳粛な幕間であるこの数頁を終わりにしたい。たとえ社会が死すべき運命にあるとしても、わたしたちはそのしたに人間の不滅性を感じる。あちこちに噴火口みたいな傷口や、硫気孔みたいな疱疹があっても、化膿して膿を吹きだす火山があっても、地球は死滅しない。民衆の病気があるからといって、人間そのものが殺されるわけではないのだ。

とはいえ、社会についての臨床講義を聴く者はだれでも、ときおり首をかしげる。どんなに強い者でも、どんなに心優しい者でも、どんなに論理的な者でも、ときどき胸がつぶれそうになるのだ。

未来はやってくるのだろうか？　こうまで恐ろしい闇を見せられると、だれしもそんな疑問をいだくのは当然のことだろう。利己主義者たちと悲惨な人びと（レ・ミゼラブル）との陰鬱な対決。利己主義者たちにあっては偏見、豊かな教育がもたらす蒙昧、酔うとますますつのる食欲、耳が聞こえなくなり目がくらむほどの繁栄――そのなかの一部の者たちにあっては、苦しんでいる者たちを嫌悪するまでになる苦しみへの恐れ、骨の髄まで染みこんだ満足感、魂をふさぐまで増長する自我など――がある。悲惨な人びとのうちには貪欲、羨望、他人の享楽を見ることへの憎悪、欲望の充足に向かう獣じみた人間の激烈な痙攣、靄におおわれた心、悲しみ、欠乏、不運、不純で単純な無知などがある。

それでは、ずっと天に目を向けていなければならないのだろうか？　そこに見られる輝かしい一点は、やがて消えてしまう点のひとつなのか？　理想がこのように、深みに紛れ、ちいさく、ぽつりと、だれに気づかれることもなく輝いているのに、おどろおどろしく重なっている黒い脅威にまわりを囲まれているのは、見るも恐ろしいことだ。だが、これは雲の口のなかに呑みこまれた星と同じように、じつのところ危険にさらされているわけではないのである。

第八篇　歓喜と悲嘆

第一章　みちあふれる光

読者もお分かりのように、エポニーヌはマニョンにつかわされて、例のプリュメ通りに行き、そこに住んでいる娘がだれであるか分かると、まず悪党どもを遠ざけておいてから、マリユスを案内したのだった。マリユスはその鉄柵をまえにして数日間、われを忘れて夢見るように過ごしたあと、鉄を磁石のほうに、恋する男を恋人が住む石造りの家のほうに押しやる力に引っぱられてジュリエットの庭にはいったロミオのように、ついにコゼットの庭にはいることになった。ただ、そのこと自体はロミオの場合よりずっと容易だった。なにしろ、ロミオは壁をよじ登らねばならなかったのに、マリユスのほうは老朽化した鉄柵の格子棒を一本、ひょいとねじ曲げてやるだけでよかったのだから。その棒は老人の歯のように、錆びた穴のなかでぐらぐらしていた。マリユスは細身だったので、楽々とそこを通りぬけられた。

通りにはいつも人っ子ひとりいなかったうえ、マリユスが庭にはいるのは夜と決まっていたから、人に見られる心配もなかった。

ひとつの口づけがふたつの魂を結びつけた、あの祝福された厳かな瞬間以来、マリユスは毎晩ここに来るようになった。人生のこの時期、もしコゼットが不真面目で自堕落な男と恋に落ちていたなら、おそらく身の破滅になったことだろう。というのも、この世にはすぐに身をまかせてしまう鷹揚な気質の女性たちがいて、コゼットもそんな女性のひとりだったからである。女性の高邁さのひとつは、相手に譲ることである。愛が絶対の高みに達すると、あたかも天上にいるかのように、羞恥心を喪失してしまうのだ。だが、気高い魂をもつ女性たちよ！　あなたがたはどれほどの危険をおかしているのか！　あなたがたがせっかく心をあたえても、われわれ男性はしばしば、あなたがたの体だけを奪ってしまう。心だけがあなたがたのもとに残り、あなたがたは暗闇で怯えふるえながら、じぶんの心と向きあうことになる。愛には中庸というものはない。身を滅ぼすか、身を救うかのどちらかなのだ。人間の運不運は、かかってそのジレンマにある。破滅か救いかというこのジレンマを、愛ほど容赦なく突きつけてくるどんな宿命もない。愛は死でなければ生である。揺籠ともなれば柩ともなる。人間の心のなかで、同じ感情がイエスとも言えばノーとも言う。神がつくられたあらゆるもののうちで、人間の心はもっとも光を放つものだが、ああ、悲しいかな！　もっとも闇を生みだすものでもあるのだ。

さいわい神は、コゼットが出会った愛が人を救う愛であることを望まれた。

一八三二年の五月という月のあいだ、毎夜、毎夜、荒れ放題のこのみすぼらしい庭のなか、日に日に匂い立ち、生い茂っていく灌木の茂みのしたに、あらゆる純潔と無垢からなるふたりの姿が見られた。このふたりは、天上のすべての浄福にみちあふれ、人間というよりも大天使に近く、清らかで、誠実で、嬉々とし、輝くばかりに、暗闇のなかで互いを照らしあっていた。コゼットにはマリユスが王冠を戴いているように思え、マリユスにはコゼットに後光が射しているように見えた。ふたりは互いにふれあい、見つめあい、手を取りあい、身を寄せあった。しかし、ふたりには越えられない一線があった。その一線を大切にしていたからではない、ただ知らなかっただけのことだ。マリユスはコゼットの純潔という障壁を感じていたが、コゼットはマリユスの誠実という後盾を感じていた。最初の口づけが最後の口づけになった。あれ以来、マリユスはコゼットの手か、スカーフか、巻毛に唇でそっとふれる以上のことはしなかった。彼にとってコゼットはひとつの香りであって、ひとりの女ではなかったのだ。彼は彼女を呼吸していた。彼女はなにひとつ拒まなかったが、彼はなにひとつ求めなかった。コゼットは幸福で、マリユスは満足していた。ふたりは魂による魂の眩惑とも呼べる、そんな夢心地のうちに生きていた。それは、理想のなかでふたつの清純がおこなう、あの曰く言いがたい最初の抱擁だった。二羽の白鳥の、エングフラウ高峰での出会いだった。

忘我の全能に支配され、肉欲がまったく沈黙しているこの時期の愛のなかで、マリユス、この純真で熾天使のようなマリユスにとって、コゼットのドレスをくるぶしの高さにまで持ちあげるくらいなら、いっそのこと娼婦のところに行ったほうがよっぽどましだったことだろう。一度、月夜の晩、コゼットが地面に落ちているなにかを拾おうと身をかがめたとき、ブラウスがすこし開いて、乳房がすこし見えた。マリユスは目をそむけた。

このふたりの男女のあいだに、なにがあったのだろうか？　なにもない。ただ熱愛しあっていただけだ。

夜、ふたりがいるというだけで、その庭は生き生きとして崇高に見えた。ふたりのまわりの花という花が開き、芳香を送ってくれた。ふたりも、それぞれの心を開け放って、花々にあたえてやった。このふたりの無垢な男女のまわりでは、淫蕩で精力みなぎる植生が樹液と陶酔にあふれて震え、ふたりが交わす愛の言葉に木々がおののいていた。

その言葉とは、いったいなんだったのだろうか？　ただの吐息、それ以上のものではなかった。吐息だけでまわりの自然をことごとく動揺させ、感動させるのに充分だったのである。このような魔力は、もしこの語らいを書物のなかで、木の葉のしたを吹く風に運ばれ、やがては消え去る煙のようなものとして読むなら、きっと理解に苦しむものになったことだろう。魂から出て、竪琴のように伴奏してくれるメロディーをふたりの恋人たちの囁きから取り去ると、残るのはただの暗がりにすぎない。あなたがたは、「なんだ、それだけか！」と言うかもしれない。まさしくそうだ。他愛もない戯言、繰言、なんということもない笑い声、無駄話、馬鹿話などが、世にも崇高で深遠なものになるのだ！　語られ、聞かれるに値する唯一の事柄になるのだ！

このような戯言、このような平凡な事柄を一度も耳にしたことがなく、一度も口にしたことがない人間は、およそ愚かで、意地悪な人間にちがいない。コゼットはマリユスによくこう言っていた。

「ねえ、知ってる？……」

（こうした成行き、つまりあの天上の純真さを経ることで、どうしてそんなことになったのか分からないが、ふたりはいつの間にか親しげな言葉遣いをするようになっていた。）

「ねえ、知ってる？　あたし、ウーフラジーって名前なのよ」

「ウーフラジー？　嘘だろう。きみはコゼットだよ」

「まあ！　コゼットなんて、ずいぶん下品な名前だわ。あたしがちいさいころに、そんな名前をつけられたの。でも、あたしの本当の名前はウーフラジーよ。あなた、ウーフラジーって名前、好きじゃない？」

「いや、好きだよ……。でも、コゼットだってそう下品じゃない」

「あなた、ウーフラジーより、そっちのほうが好き？」

「うーん……そうだな」

「じゃあ、あたしも、そっちのほうを好きになるわ。ほんとにそうね、コゼットって可愛い。あたしのこと、コゼットって呼んでね」

そう言って彼女が微笑をそえると、この会話は天国にこそふさわしいような、森の牧歌の観を呈するのだった。

別の折、彼女は彼のことをじっと見つめて声をあげた。

「お兄さま、あなたってきれいね、可愛いわ。あなたには才気があるし、ぜんぜん馬鹿じゃない。あたしなんかより、ずっと物知りだわ。でも、この言葉を言うことにかけちゃ、あたしだって、あなたに負けていないわ、愛してる！」

するとマリユスは、蒼穹のまっただなかで、ひとつの星がうたう歌の一節を聞く思いがするのだった。

また別の折、彼が咳をしたので、彼女はぽんと肩を叩いてこう言った。

「お兄さま、咳なんかしないでね。じぶんの家で、許可なしに咳をされるのって、あたしいやなの。咳をしてあたしを心配させるなんて、とってもみっともないことよ。あなたには元気でいてもらいたいの。だいいち、あなたが元気じゃないと、あしたはひどく悲しいんだもの。いったい、あたしにどうしてほしいの？」

そしてこれは、ただただ感激と言うほかなかった。一度マリユスはコゼットにこう言った。

「一時期のぼくはなんと、きみのことをユルシュルという名前だとばかり思っていたんだよ」

このことで、ふたりはひと晩じゅう笑いこけた。

別の語らいの途中で、彼はうっかりこう叫んでしまった。

「あ、そうそう！　いつだったか、リュクサンブール公園で、ぼくはひとりの傷痍軍人を殴り殺してやりたいと思ったことがあるんだ」

しかし彼はそこでぴたりと言葉を切って、それ以上先にはいかなかった。先にいけば、どうしてもコゼットのガーターのことを話さざるをえなくなるので、彼にはとうていできなかった。それは未知のもの、つまり肉体に近づくことにほかならず、この宏大で、汚れのない愛は、一種の神聖な危惧を覚えて、そのまえから引き下がったのである。

マリユスはコゼットとの生活をこんなふうに想像し、それ以外のことは考えなかった。つまり、毎晩プリュメ通りに来て、高等法院上席評定官殿の鉄柵の物分かりのいい格子棒をちょっとねじ曲げ、ベンチのうえに並んで腰かけ、木々を通して暮れかけた夜の瞬きをながめ、ズボンの膝の折目をコゼットのふわりとしたドレスにくっつけ、彼女の親指の先を撫でて、親しく「きみ」と呼んでやること。かわりばんこに同じ花の匂いをかぎ、永遠に、果てしなくそのままいること。そんなあいだにも、ふたりの頭上を雲が通りすぎ、風は、吹くたびに雲よりもたくさんの人間の夢を運んでいく。

では、このほとんど苛酷なまでに清らかな愛がまったく色気のないものかといえば、そうではない。愛する女性に「お世辞を言う」ことは、愛撫の第一歩であり、おのれの大胆さをちょっとばかし試してみることである。お世辞はヴェール越しの接吻のようなものなのだ。肉欲は身を隠しながら、切っ先をそっとそこに押しあててみるのである。肉欲をまえに心が退くのは、より深く愛するためだ。マリユスの優しい言葉はことごとく空想にみち、いわば青空の色をしていた。天高く天使に向かって飛んでいくとき、鳥たちにはきっとその言葉が聞こえることだろう。だが、そこには生命力、人間臭さ、つまりマリユスが持ちうるかぎりの前向きなものが混じっていた。それは洞窟で語られること、いずれ閨房で語られる睦言の序曲、抒情的な心情の吐露、溶けあったストロペ[1]とソネット、鳩の鳴き声の心地よい誇張、花束に編まれて天上の絶妙な香りを放つ熱愛の、洗練された言葉、心が心に伝える、言語を絶したさえずり声なのであった。

「ああ！」とマリユスは呟いた。「きみはなんて美しいんだ！　とてもまともに見つめていられない。だからぼくは、心でながめているんだ。きみはまるで美の女神のようだ。ぼくはじぶんがどうなったのか分からない。ドレスのしたから、きみの靴の先がちらりとのぞくだけで、気が動転してしまいそうだ。それに、きみの考えがすこしでも分かったとき、それはまるで魔法の光みたいなんだ！　きみは驚くほど道理にかなったことを言うね。ぼくにはときどき、きみが一夜の夢じゃないかと思えることがあるんだ。さあ、なにか言ってくれ、ぼくが聞こう。ぼくはきみが大好きなんだ、コゼット！　これはなんと不思議で、素敵なことなんだろう。ぼくは本当に気が狂ってしまいそうだ。お嬢さま、あなたは素晴らしい。ぼくは顕微鏡であなたの足元を、望遠鏡であなたの魂を観察しているのですよ」

するとコゼットが答えるのだった。

「あたし、今朝から時間がたてばたつほど、どんどんあなたのことが好きになってきてるみたい」

問いと答えとは、このやりとりのように、あちこちに自在に向かっていくが、決まっていっしょに愛のうえに落ちるのだった、ちょうどニワトコの起き上り小立像が釘のうえで落ちつくように。

コゼットの人となりは天真爛漫、透明と純白、純潔と無垢、そして光、それがすべてであった。コゼットについてひと言でいうなら、なによりも明るいということだった。見る者に四月と夜明けのような印象をあたえた。目には朝露が宿っていた。コゼットはひとりの女性の形に凝縮された曙光だった。

マリユスが大好きな彼女に感嘆するのは、しごく当然なことだった。だが、修道院を出たてのこの幼い寄宿生が、絶妙な洞察力をもって話し、ときどきあらゆる種類の繊細で真実味のあることを口にしたのも、また事実であった。ちょっとしたおしゃべりも立派な会話になっていた。彼女は何事につけても間違うことがなく、物事を正しく見ていた。女性というものは、けっして過つことのない柔らかな心の本能をもって感じ、話す。女性ほど、優しくて深いことを言う者はいない。優しさと深さ、それこそが女性のすべてであり、天国のすべてなのである。

このようなまったき至福のさなかにあっても、ふたりは目に涙を浮かべることがよくあった。一匹のてんとう虫が踏みつぶされても、一枚の羽根が巣から落ちてきても、一枝のさんざしが折れても、ふたりは憐れみ、そのせいでふたりの忘我の歓びは、いっとき哀愁に浸り、ただ涙ぐむほかないといったありさまになった。愛の至高のしるしとは、時として抑えがたい憐憫の情なのである。

ただ、このことを別にすれば——こうした矛盾はことごとく愛の煌めきの働きにほかならないのだが——、ふたりはなんにつけても笑い、それも素晴らしく闊達に、じつに親しげに笑うので、ときどき、まるで男の子同士みたいに見えることがあった。とはいえ、純潔に酔い痴れている心は気づかないとしても、忘れてはならない人間の本性というものが存在し、この本性にはむき出しの崇高な目的があるのだ。だから、魂がいくら清純無垢でも、恋人としての男女を友人としての男女と区別する、あの愛すべき不思議なニュアンスが、どんなに慎み深い対面にも感じられるのである。

ふたりは熱烈に愛しあっていた。

恒久のものと不動のものはつねに生きつづける。愛しあい、微笑みあい、笑いあい、唇の先をちょって尖らせて拗ねあい、手の指を絡ませあい、打ち解けた言葉で語りあっても、永遠を妨げることにはならない。ふたりの恋人たちが夕べのなか、夕闇のなか、見えないもののなかに、小鳥やバラとともに身を隠し、暗闇のなかで相手の目に心を映して惹かれあい、つぶやき、囁こうと、そのあいだにも果てしない星座の揺らめきが、無限の空間をみたしているのである。

第二章　完全な幸福の眩暈

ふたりはあまりの幸福に茫然となり、ぼんやりと暮らしていたので、まさにこの月にパリで猛威をふるったコレラのことにも気づかなかった[1]。ふたりはできるかぎり打明け話をしたが、それもせいぜい互いの名前を明かしあう程度のものだった。マリユスはコゼットに、じぶんは孤児であり、名前はマリユス・ポンメルシーだということ、弁護士だが、本屋のために物を書いて暮らしていること、父親は大佐で英雄的な人物だったこと、それから金持ちの祖父と仲違いしていることなどを話した。また、じぶんが男爵だという話にもふれたが、そのことはコゼットになんの影響もあたえなかった。男爵のマリユス？　彼女にはなんのことか分からなかった。そもそもその言葉の意味を知らなかったのだ。彼女のほうでは、じぶんがプチ・ピクピュスの修道院で育てられたこと、父親の名前はフォーシュルヴァン氏といい、とても善良な人物で、貧しい人たちにたくさんの施し物をしていること、しかしみずからは質素で、じぶんにはなにひとつ不自由させないけれども、本人はごく切りつめた生活をしていることなどを打ち明けた。

奇妙なことだが、コゼットに会って以来マリユスが浸っている一種の交響曲のなかでは、過去はどんな近いものであっても漠然とし、はるかに遠のいていたので、コゼットが話してくれたことだけで充分に満足していた。彼はあばら部屋の夜の一大事件のこと、テナルディエ一家のこと、彼女の父親の火傷のこと、その不思議な態度や奇怪な逃亡のことなど話そうとは思いもしなかった。マリユスはしばらくのあいだ、そんなことさえいっさい忘れてしまっていた。朝じぶんがなにをしたのか、どこで昼食をとったのか、だれに話しかけられたのかということさえ、晩にはもう分からなくなっていた。耳のなかでいくつもの歌が響いているので、その他のどんな考えも聞こえず、彼はコゼットに会っているときしか存在していないも同然だった。コゼットに会っているときの彼は天国にいたのだから、地上のことを忘れるのも無理はなかった。ふたりは肉体とは無縁な快楽という、うまく説明できない重荷を背負って打ちしおれていた。恋人たちと呼ばれる夢遊病者たちは、そんなふうに生きているものなのである。

ああ！　こうしたことをいっさい経験しなかった者がいるだろうか？　なぜこの蒼穹の外に出る時がくるのだろうか？　なぜ人生はその後もつづくのだろうか？

愛することはほとんど、考えることに取って代わる。愛とは、他のことを忘れさせる猛火のようなものだ。ためしに、情熱に論理を求めてみるがいい。天体力学において完璧な幾何学的図形がないのと同じく、人間の心にも完全な論理的脈絡があるわけではない。マリユスとコゼットにとってはもはや、マリユスとコゼットのほか、なにも存在していなかった。ふたりのまわりの世界は、そっくりどこかの穴ぼこのなかに落ちこんでしまっていた。ふたりは黄金の時を経験していた。まえになにもなければ、うしろにもなにもない。マリユスはほとんど、コゼットに父親がいることさえ忘れていた。彼の頭のなかは眩惑のために真っ白になっていた。では、このふたり、この恋人たちはなんのことを話していたのか？　すでに見たように、花や、燕や、夕日や、月の出など、ふたりにとって大切なあらゆることについてである。ふたりはすべてを語りあったが、じっさいはなにも語りあっていなかった。恋人たちのすべてとは無のことだ。それに父親、現実、あのあばら部屋、悪党ども、事件などのことを話してみたところで、いったい、なんになるというのか？　そもそもあんな悪夢みたいなことが、本当にあったのだろうか？　ふたりきりで、互いに熱く愛しあっているときには、ただそのことしか存在しなくなり、ほかのすべては存在しないも同然になる。そんなふうに地獄が消え去ってしまうということは、これからかならず天国が訪れてくるということにちがいない。はたして、じぶんは悪魔に会ったのか？　悪魔というものはいるのだろうか？　じぶんは身震いしたのだろうか？　苦しんだのだろうか？　そんなことはなにひとつ分からなくなってしまう。ただ頭上に、バラ色の雲がたなびいているばかりなのだ。

　このようにふたりの男女はとても高いところで、自然のなかにある、およそありそうもないものに囲まれて生きていた。地の底でも天の頂でもなく、人間と熾天使のあいだ、泥沼の上方、蒼穹の下方、雲のなかにいた。骨と肉もあるかなきかになって、頭のてっぺんから足の爪先まで魂と恍惚そのものになっていた。すでに地上を歩くにはあまりにも昇華され、青空に消えるにはまだあまりにも人間臭さを残し、沈殿を待つ原子さながら宙に浮いていた。見たところ、人間の運命とは無縁のところにいるようだった。昨日、今日、明日といった轍も忘れ、うっとりとし、ぼんやりし、ふわふわ漂っていた。時には、無限のなかに逃げだせるまでに軽くなり、いまにも永遠に飛翔していきそうだった。

ふたりはそんな揺籠のなかで、覚めながら眠っているようだった。ああ！　理想に打ちひしがれる現実の、燦々たる嗜眠よ！　コゼットがこんなにも美しいのに、マリユスはときおり目を閉じていた。目を閉じるのは、魂をながめる最良の方法なのである。

マリユスとコゼットは、このままふたりがどこに連れていかれるのかなどとは考えてもみなかった。ふたりはともに目的地に達したように感じ、相手と見つめあっていた。愛がどこかに連れていってくれると望むなど、人間の奇怪千万な自惚れと言うべきであろう。

第三章　影のきざし

ジャン・ヴァルジャンのほうは、なにも気づいていなかった。

マリユスほどには夢想家でないコゼットは快活で、ジャン・ヴァルジャンはそれだけで幸せだった。コゼットがあれこれ思いをめぐらし、可憐な気遣いを示し、心をマリユスの面影でいっぱいにしていても、淑やかで、感じがよく、美しい額の比類ない清純さはすこしも損なわれることがなかった。彼女は、天使が百合の花を身につけるように、処女が愛をまとう年頃であった。そんなわけで、ジャン・ヴァルジャンも心穏やかでいることができたのである。それに、恋人同士が示しあわせているかぎり、ふたりの恋のじゃまをするかもしれない第三者はだれであれ、この世のあらゆる恋人たちにお決まりのいくつかの用心さえ忘れなければ、完全に蚊帳の外に追いやれるものなのである。だからコゼットは、ジャン・ヴァルジャンの言うことにいっさい反対しなかった。――散歩をされたいんですか？　はい、お父さま、承知しました。家でお過ごしになりたいんですか？　それも結構ですわ。今晩はあたしといっしょにお過ごしになりたいんですか？　あたし、とっても嬉しいわ。――彼はいつも晩の十時にじぶんの部屋にもどるので、マリユスも、コゼットが正面階段の両開きの戸を開ける音が通りから聞こえるその時刻まで、庭にはいることはなかった。言うまでもなく、昼間マリユスに出くわすことはけっしてなかった。ジャン・ヴァルジャンは、マリユスという者がいることさえ考えなくなっていた。ただ一度だけ、コゼットにこう言ったことがある。「おや、おまえの背中になにか白い汚れがついているね！」その前夜、マリユスがわれを忘れて、コゼットを壁に押しつけたのだった。

トゥーサンばあさんはいつも早寝するので、いったん仕事をすませてしまうと、ただ眠ることしか考えていなかった。だから、ジャン・ヴァルジャンと同じように、彼女もまたなにひとつ知らなかった。

マリユスはけっして家のなかに足を踏みいれなかった。コゼットといっしょのとき、ふたりは玄関正面の階段の奥まったところに隠れて、通りからは姿も見られず、話し声も聞かれないようにしていた。そこにすわったまま、言葉を交わさず、木々の枝をながめながら、一分間に二十回も手を握りあっているだけのこともしばしばだった。そんなときのふたりは、たとえ雷がわずか十歩先に落ちてきても気づかなかったことだろう。それほどまで深く、一方の夢想が他方の夢想のなかに溶けこみ、沈んでいたのだった。

澄みきった清純さ。真っさらな時間。いつもほぼ同じ時間。このたぐいの愛は、百合の葉と鳩の羽を合わせたようなものである。

ふたりと通りのあいだには、庭が全面に広がっていた。マリユスは出入りするたびに、柵の格子を念入りに元どおりにしておいたので、ずらした形跡はどこにも残らなかった。

彼はだいたい真夜中の十二時ごろに立ち去り、クールフェラックのところにもどっていた。クールフェラックはバオレルに言った。

「おまえ、信じられるかい？　近ごろのマリユスときたら、朝の一時にご帰還だぜ！」

バオレルは答えた。

「しょうがないさ。神学生だって騒ぎを起こすご時世だよ」

ときどきクールフェラックは腕を組み、真面目くさった顔つきになって、こうマリユスに言うことがあった。

「お若いの、ずいぶんとお盛んだね！」

クールフェラックは現実派だったので、目に見えない天国がマリユスの顔に乗りうつっていることを快く思っていなかった。目新しい情熱などには不慣れだった。彼は我慢できなくなって、ときおり現実にもどるようマリユスを諭した。

ある朝、彼はこんな説教をした。

「なあ、きみ、このところのきみは月の世界、夢の王国、幻の里、シャボン玉の首都にいるみたいだよ。さあ、おとなしく白状するんだ。女はなんて名前なんだ?」

しかし、なんとしてもマリユスの「口を割らせる」ことはできなかった。彼にとっては、「コ・ゼッ・ト」という無上の名前の、聖なる三音節を口に出すくらいなら、爪でも引っぱがされたほうがずっとましだった。真の愛は、曙のように輝きながらも、墓のように黙しているものである。ただ一点、クールフェラックから見ても、マリユスに変化のきざしが出てきていた。彼の沈黙が輝きを放っているということである。

五月というあの甘美な月のあいだ、マリユスとコゼットはつぎのような限りない幸福を知った。

口論のよそよそしい口調は、その後に以前より親しい口調で話すためであること。

ふたりにはまったく関係のない人びとについて、長々と、どんな些細な事柄でも話しあうこと。これが愛という名の妙なるオペラにおいて、台本はなきにひとしいという新たな証拠になること。

マリユスにとっては、コゼットがおしゃれの話をするのを聞くこと。

コゼットにとっては、マリユスが政治の話をするのを聞くこと。

膝と膝をくっつけあって、バビロン通りを馬車が走る音を聞くこと。

天空の同じ星、あるいは草むらの同じ蛍をながめること。

いっしょに黙りこむこと。これはおしゃべりするより、ずっと大きな喜びになった。

その他いろいろなこと。

だが、その一方で、いくつも厄介なことが近づいていた。

ある晩、マリユスはいつもの逢引に向かうために、アンヴァリッド通りを歩いていた。ふだんの彼は、うつむきかげんに歩く癖があった。プリュメ通りの角をまわろうとしていると、すぐそばでこう言う声が聞こえた。

「こんばんは、マリユスさん」

彼は顔をあげた。エポニーヌだった。

彼は変な気がした。プリュメ通りに連れてきてもらった日以来、一度もその娘のことを考えなかったし、また会うこともなかったので、彼女のことはすっかり頭から消えていたのだ。彼女にはひたすら感謝しかなく、いまの幸福も彼女のおかげだった。それなのに、彼女に出会うと、なぜかうっとうしい気分になるのであった。

情熱がみたされて純粋なとき、人間が完璧な状態に導かれると思ったら大間違いである。わたしたちがすでに確認したところであるが、それはたんに忘却の状態に導くだけなのだ。このような状態の人間は、たしかに悪人になることを忘れるが、善人になることもまた忘れてしまう。感謝の気持ち、義務感、きわめて大切なものでさえも、都合の悪い思い出はことごとく消えうせてしまう。もし別の状況だったら、マリユスはエポニーヌにたいしてまったく違った態度で接したことだろう。すっかりコゼットに心を奪われていた彼は、このエポニーヌがエポニーヌ・テナルディエという名前であること、このテナルディエという名前が父親の遺言書にたしかに書かれていたこと、数か月まえなら、その名前のために熱意をもって一身を捧げたにちがいないことにさえ、はっきりと気づかなかった。筆者はあるがままのマリユスを示している。じつは彼自身の父親のことさえも、心のなかで燦然と輝く愛のしたに消えかかっていたのだった。

彼はすこしどぎまぎして答えた。

「ああ！　あなたでしたか、エポニーヌ？」

「なんだって、あなたなんて、このあたしに言うの？　あたし、あんたになんかした？」

「いや、べつに」と彼は答えた。

たしかに、彼は彼女にたいしてなにか含むところがあったわけではない。それどころではなかった。ただ彼には、コゼットをきみと呼んでいるいまとなっては、エポニーヌにはあなたと言うしかないと感じるのだった。

彼が黙っていると、彼女が声をあげた。

「あら、なんなのよ……」

と言ってから、口をつぐんだ。以前にはあんなにも無頓着で大胆だったこの娘も、さすがに言葉に窮したようだった。彼女はなんとか微笑もうとしたが、できなかった。彼女はもう一度言った。

「ねえ、どうかしたの？……」

それからまた黙りこみ、目を伏せた。

「さよなら、マリユスさん」と彼女はいきなり、ぶっきらぼうに言ったかと思うと、そのまま踵を返した。

第四章　馬車(カブ)は英語では走り、隠語では吠える

翌る日は六月三日であった。この一八三二年六月三日は、ちょうどそのころ雷雲みたいにパリの地平線に垂れこめていた重大な出来事[1]のために、特記してしておくべき日付である。夕暮どき、マリユスがあいかわらず恍惚とした想いを胸に秘めながら、前日と同じ道を辿っていると、大通りの木々のあいだから、こちらに向かってやってくるエポニーヌの姿が見えた。二日も続けてというのは、あんまりだ。彼はとっさに向きを変え、大通りを離れて別の道筋をとり、ムッシュー通りからプリュメ通りに抜けた。

そのことがかえってエポニーヌを、彼のあとをつけるという、これまで一度もしたことがなかった行動に駆り立てた。それまでの彼女は、大通りをとおりかかる彼の姿を見るだけにして、こちらから近づいていこうなどとは思ってもみなかったのだ。ただ昨日だけは、じぶんのほうから話しかけてみたのである。

そんなわけで、エポニーヌはあとをつけたのだが、彼のほうは気づいていなかった。彼女には彼が鉄柵の格子棒をずらして、庭に滑りこむのが見えた。

「え！」と彼女は言った。「あの人、家のなかにはいっていくわ！」

彼女は鉄柵に近づき、棒を一本ずつさわってみて、マリユスがずらした棒を難なく見つけだした。彼女は沈痛な口調で低くつぶやいた。

「おっと、そりゃないだろ」

彼女はまるでその棒の番人みたいに、すぐ近くの鉄柵の土台に腰をおろした。そこはちょうど鉄柵と隣の壁の接点で、エポニーヌがすっぽり身を隠すことができる暗い一角だった。

彼女は身動きひとつ、息ひとつせずに思案に暮れたまま、一時間以上もそこにいた。晩の十時ごろ、プリュメ通りを行き交う二、三人の通行人のひとりで、たまたま帰りが遅くなった町人の年寄りが、この人影がない物騒な場所を庭の鉄柵沿いに急ぎ足で行き過ぎ、鉄柵と壁との角に差しかかろうとしたとき、くぐもってドスのきいた声がこう言うのが聞こえた。

「あいつが毎晩ここに来たからって、こちとらべつに驚きもしねえや!」

通行人はあたりを見わたしたが、だれもいなかった。そうかといって、その暗い片隅をのぞいてみる勇気もなかったので、大いに恐慌をきたし、いっそう足を速めた。

この通行人が大急ぎで立ち去ったのは正解だった。というのも、ほんのしばらくすると、壁沿いにぱらぱらと、すこしずつ間隔を空けて歩いてくる、ねずみ色の偵察隊と見紛うばかりの男が六人、プリュメ通りにはいったからだった。庭の鉄柵に最初に着いた男が、ほかの男たちを待った。間もなく、六人全員がそろった。男たちは小声で話しだした。

「ここだぜ」と、男のひとりが言った。

「庭にワン公(カブ)〔犬〕はいるか?」と、別の男が尋ねた。

「分からねえ。どのみち、敵に食わせる毒入り団子は持ってきたぜ〔スペイン語のllevar(運ぶ)から〕」

「おめえ、ガラスを割るパテ〔パテをガラスにつけておくと、割っても破片が落ちず音もしない〕を持ってるか?」

「ああ」

「格子は古いぜ」と、五番目の腹話術の男が言った。

「そりゃ好都合だ」と、二番目に口をきいた男が言った。「そんなら、鋸を当ててもギャーギャー泣くめえし、切るにも手間はかからねえってもんだ」

それまで口を開いていなかった六番目の男が、一時間まえのエポニーヌのように、鉄柵の下見をはじめ、入念に棒を一本ずつつかんでは、次々と揺すっていた。男はそんなことをくりかえしながら、マリユスが開けた棒のところまでやってきた。その棒を握ろうとすると、暗がりからぬっと手が出て、男の腕におそいかかった。男は胸のど真ん中をどんとやられるのを感じたが、そのうちにしゃがれた声で、叫ぶともなくこう言うのが聞こえた。

「ワン公がいるぜ」

とそのとき、ひとりの蒼白い娘が目のまえに立っているのが見えた。

予想外の出来事がどんな人間にもあたえる衝撃を身にうけた男は、ひどく猛り狂って身構えた。不安に駆られた猛獣ほど、見るも恐ろしいものはない。怯えた猛獣の姿はひとを怯えさせるものだ。男はたじたじの体(てい)で後ずさりし、ぶつくさ言った。

「な、なんでえこのアマは?」

「あんたの娘だよ」

じっさい、テナルディエに話していたのはエポニーヌだった。

エポニーヌの出現に、ほかの五人の男、すなわちクラクスー、グールメール、バベ、モンパルナス、ブリュジョンらが音もなく、あわてるでもなく、無言のまま、夜の人間たち特有の、ゆっくりとした不気味な足取りで近づいてきた。

彼らはそれぞれ、おどろおどろしい道具を手にしていた。グールメールは、夜盗の仲間内で「頭巾」と呼ばれている曲がったやっとこを持っていた。

「なんだってえんだ。おめえ、こんなところでなにしてやがる？　おれたちになにしようってんだ？　気でも狂ったか？」と、テナルディエは小声をめいっぱいのところまであげながら言った。「おめえ、おれたちの仕事をじゃま立てしようってえのか？」

エポニーヌはにっこり笑って、彼の首に飛びついた。

「あたしがここにいるのはね、父ちゃん、ここにいるからなの。いまどきは石のうえにもすわっちゃいけないの？　こんなところにいちゃいけないっていうんなら、それはあんたらのほうだよ。ここはビスケットなのに、いったいなにしにきたのさ？　マニョンに言っといたはずだろ。ここにゃ、なにもすることがないって。それより、あたしの父ちゃん、キスしてちょうだい！　ずいぶん久しぶりねえ！　ということは、やっと出られたってわけか？」

テナルディエは、エポニーヌの腕を振りはらおうとしながら、こうつぶやいた。

「よしよし。キスしてくれたな。そうよ、おれは出てきたんだ。あんなところにゃいられやしねえ。分かったら、さっさと失せろ」

しかしエポニーヌは彼の手を放そうとせず、ますます嬉しそうに何度も抱きついた。

「父ちゃん、いったいどうやったのさ？　あんなとこからまんまと脱けだすなんて、よっぽど頭がいいんだね。その話、あたしにしてよ！　ところで、お母ちゃんは？　あたしのお母ちゃんはどこにいるの？　おふくろさんのこと、聞かせてよ」

「まあ、元気にしてるさ。よく分かんねえんだけどよ。いいから、放せ。さっさと失せろってえんだ」

「でもね、あたしはどこにも行きたくないのよね」と、エポニーヌは甘えっ子みたいに駄々をこねた。「四か月ぶりだっていうのに、ゆっくりキスもさせてくれないどいて、もうあたしを追っぱらおうってわけ？」

そして彼女は、またもや父親の首に飛びついた。

「なんでえ、こりゃ。バカバカしい！」とバベが言った。

「急ごうぜ！」とグールメールが言った。「サツが来るかもしれねえ」

腹話術の男の声がこんな二行詩句を歌った。

　きょうはお正月じゃないんだよ、
　とうちゃん、かあちゃんにキスするような。

エポニーヌは五人の悪党のほうを向いた。

「あら、ブリュジョンさん。──こんにちは、バベさん。こんにちは、クラクスーさん──グールメールさん、あたしに見覚えないの？──モンパルナスくん、元気？」

「そうよ、みんなおめえのことを覚えてるさ」と、テナルディエが言った。「挨拶なんかどうでもいいから、どかねえか！　おれたちにかまうなってえんだ」

「狐さまのお通りだ。雌鶏の出る幕じゃねえ」とモンパルナスが言った。

「ほら分かったろ。おれらはここでひと仕事しなきゃなんねえんだ」と、バベが付けくわえた。

エポニーヌはモンパルナスの手をつかんだ。

「気をつけろ！」と彼は言った。「手を切るぜ。おれは抜身のドスを持ってんだからな」

「ねえ、モンパルナスくん」と、エポニーヌはとても穏やかに答えた。「仲間同士、信頼しあわなくちゃだめよ。なるほど、あたしはこんな父親の娘かもしれない。でもね、バベさん、グールメールさん、この仕事の下見をまかされたのは、このあたしだよ」

ここで注目すべきは、エポニーヌが隠語を話していないことである。マリユスを知ってからというもの、そんなおぞましい言葉遣いはとてもできなくなっていたのだ。

彼女は骸骨の手みたいにガリガリの細く小さな手のなかに、グールメールの太くてごわごわした手をぎゅっと握りしめて言葉をついだ。

「あんたら、あたしが馬鹿じゃないってことぐらい知っているわよね。いつだって、あたしの言うことを信じてくれたじゃない。あたしはこれまで、ずいぶんあんたらの役に立ってきたでしょう。いい、あたしはちゃんとしらべたのよ。そのうえで、危ない橋をわたっても無駄だって言ってるわけ。誓ってもいいけど、この家には仕事なんてなにひとつないわよ」

「だが女所帯だぜ」と、グールメールが言った。

「それがちがうの。みんな引っ越したのよ」

「ろうそくだけは引っ越さなかったってわけか！」とバベが言った。

そして彼は木立の梢越しに、母屋の屋根裏部屋で動いている光をエポニーヌに指ししめした。トゥーサンが洗濯物を広げて干すために夜なべしていたのだった。

エポニーヌは最後の努力をして、

「でもね」と言った。「とっても貧乏な人たちよ。一スーもないおんぼろ家だよ」

「とっとと失せやがれ！」とテナルディエが怒鳴った。「おれたちが家をひっくり返し、地下倉を上に、屋根裏の物置を下にしてから、なかになにがあるかねえか、そいつがフランか、スーか、リヤールか、言ってやろうじゃねえか」

そして彼は彼女を押しのけて、まえに突き進もうとした。

「ねえ、モンパルナスくん」とエポニーヌは言った。「お願い、あんたはいい子だから、はいらないでね！」

「気をつけろ。手を切るぞ！」とモンパルナスは返した。

テナルディエは持ち前の有無を言わさぬ口調でもう一回言った。

「失せろ、このアマ。男の仕事に口だしすんじゃねえ」

エポニーヌは握っていたモンパルナスの手を放して言った。

「じゃあ、あんたら、どうあってもこの家にはいろうっていうのね？」

「ちょいとな」と腹話術の男が嘲笑いながら言った。

すると彼女は鉄柵を背にして立ち、全員武装し、夜陰のなかで悪魔のような顔つきになった六人の悪党に向かって、きっぱりとした低い声で言った。

「けど、このあたしは許さないからね」

彼らは呆気にとられて立ちすくんだ。腹話術の男も嘲笑うのをやめた。彼女はつづけた。

「みんな、よく聞いて。そうはさせないからね。今度は、あたしがしゃべる番よ。まず、もしあんたらがこの庭にはいったら、この鉄柵に指一本でもふれたら、あたしは大声で叫んでやるから。家という家の戸を叩きまわってやる。みんなを起こしてやる。あんたら六人が捕まるようにしてやる。警官を呼んでやるからね」

「あいつならやりかねねえ」とテナルディエはブリュジョンと腹話術の男に小声で言った。

彼女は頭を振って、こう付けくわえた。

「手始めに、うちのおやじからだ！」

テナルディエが近づいた。

「そばに寄るんじゃねえ、おっさん！」と彼女は言った。

彼は後ずさりしながら、口のなかでぶつぶつ言った。「こいつはいったい、どうしたってえんだ？」そして、こう言いそえた。

「メス犬め！」

彼女は物凄い剣幕で、からからと笑いだした。

「なんとでも言うがいいさ。入れてやるもんか。あたしはね、犬の娘なんかじゃねえ。狼の娘だ。あんたらは六人か、それがどうだってえのさ？　そっちが野郎六匹なら、こちとらは女一匹だ。あんたらなんか怖くもなんともねえ！　この家にはいってほしくねえってえのは、あたしの気にくわねえからさ。もしあんたらが近寄ってきたら、あたしは吠えるよ。さっきも言ったよな、ワン公がいるって。ありゃ、あたしのことさ。あんたらなんか目でもねえ。さっさと消えちまいな。うぜえんだよ！　どこでも好きなところに行きな。けど、こっちにだけは来るんじゃねえ。このあたしが承知しねえ！　そっちがナイフでくるんなら、こちとら古靴で相手してやろうじゃねえか。どっちだっていいや、さあ、かかってきな！」

彼女は悪党どものほうに一歩進んだ。ぞっとするような形相だった。彼女はふたたびからからと笑った。

「そうさ！　こちとら怖えもんなんかねえんだよ。どうせ、夏にゃ腹ぺこぺこ、冬にゃからだぶるぶるだ。この間抜け野郎ども、とんだお笑い種だよ、娘っこなら怖がると思いやがって！　怖がるって？　なにを？　ああ分かった、図星だな！　大声出しゃ、怖がってベッドのしたに隠れる女と、いつもいちゃいちゃしてっからだろ。そいつぁお門違いだ！　このあたしはねえ、なにも怖かあねえんだよ！」

彼女はテナルディエをじっと見据えて言った。

「あんたもな！」

それから彼女は、幽霊のように血走った目で悪党どもを睨みつけながらつづけた。

「あたしはねえ、じぶんの父親の匕首で殺されて、明日プリュメ通りの敷石のうえで拾われたって、一年して腐った古瓶の栓だの、溺れ死んだ犬だのに混じってサン・クルーの網か、シーニュ島あたりで見つけられたからって、べつにどうってこたあねえのさ！」

彼女はどうしてもここで一度言葉を切らなくてはならなかった。乾いた咳にとらえられたのだ。その息は、狭くか弱い胸の底から喘ぎ声のように出ていた。

彼女は言葉をついだ。

「あたしが大声で叫ぶだけでいいんだ。みんな一斉に駆けつけてくるさ。あんたらは六人だけど、こちとらにゃ世間さまがついてるんでえ」

テナルディエが彼女のほうに身体を向けようとした。

「近づくんじゃねえ！」と彼女は叫んだ。

彼はぴたりと止まって、優しく話しかけた。

「いや、いや、ちがうさ。おれはなにも近づこうてんじゃない。ただな、そんな大声でしゃべるのだけはやめてくれないか。なあ、娘よ、おめえはおれたちの仕事のじゃましたいのか？けどよ、おれたちだって稼がなきゃなんねえんだぜ。じゃあ、おめえ、父親にはもう情もくそもねえってのかい？」

「うんざりなんだよ」と彼女は言った。

「けどよ、おれたちだって生きていかなきゃなんねえ、食べていかなきゃなんねえんだぜ……」

「死ね」

そう言うと、彼女は鉄柵の台石のうえにすわって、歌を口ずさんだ。

あたしの腕はぽっちゃり、
あたしの脚はすらり、
だけど運が向いてこないの。[2]

彼女は膝に肘をつき、顎に手をあてて、どうにでもなれといった感じで脚をぶらぶらさせていた。穴だらけのドレスから、痩せこけた鎖骨がのぞいている。近くの街灯が彼女の横顔と姿を照らしている。これほど決然とした、意外な光景はめったに見られるものではなかった。

小娘ひとりに出鼻をくじかれ、たじたじになり、すっかり怯んだ強盗どもは、街灯の影になっているあたりに行き、口惜しさと腹立たしさで、肩をいからせながら相談した。

「なにかあるな」とバベは言った。「わけがよ。あいつ、ワン公に惚れてやがんのかな？　それにしたってよ、こいつをやらねえてのは癪だぜ。女ふたりに、離れに住んでるじいさんひとりだ。窓にゃ悪くねえカーテンだって掛かってる。じいさんはユダヤ野郎にちげえねえ。おれにゃ、いい仕事に思えるがな」

「じゃあ、あんたら、はいったらいいじゃないか」とモンパルナスが声をあげた。「おれはあの娘とここにいるよ。もし娘がちょっとでも騒いだら……」

彼は袖のしたに隠し持っている抜身のナイフを出し、街灯の光のもとにキラリとかざしてみせた。

テナルディエはひと言も発せず、みんなの意にしたがう覚悟でいるようだった。一味のなかでは一目置かれる立場にあり、知ってのように、「この仕事を仕掛けた」ブリュジョンは、それまで口をきいていなかった。思案に暮れているらしかった。彼は怖いもの知らずで通っていて、ある日、ただ虚勢を張ってみせるだけのために、警官の詰所を襲ったことで知られていた。おまけに、詩や歌謡もひねったりするものだから、なおさら格上に見られていた。

ババべが彼に尋ねた。

「おめえはなにも言うことたあねえのか、ブリュジョン?」

ブリュジョンはなおしばらく黙っていたが、やがて妙な具合にあっちこっちに頭を振った。それからやっと腹を決めて、声高に言った。

「じつはだ。おれは今朝、二羽の雀が喧嘩してるのに出っくわした。晩にゃ、喧嘩を吹っかけてくる女にぶつかった。縁起でもねえことばっかしじゃねえか。引きあげようぜ」

彼らは引きあげていった。引きあげながら、モンパルナスがつぶやいた。

「どっちでもいいけどよ、もしみんながそうしろって言ったら、ひと思いに絞め殺してやったんだがなあ」

ババべはこう応じた。

「おれはごめんだね。ご婦人にゃ手出しはしねえ」

彼らは通りの角で足を止め、ひそひそとこんな謎めいた会話をした。

「今晩はどこで寝ようか?」

「パンタン〔パリ〕のしただ」

「テナルディエ、鉄柵の鍵を持ってるな?」

「あたりきよ」

エポニーヌが見張っていると、彼らが来た道を引きかえしていくのが見えた。彼女は立ちあがり、壁や家並にからだをぴったり寄せ、這うように彼らのあとをつけて、ついに大通りに出た。彼らはそこで散りぢりになり、六人の男が暗闇のなかに溶けるように消えていくのが見えた。

第五章　夜のあれやこれや

悪党どもが立ち去ったあと、プリュメ通りは元の平穏な夜の佇まいにもどった。

今し方この通りで起こったことは、いささかも森を驚かさなかった。大木、雑木、ヒース、荒々しく絡みあった枝、背の高い草など、すべてが暗く静まりかえっている。そこでは、群生する野生の草木が、目に見えないものの突然の出現をかいま見る。人間以下のものが、霞をとおして人間以上のものを見分ける。わたしたち生者の知らない事物が、夜のなかで向きあっている。毛を逆立てた野獣のような自然が、超自然とおぼしき何者かの接近に怯えている。影の力は互いに知りあい、互いに神秘的な均衡を保っている。歯と爪が捕らえがたいものを恐れている。血を吸う獣性や、獲物をあさる飢えた貪欲や、ただ腹を満たすことだけを生存の源泉と目的とし、爪と顎を武器にしている本能などが、非情な亡霊の輪郭——屍衣をまとってうろつき、かすかに震える服につつまれて立ち、死んだおぞましい生命を糧に生きているように思われる亡霊の輪郭——を不安げに見守り、臭いを嗅いでいる。これらの野性はただの物質にすぎないのだが、ある未知の存在のうちに凝縮される広大無辺の暗闇と関わり合いになることを、なんとなく恐れている。行く手をさえぎる黒い姿が、野獣の歩みをぴたりと止める。墓場から出たものが、洞穴から出たものを威嚇し、狼狽させる。残忍なものが不吉なものを恐れ、狼どもが女吸血鬼に出会って尻込みする。

第六章　マリユスは現実にもどってコゼットに住所を教える

人間の顔をした牝犬のような者が鉄柵の番をし、六人の悪党どもが小娘をまえに尻尾を巻いたころ、マリユスはコゼットのそばにいた。

この時ほど空が星をちりばめ、魅惑にみち、木々が震え、草の香りがあたり一面に立ちこめていたことはなかった。この時ほど小鳥たちが木の葉のなかで心和む音を立てて眠りこんだことはなく、この時ほど澄みわたる宇宙の階調が内面の愛の音楽に照応していたことはなかった。この時ほどマリユスが恋い焦がれ、至福にみたされ、恍惚としていたことはなかった。だが彼は、コゼットが悲しそうにしているのに気がついた。コゼットは泣いたらしく、目を赤くしていた。

この素晴らしい夢のなかで、それが初めての雲だった。

マリユスの最初の言葉はこうだった。

「どうしたの?」

すると彼女はこう答えた。

「見てのとおりよ」

それから彼女は玄関正面の階段近くにあるベンチに腰かけ、彼がおろおろしながらそばにすわろうとしていると、あとをつづけた。

「今朝、父に支度をしておきなさいって言われたの。父に用事ができたので、たぶんあたしたちは出発することになるんだって」

マリユスは頭から足の爪先まで震えた。

ひとが人生の終わりにある時には、死は出発を意味し、人生の始まりにある時には、出発は死を意味する。

この六週間というもの、マリユスは日を重ねるごとに、ゆっくりと、一歩一歩コゼットを所有していった。この所有は観念的だが、深いものである。前述のように、初恋においては、ひとは体のまえに心を捕らえる。のちになると、心よりまえに体を捕らえ、時にはまったく心を捕らえないこともある。フォーブラス[1]やプリュドムなどは、「心なんてものはないのだ」と付けくわえる。しかし、さいわいにして、このような嘲笑はただの暴言にすぎないのである。さて、マリユスは精神がなにかを所有するのと同じように、コゼットを所有していた。彼は心でコゼットをぴったり包みこみ、信じられないほどの確信をもって後生大事に捕まえていた。彼は彼女の微笑、息づかい、香り、青い瞳の深い光、手にさわったときに感じる肌の柔らかさ、首の可愛い染み、そして彼女のすべての考えを所有していた。眠るときにはかならずお互いの夢を見ようと約束しあい、じっさいそのとおりにした。だから彼は、コゼットのすべての夢を所有していた。たえず彼女の項のほつれ毛をながめ、時には息でそっとふれたりして、その愛らしいほつれ毛の一本にいたるまで、じぶんのものでないものはひとつもないと思っていた。彼女が身につけているもの、リボンの結び目、手袋、飾りカフス、編上げ靴などを、まるでじぶんの意のままにできる神聖なもののように、惚れ惚れとながめていた。彼女が髪に差している美しい鼈甲の櫛の持ち主はじぶんだと考え、またしだいに頭をもたげてくる肉欲が陰で呟くなかで、彼女のドレスの紐一本、靴下の網目ひとつ、コルセットの襞ひとつ、じぶんのものでないものはないとさえ思うのだった。コゼットのそばにいると、じぶんの財産、じぶんのもの、じぶんの暴君、じぶんの奴隷のそばにいるように感じた。ふたりの心は完全に溶けあったので、たとえそれぞれがじぶんの心を取りもどしたいと思っても、どれがじぶんの心なのか分からなかっただろう。「これがぼくの心だ」——「いいえ、あたしの心だわ」——「きっときみの思い違いだ。これはぼくのだよ」——「あなたがじぶんだと思っているのは、あたしのことだわ」マリユスはコゼットの一部のなにものかであり、コゼットはマリユスの一部のなにものかだった。マリユスはじぶんのなかにコゼットが生きているのを感じていた。コゼットをわがものにする、コゼットを所有する、それは彼にとって呼吸することと同じだった。このような信念、このような陶酔、このような清純で、比類なく、絶対的な所有、このような至上の権力のまっただなかに、「あたしたちは出発する」という言葉が突然落ちてきて、現実がいきなりこう叫んだのである。「コゼットはおまえのものではないのだぞ！」

　マリユスは夢から覚めた。前述のとおり、彼は六週間まえから現実の生活の外で生きていた。「出発」の一語が、冷酷無非に彼を現実の生活に引きもどしたのである。

　彼には言葉が見つからなかった。コゼットは彼の手がひどく冷たいのを感じた。今度は彼女が言った。

「どうしたの？」

　彼は答えたのだが、その声があまりにもちいさすぎて、コゼットにはほとんど聞きとれなかった。

「きみの言ったことがよく分からない」

　彼女は言葉をついだ。

「あたしは今朝、父にこう言われたの。細々したものを全部片づけて、身支度をしておくようにって。あとでじぶんの下着をわたすから、トランクに入れておいてくれって。どうしても旅に出なくてはならないので、あたしたちは出発するって。あたしには大きなトランクが、父には小さなトランクが要るから、一週間以内にすっかり用意を整えてくれって。たぶんイギリスに行くことになるだろうって」

「そんなのひどいじゃないか！」とマリユスは声をあげた。

　このときのマリユスの心中では、どんな権力の濫用も、どんな暴力も、途方もない独裁者のどんな忌まわしい行為も、ブシリス[2]、ティベリウス、ヘンリー八世らのどんな行為も、残忍さという点でこれにはかなわなかったことだろう。すなわち、フォーシュルヴァン氏がじぶんの用事で娘をイギリスに連れていく、というのである。

彼は弱々しい声で尋ねた。

「きみはいつ出発するの？」

「いつとは聞いていないわ」

「で、いつもどってくるの？」

「それも聞いていないわ」

マリユスは立ちあがって、よそよそしく言った。

「コゼット、あなたは行かれるのですね？」

コゼットは不安にみちた美しい目を彼に向け、どこか途惑った様子で答えた。

「どこへ？」

「イギリスでしょう？　あなたは行かれるのですね？」

「どうしてあたしのこと、あなたなんて言うの？」

「あなたが行かれるのかどうか、お尋ねしているのです」

「あなた、あたしにどうしてほしいの？」と、彼女は両手を合わせながら言った。

「やはり、あなたは行かれるのですね？」

「もし父が行くなら」

「それでは、あなたは行かれるのですね？」

コゼットは答えずに、マリユスの手を取って強く握りしめた。

「よろしい」とマリユスは言った。「それでは、ぼくもどこかに行くことにします」

コゼットはその言葉を理解したというよりも、むしろ感じとった。彼女は暗闇のなかで、真っ白に見えるほどに蒼ざめ、口ごもりながら言った。

「なにを言いたいの？」

マリユスは彼女をながめ、それから目をゆっくりと空のほうにあげて答えた。

「べつに」

彼が瞼をさげると、コゼットがじぶんに微笑んでいるのが見えた。愛する女性の微笑みは、夜でも見える光である。

「あたしたち、なんて馬鹿だったんでしょう！　マリユス、あたしにいい考えがあるわ」

「どんな？」

「あたしたちが出発したら、あなたも出発するのよ！　行き先は教えるわ！　あたしたちが行くところにいらっしゃいよ！」

いまやマリユスはすっかり夢から覚めた。彼はまたもや現実の生活に引きもどされたのだ。彼はコゼットに向かって叫んだ。

「いっしょに出発するだって？　気でも狂ったんじゃないか？　だいいち、お金が必要だろう。ところが、ぼくにはお金がないんだよ！　イギリスに行くだって？　ぼくはいま、きみの知らない友人のひとりのクールフェラックに、百ルイやそこらの借金があるんだよ！　ぼくには三フランもしない古帽子と、前ボタンがとれている上着しかないんだよ。ワイシャツはすっかり破け、両肘はぬけ、靴にはびしょびしょ水がはいってくる始末なんだよ。六週間まえから、そんなことはいっさい考えないことにして、きみには言わなかったんだ。コゼット！　ぼくは貧乏な人間なんだ。きみは夜しかぼくを見ていない。だから、ぼくに愛を捧げてくれるんだ。もし昼にぼくを見たら、哀れに思って一スー恵んでくれるかもしれないさ！　イギリスに行くだって？　まさか、ぼくには旅券の代金も払えないよ！」

彼はそばにあった一本の木に身を投げ、立ったまま、両腕を頭のうえにあげて、額を樹皮に当てていたのだが、皮膚が擦りむけるのも、熱でこめかみがずきずきするのも感じないまま、じっと動かず、まるで絶望の彫像といった格好で、いまにも倒れそうだった。

彼は長いあいだそうしていた。こんなふうに奈落に堕ちれば、どんな人間でも永遠にそうしているだろう。ようやく彼は振りかえった。背後で押し殺したような、優しく、悲しげな、ちいさな物音が聞こえた。

コゼットが泣きじゃくっていたのだ。

彼女は物思いにふけるマリユスのそばで、二時間以上も泣いていたのだった。

彼は彼女に近づいて跪き、ゆっくりとひれ伏し、ドレスのしたから出ている足の先を手に取って、そこに口づけした。彼女は黙ってされるままになっていた。女性が暗くあきらめきった女神のように、愛の厳かな行為を受け入れることがときどきあるものだ。

「泣かないで」と彼は言った。

彼女はつぶやいた。

「だって、あたしはどうしたって行くことになるのに、あなたは来られないんですもの！」

彼はつづけた。

「ぼくを愛している？」

彼女は泣きじゃくりながら、涙越しに聞くほど魅力的なものはない、あの天国の言葉で答えた。

「大好きよ！」

彼は無上の愛撫のような口調でつづけた。

「泣かないで。ぼくのためだと思って、泣かないでくれないか？」

「あたしを愛しているの、あなたは？」

彼は彼女の手を取った。

「コゼット、ぼくは一度も名誉にかけてなにかを誓ったことはない。そんなのはなんだか怖くてね。だけど、いまは父がそばについていてくれるような気がする。だから、きみにこれ以上はない神聖な誓いの言葉を言おう。きみが行ってしまったら、ぼくは死んでしまう、と」

彼がこの言葉を発したときの口調には、じつに厳かで穏やかな憂愁が感じられたので、コゼットは思わず震えてしまった。彼女は暗い真実が通りすぎるときの、あのどこかひんやりとした感じをうけた。悪寒がして、泣きやんだ。

「じゃあ、聞いてくれ」と彼は言った。「明日はぼくを待っていなくていいよ」

「どうして？」

「明後日に待っていてくれ」

「ああ！　でもどうして？」

「いまに分かる」

「あなたに会わない一日なんて！　とっても考えられないわ」

「一日だけ我慢してくれ。きっとそれが一生のためになるから」

そしてマリユスは声を落とし、独言をいうみたいにこう付けくわえた。

「なにしろ、習慣をぜったいに変えない人だから。夕方にならないと、だれにも会わない人だから」

「あなた、だれの話をしているの？」とコゼットが尋ねた。

「ぼくが？　いや、なにも言っていないよ」

「じゃあ、あなた、なにか希望があるのね？」

「明後日まで待ってくれ」

「どうしてもって言うのね？」

「そうだ、コゼット」

彼女は彼の頭を両手に抱き、爪先で立って彼の高さまで伸びあがり、彼の目にその希望を読みとろうとした。

マリユスはつづけた。

「あ、そうそう。きみにぼくの住所を教えておかなくちゃ。なにがあるか分からないからね。

ぼくはクールフェラックという名前の友達のところに住んでいる。ヴェルリー通り十六番地だ」

彼はポケットを探ってナイフを取りだすと、刃先で壁の漆喰に「ヴェルリー通り十六番地」と書きつけた。そのあいだ、コゼットはふたたび彼の目を見つめていた。

「あなたの考えを教えて。マリユス、あなたには考えがあるんでしょう。それを言って。ねえ！　教えて。今夜よく眠れるように！」

「ぼくの考えはこうだ。神様はぼくらが別れ別れになるのを望まれるはずがないってことだ。明後日ぼくを待っていてくれ」

「それまで、あたし、なにをすればいいの？」とコゼットは言った。「あなたのほうは、外に出て、どこにでも行ったり来たりできるわ。男の人って、ほんとにいいわね！　なのに、あたしはひとりっきりになる。ああ！　あたし、どんなに寂しくなるかしら！　ねえ、明日の晩、あなたはいったいなにをするの？　教えてくれない？」

「ぼくはあることを試してみるんだ」

「じゃあ、それまであたし、うまくいくよう神様にお祈りして、あなたのことを考えているわ。あなたがいやだって言うから、あたしはもうあれこれきかないわ。あなたはあたしのご主人さまなんだもの。明日の晩は、あなたの好きな「オイリュアンテ」の曲でも歌って過ごそうかしら。いつかの晩、あなたがやってきて、鎧戸越しに聞いたあの曲よ。でも、明後日は早く来てね。あらかじめ言っておく、あたし、夜九時きっかりに待っているわ。ああ、それにしても！　一日いちにちが長いのって悲しいものね！　分かっているの、九時の鐘が鳴ったら、あたし庭にいるわよ」

「ぼくもだよ」

ふたりとも口にこそ出さなかったが、同じ思いに動かされ、恋人同士をしっかりつないでいる電流に導かれて、ともども苦しみのなかでも消えない快楽に陶然となり、相手の腕に身を投げた。ふたりは恍惚に浸り、涙をためた目をあげて星を見つめているうちに、いつしか唇を合わせていたことにも気づかなかった。

マリユスが外に出たとき、通りには人影がなかった。ちょうどエポニーヌが悪党どものあとをつけて、大通りまで行ったころだった。

マリユスが木に頭を押しつけて思案に暮れていたとき、じつはある考えが心をよぎったのである。悲しいかな！　その考えはじぶんでも無分別で、無理があるように思われた。彼はそれでも、当たって砕けろとばかり決心した。

第七章　老いた心と若い心が向かいあう

そのころジルノルマン老人は、すでに満九十一歳になっていた。あいかわらずジルノルマン嬢とともに、フィーユ・デュ・カルヴェール通り六番地にある、例の古い持ち家に住んでいた。読者も思いだされるように、彼は泰然として死を待ちうけ、年をとっても気骨があり、悲しみにも屈しないという、いわゆる古風な老人のひとりだった。

とはいえ、しばらくまえからジルノルマン嬢は、「お父さまもめっきりお弱りになられて」と言っていた。近ごろの彼は、召使いに平手打ちをくらわせることもめっきりなくなり、バスクが戸を開けるのに手間取っても、以前ほど杖で激しく階段の踊場を叩きつけることもなくなっていた。三〇年の「七月革命」もせいぜい六か月彼を怒らせただけだった。『モニトゥール』紙が「貴族院議員アンブロ・コンテ氏」[1]の二語を組みあわせて載せているのを見ても、ほとんど平然としていた。しかし、じつをいえば、この老人はすっかり打ちひしがれていたのである。もとより身体的にも精神的にも、屈服したり降参したりすることこそなかったものの、心のうちでは衰えを感じていた。彼は四年まえから、文字どおりに足を踏ん張ってマリユスを待っていた。あのどうしようもない腕白坊主も、いずれ戸口のベルを鳴らすだろうと信じていたのだ。ところが近ごろでは、気が滅入っているときなどに、「もしマリユスがこれ以上待たせるようなら……」と独言をいうようになっていた。彼にとって耐えられないのは死ではなく、もしかすると二度とマリユスに会えなくなるかもしれないという思いだった。マリユスにもう会えないという思いは、これまでただの一瞬も彼の頭に浮かんだことがなかった。ところがいまや、その考えが彼のまえにちらつき、身を凍らせるのである。自然で真実な感情にはつねにあることだが、マリユスにいなくなられてみると、ぷいと出ていった恩知らずの孫息子への愛情が、いや増すようになってきた。ひとが太陽のことを思うのは、十二月の夜、零下十度のときである。ジルノルマン氏には、祖父であるじぶんが孫である彼のほうに歩みよるなど論外だった。たしかに彼はそう思いこみ、「それくらいなら、くたばったほうがよっぽどましだわい」と言っていた。じぶんにはなんの非もないと信じてはいたが、マリユスのことを考えるたびに、深い情愛と、いずれ闇に消えていく老人の絶望を覚えるのだった。

彼の歯は何本か欠けはじめていた。それがまた、新たな悲しみの種になった。

ジルノルマン氏には、じぶんでそうと認めることこそなかったけれども——なぜなら、そんなことをすれば、われとわが身が腹立たしく、恥ずかしく感じるにちがいないから——、マリユスを愛するほどに愛した愛人は、これまでただのひとりもいなかった。

彼は寝室の枕元に、目が覚めたら真っ先に見たいものとして、もうひとりの娘の古い肖像画を掛けさせていた。死んだポンメルシー夫人が十八歳のときの肖像画だ。彼はたえずその絵をながめていた。ある日、それをじっと見ながらこう言った。

「よう似とるわい」

「妹にでしょう」とジルノルマン嬢が言葉をついだ。「ほんとうにねえ」

老人はこう付けくわえた。

「あやつにもな」

一度、彼が両膝をそろえ、ほとんど目を閉じたまま、がっくりとすわっていると、娘が思いきってこう言った。

「お父さま、まだずっと根にもっていらっしゃるんですか?……」

彼女は言葉を切って、それ以上は言わなかった。

「だれのことじゃ?」と彼は尋ねた。

「あのかわいそうなマリユスのこと？」

彼はその老いた頭をきっとあげ、痩せこけて皺だらけの拳をテーブルのうえにどんと置いて、苛立ちのあまりぶるぶる震える声で叫んだ。

「かわいそうなマリユスじゃと？　あいつはな、ふざけた野郎だ、ろくでなしだ、血も涙もない、恩知らずの見栄っ張り小僧だ、天狗になりおった悪党だわい！」

そう言いながら顔をそむけたのは、じぶんの目に涙が浮かんでいるのを娘に見せないようにするためだった。その三日後、彼は四時間もだんまりを決めこんだあと、いきなり娘に向かって言った。

「わしはジルノルマン嬢に、もう二度とあやつのことを口にしてもらいたくないとお願いしておったはずじゃが」

ジルノルマン嬢はあらゆる働きかけをあきらめて、こんな穿った診断をくだした。

「あんな馬鹿なことをしてからというもの、お父さまは、妹のことをあんまり快く思っておられなかったんだわ。マリユスを憎んでいらっしゃるのは、はっきりしているんですもの」

「あんな馬鹿なことをしてから」というのは、大佐と結婚してから、ということだった。

それに、読者はとっくに察しておられようが、ジルノルマン嬢は秘蔵っ子として、マリユスを槍騎兵将校に替えようという試みに失敗していた。替玉のテオデュールはまったくもって使いものにならなかった。ジルノルマン氏はその入替を受け入れなかった。心の空白を穴埋めくらいで間に合わせることなど、とうていできないものなのだ。テオデュールのほうは、遺産の匂いは嗅ぎつけたものの、親戚に取り入るための雑事が面倒だった。老人は槍騎兵を退屈させ、槍騎兵は老人の気分を損ねた。テオデュール中尉は快活にはちがいなかったが、おしゃべりだった。気さくだが、下品だった。伊達男だったが、取巻きが悪かった。愛人が何人もいたのは事実だが、その話をしきりにした。しかも、話し方が下卑ていた。すべての長所を集めると短所になった。ジルノルマン氏は、彼がバビロン通りの兵舎あたりであずかった艶福のことを、とくとくと話すのを聞かされてうんざりした。かててくわえてジルノルマン中尉は、ときどき三色旗の花形帽章をつけた軍服姿でやってきた。これにはすっかり閉口した。そこでジルノルマン老人は、ついに音をあげて娘に言った。「わしはうんざりじゃ、あのテオデュールにはな。好きなら、おまえが会うがいいさ。わしは平時の軍人というものをあまり好かんのでな。サーベルを引きずっておる奴より、サーベルで切りまくる奴のほうがよっぽどましかもしれん。結局、戦闘でやるチャンバラのほうが、石畳のうえで鞘をガチャガチャさせるより、よっぽど見苦しくないのじゃ。おまけに虚勢を張ってふんぞり返り、女の腐ったのみたいに腹帯で腰を締めつけ、胸甲のしたにコルセットをはめているなんぞ笑止千万、滑稽きわまりない。真の男子たる者、空威張りするのも科(しな)を作るのも大概にせねばならんのじゃ。空元気もお追従笑いもまかりならん。ま、テオデュールはおまえだけのものにしておけ」

娘が「でも、お父さまの甥の子ですよ」と言ってみたが、ジルノルマン氏は爪先まで祖父であって、爪の垢ほども大伯父ではなかった。

とどのつまり、彼は才気もあり、人を見分ける目ももっていたので、テオデュールはただ、ますますマリユスを懐かしく思わせることにしか役に立たなかったのである。

ある晩、もう六月四日だというのに、ジルノルマン老人は暖炉に盛大に火をたかせていた。彼は娘を退らせ、娘は隣室で縫物をしていた。彼は牧歌的な自室にひとりでいた。両脚を薪置台にのせ、コロマンデル塗りの九枚折の大きな屛風に半分囲まれ、緑色の笠のしたにろうそくが二本燃えているテーブルに肘をつき、綴織りの肘掛け椅子に深々と埋まっていた。本を一冊手にしていたが、読んではいなかった。じぶんの流儀にしたがって、総裁政府時代の伊達者の服装をし、ガラ[2]の古い肖像画にそっくりだった。もしそんな格好で街路を歩こうものなら、ひとがぞろぞろついてきただろうが、彼が外出するときには、ジルノルマン嬢がかならず、司教が着るようなたっぷりとした外套をかけてやっていたので、そのような出立は人目にふれなかった。家では起床と就眠のとき以外は、けっして部屋着を着なかった。「あれは爺むさく見えるでな」と彼は言っていた。

ジルノルマン老人はマリユスのことを恋々と、また苦々しく考えていたが、いつものように、苦々しさのほうがまさってきていた。刺々しい情愛はともするると、最後には煮えくりかえり、憤怒へと変わってしまう。だが、近ごろでは老人もすっかり腹を決めて、胸が張り裂けそうなことでも甘受しようという心境になり、こうじぶんに言い聞かせていた。いまとなっては、マリユスがもどってくるどんな理由もない、もどってこなければならないのなら、とっくにもどっているはずだ、もうあきらめるほかはないのだと。彼は、おしまいだ、じぶんは二度と「あの御仁」に会うこともなく死んでいくのだという考えに慣れようと努めた。だが、持ち前の向う気が頭をもたげて言うことをきかず、老いた父性が頑として頭を縦に振らなかった。「なんたることじゃ！」これが彼の痛ましい繰言だった。「あやつがもどってこないとは！」禿頭が胸に垂れ、彼は哀れっぽく苛立った目つきで、暖炉の灰をぼんやり見つめていた。

こんな物思いに深く沈んでいたとき、年とった従僕のバスクがはいってきて、こう尋ねた。

「だんなさま、マリユスさまをお通ししてもよろしいでしょうか？」

老人はきっと上体を起こした。その顔は蒼ざめ、まるで直流電気の衝撃をうけて立ちあがる屍体のようだった。全身の血が心臓に逆流していた。彼は口ごもりながら言った。

「マ、マリユスなんとおっしゃる？」

「存じあげません」と、主人の様子にまごまごし、うろたえたバスクが答えた。「わたしはお会いしていません。ニコレットが「若い男の方ですよ。マリユスさまだと申しあげてちょうだい」こう言ってきたものでして」

ジルノルマン老人は小声でぼそぼそ言った。

「お通ししなさい」

そして同じ姿勢のまま頭を揺らし、ドアをじっと見つめた。ドアが開いて、若い男がはいってきた。マリユスだった。

マリユスは、はいれと言われるのを待つように、戸口で立ちどまった。

惨めと言ってもいいくらいの彼の服装は、笠のつくる暗がりのなかでは目立たなかった。落ち着いて真面目そうだが、妙に悲しげな顔だけがようやく見えた。

驚きと喜びでぼおっとなったジルノルマン老人は、しばらくじっとしていたが、幽霊が出てきたときのように、光だけしか目にはいらなかった。いまにも気が遠くなりそうだった。くらくらしてはいたが、マリユスの姿が見えた。たしかに、あやつだ！　マリユスだ！

とうとう！　四年ぶりだ！　彼はひと目でマリユスのすべてをとらえてしまった。美しく、気高く、上品で、ひとまわり大きくなって一人前の男になり、態度も申し分なければ、風采も好もしいと思った。彼は腕を広げ、名前を呼びながら、飛んでいきたかった。はらわたが恍惚のなかに溶け、愛情あふれる言葉がからだをふくらませ、いまにも胸からあふれ出そうだった。ついにあの情愛が表にあらわれ、口元までのぼってきたのだ。ところが、本心とは裏腹なことを言ってしまう性質のため、とっさに飛びだしたのは厳しい言葉だった。彼はぶっきらぼうに言った。

「なにをしにここに来たんじゃ？」

マリユスはどぎまぎして答えた。

「あのう……」

ジルノルマン老人としては、マリユスにじぶんの腕のなかに飛びこんできてほしかった。彼はマリユスにも、じぶん自身にも不満だった。じぶんもぶっきらぼうなら、マリユスのほうも他人行儀だと感じた。この老人にとって、心のうちは優しさにあふれ、涙に暮れているというのに、こんな厳しい顔つきしかできないと感じるのは、なんとも耐えがたく、ひどく苛立たしい苦しみだった。また苦々しい思いがもどってきた。彼はマリユスの言葉をさえぎり、つっけんどんな口調で言った。

「それなら、なんで来たんじゃ?」

この「それなら」は「わしにキスをしにきたのでないなら」という意味だった。マリユスは祖父の顔を見た。蒼白く、まるで大理石のようだった。

「あのう……」

老人は険しい声になってつづけた。

「おまえはわしに詫びにきたんじゃな? じぶんの過ちを認めたんじゃな?」

彼はマリユスに手がかりをあたえ、これで「この子」も我を折るだろうと思っていた。マリユスは身震いした。いまじぶんに求められているのは、まさしく父親を否認することではないか。彼は目を伏せて答えた。

「いいえ、違います」

「それなら」と、老人は刺すような痛みを覚え、全身に怒りをみなぎらせて、猛然と声をあげた。「このわしに、なんの用事があるんじゃ?」

マリユスは両手を合わせ、一歩進みでて、弱々しい震え声で言った。

「どうか、ぼくを哀れんでください」

この言葉はジルノルマン氏を動揺させた。もっと早くに言われていたなら、彼もほろりとしたところだったろうが、もう手遅れだった。祖父は立ちあがり、両手で杖を握って身を支えた。その唇は真っ白で、額は揺れていたが、高い背丈がかがんだマリユスを見下ろしていた。

「おまえを哀れむだと! いい若者が九十一歳の老人に哀れみを乞うというのか! おまえは

人生にはいろうとしているところだが、このわしは人生から出ていくところなんだぞ。おまえは芝居やら、舞踏会やら、カフェやら、玉突きやらに行く。才気があって、女どもにちやほやされて、いい男ぶりじゃないか。ところが、このわしときたら、真夏だというのに火にかじりついておる始末じゃ。おまえはこの世にまたとない富をいろいろ持っておるが、このわしには老年のありとあらゆるみすぼらしさ、老衰だの孤独だのがあるばかりなんじゃぞ！　おまえは三十二本の歯、健やかな胃、生き生きした目、力、食欲、健康、陽気さ、ふさふさした黒髪なんぞを持っておるが、このわしにはもう白髪さえない。歯も抜け、脚が弱り、物覚えも悪くなった。しょっちゅう間違える通りが三つあってな、そいつはシャルロー通り、ショーム通り、それにサン・クロード通りというんじゃ。わしはそんなところまできておるのじゃよ。おまえのまえには太陽がいっぱいの未来が開けておるが、このわしはほとんど先になにも見えなくなっておる。それほど暗闇のなかにはいりこんでおるのじゃよ。おまえは恋をしておる。そんなことは言わんでも分かっておる。ところが、このわしを愛してくれる者なぞ、この世にだれひとりおらんのじゃ。なんとおまえは、そんなわしに哀れみを乞うというのか！　そうか、こりゃモリエールも忘れておった喜劇じゃぞ。もしおまえさんたちがそんなふうに法廷でふざけているなら、弁護士諸君よ、わしは心から敬意を表しますぞ。それにしても、おまえさんたちも、ずいぶんと珍奇な奴らよの」

そしてこの八十をはるかに超えた男は、怒りのこもった重々しい声で言葉をついだ。

「ふん、おまえはわしになんの用があるのじゃ？」

「あのう」とマリユスが言った。「ぼくがここにいることがお気に障るのは重々承知していますが、ひとつだけお願いがあってまいったのです。それがおわれれば、早々に退散します」

「おまえも間抜けた男じゃな！」と老人は言った。「だれが退散しろと言った？」

これは彼の心の底にあった「さあ、ひと言ごめんなさいというんだ！　わしの首っ玉に飛びついてこい！」という優しい言葉の彼流の翻訳だった。ジルノルマン氏は、こうしているあいだにもマリユスが立ち去ってしまう、じぶんのけんもほろろのあしらいに感情を害する、じぶんの厳しさがマリユスを追いはらってしまうのだと感じていた。そう思うと、彼の苦しみはいや増したが、その苦しみがたちどころに怒りに変わってしまうため、厳しさもまたいや増した。マリユスにだけは、なんとかじぶんの気持ちを分かってもらいたいのに、マリユスのほうは一向に理解しようとしなかった。そこで老人は激怒し、こうつづけた。

「なんじゃと！　おまえは祖父であるこのわしに背き、この家を飛びだし、行方をくらまして、伯母さんを悲しませた。いや、言われなくても分かっておる。そのほうが好都合なんじゃろ。独り暮らしをし、伊達男を気取り、好きなときに家に帰り、遊びほうけておるほうがな。わしにはなんの便りもよこさず、借金をつくっても、払ってくれという相談のひと言もない。どうせ世間を騒がせ、社会の鼻つまみ者になっておったんじゃろ。そのあげく、四年もして、のこのこわしのところにもどってきおる。おまえには、それしか言うことがないのか！」

いくら孫を情愛のほうに向けさせようとしても、このような手荒なやり方では、マリユスをますます黙らせることにしかならない。ジルノルマン氏は腕を組んだ。彼がこの格好をすると、ことさら傲然とした感じになる。彼は苦々しげにマリユスに語りかけた。

「まあ、これくらいにしておこう。わしになにか願い事があってきたと言っておったな？　なんじゃ？　どういう願い事なんじゃ？　申してみよ」

「あのう」と、マリユスはまるでいまにも断崖に落ちていく人間のような目つきで言った。「結婚のお許しをいただきにまいったのです」

ジルノルマン氏は呼鈴を鳴らした。バスクがなかばドアを開けた。

「娘を寄こしてくれ」

間もなくドアが開いたが、ジルノルマン嬢はなかにはいらずに姿だけ見せた。マリユスは突っ立ったまま、物も言わず、腕をたらして、まるで犯罪者のような顔をしていた。ジルノルマン氏は部屋じゅうを行ったり来たりしていた。彼は娘のほうを向いて言った。

「べつになんでもない。マリユスさまだ。ご挨拶をしなさい。このお方は結婚されたいそうじゃ。それだけだ。引きとりなさい」

老人のそっけなくしゃがれた声の響きは、彼がなにかしら尋常でない憤怒の絶頂にあることを告げていた。伯母は怯えたようにマリユスに目を向け、かろうじて彼だと分かったようだが、なんの身ぶりもせず、言葉ひとつもらさず、ひたすら父親の剣幕に気圧されて、大嵐をまえにした藁屑のように消え去った。

そのあいだに、ジルノルマン老人はもどってきて、暖炉に背をもたせかけていた。

「なに、結婚じゃと！　二十一歳でか！　勝手に決めてしまいおって！　あとは許しを求めるだけというわけじゃな、ほんの形ばかりの！　まあ、すわりなさい。ところで、お目にかかれなかったあいだに、あなたさまは革命を経験されましたな。ジャコバン派も勝ちましたな。さぞかしご満足でしょうな。あなたさまはたしか、男爵になってから共和派になられたんでしたな？なんとも見事に調理されるものです。共和国は男爵位をひと味違ったものにしてくれるわけですな。七月革命で叙勲でもされたのですかな？　すこしはルーブル宮荒らしもされましたかな？この近所の、ノナン・ディエール通りに向かいあったサン・タントワーヌ通りのある家の壁に、弾丸が一発撃ちこまれていましてな、そこには一八三〇年七月二十八日と書きこんでござる。いずれ見にいかれるとよろしいでしょう。ま、後学のためにな。ああ！　それにしても、お仲間はずいぶんとご立派なことをなさいますな。そうそう、ベリー公の記念碑の代わりに噴水をつくられるそうじゃないですか？[3]　それで、あなたさまも結婚されたいというわけですな？　お相手は？　失礼ながら、お相手の名前を尋ねてもよろしいかな？」

彼はここで言葉を切ったが、マリユスに答える暇もあたえず、激しい調子で付けくわえた。

「ところで、おまえにはちゃんとした身分があるのか？　財産もできたんじゃろうな？　弁護士稼業でいくらかせいでおる？」

「無収入です」と、マリユスはきっぱりとした口調で、ほとんど敵意をこめ、決然と言った。

「無収入だと？　じゃあ、おまえはわしがやる千二百フランだけで暮らしておるのか？」

マリユスはなんの返事もしなかった。ジルノルマン氏はつづけた。

「なるほど、それで分かった。娘が金持ちなんじゃな？」

「ぼくと同じです」

「なんじゃと！　持参金もないのか？」

「そうです」

「遺産の当ては？」

「ないと思います」

「身ひとつじゃと！　ところで、父親は何者じゃ？」

「知りません」

「じゃあ、娘の名前は？」

「フォーシュルヴァン嬢です」

「フォーシュ……なんだと？」

「フォーシュルヴァンです」

「ちぇっ！」と老人が言った。

「あのですね！」とマリユスは声を荒げた。

ジルノルマン氏は独言をいうような口調で彼の言葉をさえぎった。

「そうか。二十一歳で、身分もなく、年収千二百フラン。ポンメルシー男爵夫人は、二スーのパセリを買いに八百屋に行かれるわけじゃな」

「あのう」とマリユスは、これで最後の希望も消えうせるのかと思い、取り乱しながらつづけた。「どうかお願いです！　後生です、両手を合わせての懇願です。足元に跪いてお願いします。どうか、あの人との結婚をお許しください」

老人は甲高く、不気味な笑い声を発し、その合間に咳きこみながら話した。

「ハッ、ハッ、ハッハッ！　どうせこう考えたんじゃろ。よおし！　おれはあの頑固爺に、あの愚かな老いぼれに会いに言ってやろう！　おれが二十五歳になっていないのは、なんとも残念だ！　なっていたら、ちゃんとした結婚通知書を叩きつけてやるところだが！　そうすりゃ、あいつの世話にならずにすんだのに！　まあ、どっちだっていい。それなら、こう言ってやろうじゃないか。おい、ぼけじいさん、おれにお目にかかれただけでも嬉しいだろう。おれは結婚したい。某氏の娘、某嬢と結婚したい。おれには靴がないし、彼女には肌着がない。それでもかまいやしない。おれは出世も、未来も、青春も、命も川に流してやりたいんだ。女をひとり首にぶらさげて、貧乏暮らしに飛びこんでやりたいんだ。これがおれの料簡さ。あんたにも承知してもらわなきゃな！　すると、あの化石みたいな老いぼれは、こう言って承知するだろう。よしよし、坊や、好きにするがいい。いいよ、いいとも、じぶんでじぶんの厄介事を背負いこむがいい。おまえのプーセルヴァンだか、クーペルヴァンだかと結婚するがいい……——いや、断じてならぬ、おまえ！　断じてならぬぞ！」

「お父さん！」

「断じてならぬ！」

この「断じてならぬ！」という口調を耳にしただけで、マリユスはすっかり希望をなくしてしまった。彼は頭を垂れ、よろよろとなり、退出するというよりはむしろ、瀕死の人間のようにゆっくりした足取りで部屋を横切った。そんな彼を目で追っていたジルノルマン氏は、まさにドアが開き、マリユスが外に出ようとするとき、横柄でわがままな老人特有の、かくしゃくとしたすばしこさで四歩あるき、マリユスの襟元をつかむと、力まかせに部屋に連れもどし、肘掛け椅子に放りだしてこう言った。

「さあ、その話をしてくれ！」

こんな急激な変化を引きおこしたのは、マリユスの口からもれた「お父さん！」というひと言だった。マリユスは取り乱しながら祖父を見た。ジルノルマン氏のくるくる変わる顔は、いままでは荒々しいが手放しの人の好さしか見せていなかった。祖父がおじいちゃんに席を譲ったのだ。

「さあ、いいから、話してみろ。おまえの艶事を打ち明けてくれ。しゃべってくれ。洗いざらい話してくれ！　えーい！　若い奴らは気が利かんのう！」

「お父さん」と、マリユスはまた言った。

老人の顔いっぱいに得も言われぬ光が射した。

「よしよし、そうじゃ。わしをお父さんと呼んでくれ。そうすりゃ、いいことがあるぞ！」

いまや打って変わったこの態度には、なんとも善良で、穏和で、開けっぴろげで、父親らしいところが見えたので、マリユスは気持ちを落胆から希望に切り替えて、なにやら酔ったような気分になった。彼はテーブルのそばにすわっていたが、ろうそくの光がそのぼろ切れのような服装を照らしだしたものだから、ジルノルマン老人はそれを見て驚いた。

「それでは、お父さん」とマリユスが言った。

「こりゃあこりゃ」とジルノルマン氏がさえぎった。「おまえは本当に一文無しなんじゃな。まるで泥棒みたいな身なりじゃないか」

彼は引出しのなかを探って、財布を取りだし、テーブルのうえに置いて、

「さあ、百ルイ〔二千フラン〕じゃ。帽子でも買え」

「お父さん」とマリユスはつづけた。「親切なお父さん、分かっていただけたら！　ぼくは愛しているのです。想像していただけないでしょうが、彼女を初めて見たのはリュクサンブール公園でした。彼女がよくそこに来ていたのです。初めのうちは、ぼくも大して関心はありませんでした。そのうちに、どうしてそんなことになったのかよく分かりませんが、ぼくが彼女に恋してしまったのです。ああ！　そのことでぼくはどれだけ苦しんだことでしょう。でも、いまやっと、毎日彼女の家で会えるようになりました。彼女の父親は知りません。ところがどうでしょう、この親子が旅に出るというのです。ぼくらは晩に庭で会っているのですが、父親が彼女をイギリスに連れていくと、そこで聞かされました。そのときぼくはこう思いました。よし、ここはひとつ、おじいさんに会いにいこう。そして事情を打ち明けてみようと。彼女に去られたら、ぼくは気が狂ってしまいます。病気になって、川に身投げするかもしれません。ぼくはどうしても彼女と結婚しなくちゃならないんです。そうしないと、気が狂ってしまうのですから。これですっかりお話ししました。言い忘れていることはないと思います。彼女はプリュメ通りの鉄柵に囲まれた庭のなかに住んでいます。廃兵院の側です」

ジルノルマン老人は喜色満面にマリユスのそばにすわっていた。マリユスの話に耳を傾け、その声の響きを味わっていた。と同時に嗅ぎ煙草を一服長々と味わっていたが、プリュメ通りとい

う言葉を耳にしたとたん、吸いこむのをやめ、煙草の残りをぽとりと膝のうえに落とした。

「プリュメ通り！　おまえ、たしかにプリュメ通りと言ったな！——はてはて！——あのあたりに兵舎はないか？——そうじゃ、そうじゃとも。おまえの従兄テオデュールがその話をしておったぞ、あの槍騎兵じゃ、将校じゃよ——可愛い小娘だろ、おまえ、あの可愛い小娘のことだろ！——そうだとも、プリュメ通りじゃな。あそこは昔ブロメ通りと呼ばれていたところじゃ。——これで、見えてきたぞ。プリュメ通りの鉄柵の可愛い娘、その話は聞いたことがある。庭の美少女。パミラ[4]みたいな娘。おまえもなかなかいい趣味をしておるわい。なんでも、小ざっぱりした娘ということじゃな。ここだけの話だが、たしかあの間抜けの槍騎兵もちょっかいを出したらしいぞ。どこまでいったのか、わしには分からんがの。まあ、そんなことはどうでもいい。だいたい、あやつの言うことを真に受けちゃならんのじゃ。自慢話ばかりしおるからの。マリユスよ！　わしはなあ、おまえのような若い男が恋をするのは、大変結構なことじゃと思っておる。おまえはそういう年頃なんじゃ。わしは恋をしておるおまえのほうが、ジャコバン党のおまえよりよっぽど好きだわい。ロベスピエールさまにうつつを抜かすより、ひとりの女、いやいや、二十人の女の尻でも追いまわしてもらいたいもんじゃ。わしにもな、同じサンキュロット[5]でも、女のほうにしか目が向かなかったという自負があるんじゃよ。きれいな娘はやっぱりきれいなもんよ、まったく！　なんの文句がある！　その娘は、パパに内緒でおまえを引きいれているんだな。まあ、よくある話だ。このわしにもな、そんは話はたんとあったぞ。一度や二度じゃないわい。おまえ、こういう場合、どうするか分かっておるな？　むきになってはならん。あわててのっぴきならぬ事態にはまってはならん。結婚の約束や入籍の手続なんぞもってのほか。頭をつかって、のほほんとしゃれのめしておりゃいいんじゃ。分別をわきまえてな。人間、深入りせず、結婚なんぞしないのが一番なんじゃ。根は好人物で、古い引出しにいつもルイ金貨の包みを持っておるおじいさんに会いにきて、おじいさん、じつはこうなんです、と言えばいいんじゃ。すると、おじいさんは言ってくれるぞ。なあに簡単な話だ、とな。青春は過ぎ去るもの、老年は消え去るもの。わしにも若いときがあったし、おまえもいずれ年寄りになる。なあ、坊やよ、おまえさんもいずれ、孫に同じ話をするだろう。さあ、ここに二千フランある。まあ、せいぜい楽しむがいい！ それに限る！ 物事はそうやるもんじゃ。結婚はしない、それでなんの差障りもない。分かったな？」

マリユスは茫然としてひと言も口がきけず、さっぱり分からないというふうに頭を横に振った。老人はワッハッハと笑いこけ、老いた目をぱちくりさせ、彼の膝をぽんと叩いて、なにやら秘密めかした晴れやかな面持ちで彼の顔をじっと見つめ、世にも優しく肩をそびやかしながら言った。

「馬鹿正直なやつだわい！ なあに、愛人にしてやりゃいいんじゃよ」

マリユスの顔から血の気が引いた。彼は今し方祖父が言ったことをなにひとつ理解できなかった。あのブロメ通りやら、パミラやら、兵舎やら、槍騎兵やらの長談義は、影絵のようにマリユスのまえを通りすぎた。そんなものはなにひとつ、一輪の百合の花のようなコゼットに関係があるはずもなかった。老人は戯言をいっていたのだ。だが、この戯言があのひと言に辿りついて、マリユスは理解した。それはコゼットにたいする、取返しのつかない暴言にほかならない。「なあに、愛人にしてやりゃいいんじゃよ」というそのひと言は、この謹厳な青年の心に剣のように突きささった。

彼は立ちあがり、床にあった帽子を拾いあげて、決然とした、たしかな足取りでドアに向かって歩いていった。そこで彼は、くるりと振りかえり、祖父に深々と一礼してから、頭をあげてこう言った。

「五年まえ、おじいさまはぼくの父を侮辱されました。今日は、ぼくの妻を侮辱されました。ぼくはもうなにもお願いいたしません。では、お別れします」

ジルノルマン老人は呆気にとられ、口を開け、腕を伸ばして、立ちあがろうとしたが、ただのひと言も発する間もなく、ドアが閉まり、マリユスが立ち去ってしまった。

老人はしばらく身動きもせず、雷にうたれたようになり、まるで何者かの拳で喉を締めつけられたように、話すことも息をすることもできなかった。やっと肘掛け椅子から身を引き離し、九十一歳の老人としては精一杯の素早さで戸口に駆けつけ、ドアを開けて叫んだ。

「だれか！　だれか！」

彼の娘があらわれ、つづいて召使いたちがあらわれた。彼は苦しげに喘ぎながら、つづけた。

「あれを追いかけろ！　あれを捕まえろ！　わしはなんということをしたんじゃ？　あれは気が狂っておる！　行ってしまったぞ！　ああ、なんということじゃ！　ああ、なんということじゃ！　今度という今度は、あれはもどってこないぞ！」

彼は通りに面した窓のところまで行って、老いた手を震わせながら、からだを半分以上乗りだし、バスクとニコレットにうしろから抱きとめられながら叫んだ。

「マリユス！　マリユス！　マリユス！　マリユス！」

しかしマリユスにその声が聞こえるはずもなく、ちょうどこのとき彼はサン・ルイ通りの角を曲がろうとしていた。

八十をとっくに過ぎた老人は苦渋にみちた表情で、両手で二、三度こめかみを叩き、よろめきながら後ずさりし、へなへなと肘掛け椅子に倒れこみ、脈も絶え絶えになり、声も涙も出ず、頭を揺らし、呆けたように唇を動かして、目にも心にも、夜にも似た陰鬱で奥深いもののほか、もはやなにも映らなくなっていた。

第九篇　彼らはどこへ行くのか？

第一章　ジャン・ヴァルジャン

同じ日の午後四時ごろ、ジャン・ヴァルジャンはシャン・ド・マルスでもとりわけひと気のない土手裏に腰をおろしていた。用心のためか、ひとりでゆっくり考えたいためか、それともどんな人間の生活にも気づかぬうちに徐々に忍びいる習慣の変化のせいか、近ごろの彼はめったにコゼットを連れて外出しなくなった。彼は労働者風の上着をまとい、灰色の平織りのズボンをはき、庇の長い帽子をかぶって顔を隠していた。彼はいまでは、コゼットのかたわらにいて平穏で幸福だった。そのため、しばらく彼をぎくりとさせ、不安にしていた一件も霧散していたのだが、ここ一、二週間というもの、別のたぐいの不安が生じてきた。ある日、大通りを散歩していると、テナルディエの姿を見かけたのだ。さいわい変装していたので、相手にはまったく気づかれなかった。しかし、その日以来何度も彼の姿を見かけたので、ジャン・ヴァルジャンもいまでは、テナルディエがこの界隈をうろついていることを確信するようになった。一大決心をするにはこのことだけで充分だった。テナルディエがいるとなれば、一気にあらゆる危険が迫ってきたも同然だったからである。

しかもパリは物騒になり、政治的な不安もあって、なにか後ろめたいものをかかえて生活している者には、具合の悪い状況になってきた。警察がひどく神経質になり、疑い深くなって、ペパンやモレー[1]といった過激派活動家のあとをつける一方、ジャン・ヴァルジャンのような人間をも嗅ぎだす恐れがあったのだ。

こうしたさまざまな観点から、彼の気は休まらなかった。

そこにきて、ついさきほど不可解なことに驚かされ、その余燼もまださめないままなので、彼はますます警戒心を強めていた。その日の朝、家でひとり起きだし、コゼットの部屋の鎧戸が開くまえに、庭を散歩していたとき、壁のうえに、たぶん釘で刻まれたにちがいないこんな一行があることにふと気づいたのだ。「ヴェルリー通り十六番地」

それは彫られてから間もないものらしく、黒く古い漆喰のなかの切込みは白く、壁際に生えている一塊の刺草は、真新しい細かな石膏の粉だらけだった。これはおそらく、夜のあいだに書かれたものだ。これはなんだろう? だれかの住所か? ほかの人間への合図か? 彼にたいするなにかの警告なのか? いずれにしろ、見知らぬ何者かがこの庭に侵入したのは明らかだった。以前にも奇妙な出来事があって、家の者たちを不安にしたのを思いだした。あの事件を手がかりにして、あれこれ考えをめぐらした。だが彼は、コゼットを怖がらせるのを恐れ、壁のうえに釘で書かれた一行のことは話さないことにした。

以上のことをよくよく熟慮した結果、ジャン・ヴァルジャンはいよいよパリ、というよりフランスからも離れて、イギリスにわたろうと決心したのだった。そのことをあらかじめコゼットに知らせておいた。できれば一週間以内に出発したかった。彼はシャン・ド・マルスの土手のうえに腰をおろし、テナルディエのこと、警察のこと、壁に書かれたあの奇妙な一行のこと、旅券を入手する困難のことなどに思いをめぐらせていた。

そのような物思いに心を奪われている最中、太陽が投げかける一筋の影で、何者かが真うしろの土手のてっぺんに立ちどまったことに気づいた。振りかえろうとしたとき、四折にされた一枚の紙が、まるでだれかの手から頭上に落とされたように、膝のうえに落ちてきた。その紙を取って、ひろげると、そこには鉛筆の太い文字でこう書いてあった。

「引っ越せ」

ジャン・ヴァルジャンはさっと立ちあがった。土手にはだれもいなくなっていた。あたりを見まわしてみた。そして、子供よりは大きいが、大人より小さい者の姿に気がついた。その者は灰色の作業着に土色のコール天のズボンという格好で手摺り壁をまたぎ、シャン・ド・マルスの溝のなかに滑りこんでいった。

ジャン・ヴァルジャンは物思いにふけりながら、ただちに帰宅した。

第二章　マリユス

マリユスはジルノルマン氏の家から悲嘆に暮れて立ち去った。その家にはいるときにはわずかながらの希望があったが、出るときには途方もない絶望をかかえていた。

ちなみに、うぶな人間の心を観察したことがある者なら分かるだろうが、あの槍騎兵、将校、間抜けた従兄弟のテオデュールのことは、彼の心にすこしも影を落としていなかった。どんなちいさな影も。劇詩人なら、出し抜けに祖父から孫に明かされたこの秘密から、一見こみ入った話が展開できると期待するかもしれない。だが、そうなると劇的効果は出るかもしれないが、事の真実味はうしなわれるだろう。マリユスは、悪にかんしては何事も信じない年齢だった。のちになると、どんなことでも信じてしまう年齢がやってくるだろう。疑惑は顔の皺にほかならない。うら若い青春はそんな皺とは無縁なのである。オセロを動転させるようなことも、カンディード[1]のうえならすいすい滑っていくことだろう。コゼットを疑う！　それくらいなら、マリユスはたくさんの犯罪を楽々とおかしたことだろう。

マリユスは通りから通りへと歩きだした。悩む者たちが最後にすがる綱とも言うべき行動である。彼はあとになって思いだせるようなことは、なにひとつ考えていなかった。朝の二時、クールフェラックのところにもどり、着替えもせずにマットレスに身を投げだした。そして頭のなかをさまざまな思いが駆けめぐる、重苦しく不快な眠りに落ちたときには、すでに太陽が高々と昇っていた。目を覚ますと、クールフェラック、アンジョルラス、フイイ、コンブフェールらが頭に帽子をのせ、すっかり外出の支度を整えて、せかせかと動きまわっているのが見えた。

クールフェラックが彼に言った。

「おまえもラマルク将軍[2]の葬式に来るか？」

彼にはクールフェラックの話はちんぷんかんぷんのようだった。

彼は仲間たちが出かけてから、しばらくして外出した。

彼は二月三日の大騒動のときジャヴェールに託されたピストルをポケットに突っこんだ。あれ以来そのまま所持していた二丁のピストルは、まだ装塡してあった。彼が心にひそむどういう考えからピストルを持って出かけたのか、説明しようとしても無理だったことだろう。

日がな一日、彼はあてどなくさまよい歩いた。ときどき雨が降ってきても気づかなかった。夕食のために、パン屋で一スーの棒形の細パン(フリュット)を買ったが、それもポケットに入れたまま、すっかり忘れていた。どうやらセーヌ河で水浴をしたらしいのだが、はっきりと覚えていなかった。頭のなかで火がかっと燃えるような瞬間があるが、マリユスの状態はまさにそれだった。いまとなってはもうなにも期待せず、なにも恐れていなかった。前夜からそういう調子だった。彼は熱に浮かされたようになり、じりじりしながら夕方になるのを待った。頭のなかにあるはっきりした思いはただひとつ、九時になればコゼットに会えるということだった。いまはこの最後の幸福だけが、彼にとっての全未来だった。あとは闇だった。まったくひと気のない大通りを歩いていると、ときおりパリじゅうに奇妙な物音が響いているのが聞こえるような気がした。彼は夢想から現実にもどって、こう言った。「戦争でもやっているんだろうか?」

日も暮れて、九時きっかりになったとき、彼はコゼットに約束したとおり、プリュメ通りにいた。鉄柵に近づいたときには、なにもかも忘れていた。もう四十八時間もコゼットに会っていない、いよいよまた会えるのだ。そう思うと、ほかの考えはすべて跡形もなくなってしまった。彼にはもはや、無上の深い喜びしかなかった。数世紀にも感じられるこの数分には崇高で想像を絶するところがあり、その数分が過ぎるとき、心は完全にみたされるのである。

マリユスは鉄柵をずらして、庭に駆けつけた。コゼットはいつも待っていてくれる場所にはいなかった。彼は藪を突っきって、正面階段脇の窪みのところに行った。「あそこで待っているんだ」と彼は言った。コゼットはそこにもいなかった。目をあげてみると、家の鎧戸が閉まっているのが見えた。彼は庭をひとまわりした。庭にはだれもいなかった。仕方なく家にもどり、恋しさのあまり分別をなくし、酔っぱらったように、怯えながら、苦しみと不安に駆られて、とんでもない時刻に帰宅した一家の主人みたいに、鎧戸を叩いた。叩きに叩いて、窓が開いて彼女の父親の暗い顔があらわれ、「なんの用だ?」と尋ねられても、一向にかまわないとさえ覚悟していた。それくらいのことなど、これからある楽しいことにくらべれば、なんでもなかったのだ。ひとしきり叩くと、今度は声をあげて、

「コゼット!」と叫んだ。「コゼット!」彼はそう、せっぱ詰まった声でくりかえした。

答える者はいなかった。もうおしまいだった。庭にはだれひとり、家にもだれひとりいなかった。

マリユスは絶望の眼差しで墓場のように暗く、静まりかえり、墓場よりも虚ろな薄気味悪い家をじっと見つめた。コゼットのそばであれほど素晴らしい時を過ごした石のベンチをじっとながめた。それから、優しい思いと決意とで胸をいっぱいにして正面階段の一段にすわり、心の底でじぶんの愛を祝福し、コゼットが出発してしまったからには、じぶんはもう死ぬしかないと思いつめていた。

突然、声が聞こえた。その声は通りのほうから届いてくるらしく、木立越しにこう叫んでいた。

「マリユスさん！」

彼は立ちあがって、

「えっ！」と言った。

「マリユスさん、そこですか？」

「ええ」

「マリユスさん」とその声がつづけた。「お友達がシャンヴルリー通りのバリケードで待っていますよ」

彼にとってその声はまったく聞き覚えのないものではなかった。それはエポニーヌのしゃがれて耳障りな声に似ていた。マリユスは鉄柵に駆けより、ぐらぐらの鉄棒を除け、そこから顔を出すと、若い男のように見える何者かが走り去り、夕闇のなかに消えていくのが見えた。

第三章　マブーフ氏

ジャン・ヴァルジャンの財布はマブーフ氏には無用だった。マブーフ氏は尊敬に値する子供らしい厳格さをうしなわず、この星から届いた贈物を受けとろうとはしなかった。星がルイ金貨に化けるなどということを認めようとはしなかった。天から落ちてきたものが、じつはガヴローシュの置土産だとは見破れなかった。彼は財布を遺失物として最寄りの警察署長に届け、取得者はその処分を請求者の一存にゆだねるということにした。言うまでもなく、請求者はひとりもいなかったので、その財布はマブーフ氏を助けることにはならなかった。

そのうえ、マブーフ氏の零落は目に見えてひどくなっていった。

藍栽培は植物園と同じように、オーステルリッツ村でもうまくいかなかった。前年には家政婦の給金が滞っていた。さきに見たように、今年は家賃がたまっていた。公益質屋は十三か月の期限が過ぎて『植物誌』の銅版を流し、どこかの金物屋がそれを大鍋にしてしまった。銅版がなくなってしまうと、まだ残っていた『植物誌』の不揃いの本も補充できないので、木版と本文とを「端本」として二束三文で古本屋に売りはらった。彼のライフワークはなにひとつとして手元に残らなくなった。彼は売った本の代金を食いつぶしはじめた。そんな貧弱な資力さえ尽きていくのを見て、ついに庭造りもあきらめ、庭は荒れ放題になった。かなりまえから、ときどき食べていた卵二個と牛肉の切端もあきらめ、パンとじゃが芋の夕食をとっていた。最後の家具を、替えのある寝具、衣服、毛布を、ついで植物標本や版画まで売った。それでもなんとか、もっとも貴重な書物だけは手放さず、そのなかには極めつきの稀覯本も数冊あった。とりわけ一五六〇年版『聖書歴史年表』、ピエール・ド・ベッスの『聖書用語索引』、ナヴァール女王への献辞付きジャン・ド・ラ・エーの『レ・マルグリット・ド・ラ・マルグリット』、ヴィリエ＝オットマン殿の『大使の責務と威厳について』、一六四四年の『ユダヤ詞華集』〔ラテン語版〕、「ヴェネチア、マヌチアヌス家蔵版」というあの素晴らしい銘のついた、一五六七年版のティブルス[1]の詩集、そしてディオゲネス・ラエルティオスの著書一冊。これは一六四四年リヨンで印刷されたもので、なかには十三世紀のヴァチカン写本四百十一番の有名な異本、アンリ・エチエンヌ[2]が参照して成果があった二種類のヴェネチア写本三百九十三番と三百九十四番、それからナポリ図書館にある有名な十二世紀の写本にしか載っていない、ドリア方言の章句などもすべてはいっていた。マブーフ氏は自室ではけっして火をたかなかったし、ろうそくをつけなくてもすむように、日が暮れるとすぐに眠ることにしていた。隣近所の付合いもすっかりなくなったようで、彼が外に出ると、みんなが避けたが、そのことにも気づかなかった。子供の貧困は母親の関心を惹き、青年の貧困は少女の関心を惹くが、老人の貧困はだれの関心も惹かない。それはあらゆる悲嘆のなかでもっとも酷いものなのだ。しかしマブーフ老人は、子供らしい朗らかさをそっくりなくしたわけではない。彼の瞳はじぶんの蔵書にじっと見入るときには、いくらか生き生きとした光を帯びたし、この世にたった一部しかないディオゲネス・ラエルティオスを見つめるときには微笑がたえなかった。ガラス張りの書架は、必需品をのぞいて、彼が手元に残していた唯一の家具だった。

ある日、プリュタルクばあさんが彼に言った。

「夕食代がありません」

ばあさんが夕食と呼んでいたのは、パンと四個か五個のじゃが芋のことだった。

「つけにしてもらったら?」とマブーフ氏が言った。

「断られるのは、よくご存じじゃないですか」

マブーフ氏は書架を開いて、そこにある蔵書を一冊また一冊と、まるでわが子をひとり殺さなくてはならなくなった父親が、さてどの子にしようかと選ぶように長いあいだながめていたが、やがてさっと一冊を抜きだし、それを小脇にかかえて出ていった。二時間後にもどってきたとき、小脇にはなにもなくなっていたが、彼はテーブルのうえに三十スーを置いてこう言った。

「これで夕食をこしらえてください」

このときから、プリュタルクばあさんはこの老人の天真爛漫な顔に暗いヴェールがかかるのを見ることになるのだが、そのヴェールは二度と持ちあげられることはなかった。

翌日も、翌々日も、毎日同じことをしなければならなかった。マブーフ氏は本を一冊持って外出し、銀貨一枚持って帰宅した。古本屋は老人が本を売らざるをえなくなった事情を察して、彼が二十フラン払って手に入れたものを二十スーで買いとるようになった。時には、それが同じ本屋ということもあった。一巻一巻と、蔵書はすっかり人手にわたってしまった。ときどき彼は、まるで本がなくなるまえに人生をおえたいとでもいうように、「なにしろ、わたしは八十歳だ」と言っていた。彼の悲しみは増していった。それでも、一度だけ嬉しいことがあった。彼はロベール・エチエンヌ[3]を一冊かかえて出かけ、マラケ河岸で三十五スーで売ったが、グレ通りでアルド版[4]の本を一冊四十スーで買い、持ち帰ったのである。

「五スーの借りができたよ」と、彼は晴々とした顔でプリュタルクばあさんに言った。

その日、彼は夕食をとらなかった。

彼は園芸協会の会員だった。そこでは彼の窮状のことが知られていた。この協会の会長が会いにきて、彼のことを農商務大臣に話してみようと約束し、そのとおり実行してくれた。「どうしてまたそんな！」と大臣は声をあげた。「そうですか！　年老いた学者先生がねえ！　植物学者がねえ！　なんの害もないお年寄りがねえ！　それはなんとかしなければ！」翌日、マブーフ氏は大臣宅の晩餐会への招待状を受けとった。彼は喜びに打ち震えながら、その招待状をプリュタルクばあさんに見せて、

「これでわたしたちも救われたよ！」と言った。

彼は指定された日に大臣邸に行き、じぶんの皺くちゃのネクタイ、角ばって古く大きな上着、卵で艶をつけた靴などが、取次の者たちをびっくりさせているのに気づいた。だれひとり、彼には話しかけてこなかった。大臣自身もそうだった。夜の十時ごろ、あいかわらずだれかに言葉をかけてもらうのを待っていた彼に、じぶんからは近づく勇気のなかった大臣夫人――胸をあらわにした美女だった――が、「あのご老人はどなたかしら？」と尋ねているのが聞こえた。彼は深夜、土砂降りの雨のなかを歩いて帰宅した。行きの貸馬車代のために、エルゼヴィア版の本を一冊売っていたのだ。

彼には毎晩、就眠まえにディオゲネス・ラエルティオスを数頁読む習慣があった。原文に見られる特別の言い方を楽しむ程度にはギリシャ語ができたので、いまの彼には、それくらいしか楽しみがなくなっていたのだ。数週間が過ぎた。プリュタルクばあさんが急な病で倒れた。パン屋でパンを買う金もないという以上に悲しいことがある。それは薬屋で薬が買えないことである。ある晩、医者がきわめて高価な水薬を処方した。引きつづき、病気の悪化のため付添いが必要になった。マブーフ氏は書架を開いたが、もうなにもなかった。最後の一冊も人手にわたっていたのだ。もはやディオゲネス・ラエルティオスしか残っていなかった。

彼はかけがえのないその一冊を小脇にかかえて出ていった。一八三二年六月四日のことだった。彼はサン・ジャック市門のロワヨル書店の後継者のところに行き、百フラン持ち帰った。その五フラン貨幣の山を老家政婦のナイトテーブルのうえに置くと、ひと言もいわずに自室にもどった。

翌日、夜が明けると早々に、彼は庭に倒れた車除けの石のうえにすわった。そして午前中ずっと身動きせず、額を垂れ、枯れてしまった花壇にそっと目を注ぐ彼の姿が生垣越しに見られた。ときどき雨が降ったが、老人は気づかないようだった。午後になると、パリじゅうに異常な物音が炸裂した。それは銃声と群衆の喧噪に似ていた。

マブーフ老人が顔をあげると、ちょうど通りかかった庭師の姿が見えたので、彼はこう尋ねた。

「なんだね、あれは?」

庭師は鋤を背に、いとも平然とした口ぶりで答えた。

「暴動でさあ」

「なに！　暴動だと？」

「へえ、戦っておりやす」

「どうして戦うのだ？」

「さあ！　そりゃまあ！」と庭師が言った。

「どのあたりかね？」とマブーフ氏はつづけた。

「アルスナルあたりで」

マブーフ老人は家にもどり、帽子をかぶって、小脇にかかえようとして何気なく本をさがしたが、見つからないまま言った。「ああ！　そうだったな！」それから、どこかそわそわとした様子で出ていった。

第十篇　一八三二年六月五日

第一章　問題の表層

暴動はなにから成りたっているか？　無から、そしてすべてから。徐々に放出される電気から、突如噴きだす炎から、さまよえる力から、吹きぬける風から。この風が、考える人間の頭、夢見る脳、苦しむ魂、燃えあがる情念、吠える貧困などに出会い、それらをさらっていく。

どこへ？

あてどなく、どこにでも。国家を超え、法律を超え、他人の繁栄や傲慢を超えて。

苛立つ信念、掻き立てられた熱狂、激化した憤怒、抑圧された闘争本能、昂揚した若々しい勇気、私心のない逆上、好奇心、変化を望む気持ち、意外なものへの渇き、新しい芝居のポスターを読んで喜び、劇場の道具方の合図の笛を愛するような感情。漠然とした憎悪、怨恨、失望、じぶんは運が悪いので破滅したのだと信じこむ虚栄、不満、空しい夢、絶壁に囲まれた野心、崩壊に出口を期待する人間。そして最後に、すぐに火がつく泥ともいうべき、どん底の貧民。以上が暴動を成す要素である。

このうえなく偉大な者とこのうえなく卑小な者。すべての埒外にいて、なにかの好機を待ちながらうろついている者たち、流浪の民、風来坊たち、巷の放浪者たち、夜、空の冷たい雲のほかに屋根もなく、ひと気のない家で眠る者たち、日々のパンを仕事ではなく時の運にまかせる者たち、貧困と虚無の名もなき者たち、腕まくりした者たち、裸足の者たち。こうした者が暴動に加わる。

国家、生活、境遇によってもたらされるなんらかの事実にたいして、秘かに反抗の念を胸中にいだいている者はだれでも、暴動と隣合せのところにいるのであり、暴動が姿をあらわすや、たちまち身震いし、じぶんまで旋風に巻きあげられるような気がしてくるのだ。

暴動とは社会という大気の一種の竜巻であり、気温が一定の条件をみたすときに突然生じ、渦巻きながら上昇し、疾駆し、雷鳴をとどろかせ、すべてを引き離し、さらい、押しつぶし、くつがえし、根こそぎにして、偉大な人間も取るに足らない人間も、木の幹も藁しべも、なにもかもいっしょに運び去る。

この竜巻はそれに運ばれる者にとっても、それに出くわす者にとっても災難だ！　なにしろ、竜巻はこの両者をぶつからせて粉砕してしまうのだから。

この竜巻はそれに捕らえられる者に、なんとも言い知れぬ異常な力をあたえる。各人を出来事のもつ威力でみたし、いっさいを弾丸に変えてしまう。切石を砲弾に、荷役人を将軍にする。

政治の陰険な権威者たちの言を信ずるなら、権力の側にとって、少々の暴動はむしろ望ましいものなのだという。その理論はこうである。暴動は政府を転覆させないかぎり、かえって政府を強固にする。暴動は軍隊の力試しをし、ブルジョワジーの心をひとつにし、警察の筋肉を引きのばし、社会の骨組の力を確かめてくれる。つまり、これはひとつの体操であり、ほとんど健康法に近いものだと言いうる。暴動のあとでは、権力はマッサージをしてもらった人間と同じく、以前よりも元気になるというのである。

三十年まえにはまだ、暴動はこれとは別の見地から考察されていたものだった。

ところで、あらゆる事柄には、みずからが「良識」だと公言する理論がある。これはアルセストにたいするフィラント[1]みたいなもので、真実と虚偽とのあいだにしゃしゃり出てくる仲裁、説明、説論である。非難と弁解をない混ぜにしているのだから、みずからは知恵だと信じこんでいるものの、そのじつただの知ったかぶりにすぎず、少々思い上がった緩和策である。中道派と呼ばれるひとつの政治学派はそっくりそこから出てくる。冷水と温水のあいだにあるのだから、これはぬるま湯的な党派である。この一派はなにやら深みがありそうに見えるが、それはただ上っ面だけのもので、原因に遡ることなく結果だけをとらえて、半可通の高みから広場の騒乱を叱責してみせるのである。

この一派の言うことに耳を傾けてみよう。

「一八三〇年の事変を複雑にしているいくつかの暴動は、あの偉大な出来事からその純粋性の一部を奪った。〈七月革命〉は人民の美しい一陣の風であり、革命のあとはいきなり青空になった。暴動がふたたび空を曇らせ、最初あれほど見事に全員を団結させていた革命を喧嘩沙汰におとしめてしまった。〈七月革命〉にも、あらゆる進歩につきものの、ぎくしゃくとした、人目につかない破壊があったのだが、度重なる暴動がこの破壊を目に見えるものにした。だから、ひとは「これは壊れている！」と言えるようになったのである。〈七月革命〉のあと、人びとはひたすら解放感しか覚えなかったものだが、いくつかの暴動のあとでは破局を感じるようになったのだ。

どんな暴動も商店を閉鎖させ、資力を下落させ、証券取引所を混乱させ、商業を中断させ、事業を妨げ、破産を早める。資金はなくなり、私有財産は不安にさらされ、公的信用は揺らぎ、産業は調子を狂わされ、資本は尻込みし、賃金は低下し、いたるところに恐怖が生まれ、そのとばっちりはあらゆる都市に波及する。そこから途方もない損失が生じる。こういう計算がなされている。暴動の初日は二千万フラン、二日目は四千万フラン、三日目は六千万フランの損失をフランスにあたえた。三日間の暴動で一億二千万の損失。つまり財政的な結果だけ見るなら、戦艦六十隻の艦隊を全滅させるような災厄、難破もしくは敗戦に相当するのだ。

歴史的に言えば、おそらく暴動にもそれなりの美点があるのかもしれない。市街戦は山野のゲリラ戦におとらず雄大で、悲壮かもしれない。一方に都市の心があれば、他方に森林の魂がある。一方にジャンヌ[2]がいれば、他方にジャン・シュアンがいる。暴動はパリ気質のもっとも独創的な飛躍、つまり気風（きっぷ）のよさ、自己犠牲、陽気な喧嘩っ早さ、勇気が知性の一部であることを示す学生たち、びくともしない国民軍、商店主たちの夜警隊、浮浪児たちの要塞、通行人たちの死をものともしない態度などを赤々と、じつに見事に照らしだした。学生と軍隊はよく衝突したが、結局のところ、闘っている者同士のあいだにたんに年齢の違いがあるにすぎない。彼らは同じ種族なのであり、二十歳でみずからの理念のために死ぬか、四十歳でみずからの家族のために死んでいく、同じストイックな人間たちだ。内戦ではつねに苦しい立場に置かれる軍は、無謀さにたいして慎重さで立ち向かう。暴動は人民の大胆不敵さを見せつけると同時に、ブルジョワの勇気の教育もする。

それは結構だろう。だが、そんなことは流血に値するだろうか？　しかも、血を流したうえに、未来が暗くなり、進歩が脅かされ、善良な市民たちを不安にし、誠実な自由派を絶望させ、革命がみずからを傷つけたといって外国の絶対君主主義者たちを喜ばせるだけなのだ。一八三〇年の七月革命の敗者たちが勝ち誇って、「それみたことか、われわれが言っていたとおりじゃないか！」と言う始末だ。かててくわえて、パリはおそらく偉大になったが、フランスは確実に弱体化した。さらに、というのも、ここでは洗いざらいすべてを言う必要があるからだが、狂乱した自由にたいして狂暴になった秩序が勝利したわけだが、勝利というものはだいたい虐殺沙汰のために名誉を汚される。とどのつまり、暴動は有害なものだった」

このようにいい加減な知恵は語る。そして、ブルジョワジーというい い加減な人民は、好きこのんでこのようないい加減な知恵に甘んじる。

筆者としては、暴動という、あまりにも意味が広く、したがってあまりにも便利な言葉はつかわないことにする。民衆運動といっても千差万別であり、筆者はそれぞれの違いを見極めたいのだ。ある暴動がある戦闘と同じ損失を招くかどうかといったことは問題にしない。だいいち、なぜ戦闘などといったことを口にするのか？　ここで戦争という問題が浮上する。暴動が災禍だというなら、はたして戦争は災難ではないのか？　それに、あらゆる暴動は災禍なのだろうか？　たとえ七月十四日の大革命が一億二千万フランの損失だったとしても、それがなんだというのか？　スペインの王位にフェリペ五世〔3〕をつかせるために、フランスは二十億フランを費やした。たとえ費用が同じだったとしても、筆者としては七月十四日のほうを採りたいと思う。そもそも筆者は、もっともらしい理屈と見せかけながらも、そのじつただの言葉にすぎないそんな数字など認めないのだ。暴動というものがある以上、筆者はそれ自体を検討する。さきに示した勿体ぶった反論では結果しか問題にされていなかったが、筆者は原因を見極めたい。

以下にそれを詳しく述べよう。

第二章　問題の根底

暴動というものと蜂起というものがある。これはふたつがふたつとも怒りであるが、前者は不当であり、後者は正当である。唯一公正な形で創設される国家である民主制国家においても、時として一党派が権力を簒奪することがある。この場合には、全体が立ちあがり、その権利の回復要求のために、必要とあらば武器を取るにいたることもある。集団の主権に関わるあらゆる問題において、全体の一党派にたいする戦闘は蜂起であり、一党派の全体にたいする攻撃は暴動である。チュイルリー宮殿に国王がいるか、国民公会があるかによって、そこを攻撃することが正しいこともあれば、間違っていることもある。群衆に向けられた同じ大砲でも、八月十日[1]は間違いであり、葡萄月十四日は正しい。見かけは同じでも、根底が違うのである。ルイ十六世のスイス人傭兵部隊は虚偽を護ったが、ボナパルトは真実を護ったのだ。自由と主権にもとづいて普通選挙がおこなったことは、街頭の群衆によって蹂躙されてはならないのだ。同じことは純粋に文明に関わる事柄についても言える。大衆の本能というものは昨日明敏であっても、明日には迷妄になってしまうかもしれない。同じ憤りでも、テレー[2]に向けるのは正当だが、チュルゴーに向けるのは馬鹿げている。機械を破壊し、倉庫を掠奪し、線路を寸断し、ドックを解体し、群衆が行き先を間違え、人民が進歩の名において裁判を拒否し、学生たちがラミュ[3]を暗殺し、ルソーが石もてスイスを追われることなどは暴動である。モーセにたいするイスラエルの反抗、フォキオン[4]にたいするアテナイの反抗、スキピオにたいするローマの反抗は暴動だが、バスチーユにたいするパリの襲撃は蜂起である。アレクサンドロスにたいする兵士たち、クリストファー・コロンブスにたいする水夫たちの反抗は、同じ反乱である。しかも、卑劣な反乱である。なぜか？　アレクサンドロスが剣を持ってアジアのためになしたことは、クリストファー・コロンブスが羅針盤を持ってアメリカのためになしたのと同じことであり、アレクサンドロスはコロンブスと同じく、ひとつの世界を見つけたのだからだ。そのように文明に新しい世界をもたらすことは、光明を増大させることにほかならず、したがってここにおいては、どんな抵抗も有罪なのである。時として民衆がみずからへの誠実さを取り違えることがある。群衆が民衆を裏切ってしまうのだ。たとえば、旧体制下の塩密売者たちの、あの長い血みどろな抗議ほど奇怪なものがあるだろうか？

それまでは慢性的で正当な反乱だったのに、いざという決定的な瞬間、救済の日、民衆の勝利の時におよんで、王権と手を結び、ふくろう党〔王党派の農民〕に早変わりし、権力に反対する蜂起から、おのれを利する暴動になったのだ！　これは薄汚い無知の傑作と言うべきだ！　塩密売者たちは王権の断頭台をのがれ、首に縄をつけたままの状態で、白の帽章〔王党派のしるし〕[5]をつけた。「塩税廃止」から「国王万歳！」が生まれたのである。聖バルテルミー祭の日の虐殺者ども、九月の人殺しども、アヴィニョンの殺人鬼ども、コリニー提督暗殺者ども、ランバル夫人の暗殺者ども、ブリュヌ元帥の暗殺者ども、ミクレー、ヴェルデ、カドネットなどといった輩、ジェユ一味、腕章騎士団、これらの者どもがやったのが暴動である。ヴァンデの乱はカトリックの大暴動である。

　前進する権利の音はおのずから分かるものであり、その音はかならずしも動転した大衆の戦慄から生まれるとは限らない。狂気じみた激情があり、ひび割れた鐘がある。すべての警鐘が銅の音を出すというわけではない。さまざまな情念と無知の動揺は進歩の衝動とは別物である。立ちあがるのはいい。だがそれは、向上を目的とするものでなければならない。どの方向に行くのか示さねばならない。蜂起は前進でなければならないのだ。その他の決起はすべて悪しきものである。暴力的などんな後退も暴動である。逆行することは人類に反する暴力行為である。蜂起とは真理の怒りの発作である。蜂起が動かす敷石は権利の火花を散らす。その敷石も暴動には泥しか残さない。ルイ十六世に刃向かうダントンは蜂起であり、ダントンに刃向かうエベールは暴動である。

　したがって、ラファイエットが言ったように、ある場合には蜂起はもっとも神聖な義務となりうるが、暴動はもっとも忌まわしい蛮行になりかねないのである。

なおまた、熱の度合にもいくらか違いがある。往々にして、蜂起は火山になりうるが、暴動は藁火におわるのである。

前述のとおり、反乱は時として権力側のほうにも見られる。ポリニャックは暴徒であり、カミーユ・デムーランは統治者である。

時に、蜂起（アンシュレクシオン）は復活（レシュレクシオン）になる。

すべてを普通選挙によって解決することはまったく近代になってからのことであり、この事実以前の歴史はすべて、四千年まえから、権利の侵害と人民の苦しみにみたされていたのだから、歴史の各時代はそれぞれの時代にありえた抗議を差しだすのである。ローマ皇帝たちの治下では蜂起はなかったが、ユウェナリスがいた。

「怒リガ詩ヲ作ル」[6]がグラックス兄弟の代弁をしているのだ。

ローマ皇帝の治下では、シエネに追放された人[7]がいるし、また『年代記』の著者もいた。

パトモス島の巨大な亡命者[8]のことは言わないでおこう。彼もまた理想の世界の名において現実の世界に抗議の言葉を浴びせかけ、ヴィジョンを壮大な諷刺詩にして、ニネヴェ、バビロン、ソドムほどにも堕落したローマにたいして、「黙示録」の燃えあがるような反射光を投げつけたのである。

岩のうえのヨハネは台座のうえのスフィンクスである。彼の言葉は難解だ。彼はユダヤ人で、その言葉はヘブライ語だ。[9]だが、『年代記』を書いたのはラテン人、もっと正しく言えばローマ人だった。

ネロのような暴君たちは邪悪なやり方で統治したのだから、それと同じような邪悪なやり方でその姿を描いてやらねばならない。ビュラン彫にしただけでは精彩に乏しい。切込みに、痛烈で緊迫した散文を注いでやらねばならないのだ。

専制君主も思想家にとってはなにかの役に立つ。鎖につながれた言葉は、恐るべき言葉になる。権力者が民衆に沈黙を強いるときには、作家はその文体を二重にも、三重にもする。その沈黙から、ある種の不思議な充実が生まれ、それが思想のなかに染みこみ、青銅となって固まる。歴史における圧政は、歴史家においては簡潔さを生みだす。有名な散文の花崗岩のような固さは、暴君による抑圧の結果にほかならない。

独裁者は作家の射程を縮めるが、そのためにかえって筆力が増す。キケロの名調子もウェレス〔10〕程度の人物にはかろうじて有効だが、相手がカリグラともなれば威力をうしなうだろう。文章のスケールがちいさくなれば、そのぶん攻撃力は強くなる。タキトゥスは力いっぱいに考える。

偉大な心の誠意は、正義と真理に凝縮されると、稲妻のような力を発揮する。

ついでに言っておけば、歴史上タキトゥスとカエサルが生きた時代が重なりあっていないことに注目すべきである〔11〕。タキトゥスにはティベリウス程度の暴君たちが当てがわれている。タキトゥスとカエサルは引きつづいて起こったふたつの現象であり、諸世紀の演出において人物の入退場を司る神は、不思議にもこのふたりの遭遇を避けられた。カエサルは偉大であり、タキトゥスは偉大である。神はこのふたりの偉人を惜しんで、両者を衝突させないようにされた〔12〕。正義の判定者タキトゥスがカエサルを攻撃すれば、その攻撃の度がすぎて不公平になるかもしれない。神はそれを望まれなかった。アフリカやイスパニアの大戦役、キリキアの海賊征伐、ガリア、ブリタニア、ゲルマニアへの文明導入などの栄光は、ルビコン河の罪[13]を覆い隠すものである。そこには神の裁きの繊細な気配りが見られるのであって、傑出した権力簒奪者に向けて恐るべき歴史家を解き放つことをためらい、カエサルにタキトゥスの批判を免れさせて、天才に情状酌量を認めたのであった。

たしかに、天才的な専制君主の治下でも、専制政治はあくまで専制政治であることに変わりはない。傑出した独裁者たちの治世でも腐敗はあるが、精神のペストは卑劣な独裁者の治世にあってはいちだんと忌まわしいものになる。そうした統治では汚辱を隠すものはなにもなく、だからタキトゥスやユウェナリスのような師表たちが、人類の眼前でより有益に、反駁の余地などないそのような汚辱を叱責できるのである。

ローマはスッラ[14]の時代よりもウィテリウスの時代にはいっていっそう悪臭を放った。クラウディウスやドミティアヌスの時代には、下層民の歪みが暴君の醜さに対応していた。奴隷の陋劣さは独裁者が直接生みだすものであり、為政者の姿が映しだされるそうした淀んだ意識から、瘴気が発散する。公権力は卑劣になり、人心は卑小になり、人々の意識は凡庸になり、魂は悪臭を漂わせる。カラカラ帝、コンモドゥス帝、エラガバルス帝治下ではそうだったが、カエサル治下ではローマの元老院から出るのは、せいぜい鷲の巣に特有の糞の臭いだけだった。

一見遅すぎる観があるタキトゥスやユウェナリスの登場も、そこに由来する。証明者があらわれるのは、事が明らかになったときだからだ。

しかし、ユウェナリスやタキトゥスは、聖書の時代のイザヤ、中世のダンテと同じように個人である。だが、暴動や蜂起は群衆であり、彼らは間違っているときもあれば、正しいときもある。だいたいの場合、暴動は物質的な問題から生まれるが、蜂起はつねに精神的な現象である。言ってみれば、暴動はマサニエッロ[15]だが、蜂起はスパルタクスだ。蜂起は精神と隣りあい、暴動は胃袋と隣りあっている。ガステル[16]はよく苛立つ。もちろんこのガステル〔胃袋〕とて、いつも間違っているわけではない。飢餓が問題になると、暴動も、たとえばビュザンセー[17]の場合などには悲壮で正しく、真っ当な出発点があった。にもかかわらず、それは暴動にとどまった。なぜか？根本には道理があったが、形式が間違っていたからだ。当然の権利ではあっても猛々しく、強力ではあっても荒々しいこの運動は、手当たりしだいなんでもおそった。盲目の象さながらに進み、あらゆるものを踏みつぶした。あとに残したのは老人、女たち、子供たちの屍体だった。ただやみくもに無害で無垢な者たちの血を流した。民衆に食糧をあたえるというのは良き目的だが、民衆を虐殺するのは悪しき手段なのである。

あらゆる武力による抗議は、このうえなく正当なものでさえ、八月十日や七月十四日でさえも、同じような混乱からはじまる。権利が生じるまえに、騒乱や沸騰があるのだ。蜂起も初めは暴動であるというのは、河も初めは奔流であるのと同じことである。通常、蜂起は革命という大海に行きつく。だが、時として蜂起は、精神の地平を見下ろしている正義、知恵、理性、権利という高い山で、理想というこのうえなく清らかな雪からつくられ、岩から岩へと長々と落下しつつ、澄みきった流れに空を映し、荘重な勝利の運行をするうちに、あまたの支流を併呑して大河となった果てに突如、ブルジョワジーの水溜に流れこんで姿を消してしまうことがある、ちょうどライン河が沼地に落ちこむように。

だが、以上のことはすべて過去である。未来はまた別である。普通選挙にはその原則のうちに暴動を溶解させ、蜂起に投票権をあたえて、武力を奪うという感嘆すべきところがある。内戦も国家間の戦争も、およそ戦争というものの消滅、それこそが避けがたい進歩である。今日がどのようなものであれ、平和こそが「明日」なのである。

そもそも、暴動、蜂起といっても、両者のどこが違うのか、いわゆるブルジョワはほとんど知らない。ブルジョワにとってはなにもかもが騒擾、たんなる反逆、番犬の主人への反抗、嚙みつこうとする試みである。これは鎖でつなぎ、小屋に閉じこめて罰してやらねばならない怪しからぬ振舞いであり、うるさい吠え声、やかましい鳴き声にすぎない。だがそれは、犬の頭が突如大きくなり、ライオンの顔となって、暗闇のなかにぼんやりと見えかけてくる日までの話だ。

そうなるとブルジョワが叫ぶ。「人民万歳！」と。

さて、以上の説明をしたうえで、考えてみよう。一八三二年の運動は歴史にとって、なんであったのだろうか？　あれは暴動だったのだろうか？　蜂起だったのだろうか？

蜂起である。

これからこの恐るべき出来事を舞台にかけるにあたって、筆者は時に暴動という言葉をつかうことがあるかもしれない。だがそれは、表面的な事実を形容するためであって、暴動という形式と蜂起という形式の区別をつねにたもってのことである。

一八三二年のこの運動には、急激な勃発においても悲愴な消滅においても、偉大なところが多々あったので、そこにただの暴動しか見ない者たちでさえも、敬意を払わずにはそのことを語れないのである。彼らにとって、あれは一八三〇年の余波のようなものにすぎない。揺りうごかされた想像力は一日のうちに鎮まるものではない、と彼らは言う。革命はお誂え向きに途切れるものではなく、平和な状態にもどるまえに、ちょうど山が徐々に低くなって平野になるように、つねにどうしてもいくつかの起伏を経るものだ。ジュラ山系なしにアルプス山脈はなく、アストゥリアスの高原なしにピレネー山脈はないのだと。

パリッ子たちが「暴動の時代」という名で思いだす現代史のその悲愴な危機は、たしかに今世紀の波瀾に富んだ時期のなかでももっとも特徴的な一時期である。

物語にはいるまえに、最後にもうひと言述べておく。

これから語られる事実は、歴史家たちが時間と紙幅がないために時に無視する、劇的で生き生きした現実に属するものだ。とはいえ、ここは力説しておくが、そこにこそ生命、鼓動、人間のおののきがあるのだ。すでに述べたと思うが、ささやかな細部はいわば、大きな出来事の葉叢であり、歴史の遠景では消えてしまう。「暴動の」と呼ばれる時代は、この種の細部にあふれている。歴史とは別な理由から、裁判の審理もそれをすっかり明らかにしないし、とことん見極めようともしない。だから筆者は、いちおうは知られ、公表されている細部のなかでも、世人にまったく知られていない事柄、ある者たちが忘れてしまったか、別の者たちが死んでしまったために看過されている事実を明らかにしよう。この巨大な舞台に登場した役者たちはだいたいにおいて姿を消してしまった。彼らは翌日からいっさい口をつぐんでしまったのだ。しかし筆者は、これから語ることにじっさいに立ち会ったと言うことができる。いくつかの名前は変えることにする。というのも、歴史とは物語ることであって、告発することではないからだ。だが、筆者は本当のことを描くつもりだ。書いている本の性質上、筆者が示すのは一八三二年六月五日と六日の一側面と一挿話だけであるが、これはたしかにもっとも知られていない事柄である。だが、それでも、これから筆者がまくりあげる黒いヴェールのしたに、読者があの恐るべき公的な椿事の真相をかいま見ることができるよう努めるつもりである。

第三章　葬儀——再生の好機

一八三二年春、三か月まえからコレラが人びとの胆を冷やし、彼らの動揺になにかしら陰鬱な静けさを投げかけていたとはいえ、パリはずっとまえからいつ動乱が起こっても不思議ではない雰囲気だった。すでに述べたように、大都市は一台の大砲に似ている。弾がこめてあれば、火の粉ひとつ落ちてくるだけで、ドンと発射する。一八三二年六月、その火の粉になったのがラマルク将軍の死だった。

ラマルクは活動的な著名人だった。彼は帝政下そして王政復古期に、このふたつの時代に必要だったふたつの勇気、すなわち戦場での勇気と演壇における勇気を次々と発揮した。勇壮であると同時に雄弁だった。彼の言葉には剣が感じられた。先達のフォワ将軍と同じく、指揮棒を高く掲げたあと、自由を高く掲げた。議場では左翼と極左のあいだに席を占め、未来の可能性を受け入れたので民衆から愛され、皇帝によく仕えたので大衆の人気を博した。ジェラール、ドルーエ両伯爵とともにナポレオンの「意中の（イン・ペト）」元帥のひとりだった[1]。一八一五年の条約[2]が、まるで個人的な侮辱であるかのように激昂した。憎悪をむき出しにしてウェリントンを憎んでいたので、大衆に気に入られた。十七年まえから、その間に起こった出来事にはさしたる関心も払わず、ワーテルローの悲しみを荘重に持していた。末期の断末魔にあっても、百日天下の将校たちから贈られた剣を胸にひしと押しあてていた。ナポレオンは「軍隊」という言葉を口にしながら死んだが、彼は「祖国」と言いながら死んでいった。

彼の死は前々から予測されていたが、民衆はひとつの喪失として恐れ、政府はなにか凶事のきっかけになるかもしれないと恐れていた。その死は万人の喪となった。およそつらいことはなんでもそうだが、哀悼は反乱に転じることがある。果たしてそのとおりになった。

ラマルクの葬儀の日と定められた六月五日の前夜から朝にかけて、葬列がそばを通ることになっていたフォブール・サン・タントワーヌ地区は、恐るべき様相を呈していた。あの入り組んで騒々しい道路網は不穏な空気につつまれ、人びとはできるかぎりの武装をしていた。指物師たちは「戸口を突き破る」ために仕事場の板止めを持ちだしていた。彼らのひとりは布靴づくりの鉤針の先を折り、背を鋭くして短刀をこしらえていた。別のひとりはなにがなんでも「やっつけてやる」と熱をあげ、三日間服を着たまま寝ていた。ロンビエという名の大工は仲間に出会って尋ねられた。「おめえさん、どこに行くんだ?」「いやな！　おれにゃ武器がねえもんで」「それで?」「コンパスを取りに現場に行くところさ」「なにをしでかすつもりだ?」「分からねえ」とロンビエは答えた。

ジャクリーヌというてきぱきした男は、だれかれかまわず、通りがかりの労働者に近づいていた。「あんた、ちょっと来な！」そして、十スーばかり葡萄酒をおごってから言った。「あんた、仕事はあるのかい?」「ねえさ」「じゃ、フィスピエールのところに行ってみな。モントルイユ市門とシャロンヌ市門のあいだだ。仕事にありつけるぜ」

フィスピエールの家には弾薬と武器があった。名のある一部の指導者たちは「郵便屋」をやっていた。つまり方々駆けずりまわって人員を集めていたのである。トローヌ市門近くのバルテルミーの家や、プチ・シャポー地区のカペルの家には、酒飲みたちが深刻な顔つきでぞろぞろやってきて、こんなことを話しあっているのが聞こえた。「おめえ、ピストルをどこに入れてる?」「作業着のしたよ、おめえは?」「おりゃシャツのしたよ」ロラン工場のまえのトラヴェルシエール通りや、メゾン・ブリュレ通りにある工具師ベルニエの工房まえの中庭では、いくつもの集団ができて、互いに密談をしていた。そのなかでとりわけ熱心な男として、マヴォーというのが人目を惹いた。この男はひとつの工房に一週間以上いたためしはなかった。親方衆は「毎日議論をふっかけられるので」彼を首にしていたのだという。マヴォーはその翌日メニルモンタンのバリケードで殺された。これも戦闘中に死ぬことになるプルトーという男はマヴォーの片腕だったが、「おまえの目的はなんだ?」ときかれると、「蜂起でえ」とうそぶいていた。ベルシー通りに集まった労働者たちは、フォブール・サン・マルソー地区担当の革命指導員のルマランという男を待っていた。合言葉はほとんど大っぴらにやりとりされていた。

さて、六月五日、ラマルク将軍の葬列は、雨が降ったり日が出たりといった天候のなか、警戒のためにやや人数を増やした軍隊の正式儀礼にしたがって、パリの町を横断した。太鼓を黒布でつつみ、銃を逆さに持った二個大隊、サーベルを捧げた国民軍兵士一万、それに国民軍砲兵数個中隊などが柩を護衛していた。霊柩車は青年たちに引かれていた。傷痍軍人の将校たちが月桂樹の枝を手にして、すぐあとにつづいていた。そのうしろから、無数の、興奮した、異様な群衆がやってきた。〈人民の友〉の会員たち、法学生たち、医学生たち、あらゆる国々の亡命者たち、スペイン、イタリア、ドイツ、ポーランドなどの国旗、水平にした三色旗、ありとあらゆる幟、緑の小枝を振りまわす子供たち、ちょうどこのときストライキをやっていた石工や大工たち、紙の帽子でそれと分かる印刷工たち。こうした人びとが二人や三人ずつ叫び声をあげ、ほとんどの者が棒を振りまわし、何人かはサーベルをかざし、整然とはいかないが心をひとつにして、ばらばらだったり縦隊をつくったりしながらやってきた。どの集団にもそれぞれ指導者が選ばれていた。丸見えのピストル二丁で武装したひとりの男が、ほかの者たちを閲兵しているように見え、その男のまえでは列が脇に寄っていた。大通りの歩道、木々の枝、家々のバルコニー、窓、屋根には、男や女や子供たちの頭がひしめき、その目は不安にみちていた。武装した集団が通っていき、怯えきった集団がながめていた。

政府のほうでも目を光らせ、剣の柄に手をかけて監視していた。ルイ十五世広場には、重騎兵の四個中隊が馬にまたがり、ラッパを先頭に立て、弾薬盒をいっぱいにし、小銃や騎銃に装塡し、いまや遅しと出撃命令を待ちうけているのが見られた。ラテン区や植物園では、市の警察隊が通りから通りへと梯形に配置されていた。葡萄酒市場には竜騎兵一個中隊、グレーヴ広場には第十二軽騎兵隊の半数、バスチーユには残りの半数、セレスタン河岸には第六竜騎兵隊、ルーヴル宮殿には中庭を埋めつくす砲兵隊。パリ近郊の連隊はいうまでもなく、その他の兵隊も兵舎に待機するよう命じられていた。不安に駆られた権力は、群衆の脅威にたいして市中に二万四千、郊外に三万の兵を配備していたのである。

葬列のなかではさまざまな噂が入り乱れていた。正統王党派の陰謀のことが語られ、群衆がつぎの皇帝に指名しようとしていたちょうどそのとき、神がその死を定めたライヒシュタット公爵〔3〕のことなどが語られた。いまでも名前が分からないある男は、寝返ったふたりの職工長が、示しあわせた時刻に兵器工場の門を民衆に開く手筈になっている、と触れまわっていた。大多数の参列者は無帽で、その額に漂っていたのは落胆に入り混じった熱狂だった。過激ではあったが高貴な感動にとらえられたその群衆のなかには、紛れもない強盗の顔や、「掠奪しようぜ！」と言う者どもの下劣な口もあちこちに見られた。こういうときには、沼の底を掻きまわして、水中に泥の雲を湧きおこしてやれ、といったような煽動まがいのことがされるのだ。この現象は「訓練が行き届いた」警察にも、けっして無縁のことではない。

葬列は緩やかなうちにも熱気をはらんで、故人の家からいくつも大通りをとおってバスチーユまで進んだ。ときどき降った雨も、この群衆にはなんの影響もあたえなかった。いくつかのちょっとした事件があった。柩がヴァンドームの円柱の周囲を引きまわされたり、帽子をかぶったままバルコニーに姿をあらわした過激王党派の貴族院議員フィッ・ジェイムズ公爵に石が投げつけられたりした。民衆の旗から七月王政の紋章、ガリアの雄鶏が引きちぎられて泥まみれになったり、サン・マルタン門でひとりの巡査が剣で突かれて負傷したりした。第十二軽騎兵隊のひとりの将校が「じぶんは共和主義者だ！」と声高に言い、理工科学校の生徒たちが外出禁止令を破って突然姿を見せ、「理工科学校万歳！　共和国万歳！」と叫んだりして、葬列の行程をいろどった。バスチーユでは、フォブール・サン・タントワーヌからやってきた恐るべき野次馬たちの長い列が葬列に合流して、物凄い沸騰が群衆を昂揚させはじめていた。

ある男がもうひとりの男にこう言っているのが聞こえた。「あそこに赤ひげのやつがひとり見えるだろ。あいつがよーしと言ったら、ぶっ放すんだぞ」この同じ赤ひげの男は、のちのケニセ事件[4]のときも姿を見せ、どうやら同じ役割を果たしたらしい。

霊柩車はバスチーユを過ぎ、運河に沿って進み、プチ・ポンをわたり、オーステルリッツ橋の手前の広場に着いて、そこでとまった。このとき群衆を鳥瞰すれば、まるで彗星のように見えたことだろう。その頭は広場にあり、尾はブルボン河岸に広がってバスチーユをおおいつくし、大通りをサン・マルタン門まで伸びている。霊柩車のまわりに円陣がつくられた。大群衆はしんと静まりかえった。ラファイエットが口を切り、ラマルクに弔辞を述べた。心を打つ厳かな一瞬だった。すべての人びとは脱帽し、すべての心臓が高鳴った。と突然、馬に乗った黒衣の男がひとり、赤旗を持って――別の者たちが言うには、赤帽を載せた槍を持って――、群衆のまっただなかにあらわれた。ラファイエットは振りむき、エグゼルマンス[5]は葬列を離れた。

その赤旗が嵐を巻きおこし、その嵐のなかに消えうせた。ブルドン大通りからオーステルリッツ橋まで、大波にも似たどよめきが群衆を揺りうごかした。ふたつの異常な叫び声があがった。「ラマルクをパンテオンへ！」、「ラファイエットを市庁舎へ！」青年たちが群衆の喝采を浴びながら、霊柩車のなかのラマルクをオーステルリッツ橋のほうに、辻馬車のなかのラファイエットをモルラン河岸のほうに誘導しはじめた。

ラファイエットを取り囲んで喝采している群衆のなかに、人びとはルートヴィヒ・シュニーデルというドイツ人を見つけて一斉に指さした。彼はのちに百歳まで長生きした男だが、ラファイエットと同じように一七七六年の戦争[6]に加わり、ワシントンの部下としてトレントンで戦い、ラファイエットの部下としてブランディワインで戦ったことがあった。

一方、セーヌ左岸では市の騎兵隊が動きだして橋を封鎖し、右岸ではセレスタン河岸から竜騎兵が出動して、モルラン河岸に沿って展開した。ラファイエットを誘導していた民衆は、河岸の曲がり角でふとそれに気づいて叫んだ。「竜騎兵だぞ！　竜騎兵だぞ！」竜騎兵隊は並足で、音もなく、ピストルを鞍の革袋に、サーベルを鞘に、騎銃を銃床受けに入れたまま、なにか暗いことを予期しているかのような面持ちで前進してきた。

彼らはプチ・ポンから二百歩のところで立ちどまった。ラファイエットを乗せた辻馬車がそこまで行くと、彼らは列を開いて馬車を通し、また列を閉じた。このとき竜騎兵と群衆が接触し、怯えた女たちが逃げだした。

この運命の瞬間に、いったいなにが起こったのだろうか？　だれも答えられないだろう。それはふたつの雲が交じわる暗黒の瞬間である。ある者たちは、突撃を告げるファンファーレがアルスナル方面で聞こえたと言い、別の者たちは、ひとりの少年が竜騎兵に短刀で斬りかかったと語っている。じつは、いきなり三発の銃声が鳴りひびき、一発目は騎兵大尉ショレーを殺し、二発目はコントレスカルプ通りで窓を閉めようとしていた耳の聞こえない老婆を殺し、三発目はある将校の肩章を焦がしたのである。ひとりの女が「早すぎるんじゃないの！」と叫んだ。兵舎に残っていた竜騎兵一個中隊がサーベルを抜き、バソンピエール通りとブルドン大通りから、駆け足で攻撃を開始し、行く手をさえぎるものをことごとく蹴散らすのが、モルラン河岸の対岸から見えた。

これで取返しがつかなくなった。嵐が荒れ狂い、石が雨霰と降り、一斉射撃が炸裂する。大勢の者たちが土手下になだれこみ、いまでは埋め立てられたセーヌ河のちいさな支流をわたる。ルヴィエ島のいくつもの仕事場が格好の大要塞となって、戦士たちではち切れそうになる。杭が抜かれ、ピストルが撃たれ、バリケードが築かれ、撃退された青年たちが霊柩車とともにオーステルリッツ橋を駆け足でわたり、市の警察隊を攻撃する。カービン銃を持った騎兵隊が駆けつけ、竜騎兵が斬りかかり、群衆が四方八方に散りぢりになる。戦闘の噂はパリの隅々にまで伝わり、人びとが「武器を取れ！」と叫び、駆け、倒れ、逃げ、抵抗する。風が火を煽るように、怒りが暴動を掻き立てる。

第四章　往時の沸騰

暴動の最初の蠢きほど異様なものはない。いたるところで同時に、すべてが炸裂する。それは予測されたことだろうか？　そうだ。準備されたことだろうか？　ちがう。どこから出てくるのか？　敷石から。どこから落ちてくるのか？　雲から。蜂起は、ある場合には陰謀の性格を、別の場合には即興の性格をもつ。だれかが群衆の流れをつかみ、じぶんの好きなところに連れていく。不安にみちた端緒だが、そこには一種凄まじい陽気さも混じっている。まず騒然たる叫びが起こる。やがて商店が閉まり、陳列された商品が姿を消す。ついで散発的に銃声が聞こえ、人びとが逃げまどう。銃床が家々の正門を叩き、中庭の女中たちが笑いながら、「そろそろひと悶着あるころね！」と言うのが聞こえる。

ものの十五分もしないうちに、パリのさまざまな地点で、ほとんど同時にこんなことが起こる。サント・クロワ・ド・ラ・ブルトヌリー通りでは、ひげを生やした長髪の若者たちが二十人ほど、あるカフェにはいったかと思うと、やがて喪章をつけた三色旗を水平に持ち、武装した三人の男を先頭にして出てきた。武装した男の一人目はサーベル、二人目は小銃、三人目は槍を持っていた。

ノナン・ディエール通りでは、でっぷりとした腹、よく響く声、禿げた頭蓋、高い額、黒い顎ひげ、ごわごわしすぎて垂れさがらない口ひげをたくわえた立派な服装の町人が、通行人に堂々と弾薬をわたしていた。

サン・ピエール・モンマルトル通りでは、腕まくりした男たちが黒旗を持ちまわっていたが、そこには白文字で「共和国か死か」と書いてあった。ジュヌール通り、カドラン通り、モントルグイユ通り、マンダール通りなどにはいくつもの集団が登場し、番号のついた「地区（セクション）」という言葉を金文字で目立たせた旗を振りまわしていた。その旗のひとつは赤、青のあいだに、ほんの申し訳程度の白があった。[1]

サン・マルタン大通りの兵器製造所と、第一にボブール通り、第二にミシェル・ル・コント通り、そしてタンプル通りにあった三軒の武器商人の店が掠奪された。数分のうちに、群衆の無数の手が小銃二百三十丁――そのほとんどは二連発銃だった――、サーベル六十四本、ピストル八十三丁をつかんで持ち去った。できるだけ多数を武装させるため、ある者が小銃を取れば、別の者が銃剣を取った。

グレーヴ広場の向こう側では、マスケット銃で武装した若者たちが女所帯の家に陣取って射撃した。なかのひとりは発火装置付きのマスケット銃を持っていた。この若者たちはベルを鳴らし、家にはいりこみ、その場で弾薬をつくりはじめた。女のひとりがのちにこう言っていた。「あたしゃね、弾薬ってどんなもんだか知らなかったんだけどさ、うちの亭主があれだぜって教えてくれたんだよ」

ある集団がヴィエイユ・オドリエット通りにあった骨董品屋に押し入り、ヤタガンその他のトルコ武具を奪った。

小銃で殺された左官の屍体がペルル通りに横たわっていた。

さらにセーヌ右岸でも左岸でも、いくつもの河岸や大通り、ラテン区、中央市場地区で、労働者、学生、地区の活動家などの男たちが息を弾ませながら、声明文を読みあげ、「武器を取れ！」と叫び、外灯を壊し、馬車から馬を外し、街路の敷石を剝がし、家々の戸を打ちやぶり、木を引っこ抜き、地下倉をあさり、樽を転がし、敷石、切石、家具、板などを積みあげてバリケードをつくった。

町人たちも無理やり協力させられた。彼らは女所帯の家にはいりこみ、留守の亭主のサーベルや小銃を出させて、「武器引渡済」と戸に白く書いていった。なかには小銃やサーベルの預り証に「実名で」署名し、「明日市役所に引取のためにひとを寄こすように」と言う者もいた。路上ではひとりで立っている歩哨や、区役所に向かう途中の国民兵の武装を解かせた。将校たちは肩章をもぎ取られた。シムチエール・サン・ニコラ通りでは、ひとりの国民軍将校が棍棒や木刀で武装した一団に追われ、やっとの思いである家に逃れたが、そこから出ることができたのは、ようやく夜になって、しかも変装してのことだった。

サン・ジャック地区では、大勢の学生たちが下宿から飛びだし、カフェ・デュ・プログレまでサン・ティアサント通りをのぼるか、マチュラン通りのカフェ・デ・セット・ビヤールまでくだるかした。学生たちはそのカフェの入口のまえで、車除け石のうえに立って武器を配っていた。バリケードをつくるために、トランスノナン通りの材木置場が掠奪された。ただ一か所だけ、サン・タヴォワ通りとシモン・ル・フラン通りとの角で、住民たちが抵抗し、自力でバリケードを取り壊した。一か所だけ、蜂起民たちが屈服したところがあった。彼らは国民軍の派遣隊に発砲したあと、築きかけていたバリケードを放棄し、コルドリー通りのほうに逃げていった。派遣隊はそのバリケードのなかで赤旗一本、弾薬一袋、ピストルの弾三百発を拾った。国民兵たちは赤旗をずたずたにし、その切端を銃剣の先に引っかけて持ち帰った。

以上、筆者がゆっくりと順を追って語ってきたことがすべて、ちょうど雷が一度とどろくあいだに無数の稲妻が走るように、大喧噪の最中に市中のあらゆる地点で、同時に起こったのである。

わずか一時間足らずのあいだに、中央市場地区だけでも二十七ものバリケードが地から湧きでたように出現した。その中央にあの名高い五十番地の家があった。それはジャンヌ〔2〕とその仲間百六名の要塞であり、これは一方の側面をサン・メリー通りのバリケード、もう一方の側面をモービュエ通りのバリケードに護られ、アルシ通り、サン・マルタン通り、そして正面のオブリー・ル・ブシェ通りの三つの通りに号令をかけていた。直角をなしたふたつのバリケードが、一方はモントルグイユ通りからグランド・トリュアンドリー通りのほうに、もう一方はジョフロワ・ランジュヴァン通りからサン・タヴォワ通りのほうに、曲がりながら伸びていた。その他マレー地区、サント・ジュヌヴィエーヴの丘など、パリの二十の界隈に無数のバリケードができたことは言うまでもない。そのひとつ、メニルモンタン通りのバリケードには、肘つりから外してきた正門の扉が見えた。もうひとつ、市立病院のプチ・ポンそばのバリケードは、馬を外してひっくり返した小型馬車でつくられていて、警視庁から三百歩のところにあった。

メネトリエ通りのバリケードでは、きちんとした身なりの男が労働者たちにお金を配っていた。

グルネタ通りのバリケードでは、馬に乗った男がひとりあらわれ、バリケードのリーダーらしい者に棒包みの現金のようなものをわたして、「これで費用やら酒代やら、その他いろいろ払ってくれ」と言った。ネクタイをつけていない金髪の青年が、バリケードからバリケードへと合言葉を伝えあるいていた。別の青年が抜身のサーベルを持ち、警察の青帽をかぶって、歩哨の配置をしていた。バリケードの内側では、居酒屋や門番小屋が護衛詰所と化していた。また、暴動はきわめて巧みな戦術にしたがって進められていた。狭く、でこぼこの、くねくねとした、角や曲った道がひしめきあう道路が見事に選ばれていたのだ。ことに中央市場周辺は、森よりもつれた道路網になっていた。噂によれば、〈人民の友〉協会がサン・タヴォワ通りの指令本部から、蜂起の指揮をとっているということだった。ポンソー通りで殺された男の持ち物を探ってみると、パリの地図が出てきた。

だが、じっさいにこの暴動の指揮をとっていたのは、あたりに漂うなんとも得体の知れない血気だった。蜂起の陣営はいきなり片手でバリケードを築き、もう片手で駐屯部隊の拠点のほとんどすべてを掌中におさめていた。三時間もしないうちに、蜂起者たちはまるで導火線に火がついたように、つぎのような要所になだれこみ、これを占領した。右岸ではアルスナル図書館、ロワイヤル広場の区役所、マレー地区全域、ポパンクール兵器製造所、ガリオット、シャトー・ドー、中央市場周辺の街路全部。左岸ではヴェテランの兵舎、サント・ペラジー、モベール広場、ドゥ・ムーランの火薬庫、すべての市門。夕方五時には、バスチーユ、ランジュリー、ブラン・マントーあたりも彼らの支配するところとなった。彼らの斥候はヴィクトワール広場をうかがい、フランス銀行、プチ・ペール兵舎、中央郵便局を脅かした。パリの三分の一が蜂起者の手に落ちたのである。

あらゆる地点で、大規模な戦いが開始された。武装解除や、家宅捜査や、武具商の店にどっと押し入るなどした結果、投石ではじまった戦闘がついには小銃の撃ち合いになってつづいていた。

夕方六時ごろ、ソモンのパッサージュが戦場になった。蜂起者が一方の入口を押さえ、軍隊が反対側の入口を押さえていた。一方の鉄柵からもう一方の鉄柵へと銃火が交わされていた。ひとりの観察者、夢想家、つまり筆者はその火山を近くまで見にいったのだが、ふと気がつくと、双方の銃火にはさまれたそのパッサージュにいた。弾丸から身をまもってくれるものは、ふたつの店を隔てている半円柱のふくらんだ部分しかなかった。筆者はほぼ半時間近く、そんな心細い位置にいたのだった。

そうこうするうちに、集合の太鼓が鳴りひびいて、国民兵はあわてて着替え、武装し、区役所から憲兵部隊が、兵舎から連隊が出動してきた。アンクルのパッサージュの向こう側では、鼓手がひとり短刀で刺された。もうひとりの鼓手が、シーニュ通りで三十人ほどの青年に襲われて、太鼓を破られ、サーベルを取りあげられた。また、もうひとりの鼓手はグルニエ・サン・ラザール通りで殺された。ミシェル・ル・コント通りでは、三人の将校が次々と斃れていった。ロンバール通りでは、数名の市警察隊員が負傷し、退却した。

クール・バターヴのまえで、国民軍の派遣部隊が赤旗を一本見つけたが、そこには「共和革命第百二十七号」と書いてあった。じっさい、これは革命だったのだろうか？

蜂起はパリの中心をもつれ、曲がりくねった、巨大な城砦のようにしていた。そこにこそ核心があり、そこにこそ明らかに問題があった。ほかのことはすべて小競合いにすぎなかった。万事がそこで決することになる証拠に、そこではまだ戦闘がおこなわれていなかった。

いくつかの連隊のなかでは、兵士たちの態度が曖昧だった。これが危機の暗い恐ろしさをさらにつのらせていた。彼らは一八三〇年七月、第五十三戦列歩兵部隊の中立を歓迎した民衆の喝采のことを思いだしていたのだった。大戦争をいくつもくぐり抜けてきたふたりの大胆不敵な猛将、ロボー元帥とビュジョー将軍がともに指揮し、ビュジョーがロボーのしたについていた。戦列大隊で編成され、国民軍全中隊に取り囲まれ、肩章をかけたひとりの警視に先導された大がかりな偵察隊が、蜂起した市街の視察に出かけた。蜂起者たちの側でも十字路の角に哨兵を立たせ、大胆にもバリケードの外に偵察隊を送りだしていた。双方で観察しあっていた。政府は軍隊を手中にしていながら、ためらっていた。夜になろうとしていた。サン・メリー教会の警鐘が聞こえてきた。昔アウステルリッツの戦いを経験した当時の陸軍大臣スールト元帥は、沈鬱な面持ちで事態を見守っていた。

正確な操縦に慣れ、方策と指針としては、戦術というあの戦闘の羅針盤しか持っていないこれらの老いたる水夫たちも、公憤と呼ばれるこの宏大な泡をまえにすると、すっかり途方に暮れてしまうのである。革命という風はなんとも扱いにくいものなのだ。

郊外の国民軍が大あわてで、算を乱して駆けつけてきた。第十二軽騎兵大隊がサン・ドニから急いでやってきた。第十四戦列隊がクルブヴォワから到着した。士官学校の砲兵隊がカルーゼル門に陣取った。ヴァンセンヌから何門もの大砲が運ばれてきた。

チュイルリー宮殿はひっそりと取りのこされていた。ルイ・フィリップは泰然自若としていた。

第五章　パリの特徴

さきに述べたように、この二年来、パリは一度ならず蜂起を経験してきた。だがふつうは、蜂起が起こっている界隈を離れるなら、暴動の最中のパリの相貌ほど異様に静かなものはない。パリはなんにでも慣れてしまうのであり、「たかが暴動じゃないか」という話になるのだ。パリはその程度のことで取り乱すには、やることが多すぎるのである。こんな巨大都市だからこそ、そうした光景を見せることができる。こんな広大な場所だからこそ、内戦と同時に、なんとも知れない奇妙な静寂をかかえこむことができるのだ。蜂起がはじまり、太鼓の音や召集のラッパや非常召集の合図が聞こえてきても、商店主はだいたいこう言うだけである。

「どうやらサン・マルタン通りでひと騒ぎあるらしいぞ」

あるいは、

「フォブール・サン・タントワーヌかもしれないな」

そしてしばしば、呑気にこう言いそえる。

「どっかそのあたりだろ」

やがて、一斉射撃や分隊射撃の耳をつんざくような不穏な響きが聞き分けられるようになると、商店主は言う。

「大荒れするのかな? やれやれ、こりゃ大荒れになるぞ!」

その直後に暴動が近づき、広がってくると、彼はさっさと店を閉め、素早く軍服を着こむ。つまり、商品の安全をはかってから、わが身を危険にさらすのである。

十字路や、パッサージュや、袋小路で撃ち合いがはじまる。バリケードを奪ったり、奪われたり、また取りかえしたりする。血が流れ、散弾が家々の正面を撃ち抜き、弾丸がベッドで寝ている人びとを殺し、死体が鋪道をふさいでしまう。ところが、そこから二、三本街路を離れると、カフェでビリヤードの玉がぶつかる音が聞こえてくるのだ。

戦いもたけなわといった通りの目と鼻の先で、野次馬たちが談笑している。芝居小屋はふだんどおりに扉を開き、軽喜劇などをやっている。辻馬車が通り、通行人たちは街中に夕食に出かける。時には、戦いがおこなわれている界隈にまで繰りだすのである。一八三一年には、婚礼の行列を通してやるために、銃撃戦が中断されたこともあった。

一八三九年五月十二日、サン・マルタン通りの蜂起[1]の折には、病身の小柄な老人が手押し車に三色のぼろ布をかけ、なかにはなにやら液体を詰めたガラス容器を積んで、バリケードから軍隊へ、軍隊からバリケードへと往復しては、ココナッツ水を政府の側にも、無政府主義者の側にも公平に提供していた。

これほど奇怪なことはまたとないが、これこそパリの暴動の特徴なのであり、このような性質は他のどんな首都にも見られない。そうであるためには、パリにふたつのもの、すなわちパリの偉大さと陽気さが必要なのだ。ヴォルテールとナポレオンの町というものが必要になるのである。とはいえ、今度の一八三二年六月五日の武装蜂起のあいだ、この偉大な町も、自力ではいかんともしがたいものを感じていた。町は恐怖を覚えたのである。いたるところ、どんなに遠く離れ、「無関係な」ところでも、真っ昼間から戸や窓や鎧戸が閉まっていた。勇敢な者たちは武器を取り、臆病者たちは身を隠した。平然と用を足しに出かける通行人も姿を消していた。多くの通りは午前四時のようにがらんとしていた。心配な情報が伝わり、不吉なニュースが流された。「連中はフランス銀行をおさえた」「サン・メリー修道院だけで六百人、教会に立てこもって銃眼をつくった」「戦列が危ない」「アルマン・カレルがクローゼル[2]に会いにいったら、元帥は「まず一個連隊を確保せよ」と言った」「ラファイエットは病気だが、「わたしはきみたちの味方だ。椅子ひとつ置ける場所があれば、どこにでもきみたちについていくつもりだ」と彼らに言った」「用心しなければならない。夜になると、パリのひと気のない界隈にぽつんと建っている家々を荒らしまわる輩が出てくるかもしれない」（これは、政府にあのアン・ラドクリフ[3]を足したみたいな警察側の想像によるものと察せられた）「オブリー・ル・ブシェ通りに砲列が敷かれた」「ロボーとビュジョーが協議した。夜の十二時、遅くとも夜明けには四個縦隊が暴動の中心に向かい、同時に進軍するらしい。第一の縦隊はバスチーユ広場から、第二はサン・マルタン門から、第三はグレーヴ広場から、第四は中央市場からだ」「どうせまた、軍隊はパリから撤退し、シャン・ド・マルスに引きあげるさ」「なにが起こるか分からなかったが、今度ばかりは深刻な事態になってきたぞ」「みんなスールト元帥がぐずぐずしているのを気に病んでいる」「なんで彼は、すぐに攻撃しなかったのだ?」——元帥が深く考えこんでいたのは事実である。老いたるライオンは、この暗がりのなかに、なにか未知の怪物を嗅ぎつけていたようだった。

夕方になったが、劇場は扉を閉ざし、偵察隊は苛立った様子で歩きまわっていた。通行者は持ち物をしらべられ、怪しい者は逮捕された。九時には八百人以上もの逮捕者が出て、警視庁も、コンシエルジュリ監獄も、フォルス監獄も満員になった。ことにコンシエルジュリ監獄では、パリ通りと呼ばれる長い地下道に藁束がまかれ、そのうえに囚人が重なりあって寝かされていたが、「リヨンの男」ラグランジュ[4]はなかで勇敢な演説をしていた。その藁は、男たちが一斉にからだを動かすと、にわか雨のような音を立てた。別のところでは、囚人たちは雨ざらしの中庭に折りかさなって寝ていた。どこでも不安が見られ、パリにしては珍しいことだが、ある種の戦慄さえ感じられた。

人びとは家のなかに閉じこもり、妻や母親たちが心配し、こんな声しか聞こえなかった。「ああ、どうしよう! うちの人が帰ってこない!」遠くのいくつかの通りで、ときたま馬車が通る音が聞こえた。戸口の石段のうえに出た人びとは、あらゆるざわめき、叫び声、騒音、にぶくはっきりしない物音などに耳を傾け、そのたびに「あれは騎兵だ」とか、「あれは軍用運搬車が駆けつける音だ」などと言っていた。ラッパ、太鼓、銃撃の音、それからとくにサン・メリー教会の物悲しげな警鐘が耳についた。みんなが大砲の第一発を待ちうけていた。武装した男たちが通りの一隅にいきなり姿をあらわし、「家のなかにもどれ!」と叫びながら消えていった。すると、人びとはあわてて戸に閂を掛けて「いったい、どういう結末になるんだろう?」と言っていた。

夜が更けるにつれ、パリは刻一刻と暴動の物凄い炎に不気味にいろどられていくようだった。

第十一篇　微粒子が大嵐と共闘する

第一章　ガヴローシュの詩についての二、三の説明。その詩にたいするあるアカデミー会員の影響

アルスナル図書館のまえでの民衆と軍隊の衝突から生まれた蜂起者たちが、霊柩車につきしたがい、いくつもの大通りを埋めながら、葬列の先頭に重圧をくわえていた群衆の動きを前進から後退に切り換えたとたん、すさまじい逆流が生じた。群衆は揺れ、列をくずし、みんなが駆けだし、その場をあとにして、ある者は鬨の声をあげ、ある者は顔面を蒼白にして逃げまどった。大通りをおおいつくしていた大河がまたたく間に分かれ、左右にはみだし、堰を切った水流のように、同時に何本もの奔流となって広がった。このとき、ぼろ服を着たひとりの少年がメニルモンタン通りからおりてきた。ベルヴィルの丘で拾ってきたエニシダの枝を手にしていた少年はふと、女主人がやっている古道具屋の店先に古い鞍ピストルが一丁あるのを目にした。少年は敷石に花の枝を投げすててこう叫んだ。

「おばちゃん、こいつを借りてくぜ」

そしてピストルをつかんで逃げだした。

間もなく、恐慌をきたしてアムロ通りやバス通りから逃げてきた町人（ブルジョワ）たちの人波は、ピストルを振りかざし、こんな歌をうたっている少年に出くわした。

　夜にゃ何も見えねえが、
　昼にゃよく見えるもん、
　偽の証文つかまされ、
　おったまげてる町人（ブルジョワ）さん、
　せいぜい実直にやんな、
　とんとん、とんがり帽！

それは戦闘に赴こうとしているガヴローシュだった。

大通りに出たとき、彼はピストルに撃鉄がないことに気がついた。

彼の足取りに調子をあたえるのに役立っているその小唄や、彼が折にふれて好んで口ずさむいくつかの歌は、いったいだれがつくったものなのだろうか？　それは分からない。だれが知ろう？　おそらく彼自身が作者なのかもしれない。もっともガヴローシュは、巷で流行っているあらゆる鼻歌に通じていて、それにじぶん自身のさえずり声を混ぜていた。この悪戯好きの腕白小僧は、自然の声とパリの声からメドレー曲をつくり、小鳥の曲目と工房の曲目を組みあわせていたのである。彼はじぶんの種族の隣組ともいうべき画学生たちと顔なじみだったし、三か月まえには、どうやら印刷屋の見習をやっていたらしい。ある日、不滅の四十人の一員、バウール・ロルミアン氏〔1〕のところに言伝を持っていったこともある。ガヴローシュは文学好きの浮浪児だったのだ。

なおガヴローシュは、あのいやな雨の夜、神に代わって象のなかに泊めてやったふたりの小僧っ子が、まさかじぶんの兄弟だとは思ってもみなかった。夕べに兄弟を救い、朝に父親を救う。あの一夜に彼はそれだけのことをしたのである。夜明けにバレー通りを離れ、大急ぎでじぶんの象のところまでもどり、そこから鮮やかな手際でチビたちを引きだし、なんとか工面した朝飯をいっしょに食べてから、じぶんを育ててくれた優しい母親も同然の街路にふたりをゆだねて立ち去った。去りぎわに、今晩、同じ場所でまた会おうと言い、別れの挨拶にこんな話をひとくさり残していった。「おいらはトンズラする、つまりズラかる、上品に言や、逃げるぞ。小僧ども、もし父ちゃん母ちゃんが見つからなかったら、今晩ここにもどってきな。おいらが晩飯を食わして、寝かしてやるからよ」ふたりの子供は巡査に拾われて収容施設に送られたのか、サーカス芸人にさらわれたのか、あるいはたんにパリのだだっ広い迷路にまよいこんでしまったのか、とにかくもどってこなかった。現代社会のどん底には、こんなふうに行方不明になった者がいくらでもいる。ガヴローシュがふたりの顔を見ることは二度となかった。あの夜から十週間、いや、もう十二週間もたった。ガヴローシュは何度か頭のてっぺんを掻きながら、「あのガキども、いってえ、どこに行きやがったんでえ？」と言っていた。

さて、彼はピストルを握ったまま、ポント・シュー通りまでやってきた。そしてこの通りで開いている店はたった一軒しかないことに気づいた。それが菓子屋だということについては、よくよく考えてみるだけの値打ちがあった。未知の世界にはいっていくまえに、もうひとつアップルパイを食べられるのは、天佑にもひとしい絶好の機会だったのだ。ガヴローシュは立ちどまり、脇腹をさわり、ズボンの隠しを探り、ポケットをひっくり返してみたが、なにも、ただの一スーも見つからず、「助けてくれ！」と叫びだした。

最後の菓子を食べそこねるというのは、まことにつらいことだ。

ガヴローシュはそれでも道を歩きつづけた。

しばらくすると、サン・ルイ通りにいた。パルク・ロワイヤル通りを横切りながら、ありつけなかったアップルパイの落し前をなにがなんでもつけてやりたくなり、真っ昼間に芝居小屋のポスターを何枚も引きちぎって、大いに溜飲をさげた。

すこし先に、金満家らしい元気溌剌とした男たちの一団が通るのを見かけると、彼は肩をすくめて、出まかせにこんな哲学的な憤懣の言葉を吐いた。

「金利でのらくら暮らしてるあいつら、なんてぶよぶよ太ってやがるんだ！　どうせたらふく食ってやがるにちげえねえ。結構なご馳走攻めで、ふうふう言ってやがるんだろ。あいつらに、そんなにお金があってどうするんですかい、ってきいてみな。なんにも分かりゃしねえぜ。あいつら、カネを食ってやがんだよ！　なにもかも胃袋とともに去りぬ、ってわけさ」

第二章　ガヴローシュの行進

往来の真ん中で撃鉄のないピストルを振りまわすことも、今日ばかりは大っぴらにできるので、ガヴローシュは一歩あるくごとに、昂揚感が増してくるのを感じた。彼は「マルセイエーズ」を切れ切れに歌いながら、その合間にこう叫んだ。

「なにもかもうまくいくにちげえねえ。おいらはリューマチをやったもんで、左脚がひどく痛え。でも市民らよ、おいらは嬉しいんだ。ブルジョワども、しゃんとしてろよ。いまにおいらがくしゃみといっしょに、世の中がひっくり返るような歌で、てめえらの腰を抜かしてやるからよ。密偵とはなんだ？　犬じゃねえか。おっとっと！　犬（シャン）どもにたいして失礼なことは禁物だぜ。おいらだってじぶんのピストルに撃鉄（シャン）がいっちょ欲しいんだった。おいらは大通りからやってきたんだ、諸君。熱くなってるぞ。沸き立ってるぞ。ぐつぐつ煮えてるぞ。そろそろ鍋の泡をすくってやるときだぜ。進め、祖国の子らよ！　敵の汚れた血で、田畑の畝をみたすまで！[1]　おいらは祖国に命を捧げるぜ。もう二度と可愛いねえちゃんとは会わねえぞ。そうとも、縁切りだ、おしめえだ。可愛い子ちゃん、ねえ、おしめえなのよ！　だが、そんなこたあ、どうだっていい。陽気にやれ！　戦おう！　ちくしょうめ！　おいらは王さまの横暴にゃうんざりでえ」

　このとき、通りかかった国民軍槍騎兵の馬がどうと倒れたので、ガヴローシュはピストルを鋪道に置いて、男を助け起こし、それから馬を起こすのを手伝った。それがすむと、ピストルを拾ってまた歩きだした。

トリニー通りに出ると、あたりは平穏で静まりかえっていた。マレー地区に特有のこのような無関心さは、付近一帯の大騒ぎと好対照だった。口さがない四人のおかみさんが、戸口の踏石のうえでしゃべくっていた。スコットランドには三人組の魔女がいるが、パリには四人組の魔女がいる。「あなたは国王におなりでしょう」という言葉は、アーミュイアの荒野でマクベスに告げられたのと同じような不気味な響きで、ボードワイエの四つ辻でボナパルトに投げつけられたかもしれない。いずれにしろ、両者ともほぼ同じカラスの声みたいだったろうが。[2]

トリニー通りのおかみさん連中は、じぶんたちの身のまわりのことだけにかまけていた。それは三人の門番女と、背負籠と鉤を持ったひとりの屑屋の女だった。

四人は衰弱、凋落、頽廃、悲哀といった四つの老いの有様を絵に描いたように四隅に立っていた。

屑屋の女は卑屈だった。露天のこの世界では、屑屋の女は頭をさげ、門番の女たちは見くだしている。これは車除けの石の隅に関係することで、屑がたっぷりあるか、あまりないかはゴミを掻き集める門番女の胸ひとつで決まる。箒の使い方にも心がこもっていたり、いなかったりすることもあるわけだ。

屑拾いの女は恩をわきまえた背負籠よろしく、三人の門番女にしきりにお愛想笑いをしていた。それもなんという笑い方だろう！　そこではこんなことが話されていた。

「へえ、そんじゃ、あんたんとこの猫はやっぱりたちが悪いのかい？」

「そうなんだわ！　猫って、もともと犬の天敵だろ。犬のほうがぶうぶう文句を言ってる始末さ」

「そりゃ人間だって同じことだわ」

「だけどさ、猫のノミは人間にゃつかないはずなんだがね」

「犬はさ、じゃまはしないけど、危ないんだよ。あたしゃ覚えてるけどさ、ある年、犬があんまり増えたんで、そのことがとうとう新聞に載ったんだよ。ありゃ、チュイルリー宮殿にローマ王のちっちゃな馬車を引くでっかい羊がいたころだったね。あんたら、ローマ王のこと覚えてるかい？」

「あたしゃ、ボルドー公爵のほうがよっぽど好きだったけどね」

「あたしゃね、ルイ十七世を見たことがあるんだよ。ルイ十七世のほうがよっぽどよかったよ」

「肉が高くなりましたね、パタゴンさん」

「ああ！　その話はよして！　肉屋って言葉を聞いただけで気分が悪くなる。ぞっとするほどいやだよ。なにしろ、骨ばっかしの肉しかよこさないんだから」

ここで、屑屋の女が口をはさみ、

「奥さんがた、この商売もさっぱりでしてね。ゴミの山もろくでもないものばっかしなんですよ。みなさんもうなにも捨てやしません。なにもかも食べてしまうんですよ」

「あんたより貧乏な人だっているんだよ、ヴァルグレームさん」

「ああ、言われてみれば、そうですね」と屑屋は一歩引いて答えた。「わたしには仕事がありますから」

しばらく話が途切れたが、屑屋の女はなんでもひけらかしたいという、あの人間の本性に負けてこう言いそえた。

「朝、家にもどりますとね、わたしは背負籠をしらべて、棚作り《トレイヤージュ》（おそらくは仕分け《トリヤージュ》）をするんですよ。部屋じゅう屑の山になりましてねえ。そこでわたしは、ぼろ切れはザルに、野菜の芯は盥に、下着類は戸棚に、毛織物は簞笥に、古紙は窓の隅に、食べられるものは鉢に、ガラス屑は暖炉に、古靴はドアのうしろに、骨はベッドのしたに入れるんですよ」

ガヴローシュはうしろに立ちどまって、聞き耳を立てていた。

「ばばあどもよ」と、彼は言った。「てめらが政治の話なんかして、どうしようってんでえ？」

野次の四重奏ともいうべき一斉射撃が彼をおそった。

「このならず者、また出てきやがった！」

「いったい、手になにを持ってるんだい？　ピストルじゃないか！」

「どういうことだよ、この乞食坊主！」

「お上《かみ》を倒してもしないことには気が収まらないんだよ、あいつは」

ガヴローシュは小馬鹿にしたように、仕返しとして、片手を大きく開き、親指で鼻先をちょっいと持ちあげてみせるだけにしておいた。

屑屋の女が叫んだ。

「いけすかない浮浪児だね、まったく！」

パタゴンさんと呼ばれて返事した女は眉をひそめ、両手をパチンと鳴らして言った。

「いまにきっとさんざん災いがやってくるにちがいないよ。うちの隣の兄さんがさ、山羊ひげなんか生やして、バラ色の帽子をかぶった若い女を腕に抱いて通るのを毎日見かけてたんだけど、今日はなんと銃を抱いてたんだよ。バシューさんの話だと、先週、革命があったんだってね、ほら、あそこ、あそこ、——あれ、どこだったかね！——そう、ポントワーズで。それにねえ、あのやにさがったちんぴらが、ピストルを持っているところを見てごらんよ！　セレスタン河岸は大砲だらけで、足の踏場もないんだって。世の中をひっくり返すことしか考えてないならず者ども相手じゃ、お上だってどうしようもないじゃないか。あんな災難がさんざんあって、やっとすこし静かになったと思ったら、もうこれだもんね。ああ、神様、あたしゃね、あのお気の毒な王妃さまが荷車で刑場に引かれていくのを見たんだよ。それにこんなことがあると、また煙草の値段が上がるしね。ひどいったらありゃしない！　あんたがギロチンで首をちょん切られるところを、あたしゃ見にいってやるからね、この悪党！」

「洟が垂れてるぜ、ばあさん」とガヴローシュは言った。「そいつをかんでやりな」

そう言って彼は通りすぎた。パヴェー通りに出たとき、屑屋の女のことが頭に浮かんできて、こんな独言をいった。

「革命家のことを悪く言うのは間違えだぜ、掃溜つつきのばあさんよ。このピストルだって、あんたのためなんだぜ。こいつはな、あんたの背負籠のなかに、もっとたくさん食べられるものを入れてやるためじゃねえのかよ」

突然、背後で物音がした。それはあとをつけてきた門番女のパタゴンばあさんで、ばあさんは遠くから、拳骨を振りあげながら、こう叫んでいた。

「父（てて）なしのくせに！」

「そんなこたあ」とガヴローシュは言った。「おいらにゃ屁のカッパでえ」

間もなく、彼はラモワニョン邸のまえを通ってこう呼びかけた。

「さあ、戦いに出かけるぜ！」

とは言ったものの、彼は急にふさぎこんでしまった。彼は咎めるようにじぶんのピストルを見つめたが、それと同時にピストルをなだめるようなところもあった。

「おいらは出かけるぜ」と、彼はピストルに声をかけた。「だが、おめえは出かけねえんだな」

一匹の犬（シャン）がもう一匹の犬（シャン）〔ピストルの撃鉄〕から気をそらしてくれることもある。ひどく痩せた一匹のプードル犬が通りかかった。ガヴローシュはほろりとして、

「かわいそうなワン公よ」とその犬に言った。「タガが全部透けてるとこをみると、おめえは樽でも呑みこんだのかい」

そして彼はオルム・サン・ジェルヴェーのほうに向かった。

第三章　理髪師のもっともな憤り

ガヴローシュが慈父のような象の腹のなかに入れてやった、あのふたりの子供を追っぱらった、

勿体ぶった理髪師はこのとき店内にいて、帝政時代に軍務を果たし、レジオン・ドヌール勲章をもらった老兵士のひげを剃っていた。ふたりはしゃべっていた。理髪師は当然ながら、暴動のこと、それからラマルク将軍のことを老兵士に話していた。話はラマルクのことから、皇帝のことに移っていった。そこから床屋と兵士とのあいだに、もしプリュドムがその場に居合わせたら、さんざん尾ひれをつけて、「カミソリとサーベルの対話」とでも題したかもしれないこんな会話が生まれた。

「だんな」と理髪師は言った。「皇帝の馬の乗りっぷりはいかがでしたか?」

「下手くそだったね。なにせ、落ち方を知らなかったんだよ。だから、一度も落馬しなかったな」

「立派な馬をお持ちでしたか? さぞかし立派な馬を持っておられたんでしょうな?」

「わたしが十字勲章をいただいた日、注意してその馬を見ておいたよ。よく走る牝馬でな、真っ白だった。両耳のあいだはすこぶる広く、鞍のところは深く、ほっそりした頭には黒い星がついて、首はうんと長く、膝の関節は強く、脇腹は張りだし、肩はなで肩で、後半身もがっしりしておった。背は六十インチ以上あったな」

「素晴らしい馬ですな」と床屋。

「まあ、陛下の馬だからな」

理髪師は、陛下という言葉のあとはしばらく沈黙するのが礼儀だと気づき、じっさいにそうしてから言葉をついだ。

「たしか皇帝は一度しか負傷されなかったんでしたね、だんな？」

「踵のところだ。あれはレーゲンスブルク[1]だった。わたしはあの日ほど皇帝が立派な服装をされていたのを見たことがない。それこそ、ぴかぴかの出立だったよ」

「そこへいくと、百戦錬磨のだんなは、さぞかししょっちゅう負傷されたんでしょうね？」

「わたしかね？」と兵士は言った。「なあに！　大したことはありゃせん。マレンゴでは襟首にサーベルで二度斬りつけられ、アウステルリッツでは右腕に弾を一発ぶちこまれ、イエナでは左腰にもう一発ぶちこまれ、フリートラントでは銃剣で一突きやられ、それから……、そうそう、モスクワ河ではところかまわず槍で七つ八つと突かれ、ルーツェンでは砲弾の破片で指を一本つぶされ……ああ、そうだった！　ワーテルローではビスカイ銃で腿をやられた。まあ、それくらいのことだがね」

「素晴らしいことでございますな！」と、理髪師は大げさに声をあげた。「戦場で死ぬっていうのは！　まったくの話、病気になって薬だの、湿布だの、注射だの、浣腸だの、医者だのといって騒いだあげく、安ベッドのうえで毎日ちょっとずつ、じわじわ死んでいくくらいなら、土手っ腹に大砲でも一発くらうほうが、よっぽどましですよ！」

「きみもさっぱりした御仁だね」と、兵士は言った。

その言葉がおわるかおわらないうちに、ものが砕ける凄まじい音がして店内が揺れた。店先の飾り窓のガラスに、いきなり星形のひびができたのだ。理髪師は蒼ざめて、

「うへえ！」と叫んだ。「一発きやがった」

「なにが？」

「大砲の弾ですよ」

「これだろ」と兵士は言った。

そして床に転がっているものを拾ってみせた。石ころだった。

理髪師が割れたガラス戸のところに駆けつけると、一目散にサン・ジャン市場のほうに逃げていくガヴローシュの姿が見えた。床屋の店のまえを通りかかったとき、ふたりの子供たちのことを気にかけていたガヴローシュは、あの理髪師に相応の挨拶をしてやりたいという欲求を抑えきれずに、窓ガラスに小石を投げたのだった。

「こりゃなんということを！」と、すこし血色を取りもどした理髪師はわめいた。「出来心でこんな悪さをしやがって。いったい、あたしがあの悪ガキになにをしたっていうんですか？」

第四章　少年は老人にびっくりする

そうこうするうちにガヴローシュは、哨所が武装を解かれているサン・ジャン市場に着き、アンジョルラス、クールフェラック、コンブフェール、それにフイイらに率いられた一団に加わった。彼らはほぼ全員武装していた。バオレルとジャン・プルヴェールも彼らを見つけて、グループに合流していた。アンジョルラスは二連発の猟銃を持ち、コンブフェールは部隊番号のついた国民軍の小銃を持ち、そのうえ腰のベルトにピストル二丁をさして、それがボタンを外したフロックコートからのぞいていた。ジャン・プルヴェールは古い騎兵の短銃を、バオレルはカービン銃を持ち、クールフェラックは抜いた仕込み杖を振りまわしていた。フイイは抜身のサーベルを握って、「ポーランド万歳！」と叫びながら前進していた。

彼らはモルラン河岸から、ネクタイもせず、帽子もかぶらず、息を切らし、雨に濡れ、目をらんらんと輝かせながらやってきたのだった。ガヴローシュは落着きはらって彼らに近づいた。

「どこに行くのですか？」

「来い」とクールフェラックが言った。

フイイのうしろをバオレルが歩いていた。というより、暴動という水を得た魚のように、跳びはねていた。彼は深紅のチョッキを着こみ、なんでもかんでもぶち壊すような言葉を吐いていた。彼のチョッキの色にひとりの通行人がぎくりとし、取り乱して叫んだ。

「赤だ！」

「赤、そう、赤だよ！」とバオレルは言いかえした。「怖がるなんておかしいぜ、ブルジョワ！おれはな、赤いヒナゲシをまえにしたって、可愛い赤頭巾ちゃんを見たって、ちっとも怖くはねえぜ。おい、ブルジョワ、いいか、赤を怖がるなんて、角のある動物にまかせておけってことよ」

彼はふと、世にも平和な紙切れが貼ってある壁の一隅に目をつけた。その紙切れは卵を食べてもよいという許可状で、パリ大司教がその「羊〔信者〕」たちに宛てた四旬節の教書だった。

バオレルは声をあげた。

「羊（ワーユ）とは、鵞鳥（ワ）〔愚者の意味もある〕のことを婉曲に言ったものだぜ」

そして教書を壁から引き離した。ガヴローシュはそれを見て、すっかり感心してしまった。このときから、ガヴローシュはバオレルを観察しはじめた。

「バオレル」とアンジョルラスは注意した。「きみは間違っている。あの教書はそっとしておくべきだった。われわれの相手はあんなものではない。きみは怒りを無駄遣いしている。貯えは大事にしておくものだよ。魂でも、弾でも、列を離れてぶっ放してはならないのだ」

「ひとにはそれぞれのやり方があるんだよ、アンジョルラス」とバオレルは言いかえした。「司教のあの駄文が癪にさわったんだ。おれはだれの許可もうけずに、卵を食いたい。きみは冷静で根は熱烈なタイプだが、おれはなんでも楽しんでやるほうなのさ。それに、おれはなにもエネルギーを無駄につかっているわけじゃない。弾みをつけているんだよ。あの教書を引きちぎったのは、エルクル！　食欲をつけるためなんだぜ」

この「エルクル」という言葉がガヴローシュを驚かせた。彼はありとあらゆる機会をとらえて、なにかを学ぼうとしていたので、この貼紙破りの男を尊敬していた。そこでこう尋ねた。

「エルクルというのは、どういう意味？」

バオレルが答えた。

「ラテン語で、こん畜生って意味だよ」

ここでバオレルは、黒ひげを生やし蒼白い顔をしたひとりの青年、おそらくは〈ＡＢＣの友の会〉の会員がある窓に立っていることに気づいて、こう叫んだ。

「急げ、爆薬だ！　パラ・ベルム！」[1]

「ベロムだって！　なるほどな」とガヴローシュは言った。彼もいまやラテン語が分かるようになっていたのだ。

騒々しい行列が彼らのあとについてきた。学生たち、芸術家たち、エクスのかぼちゃ党とつながりがある青年たち、沖仲仕たち、労働者たちなどが棍棒や銃剣で武装し、そのうちの何人かはクールフェラックのように、ズボンにピストルをしのばせていた。この一団のなかにひどく年をとって見える老人がひとり混じっていて、考え深げな様子をしながら、取りのこされないように急いで足を運んでいた。ガヴローシュはその老人に気がついて、

「ケクセクサ？」とクールフェラックに言った。

「じいさんだよ」

それはマブーフ氏だった。

第五章　老人

それまでに起こっていたことを述べておこう。

竜騎兵が襲いかかったとき、アンジョルラスとその友人たちは公営穀物倉庫そばのブルドン大通りに差しかかっていた。アンジョルラス、クールフェラック、コンブフェールらは、「バリケードへ！」と叫びながらバソンピエール通りを経る道をとった一団に加わっていた。彼らはレデ

ィギエール通りでとぼとぼ歩いているひとりの老人に出会った。

彼らの注意を惹いたのは、そのおじいさんが酔っぱらったように千鳥足で歩いていることだった。しかも、日中ずっと雨模様で、そのときもまだ雨が降っていたのに、帽子もかぶっていなかった。クールフェラックがマブーフじいさんだと気づいた。老人の家の戸口までマリユスについていったことが何度もあったから、顔を知っていたのである。古本好きの老教会財産管理委員の物静かで、臆病すぎるほどの習慣を知っている彼は、この大喧噪のただなか、騎兵隊の攻撃の目と鼻の先で、雨のなか帽子もかぶらず、銃弾のあいだをさ迷っている老人の姿にびっくりして、近づいていった。二十五歳の暴徒と八十歳の老人はこんな会話を交わした。

「マブーフさん、家に帰ってください」

「なぜ?」

「これからひと騒動ありますから」

「結構」

「斬り合い、撃ち合いになりますよ、マブーフさん」

「結構」

「大砲が飛んできますよ」

「結構。ところで、きみらはどこに行くのかね?」

「政府をひっくり返しにいくところです」

「結構」

そして老人は彼らのあとについてきた。この時からというもの、老人はひと言も発しなかった。たちまち足取りがしっかりとしてきて、労働者たちが腕を貸そうと言っても、首を横に振って断った。縦隊のほとんど先頭に立って歩き、その動作は行進する人間のものだったが、それでいて顔のほうは眠っている人間のようだった。

「ずいぶん気性の激しいじいさんだな！」と、学生たちは囁いていた。群衆のあいだでは、あれは昔の国民公会の議員だとか、ルイ十六世処刑に賛成した革命派だとかいった噂が流れた。

結集した者たちはヴェルリー通りに道をとった。プチ・ガヴローシュは声を限りに歌をうたっていたので、まるでラッパ手のような形になった。彼がうたっていた歌はこういうものだった。

月が出た、出た
いつ森へ行こか？
そうシャルロがシャルロットにきいたとさ。

　トゥー、トゥー、トゥー
　シャトゥーへ

神様ひとり、王様ひとり、銅貨ひとつに靴片っぽ
おいらが持ってるのは、それだけさ。

朝っぱらから露の酒
麝香草からじか飲みしたので
雀が二羽酔っぱらってた。
　ジー、ジー、ジー
　パッシーへ
神様ひとり、王様ひとり、銅貨ひとつに靴片っぽ
おいらが持ってるのは、それだけさ。

二匹のあわれなチビ狼
ぐでんぐでんに酔っぱらっちまった
穴のなかで虎が笑ってた。
　ドン、ドン、ドン
　ムードンへ
神様ひとり、王様ひとり、銅貨ひとつに靴片っぽ
おいらが持ってるのは、それだけさ。

ひとりは罵りもうひとりは呪った。
いつ森へ行こうか？
そうシャルロがシャルロットにきいたとさ。

タン、タン、タン
パンタンへ
神様ひとり、王様ひとり、銅貨ひとつに靴片っぽ
おいらが持ってるのは、それだけさ。

彼らはサン・メリーの方角に向かっていた。

第六章　新入り

この集団はどんどんふくれあがっていった。ビエット通りあたりで、ひとりの背が高く、ごま塩頭の男が一行に加わった。アンジョルラスとクールフェラックはその男の無骨で図太そうな顔に注目したが、彼らのうちだれひとりとしてその男を知っている者はいなかった。ガヴローシュは歌い、口笛を吹き、騒ぎ立て、列のまえに出たり、撃鉄のないピストルの銃床で商店の鎧戸を

叩きまわったりするのに忙しく、その男にはまったく気づかなかった。

彼らはたまたまヴェルリー通りにあったクールフェラックの門のまえを通りかかった。

「こいつは好都合だ」とクールフェラックは言った。「おれは財布を忘れてきたし、帽子もなくしてしまったんだ」彼は群衆から離れ、階段を駆けあがってじぶんの部屋に上がった。古い帽子と財布を取り、そのうえ汚れた下着のなかに隠してあった大型の旅行鞄くらい大きな四角い箱もつかんだ。彼が走って階段を降りたところ、門番の女に呼びとめられた。

「ド・クールフェラックさん！」

「おばさん、あんたはなんて名前だい？」と、クールフェラックは聞きかえした。

門番の女はしばらく呆気にとられていた。

「よく分かっているじゃないですか。わたしは門番で、ヴーヴァンですよ」

「よし、あんたがまだド・クールフェラックさんと呼ぶんだったら、こっちはド・ヴーヴァンおばさんと呼んでやるからな〔名前の「ド」がつくのは貴族のしるし〕！　ところで、言ってくれ、どうしたんだい？なんだい？」

「どなたか、お話があるって見えていますよ」

「だれだ？」

「ぞんじません」

「どこで？」

「わたしの門衛室です」

「とっとと失せやがれ！」

「でも、もう一時間以上お待ちなんですよ！」と、門番の女がつづけた。

ちょうどこのとき、若い労働者風で、痩せこけ、蒼白く、小柄で、そばかすがあり、穴の開いた上着、両脇に継ぎのあたったコール天のズボンといった身なりの、男というよりも少年に変装した娘みたいなのが門衛室から出てきて、とても女の声とは思えない声でクールフェラックに言った。

「すみませんが、マリユスさんは？」

「留守だよ」

「今晩お帰りですか？」

「そんなことは分からないな」

それからクールフェラックは言いそえた。

「おれのほうは帰らないがな」

若い男はじっと彼を見つめて尋ねた。

「どうしてですか？」

「どうしてって、きみ」

「いったい、どこに行くんですか？」

「そんなこと、きみになんの関係がある？」

「その箱、お持ちしましょうか？」

「おれはバリケードに行くんだ」

「いっしょに行ってもいいですか?」

「好きにしな」とクールフェラックは答えた。「通りは自由だ。鋪道はみんなのものだからな」

そして彼は仲間に追いつこうと、走ってその場を逃げだした。追いつくと、運んできた箱を仲間のひとりに持たせた。例の若い男がじっさいに彼らのあとからついてくるのに気づいたのは、それからたっぷり十五分ほどたったあとだった。

人間の集団というものは、じぶんの望むところにきちんと着くとは限らない。さきにも述べたが、それは風まかせで、どこにでも運ばれてしまうものなのだ。彼らはサン・メリーを通りすぎ、どこをどう通ったのかよく分からないうちに、サン・ドニ通りにいた。

第十二篇　コラント

第一章　開店以来のコラントの歴史

こんにちパリの人びとが、中央市場のほうからランビュトー通りにはいってゆくと、右手にモンデトゥール通りと向かいあって、一軒の籠屋があるのに気づく。偉大なナポレオン皇帝の形をした籠が店の看板になっていて、そこにはつぎのような銘が書いてある。

　　ナポレオンの全身は
　　　　柳でできている

だが人びとは、わずか三十年ほどまえ、ちょうどこの場所で恐ろしい光景がくり広げられたとは思ってもみないだろう。

そこはシャンヴルリー通り——昔の文書にはシャンヴェルリー通りと書かれている——であり、

コラント〔1〕という名の有名な居酒屋があったところである。

読者も思いだされるように、この場所にもバリケードが築かれたのだったが、その後サン・メリーのバリケードの名声の陰に隠れてすっかり忘れられてしまった。筆者がすこし光を当ててみようとするのは、こんにち深い闇のなかに沈んでしまっているその有名なバリケードである。

話を分かりやすくするために、筆者がすでにワーテルローについて用いた簡便なやり方にもう一度たよることを許していただきたい。ポワント・サン・チュスターシュ近く、こんにちではランビュトー通りの入口になっている中央市場北東の角に立ち並んでいた家々の一画を、かなり正確に頭に描こうとすれば、頂点でサン・ドニ通りに接し、基点で中央市場に接しているN字形を思いうかべるだけでよい。二本の縦の線がグランド・トリュアンドリー通りとシャンヴルリー通りにあたり、プチット・トリュアンドリー通りは斜めの線ということになるだろう。古いモンデトゥール通りがくねくねとした曲がり角をつくりながら、三本の線を横切っていた。そんなわけで、この四本の通りが迷路のようにもつれあい、一方では中央市場とサン・ドニ通りに、他方はシーニュ通りとレ・プレシュール通りにはさまれた二百平方メートルの場所に、七つもの街区ができていた。どの街区も奇妙なぐあいに仕切られ、大きさもまちまちで、秩序もなく、いい加減に並べられ、石置場の石の塊みたいに、狭い割れ目によって区分けされていた。

狭い割れ目と言ったが、筆者としては、暗く、狭く、角ばって、両側に立ち並ぶ九階建てのあばら屋のあいだを行く路地を、それ以上に的確に言いあらわすことができないのである。そのあばら屋もすっかり老朽化し、シャンヴルリー通りとプチット・トリュアンドリー通りでは、家々の正面は家から家へとわたした大梁が支えているほどだった。道が狭く、どぶの幅が広かったので、通行人は年中濡れたままの石畳のうえを、穴倉みたいな店や、鉄輪をはめた大きな車除けの石や、とてつもないゴミの山や、巨大な古い鉄格子の門でがっしり固めた家の出入口などに沿って歩いていた。ランビュトー通りができたとき、これらはことごとく取り壊された。

モンデトゥール[2]という名は、これらの道路の曲がりくねった様を言い得て妙である。だが、もうすこし先に行くと、モンデトゥール通りに合流するピルウェット通りというのがあって、この名のほうが、さらにその様を絶妙に言いあてている。

サン・ドニ通りからシャンヴルリー通りに進むにつれ、行く手の道路がどんどん狭くなり、まるで細長い漏斗のなかにはいりこんだような気分になる。きわめて短いこの通りの端まで行くと、中央市場の方角は高い家並でふさがれていた。だから通行人が、もし左右に通じている暗い通路があって、そこから抜けられることに気づかなかったなら、袋小路に迷いこんだと思ったことだろう。その通路がモンデトゥール通りで、一方はレ・プレシュール通りに、もう一方はシーニュ通りとプチット・トリュアンドリー通りにつながっていた。この袋小路みたいなところの奥、通路の右手の角に、ほかの家よりも低く、岬のようなかたちで通りに突きだした一軒の家が目を惹いた。

たった三階しかないこの家のなかに、ある有名な居酒屋が三百年まえから陽気に店を構えていた。この居酒屋は、老テオフィル[3]が次の二行で名を高めたのとちょうど同じ場所で、賑々しく営業していたのだった。

哀れ、そこに揺れたり、首吊りし
恋人の、恐ろしき骸骨。

ここは立地条件がよかったので、居酒屋の主人は親から子へと代々引きつがれていった。マチュラン・レニエ[4]の時代には、この居酒屋は「バラの鉢（ポ・ト・ローズ）」という屋号だったが、語呂合せが流行っていた時代だったので、柱（ポトー）をバラ色（ローズ）に塗った。前世紀になって、いまでは頑迷な流派から軽蔑されている風変わりな巨匠たちのひとり、あの立派なナトワール[5]がたびたびこの居酒屋を訪れ、昔レニエが酔っぱらったのと同じテーブルでたびたびほろ酔い機嫌になり、その謝礼としてバラ色の柱にコリントスの葡萄の房を描いてやった。喜んだ居酒屋の主人は、それを看板に変え、葡萄の房のしたに金文字で「コラントの葡萄亭」と書かせた。コラントという名前はそこに由来する。酔っぱらいにとって、言葉の省略ほど自然なことはない。省略は文字の千鳥足なのだ。そのため、コラントという名が「バラの鉢」に取って代わった。この居酒屋王朝の最後の主人、ユシュルーおやじは、そんな謂われなど知ったことかと、柱を青く塗らせてしまった。

カウンターのある一階の広間、ビリヤード台がある二階の広間、天井を貫く木製のらせん階段、テーブルに並んだ葡萄酒の瓶、壁をつたう煙、真っ昼間から灯したろうそく、そんな場景の居酒屋だった。一階にある揚蓋付きの階段は地下倉に通じていた。三階はユシュルー一家の住まいだった。三階に行くには階段を昇るのだが、これは階段というよりむしろ梯子といったほうがふさわしいもので、入口は二階の広間に隠し戸がひとつあるだけだった。屋根のしたにはふたつの屋根裏部屋があって、女給たちのねぐらになっていた。料理場はカウンターといっしょに一階の広間にあった。

ユシュルーおやじは、おそらく化学者になるべく生まれついたのかもしれないが、じっさいには料理人になった。彼の居酒屋では、飲むだけではなく、食べることもできた。ユシュルーは美味いものをひとつ考えだしたが、それはこの店でしか食べられない独特のもので、挽肉をつめた鯉料理だった。彼はそれを「カルプ・オ・グラ」と名づけた。客はこの料理を獣脂ろうそくか、ルイ十六世時代のケンケ灯の薄暗い明かりのもと、テーブルクロス代わりのオイルクロスを釘で貼りつけたテーブルのうえで食べるのだった。ある朝、ユシュルーはじぶんの「名物料理」を通りがかりの人びとにも広告すべきだと思いつき、筆を墨壺に浸けた。料理も自己流なら、綴字も自己流というわけで、即興でこのような注目すべき文字を壁のうえに書きつけた。

CARPES HO GRAS〔6〕

ある冬、にわか雨にみぞれが混じって、気紛れにも、最初の単語の終わりのSと三番目の単語の最初のGを消してしまった。残ったのはこんな文句だった。

CARPE HO RAS〔7〕

時と雨の助けを借りて、しがない料理の広告が意味深長な忠告となったのである。

こんなわけで、ユシュルーおやじはフランス語もよく知らないのに、ラテン語を知っていたとか、料理から哲学を引きだしたとか、ただ四旬節の肉断ちをやめさせようとしただけなのに、ホラティウスに匹敵するなどと言われたりすることになった。そのうえ驚いたことに、この宣伝文句が「さっさとわたしの居酒屋にはいってください」という意味にも取れたのである。

そうしたものは、いまではなにひとつ残っていない。モンデトゥールの迷路は一八四七年に腹をえぐられ、大きく開かれたので、いまではもうなくなっているだろう。シャンヴルリー通りとコラントは、ランビュトー通りの敷石のしたに消え去ってしまった。

前述のように、コラントはクールフェラックとその友人たちの集合場所、とまでは言えないが、少なくとも溜り場のひとつだった。コラントを見つけたのはグランテールだった。彼は「時ヲ楽シメ（カルペ・ホ・ラス）」に惹かれてそこにはいり、「挽肉をつめた鯉料理（カルプ・オ・グラ）」目当てにちょこちょこ来るようになっていた。そこでは、みんなが飲みかつ食い、やんやの大騒ぎをやらかしていた。金をあまり払わなくても、出ししぶっても、まったく払わなくても、いつも大歓迎された。ユシュルーおやじは気の好い男だったのだ。

いま述べたように、ユシュルーは気の好い、口ひげを生やした安料理屋の亭主だった。面白い変わり種である。いつも不機嫌そうな顔をして、顧客をどやしつけるような態度をとり、店にはいってくる人びとにいちゃもんをつけ、スープを出すというよりも喧嘩を吹っかけたくてうずうずしているような感じだった。それでも、くりかえし言うが、客はいつでも大歓迎された。そんな風変わりな接客のために、店はかえって繁盛していたのだ。青年たちは、ユシュルーおやじが「ぶつくさ言う」のを見にいこうぜ、と言いながら集まってきた。ユシュルーは以前に剣術指南をやっていた。彼はふいにゲラゲラ笑いだすことがあった。大声を出すのは、人柄がいい証拠である。外見こそ悲劇役者みたいだったが、根は喜劇役者だったのだ。彼としてはただ、ちょっとひとを怖がらせてやるだけで充分だったのであり、これはピストル型の煙草入れみたいなもので、発砲したとしても、たかだかくしゃみをする程度にすぎない。女房はユシュルーおばさんと呼ばれる、ひげを生やした、ひどく不器量な女だった。

一八三〇年ごろに、ユシュルーおやじが死んだ。彼とともに、カルプ・オ・グラの秘伝の味も消え去った。未亡人はなんとも慰めようもない有様だったが、それでも居酒屋をつづけた。だが、料理の味は落ち、ひどいものになり、まえからまずかった葡萄酒は、とんでもない代物になった。それでも、クールフェラックとその友人たちはコラントに通いつづけた。「気の毒だからな」と、ボシュエは言っていた。

ユシュルー未亡人は、すぐに息を切らす不細工な女で、なにかというと田舎の思い出話をしていた。未亡人は話のつまらなさを発音で補っていた。語り口が独特で、それが青春時代の村のかすかな記憶に興趣をそえていた。昔いちばん嬉しかったのは、と彼女は口癖のように言っていた、「ざんざし〔さんざし〕のなかでゴマドリ〔コマドリ〕が歌うのを聞くことだったわいな」と。

「レストラン」と称されていた二階の広間は、長く大きな部屋で、止り木、腰掛け、椅子、ベンチ、古くて脚ががたついているビリヤード台などが、所狭しと置かれていた。ここに来るのにつかうらせん階段は、広間の隅にある、船の甲板の昇降口に似た四角い穴に通じていた。
明かりはたったひとつの狭い窓からくる光と、四六時中ともされているケンケ灯だけだったので、その広間はまるであばら屋のように見えた。四脚の家具がすべて三脚のように座りが悪かった。石灰で白く塗られた壁の飾りはと言えば、ユシュルーおかみに捧げられたこんな四行詩だけだった。

十歩のところでびっくり、二歩のところでぎっくり、
危なっかしく鼻についた疣ひとつ。
いつもはらはらするぜ、その疣をかんじゃしないか、
いつか、鼻が口のなかに落っこちないかと。

この詩は壁に炭で書かれていた。
この描写によく似ているユシュルーおかみは、朝から晩まで毎日この四行詩のまえを往来していたのだが、まったく動ずることはなかった。女給がふたりいて、マトロット〔淡水魚のワイン煮〕とジブロット〔兎のワイン煮〕と呼ばれていたが、だれもその他の名前を知らなかった。ふたりはユシュルーおかみを手伝って、テーブルのうえに安物の赤葡萄酒の小壺や、腹を空かした客に出すさまざまな煮込み料理などを、陶器のどんぶりに入れて並べていた。マトロットはでぶで、丸っこく、赤毛

で、声が甲高く、死んだユシュルーお気に入りの元情婦だったが、醜いことこのうえなく、神話に出てくるどんな怪物も顔負けするほどだった。それでも、女給たる者つねに女主人の陰に隠れているべきものなので、醜さにかけてはユシュルーおかみに一歩譲っていた。ジブロットはのっぽで、きゃしゃで、目には隈ができ、瞼がたれ、リンパ体質の血の気のなさで蒼白く、いつも疲れ果て、慢性疲労症とでもいうべき病気におかされているのに、朝はいちばん早く起き、晩はいちばん遅く寝て、ぐったりした顔に眠ったような微笑をうっすら浮かべながら、黙って優しく、だれの世話でもしてやり、もうひとりの女給の面倒までみてやっていた。

カウンターのうえに鏡が掛けてあった。

レストランになっている広間にはいるまえに、人びとはクールフェラックがドアにチョークで書いたこんな詩句を読むのだった。

できるなら、おごってやれ
恥知らずは、ひとりで食え

第二章　前祝い

ご承知のように、レーグル・ド・モーはほかのどこよりジョリーの家にいることが多かった。鳥に小枝があるように、彼にもねぐらがあったのだ。ふたりの友はいっしょに暮らし、いっしょに食べ、眠っていた。なにもかも共有し、ミュジシェッタ〔1〕までもいくらかそんな感じで、修道院の助修士たちのあいだで、よく「フタリ組」と呼ばれているような関係だった。六月五日の朝、ふたりはコラントへ朝食に出かけた。ジョリーは鼻風邪をひき、ひどい鼻炎にかかっていて、レーグルもそれをもらいかけていた。レーグルの服はすり切れていたが、ジョリーはきちんとした身なりだった。

コラントのドアを押したのは、午前九時ごろだった。ふたりは二階へ行った。マトロットとジブロットが迎えてくれた。

「カキ、チーズ、それにハムだ」とレーグルが言った。

そしてふたりはテーブルについた。居酒屋は閑散とし、客は彼らだけだった。ジブロットが彼らの顔を覚えていて、テーブルに葡萄酒を一瓶置いていてくれた。

ふたりがカキに手をつけようとしたとき、階段の昇降口に頭がひとつぬっとあらわれて、こんな声がした。

「通りかかったら、ブリ産のチーズのうまそうな匂いがしてきたんでね。はいるぜ」

グランテールだった。グランテールは腰掛けを引きよせて、テーブルについた。ジブロットはグランテールの顔を見て、葡萄酒をふた瓶テーブルに置いた。これで三本になった。

「きみがこの二本を飲むのか？」と、レーグルがグランテールに言った。

グランテールは答えた。

「ほかのやつらは気が利く（アンジエニュー）が、おまえだけは気の利かない（アンジェニュ）やつだな。二瓶ぐらいで驚いたら男がすたるぜ」

　フタリ組はまず食べたが、グランテールだけは飲むのが先で、あっという間に半瓶空けてしまった。

「おい、きみの胃袋は穴でも開いているのか?」とレーグルが言った。

「穴が開いているのは、おまえの肘だろうが」とグランテールは応じた。

　そしてグラスをぐいと飲み干すと、こうつづけた。

「ああ、それそれ、弔辞のレーグルよ、おまえの服はえらくくたびれているなあ」

「そうだろうとも」とレーグルは言いかえした。「おかげで、この服とおれの仲はしっくりいっているのさ。こいつはすっかりおれの癖を呑みこんでくれて、これっぽっちも窮屈な思いなんかさせない。おれの不格好なからだにぴったり合い、どう動いたって、なんの不都合もない。暖かいときに初めて、じぶんは服を着ているなと気づくわけでね。古い上着(アビ)は古い友達と同じだよ」

「本当だよ」と、ジョリーは会話に割りこんできて声をあげた。「上着(アビ)は古い友達(アビ)だよ[2]」

「とくに」とグランテールが言った。「鼻のつまったやつが言うとな」

「グランテール、きみは大通りから来たのか?」

「いや」

「ジョリーとおれは葬列の先頭が通るのを見てきたぜ」

「みこと〔見事〕な光景だったな」とジョリーは言った。

「この通りはえらく静かだなあ!」とレーグルは声をあげた。「パリが上を下への大騒ぎだなんて、いったいだれが思う？　なるほど、昔ここいら一帯が修道院だらけだったというのも、うなずける話だよ！　デュ・ブルル[3]とソヴァルが一覧表をつくっているし、ルブーフ師もつくっている。このまわりには修道士がうようよしていたんだ。靴をはいたやつや、素足のやつ、頭髪を短く刈ったやつ、ひげを生やしたやつ、灰色の服を着たやつ、黒服のやつ、白服のやつ、フランシスコ会士、ミニモ会士、小アウグスチノ会士、大アウグスチノ会士、旧アウグスチノ会士……そんなのがうじゃうじゃしていたんだってよ」

「修道士の話はやめようぜ」とグランテールがさえぎった。「からだがむずむずしてくる」

それから彼は叫んだ。

「うへっ！　ひどいカキを呑んじまった。また心気症（ヒポコンデリー）になってきたぞ。カキは腐ってるし、女どもは不器量だし。おれは人類を憎む。さっきリシュリュー通りのどでかい公共図書館〔のちの国立図書館〕のまえを通ってきたがな、図書館と呼ばれるあのカキ殻の山は、思ってもげんなりする。なんとたいそうな紙！　なんとたいそうなインク！　なんとたいそうな駄本！　みんな人間が書いたんだぞ！　人間はプリュム[4]のない二足獣だとぬかしたならず者は、いったいどこのどいつだ？　それからおれは顔見知りの可愛い娘に出会った。春のように美しく、花盛り（フロレアル）と呼ぶにふさわしい娘でな、喜びに輝き、夢見心地で、幸せそうで、まるで極楽にいるみたいだったが、なに、見下げた女よ。というのもな、昨日、あばた面のぞっとするような銀行家がそいつを見初めたからなんだよ！　ああ、情けない！　女ってやつは優男ばかりか、借金取りまで狙いやがるんだ。雌猫は鼠を追っかければ、小鳥だって追っかけるわけでね。あの尻軽娘も、ついふた月まえは屋根裏部屋でおとなしく暮らし、コルセットのボタン穴にちっちゃな銅の輪をつける仕事をしていたんだぜ。あっ、あの輪、ありゃなんて呼ぶんだったっけ？　それはともかく、あの娘っ子は針仕事をやり、折畳み式ベッドを一台持ち、鉢植えの花のそばで暮らして、そこそこ満足していたんだよ。ところがいまじゃ、銀行家御令室ときた。しかも、その変身はゆうべ起こったのだ。おれは今朝、その犠牲者に会ったんだが、じつに嬉しそうだった。やりきれないのは、あの尻軽娘が昨日と同じように今日も可愛いらしかったってことよ。あの金満家の影はその顔にまるであらわれていないのさ。バラが女よりましだったり、そうでなかったりするのは、毛虫がつけばその跡が見えるってことなんだが。ああ、それにしても、この地上に道徳というものはないのかね！　そのいい証拠が、愛の象徴の銀梅花、戦争の象徴の月桂樹、平和の象徴のあの間抜けたオリーブの木、種が喉に詰まってアダムが窒息しそうになったリンゴの木、ペチコートの祖先のイチジクなどだよ。ところで、権利のことだが、きみらは権利とはなんぞや、ということを知りたいか？　昔、ガリア人がクルシウム[5]を欲しがったが、ローマがクルシウムを保護していて、クルシウムがガリア人にどんな悪いことをしたのかと尋ねた。ブレンヌス[6]はこう答えた。「では、アルバ人や、フィデナ人や、アエクイ人や、ウォルスキ人や、サビニ人[7]は、ローマにたいしてどんな悪いことをしたのか？　彼らはおまえらの隣人だったではないか。クルシウム人はおれたちの隣人だ。おれたちは隣人関係をおまえらと同じように心得る。おまえらがアルバを盗み取ったのなら、おれたちはクルシウムを奪い取ってやる」すると、ローマが言った。「おまえらにクルシウムは取らせないぞ」そこでブレンヌスはローマを奪って、こう叫んだ。「勝テバ官軍、負ケレバ賊軍！」

これぞ権利というものなんだぜ。ああ！　この世にはなんとたくさんの猛獣がいることか！　なんとたくさんの鷲がいることか！　忌々しい鷲どもが！　それを思うと、おれは鳥肌が立ってくるよ」

彼はじぶんのグラスをジョリーに差しだすと、ジョリーがなみなみとついでやったので、それを飲んでから、またつづけた。ほとんどだれも、彼自身さえも、じぶんが葡萄酒を飲んだことに気づかないほどだった。

「ローマを奪ったブレンヌスは鷲だ。浮気なお針子を奪った銀行家も鷲だ。恥知らずということにかけては、どっちもどっちだ。だから、なにも信じないことにしよう。この世の現実はただひとつ、飲むことだけだ。きみらがどんな意見をもっていようと、ウーリ州みたいな痩せた雄鶏の味方だろうと、グラールス州みたいな太った雄鶏の味方だろうと[8]、そんなことはどっちだっていい、さあ、飲むんだ。きみらは大通りだの、行列だの、その他いろいろおれに話しかけてくるな。ああ、そうか、それじゃまたぞろ革命があるってわけか？　神様の無策にも呆れたもんだな。神様はしょっちゅう出来事の溝に油をさしていなきゃならない。そいつが引っかかると、出来事が滑らなくなる。すると、さっそく革命となる。そこで神様はいつも、その汚い変質油で両手を真っ黒にしているわけだ。もしもおれが神様だったら、もっと簡単にやるがな。たえず機械を組み立てなおすなんてことはせず、人類をさっさと目的地に導いていくがね。糸を切らずに、事実をひと目ひと目編んでいく。予備なんぞ用意しない。特別の出し物なんぞ準備しない。きみらが進歩と呼ぶものは、人間と出来事というふたつのモーターで進んでいくが、悲しいかな、ときどき例外的なものが必要になる。出来事にとっても人間にとっても、常備軍だけでは充分でないのだ。人間には天才が必要だし、出来事には革命が必要になる。大事件が起こるのは当然の掟なんだよ。物事の秩序は大事件なしには成り立たないわけだな。それに、彗星があらわれるのを見ると、天にさえ花形役者が必要なのかと思いたくなるじゃないか。だれもまったく予期していないときに、神は蒼穹という壁に流星を貼りつける。ある奇妙な星がふいに出現し、長大な尾を引く。すると、そのせいでカエサルは死ぬ。ブルトゥスがカエサルに剣のひと突きをあたえ、神が彗星のひと突きをあたえるわけだ。[9] パカンという音とともに、北極のオーロラが出現し、革命が勃発し、偉人が登場する。大文字で書かれる九三年、[10] 大見出しになるナポレオン、ポスターの冒頭にしるされる一八一一年の彗星。ああ！　燃えあがる意外な炎をちりばめた青く美しいポスター！　バーン！　バーン！　とてつもない見せ物だぜ。おい、野次馬ども、目をあげてみろ。なにもかもこんがらかっている、星も劇も。やれやれ、これではあんまりだ。と同時に、物足りない。こうした緊急策は華々しく見えても、じっさいはちゃちなものなんだ。諸君、神自身が策に窮しているのだよ。そもそも革命とは、いったいなにを示しているか？　神が万策尽きたということだ。神がクーデターを起こすのは、現在と未来のあいだに断絶が生じ、神自身をもってしても、帳尻を合わせられなくなったからだ。要するに、これはヤハウェの懐具合についてのおれの推測を裏書きしているわけさ。それに、上にも下にもこれほど多くの困窮、粟一粒もない小鳥から十万リーヴルの年金もないこのおれまで、天上にも地上にもこれほど多くのさもしさ、みみっちさ、けちくささ、哀れさを見るにつけ、すっかり擦り切れた人間の運命を、また首を吊ったコンデ公[11]が証明しているが、金をつかい果たした王家の運命を見るにつけ、風の吹きこむ天頂の裂け目にほかならない冬や、丘の頂が深紅に染まる朝までぼろ着をまとっている有様や、それに露の玉というあの偽の真珠や、霧氷というあの人造宝石などを見るにつけ、ほころびた人類や継接ぎだらけの出来事、太陽の染みや月の穴などを見るにつけ、いたるところにこれほど多くの貧困を見るにつけ、神様はやっぱり裕福ではないんじゃないかという気がしてくるね。神様はなるほど立派な風采をしているが、どうも手元不如意な感じなんだな。金庫が空っぽな問屋が舞踏会を催すみたいに、神様は革命を起こすんだよ。神々を見かけで判断しちゃならない。おれには金ぴかの空のしたに、貧しい宇宙がちらっと見えるのさ。万物の創造のうちには破滅がある。だから、おれは不満なんだ。いいか、今日は六月五日だが、まだほとんど夜だ。おれは今朝からずっと昼になるのを待っている。だが、昼はこない。賭けてもいいが、きっと一日じゅう昼はきやしないぜ。なにしろ、給料の悪い雇われ人はずぼらなもんだからな。そう、万事がひどい有様で、なにひとつきちんとしていない。この老いぼれた世界では、すべてが曲がっている。おれは反対派につくぞ。なにもかもうまく行かず、世界はひとを小馬鹿にしている。子供と同じで、欲しがるやつはもらえないし、欲しがらないやつがもらえる。とどのつまり、おれはむしゃくしゃしているんだ。おまけに、レーグル・ド・モー、そのつるつる頭、そいつは見るのも悲しいね。こんな禿頭と同い年かと思うと、こっちまで恥ずかしくなってくるよ。もっとも、おれは批判しているのであって、侮辱しているわけじゃないんだぜ。宇宙はあるがままの宇宙さ。ここではおれは悪意じゃなしに、気休めにしゃべっているのだ。ああ、永遠の父よ、わたくしめの格別の感謝をお受けくだされ。

ああ！　オリンポスのすべての聖人、天国のすべての神々にかけて誓ってもいい、おれはもともとパリッ子に、すなわち二枚のラケットのあいだを往復する羽根みたいに、のらくら者の仲間から騒動好きの仲間へと、いつまでも跳ねまわっているようには生まれついていないのだ！　日がな一日、童貞男の夢みたいに淫らで、心もとろけるエジプト踊りをやっている、東洋の蓮っ葉な娘をながめるトルコ人に生まれついたのだ！　そうでなきゃ、ボースの農民か、貴族の娘たちに取り囲まれたヴェネチアの殿さまか、そうでなきゃ、歩兵の半分を連邦に供出し、じぶんは垣根で、つまり国境で靴下を干して暇つぶししているドイツの小国の君主に向いているのだ！　おれはそういう運命にふさわしい生まれつきなんだ！　そう、おれはトルコ人と言ったが、取り消しはしないぞ。世間じゃ、なにかとトルコ人を悪者にしたがるが、おれにゃさっぱり分からない。マホメットにもいいところがあるんだ。美女のいる後宮やオダリスクのいる楽園をつくりだしたあの男に敬意を払おう！　マホメット教を侮辱してはならない！　雌鶏たちで飾られたこの世でたったひとつの宗教なんだから！　それはそうと、おれは力説する、飲むことをだ！　地球のことなど愚の骨頂というものだよ。ところが、あの愚か者どもときたら夏の盛りのこの草月に、可愛い子ちゃんを腕に抱いて野原に行き、刈りとられた秣の香りをでっかい茶碗で吸えるというのに、わざわざ戦い、顔を砕かれ、殺しあうために出かけるらしい！　まったく、馬鹿なことをするのもほどほどにしておけ。さっき古道具屋の店で壊れた古いランタンを見かけて、おれはふと思ったよ。そろそろ人類に光をあたえてやるべきだろう、とね。ああ、またぞろ憂鬱になってきたぞ！　こりゃ、カキと革命を間違って呑みこんだせいだ。また陰々滅々としてきた。ああ、おぞましいのはこの古びた世界だ！　みんな頑張って、職をうしない、身を売り、自殺し、しかもそれに慣れっこになっているんだからなあ！」

そんな雄弁の発作が終わると、グランテールは当然の報いとして咳の発作におそわれた。

「革命といえば」とジョリーが言った。「バリユスはずっかり恋のとるこになっているらしいな」〔「マリユスはすっかり恋のとりこになっている」〕

「相手はだれか知っているか？」とレーグルが尋ねた。

「ひらん」

「知らん？」

「ひらん、と言ってるだろ！」

「マリユスの恋だって？」とグランテールは声をあげた。「それならここにいても分かるさ。マリユスは霧みたいなやつだから、おおかた靄みたいな女を見つけたんだろう。マリユスは詩人族だ。詩人といえば気がふれた男ってことだ。「詩ノ神あぽろんノ頭ハ変テコダ」[12]っていうからな。マリユスとあいつのマリーだか、マリアだか、マリエッタだか、マリオンだかは、さぞかし奇妙な恋人同士になるだろうな。おれにゃ、その有様が手に取るように分かるぜ。うっとりしすぎて、キスするのも忘れている。地上では純潔で、無限のかなたで合体。性欲のある魂同士、いっしょにねんねするのはお星さまのうえ、ってところだろうよ」

グランテールが二本目の瓶に手をつけ、おそらく二度目の長広舌をふるおうとしていたところ、階段の四角い穴から新入りが姿をあらわした。十にもならない男の子で、ぼろ着をまとい、ひどく小柄で、顔色は黄色く、動物みたいな顔つきをしているが、目つきは鋭く、髪はぼうぼうで、雨に濡れていたが、朗らかな様子をしていた。

少年は明らかに、三人のだれとも顔見知りではなさそうだったが、ためらうこともなくひとりを選んで、レーグル・ド・モーに話しかけ、

「ボシュエさんですか?」と尋ねた。

「そいつはおれの渾名だよ」とレーグルは答えた。「なにか用かい?」

「あのう、大通りで背の高いブロンドの男の人が、おいらに言ったんです。「きみ、ユシュルーおばさんを知っているか?」おいらが、「うん、シャンヴルリー通りのユシュルーおじさんの未亡人でしょう」と言ったら、その人がこう言ったんです。「じゃあ、そこへ行ってくれ。ボシュエさんがいるから、おれからの伝言だといってABCと伝えてくれ」って。きっとあなたをからかっているんですよね? でも、おいらには十スーくれました」

「ジョリー、十スー貸してくれ」とレーグルは言い、それからグランテールのほうを向いて、「グランテール、十スー貸してくれ」

これで二十スーになったが、レーグルはまとめて少年にやった。

「ありがとう、お兄さん」と男の子は言った。

「名前はなんていうんだ?」とレーグルが尋ねた。

「ナヴェです。ガヴローシュの友達です」

「おれたちといっしょにここに残れよ」とレーグルが言った。

「朝飯を食っていきな」とグランテールが言った。

少年は答えた。

「できません。おいらは行列に加わっているんです。ポリニャックを倒せ！　と叫ぶのがおいらの役目ですから」

それから、すっと片足をうしろに引くという最高の敬礼をしてから、出ていった。

少年がいなくなると、グランテールはしゃべりだした。

「ああいうのを生粋の見習(ギャマン)っていうんだ。見習族にもいろいろ変種があってね、公証人の見習を使い走り、料理人の見習を皿洗い、パン屋の見習をとんがり帽、従僕の見習を給仕、船乗りの見習を少年水夫、兵士の見習を鼓手、絵描きの見習を内弟子、商売人の見習を丁稚、宮廷人の見習を小姓、国王の見習を皇太子、神の見習をバンビーノ[13]と言うんだ」

そのあいだレーグルはじっと考えこんでいたが、やがて小声で言った。

「ＡＢＣとは、つまりラマルク将軍の葬式ってことだ」

「背の高いブロンドの男とは」とグランテールが口をはさんだ。「アンジョルラスのことよ。あいつがおまえに知らせによこしたんだ」

「じゃ、ぼくらも行くとするか？」

「雨が降っているぜ」とジョリーが言った。「おれは火のなかでも飛びこむとは誓ったが、水のなかとは言っていないぜ。風邪はへきたくないからよ」

「おれはここに残るからな」とグランテールが言った。「霊柩車より朝飯のほうがずっといいからな」

「それで決まりだ。ここにとどまることにしよう。じゃあ、飲もうぜ。それに、葬式なんかに行かなくたって、暴動には参加できるんだから」

「ああ、ほうとうか！　いいね」とジョリーは声をあげた。

レーグルは嬉しそうに手をこすりあわせた。

「さあ、いよいよ、一八三〇年の革命の手直しができるぞ。じっさい、あのせいで民衆はいっそう貧窮におちいったんだからな」

「おれにゃ、まあどっちだっていいけどな、おまえらの革命なんぞ」とグランテールが言った。「おれはいまの政府が嫌いじゃない。あれは木綿の帽子で和らげられた王冠だ。先が雨傘になっている王杖だよ。じっさい、おれはこう思うんだ、今日のような空模様から考えると、ルイ・フィリップは王位をふたつの目的につかえるだろうと。つまり、王杖を人民につきつけ、雨傘になっている先を天に向けて広げるわけさ」

広間は暗かった。厚い雲が日をすっかり隠そうとしていた。居酒屋にも、街路にも人影がなく、みんなが「出来事を見に」いったのである。

「いまは真昼か、それとも真夜中か？」とボシュエが叫んだ。「なんにも見えやしない、ジブロット、明かりだ！」

グランテールは悲しそうに飲んでいた。

「アンジョルラスはおれを軽蔑しているんだ」と彼はつぶやいた。「アンジョルラスはこう言ったんだ。「ジョリーは病気だ、グランテールは酔っぱらっている」それでボシュエのところにナヴェを寄こしたんだよ。もしおれを呼びにきたんだったら、行ってやってもよかったんだが。アンジョルラスにはお気の毒さまだ！　おれはそんな葬式なんかには行かないぞ」

こう腹を決めると、ボシュエ、ジョリー、グランテールはもう居酒屋から動かなかった。午後の二時ごろ、彼らが肘をついていたテーブルは、空瓶でいっぱいになった。二本のろうそく、その一本は緑青だらけの銅の手燭のなかで、もう一本はひび割れた水差しの頸のなかで燃えていた。グランテールはジョリーとボシュエを葡萄酒のほうに引きこみ、ボシュエとジョリーはグランテールを陽気さのほうに引きもどした。

グランテールのほうは、正午から、凡庸な夢の泉でしかない葡萄酒では物足りなくなっていた。葡萄酒は、本格派の飲んべえからはあまり尊重されない。酩酊には、黒魔術によるものと白魔術によるものがあるが、葡萄酒は白魔術でしかないのだ。グランテールは向こう見ずな夢の飲んべえだった。凄まじい酔いの暗がりが眼前にちらついても、彼を引きとどめるどころか、逆に引き寄せるのだった。彼はもう空瓶などはほっておいて、大ジョッキをとった。大ジョッキは深淵だ。手元に阿片も大麻もないので、彼は頭のなかを夕闇みたいに朦朧とさせたくなって、恐るべき昏睡状態を引きおこす、ブランディーとスタウトとアプサントをちゃんぽんにしたものの力を借りた。ビール、ブランディー、アプサントというこの三つの酒気は、魂を鉛のように重くする。これは三つの暗闇であって、天上の蝶もこれには溺れてしまう。そして、もやもやとコウモリの翼状の形に固まった膜質の煙のなかに、〈悪夢〉、〈夜〉、〈死〉という三つの物言わぬ復讐の女神が、眠りこんだ霊魂(プシケ)のうえを飛びまわることになる。

グランテールはまだ、そこまで致命的な局面には達していなかった。それにはまだほど遠かった。彼はすこぶる陽気で、ボシュエとジョリーが彼に丁々発止の合いの手を入れていた。三人はずっと祝杯をあげていた。グランテールは、言葉と思想を的外れに強調し、そのうえ支離滅裂な動作をまじえていた。妙に勿体ぶって、左の拳を膝のうえに置き、腕を直角に張り、ネクタイを外し、腰掛けに馬乗りになり、なみなみと注いだグラスを右手に持って、ふとっちょの女給マトロットにこんな物々しい言葉を投げつけた。

「王宮の門を開け！　だれでもアカデミー・フランセーズに！　みんなにユシュルーおばさんにキスをする権利をあたえろ！　さあ飲もうぜ」

そしてユシュルーおばさんのほうを振りむいて、こう付けくわえた。

「使い古され、聖別された古代の女よ、近うよれ。とくとご尊顔をおがませよ！」

すると、ジョリーが声をあげた。

「バトロットとジブロット、もうグランテールにはのまへるな。どんでもない金つかいだ。げさから馬鹿に気が大きくなって、ぼう二フラン九十五サンチーブも飲んでるぜ」

するとグランテールはまた口をはさんだ。

「いったい、だれがおれの許可もなしに、星を取りはずして、ろうそくの代わりにテーブルのうえに置いたんだ？」

ボシュエはすっかり酔っていたが、いつもの平静さをたもっていた。

彼は開いた窓の手すりに腰かけて、降ってくる雨に背中を濡らしながら、ふたりの友をながめていた。

突然、背後にざわめき、ばたばたする足音、「武器を取れ！」という叫び声が聞こえた。振りかえってみると、シャンヴルリー通りの外れのサン・ドニ通りをアンジョルラスが銃を片手に通るのが目にはいった。それにガヴローシュがピストルを、フイイがサーベルを、ジャン・プルヴェールが短銃を、コンブフェールが騎銃を持ち、嵐のような武装集団があとにつづいていた。シャンヴルリー通りは、騎銃の射程距離ほどの長さしかなかった。ボシュエは両手を即席メガホンにして叫んだ。

「クールフェラック！　クールフェラック！　おうい！」

その呼び声に気づいたクールフェラックが、数歩シャンヴルリー通りに入りこんで、「なんの用だ？」と叫んだが、この叫び声が「どこへ行くんだ？」という声と交錯した。

「バリケードをつくるんだよ」とクールフェラックが答えた。

「じゃあ、ここにしろ！　いい場所だぞ！　ここにつくれよ！」

「そうか、エーグル」とクールフェラックが言った。

そして、クールフェラックが合図すると、群衆はシャンヴルリー通りになだれこんだ。

第三章　グランテールに夜が落ちる

じっさい、その場所は絶好の位置にあって、通りの入口は口が広がった形状で、奥に行くほど狭くなって出口がなかった。コラントはその狭まったところにあって、モンデトゥール通りを右も左もふさぐのは容易だった。攻撃するとしたら、サン・ドニ通りから、すなわち正面から援護なしでやるしかなかった。ほろ酔いのボシュエは、しらふのハンニバルのような眼力をもっていたのである。

集団がどっと押しよせたため、通り全体が恐慌に陥った。通りがかりの者たちはすっかり姿を消してしまい、またたく間に、奥のほうも、右側も左側も、店も仕事場も、窓、鎧戸、屋根裏部屋も、さまざまな大きさの内戸も、一階から屋根まですっかり閉ざされてしまった。怯えきった老女がひとり、一斉射撃の衝撃を和らげるため、窓のまえの物干竿にマットレスをしっかりくくりつけていた。開いているのは居酒屋の建物だけだったが、それは、ただ群衆がそこに殺到してきたからにほかならない。

「ああ、どうしよう！　ああ、どうしよう！」とユシュルーおばさんは溜息をついた。

ボシュエが降りてきて、クールフェラックを迎えた。

窓辺にいたジョリーが叫んだ。

「クールフェラック、傘を持たなきゃためだ。いまに風邪をへくぞ」

そのわずか数分のあいだに、格子づくりの居酒屋の店先から二十本もの鉄棒が抜きとられ、道路は二十メートルにわたって敷石を剝ぎとられた。ガヴローシュとバオレルは、アンソーという名の石灰製造業者の荷馬車が通りかかるのを捕らえて、ひっくり返した。荷馬車は石灰がいっぱい詰まった大樽を三つ載せていたが、その大樽は敷石の山を積みあげるための土台にされた。アンジョルラスが地下倉の揚戸を持ちあげ、ユシュルー未亡人の空樽はことごとく石灰の大樽の横に並べられた。ふだんは扇の骨に繊細な彩色をほどこすのに慣れていたフイイは、指で大きな切石の山をふたつつくり、大樽と荷馬車の支えにした。切石といったところで、ほかのものと同じように、とっさの思いつきで、よそから取ってきたものだった。何本かの支えの大梁も、隣の建物の正面から引っこ抜かれ、酒樽のうえにわたされた。ボシュエとクールフェラックが振りむいたときには、通りの半分が人間の背丈より高い防壁でふさがれていた。壊して築く仕事にかけては、民衆の手にかなうものはない。

マトロットもジブロットもみんなに混じって立ち働いていた。ジブロットは建物の残骸を持って行ったり来たりしていた。気だるそうな彼女も、バリケードづくりの手伝いをしていたわけだが、いかにも眠そうな顔つきで、葡萄酒をテーブルに運ぶみたいに敷石を運んでいた。

二頭の白馬に引かれた乗合馬車が、通りの外れをとおりかかった。

ボシュエは敷石を飛びこして駆けつけ、御者を呼びとめ、乗客を降ろし、「ご婦人がた」に手を貸し、御者を追っぱらってから、手綱をとって馬と馬車を引いてもどった。

「乗合馬車（オムニビュス）は」と彼は言った。「コラントのまえを通ってはならない。「こりんとすハ万人（オムニビュス）ニ近ズクコト能ワズ」[1]」

そのすぐあと、荷馬車から解き放たれた馬がモンデトゥール通りを抜けでて、どこへともなく消え去り、乗合馬車は横倒しにされ、通りのバリケードの補強につかわれた。

動転しきったユシュルーおばさんは、二階に逃げこんでしまった。

おばさんはうつろな目をあてどなくさ迷わせ、小声で叫んでいた。恐怖のあまり、叫び声が喉から出ようにもその力がないのだった。

「この世も終わりだわ」と、彼女はつぶやいた。

ジョリーはユシュルーおばさんの太く、赤らんで、皺だらけの首に唇を押しあててから、グランテールに言った。

「ねえ、きみ、おれはこれまでずっと、女の首というのは限りなくデリケートなものだとばかり思っていたんだけどな」

しかしグランテールは酒神礼賛の佳境にはいりかけていた。マトロットが二階に上がってくると、その腰のあたりをつかみ、窓のほうに向かってゲタゲタ高笑いをしながら、

「マトロットはブスだ」と叫んだ。「マトロットは夢のような醜さだ！　怪獣だ。この怪獣の出生の秘密はこうだ。ある朝、大聖堂の樋嘴〔2〕をつくったゴチックのピュグマリオン〔3〕が、ある怪物、それもいちばん醜悪なやつに恋をした。そこで愛の女神に懇願し、それに生命を吹きこんでもらった。マトロットはそのようにして誕生した。市民諸君、この女をよーくごろうじろ！　ティツィアーノの愛人のようにクロム鉛色の髪をしているが、気立てのいい娘だ。請けあって言うが、この娘は立派に戦うだろう。気立てのいい娘にはすべからく、英雄の素質があるからだ。ユシュルーおばさんはどうかといえば、あれも勇敢なばあさんだ。あの口ひげをごろうじろ！　亭主から受け継いだものだ。いわば、女騎兵だ！　おばさんもまた戦うだろう。同志諸君、われわれは

政府を倒すだろうが、こいつはマルガリン酸とギ酸のあいだに十五種類の酸があるのと同じぐらい確実なことだ。もっとも、そんなことはおれにとっちゃどうでもいいわけだが。諸君、おれのおやじは、算数が苦手だというので、おれのことをさんざん憎んでいた。おれは愛と自由のことしか理解できない。おれはお人好しのグランテールだ！　金があったためしはないから、金を持つ癖もつかなかった。だから、金に不自由したためしは一度もない。だが、もしおれが金持ちだったら、この世に貧乏人などひとりもいなかったことだろう！　世間をあっと言わせていたことだろう。ああ！　もし善良な人間がたっぷりふくらんだ財布を持っていたら！　万事うまくいくんだが。おれはロスチャイルドほどの財産を持っているイエス・キリストを想像してみる。キリストはどれほどの善行を施すだろうか！　マトロット、おれに口づけをしてくれ！　おまえは男好きのくせに臆病なんだ！　おまえのほっぺは妹にキスされたがっているが、唇は恋人にキスされたがっているぞ！」

「黙れ、酒樽！」とクールフェラックが言った。

グランテールは答えた。

「おれはトゥールーズの市参事会員で、文芸競作会（ジュ・フロロ）の審査員なんだぞ」

小銃を手にして防壁のてっぺんに立っていたアンジョルラスは、険しく美しい顔をあげた。読者もご存じのように、アンジョルラスにはスパルタ人や清教徒のような気質があった。彼ならレオニダス[4]とともに、テルモピュライで死んだことだろうし、クロムウェルとともにドローイダ[5]を焼き払っていたことだろう。

「グランテール！」と彼は叫んだ。「外に行って酔いをさませ。ここは熱狂の場所だ。酔っぱらいの場所じゃない。バリケードの名誉を汚すんじゃない」

この苛立った言葉が、グランテールに奇妙な効果をおよぼした。まるで顔に冷水を一杯ぶっかけられたみたいに、たちまち酔いも吹き飛んだようだった。彼はすわって、ガラス窓のそばのテーブルに肘をつき、なんとも言えない柔和な顔をしながらアンジョルラスを見て言った。

「ぼくがきみを信頼していることは分かっているだろ」

「出ていけ」

「ここで寝かせてくれよ」

「よそに行って寝ろ」とアンジョルラスが叫んだ。

しかしグランテールはあいかわらず優しくどんよりした目で、アンジョルラスを見つめながら答えた。

「ここで寝かしてくれよ。――おれが死ぬまで」

アンジョルラスはさも軽蔑したような眼差しでじっと睨んだ。

「グランテール、きみは信ずることも、考えることも、意欲することも、生きることも、まして死ぬこともできない人間だよ」

グランテールは真面目な口調で言いかえした。

「いまに見てろよ」

彼はさらに何かわけの分からないことをぶつぶつ呟いていたが、やがてがっくりとテーブルのうえに頭を落とした。そして、これは酩酊の第二の局面としてよくあることなのだが、アンジョルラスによって手厳しく、ぶっきらぼうに扱われてこの局面に追いやられ、他愛もなく眠りこんでしまった。

第四章　ユシュルー未亡人を慰める試み

バリケードに感激したバオレルは、こう叫んだ。

「これで通りも素っ裸だ！　上出来じゃないか！」

クールフェラックは居酒屋をすこしばかり壊しながら、居酒屋の未亡人を慰めようとした。

「ユシュルーおばさんよ、いつかジブロットが窓の外でベッドの敷物をはたいたというので、警察の調書を送りつけられ、罰金を取られたって文句を言っていたよな？」

「ええ、そうですよ、クールフェラックさん。あら、あら！　あんたらそのテーブルもあの恐ろしいところに持っていくんですかいな？　それに、敷物のこともそうですが、屋根裏部屋から花の鉢が通りに落っこちたというので、お上に百フランも罰金を取られたんですよ。ひどいったらありゃーしない！」

「だからさ！　ユシュルーおばさん、おれたちがその仇をうってやるんだよ」

ユシュルーおばさんは、そんな償いをしてもらったところで、じぶんがどんな得をするのか理解できないようだった。彼女はあるアラブの女と同じようなやり方で満足させられたのである。

そのアラブ女は夫から平手打ちをくらって、じぶんの父親に泣きつき、復讐を求めて、「父さん、目には目を、辱めには辱めを、でしょう。どうあってもあいつに仕返しして」父親は「おまえ、どっちのほっぺたをぶたれたんじゃ?」と尋ねた。「左のほっぺたよ」すると父親は、娘の右頬をひっぱたいてこう言った。「これでおまえも満足じゃろ。帰って亭主にこう言ってやりな。『あんたはわしの娘をぶん殴ってくれたが、わしはあんたの妻をぶん殴ってやったぞ』とな」

雨はやんでいた。ぞくぞく新入りがやってきた。労働者たちは仕事着のしたに火薬ひと樽、濃硫酸の瓶が何本かはいった籠、カーニヴァル用の松明二、三本、「国王祝日の名残」のカンテラが詰まった籠などを隠し持っていた。この国王祝日はごく最近、五月一日にあったばかりだった。これらの軍需品はペパンというフォブール・サン・タントワーヌの食料品屋がくれたものだという。シャンヴルリー通りの唯一の街灯、それと向きあったサン・ドニ通りの角灯のほか、近辺のモンデトゥール通り、シーニュ通り、レ・プレシュール通り、グランド・トリュアンドリー通り、プチット・トリュアンドリー通りなどの街灯はことごとく壊されていた。

アンジョルラス、コンブフェール、クールフェラックらが全体の指揮をとっていた。いまやふたつのバリケードが同時に築かれ、ふたつともコラントの建物に寄りかかって、互いに直角をなしていた。大きなバリケードはシャンヴルリー通りをふさぎ、もうひとつはモンデトゥール通りとシーニュ通りをふさいでいた。このバリケードはひどく狭く、樽と敷石だけでできていた。およそ五十人の作業員がいたが、そのうちの三十人ほどが小銃を持っていた。それは、来がけにある武具屋の店に寄って、ごっそりと拝借してきたものだった。

これほど奇妙で雑多な一団もなかった。ある者が背広を着て、騎兵用のサーベルと鞍ピストルを二丁持っているかと思えば、ある者はワイシャツ姿で帽子をかぶり、腰に火薬入れをぶらさげている。別の者は灰色の紙九枚を胸当てにし、鞍製造職人の革通しを武器にしている。「最後のひとりまでやっつけて、おれらの銃剣で死のう！」と叫んでいる男は、肝心の銃剣を持っていない。またある者はフロックコートのうえに国民軍の革装具と弾薬入れをひけらかしているが、その弾薬入れの被いには、赤の毛糸で「公安」という縫取りがしてある。多くの小銃には部隊番号がついているし、帽子はほんのわずかしか見当たらず、ネクタイはほとんど見られない。腕まくりしている者は大勢いたが、槍は数本しかない。そこに年齢もまちまちな者たち、蒼白い小柄な青年から日焼けした荷揚人まで、ありとあらゆる顔つきの者たちが加わっている。この者たち全員が慌ただしく動きまわり、互いに助けあい、「朝の三時ごろ援軍がつく」とか、「あの連隊は当てにできる」とか、「パリは反乱するだろう」とか、希望的な観測を語りあっている。尋常ならざる話題だが、そこにはどこか晴々とした陽気さが混じっている。まるで兄弟同士みたいだが、互いの名前を知っているわけではない。大きな危難には、見知らぬ者たちの友愛を明るみに出すという美点があるのだ。

調理場には火がおこされ、スプーン、フォークなど居酒屋の錫製のあらゆる食器類が弾丸の鋳型のなかに溶かされている。そんななかでも、酒を飲んでいる者たちがいる。雷管や散弾が葡萄酒のグラスといっしょくたにテーブルのうえに散らばっている。ビリヤード台のある広間ではユシュルーおかみ、マトロット、ジブロットが恐怖によって三者三様の変貌ぶりを示していた。ひとりは茫然自失、ひとりは息を切らし、もうひとりはいつになく溌剌として、古ぞうきんを切りさいて包帯をつくっている。蜂起に加わった三人の男がその仕事を手伝っている。長髪で、顎ひげと口ひげのある屈強な男三人が、下着係の女中のような手つきで布を選り分けているのが、かえって女たちを怯えあがらせている。

クールフェラック、コンブフェール、アンジョルラスらがさきほどビエット通りで群衆に近づいてくるのを目にした例の背の高い男は、ちいさいほうのバリケードでいそいそと働き、重宝がられていた。ガヴローシュは大きなバリケードで働いていた。クールフェラックを家で待ちうけ、マリユスさんに会いたいと言っていた若者は、乗合馬車がひっくり返されたあたりから姿を消していた。

ガヴローシュはすっかり昂揚して、嬉々とした顔で下準備の旗振りの役割を務め、行ったり来たり、昇ったり降りたり、また昇ったり、騒いだりして、ひと目を惹いていた。みんなを励ますためにそこにいるようだった。彼を駆り立てるものがあったのだろうか？　そう、たしかにあった。彼の貧困がそれだった。彼には翼のようなものがあったのだろうか？　そう、たしかにあった。彼の歓喜がそれだった。ガヴローシュはめまぐるしい渦巻そのものだった。たえず姿が見え、絶え間なく声が聞こえる。あたりをみたし、いたるところに同時に存在しているようだった。それは忌々しいまでの遍在ぶりで、彼といっしょだと、およそ休止というものはありえなかった。巨大なバリケードは臀部に彼の存在を感じていた。彼はぶらぶらしている者たちを気兼ねさせ、のらくらしている者たちを奮い立たせ、ぐったりしている者たちを活気づけ、ぼうっとしている者たちを急き立てる。ある者たちを陽気にさせ、ある者たちをはらはらさせ、またある者たちを怒らせ、みんなを動かす。学生にからみ、労働者に嚙みつく。どっしりと構えてみたり、立ちどまってみたり、またせかせか動きだしたり、みんなの喧噪と努力のうえを転々とし、あちらの連中からこちらの連中へと飛びまわり、ぶつぶつ呟いたり、がんがん文句を言ったり、まわりの者たちをさんざん悩ましたりして、しきりに革命的なお節介をやいている。

彼のちいさな腕はたえず動き、ちいさな胸はたえず騒がしい叫び声を発している。

「がんばれ！　もっと敷石を持ってこい！　もっと樽を持ってこい！　もっとあれを持ってこい！　あれはどこにあんだ？　もっとたくさん漆喰を持ってきてこの穴をふさぐんだ！　これじゃちっちゃすぎる、あんたんとこのバリケードは、もっと高くしなきゃいけねえぜ。なんでもいいからのっけろ。なんでも横にくっつけんだ。なんでもかんでも置いてやるんだ。家を壊してやれ。もう一丁バリケードだ。こんなもん、ジブーばあさんの茶会みてえに楽ちんな話だぜ。そら、ガラス戸がきた」

それを聞いて、作業員たちは叫んだ。

「ガラス戸だと！　ガラス戸なんかどうしようってんだ？　この芋の子（チユベルキユル）めが！」

「てめえらだって、ただの馬鹿力（エルキユル）じゃねえか！」とガヴローシュが言いかえした。「バリケードにガラス戸ってえのはな、最高なんだぜ。攻撃は妨げられはしねえが、占領するにゃ、えらいじゃまになる。じゃあ、てめえら、瓶の尻を並べた壁を乗りこえて、リンゴをかっぱらったことが一回もねえんだな？　ガラス戸ってえのはな、国民兵がバリケードに登ろってときに、やつらの足の裏を切ってくれるんだぜ。あたりきよ！　ガラスは油断ならねえんだぜ。やれやれ、てめえらの頭にゃ奇想天外ってもんがねえのかよ、同志諸君！」

そのうえ彼は、ピストルに撃鉄がないのが癪の種だった。彼は一人ひとりに頼んで歩いていた。

「銃だ！　おいらは銃が欲しいんだ！　なんでおいらに銃をくれねえんだ？」

「おまえに銃だって！」とコンブフェールが言った。

「そうとも」とガヴローシュは言いかえした。「なんでだめなんだ？　一八三〇年にシャルル十世と喧嘩したときゃ、おいらだって一丁持ってたんだぜ」

アンジョルラスは肩をすくめた。

「大人に行きわたったら、子供にも持たせてやるさ」

ガヴローシュは毅然と振りむいて答えた。

「おいらより先にあんたが殺されたら、あんたのをもらってやるさ」

「この洟垂れ小僧！」とアンジョルラスが言った。

「この青二才！」とガヴローシュは言った。

道に迷ったらしいひとりの伊達男が、通りの外れでうろうろしているのが見えて、気をそらしてくれた。

ガヴローシュはその男に向かって叫んだ。

「おいらたちの仲間にへえりなよ、そこの兄さん！　そうか、この老いぼれた祖国のために、あんた、なにもしねえつもりかい？」

伊達男は逃げ去った。

第五章　準備

当時の新聞各紙はシャンヴルリー通りのこのバリケードのことを「ほとんど難攻不落の構築」と呼び、高さが二階まで届いたと述べていたが、それは間違いである。じっさいの高さはせいぜい二メートルほどだった。闘士たちが背後に潜むことも、防壁を見下ろすことも、また内側に階段のように積みあげ、並べた四段の敷石をつかって頂上に登ることも、自由自在にできるようにつくられていた。バリケードの外側を見ると、正面は敷石の山や樽の山からでき、ひっくり返されたアンソーの荷馬車と乗合馬車の車輪に梁や板をからませてつないであり、錯綜し逆立った格好をしていた。人ひとりが通れるだけの隙間が家々の壁とバリケードの、居酒屋からもっとも離れた端のあいだにつくってあり、そこから外に出られるようになっていた。乗合馬車の長柄が真っ直ぐ立てられて縄で固定され、その長柄につけられた赤旗がバリケードのうえではためいていた。

モンデトゥール通りのちいさなバリケードは、居酒屋の建物の陰に隠れて、人目につかなかった。ふたつのバリケードが合わさって、立派な角面堡になっていた。アンジョルラスとクールフェラックはレ・プレシュール通りをとおって中央市場に出る、モンデトゥール通りのもうひとつの区間にはバリケードを築かないほうがいいと判断した。おそらく外部との連絡路を確保しておきたかったのと、危険な難所であるレ・プレシュール小路から攻撃される恐れはほとんどないとふんだのだろう。

フォラール[1]なら、バリケードでふさがないその出口を、独特の戦略用語で「連結壕」と呼んだかもしれないが、これとシャンヴルリー通りに面して案配された狭い隙間を別にすれば、居酒屋の建物が要塞の凸角のように突きだしているバリケードの内部は、四方八方がことごとく閉じられた不規則な四辺形になっていた。大きいほうの防壁と通りの突当りにある高い家々との距離が二十歩ほどだったので、このバリケードは、人が住んではいる、上から下まで閉めきった家々に背をもたせかけていると言ってもよかった。

この仕事はわずか一時間たらずで、なんの支障もなくなされ、その間、一握りの剛胆な男たちは国民軍の軍帽や銃剣が不意にあらわれるのを見なくてすんだ。暴動の、しかもこんな時刻に、わざわざサン・ドニ通りに出向いてみようという町人はまばらだったが、そんな町人もシャンヴルリー通りをちらりと横目で見て、バリケードがあるのに気づくと、そそくさと立ち去った。

ふたつのバリケードができあがり、旗が掲げられると、居酒屋から外にテーブルが引っぱりだされた。クールフェラックがテーブルのうえに上ると、アンジョルラスが四角い箱を持ってきた。クールフェラックがその箱を開けた。箱には弾薬がぎっしり詰まっていた。弾薬が見えたとたん、どんな勇敢な連中も身震いし、一瞬しんと静まりかえった。クールフェラックはにこにこしながらその弾薬をくばった。

各人それぞれ三十発ずつ弾薬を受けとった。多くの者たちは火薬を持っていたから、鋳造された弾をつかって、別の弾薬をつくりはじめた。例の火薬の樽はドアのそばの、離れたテーブルに予備として置かれていた。

パリじゅうを駆けめぐっていた召集太鼓はまだ鳴りやまなかったが、ついにはただの物音でしかなくなり、彼らも注意を払わなくなった。その物音はある時は遠ざかり、ある時は近づいて、不気味な波動を伝えていた。

みんなは全員一丸となって、あわてることなく、厳粛で真剣な態度で、小銃や騎銃に弾をこめた。アンジョルラスはバリケードの外に三人の歩哨を立たせた。ひとりはシャンヴルリー通り、ひとりはレ・プレシュール通り、もうひとりはプチット・トリュアンドリー通りの角だった。

やがてバリケードが築かれ、めいめいの持ち場が決められ、銃に弾がこめられ、歩哨が立たされると、もはや人っ子ひとり見かけなくなって怖いほどの通りで、彼らだけが押し黙り、死んだように人の動く気配さえ感じられない家々に囲まれて、そろそろ暮れはじめた黄昏のしだいに濃くなる影につつまれながら待った。なにかが迫ってくるような、なんとも知れず悲壮で鬼気迫るものが感じられる暗闇と沈黙のただなかで、孤立し、武装し、決然と心静かに待っていた。

第六章　待ちながら

この待ち時間のあいだ、彼らはなにをしていたのか？

筆者としてはそのことを述べておかねばならない。これもまた歴史の一部なのだから。

男たちが弾薬を、女たちが包帯をつくっているあいだ、弾丸の鋳型に流しこむために溶かした錫や鉛でいっぱいの大鍋が真っ赤に燃えさかるコンロのうえで煙をあげているあいだ、歩哨が腕に武器をかかえてバリケードのうえで見張っているあいだ、アンジョルラスが気を散らすこともなく歩哨たちを見守っているあいだ、コンブフェール、クールフェラック、ジャン・プルヴェール、フイイ、ボシュエ、ジョリー、バオレルたちとその他何人かは、学生同士の雑談に花を咲かせていた平穏無事なころと同じように、互いに相手の姿をさがしあてて集まっていた。そして、じぶんたちがつくりあげた角面堡のすぐそばの、防塁に変じた居酒屋の片隅で、雷管をつけ弾丸をこめた騎銃を椅子の背に立てかけて、この気高い青年たちは最後の時を間近にしながらも、恋の歌を口ずさみはじめた。

どんな歌を？　こんな歌である。

きみよ、覚えているかい、ふたりの楽しい暮らしを、
ふたりが、あんなにも若かったあのころを、
ふたりの心にあった望みといえば、
おしゃれして、愛しあうことだけだった！

きみの年とぼくの年を合わせても
たったの四十にもならなかったんだよね。

ふたりのつましい、ちっちゃな所帯では
なにもかも、冬までも、春のようだった！

仕合せな青春の日々！　マニュエルは誇り高くて賢く
パリは清らかな饗宴の席につき、
フォワは雄弁をとどろかせていた。きみのブラウスに
ピンがついていて、そいつでぼくが刺されたんだったね。[1]

みんながきみに見とれてた。貧乏弁護士のぼくが
きみをプラドへ夕食につれていったとき、
きみはほんとに綺麗で、バラの花まで
ふりかえって見るほどだった。

バラの花が言うのが聞こえたよ、「まあ、美しい！
あら、なんていい香り！　なんてふさふさした髪の毛！
きっとケープの下に翼を隠してるんだわ、
可愛いお帽子は咲きかけのお花みたい」

いっしょに歩いたね、ぼくがしなやかなきみの腕をとって。
道行く人たちは思った、魅せられた愛の女神が
優しい四月と麗しい五月を結婚させて
あんなに仕合わせなカップルにしたんだと。

ふたりは戸を閉ざし、ひっそりと、満ちたりて
暮らしてた、愛を、禁断の甘い果物を貪りながら。
ぼくの口がひと言もいわないのに、
もうきみの心が答えてくれたよね。

ソルボンヌは牧歌の園
あそこでぼくは夜もすがらきみを愛した。
恋する心は、そんなふうに貼りつけるんだね
ラテン区に〈愛の国〉の地図を。

おお、モブール広場！　おお、ドフィーヌ広場！
ひんやりした、春のような、あばら屋で、
きみがすらりとした脚に靴下を引きあげるとき、

ぼくには屋根裏部屋の奥に星がひとつ見えたよ。

ずいぶんプラトンを読んだが、なんにも残っていない。
マルブランシュよりもラムネーよりも、
きみが教えてくれたんだよ、天上の善意を
ぼくにくれた一輪の花によって。[2]

ぼくはきみの、きみはぼくの言いなりになってた。
ああ、金色に輝く屋根裏部屋！　紐を結ぶきみの姿
朝早くから、下着のまんま行ったり来たりしながら、
若々しい顔を古い鏡にうつしているきみの姿！

だれが忘れることができようか
あの曙の、蒼穹の、
リボンの、花々の、薄布の、モアレのあのころを
愛が可愛いらしい睦言をつぶやいていたあのころを？

ふたりの庭はチューリップの鉢だったね。

きみはペチコートで窓ガラスをおおった。
ぼくは白色粘土のお椀をとって、
日本の陶器の茶碗をきみにわたしたよね。

あんなに不幸があったのに、笑いとばしてた！
きみのマフが焦げ、襟巻がなくなったんだよね！
大切なシェイクスピアの肖像を売って、
夕食に変えたこともあったね！

ぼくがおねだりすると、きみは恵んでくれた。ぼくは
さっと、きみのふっくらした瑞々しい腕にキスをした。
二折のダンテは、テーブル代わりにされたよね、
ふたりではしゃいで栗をたくさん食べたときに。

楽しいぼくのぼろ屋で、はじめてきみの
燃えるような唇をうばった、あのとき
きみは髪ふりみだし、顔を赤くして飛びだしたけど、
ひとりになったぼくは青ざめながら、神様を信じたよ！

きみよ、覚えているかい、数えきれないふたりの
仕合わせを、ぼろ布になった、あのすべてのショールを！
ああ！　どれだけのため息が、真っ黒なぼくらの心から
飛び去ったのだろう、空の奥へ！

時刻、場所、思いだされる青春の追憶、ちらほら空にまたたきはじめた星影、人影のない通りの沈痛な安らぎ、これから起ころうとしている仮借ない冒険の切迫感などが、黄昏のなか、ジャン・プルヴェールが小声で口ずさむこの歌に哀切な魅力をあたえていた。すでに述べたとおり、ジャン・プルヴェールは心優しい詩人だったのである。

そのうちに、小バリケードにはカンテラが灯され、大バリケードには、謝肉祭最終日に仮面をかぶった人びとをクルチーユに運ぶ馬車の前面についているような、ろうの松明が一本灯された。すでに見たように、この松明はフォブール・サン・タントワーヌから持ってきたものだった。

松明は、風をふせぐために三方を敷石でふさいだ籠のようなもののなかに置かれ、その光がすべて旗に当たるようにしてあった。通りとバリケードは闇に沈み、まるで遠くて深いところから巨大な光源を当てられたように、物狂おしく照らされた赤旗が見えるだけだった。

その光が真っ赤な旗に、どことなく殺気を感じさせる紫色をそえていた。

第七章　ビエット通りで加わった男

すっかり夜になったが、なにも起こらなかった。聞こえるものといえば、漠然としたざわめきだけで、ときどき銃声が響いていたが、それもぽつぽつと間をおき、遠くで鳴るだけだった。長引いているこの猶予は、政府が時間をかせぎ、兵力を掻き集めている証拠だった。この五十人の男たちは六万人の敵を相手にしようとしていた。

アンジョルラスはどこか焦燥に駆られるのを感じた。恐るべき出来事が迫ってくるときに強い魂がとらえられる、あのやむにやまれぬ焦燥である。彼はガヴローシュに会いにいった。ガヴローシュは下の広間で、二本の心もとないろうそくをたよりに弾薬をつくろうとしていた。テーブルに火薬が散らばっていたので、ろうそくは用心のためにカウンターのうえに置かれていた。この二本のろうそくは外部に光をいっさい漏らしていなかった。念には念を入れて、蜂起者たちは上の階ではけっして明かりをつけないように注意していた。

このときガヴローシュはひどく忙しくしていた。ただそれは、弾薬づくりのためではなかった。今し方、ビエット通りの男が下の広間にはいってきて、いちばん明かりの届かないテーブルに向かって腰かけていた。男はいつの間にか軍用の大型銃を手に入れて、それを脚のあいだにはさんでいる。ガヴローシュはそのときまで、たくさんの「面白い」ことに気を取られていたので、その男に目もくれていなかった。

男がはいってきたとき、ガヴローシュはなんとはなしにその姿を目で追い、銃に見とれていたが、男が腰をおろすと、この浮浪児はいきなり立ちあがった。もしこのときまで様子を見張っていた者がいたら、その男がバリケードと蜂起した者たちの一団を妙に注意深く観察しているのに気がついたことだろう。だが、男は広間にはいってきたときから、なにか考え事でもしているように、その場で起きていることがなにひとつ見えていないようだった。浮浪児は思案顔のその男に近づき、ちょうど眠っている人間を起こさないようにそっと歩くみたいに、爪先立って男の周囲をまわりはじめた。と同時に、なんとも図太くて真剣な、軽率そうに見えるが深みがあり、陽気だがどこか痛ましい、その子供らしい顔のうえに、老人のようなしかめ面が次々に浮かんでは消えた。このしかめ面の意味はこうだった。「へえ、こりゃまた!」「まさか!」「思いちげえか!」「夢だな!」「ひょっとして?……」「いや、人ちげえだ!」「やっぱそうだ!」「いや、そうじゃねえ」等々。ガヴローシュは踵でからだのバランスを取り、ポケットに突っこんだ両拳をぎゅっと握りしめ、小鳥のように頸を動かし、下唇をぐいと突きだして、いかにも利口そうな顔をした。彼は呆れ、迷い、確信し、目もくらむ思いだった。奴隷市場のでぶ女たちのなかでヴィーナスのような美女を見つけた宦官長みたいな顔をし、駄作の山のなかにラファエッロの絵があると知った美術愛好家さながらの表情を見せた。彼の頭のなかではすべてが活動し、ものを嗅ぎつける本能が、事を謀る知能がはたらいた。ガヴローシュになにか一大事件が起こったのは明らかだった。

アンジョルラスが近づいてきたのは、彼がそんなふうに頭をめぐらせている真っ最中だった。

「おまえは子供だから」とアンジョルラスは言った。「ひと目に立たないだろう。バリケードの外に出て、家づたいに歩いて、あたりの通りをあちこち見てきてくれ。そして、どんな形勢かおれに知らせてくれ」

ガヴローシュはそっくり返り、

「じゃあ、ガキでもなんかの役に立つってことかい！　ありがてえこった！　行ってやるともさ。だがよ、さしあたっては、ガキを信用して、大人に用心したほうがいいんじゃねえのか……」

そう言ってから、顔をあげ、声をひそめ、ビエット通りの男を示しながら、こう付けくわえた。

「あんた、あそこに大男が見えるだろう？」

「それがどうした？」

「あいつはイヌだぜ」

「たしかか？」

「まだ二週間にもならねえが、おいらがロワイヤル橋の縁で風に当たっていたら、耳をつかんで追い立てたやつよ」

アンジョルラスはさっとガヴローシュから離れると、そばにいた酒樽運びの荷揚人に何事かひそひそ囁いた。その労働者は広間から出ていったが、間もなく仲間を三人つれてもどってきた。四人の男たちはいずれも肩ががっしりした荷揚人だったが、ビエット通りの男の注意を惹くようなことはせずに、男が肘をついているテーブルのうしろにまわりこんだ。四人はいまにも男に飛びかかろうとしていた。

そのとき、アンジョルラスが男に近づいて尋ねた。

「あなたはどなたですか？」

出し抜けにそうきかれて、男はぎくりとした。アンジョルラスの純真な瞳の奥底までのぞきこみ、相手の考えを見抜いたようだった。男は世にも人をくったような、力強く、決然とした微笑を浮かべ、尊大な重々しい口調で答えた。

「分かったか……そのとおりだよ！」

「密偵だな」

「その筋の者だ」

「名前は？」

「ジャヴェール」

アンジョルラスは四人の男に合図した。またたく間に、ジャヴェールは振りむく暇もないまま、襟首を捕まえられ、倒され、縛りあげられ、所持品をしらべられた。

二枚のガラス板に張りつけたちいさな丸いカードを持っているのが見つかった。カードの片面には「監視と警戒」という銘のあるフランスの紋章が刷りこんであり、もう片面には「ジャヴェール、警部、五十二歳」と記され、当時の警視総監ジスケ氏の署名がしてあった。

その他に時計と財布を持っていて、財布には金貨が数枚はいっていた。財布と時計は彼に返された。時計のうしろの、チョッキのポケットを探ってみると、封筒に入れた一枚の紙が見つかった。アンジョルラスが開くと、そこには警視総監自筆のこんな数行が書かれていた。

「ジャヴェール警部は、政治的任務を終了次第、特別の監視を行い、セーヌ右岸イエナ橋付近の土手で、暴徒の不穏な動きがあるか否かを確認されたし」

所持品検査がすむと、ジャヴェールは立たされ、両手をうしろ手に縛られ、一階の広間の中央にある、この居酒屋の名の起こりとなった例の有名な柱につながれた。

この場面の一部始終に立ち会い、いちいち黙ってうなずいていたガヴローシュは、ジャヴェールに近づいていってこう言った。

「鼠が猫を捕まえるってのは、こういうことなんだぜ」

以上のことはすべてきわめて迅速になされたので、居酒屋のまわりにいた者が気づいたころには、とっくにおわっていた。ジャヴェールは叫び声ひとつ立てなかった。

ジャヴェールが柱に縛りつけられているのが見えると、クールフェラック、ボシュエ、ジョリー、コンブフェールらと、ふたつのバリケードに散らばっていた者たちが駆けつけてきた。

柱を背に、身動きひとつできないほどがんじがらめにされていたジャヴェールは、生涯一度も嘘をついたことがない男のもつ泰然自若とした態度で、昂然と顔をあげていた。

「こいつは密偵だ」とアンジョルラスは言った。

それからジャヴェールのほうを向いて、

「あんたはバリケードが占拠される二分まえに銃殺されるだろう」

ジャヴェールは持ち前の有無を言わさぬ口調で応じた。

「なんで直ちにやらないのか？」

「われわれは火薬を節約している」

「それなら、ナイフで片づけてくれ」

「密偵」と美男のアンジョルラスは言った。「われわれは裁判官だ。人殺しじゃない」

そして彼はガヴローシュを呼んだ。

「おまえ！　おまえはじぶんの仕事をしにいくんだ！　おれが言ったことをやってこい」

「行くとも」とガヴローシュは叫んだ。

だが、出がけに立ちどまって、

「ところで、あいつの銃をおいらにくれるんだろうな！」

それからこう付けくわえた。

「楽士〔隠語で密告者の意〕のほうはあんたらに残しておくが、おいらはクラリネット〔隠語で銃の意〕が欲しいんだよ！」

浮浪児は軍隊式の敬礼をして、大きなバリケードの隙間を嬉々として抜けていった。

第八章　おそらく偽名らしいル・カビュックという名の男についてのいくつかの疑問点

もしここに描いているスケッチから、ガヴローシュが出かけたすぐあとに生じた、残忍で叙事詩的恐怖にみちた出来事を省いてしまったなら、筆者がくわだてたこの悲劇的な絵図は不完全なものになってしまい、多大な努力に痙攣が入り混じる社会的分娩と革命的出産の偉大な瞬間を、読者は正確で実際の立体感とともに見ることはできないだろう。

周知のように、群衆とは雪だるまみたいなもので、転がりながら騒々しい連中を寄せ集める。この連中は互いに相手がどこから来たかなどと尋ねることはない。アンジョルラス、コンブフェール、クールフェラックらに率いられた通行人のなかに、両肩がすり切れた労働者の上着をきた者がいた。その者はさかんに身ぶり手ぶりを交えて話し、がなり立て、荒くれ者の酔っぱらいのような顔つきをしていた。この男は本名だか渾名だか分からないが、とにかくル・カビュックと呼ばれ、彼を知っていると称している者たちとも、じつは顔見知りでもなんでもなかった。ル・カビュックはひどく酔っぱらい、あるいは酔っぱらったふりをして、居酒屋から引っぱりだしたテーブルに何人かの連中といっしょに陣取っていた。この男はいやがる者たちに無理やり酒をすすめながらも、バリケードの奥の大きな建物を考え深げにじっと見ている様子だった。その六階建ての建物は通りをそっくり見下ろすかたちで、サン・ドニ通りに向かいあっていた。男は突然声をあげた。

「同志諸君、どうだね？　撃つならあの家からだろう。おれたちがあのガラス窓のところにいりゃ、だれかが通りに突っこんでくる心配はまるでないぜ！」

「けどよ、あの家は閉まってるぜ」と飲んでいたひとりが言った。

「じゃ、バンバン叩いてやろうじゃないか！」

「開けてくれるもんか」

「じゃ、戸をぶち破ってやろう!」

ル・カビュックは、ひどくがっしりしたノッカーのついている戸のところに駆けつけ、叩いた。戸は開かない。もう一度ノック。だれも答えない。三度目。やはりしんとしている。

「だれかいないのか?」とル・カビュックが叫んだ。

なんの気配もない。

すると彼は銃を取り、銃床で叩きはじめた。それはアーチ型の低く、狭く、頑丈な、総樫造りの古い通用口で、内側から鉄板と鉄筋で裏打ちしてあり、まるで城砦の隠し扉のようだった。銃床で何度も叩かれ、家は震えたが、戸はびくともしなかった。

それでも、どうやら住人は心配になってきたようだった。というのも、四階の四角くちいさな天窓が明るくなって開き、その天窓にろうそくと、ごま塩頭の穏やかな老人の怯えた顔があらわれたからだ。それが門番だった。

戸を叩いていた男は手をとめた。

「みなさん」と門番は尋ねた。「なんのご用ですか?」

「開けろ!」とル・カビュックが言った。

「それはできません」

「ともかく開けろ」

「無理です!」

ル・カビュックは銃を取って、門番に狙いをつけた。彼は下にいたし、ひどく暗かったので、門番にはその姿がまったく見えなかった。

「どうなんだ、開けるのか、開けないのか？」

「開けません！」

「いやだと言うのか？」

「いやです、みな……」

門番は言いおえる間もなかった。銃が発射され、弾丸は門番の顎の下からはいり、頸動脈を貫いて、首筋から抜けた。老人は声もなくくずおれた。ろうそくが落ちて消え、もはや見えるものといえば、天窓の縁に取りのこされた動かない頭と、屋根に向かって昇っていく、白っぽいわずかな煙だけだった。

「どうだ！」と、ル・カビュックは銃床を敷石のうえに落としながら言った。

このひと言を口にするかしないうちに、彼はだれかの手が鷲の爪のようにぐいと肩口にくいこむのを感じ、こう言う声を聞いた。

「跪け！」

この人殺しが振りむくと、眼前にアンジョルラスの蒼白く冷徹な顔が見えた。アンジョルラスはピストルを手にしていた。

彼は銃声を聞いて駆けつけてきたのだった。左手でル・カビュックの襟首と仕事着とシャツとズボン吊りとをつかんでいた。

「跪け」と、彼はくりかえした。

そして、有無を言わせぬ動作で、このか細い二十歳の青年は、ずんぐりして逞しい沖仲仕を一本の葦のようにへし曲げ、泥のなかに跪かせた。ル・カビュックは抵抗しようとしたが、どうすることもできない超人的な腕力に捕まえられているみたいだった。

顔面を蒼白にし、首筋をむき出し、髪を振り乱して、女のような顔をしたアンジョルラスは、このとき、まるで古代のテミス〔正義と掟の女神〕のように見えた。ふくらんだ鼻孔、伏せた目は彼のギリシャ的な非情な横顔に、あの怒りの表情とあの純潔の表情とをあたえ、古代世界の観点からすれば、これぞ真に正義にふさわしいものだった。

バリケードじゅうの者たちが一斉に駆けつけ、やがて遠巻きに輪をつくって、これから起こることをまえに、ただのひと言も口出しできないように感じていた。

屈服したル・カビュックはもうじたばたせず、手足をぶるぶる震わせていた。アンジョルラスは彼を放し、時計を出して、

「反省しろ」と言った。「祈るか、さもなくば考えろ。一分間待ってやる」

「許してくれ！」と人殺しは呟いた。それから、うなだれて、ぶつぶつとなにか不明瞭な悪態をついた。

アンジョルラスは時計から目を離さなかった。そのまま一分間をやり過ごしたあと、時計をチョッキのポケットにもどした。それから、わめきながら身を丸くし、膝にしがみついてくるル・カビュックの髪をつかみ、その耳にピストルの口を押しつけた。このうえもなく恐ろしい冒険にあれほど泰然と身を投じてきた大胆不敵な男たちも、さすがに大半は顔をそむけた。

発射音が聞こえ、暗殺者は敷石のうえにうつぶせに倒れた。するとアンジョルラスは背筋を真っ直ぐのばし、確信にみちた厳しい眼差しであたりを見まわした。

そして足で死体を押しやってから言った。

「これを外に放りだせ」

三人の男が、尽きた命の最後の反射的な痙攣でぴくぴくしている惨めな男の身体を持ちあげ、ちいさなほうのバリケード越しにモンデトゥール小路に放りだした。

アンジョルラスはじっと考えこんでいた。その恐るべき平静さのうえにゆっくりと、なんとも知れぬ荘厳な闇が広がっていった。突然、彼は声を高くした。一同は静まりかえった。

「同志諸君」とアンジョルラスは言った。「あの男のやったことは身の毛もよだつことだが、おれがやったのもひどいことだった。あの男は人を撃った。だからおれは彼を殺した。おれとしては、そうしなければならなかったのだ。なぜなら、蜂起にもそれなりの規律がなければならないからだ。殺人は、ほかのどんな場合より、このような蜂起にあっては、ことさら重大な犯罪になる。われわれは革命に見守られているのであり、われわれは共和国の司祭なのだ。われわれは義務の生贄であり、われわれの戦いは他人に後指をさされるようなものであってはならない。だからこそ、おれはあの男を裁き、処刑したのだ。おれとしては、心ならずも、ああしなければならなかったのだが、じぶんでじぶんを裁いてもいる。おれがじぶんをどんな刑に処したかは、いずれみんなが知ることとなるだろう」

聞いていた者たちは身震いした。

「われわれもきみと運命を共にするさ」と、コンブフェールが叫んだ。

「よかろう」とアンジョルラスは言った。「もうひと言述べておく。あの男を処刑したとき、おれは必然にしたがった。だが、必然は旧い世界の怪物だ。必然は〈宿命〉と呼ばれる。ところで、進歩の法則とは、怪物が天使のまえで姿を消し、〈宿命〉が友愛のまえで消え去るということだ。いまは愛という言葉を口にするのは具合が悪い時だ。だが、構わない、おれはその言葉を口にし、称える。〈愛〉よ、おまえには未来がある。〈死〉よ、おれはおまえを利用するが、おまえなど大嫌いだ。同志諸君、未来には暗闇も、落雷も、狂暴な無知も、「目には目を」といった血なまぐさい報復もなくなるだろう。悪魔がいなくなるのと同じく、大天使ミカエルもいなくなるだろう。未来には、だれも人を殺さず、大地が輝き、人類は愛するだろう。同志諸君、その日はやってくるだろう、すべてが和合、調和、光明、歓喜、生命であるような日がやってくるだろう。そして、その日の到来のためにこそ、われわれは死んでいくのだ」

アンジョルラスは口をつぐんだ。処女のような唇は閉じられた。そして、じぶんが血を流した場所に、しばらく大理石のように佇んでいた。そのひたと見据える目に気圧され、まわりの者たちは声をひそめた。

ジャン・プルヴェールはコンブフェールと、無言のまま手を握りあい、バリケードの角で互いに身を寄せあって、死刑執行人であり司祭であり、水晶の光のようでもあり、岩石のようでもあるその峻厳な青年を、同情をまじえた感嘆の目で見つめていた。

ここで直ちに言っておくが、後日、戦闘がおわってから、死体が公示所に運ばれ、所持品の検査がされたとき、ル・カビュックが警察の身分証明書を身につけていたのが発見された。本書の著者はこの点について、一八三二年当時の警視総監に提出された特別報告を一八四八年に入手した。

さらに付けくわえておけば、奇怪なことだが、おそらく根拠のある警察の言い伝えを信じるなら、ル・カビュックという男はじつはクラクスーだったという。じじつ、ル・カビュックの死後、クラクスーのことは二度と話題にされなくなった。クラクスーはその失踪に関わるどんな痕跡も残さなかった。彼の生涯は闇だったが、最後は夜だった。

蜂起者たち全員が、またたく間に審理され、たちまちのうちに終結したあの悲劇的な裁判の感動からまださめやらぬころ、クールフェラックはその朝マリユスを訪ねてきた小柄な若者の姿を、バリケードのなかでふたたび見かけた。

大胆で無頓着な様子の若者は、夜になって蜂起に参加するためにやってきたのだった。

第十三篇　マリユス闇のなかへはいる

第一章　プリュメ通りからサン・ドニ界隈へ

夕闇をとおしてマリユスをシャンヴルリー通りへ呼んだあの声は、運命の声のように思われた。彼は死にたがっていたが、その好機が訪れた。墓の扉を叩いていた手に、だれかが闇から鍵を差しだしてくれたのだ。暗闇のなか、絶望をまえにしている者に開かれるこのような物悲しい入口には、どこかしら心をそそられるものがある。マリユスは何度もじぶんを通してくれた鉄柵を押しのけ、庭の外に出てから言った。「よし、行ってやるぞ!」

彼は苦しみのあまり気が変になり、頭のなかになにひとつ確固としたものが感じられず、若さと愛の陶酔のうちに過ぎ去った二か月のあと、もはや運命になにも期待できなくなっていた。同時に、絶望からくるありとあらゆる妄想に打ちひしがれてもいた。そんな彼には、早くけりをつけたいという、ただひとつの願いしか残っていなかった。彼は足早に歩きはじめたが、たまたま武装していた。ジャヴェールのピストルを身につけていたからだ。

姿を見かけたように思った例の若者は、通りに出ると見えなくなっていた。

マリユスは大通りをとおってプリュメ通りに抜けると、廃兵院の前広場（エスプラナード）とアンヴァリッド橋、シャン・ゼリゼ、ルイ十五世広場を通って、リヴォリ通りまで来た。そのあたりの商店は開いていて、アーケードのしたにガス灯がともり、女たちが買物をしている。カフェ・レテールにはアイスクリームを食べている者、イギリス菓子店にはちいさなケーキを食べている者がいる。ただ、何台かの駅馬車が〈デ・プランス〉ホテルや〈ムーリス〉ホテルから全速力で出発していた。

マリユスはドロルム小路からサン・トノレ通りにはいった。そこでは、店は閉まっていたが、商人たちが半開きの戸のまえで雑談を交わし、通行人が往来し、街灯がともされ、二階よりうえのガラス窓には、いつもどおりの明かりがあった。パレ・ロワイヤル広場には騎兵隊がいた。

マリユスはサン・トノレ通りを歩きつづけた。パレ・ロワイヤルから遠ざかるにつれ、明かりの見える窓は少なくなった。すべての店が閉まっていて、戸口で話している者もいなくなり、通りは暗くなっていたが、人の数は増していた。というのも、いまや通行人が群衆と化してきたからだ。この群衆のなかではしゃべっている者はひとりもいなかったはずなのに、こもったような深いざわめきが聞こえていた。

アルブル・セックの噴水あたりには、いくつかの「人だかり」ができ、流水の真ん中にある岩のように、不動の暗い集団をなしていた。

プルヴェール通りの入口あたりでは、群衆はそれ以上まえに進めなくなっていた。人びとはぎゅうぎゅう詰めになってびくともせず、どっしりと堅固で緊密な、ほとんど立錐の余地もない塊となり、ひそひそ話しあっていた。もはや黒服も丸い帽子もほとんど見られず、見えるのは上っ張り、仕事着、庇帽、髪を逆立てた士気色の顔ばかりだった。そんな群衆が夜霧のなかで雑然と波打っている。その囁きには、激昂によるしゃがれ声の響きがあった。だれひとり進んでいないのに、泥をふみつける足音が聞こえていた。この分厚い群衆の先には、ルール通りにも、プルヴェール通りにも、サン・トノレ通りの外れにも、ろうそくの火が輝いている窓はひとつとしてなかった。それらの通りには、ぽつりぽつりと、すこしずつ間遠になりながら伸びている街灯の列が見えた。この時代の街灯は縄に吊るされた赤く大きな星に似ていて、それが大蜘蛛の形の影を鋪道に投げかけていた。通りには人影がないわけではなく、叉銃や、揺れうごく銃剣や、露営する軍隊などが見えた。どんな物好きでもその境界を越える者はいなかった。交通はそこでとまり、群衆は途絶えて、軍隊がはじまっていた。

マリユスはすっかり希望がなくなった人間の意志だけで行動しようとしていた。呼ばれたからには、どうしても行かねばならない。彼はなんとか群衆を掻き分け、軍隊の露営を通りぬけ、パトロール隊の目をのがれ、歩哨を避けることができた。回り道をしてベチジー通りに辿りつき、中央市場の方角に向かった。ブルドネ通りの角に出ると、街灯もなくなっていた。

彼は、群衆がいた地帯を抜けだし、軍隊が陣取っていた境界を越えたあと、どこかぞっとするような場所に来ていた。ひとりの通行人も、ひとりの兵隊も見あたらず、ひとつの明かりもない。だれもいない。孤独、沈黙、夜、そしてどこか粟立つような冷気。ひとつの通りにはいるたびに、穴倉にはいりこんでゆく心地がした。

彼は歩きつづけた。数歩進むと、だれかがそばを駆けぬけていった。男だったのか？ 女だったのか？ 何人もいたのか？ 尋ねられたところで、彼には答えられなかったことだろう。とにかくそれは、さっと通りすぎ、さっと消え去ったのだった。

回りにまわって、彼はとある小路に辿りついたが、そこがポトリー通りだとすぐに分かった。小路の中程まで行くと、なにか障害物にぶちあたった。手を伸ばしてみた。ひっくり返された荷馬車だった。足の感触で、水溜や、ぬかるみや、散らばったり、積み重なったりしている敷石があるのに気づいた。築きかけのまま打ち捨てられたバリケードだ。彼は敷石の山を登って、防壁の反対側に出た。車除けの石ぎりぎりのところを歩き、家々の壁を伝っていった。バリケードからすこし先にいったところに、なにやら白いものがぼんやり見えるような気がした。近づくと、その形がはっきりしてきた。二頭の白馬だった。朝、ボシュエによって乗合馬車から外された馬が、通りから通りへと一日じゅうあてどなくさ迷ったあげく、とうとうそこで脚をとめ、神の行為が人間に理解できないのと同じように、人間の行為が理解できない家畜に特有の忍耐強さで、へとへとになりながらもじっと佇んでいたのだった。

マリユスは二頭の馬をあとに残した。どうやらコントラ・ソシアル通りとおぼしい通りに差しかかろうとしていると、どこからきたのか、たまたま暗闇を貫いて飛んできた一発の銃弾が、彼のすぐそばをヒューと音を立ててかすめていった。その弾は彼の頭上、床屋の店先にぶらさがっていた銅のひげ剃り皿をぶち抜いた。一八四六年にはまだ、コントラ・ソシアル通り、中央市場の列柱の片隅に、穴の開いたそのひげ剃り皿が見られたものである。

銃弾が発射されたということは、まだあたりに人がいるという証拠だった。だが、それ以後というもの、彼は何者にも出会うことはなかった。

辿った道筋は、まるで暗黒の階段を降りるようなものだった。

それでもなお、マリユスはまえに進みつづけた。

第二章　梟が見下ろすパリ

このとき、蝙蝠か梟の翼を借りて、パリの上空を飛んでいる者がいたとしたら、眼下に陰惨な光景を見たにちがいない。

中央市場の古い界隈一帯は都市のなかの都市と言ってもよく、サン・ドニ通りとサン・マルタン通りが横切り、無数の小路が交差している。蜂起者たちはそこを角面堡や練兵場にしていたわけだが、上空にいる者には、まるでパリの中央に穿たれた、暗く巨大な穴のように見えたことだろう。ながめているうちに、視線は深淵のなかに吸いこまれてしまう。街灯が壊され、窓という窓が閉まっているため、明かりも、生命も、ざわめきも、動きもいっさいなくなっている。反乱者たちの目に見えない統制の網がいたるところに張りめぐらされ、秩序を、すなわち夜の治安をまもっていた。少数の味方を広大な闇にもぐりこませ、闇のもつさまざまな利点を活用し、ひとりの戦闘員を何人にも見せかける。これは蜂起に必要な戦術である。日が暮れると、ろうそくの灯っている窓はことごとく銃撃された。明かりは消え、時には住民が殺された。だから、なにひとつ動くものはなかった。家々には恐慌、愁嘆、茫然自失があるばかり、街路には宗教的な畏怖にも似た恐怖があるばかりだった。窓や階層の連なりも、煙突と屋根が織りなす刻み模様も、泥だらけの濡れた鋪道に輝く、ぼんやりした光の煌めきも見られなかった。この闇の堆積を上方からながめる者がいたなら、あちこちに点在する、折れ曲がった風変わりな線や、建造物の奇怪な輪郭を浮かびあがらせる薄明かり――さながら廃墟を往来する微光のようなもの――がぼんやり見えたかもしれない。それこそがまさに、バリケードだった。あとは一面に靄がかかって重苦しく、不気味な暗がりの湖で、そのうえにサン・ジャックの塔、サン・メリーの教会のほか、人間が巨人に仕立て、夜が幽霊に仕立てる二、三の大建造物が、不動の不吉な影絵となってそびえ立っていた。

この無人で薄気味悪い迷路の一帯では、パリの交通がまったく途絶えたわけではなく、もし空中の観察者が、まばらながら街灯が輝いているこの界隈をのぞいたなら、サーベルや銃剣の金属性の煌めき、移動する大砲のにぶい轟音、音もなく刻一刻とふくらんでいく軍隊のうごめきなどを感じとれたことだろう。それは暴動のまわりをじわじわと締めつけ、狭めようとしている恐るべき帯だった。

包囲された地域はもはや、巨大な洞穴のようなものでしかなかった。そこではすべてが眠りこむか、鳴りをひそめているようだった。また、前述のとおり、外からはいりこめるどの通りでも、目にはいるのは闇ばかりだった。

罠にみち、なんとも知れない恐ろしい衝突をはらんだ狂暴な闇。そのなかにはいりこむのは怖気だち、そのなかにとどまっていると身の毛もよだつ。はいっていく者たちは待ちうけている者たちをまえに打ち震え、待ちうける者たちはこれからはいってこようとしている者たちをまえにおののいている。目に見えない戦闘員が、通りのあちこちの隅に身をひそめている。陥穽が深い夜陰のなかに墓穴のように隠れている。万事休す。いまとなっては、銃火のほかに光を望めず、不意に訪れる呆気ない死のほかに出会うものとてない。どこで？　どんなふうに？　いつ？　それは分からないが、死はかならずやってくるし、避けることはできない。ここ、戦闘の場と決したこの場所では、政府の陣営も蜂起の陣営も、国民軍も人民結社も、ブルジョワも反徒も、互いに手探りで接近しようとしている。どちらも、やむにやまれぬ仕儀に立ちいたったことにおいては同じだ。殺されてここから出るか、勝者として出るか、可能な出口はそれだけになる。ここでは状況が煮つまり、暗闇の力が強大になるので、どんな臆病者も腹がすわるのを感じ、どんな大胆な者も恐怖にとらえられるのを感ずる。

また双方とも、憤怒、敵意、決意にかけては同じだ。一方にとっては、前進することは死を意味するが、だれひとり退却しようとは思わない。もう一方にとっては、とどまることは死を意味するが、だれひとり逃亡しようとは思わない。

どのみち明日になればすべてに決着がつき、勝利が一方に転ぶか他方に転ぶか、蜂起が革命になるか暴挙におわるかがはっきりする。そのことは政府も各党派も心得ているし、どんなしがない市民でも感じている。だからこそ、万事が決しようとしているこの界隈の底知れぬ闇のなかに、苦悩の色がにじむのだ。だからこそ、やがて破局がやってくるこの沈黙のまわりに、憂色が深まるのである。ここではたったひとつの音、臨終の喘ぎにも似た悲痛な、呪いにも似た不吉な音しか聞こえない。サン・メリー教会の警鐘だ。暗闇で嘆き悲しむ、あの希望をなくした狂おしい絶叫ほど、心を凍らせるものはまたとない。

よく見られることだが、ここでも自然は人間がやろうとしていることに同調してくるようだ。両者の不気味な調和を乱すものはなにもない。星は姿を消し、重苦しい雲が陰惨な襞をつくって、どんよりと地平に立ちこめている。あたかも広大な経帷子が果てしない墓地に広がるように、黒い空が死んだような街をおおっている。

すでに何度も革命的な出来事を目撃してきたこの同じ場所で、いまのところまったく政治的なものにとどまっている戦いが準備され、青年層、秘密結社、学校が主義のため、中間階級が利益のために、互いに接近し、衝突し、締めつけあい、倒そうとし、だれもが危機の最後の決定的瞬間を急き立て、呼び求めている一方で、この運命的な界隈から遠く離れた場所、幸福で裕福なパリの華美のしたに隠された、悲惨な古いパリの底知れない穴のどん底には、民衆の陰鬱な鈍いうなり声が聞こえてくる。

野獣の咆哮と神の言葉からできている、気味悪いが神聖な声。弱者を怯ませ、賢者を戒め、ライオンの声のように地上からくるかと思うと、雷電の音のように天上からくる声。

第三章　瀬戸際

マリユスは中央市場に着いていた。

付近の街路にくらべ、そこではすべてが静かで、暗く、動きがなかった。まるで墓場の冷え冷えとした平和が地から湧きでて、空のしたに広がっているようだった。

それでも赤みがかった光がひとつ見え、シャンヴルリー通りのサン・チュスターシュ教会寄りをさえぎっている家々の高い屋根を、黒い背景のうえにくっきりと浮かびあがらせている。それはコラントのバリケードで燃えている松明の照り返しだ。マリユスはこの赤い光を目当てに歩いてきたのだった。この光に導かれて、マルシェ・オ・ポワレ[1]に出ると、レ・プレシュール通りの暗い入口がちらりと見えた。彼はそこへはいった。道の反対側の端で見張っていた反乱者たちの歩哨には気づかれなかった。さがしていたところは、もうすぐそこだと感じ、爪先立ちで歩いた。こうして、モンデトゥール小路の短い区間の角に着いた。そこは、読者も思いだされるように、アンジョルラスが残しておいた外部との唯一の連絡路だった。彼は左側にある最後の家の角から頭を突きだして、モンデトゥール通りをのぞいてみた。

小路の暗い角のすこし先、つまりシャンヴルリー通りが広い闇を投げかけ、マリユス自身もそのなかに埋もれている地点からすこし先に、鋪道にぼんやりと火影が射していて、居酒屋の一部がちらっと見えた。そのうしろには、不格好な壁のようなもののなかでカンテラがちらちら燃え、銃を膝のうえに置いてしゃがみこんでいる男たちがいた。それらはすべて、彼のいる場所から二十メートルほどのところにあった。そこはバリケードの内側だった。

小路の右側に家々が建ち並んでいたために、居酒屋のほかの部分、大バリケード、旗などは見えなかった。

マリユスはあと一歩進むだけでよかった。そこで、この不幸な青年は車除けの石のうえにすわり、腕を組んで、父親のことを考えた。

彼はじつに誇り高い兵士だった英雄的なポンメルシー大佐のことを考えた。大佐は共和国時代にはフランス国境を守り、ナポレオン帝政時代にはアジアの境にまで迫り、ジェノヴァ、アレクサンドリア、ミラノ、トリノ、マドリード、ウィーン、ドレスデン、ベルリン、モスクワを見、ヨーロッパのあらゆる戦勝地でいまマリユスの血管を流れているのと同じ血を数滴残した。軍紀と指揮のために年齢よりも早く白髪になり、つねに革帯をしめ、胸まで肩章をたらし、帽章を火薬で黒くし、額に軍帽の筋をつけ、廠舎や、野営地や、露営地や、野戦病院で日々を送った。二十年たって、フランスのためにあらゆることをなし、祖国の不利になることはなにひとつせず、頬に傷をうけながらも、にこやかに、純朴に、泰然と、立派に、子供のように純真に、幾多の大戦争から帰還してきたのだった。

彼はこう思った。――ぼくにもその日が訪れたのだ。いよいよぼくの最後の時が告げられたのだ。父のあとにしたがい、ぼくもまた勇敢に、勇猛に、剛胆になって、弾丸に向かって走り、胸を銃剣に差しだし、血を流し、敵を求め、死を求めよう。今度はぼくが戦争をするために戦場に降り立つのだ。だが、これから向かう戦場は街路であり、これからおこなう戦争は内戦なのだ！彼には内戦が奈落のように目のまえに口を開け、じぶんがそのなかに落ちていくのが見えた。そして身震いした。

祖父が骨董屋に売りはらってしまったとき、口惜しくて胸が張り裂けそうになった、父の剣のことを考えた。そして彼はこう思った。――あの勇ましく清らかな剣がぼくの手を逃れ、憤然と闇のなかに消えてくれたのはかえってよかったのだ。あんなふうに逃げ去ったのは、あの剣が利口で、未来を見通していたからだ。あの剣は暴動、どぶ川での戦い、鋪道での戦い、地下倉の換気窓からの銃撃、搦め手からの攻守などを予感していたのだ。なにしろマレンゴ、フリートラントで戦った剣なのだから、シャンヴルリー通りなどにはきたくなかったのだろう。あれほどのことを父親といっしょにやりとげたあとで、いまさら息子といっしょにこんなことまでしたくなかったのだ！　また、こう思った。――もしあの剣がそのまま残っていて、ぼくがそれを父の枕元から拾いあげ、浅はかにも四つ辻のフランス人同士が戦う夜戦用に持ってきていたら、あの剣は間違いなくぼくの手を焼き、目のまえで天使の剣のように燃えあがったことだろう！　さらに、こうも思った。――あの剣がここになく、どこかに行ってくれたのは嬉しい。それでよかったのだ。それが正しい。祖父は父の武勲の真の守護者だったのだ。あの大佐の剣は、きょう祖国の脇腹から血を流させるよりも、競売にかけられ、古道具屋に売られ、鉄屑のなかに投げすてられたほうが、よっぽどよかったのだ。

それから彼はさめざめと苦い涙を流しはじめた。

これではひどすぎる。いったいどうすればいいのか？　コゼットなしに生きる？　ぼくにはそんなことはできない。彼女が行ってしまったからには、ぼくは死なねばならない。ぼくは死ぬ、と神聖な誓いを立てたではないか。それを承知のうえで、彼女は行ってしまった。ということは、このぼくには死んでもらいたいということなのだ。それに、彼女がもうぼくを愛していないのは明らかではないか。なにしろ、なんの報せも、ひと言の伝言も、一通の手紙もなく、あんなふうに行ってしまったのだから。いまとなっては生きていても、なんになる？　なんで生きているのだ？　それに、なんだ！　ここまで来ておいて、いまさら引きかえすというのか！　じぶんのほうから危険に近づいておいて、逃げだすというのか！　せっかくバリケードのなかをのぞいたのに、こそこそ逃げかえるというのか！「いやはや、たくさんだ。ぼくは見た。充分だ。これは内戦だ。さっさと失礼する」と言って、ぶるぶる震えながら逃げかえるというのか！　ぼくを待っている友人たちを見捨てるというのか！　友人たちはぼくを必要としているにちがいないというのに！　軍隊にくらべて友人たちはほんの一握りの小勢にすぎないというのに！　愛にも、友情にも、約束にも同時に背くというのか！　じぶんの臆病さを愛国心にかこつけるのか！　そんなことはとうていできない。また、もし父の亡霊があの暗闇のなかにいて、ぼくがすごすご退却するのを見たら、きっと剣の刀身でぼくの腰をぴしゃりと打って、「さあ、歩け、卑怯者！」と言うだろう。

行ったり来たり、どっちつかずの思案に暮れて、彼は頭を垂れた。

突然、彼はもう一度頭をあげた。心中に素晴らしい巻返しのようなものが生じたのだ。人間、墓場が近くなるとおのずから考えに幅ができ、死が間近に迫れば真実が見えてくるものだ。彼には、じぶんがいまはいりこもうとしている行動は嘆かわしいものではなく、むしろ美しいものだと思えてきた。どういう内心の働きによってか、心の目に、市街戦がにわかに変貌をとげたのだ。妄想から生まれる騒然とした疑問が一斉にもどってきたが、心が乱されることはなかった。彼はどんな疑問にもまともに答えることができた。

では、いったいなぜ、父が怒るというのだろうか？　蜂起が尊い義務の高みにまでのぼる場合もあるのではないか？　これからはじまる戦闘のなかに、ポンメルシー大佐の息子として、なにか体面を汚すことがあるとでもいうのか？　もはやモンミライユやシャンポベール[2]の時代ではない。それとは別のことなのだ。問題はもはや神聖な領土ではなく、神聖な思想なのだ。祖国は嘆くかもしれない。だが、人類は喝采するだろう。だいいち、祖国が嘆くというのは本当だろうか？　フランスは血を流すが、自由は微笑むのだ。そしてフランスは自由の微笑みを見て、みずからの傷のことを忘れるのだ。また、より高所から物事を見た場合、そもそもひとは内戦のことをどう語るべきなのだろうか？

内戦？　それはどういうことか？　では、外戦というものがあるというのか？　人間同士の戦争というのはどれもこれも、兄弟同士の戦争ではないのか？　戦争はその目的によってしか規定されない。外戦も内戦もなく、正しい戦争と正しくない戦争があるだけなのだ。人類の偉大な講和が締結される日まで、戦争――少なくとも停滞する過去に反対して、先を急ぐ未来の努力としての戦争は、必要なものとなりうる。そのような戦争にたいして、いったいなにを非難できようか？　戦争が汚辱になり、剣が匕首になるのは、それが権利、進歩、理性、文明、真理を抹殺するときだけだ。その場合は、内戦であれ外戦であれ、いずれも不正になり、犯罪と呼ばれるものになるだろう。正義という神聖なものの外では、いったいどんな権利によって、ある形式の戦争が別の形式の戦争を軽蔑できるのか？　どんな権利があって、ワシントンの剣がカミーユ・デムーランの槍を否認できるのか？　レオニダスは外敵と戦い、ティモレオン[3]は独裁者と戦ったが、どちらのほうが偉大なのか？　一方は保護者で、他方は解放者だった。ひとは都市の内部でおこなわれる武装蜂起を、その目的を気にもとめずに、卑しめていいものだろうか？　それなら、ブルトゥスにも、マルセルにも、アルヌー・ド・ブランケンハイムにも、コリニーにも、みな不名誉の烙印を押さねばならなくなるだろう。ゲリラ戦？　市街戦？　なぜいけないのか？　それこそアンビオリクス[4]、アルトヴェルド、マルニクス、ペラーヨらがおこなった戦争ではないのか？　しかし、アンビオリクスはローマと、アルトヴェルドはフランスと、マルニクスはスペインと、ペラーヨはモール人と、つまりみんな外敵と戦った。ところが、君主制もまた外敵なのだ。圧政も外敵なら、神権も外敵だ。侵略が地理上の境界を侵すように、専制は精神上の境界を侵す。君主を追いはらうのも、イギリス人を追いはらうのも、どちらもじぶんの領土を取りもどすことではないか。抗議するだけでは充分でない時がある。哲学のあとには、行動がこなければならない。理念が輪郭を描くことを、力ずくで仕上げねばならない。『鎖につながれたプロメテウス[5]』がはじめたことを、アリストゲイトンが仕上げる。『百科全書』が光明をもたらした魂に、八月十日[6]が電流を通す。アイスキュロスのあとにはトラシュブロス[7]が、ディドロのあとにはダントンが登場するのだ。大衆は支配者を唯々諾々と受け入れる。その総体は無気力を生みだす。群衆は容易に一団となって服従してしまう。大衆を揺りうごかし、背中を押してやり、人間を解放という恩恵そのものによって手荒く扱い、真実によって目を痛めつけてやり、恐ろしいほどふんだんに光を投げつけてやらねばならない。彼ら自身がみずからの救済によって、すこしは驚愕しなければならない。そんな驚嘆によってこそ、彼らはを目をさますのだ。だから、警鐘や戦争が必要になる。偉大な闘士たちが立ちあがり、大胆な行動で諸国民を煌々と照らし、神権、皇帝の栄光、勢力、狂信、無責任な権力、絶対君主権などによって闇におおわれている、この悲しい人類を揺すぶってやらねばならないのだ。黄昏の光輪のなかで、愚かしくも夜の暗い勝利を打ちながめてばかりいるこの群衆を。暴君を倒せ！　とひとは言う。だが、だれのことを言っているのか？　ルイ・フィリップを暴君と呼ぶのか？　いや、ルイ・フィリップはルイ十六世と同じく暴君ではない。ふたりとも、歴史の習慣では善王と呼ばれるタイプなのだ。だが、主義というものは分割されないし、真実なものの論理は直線であり、真理の特質とはへつらわないということだ。だから、なににもへつらってはならない。人間にたいするどんな侵害も罰せられねばならないのだ。ルイ十四世には神権があり、ルイ・フィリップには「ブルボン家だから」という特権がある。ふたりともある程度までは権利の没収を体現している。だから、地上のあらゆる簒奪を取り除くには、彼らに立ち向かわなくてはならない。これは必要だ。フランスはつねに先駆者なのだから。フランスで支配者が倒れるとき、いたるところで支配者が倒れる。要するに、社会秩序を再建し、王位を自由に返し、人民を人民に返し、主権を人間に返し、フランスの頭に至高の緋の衣をかけてやり、理性と公正を充全に復活させ、各人を本来の姿にもどしてあらゆる敵対の芽を摘みとり、世界の広大な和解を妨げる王権の障害を取り除き、人類を権利と同じ高さに置いてやること、これ以上に正当な大義、したがって、これ以上に偉大な戦争があるだろうか？　偏見、特権、迷信、虚偽、搾取、悪弊、暴力、不正、暗黒などの巨大な城砦がいまなお世界にそびえ立ち、憎悪の塔をめぐらせている。この城砦を打ち倒さねばならない。この怪物じみた全容を崩壊させねばならない。アウステルリッツで勝利することが偉大なら、バスチーユを奪取することもまた壮大なことなのだ。

だれしもみずから振りかえってみれば分かるように、人間の魂——そしてこれこそ、遍在しつつもつねに統一がとれている魂の驚異と言うべきなのだが——は、どんなに深甚な窮地にあっても、ほとんど冷静といえるほど筋道を立てて考えるという不思議な能力に恵まれ、そのうえ、悲嘆にくれた情熱や深い絶望がこのうえなく暗い独白をおこなう苦悶のさなかにさえ、さまざまな主題を扱い、命題を議論するということがしばしばある。論理が痙攣と混じりあい、推論の糸が思考の不気味な嵐のなかで漂っても切れることはない。マリユスの精神状態はまさにそれだった。

そんなふうに思案にふけりながら、打ちひしがれ、だが決然とし、それでも時にためらいつつ、要するにこれからじぶんがしようとしていることをまえにして震えながら、彼の視線はバリケードのなかをさ迷っていた。そのバリケードのなかでは、蜂起者たちがひそひそ話しながら身動きせず、みんなが待機の最終局面の特徴である、あの嵐のまえの静けさを感じていた。彼らの頭上の、四階の天窓に、マリユスは見物人なのか証人なのか、ともかく妙に注意深そうに見える人物の姿を認めた。それはル・カビュックに殺された門番だった。下方からは、敷石に囲まれた松明の照り返しで、その頭がかすかに目に映った。この暗くおぼつかない光をうけた鈍色の、不動の、驚いたような顔ほど奇怪なものはなかった。その髪は逆立ち、目は開いたままじっと動かず、口はぽかんと開き、物珍しそうに通りに身を乗りだしているような格好だった。まるで死んだ者が、これから死のうとしている者たちをじっと見つめているようだった。その頭から流れでている血の長い跡は、天窓から二階のあたりまで赤っぽい筋になって伝い、そこで途切れていた。

第十四篇　絶望の偉大さ

第一章　旗・第一幕

まだ何事も起きていなかった。サン・メリーの教会が十時の鐘を鳴らし、アンジョルラスとコンブフェールは騎銃を手に、大バリケードの隙間近くに陣取った。ふたりは互いに言葉を交わすこともなく、どんなにかすかなものでも、またどんなに遠くからのものでも、なんとか行進の足音を聞き取ろうと、耳を澄ましていた。

この不気味な静けさのただなかに、突然サン・ドニ通りあたりからくるらしい、明るく、若々しく、陽気な声が聞こえ、その声が古い民謡「月の光」の節に合わせ、雄鶏の叫び声でおわるこんな詩を歯切れよく歌いだした。

涙でぬれたおいらの鼻。
ちょいと、ビュジョーさん、

あんたの憲兵貸してくれ
おいらにゃ言いたいことがある。
青い軍外套はおって、
長い軍帽かぶった雌鶏さんよ、
ここは郊外！
コ、コ、コケコッコー！〔1〕

ふたりは手を握りあった。

「ガヴローシュだ」とアンジョルラスは言った。

「報せにきたんだ」とコンブフェールが言った。

ばたばたと慌ただしく駆けつけてくる足音が、ひと気のない通りの静寂を破り、道化師よりも身軽に乗合馬車のうえにはいあがる者があったと思う間もなく、ガヴローシュが息を切らし、バリケードに躍りこんできて言った。

「おいらの銃だ！　やつらが来たぜ」

バリケードじゅうに電流のような戦慄が走って、めいめいの手がじぶんの銃をさがす音が聞こえた。

「おれの騎銃が欲しいか？」とアンジョルラスが浮浪児にきくと、

「おいらはでっけえのがいいや」とガヴローシュは答えた。

そしてジャヴェールの銃を取った。

ふたりの歩哨が持ち場を引きあげると、ほとんどガヴローシュと同時にもどっていた。通りの外れにいた歩哨と、プチット・トリュアンドリー通りに立っていた見張りだ。これは橋と中央市場方面からはなにもやってこないということを示していた。

シャンヴルリー通りは、旗を照らしている光の反射で、どうにかいくつかの敷石が見えていたが、蜂起者たちの側から見れば、煙のなかにぼんやり開いている黒く大きな表玄関のようだった。

めいめいが戦闘の位置についた。

アンジョルラス、コンブフェール、ボシュエ、ジョリー、バオレルとガヴローシュをふくむ四十三人の蜂起者たちは、大バリケードのなかで、防壁の頂上すれすれに顔をのぞかせ、敷石のあいだを銃眼にして小銃や騎銃の銃身を並べて膝を立て、気を張りつめ、無言のまま、発射の用意をしていた。フイイに率いられた六人が、コラントの三階の窓辺に陣取って銃を構えていた。

それからしばらく時が過ぎた。すると歩調の整った、重々しい、大勢の足音がサン・ルー教会のほうからはっきりと聞こえてきた。最初はかすかだったその足音が、やがてはっきりしてきて、いっそう重々しく響きわたり、悠揚迫らず、静かに恐ろしげに近づいてきた。ただその足音しか聞こえなかった。全体としては、まるで〈騎士像〉が歩いてくるような静寂と物音だが、[2]その石像の歩みにはどこか巨大で夥しい感じがあり、群衆を思わせると同時に幽霊を思わせるところがあった。聖書に出てくる恐るべき〈軍団〉の像が歩いているかとも思われた。その足音が近づき、さらに近づいて、止まった。通りの端から、大勢の人間の息づかいが聞こえてくるようだった。

といっても、見えるものはなにもなく、ただはるか奥の深い暗がりのなかに針のように細く、ほとんど人目につかない、多数の金属の糸がちらちら見え、その糸がまどろみかけて閉じた瞼の裏の、なんとも表現しがたい、もやもやとしたもののなかに最初にあらわれる、あの燐光の網目のように揺れうごいている。それは、松明の遠い反映光におぼろげに照らされた銃剣と銃身だった。双方とも相手の出方をうかがっているのか、しばしの休止があった。突然、その闇の奥から、姿は見えず、暗闇そのものがしゃべっているようで、なおさら陰気に聞こえる声が叫んだ。

「だれか？」

と同時に、銃を構えるカチカチという音が聞こえた。

アンジョルラスは朗々と響きわたるような傲岸な口調で言った。

「フランス革命だ」

「撃て！」とその声が言った。

閃光がひらめき、まるで大釜の蓋がいきなり開いて、ただちに閉じたかのように、通りの家々の正面を赤く染めた。

ぞっとするような爆発音がバリケードのうえに響きわたった。赤旗が落ちた。一斉射撃は激しく集中的だったため、赤旗の竿、つまり乗合馬車の轅の先がへし折れてしまったのだ。家々の軒蛇腹に当たって跳ねかえってきた弾丸が、バリケードを突きぬけ、男が数名負傷した。

この最初の一斉射撃は、身も凍るような印象をあたえた。攻撃は苛烈で、どんな大胆な人間をもしばし沈黙させるほどのものだった。少なくとも、相手がまるまる一連隊であることは明らかだった。

「同志諸君」とクールフェラックが叫んだ。「火薬を無駄にするな。反撃は、やつらが通りにはいってきてからにしよう」

「それに、まず」とアンジョルラスが言った。「旗を掲げなおそう！」

彼はちょうどじぶんの足元に落ちてきていた旗を拾いあげた。

外では手入れ棒を銃に突っこむ音がしていた。軍隊がまた銃に弾丸をつめているのだ。アンジョルラスはつづけた。

「だれか度胸のある者はいるか？　だれかバリケードに旗を立てなおす者はいるか？」

ひとつとして答えはなかった。ふたたび銃で狙われているのは間違いないのに、わざわざバリケードのうえに登ることは、とりもなおさず死を意味していた。どんなに勇敢な人間でも、みずからに死刑宣告することはためらうものだ。アンジョルラス自身も身震いしていた。

彼はくりかえした。

「だれも名乗りでないのか？」

第二章　旗・第二幕

コラントに着いて、バリケードを築きはじめてからというもの、だれもマブーフ老人に注意を払わなくなっていた。だからといってマブーフ氏は、この一団から離れたわけではない。彼は居酒屋の一階にはいりこみ、カウンターのうしろに腰かけていた。言ってみれば、そこでおのれ自身のなかに沈みこんでいた。もはやなにも見ず、なにも考えていないようだった。クールフェラックその他の者たちが二、三度そばに近づいて、ここは危ないから家に帰るようにとすすめたが、そんな言葉も耳にはいらないようだった。ひとに話しかけられないときには、だれかに答えるみたいに、口をもぐもぐ動かしていたが、だれかが言葉をかけたとたん、唇がぴくとも動かなくなり、目が生気をなくしてしまうのだった。彼はバリケードが攻撃される数時間まえと同じ姿勢のまま、両手を膝のうえに置き、断崖でものぞきこむように、前方に頭をかしげていた。なにをもってしても、その体勢を崩すことはできなかった。彼の心がバリケードのなかにあるとはとうてい見えなかった。めいめいが戦闘の位置についたとき、一階の広間には柱に縛られたジャヴェール、抜身のサーベルを持ってジャヴェールを監視しているひとりの蜂起者、それに彼、マブーフ氏しかいなかった。攻撃の瞬間、彼は爆発音にぴくりとからだを震わせ、目が覚めたように、いきなり起きあがって広間を横切り、アンジョルラスが「だれも名乗りでないのか?」とくりかえし呼びかけたとき、この老人の姿が居酒屋の入口にあらわれるのが見えた。

彼の登場に、この場にいた者たちは一種の衝撃をうけた。叫び声があがった。

「賛成投票をした議員だ![1] 国民公会議員だ! 人民の代表だ!」

どうやらそんな叫び声も彼の耳にはいらなかったらしい。

老人は真っ直ぐにアンジョルラスのほうに歩いていった。蜂起者たちはどこか宗教的な畏怖のようなものを感じて、彼の通る道を開けていた。彼は唖然として後ずさりするアンジョルラスから旗を引ったくった。そして、だれひとりすすんで押しとどめることも、手助けすることもできないまま、この八十の坂を越した老人は、頭をゆらゆらさせながらも、しっかりした足取りで、バリケードのなかにしつらえられた敷石の階段をゆっくりと昇りはじめた。それがあまりにも陰惨で、あまりにも偉大な行為だったため、まわりの者たちが一斉に、「脱帽！」と叫んだほどだった。彼が一段一段昇っていく様は鳥肌が立つような眺めだった。白い髪、老いさらばえた顔、禿げあがって皺のよった大きな額、落ちくぼんだ目、驚いたようにぽかんと開いた口、赤旗を掲げるしなびた腕、それらが突如、闇のなかからあらわれ、松明の血のような光のなかでしだいに大きくなっていったのだ。まるで九三年の幽霊が恐怖政治の旗を手に、地から湧きでたかと思われた。

最後の階段を昇りきり、わなわな震えているこの恐るべき亡霊が、目に見えない千二百丁の銃をまえに、がらくたの山の頂に立ち、死に刃向かい、じぶんは死よりも強いとでも言わんばかりに、すっくと身を起こしたとき、暗闇に沈むバリケード全体が、およそこの世のものとも思われない壮大な相貌を呈した。ただ奇跡のまわりにしか起こりえない沈黙が広がった。

その沈黙のただなかで、老人は赤旗を振りながら叫んだ。

「革命万歳！　共和国万歳！　友愛！　平等！　そして死を！」

バリケードからは、大急ぎで祈りの言葉を唱える司祭のつぶやきにも似た、小声で早口の囁き声が聞こえた。おそらく通りの向こう側で、警視が法定の解散勧告をおこなっているのだろう。

すると、さきほど「だれか？」と叫んだのと同じ甲高い声が叫んだ。

「さがれ！」

マブーフ老人は蒼ざめ、殺気だち、錯乱の不気味な輝きを瞳にみなぎらせながら、頭上高く旗をかざして、くりかえした。

「共和国万歳！」

「撃て！」とその声が言った。

二度目の一斉射撃が、散弾のようにバリケードを襲った。

老人はがっくりと膝をつき、なおも立ちあがり、旗をぽとりと落として、からだを伸ばし、腕を組んだまま、板きれのように、うしろの敷石のうえに仰向けに倒れた。血がせせらぎのように、からだのしたから流れでた。蒼白く悲しげな老人の顔は、空を見上げているようだった。

じぶんの身を守ることさえ忘れさせてしまう、人間を超える感動が蜂起者たちをとらえ、彼らは恐怖と敬意をいだきつつ死骸に近づいた。

「なんとあっぱれな人たちなんだ、あの国王殺したちは！」とアンジョルラスが言った。

クールフェラックが身をかがめて、アンジョルラスの耳元にこう囁いた。

「きみにだけ言っとくよ。おれはせっかくの感激に水をさしたくないんでね。この人は国王殺しでもなんでもなかったんだ。おれの顔見知りで、マブーフ老人っていうんだ。今日はいったいどうしちゃったんだか知らんが、人の好い抜作だったんだぜ。あの顔を見てみろよ」

「顔は抜作でも、心はブルトゥスだったのさ」とアンジョルラスが答えた。

それから彼は声を張りあげた。

「同志諸君！　これは老人が青年にあたえる模範だ。われわれがぐずぐずしていたとき、この人が来てくれた。われわれが尻込みしていたとき、この人は進んでいった！　これこそ老いて震えている者たちが、恐怖で震えている者たちにあたえてくれた教訓なのだ！　この老人は祖国にたいして高貴な態度を示した。長生きをし、しかも見事な死をとげたのだ！　これからはこの死骸をまもってやろう。われわれ一人ひとりがじぶんの生きている父親をまもるつもりで、この死んだ老人をまもろうではないか。われわれのなかにこの老人がいてくれるおかげで、バリケードが難攻不落になるように！」

この言葉のあとに、沈痛な、しかし力強い同意の呟きがつづいた。

アンジョルラスは身をかがめて老人の頭を持ちあげ、その額に荒々しく口づけした。それから、老人の両手を広げ、まるで痛い思いをさせるのではないかと心配しているように、この死者を優しくいたわりながら、上着を脱がせ、その血まみれの穴を一同に見せて言った。

「さあ、これからはこれがわれわれの旗だ」

第三章　ガヴローシュはアンジョルラスの騎銃をもらっておいたほうがよかった

みんながマブーフ老人のうえにユシュルー未亡人の黒く長いショールを掛けた。六人の男がじぶんの銃で担架を組んで柩台にし、そのうえに遺骸を乗せ、脱帽し、一階の広間の大テーブルのうえにしずしずと運んだ。

じぶんたちがしている厳粛で神聖な事柄にすっかり気をとられたこの男たちは、みずからが危ない状況にあることなど考えてもいなかった。

遺骸があいかわらず傲然としているジャヴェールのまえを通ったとき、アンジョルラスは密偵に言った。

「おまえも、じきだ！」

そのあいだ、ひとりだけ持ち場を離れず、ずっと残って見張りをつづけていたプチ・ガヴローシュは、何人かの男たちが忍び足でバリケードに近づいてきた気がして、ふいに叫んだ。

「気をつけろ！」

クールフェラック、アンジョルラス、ジャン・プルヴェール、コンブフェール、ジョリー、バオレル、ボシュエらが一斉に、どやどやと居酒屋から出てきた。あやうく手遅れになるところだった。バリケードのうえにはきらきら輝く銃剣がひしめき、波打っているのが見えた。背の高い市警察隊が、ある者は乗合馬車をまたぎ、別の者は例の隙間からはいりこみ、後ずさりしながらも逃げようとしないガヴローシュをじりじりと追いつめていた。

危機一髪だった。流れが堤防の高さにまで達し、水が土手の隙間から漏れはじめる洪水の恐るべき瞬間のようだった。もう一秒遅かったら、バリケードは奪取されていたことだろう。

バオレルは侵入してきた最初の市警察隊員に飛びかかり、至近距離から放った騎銃一発で相手を殺した。二人目の隊員が銃剣のひと突きでバオレルを殺した。クールフェラックはすでに別の隊員に打ち倒され、「助けてくれ！」と叫んでいた。なかでもっとも背が高く、まるで巨人のような隊員が、銃剣を突きだしてガヴローシュのほうに進んできた。浮浪児は短い腕にジャヴェールのどでかい銃をかかえ、敢然と巨人に狙いをつけ、引金をひいた。なにも飛びださなかった。ジャヴェールは銃に弾をこめていなかったのだ。相手の市警察隊員はかっかと笑い、その子供に銃剣を突きつけた。

あわや銃剣がガヴローシュにふれようかというとき、その銃剣は兵隊の手から落ちた。一発の弾丸が市警察隊員の眉間に命中し、隊員を仰向けに倒してしまったのだ。二発目の銃弾が、今度はクールフェラックをおそっていた別の隊員の胸のど真ん中をぶち抜き、その隊員を舗道に叩きつけた。

ちょうどマリユスがバリケードのなかにはいってきたところだった。

第四章　火薬の樽

マリユスはずっとモンデトゥール通りの角に身をひそめたまま、心を決めかね、おののきながら戦闘の最初の局面を見守っていた。だがついに、深淵の誘いとも呼べるような、不可思議で至高の眩惑と言うべきものに抵抗することができなくなった。差し迫った危機、マブーフ氏の死という陰惨な謎、殺されたバオレル、「助けてくれ！」と叫んでいるクールフェラック、危険にさらされている少年、救うか、仕返ししてやらねばならない友人の姿を目の当たりにして、いかなるためらいも消えうせ、二丁のピストルを手に乱闘のなかに躍りこんだ。そして、一発目でガヴローシュを助け、二発目でクールフェラックを救ったのだった。

銃声と撃たれた警察隊員の叫び声を聞いて、攻撃側が防御壁をよじ登り、その頂にはいま、市警察隊、戦列部隊、郊外の国民兵などが銃を握って集団をなし、身を半分以上まえに乗りだしているのが見えた。彼らは防壁の三分の二余りをおおっていたが、なんらかの罠を恐れてためらっているのか、バリケードのなかには飛びこんでこなかった。ライオンの巣穴でものぞきこむように、バリケードのなかをながめていた。松明の火影が兵隊たちの銃剣、毛帽、不安そうに苛立っている顔の上部を照らしているだけだった。

マリユスはもう武器を持っていなかった。発射したピストルは捨ててしまっていたが、一階の広間の戸のそばに火薬の樽があることには気がついていた。

からだの向きをすこし変えてそのほうを見ていた彼を、ひとりの兵士が狙った。兵士がマリユスに照準を合わせたちょうどそのとき、その銃身の先にひとつの手があてられ、銃口をふさいだ。横合いから何者かが、コール天のズボンをはいた若い労働者らしい者が飛びだしてきたのだった。弾が発射され、その手をつらぬいた。おそらく労働者自身も。というのは、その労働者が倒れたからだ。弾はマリユスには届かなかった。これらはすべて硝煙のなかの出来事で、見えたというより、ちらりとかいま見えたにすぎない。

一階の広間にはいろうとしていたマリユスは、かろうじてそのことに気づいただけだったが、じぶんに向けられた銃口と、銃口をふさいだ手はおぼろげに見えた。銃声も聞こえた。だが、このような錯綜した状況では、見えるものはゆらめき、慌ただしく消えてしまうので、なにかにかまけていることなどできない。じぶんがさらに深い闇のなかに押しやられるのをそれとなく感じていたが、すべてが朦朧としていた。

蜂起側は不意を突かれたが、ひるむことなく陣容を立てなおしていた。アンジョルラスは「待て！　でたらめに撃つな！」と叫んでいた。じっさい、最初の混乱にあっては、同士討ちということもありうるのである。大半の者たちは二階の窓辺と屋根裏部屋に上がり、そこから攻撃陣を見下ろしていた。もっとも決然とした者たちはアンジョルラス、クールフェラック、ジャン・プルヴェール、コンブフェールらとともに、奥の家々を背に堂々と立ち、なんの防御もなく、バリケードの頂部をおおう兵隊や警察隊の列と向きあっていた。

こうしたことすべてが、だれひとりあわてふためくこともなく、乱戦に先立つ異様で切迫した重々しさで遂行された。両陣営が至近距離から狙いを定めた。あまりにも近くに相手がいるので、お互いに話ができるほどだった。いましも戦いの火蓋が切られようとしたとき、三日月記章と大きな肩章をつけた将校が剣を突きだして言った。

「武器を捨てよ！」

「撃て！」とアンジョルラスが言った。

ふたつの発射音が同時に鳴って、いっさいが煙のなかに消えた。鼻をつき、息がつまるような硝煙が立ちこめ、そのなかを瀕死の者や負傷者が弱々しくかすかな喘き声をあげながら、這いずりまわっていた。

硝煙が散ると、双方ともまばらになった戦闘員が、同じ場所で黙々と銃に弾をこめているのが見えた。と、そのとき突然、とどろきわたる声がこう叫ぶのがきこえた。

「立ち去れ、さもないとバリケードをぶっ飛ばすぞ！」

全員がその声のほうを向いた。

マリユスだった。彼は一階の広間にはいると、そこの火薬の樽を持ち、硝煙と陣地いっぱいに立ちこめている暗い霧のようなものに紛れて、バリケード沿いに松明が固定してある敷石の囲いまで忍びよった。それから松明を引き抜いて、そこに火薬の樽を置き、樽のしたの敷石の山をぐっと押してやると、樽はばかに呆気なく底が抜けてしまった。そうするのに、マリユスはからだをかがめ、起きあがるだけでよかったのだ。そしていまや、国民兵も、市警察隊も、将校も、兵士も、みながバリケードの反対側の端に丸く固まり、肝をつぶしながら彼を見ていた。マリユスは片足を敷石にのせ、松明を手に持ち、決死の覚悟で昂然と顔を輝かせ、壊れた火薬の樽がのぞいている恐るべき敷石の山に松明の炎を傾けて、身の毛もよだつような叫び声をあげたのだった。

「立ち去れ、さもないとバリケードをぶっ飛ばすぞ！」

あの八十を過ぎた老人につづいてバリケードのうえにいるマリユスは、さながら古い革命の亡霊のあとに登場した若い革命の化身のようだった。

「バリケードをぶっ飛ばすだと！」とひとりの軍曹が言った。「おまえもいっしょにな！」

マリユスは答えた。

「おれもいっしょだ」

そして松明を火薬の樽に近づけた。

しかし、防壁のうえにはもはやだれひとりいなくなっていた。攻撃側はじぶんたちの瀕死者も負傷者も見捨てて、通りの外れのほうに、算を乱して散りぢりに逃げ去り、ふたたび夜陰のなかに消えてしまった。まさに潰走だった。

バリケードは包囲を解かれた。

第五章　ジャン・プルヴェールの詩句の最後

全員がマリユスを取り囲み、クールフェラックは彼の首に飛びついた。

「おまえだったのか！」

「なんという幸運だ！」とコンブフェールが言った。

「いいときに来てくれたよ！」とボシュエ。

「あんたがいなきゃ、おいらは、やられてたぜ！」とガヴローシュが付けくわえた。

マリユスは尋ねた。

「指導者はどこにいるんだ？」

「きみだよ」とアンジョルラスが言った。

マリユスの頭のなかは一日じゅう猛火のようだったが、いまは旋風のようになっていた。その旋風は頭のなかにあるはずなのに、まるで外からじぶんをさらっていくような気がした。喜びと愛の二か月がいきなり背筋も凍るような絶壁に行きつき、コゼットがいなくなり、挙句の果てにバリケードまで来てしまい、マブーフ氏が共和国のために命を捧げ、じぶんもまた蜂起の指導者になる、これらすべてのことが途方もない悪夢のように感じられた。いまじぶんを取り囲んでいるものが現実だと納得するには、無理やり気持ちを切り替えねばならなかった。マリユスはまだあまりにも未経験だったので、ありえないことほど身近にあり、つねに予測しておかねばならないのはむしろ予想外のことなのだとは知らなかった。彼はまったく理解できない芝居でも見るかのように、みずからの劇的変化に立ち会っていたのである。

そんなふうに頭がもやもやしていたので、ジャヴェールには気づかなかった。ジャヴェールは柱に縛りつけられたまま、バリケード攻撃のあいだ頭ひとつ動かさず、殉教者のような諦念と裁判官のような威厳をもって、周囲に展開する反乱の様を見守っていた。マリユスはそんな彼には目もくれなかった。

その間に、攻撃陣は動かなくなっていた。通りの外れから彼らが歩き、ひしめいている音が聞こえてきたが、指令を待っているのか、この堅固な角面堡にふたたび押しよせるまえに援軍を当てにしているのか、あえて通りにはいってこなかった。蜂起側では歩哨を配置し、医学生の何人かは負傷者の手当をはじめていた。

包帯用の古着と弾薬を置くテーブルとマブーフ老人が横たわっているテーブルをのぞいて、居酒屋のテーブルはことごとく外に投げだされ、バリケードの補強にされていた。代わりに一階の広間にユシュルー未亡人と女給たちのマットレスが敷かれ、そのうえに負傷者たちが寝かされた。コラントの住人であった三人の哀れな女性たちがどうなったか、だれも知らなかったが、その後三人が地下倉に隠れているのが発見された。

やがてある悲痛な感動が、包囲を解かれたバリケードの喜びを暗くすることになった。点呼がおこなわれた。蜂起者のひとりがいなかった。だれだったのか？　彼らのうちでもっとも重要で、もっとも勇敢なジャン・プルヴェールだった。負傷者のなかをさがしてみたが、いなかった。死者のなかをさがしてみたが、そこにもいなかった。彼は明らかに捕虜にされたのだった。

コンブフェールがアンジョルラスに言った。

「やつらはわれわれの友人を捕虜にしている。だが、われわれはやつらのスパイを捕まえている。きみはどうあってもこの密偵を殺したいのか？」

「ああ」とアンジョルラスが答えた。「だが、ジャン・プルヴェールの命のほうが大事だ」

この会話は一階の居間の、ジャヴェールが縛られている柱のそばでなされていた。

「それじゃ」とコンブフェールが言葉をついだ。「おれはこれから、ステッキにハンカチをつけて、捕虜交換の談判に行ってこよう」

「しーっ、静かに」と、アンジョルラスはコンブフェールの腕に手をかけて言った。

通りの端で、銃がガチャガチャ鳴る、なにやら曰くありげな音がしていた。

と、ひとつの雄々しい声が叫んだ。

「フランス万歳！　未来万歳！」

プルヴェールの声だと分かった。

閃光が走り、銃声がとどろいた。

あたりはふたたびしんとなった。

「やつらが彼を殺したんだ」とコンブフェールが声をあげた。

アンジョルラスはジャヴェールを睨みつけて言った。

「おまえの仲間が、いまおまえを銃殺したのだぞ」

第六章　生の苦しみにつづく死の苦しみ

この種の戦いに見られる特徴のひとつは、バリケードの攻撃がほとんどいつも正面からなされ、攻撃側は敵方の待伏を恐れるのか、それとも曲がりくねった道に紛れこむのが怖いのか、ふつうは敵の背後にまわりこむのを避けることである。だから、蜂起側の注意はすべて大バリケードに向けられた。むろん大バリケードはたえず脅かされる地点であることに変わりはなく、間違いなく戦闘が再開される。ところが、マリユスはふと小バリケードのことを考え、そこに向かった。小バリケードにはひと気がなく、敷石のあいだで震えているカンテラに守られているだけだった。そのうえ、モンデトゥール小路も、プチット・トリュアンドリー通りとシーニュ通りの枝道も深い静寂につつまれていた。

見回りをおえたマリユスが引きかえそうとしていると、暗闇のなかでじぶんの名を呼ぶ弱々しい声が聞こえた。

「マリユスさん！」

彼はぎくりとした。というのも、それが二時間まえ、プリュメ通りの鉄柵越しにじぶんの名を呼んだのと同じ声だと分かったからだ。ただ、いまはその声が吐息のようにしか聞こえなかった。あたりをながめまわしたが、だれも見えなかった。マリユスはたぶん空耳で、身辺でぶつかりあっている異常な現実に、じぶんの頭が付けくわえた幻覚だと思った。彼はバリケードのある奥まった場所から出ようとして、一歩踏みだした。

「マリユスさん！」とその声がもう一度呼んだ。

今度こそ疑う余地はなかった。はっきりと聞こえたのだ。彼は目をこらしたが、なにも見えなかった。

「あなたの足元よ」とその声が言った。

からだをかがめると、闇のなかでこちらのほうににじり寄ってくる物影が見えた。物影は敷石のうえを這っている。その物影が話しかけてきたのだった。

カンテラの光で仕事着、破れた粗末なコール天のズボン、素足、なにやら血の海のようなものがかろうじて見分けられた。マリユスの目に、じぶんのほうを見上げて、こう言う蒼白い顔がぼんやり見えた。

「あたしのこと分からない？」

「いや」

「エポニーヌよ」

マリユスはさっとかがみこんだ。果たしてあの不幸な娘だった。娘は男装していたのだった。

「どうしてここにいる？　こんなところでなにをしている？」

「あたし、もうじき死ぬわ」と彼女は言った。

苦悩に打ちひしがれた者をも目覚めさせる言葉や出来事というものがある。マリユスははっとしたように声をあげた。

「怪我をしている！　ちょっと待って。広間に運んであげるから。すぐ手当をしてくれるよ。傷は深いのか？　痛くないように抱くにはどうしたらいい？　どこが痛む？　だれか！　ああ困ったな！　でも、なにをしにこんなところまで来たの？」

そして彼は娘を持ちあげようと、からだのしたに手を差しこもうとした。

持ちあげるとき、娘の手にさわった。

娘は弱々しい叫び声を立てた。

「痛かった？」とマリユスが尋ねた。

「ちょっと」

「だけど、手にさわっただけだよ」

娘はマリユスの目のほうに手をあげてみせた。その手の真ん中に黒い穴が開いているのが見える。

「いったい、この手はどうしたの？」

「撃ちぬかれたの」

「撃ちぬかれた!」

「そう」

「なんに?」

「弾に」

「どうやって?」

「あなたを狙ってる銃が見えたでしょ?」

「ああ、見えた。だれかの手が銃口をふさいだのも」

「あたしの手だったのよ」

マリユスは身震いした。

「なんて馬鹿なことを! かわいそうに! でもよかった。それなら、大したことはない。ぼくにベッドまで運ばせてくれ。手当をしてくれるよ。手を撃ちぬかれたって、死ぬわけじゃない」

彼女はつぶやいた。

「弾は手を突きぬけたけど、背中から出ていったの。運んだって無駄よ。いい、どうすればお医者さんなんかより、あなたのほうが上手に手当できるか教えてあげるわ。あたしのそばに来て、この石のうえにすわって」

彼は言われるとおりにした。彼女は頭をマリユスの膝のうえにのせ、彼のほうを向かずに言った。

「ああ、ずいぶんと気持ちがいい！　なんて楽なんだろう！　あら、もう苦しくもなんともないわ！」

彼女はしばらく黙っていたが、やがてやっとの思いで顔を向けて、マリユスを見た。

「知ってる、マリユスさん？　あたし、いやだったの、あなたがあの庭にはいっていくのが。馬鹿みたい。あの家を教えたのあたしだったのにね。それに、あたし、こう思わなきゃならなかったんだわ、あなたのような人が……」

彼女は言葉を切った。そして、おそらく心にわだかまっていた暗い想念を乗りこえたのだろう、痛ましい微笑を浮かべながら言葉をついだ。

「あなた、あたしのことブスだって思っていたんでしょう？」

彼女はさらにつづけた。

「ほら、あなたはもうおしまいよ！　こうなったら、だれひとりバリケードから出られないわ。ね、あなたをここに連れてきたのは、このあたしなのよ！　あなたはじきに死んでいく。あたし、きっとそうなると思う。それなのに、あなたが狙われているのを見たとき、つい銃口に手を当ててしまった。変よねえ！　でも、あたし、あなたより先に死にたかったの。あの弾で撃たれたとき、あたし、ここまで這ってきたのよ。だれにも見られなかったし、だれも助けあげてくれなかった。あなたを待ちながら、こう言っていたの。「なんだ、あの人、来てくれないのか？」ああ！　分かってもらえたらな、あたし、この仕事着を噛んでたの。ひどく苦しかったのよ！　でも、いまは楽になったわ。あの日のこと、覚えてる？　あたしがあなたの部屋にはいって、あなたの鏡でじぶんの顔を映してみたあの日のことを？　それから、大通りで、日稼ぎの女たちのそばで、あなたに出会ったあの日のことを？　小鳥たちが歌っていたわねえ！　そんなに昔のことじゃないわ。あなたがあたしに百スーくれたけど、「あたし、あんたのお金なんかが欲しいんじゃないよ」って言ったわよね。いくらなんでも、あのお金はあとで拾ったんでしょうね？　あなたって金持ちじゃないから。あたし、拾ってくださいねと言うのを、とっさには思いつかなかったの。あれはよく晴れた日だった。ぜんぜん寒くなんかなかった。覚えてる、マリユスさん！　ああ、あたし幸せだわ！　みんな死んでいくんだもの」

彼女は錯乱したような、真剣で、痛ましい顔つきをしていた。破れた仕事着から胸がのぞいていた。話しながら、穴の開いた手を胸元に押しあてていたが、そこにもうひとつ穴が開いていた。ときどき、開いた栓から葡萄酒が流れるように、穴からどくどくと血が出ていた。

マリユスはその不運な女性を深い憐憫の気持ちで見守っていた。

「ああ！」と、彼女はふいに言った「またくる、息がつまりそう！」

娘は仕事着をつかんで、それを噛んだ。その脚は敷石のうえでこわばっていた。

このとき、プチ・ガヴローシュの若い雄鶏のような声がバリケードじゅうに鳴りひびいた。少年は銃に弾をこめるためにテーブルのうえに上って、当時人気のあったこんな歌を陽気にうたっていた。

　　　ラファイエットの姿を見ると

憲兵さんはくりかえす、
逃げろ！　逃げろ！　逃げろ！

エポニーヌはからだを起こし、耳を澄ましていたが、やがて呟いた。

「あの子だわ」

それからマリユスのほうを向き、

「弟がいる。あたし、見られちゃいけないの。また文句を言われるから」

「あなたの弟が？」とマリユスは尋ねた。彼は父親が遺言したテナルディエ一家にたいする義務のことを、このうえなく苦々しく、このうえなくつらい気持ちで思いうかべていたところだった。「弟ってだれのこと？」

「あのチビよ」

「歌っているあの子？」

「そう」

マリユスは思わず、からだを動かした。

「ああ、行かないで！」と彼女は言った。「あたし、もう長くはないの！」

彼女はほとんど上体を起こしていたが、その声はとても低く、しゃっくりで途切れがちだった。ときどき、喘ぎのために話せなくなった。彼女はできるかぎり顔をマリユスの顔に近づけた。そして、異様な表情を浮かべて付けくわえた。

「ねえ、あたし、あなたをからかうつもりはない。でも、このポケットにあなた宛の手紙を持ってるの。ポストに入れてくれって言われたけど、ずっと持ってたの。あなたのところに届くのがいやだったから。でも、もうちょっとしてまた会ったら、あなたに怨まれるかもしれない。あたしたち、また会うのよね？　あなたの手紙を取って」

彼女は痙攣するように、穴の開いた手でマリユスの手をつかんだが、もう苦しみは感じていないようだった。そして、マリユスの手をじぶんの仕事着のポケットに導いた。じっさい、マリユスには一枚の紙があるのが分かった。

「取って」と彼女は言った。

マリユスはその手紙を取りだした。彼女は、うんうん、それでいい、というような身ぶりをした。

「さあ、お礼に約束して……」

そして言葉を切った。

「どんなことを？」とマリユスは尋ねた。

「約束して！」

「約束する」

「あたしが死んだら、この額にキスしてくれるって約束して。——あたし、きっと分かるわ」

彼女はマリユスの膝にがっくり頭を落とし、瞼を閉じた。この哀れな魂は飛び去ったのだと彼は思った。エポニーヌはじっと動かなかった。マリユスがとうとうこの娘も永久の眠りについたのかと思ったとたん、彼女はいきなり、死の深い影がさしている目をゆっくり開き、あの世からやってきたのかと思われるほど穏やかな口調で言った。

「それから、ねえ、マリユスさん。あたし、ちょっぴり、あなたのこと、愛してたみたい」

彼女はまた微笑もうとしたが、そこで息絶えた。

第七章　ガヴローシュは距離を測る名人

マリユスは約束を守った。彼は冷たい汗が光っているその蒼白い額に口づけした。それはコゼットにたいする背信ではなかった。不幸な魂への、感無量の優しい別れの挨拶だった。

エポニーヌがくれた手紙を手にしたとき、彼は身を震わせずにはいられなかった。とっさになにか重大なことがあったのだと感じたのだ。早く読みたくてじりじりしていた。男の心とはそんなものである。あの不幸な娘が目を閉じるか閉じないかというときに、マリユスはもうその手紙を開くことを考えていたのだ。彼は彼女をそっと地面に置いて、その場を立ち去った。この死骸のまえで、その手紙を読んではならない、と囁くものがあったのだ。

彼は一階の広間のろうそくのところに近づいた。手紙はちいさく折りたたまれ、いかにも女性らしい優雅な心遣いで封印してあった。宛名は女性特有の文字で書かれ、こうあった。

「ヴェルリー通り十六番地、クールフェラック様方、マリユス・ポンメルシー様」

彼は封を切って読んだ。

「最愛のあなた、なんと悲しいことでしょう！　父は直ちに出発すると言っています。わたしたち今晩はロム・アルメ通り七番地にいます。一週間後にはイギリスに行っているでしょう。コゼット。六月四日」

この恋は、マリユスがコゼットの筆跡を知らないほど無邪気なものだったのである。

これまでにあったことは、手短に述べることができる。すべてはエポニーヌが仕組んだことだった。六月三日の晩、彼女にはふたつの考えがあった。ひとつは父親と悪党どもがプリュメ通りの家でやらかそうと計画していた悪事を失敗させること、そしてもうひとつはマリユスをコゼットから引き離すことである。行きずりの風変わりな兄さんにぼろ着を取り替えっこしようと言うと、兄さんは女装してみるのを面白がり、エポニーヌは男装することができた。シャン・ド・マルスにいたジャン・ヴァルジャンに、「**引っ越せ**」という明らかな警告を発したのも彼女だった。じっさいジャン・ヴァルジャンは、帰宅するとコゼットに言った。「わたしたちは今晩ここを出て、トゥーサンといっしょにロム・アルメ通りに行く。来週にはロンドンにいることになるだろう」この不意打ちに心がくじけ、コゼットはあわてて短い手紙をマリユスに書いた。しかし、どうやったら手紙をポストに入れることができるのか？　彼女はひとりでは外出しなかったし、トゥーサンにそんな用事を頼もうものなら、びっくりして、かならずフォーシュルヴァン氏に手紙を見せることだろう。そんな不安のさなかにあったとき、コゼットは鉄柵越しに、たえず庭のまわりをうろついている、男装したエポニーヌの姿を見かけた。コゼットは「その若い労働者」を呼びとめ、五フランと手紙をわたして言った。「この手紙をすぐこの宛先に届けてください」エポニーヌは手紙をじぶんのポケットに入れた。翌六月五日、彼女はクールフェラックの家に行って、マリユスに会いたいと言った。それは手紙をわたすためではなく、恋心をいだいて嫉妬に苦しむどんな人間にも身に覚えがある、「様子を見る」ためだった。そこで彼女はマリユス、少なくともクールフェラックを待った――やはり様子を見るために――。クールフェラックから「おれはバリケードに行くんだ」と聞かされたとき、心にふとある考えがよぎった。どんなふうに死のうと結局同じなのだから、そのバリケードに飛びこんで死んでやろう、マリユスも道連れに、と。彼女はクールフェラックのあとをつけ、バリケードが築かれる場所を確かめた。そして、マリユスはどんな報せも受けとっていないのだし、手紙はじぶんが横取りしているのだから、日が暮れたら毎夜の逢引の場所に来るだろうと確信して、プリュメ通りでマリユスを待ちうけ、友達からだと言って、あの呼びかけをした。こうすればきっと、マリユスはバリケードに来るにちがいないと考えた。それが的中した。彼女は、コゼットに会えなかったときのマリユスの絶望を当てにしていたのだが、それが的中した。彼女はシャンヴルリー通りに引きかえした。そこでなにをしたかは、すでに述べたとおりである。彼女は愛する者を道連れに死んでいくという、嫉妬深い心がいだくあの凄惨な喜びを覚えつつ、「このひとをだれにもわたさない」と言いながら死んでいったのだった。

マリユスは何度も何度もコゼットの手紙に口づけした。じゃあ、彼女はぼくを愛してくれていたんだ! このとき一瞬、じぶんは死んではならないと考えた。それからすぐに思いなおした。――彼女は行ってしまう。父親がイギリスに連れていくのだし、ぼくの祖父も結婚に反対だ。不幸な運命だということになんの変わりもないのだ。――マリユスのような夢想家は、時にそのような極端な落胆に見舞われ、そこから破れかぶれの決意が生まれる。生きる辛さには耐えられない、それなら、いっそのこと、死んだほうがよっぽどましだ、と。

そこで彼は、じぶんには果たすべきふたつの義務が残されていると考えた。ひとつはコゼットにじぶんが死んだことを知らせ、最後の挨拶を送り届けること、もうひとつはエポニーヌの弟でテナルディエの息子である、あの哀れな少年を、いまにも訪れようとしている差し迫った破局から救ってやることである。

彼は紙入れを身につけていた。コゼットへの切々たる思いをさんざん書きつけた手帳が入れてあるのと同じものだ。紙を一枚引きちぎって、鉛筆で数行つぎのように書いた。

「ぼくらは結婚できなくなりました。祖父に許可を求めましたが、反対されました。ぼくは一文無しで、きみも同じです。きみの家に駆けつけましたが、会えませんでした。ぼくの誓いの言葉を覚えているでしょう。ぼくは約束を守って、死んでいきます。愛しています。きみがこれを読むころには、ぼくの魂はきみのそばにあって、微笑みかけていることでしょう」

封をしようにもなにもないので、ただ紙を四折にして、そのうえにこんな宛名を書いた。

「ロム・アルメ通り七番地、フォーシュルヴァン様方、コゼット・フォーシュルヴァン様」

彼は手紙をたたむと、しばらく感慨にふけっていたが、やがてもう一度紙入れを取りだして開き、最初の頁に同じ鉛筆でつぎのように書いた。

「私の名前はマリユス・ポンメルシー。死体は下記の祖父のもとに運ばれたし。マレー地区フィーユ・デュ・カルヴェール通り六番地、ジルノルマン殿」

彼は紙入れを上着のポケットにもどしてから、ガヴローシュを呼んだ。マリユスの声を聞いて、浮浪児は健気な顔で嬉しそうに駆けつけた。

「ちょっと用事を頼まれてくれないか？」

「なんだってやるぜ」とガヴローシュは言った。「ちくしょうめ！　あんたがいなかったら、おいらはあの世にいっちまってたんだからな」

「この手紙が見えるか？」

「うん」

「これを持って、すぐバリケードから出てくれ（ガヴローシュは心配そうに耳を掻きだした）。そして明日の朝、この宛名に届けてくれ。ロム・アルメ通り七番地、フォーシュルヴァン様方、コゼット・フォーシュルヴァン様、だ」

勇敢な少年が答えた。

「けどよ！　そのあいだにバリケードが占領されても、おいらがいないってことになるぜ」

「どう見ても、バリケードは明け方まで攻撃されないし、明日の昼まで取られはしないさ」

じっさい、攻撃側がバリケードにあたえた小休止は長引いていた。これは夜戦にはよくある中休みで、あとにはかならずいっそう苛烈な戦闘がつづくのである。

「そんじゃ、この手紙、明日の朝持ってくってのはどうだい？」

「それでは遅すぎる。バリケードはたぶん包囲されるし、通りという通りに監視がついて、出られなくなってしまう。すぐ行け」

ガヴローシュは返す言葉もなく、ふんぎりがつかないまま、悲しそうに耳を掻いていた。と、突然、持ち前の小鳥のような素早い身の動きで手紙を取り、

「がってんだ」と言った。

そしてモンデトゥール小路を駆けていった。

じつはガヴローシュにはある考えが浮かんで腹が決まったのだが、マリユスに反対されるのを恐れ、口には出さなかったのだ。

その考えとはこのようなものだった。

「まだ真夜中なんだし、ロム・アルメ通りは遠くねえ。いますぐ手紙を届けりゃ、ゆうゆう間に合うってもんだ」

第十五篇　ロム・アルメ通り

第一章　おしゃべり（バヴァール）な吸取り紙（ビュヴァール）

魂の衝撃にくらべれば、都市の動乱などどれほどのものだろうか？　個々の人間は民衆よりもはるかに深遠な存在なのである。ちょうどこのころ、ジャン・ヴァルジャンは並々ならぬ精神の動揺におそわれていた。心のなかの奈落という奈落がまたしても口を開けていた。パリと同じように彼もまた、先の見えない恐ろしい革命の入口に立って、震えおののいていた。たった数時間のうちにそうなってしまった。彼の運命と意識はにわかに闇におおわれたのだ。パリと同じく彼についても、ふたつの原則が対峙していると言えた。白い天使と黒い天使が深淵に架かった橋のうえで、取っ組合いの闘いを開始しようとしていたのだ。どちらが相手を突き落とすのか？　どちらが勝つのか？

同じ六月五日の前日、ジャン・ヴァルジャンはコゼットとトゥーサンを連れてロム・アルメ通りに引っ越した。思いもかけない波瀾がそこに待ちうけていた。

プリュメ通りを離れるにあたって、コゼットも一度はさからってみずにはいられなかった。ふたりがいっしょに暮らすようになってから初めて、コゼットの意志とジャン・ヴァルジャンの意志が分かれ、衝突こそしなかったものの、対立した。一方には不服があり、他方には頑固さがあった。見知らぬ者がジャン・ヴァルジャンに投げかけた「**引っ越せ**」という出し抜けの忠告のせいで、彼は娘にたいして高飛車に出なければならないほど不安になった。警察に嗅ぎつけられ、追跡されていると思いこんだのだ。コゼットは折れるほかなかった。

ふたりとも頑なに沈黙を守り、ひと言も口を利かず、それぞれじぶんの考え事にふけりながら、ロム・アルメ通りに着いた。ジャン・ヴァルジャンは不安のあまりコゼットの悲しみが分からず、コゼットは悲しみのあまりジャン・ヴァルジャンの不安が分からなかった。

ジャン・ヴァルジャンはトゥーサンを連れてきたが、これはいままで家を留守にするときにけっしてしなかったことだった。おそらくプリュメ通りにもどることは二度とあるまいと、うすうす感じていた彼としては、トゥーサンをそのまま残していくのは忍びなかったし、さりとて秘密を打ち明けることもできなかった。それに、彼女を誠実で信頼できる女性だとも思っていた。召使いの主人にたいする裏切は好奇心からはじまる。ところがトゥーサンは、まるでジャン・ヴァルジャンの女中になるために生まれてきたような女で、およそ好奇心というものを持ちあわせていなかった。どもりながら、バルヌヴィルの田舎言葉でよくこう言っていた。「おらはこんなだちゃ。おらのことばっかとしって、よけえなことは知らんのだちゃ（わたしはこんな女です。じぶんの仕事をするだけです。ほかのことは関係ありません）」

まるで逃げだすようにプリュメ通りから引っ越したので、ジャン・ヴァルジャンはコゼットが「お守り」と呼んだ、いい匂いのするちいさなスーツケースのほか、なにも持ってこなかった。中身がぎっしり詰まったトランクを持ちだそうとすれば、どうしても運送屋に頼むほかなかったし、運送屋はのちのち証人になるかもしれない。結局、バビロン通りの門に辻馬車を呼んで出発したのだった。

トゥーサンはやっとのことで、わずかな下着類と衣類、それにいくらかの化粧道具を荷造りする許しをもらった。コゼットのほうは、文具類と吸取り紙帳を持ちだしただけだった。

ジャン・ヴァルジャンは雲隠れをできるだけひっそりと目立たないものにするために、日が落ちてからプリュメ通りのあずま屋を引きはらうように手配した。おかげで、コゼットにはマリユスに手紙を書く余裕ができたのだった。一行がロム・アルメ通りに着くころには、とっぷりと日が暮れていた。ふたりはそのまま黙って床についた。

ロム・アルメ通りの住まいは裏庭に面した三階にあり、寝室ふたつに食堂、食堂の隣に台所、簡易ベッドが置かれた中二階の天井部屋という間取りだった。天井部屋はトゥーサンに割り当てられた。食堂は控室を兼ね、ふたつの寝室を隔てていた。このアパルトマンには必要な道具はすべてそろっていた。

ひとはむやみに不安になるかと思うと、一転して拍子抜けするほどあっさりと安心してしまうもののようだ。これもまた人間の本性である。ジャン・ヴァルジャンの心配もロム・アルメ通りに移るとたちまち薄れ、徐々に消えていった。まるでなにかの機械のように心にはたらきかけてきて、気を鎮めてくれる場所というものがある。薄暗い通り、穏やかな人びと。ジャン・ヴァルジャンは古いパリのこの小路の静けさが心に染み入ってくるのを感じた。じつに狭いこの通りには二本の杭のうえに厚板をわたして馬車止めがしてあり、騒々しい都会の真ん中にありながら、ひっそりと物音ひとつ聞こえてこない。真昼でも夕方並みに薄暗く、百年も経て、まるで老いた人間のように黙りこくったままじっと立っている古く高い建物に両側をはさまれ、いわば喜怒哀楽をなくしてしまったような場所だった。この通りには淀んだ忘却と言えるものがあった。ジャン・ヴァルジャンはほっとひと息ついた。こんなところにいるおれを、いったいだれが、どうやって見つけられるだろうか？

彼がまず、例の「お守り」をじぶんの身近に置いておくことに気を配った。

彼はぐっすり眠った。俗に一晩寝れば知恵も浮かぶと言うが、夜は気を鎮めもする。翌朝、目覚めたときは、ほとんど陽気と言っていいくらいの気分だった。彼は食堂を――じっさいには古い丸テーブル、傾いた鏡がのっている低い食器棚、虫が食っている肘掛け椅子、トゥーサンの荷物でふさがれたいくつかの椅子しかない、じつに見苦しい部屋だったのだが――なかなか感じがいいと思った。トゥーサンの荷物のひとつに裂け目ができていて、そこからジャン・ヴァルジャンの国民軍の制服がのぞいていた。

コゼットのほうはトゥーサンにスープを寝室まで運ばせて、夕方になってようやく姿を見せた。

このささやかな引越であたふたし、とても忙しくしていたトゥーサンが五時ごろ、テーブルのうえに鶏の冷肉を並べ、コゼットは父親への礼儀からテーブルについたが、食べ物のほうはちらりとながめただけだった。

それからコゼットは頭痛が治らないとこぼし、ジャン・ヴァルジャンにおやすみを言ってから、じぶんの寝室に閉じこもってしまった。ジャン・ヴァルジャンは雛鳥の脇腹の肉をうまそうに食べたあと、テーブルのうえに肘をついているうちに、すこしずつ落ちついた気分になり、安堵感に浸っていった。

彼が質素な夕食をとっているあいだ、二度か三度、トゥーサンがどもりながら、「だんさん、たいへんだちゃ。パリじゃ、いくさをやっておるんだちゃ」と言っているのをぼんやりと耳にした。しかし心中であれこれ思いにふけっていて、気にもとめなかった。じつをいえば、聞いていなかったのだ。

彼は立ちあがり、ますます和らいだ気持ちに浸りながら、窓からドアへ、ドアから窓へと歩きはじめた。

気持ちが落ちついてくると、たったひとつの気がかりであるコゼットのことが、ふたたび頭に立ちかえってきた。いや、彼は娘の頭痛の心配をしていたのではない。そんなものは取るに足らない神経発作、若い娘の不機嫌、一時の気紛れにすぎず、二、三日もすれば治るだろう。そうではなく、ふたりの将来のことを、これまでと同じく穏やかな気持ちで考えていたのである。

結局のところ、今日までの幸せな暮らしをこれから先もつづけていくことをじゃま立てするものは、なにひとつないように思われた。ある時は、あらゆることが不可能なような気がしてくるが、別の時には、何事もうまくいきそうに思えてくる。ジャン・ヴァルジャンはいま、順風満帆とも思える幸せを感じていた。幸せな時は、夜のあとに昼がくるように、だいたいにおいて不幸のあとにやってくる。これは自然の本質そのものである継起と対照の法則によるものだが、浅薄な精神の持ち主は「反定立」などと呼んでいる。ジャン・ヴァルジャンは、身を隠したこの閑静な通りで、このところさんざん心を掻き乱された気苦労からすっかり解放されたと感じていた。——あれだけの暗闇を見たからこそ、ようやく青空がすこし見えはじめたのだ。プリュメ通りから、どんな厄介もなく、無事引越できたことが、そもそも幸先のよい一歩ではないか。たとえ数か月でも国を離れ、ロンドンに行くというのは賢明かもしれない。それなら、行ってやろうじゃないか。コゼットさえいてくれるなら、フランスにいようと、イギリスにいようと、そんなことは大した問題じゃない。コゼットはおれの祖国だ、コゼットさえいてくれれば、それだけで充分おれは幸せなんだから。

そう思いながらも、コゼットのほうはじぶんがいるだけでは充分に幸せだとはいえないのではないかという、かつての焦燥と不眠の種であった考えが浮かんでくることはついぞなかった。過去のあらゆる苦しみを忘れてしまうほどの虚脱感に、すっかり楽観的になっていたのである。コゼットのそばにいると、コゼットはじぶんのものだという気がしてくるのだった。だれでも経験したことのある錯覚である。彼は心のなかで、ありとあらゆる手をつかって、コゼットといっしょにイギリスに出発する算段を整え、これから先、どこへ行こうとも、じぶんの幸福は立てなおせると夢想していた。

ゆっくりした足取りで、あちらこちらを歩きまわっているうち、彼の目はふと奇妙なものにぶつかった。正面にある食器棚のうえの、かしいだ鏡のうえにつぎのような数行が見え、はっきりと読みとれたのだ。

「最愛のあなた、なんと悲しいことでしょう！　父はただちに出発すると言っています。わたしたち今晩はロム・アルメ通り七番地にいます。一週間後にはイギリスに行っているでしょう。コゼット。六月四日」

ジャン・ヴァルジャンは物凄い形相になって立ちどまった。

ここに来たとき、コゼットは食器棚のうえにある鏡のまえに吸取り紙帳を置いたのだが、苦しい不安に苛まれ、それが開いたままだということにさえ気づかず、置き忘れていたのだった。しかも開いていたのは、彼女が書いて、プリュメ通りをとおりかかった若い労働者に預けた、あの数行を押しあて乾かした頁だった。文字が吸取り紙に残り、鏡が文字を写していたのである。

その結果、幾何学で言う対称図形、つまり吸取り紙のうえで裏返しになっていた文字が鏡のなかでは表にもどり、本来の姿を見せていたのだ。そんなわけでジャン・ヴァルジャンは、前日コゼットがマリユスに書いた手紙を目の当たりにすることになった。それは簡潔だが、まるで落雷のような文面だった。

ジャン・ヴァルジャンは鏡のほうに向かった。その四行を読みかえしたが、とうてい信じられず、稲妻の閃きのなかに出現したもののように思われた。――これは幻覚だ。こんなことはありえない。こんなものは存在しないのだ。

すこしずつ、知覚がはっきりしてきた。彼はコゼットの吸取り紙帳をながめた。すると、現実の感覚がもどってきた。吸取り紙帳を手に取って、「こいつが写っていたんだな」と言った。彼は熱に浮かされたようになり、吸取り紙に染みこんでいる数行の文字をしらべた。裏返された文字は奇怪な殴り書きのように見え、なんの意味もなしていなかった。そこで彼は、「なんだ、なんの意味もないじゃないか。なんにも書いてないじゃないか」と思った。そして、言いようのない安堵感を覚え、思いきり深呼吸した。恐怖に駆られた瞬間、このように愚かしい喜びを覚えなかった者がいるだろうか？　魂はあらゆる幻滅を味わいつくさないかぎり、絶望に身をゆだねることはないのだ。

彼は吸取り紙帳を手に取ってじっと見つめながら、わけもなく嬉しくなり、いまじぶんが騙されたばかりの幻覚を、ほとんど嘲笑ってやりたいような気分になっていた。と、突然、彼の目はまたしても鏡のうえに落ち、ふたたびあの幻が見えた。そこには、無情なくらいにはっきりとあの数行が書かれていた。今度は夢幻などではなかった。幻も二度見れば現実になる。それは、手でふれることができるほど明白なものだった。鏡に写されて元にもどった文字だった。彼はついに理解した。

ジャン・ヴァルジャンはよろよろし、吸取り紙帳をぽとりと落として、食器戸棚の脇にあった古い肘掛け椅子にへたりこんだ。うなだれ、目は光をうしない、途方に暮れた。もう間違いない、この世の光は永遠に翳ってしまった、コゼットがどこかの男にあれを書いたのだと思った。すると、じぶんの魂がまたもや恐ろしい姿になって、暗闇のなかでにぶい唸り声を発するのが聞こえた。そういうことなら、檻のなかにいるおれの犬を、ライオンから奪いかえしてやろうじゃないか！

奇妙で悲しいことに、このとき、マリユスはまだコゼットの手紙を受けとっていなかった。偶然は裏切をはたらいて、マリユスの手にわたるまえに、その手紙をジャン・ヴァルジャンに届けたのだった。

これまでジャン・ヴァルジャンは、苦難に屈したことはなかった。おぞましい試練はいやというほどうけてきたが、不運という暴力行為のどれひとつにも見逃してはもらえなかった。苛酷な運命はありとあらゆる社会的制裁と誤解で武装し、彼を標的にして襲いかかってきた。彼はなにものをまえにしても、後退も屈服もしなかった。必要とあらば、どんな艱難辛苦も甘受してきた。せっかく取りもどした人間の不可侵の権利を犠牲にし、おのれの自由を捨て、命を危険にさらし、すべてをうしない、すべてに耐えつつも、ずっと公平無私で、無欲恬淡な生き方をしてきた。そのため、時には殉教者のような無我の境地に達しているのではないかとひとに思われたほどだった。彼の良心は、逆境のありとあらゆる襲撃によってきたえられ、永久に難攻不落だと見られたかもしれない。だが、もしこのとき心の奥底をのぞく者がいたとしたら、彼がすっかりくじけてしまっていることを認めざるをえなかっただろう。

というのも、運命がしつらえた長い審問のあいだにくわえられたあらゆる拷問のうちで、これこそがもっとも恐るべき拷問だったからである。これほどの道具で責めさいなまれたことは一度もなかった。これまで内にひそんでいた感覚がひとつ残らず、むやみにざわめくのを感じた。いままで知らなかった神経の線維がつねられるように感じた。悲しいかな、最大の試練、いや、もっと適切に言えば、唯一の試練とは、愛する者をうしなうことなのである。

老いて哀れなジャン・ヴァルジャンは、たしかにただ父親としてしかコゼットを愛していなかった。しかし、筆者がさきに述べたように、彼はずっと独り身暮らしをしてきたせいで、この父性愛にはありとあらゆる愛がはいりこんでいた。彼はコゼットをじぶんの娘として愛し、母として愛し、妹として愛していた。だが彼は、これまで一度も恋人も妻ももったことがなかったし、また自然はいかなる拒絶証書も受けとらない債権者みたいなものだから、いかなる感情にも増して不滅のあの感情もまた、ほかの感情に入り混じっていた。それは茫漠として無知な、盲目の純粋さとも言えるほどのもので、無自覚の、天上にこそふさわしい、天使のように神聖な感情だった。感情というよりは本能、本能というよりは引力——感じることも見ることもできないが、たしかに現実に存在する引力——だった。だから、いわゆる恋心は、コゼットにたいする彼の並外れた愛情のなかでは、山のなかに眠る金鉱脈のように秘めやかで清廉潔白なものだった。

筆者がすでに指摘した状況のことを思いだしていただきたい。ふたりのあいだには、いかなる結婚もありえなかった。魂同士の結婚でさえも。とはいえ、ふたりの運命が結ばれたことはたしかだった。コゼットをのぞけば、つまりひとりの少女をのぞけば、これまでの人生のなかで、ジャン・ヴァルジャンは愛情を注ぐことのできるものをなにひとつ知らなかった。冬を越した木の葉や五十を過ぎた人びとにも、くすんだ緑に柔らかな緑が重なるのが見られるものだが、ジャン・ヴァルジャンの心には、つぎつぎと情熱や愛情が生まれはしても、そのような緑の重なりのようなことはなにひとつ起こらなかった。要するに、これは筆者が一度ならず強調したことなのだが、そうした内面の融合、そうした集合——これらがひとつに合わさって高潔な徳が生まれたのだが——も結局、ジャン・ヴァルジャンをコゼットの父親にすることにしかならなかった。ジャン・ヴァルジャンの心のうちにあった祖父、息子、兄弟、夫などからつくりあげられた奇妙な父親、コゼットを愛し、崇め、その子を光明とも、住まいとも、家族とも、祖国とも、天国とも思う父親に。

　だから、もうなにもかもおしまいだ、あの子はじぶんの手をすりぬけていく、逃げていく、あれは雲だ、水だと分かったとき——、別の男があの子の心の目当てなのだ、別の男があの子の人生の希望なのだ、どこかにあの子の恋人がいるからには、このじぶんはたんなる父親にすぎず、じぶんなど存在しないも同然なのだという、圧倒的なまでに明白な事実を目のまえに突きつけられたとき——、「あの子はじぶんの手の届かないところに行ってしまうのだ！」と思ったとき、彼が味わった苦悩は、およそ耐えうる限界を超えていた。——やれることをなんでもやってきた、その結果がこれなのか！　いったい、これはなんなのだ！　このおれは無になってしまうのか！——そこで前述したように、彼の頭のてっぺんから爪先まで、反抗の戦慄が走ったのだった。髪の毛の根元にまでエゴイズムがむくむくと甦るのを感じた。この男の深淵で自我が吠え立てた。

　心の崩壊というものがある。絶望的な確信が人間のなかにはいりこむと、かならず、時には人間そのものと言うべき、人間の根本の諸要素を押し分け、打ち砕かずにはおかない。苦悩がこのような段階にまで達すると、意識のあらゆる力が壊滅状態になってしまい、致命的な危機になる。このような危機から脱してなお、おのれをうしなうことなく、固く義務を守りとおすことができる人間などそうそういるものではない。苦しみの限界が破られるとき、いかに揺るぎのない徳といえども狼狽するのだ。ジャン・ヴァルジャンは吸取り紙帳をもう一度手に取って、ふたたび確信した。疑うべくもないあの数行の文字のうえに身をかがめ、まるで化石になったように、ひたすら一点を見たまま立ちつくしていた。身中に雲が湧きおこり、魂の内部がすっかり崩壊するかと思えるほどだった。

彼は明らかになった事実を想像によってふくらませながら、一見したところ穏やかだが、そのじつぞっとするような平静さで検討した。というのも、人間の平静さも彫像の冷淡さの域まで達すると、鬼気迫るものになるからである。

彼はじぶんでも知らないうちに運命が進めてしまった、この禍々しい一歩を振りかえってみた。気が狂ったようになって追いはらった、去年の夏の心配事を思いだし、またあの深淵だ、まったく同じ深淵だと気づいた。だがいまのジャン・ヴァルジャンは、その深淵の縁ではなく底にいるのだった。

なんとも信じがたく、さらに痛ましいことに、彼はその深淵の底にそうとは知らずにはまっていた。じぶんではいつも太陽を見ているつもりだったのに、いつの間にか人生からいっさいの光が消えていたのである。

彼の本能はためらわなかった。彼はこれまでの状況や、日時や、コゼットが顔を赤くしたり蒼くしたりした事実などを考えあわせ、「あの男だ」と直観した。絶望した人間の直観は、けっして的を外さない摩訶不思議な弓のようなものである。最初の推測の一矢でマリユスを射当てた。

名前は知らなかったが、ただちにあの男だと分かった。抑えようもなく立ちかえってくる記憶の底に、リュクサンブール公園をうろついていたあの見知らぬ男の姿が、くっきりと浮かびあがってきた。あの見下げた女たらし、恋歌にでも出てきそうなあの怠け者、あの痴者、あの卑怯者の姿が。どう考えてみても、可愛いくて仕方がない娘のそばに父親がついているというのに、その娘にのこのこ近づいてきて色目をつかうなど、卑怯者のやることではないのか。

この事態の底にあの若い男がいて、なにもかもあの男のせいだと確信すると、ジャン・ヴァルジャンは更正した人間、あれほど魂の修練にはげんだ人間、人生や貧困や不幸のいっさいを愛に変えようとあれほど努力してきた人間だというのに、みずからの心の底をながめ、そこに〈憎悪〉の幽霊を見たのであった。

大きな苦悩には心身が打ちひしがれる。生きていく力が奪われる。大きな苦悩に見舞われた人間は、なにかがじぶんの身内から抜けていくのを感じる。若いときにはこれしきの苦悩に見舞われたところでただ陰気くさいだけの話だが、老年ともなれば同じことが致命傷になる。ああ、血潮が熱くたぎり、髪の毛が黒く、松明のうえに燃え立つ炎のように、頭が身体のうえにすっと伸びているとき、運命の巻物がほとんど繰られていないとき、望ましい愛にみちた心が激しい高鳴りを伝えることができるとき、なにをしたところで償いができる時間があるとき、あらゆる女性、あらゆる微笑、あらゆる未来、あらゆる地平が行く手にあるとき、生きる力がみなぎっているときに、もし絶望が恐ろしいというなら、歳月がしだいに青ざめて慌ただしく過ぎ去っていく老年、墓場の星が見えかける人生の黄昏どきには、絶望はいったいどれほどのものになるだろうか!

彼が物思いにふけっているところに、トゥーサンがはいってきた。ジャン・ヴァルジャンは立ちあがって尋ねた。

「どっちの方角かね？　知っているか？」

トゥーサンはぽかんとして、ただこんな答えしかできなかった。

「なんのこっちゃ？」

ジャン・ヴァルジャンは言葉をついだ。

「さっき、戦いがあると言っていなかったかね？」

「ああ！　そやそや、だんさん」とトゥーサンが答えた。「サン・メリーのほうだちゃ」

じぶんでは気づかないのに、頭の奥底からやってくる機械的な動作というものがある。おそらくこの種の動作に駆り立てられ、ほとんど無意識のまま、ジャン・ヴァルジャンはその五分後に通りに出ていた。

彼は帽子もかぶらず、家の戸口の車除けの石に腰かけて、耳を澄ましているようだった。夜もすっかり更けていた。

第二章　街灯に敵意をもつガヴローシュ

そんなふうにして、どれほどの時間がたったのだろうか？　彼の悲痛な瞑想の潮の満ち引きはどのようなものだったのか？　彼は立ちなおったのだろうか？　屈服したままだったのだろうか？　へこたれ、打ちひしがれてしまったのだろうか？　それとも、また立ちあがって、しっかりとした足場を固めて、意識を持ちなおすことができたのだろうか？　おそらく、じぶんでもそうは言えなかったことだろう。

通りに人影はなかった。帰宅を急ぐ不安気な町人もちらほらいたが、彼にはほとんど目もくれなかった。危険が迫っているときには、だれしもじぶんのことしか考えないものだ。いつものように点灯係がやってきて、ちょうど七番地の真向かいに立っている街灯に火をつけ、立ち去っていった。この暗がりのなかにいるジャン・ヴァルジャンを見る者がいたとしても、とうてい生きている人間とは思えなかったことだろう。彼は戸口の車除けの石にすわったまま、さながら氷の怨霊のようにじっとしていた。絶望には氷結作用のようなところがあるのだ。警鐘と、はっきりしないが嵐のようなざわめきが聞こえていた。暴動に混じって、わななくような鐘が鳴りひびくなかで、サン・ポールの大時計が重々しく、悠然と十一時を打った。なぜなら、警鐘は人間が、時の鐘は神が鳴らすものだからである。時が経過しても、ジャン・ヴァルジャンにはなんの変化もなかった。ジャン・ヴァルジャンは動かなかった。が、ちょうどそのとき、中央市場の方面で出し抜けに爆発音が起こり、さらに激しい二度目の爆弾音がつづいた。それはおそらく、マリュスに撃退されたシャンヴルリー通りのバリケード攻撃だったようだが、このことはさきほど見たところである。呆けたような夜のせいで狂暴さがいや増したそのふたつの一斉射撃の音を聞いて、ジャン・ヴァルジャンは身震いした。彼は音がした方向にむかって立ちあがったが、やがてまた車除けの石のうえにへたりこんで、腕を組み、ゆっくりと頭を胸に垂らした。

彼はふたたびあの陰鬱な自問自答をはじめた。

突然、彼は目をあげた。だれかが通りを歩いてきたのだ。その足音が近づいてくる。あたりをながめると、街灯の薄明かりで、古文書館（アルシーヴ）に出る通りの方角に蒼白く、若さいっぱいの快活な顔が見えてきた。

ガヴローシュがロム・アルメ通りにはいってきたところだった。彼は上のほうを見て、なにかをさがしているようだった。ジャン・ヴァルジャンの姿が完全に見えるはずなのに目もくれなかった。

上のほうを見上げていたガヴローシュは、今度は下に目をうつした。爪先立って背を伸ばし、家々の一階の戸や窓を手で探った。だが、いずれも閉まり、閂が下ろされ、錠が掛かっている。五、六軒の家の正面がそんなふうに固く門を閉ざしているのを確かめると、浮浪児は肩をすくめ、こんなふうにじぶんと相談した。

「あたりきよ！」

そして、ふたたび上を見上げた。

しばらくまえだったら、ジャン・ヴァルジャンも、だれかに話しかける気にも、答える気にもなれなかっただろうが、いまはその子供に声をかけたい気持ちをどうしても抑えきれなかった。

「チビ助」と彼は言った。「いったい、どうしたんだ？」

「腹ぺこなのさ」とガヴローシュははっきり答えた。そしてこう付けくわえた。「チビ助はあんたのほうじゃねえか」

ジャン・ヴァルジャンはチョッキのポケットを探って、五フラン貨幣を取りだした。しかしガヴローシュはセキレイみたいに敏捷に、ひとつの動作からたちまち別の動作にうつって、石をひとつ拾いあげたところだった。街灯に気がついたのだ。

「よう」と彼は言った。「あんたら、まだ街灯をつけてんのかよ。規則違反だぜ。だらしねえな。おいらがあいつをぶっ壊してやるからよ」

そう言いざま街灯に石を投げると、ガラスが壊れ、けたたましい音がした。正面の家でカーテンのしたにうずくまっていた町人たちは、「そらまた九三年だ!」と叫んだ。

街灯は激しく揺れ、消えた。通りはにわかに暗くなった。

「ざまあみろ、この老いぼれ通りめ!」とガヴローシュが言った。「てめえのナイトキャップでもかぶって寝ちまいな」

それからジャン・ヴァルジャンのほうを向き、

「通りの外れにある、あのでっけえ建物はなんてんだい? もしかして古文書館じゃねえのか? あのデブのバカ柱をちょいっとバラして、しゃれたバリケードをおつくりしましょうかってんだ」

ジャン・ヴァルジャンはガヴローシュに近づいて、

「かわいそうなやつだ」と小声で言い、それから独言になって、「腹を空かせているのか」

そして五フランの貨幣を子供の手に握らせてやった。

ガヴローシュは、その貨幣の大きさにびっくりして顔をあげた。暗がりのなかでながめると、その白さはまぶしいほどだった。彼は五フラン貨幣のことを話に聞いて知っていた。その評判を聞くだけでも心が浮き立ったのに、いまその実物を間近で見て、すっかり心を奪われた。「じっくりこの虎のお顔をおがませてもらうとするか」と彼は言った。

彼はしばらくうっとりとながめていたが、やがてジャン・ヴァルジャンのほうを振りかえって、貨幣を差しだしながら堂々とこう言った。

「ブルジョワさんよ、おいらにゃやっぱ街灯をぶっ壊すほうが性にあってるわ。この猛獣は引っこめな。おいらにゃ鼻薬はきかねえってことよ。こいつにゃ爪が五本もあるけど、そんなもんで、このおいらを引っかけられるかってんだ」

「母親はあるのか？」とジャン・ヴァルジャンは尋ねた。

ガヴローシュは答えた。

「まあ、あんたよりはましってとこだ」

「それなら」とジャン・ヴァルジャンはつづけた。「このお金は母親のために取っておくがいい」

ガヴローシュもこれにはぐっときた。それに、話しかけてくる男が帽子もかぶっていないのに気づいて、信頼感を覚えた。

「そっか」と彼は言った。「街灯をぶっ壊すのをやめさせるためじゃねえってことか？」

「壊したいものは、なんでも壊せばいいさ」

「あんた、いいやつだな」とガヴローシュは言った。

そして五フラン貨幣をポケットのひとつにしまった。さらに信頼感がつのってきて、こう付けくわえた。

「あんたはこの通りの人かい？」

「そうだが、どうしてかね？」

「七番地を教えてくれねえか？」

「七番地になんの用事があるんだね？」

ここで少年は口をつぐみ、これは言い過ぎだったかな、と心配になり、髪のなかに勢いよく爪を突っこんでこう答えただけだった。

「ああ！　ここだったのか」

ある考えがジャン・ヴァルジャンの頭にひらめいた。不安はこのような明察をそなえているものだ。彼は少年に言った。

「じゃあ、わたしが待っている手紙をきみが届けてくれたのか？」

「あんたが？」とガヴローシュは言った。「あんたは女じゃねえだろうが」

「手紙はコゼット嬢宛だろう？」

「コゼット？」とガヴローシュはぶつぶつ言った。「そう、なんだかそんなような変てこりんな名前だったっけか」

「じゃあ」とジャン・ヴァルジャンはつづけた。「わたしが本人に届けることになっているのだ。わたしてくれ」

「するてえと、あんた、おいらがバリケードから使いに出されたのを知ってんのかい？」

「もちろんだ」とジャン・ヴァルジャンは言った。

ガヴローシュは別のポケットに手を突っこんで、四折にされた紙を引っぱりだした。

それから軍隊式の挙手の礼をして、

「急用公文書に敬礼」と言った。「臨時政府からであります」

「わたしてくれ」とジャン・ヴァルジャンは言った。

ガヴローシュは紙を頭上に高く掲げていた。

「こいつを恋文なんぞと思っちゃいけねえ。女宛だが、同時に人民に宛てたものだ。おいらたちみてえな男性は、戦っていても女性を尊敬してる。ライオン〔伊達男〕が駱駝〔ふしだらな女〕に雛鳥〔恋文〕を送る上流社会たぁわけがちがうんだぜ」

「わたしてくれ」

「まあな」とガヴローシュはつづけた。「見たところ、あんたはいいやつみたいだしな」

「早くわたしてくれ」

「そら」

彼はジャン・ヴァルジャンに紙をわたした。

「急いでくれよ、何とかさん。何とか嬢が待ってるんだろうからよ」

ガヴローシュはじぶんがうまい言い回しができたことに満足していた。

ジャン・ヴァルジャンはつづけて言った。

「返事はサン・メリーに届けるのかな?」

「そんなことしたらよ」とガヴローシュは声をあげた。「俗に言うヘマをやらかすってことになるぜ。この手紙はな、シャンヴルリー通りのバリケードからきたもんよ。で、おいらはそこにもどるってわけ。じゃあ、あばよ、同志」

こう言うとガヴローシュは立ち去った。というより、籠から逃げてきた鳥みたいに、出てきた場所に向かって飛び立っていった。鉄砲玉みたいにまっしぐらに、暗闇に穴を開けるようにして舞いもどっていった。ロム・アルメ小路はふたたびひっそりと寂しくなった。心に影と夢をもっていたあの不思議な少年は、またたく間に真っ黒な家並の靄のなかに沈み、煙のように暗闇のなかに消えてしまった。まさに雲散霧消というところだったが、姿が消えた数分後、ガラスがけたたましい音を立てて割れ、街灯が派手な音を立てて鋪道のうえに落ちて、またしても不意に町人たちを起こし、憤慨させた。ショーム通りをとおりかかったガヴローシュの仕業だった。

第三章　コゼットとトゥーサンが眠っているあいだ

ジャン・ヴァルジャンはマリユスの手紙を持って家にもどった。

彼は獲物を押さえたミミズクみたいに暗がりを快く感じながら、手探りで階段を昇り、そっとドアを開閉してから、なにか物音が聞こえないかと耳を澄まし、間違いなくコゼットとトゥーサンが眠っていることを確かめた。そしてフュマード点火器に付木を三、四本突っこんだ末、ようやく火をつけることができた。彼の手はそれくらいぶるぶる震えていた。じぶんのしたことが、どこか盗みをはたらいたように思えたからだ。やっとろうそくが灯ると、彼はテーブルに肘をつき、紙を広げて読んだ。

ひとは激しく動揺しているときには、物を読むことなどできはしない。持っている紙を打ちのめし、生贄のように締めつけ、押しつぶし、怒りや喜びの爪を立て、しまいまでざっと走り読みし、それから一足飛びに初めにもどる。注意力が熱を帯び、大まかなこと、おおよその要点をつかむと、残りはすべて消えてなくなる。コゼットへのマリユスの手紙のなかに、ジャン・ヴァルジャンにはただこんな言葉しか見えなかった。

「……ぼくは……死んでいきます。……きみがこれを読むころには、ぼくの魂はきみのそばにあって……」

この二行をまえにして、彼は恐ろしいほどのめまいを覚えた。心に生じた感情の激変に打ちのめされたように、しばらく立ちつくしていた。彼は酔ったような驚きを覚えながら、マリユスの手紙をながめた。眼前に憎らしい人間の死という、願ってもない事実があった。

彼は内心、ぞくっとするような快哉の叫び声をあげた。――これで片がついた。思いのほか早く結末がやってきた。おれの運命の行く末に立ちはだかっていた男はいなくなる。しかも、みずからすすんで、じぶん勝手にいなくなってくれるのだ。このおれがなにもせず、なんの間違いもおかさなかったのに、「あの男」は死んでいってくれるのだ。ひょっとしたら、もうとっくに死んでいるかもしれないぞ。――ここで彼の熱っぽい頭が冷静な計算をした。――いやいや、やつはまだ死んでいない。この手紙は明らかに、明日の朝コゼットに読ませるために書かれている。夜の十一時と十二時のあいだに二度あったのを聞いた一斉射撃から、これまでなにも起きていない。バリケードが本格的に攻撃されるのは、夜明けを待ってからだろう。だが、同じことだ。「あの男」がこの戦いに巻きこまれたからには、どのみち死ぬに決まっている。情け容赦のない歯車にはまりこんでしまったのだから。――ジャン・ヴァルジャンはほっと胸をなでおろした。こうなったからには、いずれコゼットとふたりだけの暮らしにもどれるだろう。競争がおわって、また未来が開けてくる。そのためにはこの手紙をこのままポケットに入れておきさえすればいい。「あの男」がどうなったか、コゼットはついに知ることはあるまい。「成行きにまかせておけばいい。どうせあの男は逃れられないのだ。まだ死んでいないとしても、いずれ死んでいくのは確実だ。なんと運がいいことか!」

これだけ心のなかで言ってしまうと、彼は沈鬱になった。やがて、階下に降りて、門番を起こしにいった。

ほぼ一時間後、ジャン・ヴァルジャンは国民軍の制服に身を固め、武器をたずさえて外出した。門番が近所をさがして、身支度を申し分なく整えるのに必要なものを簡単に見つけてきてくれたのだ。彼は装塡した銃と、薬筒がぎっしり詰まった弾薬入れを持って、中央市場のほうに向かった。

第四章　熱がはいりすぎたガヴローシュ

そのあいだ、ガヴローシュには一大事が起こっていた。ガヴローシュはショーム通りの街灯に心ゆくまで石を投げつけて壊したあと、ヴィエイユ・オドリエット通りに近づき、「猫の子一匹」いないのを幸いに、知っている歌を残らずうたってみることにした。彼の歩みは、歌のせいでのろくなるどころか、かえって早くなった。彼は眠りこんでいるか、怯えきっているかしている家並に沿って、こんな扇情的な歌をわめき散らしはじめた。

生垣の小鳥が陰でささやくにゃ
アタラがきのう
ロシア男と逃げたとさ。

　きれいな娘はどこへ行く
　ロン、ラ。

ピエロくん、きみは悪口言ってるね[1]

そうだろな、こないだおいらを呼ぶのに
ミラが、おまえの窓を叩いたもんね。

きれいな娘はどこへ行く
ロン、ラ。

浮気女はとってもいけてるぜ
おいらが参ったあの毒にゃ
オルフィラさんもいちころだ。[2]

きれいな娘はどこへ行く
ロン、ラ。

おいらは好きさ、恋も恋のいさかいも
好きさ、アニェスもパメラも
リーズは火傷した、おいらに火をつけて。

きれいな娘はどこへ行く

ロン、ラ。

むかし、シュゼットとゼイラの
マンチラ見たとき、
そのひだに、おいらの心は溶けこんだ。
　きれいな娘はどこへ行く
ロン、ラ。

愛の神、おまえが輝く闇のなかで
バラの冠をローラに置くときゃ、
おいらは焦がれ、地獄に堕ちそう。
　きれいな娘はどこへ行く
ロン、ラ。

ジャンヌ、きみは鏡でおめかし！
いつか、おいらの心は飛びたった、

つかまえているのは、きみだと思って。
きれいな娘はどこへ行く
　ロン、ラ。

夕暮に、カドリールを抜けだし、
おいらは星にステラを見せて、
言ってやったよ、「この子をごらん」。

　きれいな娘はどこへ行く
　ロン、ラ。

ガヴローシュは歌いながら、さかんにパントマイムをした。身ぶりはリフレインの助けになるのだ。彼の百面相は変幻自在で、大風にもてあそばれる穴の開いたシャツよりも引きつり、素っ頓狂なしかめ面になった。ただ残念なのは、いまは夜で、彼はひとりきりだったので、だれにも見られなかったし、また見えもしないということだった。この世には、こんなふうに埋もれてしまう宝物があるのだ。

彼は突然、ぴたっと立ちどまり、

「恋歌はやめにしとくか」と言った。

猫みたいな彼の瞳は、ある家の正門奥に、絵画で言うところのアンサンブル、つまりひとりの人物とひとつの静物を見つけたのだった。静物は手押し車、人物はそのなかで眠っているオーヴェルニュあたりの男だった。

荷車の腕木は鋪道のうえに降ろされ、オーヴェルニュ男の頭は荷車の泥除けにもたれかかっていた。そのからだは斜めになった車体のうえで丸まり、両足は地面にくっついている。

世慣れしていたガヴローシュには酔っぱらいだとすぐ分かった。そのへんの運送人が飲みすぎて、眠りこけているのだった。

「これだから」とガヴローシュは思った。「夏の夜てえのはありがてえ。オーヴェルニュ男が荷車のなかで寝てやがる。荷車は共和国のためにいただいといて、オーヴェルニュのおっさんは君主制におまかせしよう」

じつはこのとき、彼の頭にこんな知恵がとっさにひらめいたのである。

「この荷車をおいらたちのバリケードに置きゃ、えれえ役にたつかもしんねえ」

オーヴェルニュ男はいびきをかいていた。

ガヴローシュは荷車をうしろのほうに、男をまえのほうに、つまり男の足を持って、そっと引きずった。一分後には、オーヴェルニュの呑気なおっさんは鋪道のうえに長々とのびていた。荷車は解放された。

ガヴローシュはあちこちで思いもよらないことに出くわすのに慣れていたので、いつもあらゆるものを持ち歩いていた。ポケットのひとつを探って一枚の紙切れと、どこかの大工から失敬してきた、ちびた赤鉛筆を取りだした。

そしてこう書いた。

「フランス共和国、

そなたの荷車を受領」

それから、「ガヴローシュ」と署名した。

書きおわると、あいかわらず高いびきをかいているオーヴェルニュ男の、コール天のチョッキのポケットにその紙切れを入れ、両手で荷車の腕木をつかみ、得意そうにガラガラと派手な音を響かせ、大急ぎで荷車を押しながら、中央市場に向かって出発した。

これは危険なことだった。王立印刷所には哨所があったが、ガヴローシュはそのことを念頭においていなかったのだ。この哨所には郊外の国民兵が詰めていた。いまなにやらただならぬ気配がその分隊を動揺させはじめたところで、何人かは簡易ベッドのうえで頭をもたげていた。ふたつの街灯が立てつづけに壊されたこと、あらん限りの大声で歌がうたわれたことは、日が暮れるとすぐ眠たくなり、早朝にろうそくに火消しをかけてしまう臆病なこの街にとっては、それだけでも大変な出来事だった。なにしろ一時間まえから、浮浪児はこの閑静な界隈で瓶のなかの羽虫みたいな大騒ぎをやらかしていたのである。郊外部隊の軍曹は耳をそばだてて待っていた。慎重な男だったのだ。

荷車のけたたましい音に、さすがの軍曹も待っていられなくなり、偵察してみようと意を決して、

「一部隊はいるな」と言った。「そっと行ってみよう」

〈無政府主義の妖怪〉が檻から抜けだし、明らかにこの界隈で暴れまわっているのだ。軍曹は足音を忍ばせ、思いきって哨所の外に出た。

荷車を押しながら、ヴィエイユ・オドリエット通りから出ようとしていたガヴローシュは、いきなり軍服と軍帽、前立と小銃に出くわした。彼はぴたりと立ちどまった。これで二度目である。

「ありゃ、ありゃ」と彼は言った。「いよいよお出ましですか。こんにちは、公安部隊さん」

ガヴローシュが驚いたのはほんの一瞬で、その驚きもたちまち吹っ飛んでしまった。

「どこへ行く、このちんぴら？」と軍曹が叫んだ。

「同志」とガヴローシュは言った。「おいらはまだ、あんたをブルジョワと呼んじゃいねえぜ。なんだって侮辱するんでえ？」

「どこへ行く、このならず者？」

「だんな」とガヴローシュはつづけた。「あんたも昨日までいっぱしの才人だったらしいが、今朝になってそれとはおさらばされたんですかい？」

「どこに行くのかと訊いておる、このごろつき」

ガヴローシュは答えた。

「ご大層な口をきくじゃねえか。あんた、とっても年にゃ見えねえや。髪を一束百フランで売

ったらどうだい。五百フランにはなるぜ」

「どこへ行く？　どこへ行く？　どこへ行く？　このろくでなし」

ガヴローシュは言いかえした。

「ひでえ言葉だな。初めておっぱい飲むときにゃ、お口をよーく拭いてもらいな」

軍曹は銃剣を構えた。

「言わぬか、いったい、どこへ行くんだ、この恥知らず」

「将軍閣下殿」とガヴローシュは言った「じぶんは家内のお産のため医者を呼びにいくものであります」

「戦闘開始！」と軍曹が叫んだ。

じぶんを破滅の危機に追いこんだものを盾に脱出すること、それこそが強者の腕の見せどころである。ガヴローシュはひと目で状況を把握した。身を危険におとしいれたのは荷車だから、この荷車が身を助けてくれるのだと。

いままさに軍曹がガヴローシュに襲いかかろうとしたとき、力いっぱいに突き放された荷車が弾丸となって、軍曹めがけて猛然と転がり、土手っ腹を突かれた軍曹は、仰向けに溝のなかに倒れて、銃は空中に発射された。

軍曹の叫び声を聞きつけた哨所の隊員が、どやどやと飛びだしてきた。最初の銃声をきっかけに、やみくもに一斉射撃をやり、それがすむと、また弾をこめて撃ちだした。このめちゃくちゃな射撃は、たっぷり十五分間もつづき、窓ガラス数枚を殲滅した。

その間ガヴローシュは、死に物狂いで道を引きかえし、そこから五、六本通りを隔てたあたりで立ちどまり、はあはあ言いながら、アンファン・ルージュ通りの角にある車除けの石のうえにへたりこんで耳を澄ました。

彼はしばらく息を整えたあと、猛烈な銃声が聞こえてくる方向に振りむき、左手を鼻の高さにあげ、それをまえに三度突きだしながら、右手で頭のうしろをとんとん叩いた。これはパリの浮浪児がフランス的皮肉を最大限に凝縮させた仕種だが、半世紀もつづいているところを見ると、明らかに効果があるものらしい。

だが、そうした快活な気分も苦い反省によって乱された。

「そうだ」と彼は言った。「おいらは吹きだしたり、腹をよじったり、喜んで跳びあがったりしているが、こりゃ道に迷ったな。こうなりゃ、回り道をするしかねえ。なんとか時間までにバリケードにつけりゃいいけどよ」

こう言ってから、また走りだし、走りながら、

「おいらはいったい、どこまで歌ったんだっけ?」と言った。

彼はまた例の歌をうたいだし、足早にいろんな通りにもぐりこんでいった。歌声は暗闇のなかでしだいにかすかになっていった。

まだ残ってる、監獄が、

だから待ったをかけてやろ、

公安とやらいうもんに。

　きれいな娘はどこへ行く
ロン、ラ。

だれか九柱戯（キーユ）をやらねえか？
大きな玉が転がると、
古い世界は総崩れ。

　きれいな娘はどこへ行く
ロン、ラ。

お人好しの人民よ、松葉杖で
ルーヴル宮殿壊そうぜ、王政が
ごてごて飾って寝そべってた宮殿を。

　きれいな娘はどこへ行く
ロン、ラ。

おれたちゃ格子を破ったぜ、
シャルル十世もその日にゃ
尻尾巻いて、すたこらさっさ。

きれいな娘はどこへ行く
ロン、ラ。

哨所の発砲騒ぎはそのままではすまなかった。荷車は奪取され、酔っぱらいは捕虜にされた。前者は係留所に置かれ、後者はその後共犯者として軍法会議でいささか取調べをうけた。当時の検察局は、この時とばかり、社会の防衛について不屈の熱意があるところを見せつけた。

ガヴローシュの冒険はタンプル界隈の言い伝えとして残り、マレー地区の年とった町人たちのもっとも恐ろしい思い出のひとつとなり、彼らの記憶のなかでは、「王立印刷所の夜襲」と題されている。

訳註

第一篇

第一章

〔1〕一八一五年三月から六月までのナポレオンの百日天下をはさむ、一八一四年から三〇年七月革命までのブルボン家の王政復古期。後出の「憲章」の発布は一八一四年六月四日。

〔2〕前二世紀古代の小国ビテュニアの王。ローマ人に媚びようと客のハンニバルの殺害をもくろむが失敗、後世に悪評を残す。

〔3〕詩人ベランジェ（一七八〇―一八五七）がナポレオンの野心を諷して一八一三年につくった歌謡に出てくる。

〔4〕正式の肩書がイギリス共和国護民官であったクロムウェル（一五九九―一六五八）のこと。

〔5〕一七九四年七月二十七日はロベスピエール失脚の日。

〔6〕一八〇〇年六月十四日にナポレオンが率いた対オーストリア戦争。

〔7〕兄のルイ十八世没後、一八二四年に即位したシャルル十世が三〇年七月二十五日に発布したこの王令は議会解散、出版の自由の停止、選挙法改悪などをふくみ、これに反対した民衆が蜂起して、「栄光の三日間」と呼ばれる一八三〇年の七月革命が起こる。結果、八月二日にシャルル十世が退位し、同月九日にルイ・フィリップが即位して七月王政がはじまる。

〔8〕七月革命後、シャルル十世がイギリスへの亡命の途中で立ち寄った北仏の港町。

〔9〕宗教戦争ただなかの一五八八年五月十二日、国王アンリ三世がカトリック同盟派の蜂起でパリから脱出した。

〔10〕司法官、作家、一五五六―一六二一年。

第二章

〔1〕メキシコの将軍、一七八三―一八二四年。一八二一年の独立戦争後に皇帝となるが二年後に処刑。

〔2〕清教徒革命とフランス革命。

〔3〕名誉革命と七月革命。

〔4〕ユゴーの勘違い。名誉革命でイギリスの王位についたのはオレンジ家のウィリアム三世。

〔5〕おそらくマルクスとエンゲルスのこと。

〔6〕ルイ十四世の弟フィリップ・ドルレアン公を先祖とするフランス最後の国王、一七七三―一八五〇年。在位一八三〇―四八年。

〔7〕当時の議会、実際には二百二名。

〔8〕歴代のフランス国王の聖別式の場所。

第三章

〔1〕フィリップ・ドルレアン、別名フィリップ・エガリテ、一七四七―九三年。オルレアン家の当主だったが、大革命時に政治的陰謀をめぐらし、ルイ十六世の処刑に賛成。のちに革命政府によって処刑された。

〔2〕アンコーナはフランス軍の宿営地のあったイタリアの港町。一八三二年に遠征隊が送られた。スペインとあるのは一八四六年、いわゆる「スペインの結婚」事件でフランス側に有利なように軍隊を派遣してイギリス軍に頑強に抵抗したこと。アントワープとあるのは一八三二年、この町をベルギーにわたすことを

拒んだオランダ軍を攻撃したこと。プリッチャード事件とは、一八四四年タヒチの英国総領事がフランス海軍の攻撃によってうけた損害賠償を要求したとき、賠償金を払って始末したこと。ヴァルミー、ジェマップは、いずれも一七九二年革命フランス軍がプロシア軍の侵攻をくいとめた戦場。

〔3〕ともに古い綴り。近代ではそれぞれ polonais, hongrois と書く。

〔4〕一八三四年、パリのトランスノナン通りで反政府運動をおこなった労働者たちが虐殺された事件。つづく史実は以下のとおり。当時軍法会議では、いわゆる暴徒の裁判もここでおこなっていた。参政権のある国民は十六万千人程度しかいなかった。一八三一年ルイ・フィリップは次男のヌムール公ルイ・シャルルをベルギーの王座につけようとしたが失敗。アブドゥル・カデールは十九世紀アルジェリアの軍人、サルタン。ドゥーツ買収とブライの牢獄とは一八三二年、カトリックに改宗したユダヤ人ドゥーツが親しかったベリー公爵夫人を誹謗する密告をし、公爵夫人が投獄された事件。

〔5〕十五世紀の公爵、詩人、一三九四―一四六五年。英仏百年戦争中の一四一五年、アザンクールの敗戦後二十五年間イギリスの捕虜となる。この時代を代表する詩人として有名。

〔6〕マンシュ県にあるベネディクト会の有名な修道院だが、大革命以後監獄として使用されていた。

〔7〕一七九二年に君主制を放棄したルイ十六世および王家の者たちにつけられた名前。

〔8〕ルイ・フィリップの取巻きだったユゴー自身のこと。

〔9〕後出の国王暗殺をくわだてた一八三五年七月のフィエスキ事件のあとに制定された出版の検閲強化立法。

〔10〕政治家、歴史家、一八一一―八二年。ユゴーの友人。

〔11〕銀行家、政治家、一七七七―一八三二年。一八三一年三月からコレラで死亡する三二年五月まで首相。

〔12〕イタリアの法学者、一七三八―九四年。死刑廃止をふくむ刑法の緩和を説いた。

〔13〕一八三五年七月二十八日、コルシカ生まれのアナーキストが起こしたルイ・フィリップ暗殺未遂事件。

〔14〕一八三九年五月のデモを主導し、死刑判決をうけた革命家アルマン・バルベス（一八〇九―七〇）のこと。

ユゴーは国王にバルベスの特赦を訴える四行詩を書き、ルイ・フィリップがこの死刑囚の減刑を認めた。

〔15〕ユゴー自身のこと、本書は亡命先のイギリス領ガンジー島で書かれている。なおルイ・フィリップは一八四八年の二月革命のあとイギリスに亡命、二年半後に没した。

第四章

〔1〕一七九三年フランス西部ヴァンデ地方で起きた反革命運動の参加者。

〔2〕政治家、一七七七―一八四七年。王政復古の最後の首相で「七月王令」の起草者。

〔3〕軍人、政治家、一七五七―一八三四年。七月革命の立役者のひとり。ルイ・フィリップを市庁舎に導き、七月王政を宣言させた。

第五章

〔1〕「兵士たちよ、おまえたちはなにも持っていないが、敵はすべてを持っている」。

〔2〕一八四一年国王の王子の暗殺を謀った。一八一四―?。

〔3〕バブーフ(一七六〇―九七)は革命家で、一七九六年に「平等主義者の陰謀」事件を起こして刑死する。ジスケ(一七九二―一八六六)は一八三一年から三六年まで警視総監。

〔4〕動物の模型をつかった将棋の一種。

〔5〕第三部第四篇第一章参照。

〔6〕ローマの詩人、前二三九―前一六九年。

〔7〕ウェルギリウス『アエネイス』三・六五八。

第六章

〔1〕作家、編集者、一七五二—一八三〇年。革命期の週刊誌『パリの革命』の主宰者。
〔2〕実際は第一年の憲法。グランテールの間違い。
〔3〕革命期ジャコバン派独裁下の最左翼。

第二篇

第一章

〔1〕ふたりとも劇作家。一八三二年自作の不評を苦に自殺し、当時大いに話題になった。
〔2〕フランドルの風景画家、一六二八頃—八二年。
〔3〕ただ、バルザックの小説『三十女』にこの場所の描写がある。
〔4〕第二部第四篇第一章参照。

第二章

〔1〕シンデルハネスは一八〇三年に処刑された盗賊の頭目。ネモランはフロリアン（一七五五—九四）の牧歌劇『エステルとネモラン』の主人公。
〔2〕第三部第二篇第六章参照。

第三章

〔1〕スペインの地理学者、一四九三—一五六七年。
〔2〕神学者、法官、一五五三—一六三一年。魔女狩りで有名。

〔3〕　中世ではリュクサンブール公園から先のこの両地区が悪魔の棲処と信じられていた。

第四章

〔1〕　両者とも十八―十九世紀の法律家。所有の根拠が事実にあるか権利にあるかで争った。

第三篇

第一章

〔1〕　マンサール（一五九八―一六六六）はルイ十四世時代の王室建築家。ヴァトー（一六八四―一七二一）は十八世紀のロココ様式の画家。

〔2〕　ルイ十五世時代に流行した、渦巻形の曲線模様のある装飾。「かずら式」は幾重にも波形にうねらせた造園様式。

第二章

〔1〕　軍人、元帥、一七七〇―一八三八年。当時パリの国民兵指揮官。

第三章

〔1〕　ルクレティウス『物の本性』五・九七一。

第四章

〔1〕ラモワニョン（一六四四―一七〇九）は司法官、高等法院上席評定官。美しい別荘を持っていたことでも有名。ル・ノートル（一六一三―一七〇〇）は造園家。ヴェルサイユ宮殿の造園をした。

第五章

〔1〕両者とも王政復古時代に存在したモード店。前者はバック通り、後者はサン・トギュスタン通りにあった。

第六章

〔1〕マホメットは山を引き寄せることができなかったので、じぶんのほうから山に出向いたという。

第八章

〔1〕将軍、代議士、一七六九―一八五二年。一八二二年から二五年までパリ司令官に在職。

〔2〕簀子は処刑後の屍体を乗せて市中を引き回すのに用いられた。

第五篇

第二章

〔1〕ウェーバー作曲のオペラ、一八三一年四月六日パリのオペラ座で初演。

第六篇

第一章

〔1〕十七世紀フランス王家子弟の侍女、一六二四―一七〇九年。三人の娘をいずれも公爵に嫁がせた。
〔2〕この通りの昔の名前はピュット・イ・ミュス通り（「娼婦が隠れている通り」の意）だった。
〔3〕ルソーは家政婦のテレーズとのあいだにできた五人の子供を全員孤児院に預けたのだが、『エミール』などで理想の教育論を展開した。

第二章

〔1〕「料金を払えばだれでも利用できる」という当てこすり。
〔2〕「がらがら蛇にしてやるぞ」の意。
〔3〕ブロッケン山で酒宴を開く魔女、箒などに乗って空を飛びまわる。
〔4〕フランスの守護神。外套の半分は他人にあたえた。
〔5〕いずれもアメリカ原住民の部族。
〔6〕版画家、風刺画家、一五九二―一六三五年。エッチング画《戦争の悲惨》など。
〔7〕マッチが発明されるまえの点火器。発明者の名前からこう呼ばれた。
〔8〕十七―十八世紀の詩人・詩論家ボワローの「豪から柔に、快から苦に転じて」のもじり。
〔9〕当時の流行作家、一七九三―一八七一年。
〔10〕正式にはタンプル通りに一七六九年に創立されたアンビギュ・コミック座のこと。
〔11〕十七世紀の詩人、童話作家ペローの童話「親指小僧」にある表現。

第三章

〔1〕十八世紀の牧歌・童話作家。ここでは、ミルトンの『失楽園』のことが想起されている。
〔2〕十八世紀の毒殺を得意とした有名な犯罪者、一七四四—七七年。
〔3〕ルイ十六世治下で恐れられた、飲料に麻酔薬を入れる盗賊団。
〔4〕原文は隠語で、著者はその意味を原註に記している。その箇所をゴチック体で示す。以下同様。
〔5〕同名の高等法院長の館、一五五九年に建てられ、パリ四区に現存。現在パリ市歴史図書館になっている。
〔6〕コルネイユ（一六〇六—八四）の悲劇『オラース』のなかで老オラースがわが子の敗走を知って叫ぶ名文句。
〔7〕劇詩人ラシーヌ（一六三九—九九）は古典時代の、シェニエ（一七六二—九四）は革命期の詩の代表者。

第七篇

第一章

〔1〕活字の間違いのこと。
〔2〕十七世紀の社交界の才女気取りの婦人たち。
〔3〕ランブイエ館はランブイエ侯爵夫人（一五八八—一六六五）がパリの上流社交界の中心にした館。クール・デ・ミラークルは、中世以来「奇跡小路」と呼ばれた泥棒・乞食集団の巣窟。
〔4〕この会の設立目的はフランス語の保存と純化。
〔5〕いずれも十七—十八世紀の海軍司令官。
〔6〕古代ローマの喜劇作者、前二五四頃—前一八四年。

第二章

〔1〕antan はヴィヨンの時代には隠語ではなかったらしい。また「チューヌ団」はユゴーの小説『パリのノートル・ダム寺院』に登場する中世の乞食、浮浪者の一団。

〔2〕これはユゴー自身が実見し、『死刑囚最後の日』で述べていることでもある。なおチューヌ団のことは『パリのノートル・ダム寺院』で語られている。

〔3〕ただし、この語はヴィヨンの作品には見当たらない。

〔4〕盗賊にはいずれも灯台 phare のようにまぶしく思われるから。

〔5〕十五―十六世紀に傭兵としてフランスに来た。

〔6〕矛槍 hallebardes のように雨が降る。

〔7〕これと同じ言及は『死刑囚最後の日』第五章にもある。またフランスの一部地方にはクリスマス・イヴの日に大薪を燃やす風習がある。

〔8〕ペガソスはギリシャ神話の有翼の天馬。ヒッポグリフは、馬身に翼と鷲の頭を持つという伝説上の怪物。

〔9〕エチオピアの女王。神託によって岩に縛られ、怪物に捧げられたが、天馬に乗ったペルセウスによって救われた。

第三章

〔1〕隠語で「操り人形」の意、別の文脈では「パリ」をも意味した。

〔2〕作家、一七三四―一八〇六年。代表作に『堕落百姓』、『ムッシュー・ニコラ』など。「どぶ川のルソー」との異名があった。

〔3〕一七八九年七月十四日はバスチーユ監獄襲撃の日。一七九二年八月十日はパリ民衆がチュイルリー宮殿を襲撃、王政廃止のきっかけになった日。

〔4〕一八四八年二月二十二日から三日間の二月革命でルイ・フィリップがロンドンに亡命し、七月王政が終焉を迎えた。

〔5〕一七一五年から二三年までルイ十五世の摂政を務めたオルレアン公フィリップが一七一七年に購入した王冠ダイヤのこと。

第四章

〔1〕ギリシャ神話で、百の手と五十の頭を持つ巨人。

〔2〕古代メソポタミアの南部。

〔3〕ニネヴェは現在のイラク北部にあった古代アッシリアの首都。タルソスは、ローマ時代に繁栄したトルコの都市、テーバイは古代エジプトの町。

第八篇

第一章

〔1〕ストロペはギリシャ古典劇の歌唱。ソネットはイタリア起源の十四行詩。

第二章

〔1〕この年、史上有名なこのコレラの大流行があり、東京の葛飾区程度の面積に七十万人が住んでいたパリでは、二万人近くが死亡、時の首相カジミール・ペリエも命を落とした。

第四章

〔1〕後出。つづく五、六日にラマルク将軍の葬儀を機に共和派が蜂起、弾圧された。

〔2〕ベランジェの詩「わたしのおばあさん」のリフレイン。

第六章

〔1〕作家、政治家、一七六〇―九七年。好色小説『フォーブラスの愛』の破廉恥な主人公。プリュドムはアンリ・モニエ（一七九九―一八七七）の漫画が創造したブルジョワ的俗物の典型。

〔2〕ブシリスはギリシャ神話でエジプトの暴君。ティベリウスはローマの第二代皇帝の独裁者。ヘンリー八世（一四九一―一五四七）は英国王、離婚問題で教皇と対立。

第七章

〔1〕政治家、一七七六―一八四五年。一八二一年から代議士を務めていたが、三二年に貴族院議員に任命された。

〔2〕政治家、一七四九―一八三三年。

〔3〕一八二〇年に暗殺されたシャルル十世の次男ベリー公の記念碑はリシュリュー広場にあったが、これがじっさいにヴィスコンチ噴水に代えられたのは一八四四年のこと。

〔4〕十八世紀の英小説家リチャードソンの同名の小説の主人公。

〔5〕「半ズボンをはかないひと」の意。革命時に小ブルジョワがそう貴族から蔑視された。また、キュロットには女性用ズロースの意味もあるので、老人はかなりきわどい冗談を言っていることになる。

第九篇

第一章

〔1〕前者はサン・タントワーヌ地区の食料品屋で、秘密結社の一員、後者はパリの馬具商。ともに一八三五年、ルイ・フィリップ暗殺未遂事件に連座し、処刑される。

第二章

〔1〕ヴォルテールの同名小説の天真爛漫な主人公。
〔2〕軍人、政治家、一七七〇—一八三二年。革命軍・ナポレオン軍の勇将で、王政復古期には野党の指導者のひとり。この月のコレラで死亡。

第三章

〔1〕ティブルスは前一世紀のローマ詩人。ディオゲネス・ラエルティオスは三世紀のギリシャ哲学史家。
〔2〕出版人、ユマニスト、一五二八—九八年。古代ギリシャ研究で名高い。
〔3〕出版人、ユマニスト、一五〇三頃—五九年。アンリの父親で、ラテン文学研究で知られる。
〔4〕十六—十七世紀のヴェネチアの有名な出版者。

第十篇

第一章

〔1〕モリエール作『人間嫌い』の登場人物。前者は気難し屋で、後者は才人気取りの常識家。

〔2〕ジャンヌは一八三二年のこの暴動で活躍した労働者。ジャン・シュアンは大革命時ブルターニュ地方の反革命農民運動の指導者。

〔3〕ルイ十四世の孫、スペイン・ブルボン王家の開祖。一六八三―一七四六年。一七〇〇年の即位をめぐって、イギリスとのあいだにスペイン継承戦争(一七〇一―一四)が起こった。

第二章

〔1〕一七九二年に民衆がチュイルリー宮殿を襲ってルイ十六世を幽閉した日。つづく葡萄月十四日、正しくは十三日、すなわち一七九五年十月五日は、国民公会を襲った王党派暴徒の反乱をナポレオンが鎮圧した日。

〔2〕テレー(一七一五―七八)はルイ十五世時代の財務総監。特権を擁護した。チュルゴー(一七二七―八一)はルイ十六世時代のリベラルな財務長官。

〔3〕ユマニスト、一五一五―七二年。聖バルテルミー祭の大虐殺の犠牲になる。

〔4〕フォキオン(前四〇二頃―前三一八)はアテナイの政治家。スキピオ(前二三六―前一八三頃)はローマの将軍。

〔5〕一五七二年八月二十三―二十四日、パリの新教徒約二千人が虐殺された。以下、「九月の人殺しども」は、一七九二年の同月反革命容疑者が大量殺害されたことを言う。「アヴィニョンの殺人鬼ども」は一八一五年の白色テロ事件のこと。コリニー提督は聖バルテルミー祭の日に殺された。ランバル夫人は九月の

大虐殺の犠牲になった。ブリュヌ元帥は王政復古時代のアヴィニョンの白色テロで殺された。ミクレーはのちにスペイン兵になる盗賊。ヴェルデは南仏で活躍した王党派の盗賊。カドネットは王党派の伊達者、ジェユ一味は南仏の反革命派。腕章騎士団は王政復古の一八一四年、緑の腕章を巻いてアングレームに入城した亡命貴族。ヴァンデの乱は一七九三年春のヴェンデ地方の反革命の反乱。

〔6〕ユウェナリスの「天分がなくても、怒りが詩を作る」の一部だが、彼は「だれが暴動を嘆くグラックス兄弟の声に耐えられよう」の詩句も残す。

〔7〕シエネ（エジプトのアスワンの古名）に追放された人とはユウェナリスのこと、また『年代記』の著者はタキトゥス。

〔8〕聖ヨハネのこと。ナポレオン三世の第二帝政下で英領ジャージー島、ガンジー島で亡命生活を強いられたユゴーはみずからを好んで聖ヨハネになぞらえている。

〔9〕じっさいはギリシャ語。

〔10〕前二世紀ローマの政治家。キケロの弾劾をうけて追放される。カリグラはローマ皇帝（在位三七―四一）。

〔11〕タキトゥス、五五頃―一二〇年頃。カエサル、前一〇一頃―前四四年頃。

〔12〕ここでユゴーは秘かにカエサルをナポレオン一世に、みずからをタキトゥスに、小ナポレオン、すなわちナポレオン三世を暴君ティベリウスになぞらえている。

〔13〕前四九年、カエサルは「賽は投げられた」と檄を飛ばして元老院が禁ずるこの河を越えてローマに帰還し、独裁執政官になった。

〔14〕スッラは前一世紀ローマの独裁官だったが、出処進退を間違えなかった。ウィテリウスは一世紀のローマ皇帝だったが、奢侈と悪政で名高く、民衆に殺害された。クラウディウスやドミティアヌスはいずれも一世紀ローマ皇帝で、悪政で知られ、両者とも妻に殺された。カラカラ帝、コンモドゥス帝、エラガバルス帝もそれぞれ二―三世紀の悪名高い皇帝。

〔15〕マサニエッロは十七世紀ナポリの暴動の首謀者。スパルタクスは前一世紀ローマの奴隷反乱の指導者。
〔16〕ラブレー『第四の書』の登場人物で「胃袋」の意。
〔17〕アンドル県の町。一八四七年食糧危機のために流血の惨事があった。

第三章

〔1〕ジェラール、ドルーエ両伯爵はナポレオンの忠臣だったが、元帥になったのはルイ・フィリップの七月王政の時代。
〔2〕ワーテルロー敗戦のあとのフランスの降伏条約。
〔3〕ナポレオンの子、ナポレオン二世。この年七月二十二日ウィーンの宮廷で死亡。
〔4〕一八四一年縦挽き工ケニセが、オルレアン、オマール両公爵を襲撃した事件。
〔5〕将軍、一七七五—一八五二年。
〔6〕アメリカ独立戦争のこと。トレントン、ブランディワインはその戦場。

第四章

〔1〕白はブルボン家の色だから、わざとちいさくしている。
〔2〕バリケードを指揮した勇猛果敢な労働者、ルイ・ブランも『十年の歴史』でその活躍を称えている。

第五章

〔1〕モレ内閣退陣後、バルベス、ブランキらが指導した秘密結社〈四季の会〉が起こした反乱。
〔2〕アルマン・カレル（一八〇〇—三六）はこの蜂起を支持しなかった『ナショナル』紙の編集長。クローゼル（一七七二—一八四二）はラマルク将軍の棺の黒布の一端を捧げ持っていた軍人。

〔3〕 十八世紀末イギリスのゴシック小説の大家、一七六四―一八二三年。
〔4〕 一八三四年の蜂起で活躍した政治家だが、「リヨンの男」という渾名が知られたのはそれ以後。ユゴーの記憶違い。

第十一篇

第一章

〔1〕 詩人、翻訳家、一七七〇―一八五四年。タッソーなどの翻訳者。なお、アカデミー・フランセーズ会員は「不滅の四十人」と呼ばれることがある。

第二章

〔1〕 「進め」からここまでは「マルセイエーズ」のリフレイン。
〔2〕 シェイクスピア作『マクベス』で、魔女三人が主人公の運命を予言する。

第三章

〔1〕 ドイツ南東部バイエルン地方の町。一八〇九年ナポレオンがオーストリア軍を破った。

第四章

〔1〕 「戦争ニ備エヨ」の意。なお、これはラテン語の諺で「もし平和を望むなら、戦争に備えよ」の転用。またガヴローシュが取り違える「ベロム」は「美男」の意。

第十二篇

第一章

〔1〕 ギリシャの古代都市コリントスのフランス語読み。
〔2〕 「わたしの曲がり道」の意。ピルウェットはバレエ用語で、片足を軸に独楽のように回転する動きのことを言う。
〔3〕 バロック詩人テオフィル・ド・ヴィヨー（一五九〇―一六二六）のことだが、つぎの詩は同時代の詩人サン・タマン（一五九四―一六六一）の作。また歌われているのは居酒屋ではなく荒城。
〔4〕 詩人、一五七三―一六一三年。
〔5〕 画家、一七〇〇―七七年。
〔6〕 正しくは CARPES *AU* GRAS。
〔7〕 「時ヲ楽シメ」の意。ホラティウスの「今日ヲ楽シメ」の転用。

第二章

〔1〕 ジョリーの愛人。
〔2〕 鼻風邪のせいで「友達（アミ）(ami)」が「上着（アビ）(habit)」というふうに違って聞こえる。以下、ジョリーのせりふの傍点部分も同様。
〔3〕 デュ・ブルル（一五二八―一六一四）は聖職者、歴史家。ソヴァル（一六二三―七六）も聖職者、歴史家。ルブーフ師（一六八七―一七六〇）も十八世紀の聖職者、歴史家。
〔4〕 「羽根」と「ペン」の両方の意味がある。
〔5〕 エトルリアの街。

〔6〕前四世紀ガリアの部族長、？―前三九〇年。

〔7〕いずれもローマに滅ぼされた民族。

〔8〕二州はともにスイスの州。

〔9〕カエサル暗殺のまえにローマの空に彗星があらわれたという。

〔10〕ロベスピエール独裁。

〔11〕フランスの王族ルイ六世アンリ（一七五六―一八三〇）のこと。

〔12〕ウェルギリウス『農耕詩』四・三二三。

〔13〕イタリア語、幼児キリストのこと。

第三章

〔1〕ホラティウスに引用されたギリシャの格言のもじり。

〔2〕動物や怪物などをかたどった軒先の吐水口。

〔3〕キプロスの王、自作の象牙の女人象に恋し、愛の神アフロディテに生命をあたえてもらい妻とした。ここでは樋嘴職人のこと。

〔4〕レオニダスは前五世紀のスパルタの王。テルモピュライはレオニダスがペルシャ軍との激戦の末敗北した地。

〔5〕一六四九年、クロムウェルによる大虐殺があったアイルランドの町。

第五章

〔1〕軍事作家、一六六九―一七五二年。

第六章

〔1〕 マニュエル（一七七五―一八二七）は王政復古期の自由派の代議士、フォワ（一七七五―一八二五）は軍人で自由派の代議士。

〔2〕 マルブランシュ（一六三八―一七一五）は哲学者、ラムネー（一七八二―一八五四）は宗教哲学者、ユゴーの知人。

第十三篇

第三章

〔1〕 中央市場の一隅にあった青物市場。

〔2〕 いずれも一八一四年二月のナポレオン戦勝地。

〔3〕 ティモレオン（前四一一―前三三七）は実兄の僭主を追放したコリントスの将軍。三行先のマルセルイムは十四世紀スイスの伝説的英雄アルノルト・フォン・ヴィンケルリートのことか。コリニー（一五一九―七二）は新教徒の提督、サン・バルテルミーの虐殺の犠牲者。

〔3〕 （一三一五―五八）は国王シャルル五世に刃向かったパリの商人、政治家。アルヌー・ド・ブランケンハ

〔4〕 アンビオリクスは前一世紀カエサルと戦って敗北したガリアの部族長。以下アルトヴェルドは十四世紀フランスにたいするフランドルの反乱の指導者。マルニクスは十六世紀スペイン国王たいするオランダの反乱の指導者。ペラーヨは八世紀アストゥリアス王。モール人の侵略軍から国を守った。

〔5〕 プロメテウスは前五世紀アイスキュロスの戯曲の主人公。人間に火をあたえたため、ゼウスに苦しめられたが屈しなかった。アリストゲイトンは前六世紀恋人の美青年ハルモディアスと謀って僭主ヒッパルコ

スを倒そうとした。じっさいはこの行動がアイスキュロスの戯曲より先。
〔6〕一七九二年のパリ市民による王宮襲撃。
〔7〕前五世紀、三十人僭主を倒しアテナイに民主政を復活させた。

第十四篇

第一章

〔1〕ビュジョー（一七八四—一八四九）は七月王政下の元帥。雄鶏は七月王政の標識で、その兵隊を雌鶏に喩えて皮肉っている。
〔2〕モリエールの戯曲『ドン・ジュアン』への暗示。

第二章

〔1〕「一七九三年、ルイ十六世の死刑賛成の投票をした」の意。

第十五篇

第四章

〔1〕ピエロは俗称で雀の意。
〔2〕オルフィラ（一七八七—一八五三）は当時の毒物学者。

［著者］

ヴィクトール・ユゴー（Victor Hugo 1802-85）

フランス19世紀を代表する詩人・作家。16歳で詩壇にデビュー、1830年劇作『エルナニ』の成功でロマン派の総帥になり、やがて政治活動をおこなうが、51年ナポレオン3世のクーデターに反対、70年まで19年間ガンジー島などに亡命。主要作の詩集『懲罰詩集』『静観詩集』や小説『レ・ミゼラブル』はこの時期に書かれた。帰国後、85年に死去、共和国政府によって国葬が営まれた。

［訳者］

西永良成（にしなが・よしなり）

1944年富山県生まれ。東京外国語大学名誉教授。専門はフランス文学・思想。著書に『激情と神秘――ルネ・シャールの詩と思想』『小説の思考――ミラン・クンデラの賭け』、『『レ・ミゼラブル』の世界』『カミュの言葉――光と愛と反抗と』など、訳書にクンデラ『冗談』、サルトル『フロイト』、編訳書に『ルネ・シャールの言葉』など多数。

平凡社ライブラリー 898

レ・ミゼラブル 第四部（だいよんぶ）
プリュメ通り（どお）の牧歌（ぼっか）とサン・ドニ通り（どお）の叙事詩（じょじし）

発行日…………2020年3月10日　初版第1刷

著者……………ヴィクトール・ユゴー
訳者……………西永良成
発行者…………下中美都
発行所…………株式会社平凡社
〒101-0051　東京都千代田区神田神保町3-29
電話　(03)3230-6579［編集］
(03)3230-6573［営業］
振替　00180-0-29639
印刷・製本……株式会社東京印書館
ＤＴＰ…………平凡社制作
装幀……………中垣信夫

ISBN978-4-582-76898-5
NDC分類番号953.6　B6変型判(16.0cm)　総ページ600

平凡社ホームページ https://www.heibonsha.co.jp/

落丁・乱丁本のお取り替えは小社読者サービス係まで
直接お送りください（送料、小社負担）。

ヴィクトール・ユゴー著／西永良成訳
レ・ミゼラブル　1
ファンチーヌ

ジャン・ヴァルジャンの来歴、愛娘を残したまま逝くファンチーヌ、主人公を執拗に追うジャヴェール、金目的にコゼットを手放さずこき使うテナルディエ、物語前史、壮大な伏線。

ヴィクトール・ユゴー著／西永良成訳
レ・ミゼラブル　2
コゼット

ワーテルローの戦いをはさみ、ファンチーヌとの約束からジャン・ヴァルジャンは脱獄、守銭奴テナルディエ夫妻からついにコゼットを救出する。

ヴィクトール・ユゴー著／西永良成訳
レ・ミゼラブル　3
マリユス

王党派の祖父に育てられた青年マリユスは、父の真実を知り煩悶のすえ家出、清貧の中で運命の人コゼットと出会う。だが、コゼットにまた新たな危機が……。

ピエール＝ジョゼフ・プルードン著／斉藤悦則訳
貧困の哲学　上・下

マルクスが嫉妬し、社会主義・無政府主義に決定的影響を与えた伝説の書にして、混迷の21世紀への予言の書。待望の本邦初訳。貧困はいかに生じ、なぜなくならないのか。

カール・マルクス著／植村邦彦訳／柄谷行人付論
ルイ・ボナパルトのブリュメール18日［初版］

マルクスらしからぬ饒舌なテキストは、サイードやレヴィ＝ストロースをはじめとしたさまざまな思想家にインスピレーションを与えてきた。柄谷行人「表象と反復」も収録。